EDGAR ALLAN POE

EL CUERVO, EL GATO NEGRO Y OTROS CUENTOS DE TERROR

EL CUERVO, EL GATO NEGRO Y OTROS CUENTOS DE TERROR
Edgar Allan Poe
©Astria Ediciones
Diseño de portada: Andrea Rodríguez—Lilyana Galvez
Supervisión Editorial: Óscar Flores Lopez
Administración: Tesla Rodas y Jéssica Cordero
Levantamiento de texto: Zona Creativa
Director Ejecutivo: José Azcona Bocock

Primera edición
Tegucigalpa, Honduras—Abril de 2024

ÍNDICE

POE: EL MAESTRO DEL TERROR

Edgar Allan Poe siempre quiso ser un poeta reconocido, pero la magia de sus cuentos "mató" esa posibilidad. Demos gracias que así fue, porque nos hubiéramos perdido de una colección de relatos de misterio y terror que no tienen comparación.

Desde pequeño, cuentan sus biografías, a Poe le gustaba leer las revistas con historietas de terror. En Honduras se habría llevado bien con los aquellos seres del más allá inmortalizados por la creencia popular: el Cadejo, la Sucia, el Duende, el Sisimite…

Todas las historias que devoró de niño nutrieron su imaginación, dieron forma al genio.

¿Qué final escabroso hay en EL GATO NEGRO?

"Lo que, sin duda, contribuyó a aumentar mi odio fue descubrir, a la mañana siguiente de haberlo traído a casa, que aquel gato, igual que Plutón, era tuerto. Esta circunstancia fue precisamente la que le hizo más grato a mi mujer, quien, como ya dije, poseía en alto grado esos sentimientos humanitarios que alguna vez habían sido mi rasgo distintivo y la fuente de mis placeres más simples y más puros.

O en EL CORAZÓN DELATOR…

"¡Es cierto! Siempre he sido nervioso, muy nervioso, terriblemente nervioso. ¿Pero por qué afirman ustedes que estoy loco? La enfermedad había agudizado mis sentidos, en vez de destruirlos o embotarlos. Y mi oído era el más agudo de todos. Oía todo lo que puede oírse en la tierra y en el cielo. Muchas cosas oí en el infierno. ¿Cómo puedo estar loco, entonces? Escuchen... y observen con cuánta cordura, con cuánta tranquilidad les cuento mi historia".

En este Tomo I, ASTRIA publica, además, otros de los cuentos inmortales de Poe: Los crímenes de la calle Morgue; La caída de la casa Usher; El Diablo en el campanario; El Rey Peste y La máscara de la muerte roja.

"Los monstruos más temibles son los que se esconden en nuestras almas", señalaba Poe. Con toda seguridad lo decía por experiencia propia…

EL CUERVO

Cierta noche aciaga, cuando, con la mente cansada,
meditaba sobre varios libracos de sabiduría ancestral
y asentía, adormecido, de pronto se oyó un rasguido,
como si alguien muy suavemente llamara a mi portal.
"Es un visitante —me dije—, que está llamando al portal;
sólo eso y nada más".

¡Ah, recuerdo tan claramente aquel desolado diciembre!
Cada chispa resplandeciente dejaba un rastro espectral.
Yo esperaba ansioso el alba, pues no había hallado calma
en mis libros, ni consuelo a la perdida abismal
de aquella a quien los ángeles Leonor podrán llamar
y aquí nadie nombrara.

Cada crujido de las cortinas purpúreas y cetrinas
me embargaba de dañinas dudas y mi sobresalto era tal
que, para calmar mi angustia repetí con voz mustia:
"No es sino un visitante que ha llegado a mi portal;
un tardío visitante esperando en mi portal.
Sólo eso y nada más".

Mas de pronto me animé y sin vacilación hablé:
"Caballero —dije—, o señora, me tendréis que disculpar
pues estaba adormecido cuando oí vuestro rasguido
y tan suave había sido vuestro golpe en mi portal
que dudé de haberlo oído...", y abrí de golpe el portal:
sólo sombras, nada más.

La noche miré de lleno, de temor y dudas pleno,
y soñé sueños que nadie osó soñar jamás;
pero en este silencio atroz, superior a toda voz,
sólo se oyó la palabra "Leonor", que yo me atreví a susurrar...
sí, susurré la palabra "Leonor" y un eco la volvió a nombrar.
Sólo eso y nada más.

Aunque mi alma ardía por dentro regresé a mis aposentos
pero pronto aquel rasguido se escuchó más pertinaz.
"Esta vez quien sea que llama ha llamado a mi ventana;

veré pues de qué se trata, que misterio habrá detrás.
Si mi corazón se aplaca lo podré desentrañar.
¡Es el viento y nada más!".

Mas cuando abrí la persiana se coló por la ventana,
agitando el plumaje, un cuervo muy solemne y ancestral.
Sin cumplido o miramiento, sin detenerse un momento,
con aire envarado y grave fue a posarse en mi portal,
en un pálido busto de Palas que hay encima del umbral;
fue, se posó y nada más.

Esta negra y torva ave tocó, con su aire grave,
en sonriente extrañeza mi gris solemnidad.
"Ese penacho rapado —le dije—, no te impide ser
osado, viejo cuervo desterrado de la negrura abisal;

¿Cuál es tu tétrico nombre en el abismo infernal?":
Dijo el cuervo: "Nunca más".

Que una ave zarrapastrosa tuviera esa voz virtuosa
Me sorprendió aunque el sentido fuera tan poco cabal,
pues acordaréis conmigo que pocos habrán tenido
ocasión de ver posado tal pájaro en su portal.
Ni ave ni bestia alguna en la estatua del portal
que se llamara "Nunca más".

Mas el cuervo, altivo, adusto, no pronunció desde el busto,
como si en ello le fuera el alma, ni una sílaba más.
No movió una sola pluma ni dijo palabra alguna
hasta que al fin musité: "Vi a otros amigos volar;
por la mañana él también, cual mis anhelos, volara".
Dijo entonces : "Nunca más".

Esta certera respuesta dejó mi alma traspuesta;
"Sin duda — dije—, repite lo que ha podido acopiar
del repertorio olvidado de algún amo desgraciado
que en su caída redujo sus canciones a un refrán:
'Nunca, nunca más'".

Como el cuervo aún convertía en sonrisa mi porfía
planté una silla mullida frente al ave y el portal;
y hundido en el terciopelo me afané con recelo
en descubrir que quería la funesta ave ancestral
al repetir: "Nunca más".

Esto, sentado, pensaba, aunque sin decir palabra
al ave que ahora quemaba mi pecho con su mirar;
eso y más cosas pensaba, con la cabeza apoyada
sobre el cojín purpúreo que el candil hacía brillar.
¡Sobre aquel cojín purpúreo que ella gustaba de usar,
y ya no usara nunca más!

Luego el aire se hizo denso, como si ardiera un incienso
mecido por serafines de leve andar musical.
"¡Miserable! —me dije—. ¡Tu Dios estos ángeles dirige
hacia ti con el filtro que a Leonor te hará olvidar!
¡Bebe, bebe el dulce filtro, y a Leonor olvidaras!".
Dijo el cuervo: "Nunca más".

"¡Profeta! —grité —, ser malvado, profeta eres, diablo alado!
¿Del Tentador enviado o acaso una tempestad
trajo tu torvo plumaje hasta este yermo paraje,
a esta morada espectral? ¡Mas t e imploro, dime ya,
dime, te imploro, si existe algún bálsamo en Galaad!".
Dijo el cuervo: "Nunca más".

"¡Profeta! —grité —, ser malvado, profeta eres, diablo alado!
Por el Dios que veneramos, por el manto celestial,
dile a este desventurado si en el Edén lejano
a Leonor , ahora entre ángeles, un día podré abrazar".
Dijo el cuervo: "¡Nunca más!".

"¡Diablo alado, no hables más!", dije, dando un paso atrás;
¡Que la tromba te devuelva a la negrura abisal!
¡Ni rastro de tu plumaje en recuerdo de tu ultraje
quiero en mi portal! ¡Deja en paz mi soledad!
¡Quita el pico de mi pecho y tu sombra del portal!"
Dijo el cuervo: "Nunca más".

Y el impávido cuervo osado aún sigue, sigue posado,
en el pálido busto de Palas que hay encima del portal;
y su mirada aguileña es la de un demonio que sueña,
cuya sombra el candil en el suelo proyecta fantasmal;
y mi alma, de esa sombra que allí flota fantasmal,
no se alzara...¡nunca más!

LOS CRÍMENES DE LA CALLE MORGUE

Las facultades mentales definidas como las analíticas, son en sí mismas muy poco susceptibles de análisis. Las apreciamos únicamente en sus efectos. Sabemos de ellas, entre otras cosas, que son siempre para su poseedor, cuando las posee de una manera poco ordinaria, una fuente de vivísimos placeres. Así como el hombre fuerte se regocija en ejercicios que llamen sus músculos a la acción, el analista goza con esa actividad moral que desembrolla. Encuentra gusto hasta en las más triviales ocupaciones que pongan en juego su talento. Ama los enigmas, acertijos, jeroglíficos; exhibiendo en las soluciones de cada uno, un grado de penetración, que parece sobrenatural al vulgo. Sus resultados, obtenidos por la verdadera alma y esencia del método, tienen, a la verdad, todo el aspecto de la intuición.

La facultad de resolución es probablemente muy vigorizada por los estudios matemáticos, y en particular por la importante rama de ellos, que injustamente y solo por sus retrógradas operaciones, ha sido llamada, como por excelencia, análisis. Pues, calcular, no es analizar. Un jugador de ajedrez, por ejemplo, hace muy bien lo uno sin lo otro. Se sigue de eso, que el juego de ajedrez, en sus efectos sobre el espíritu, esta erróneamente apreciado. No estoy escribiendo un tratado, sino un simple prefacio sobre una narración singular; y éstas son observaciones hechas a la ligera; tendré sin embargo, ocasión de mostrar que el alto poder del intelecto reflexivo, es más decididamente y mejor ocupado por el humilde juego de damas que por toda la primorosa frivolidad del ajedrez. En este último, en que las piezas tienen diferentes y caprichosos movimientos, con varios y variables valores, lo que es únicamente complejo, es tomado (error muy general) por profundo. La atención es puesta poderosamente en juego. Si se debilita un instante, se comete una torpeza y las resultas son una pérdida o una derrota.

Siendo los movimientos posibles, no solamente múltiples sino complicados, las probabilidades de tales torpezas son muchas; y en nueve casos sobre diez, es el más concentrado y no el más perspicaz, el que gana. En las damas, al contrario, donde los movimientos son únicos y tienen poca variación, donde las probabilidades de la inadvertencia se hallan disminuidas, y la simple atención dejada comparativamente sin empleo, todas las ventajas que obtiene cada parte, son obtenidas por la más grande penetración.

Para cesar en abstracciones, supongamos una partida de damas en que las piezas están reducidas a cuatro, por lo que naturalmente no debe esperarse ninguna torpeza. Es obvio que aquí la victoria puede ser decidida (siendo los jugadores de la misma fuerza) solamente por un movimiento hábil, resultado de algún gran esfuerzo de la inteligencia. Desprovisto de los recursos vulgares, el analista entra en el espíritu de su adversario, se identifica con él, y frecuentemente ve de una sola ojeada, el único método (algunas veces absurdamente simple) por el que puede seducirlo a errar o precipitarlo a calcular mal.

El whist ha sido largo tiempo citado por su influencia sobre lo que se llama poder calculador; y se han conocido hombres de la más notable inteligencia que parecían tomar una indecible delicia en él, evitando el· ajedrez como un juego frívolo. Sin duda, no hay nada de naturaleza similar que ocupe más fuertemente la facultad del análisis. El mejor jugador de ajedrez de la Cristiandad, puede ser poco más que el mejor jugador de ajedrez; pero perfección en el whist implica capacidad para salir bien en cualquiera de las más importantes empresas en que el talento lucha con el talento. Cuando digo perfección, entiendo esa perfección en el juego que incluye conocimiento de todas las fuentes de que pueden derivar ventajas legítimas. Éstas son no sólo diversas, sino multiformes, y existen frecuentemente entre profundidades de pensamiento inaccesibles a la comprensión común.

Observar bien, es recordar distintamente; y bajo ese punto de vista, el jugador de ajedrez que sea atento, obtendrá éxitos en el whist; pues que las reglas de Hoyle (basadas en el simple mecanismo del juego) son fácil y generalmente comprendidas. Así, tener una memoria retentiva y proceder por el de "libro", son puntos comúnmente mirados como la suma total del buen juego.

Pero es en las cuestiones fuera de los límites de la simple regla, donde se manifiesta el talento del analista. Hace, en silencio, una multitud de observaciones y deducciones. Lo mismo, quizá, hacen sus adversarios; y la diferencia en la extensión del informe obtenido, reposa, no tanto sobre la validez de la deducción como sobre la cualidad da la observación. El conocimiento necesario es el de lo que se observa. Nuestro jugador no se ciñe absolutamente a un punto: y no porque el juego es el objeto, debe rechazar deducciones de las cosas externas al juego. Examina el aspecto de su compañero, comparándolo cuidadosa mente con el de cada uno de sus adversarios. Considera el modo de juntar las cartas que tiene cada mano; contando a menudo, triunfo por triunfo y honor por honor, al través de las ojeadas que los ·poseedores lanzan sobre cada carta. Nota cada variación del rostro así que el juego progresa, recogiendo un fondo de pensamientos, de las diferencias en la expresión de la certidumbre, de la sorpresa, del triunfo o de la pena.

Por la manera de recoger una baza, juzga si la persona que lo efectúa, puede hacer otra en la continuación de la partida. Reconoce lo que se juega fingida mente, en el aire con que es arrojado el naipe sobre la mesa. Una palabra casual o inadvertida, una carta que se cae o se da vuelta por casualidad, con el acompañamiento de ansiedad o indiferencia en la mirada, al ocultarla; el recuento de las bazas, con el orden de su arreglo, embarazo, hesitación, vehemencia o trepidación; todo proporciona a su percepción aparente mente intuitiva, indicaciones sobre el verdadero estado del juego.

Habiendo sido jugadas las dos o tres primeras manos, conoce a fondo el juego de cada uno, y desde entonces, reparte sus cartas con tan absoluta precisión de objeto, como si el resto de la compañía hubiera dado vuelta las suyas.

El poder analítico no debe ser confundido con la simple ingeniosidad; porque mientras el analista es necesariamente ingenioso, el hombre ingenioso es a me nudo incapaz de análisis. El poder de combinación o constructividad, por el cual se manifiesta generalmente la ingeniosidad y al que los frenólogos (están equivocados, según creo) han asignado un órgano aparte, suponiéndolo una facultad primitiva, ha sido visto tan a menudo en gentes cuyo intelecto estaba cercano del idiotismo, que ha motivado discusiones entre los que escriben sobre moral.

Entre la ingeniosidad y la aptitud analítica existe una diferencia mucho más grande, a la verdad, que entre la imagen y la imaginación, pero de un carácter estrictamente análogo. Se encontrara, en fin, que el ingenioso es siempre imaginativo, y el verdadero imaginativo no es nunca otra cosa que un analista.

La narración siguiente parecerá a los lectores un comentario luminoso de las proposiciones ya avanzadas.

Residiendo en París durante la primavera y parte del verano de 18..... hice conocimiento con un señor C. Augusto Dupin. Este joven caballero era de una excelente familia —de una ilustre familia— para decir la verdad, pero por una serie de sucesos desagradables, había sido reducido a tal pobreza, que la energía de su carácter sucumbió bajo ella, y cesó de agitarse en el mundo o de cuidar de la recuperación de su fortuna.

Por amabilidad de sus acreedores quedaba todavía en su poder una pequeña parte de su patrimonio; y con la renta que le daba, podía, por medio de una economía rigurosa, procurarse lo necesario para la vida, sin inquietarse por sus superfluidades.

Los libros, sin embargo, eran su sola lujuria, y eso en París se obtiene fácilmente. Nuestro primer encuentro fue en una oscura librería de la calle Montmartre, donde la casualidad de encontrarnos buscando el mismo rarísimo y notable volumen, nos llevó a una íntima amistad.

Nos vimos siempre de más en más. Me interesó profundamente su pequeña historia de familia, que me narró con todo ese candor a que se abandona un francés siempre que el simple yo es el tema.

Fui grandemente sorprendido, además, por la vasta extensión de sus lecturas; y, sobre todo, sentí mi alma prendada por el extravagante fervor y la vivida frescura de su imaginación. Buscando en París los objetos que necesitaba entonces, comprendí que la sociedad de un hombre semejante seria, para mí, un tesoro inapreciable, y este sentimiento se lo confié francamente a él mismo.

Fue, por último, decidido que viviríamos juntos durante mi permanencia en la ciudad; y como mis humanas circunstancias eran muy poco menos embarazosas que las de él mismo, me fue permitido arrendar y amueblar en un estilo conforme a la fantástica melancolía de nuestro carácter, una grotesca y extravagante casa, desierta hacía mucho tiempo, gracias a supersticiones que no quisimos averiguar. Estaba situada en una solitaria porción del boulevard Saint Germain.

Si la rutina de nuestra vida, en aquel lugar, hubiera sido conocida del mundo, se nos habría considerado como locos —aunque, quizás, como locos de inocente naturaleza—. Nuestro aislamiento era completo. No admitíamos visitas. La localidad de nuestro retiro, había sido ocultada como un secreto por mis antiguos compañeros; y hacía muchos años que Dupin había cesado de conocer o ser conocido de Paris. Existíamos entre nosotros solamente.

Había un capricho en la imaginación de mi amigo (pues ¿de qué otra manera podré llamarlo?) era apasionado de la noche por ella misma; y en esta extravagancia, como en todas las otras, caí pacíficamente, resignándome a sus desordenados caprichos con un perfecto abandono. La negra divinidad no podía habitar siempre con nosotros; pero la falsificábamos. Al primer albor de la mañana cerrábamos los macizos postigos de nuestra vieja casucha; encendíamos un par de bujías que, fuertemente perfumadas, arrojaban una luz débil y lúgubre. Con ayuda de esto, sumergíamos nuestras almas en los sueños leyendo, escribiendo o conversando, hasta que éramos avisados, por el reloj, del advenimiento de la verdadera oscuridad.

Entonces, salíamos a la calle, del brazo, continuando los tópicos del día, vagando por todas partes hasta una hora avanzada, buscando entre las luces y sombras de la populosa ciudad, esa multitud de excitantes mentales que la tranquila observación no puede procurar.

En aquella época no podía menos de notar y admirar (aun cuando su rica idealidad me hubiera preparado a esperarlo), una habilidad analítica peculiar en Dupin. Parecía experimentar, además una vivísima delicia en esos ejercicios —aunque no en su ostentación— y no vacilaba en confesar el placer que así podía procurarse. Se jactaba conmigo, con una sonrisita de satisfacción, de que muchos hombres, tenían para él "ventanas" en sus pechos, y acostumbraba dar a tales acciones pruebas inmediatas, y sorprendentes de su íntimo conocimiento de mí mismo. Su aspecto, en esos momentos, era frío y abstraído; sus ojos carecían de expresión, mientras, su voz, habitualmente de tenor, subía hasta un tiple que hubiera parecido petulancia a no haber sido por la gravedad y la entera claridad de la enunciación.

Observándole en esa disposición de ánimo, quedaba yo mismo meditando sobre la vieja filosofía de la doble alma, y me divertía en imaginar un doble Dupin, el creador, y el analítico.

No se debe suponer, de lo que acabo de decir, que estoy detallando un misterio o valorizando alguna novela. Lo que le descrito acerca del francés, era simplemente el resultado de una inteligencia excitada o acaso enferma. Pero un ejemplo hará comprender mejor el carácter de sus observaciones en esa época.

Andábamos vagando una noche, por una sucia calle, en los alrededores del Palacio Real. Estando ambos aparentemente ocupados con algún pensamiento, ninguno había hablado una palabra durante un cuarto de hora, cuando menos. De repente, Dupin interrumpió el silencio.

—Es un jovencito, dijo, esa es la verdad, y estaría mejor en el Théâtre des Variétés.

—No puede haber duda en eso, repliqué inconscientemente y sin observar al principio (tan absorto estaba en mis reflexiones), la extraordinaria manera con que mi interlocutor había concordado con mi meditación. Un instante después, entré en mí mismo, y mi sorpresa fue profunda.

—Dupin —dije gravemente—, no puedo comprender esto. No vacilo en decir que estoy aturdido y que puedo apenas creer en mis sentidos. ¿Cómo es posible que usted pudiera conocer que estaba pensando en...?

Aquí me detuve, para confirmarme en si realmente conocía mi pensamiento.

—En Chantilly —dijo— ¿para qué se detiene? Observaba usted que la pequeña figura de ese hombre le hace impropio para la tragedia.

Esto era precisamente lo que había formado el fondo de mis reflexiones. Chantilly era un ex zapatero de viejo de la calle Saint—Denis, que tenía furia por el teatro y se había arriesgado en el rol de Jerjes, en la tragedia de Crebilloh, habiendo sido públicamente satirizado en cambio de sus afanes.

— Dígame usted, ¡por el amor de Dios! —exclamé—, el método, si es que hay algún método, por el que ha podido usted sondear mi alma en este asunto.

A la verdad, estaba más sorprendido de lo que hubiera querido expresar.

—Fue el frutero— replicó mi amigo—, quien llevó a usted a la conclusión de que el remendón de suelas no tenía la altura suficiente para representar a Jerjes et id genus omne.

— ¡El frutero! Usted me asombra, — No conozco ningún frutero.

— El hombre que llevó a usted por delante cuando entrabamos por la calle, hace un cuarto de hora cuando más.

Entonces me acordé de que en efecto, un frutero, que llevaba sobre la cabeza una gran canasta de manzanas, me había derribado casi, por casualidad, cuando pasábamos de la calle C... a la en que nos hallábamos; pero, que tenía que hacer esto con Chantilly, era lo que no podía comprender. No había una partícula de charlatanería en Dupin.

—Explicaré a usted —me dijo—, para que pueda comprender claramente, repasaremos primero el curso de sus meditaciones, desde el momento en que hablé a usted hasta el del encuentro con el frutero en cuestión. Los más grandes estabones de la cadena están en esta posición. Chantilly, Orión, Dr. Nichols, Epicuro, la Esteorotomía, las piedras, el frutero.

Hay pocas personas, que en algunos períodos de su vida, no se hayan divertido en retrasar los medios por los cuales han llegado a ciertas conclusiones. La ocupación es a menudo llena de interés; y el que la intenta por la vez primera, se sorprende de la ilimitada distancia é incoherencia, que parece haber entre el punto de partida y el de llegada. ¡Cuan grande fue mi aturdimiento cuando oí hablar al francés de aquella manera, y cuando no pude dejar de conocer que había dicho la verdad? Él continuó:

—Habíamos estado hablando de caballos, si recuerdo bien, justamente al salir de la calle C... Fue el último objeto de nuestra discusión. Cuando cruzábamos la calle, un frutero, con una gran canasta sobre la cabeza, pasó precipitadamente y arrojó a usted sobre una pila de adoquines amontonada en un sitio en que el camino está en compostura. Se paró usted sobre uno de los fragmentos movibles, resbaló, se torció ligeramente el tobillo, apareció irritado o caprichoso, murmuró unas pocas palabras, se volvió para mirar la pila y prosiguió en silencio su camino. No estaba particularmente atento a lo que usted hizo, pero la observación ha llegado a ser para mí, una especie de urgencia.

"Siguió usted con la vista baja, mirando con una expresión petulante, las cavidades y huellas del pavimento (de manera que vi que todavía estaba usted pensando en las piedras), hasta que alcanzamos la pequeña alameda llamada Lamartine, que ha sido empedrada por vía de experimento, con trozos de madera. Aquí su aspecto se despejó, y percibiendo que sus labios se movían, no tuve duda que murmuraba usted la palabra estereotomía, muy afectadamente aplicada a esa especie de empedrado. conocí que no podía usted decirse a sí mismo estereotomía sin ser llevado a pensar en los átomos, y por consecuencia, en las teorías de Epicuro; y como, cuando discutimos este tópico, no hace mucho, observé a usted con qué singularidad y con qué poca conciencia, las vagas conjeturas de ese noble griego, habían sido confirmadas por la última cosmografía de las nebulosas, comprendí que no podría usted dejar de mirar la gran nebulosa Orión, y espere que usted lo hiciera. Así fue; y me aseguré entonces de que había seguido perfectamente su pensamiento. Ahora bien, en esa amarga burla que apareció en el Museo de ayer, sobre Chantilly, el satírico, haciendo algunas tontas alusiones al cambio de nombre del zapatero, al calzar el coturno, citó una frase latina, sobre la que hemos conversado a menudo. Quiero hablar del verso:

Perdidit antiquum litera prima sonum[1].

"Había dicho a usted que se refería a Orión, escrito antiguamente Urión; y por cierta acrimonia que se mezcló a esa explicación, estaba seguro que usted no la había olvidado. Era claro, por consiguiente, que no dejaría de combinar las ideas. "Orión y Chantilly". Que las combinó usted entonces, lo vi por el carácter de la sonrisa que entreabrió sus labios. Pensaba usted en la inmolación del pobre zapatero. Había usted caminado, hasta entonces, con la cabeza; y vi, que de repente, se enderezaba usted cuanto podía.

---

[1] La primera letra perdió su antiguo sonido.

Estaba seguro que reflexionaba usted en la pequeña talla de Chantilly. En este punto, interrumpí su meditación, diciendo que a la verdad, era un ser muy pequeño, y que estaría mejor en el Théâtre des Variétes."

Poco tiempo después de esto, estábamos examinando una edición nocturna de la Gazette des Tribunaux, cuando las siguientes líneas, atrajeron nuestra atención.

"EXTRAORDINARIOS CRÍMENES.

"Esta mañana, hacia las tres, los habitantes del Cuartel San Roque fueron despertados por una sucesión de terribles gritos, que provenían, aparentemente, del cuarto piso de la calle Morgue, conocida como ocupada únicamente por una señora. L'Espanaye y su hija Camila L'Espanaye. Después de alguna espera ocasionada por una infructuosa tentativa de procurar entrada, la puerta fue forzada con una palanca, y ocho a diez de los vecinos entraron, acompañados por los gendarmes. A este tiempo, los gritos habían cesado; pero cuando la gente llegaba al primer piso, dos o más roncas voces, disputando coléricamente, fueron oídas, y parecían proceder de la más alta parte de la casa.

Cuando el segundo pasillo fue alcanzado, estos sonidos, habían cesado también, y todo permanecía perfectamente tranquilo. Los que buscaban, se precipitaron de cuarto en cuarto. Al entrar a una ancha pieza en el cuarto piso (cuya puerta, encontrada cerrada y con la llave por dentro, fue abierta a la fuerza), se presentó ante los ojos de todos, un horroroso y sorprendente espectáculo.

"La habitación estaba en el más extraño desorden; el mobiliario roto y dispersado en todas direcciones. Había solamente un lecho; y su colchón y ropas habían sido removidas y arrojadas al suelo. Sobre una silla había una navaja de barba, manchada con sangre. En el suelo, estaban dos o tres mechones de cabellos humanos, grises, también, salpicados de sangre y pareciendo haber sido arrancados de raíz. Sobre el pavimento fueron encontrados cuatro napoleones, un aro de topacio, tres grandes cucharas de plata, tres pequeñas de metal de Argel, y dos bolsas, conteniendo cerca de cuatro mil francos en oro. Los cajones de un escritorio, que estaba en un rincón, se hallaron abiertos, y habían sido, aparentemente, saqueados, aunque muchos objetos se encontraban todavía en ellos. Un pequeño cofre de acero fue hallado bajo las ropas del lecho (no bajo la cama). Estaba abierto, con la llave aún en la cerradura. No contenía más que algunas viejas cartas y otros papeles insignificantes.

"De la señora L'Espanaye ninguna huella fue vista aquí; pero habiendo sido observada una gran cantidad de hollín en el atrio, se buscó en la chimenea y (¡horrible!) el cuerpo de la hija, con la cabeza para abajo, fue sacado de adentro—había sido llevado hasta una considerable distancia, por la estrecha abertura.

"El cadáver estaba caliente. Después de examinarlo fueron notadas muchas escoriaciones, ocasionadas indudablemente por la violencia con que había sido introducido y sacado de la chimenea. Sobre el rostro tenía hondos arañazos, y en la garganta negras magulladuras y profundas huellas de dedos, como si la muerte hubiera sido ocasionada por estrangulamiento.

"Después de una perfecta investigación de cada parte de la casa, sin descubrir más nada, los vecinos llegaron a un pequeño patio empedrado en el interior de ella, donde yacía el cadáver de la vieja señora, con la garganta tan enteramente cortada, que al intentar levantarlo, cayó la cabeza al suelo. El cuerpo, lo mismo que la cabeza, estaba espantosamente mutilado; esta última, de tal manera que apenas se podía reconocer en ella algo de humano.

"Para descubrir este horrible misterio, no hay, creemos; el más pequeño dato".

La edición del siguiente día agregaba:

"LA TRAGEDIA DE LA RUE MORGUE".

"Un gran número de individuos han declarado en este extraordinario y horrible asunto (la palabra asunto no tiene aún, en Francia, esa ligereza de significación que tiene entre nosotros) pero sin embargo nada ha podido arrojar luz sobre él. Damos a continuación todos los testimonios recogidos.

"Paulina Dubourg, lavandera, depone que conoce a las dos víctimas, hace tres años, habiendo lavado para ellas durante ese tiempo. La vieja señora y su hija parecían en buenas relaciones — y amarse mucho entre sí. Eran excelentes pagadoras. No puede hablar respecto a sus modos y medios de vida. Cree que la señora L. decía la buena ventura para vivir. Era reputada como poseedora de algunos ahorros. Nunca encontró personas en la casa cuando fue a buscar o llevar ropa. Esta segura que no tenían sirviente.

Parecía no haber muebles en ninguna parte de la casa, excepto en el cuarto piso.

"Pedro Moreau, vendedor de tabaco, depone que ha tenido costumbre de vender pequeñas cantidades de tabaco y rapé a la señora L'Espanaye, durante cerca de cuatro años. Ha nacido en la vecindad y vivido siempre en ella. La víctima y su hija han ocupado la casa en que fueron encontrados los cadáveres, durante más de seis años. Estuvo últimamente arrendada por un joyero, quien subalquilaba los cuartos altos a varias personas. El edificio era de propiedad de la señora L'Espanaye. Se disgustó con el locatario por los daños que le hacía en la casa y se mudó en ella, rehusando alquilar los pisos sobrantes. La vieja señora chocheaba. El testigo ha visto a la hija unas cinco ó seis veces durante los seis años.

"Las dos vivían excesivamente retiradas — eran reputadas como personas de dinero. Ha oído decir entre los vecinos que la señora L'Espanaye decía la buena ventura, — no lo cree. No había visto jamás a nadie entrar a la casa, excepto a la vieja señora y su hija, el portero una o dos veces, y un médico, ocho o diez ocasiones.

"Muchas otras personas, vecinos, declaran de acuerdo. Ninguno ha hablado como amigo de la casa. No se sabe si hay algunos parientes vivos de la señora L'Espanaye y su hija. Los postigos de las ventanas del frente eran abiertos rara vez. Los de las interiores estaban siempre cerrados con excepción de los de la gran pieza del fondo, cuarto piso. La casa era muy buena — no muy vieja.

"Isidoro Muset, gendarme, depone que fue llamado a la casa hacia las tres de la mañana, y encontró unas veinte o treinta personas en la puerta de la calle, tratando de entrar. La forzó, al último, con una bayoneta — y no con una palanca. Tuvo poca dificultad en abrirla, a causa de ser una puerta doble o de dos batientes, y no estar cerrada con pasador, ni abajo ni arriba. Los gritos fueron continuos hasta que se forzó la puerta — y entonces cesaron repentinamente. Parecían gritos de una persona (o personas) en su última agonía, no eran cortos y precipitados, sino prolongados y fuertes. El testigo subió las escaleras. Habiendo alcanzado el primer piso, oyó dos voces en fuerte y agria disputa, la una gruesa, la otra mucho más aguda una voz muy extraña. Pudo distinguir algunas palabras dichas por la primera; era voz de un francés. Está seguro que no era voz de una mujer. Pudo oír las expresiones *sacré* y *diable*. La voz aguda era de algún extranjero.

No pudo asegurarse de si era una voz de hombre ó de mujer. No logró saber lo que decía, pero cree que hablaba en español. El estado del cuarto y de los cuerpos fue descrito por este testigo, como lo describimos ayer nosotros.

"Enrique Duval, un vecino, platero de oficio, depone que fue uno de los que primero entraron a la casa. Corrobora el testimonio de Muset, en todo. Inmediatamente que forzaron la entrada, volvieron a cerrar la puerta, para no dejar penetrar la multitud, que se juntó muy pronto, a pesar de lo avanzado de la hora. Este testigo cree que la voz aguda, era de un italiano. Esta cierto que no era la de francés.

No puede asegurar que era una voz de hombre. Puede haber sido de una mujer. No conoce el idioma italiano. No pudo distinguir las palabras, pero está convencido, por la entonación, que el que hablaba era un italiano. Conocía a la señora L. y su hija. Había conversado muchas veces con ambas. Esta seguro que la voz aguda no era la de ninguna de las dos víctimas.

"Odenheimer, hostelero. Este testigo se ofreció voluntariamente. No hablando francés, fue examinado por medio de un intérprete. Ha nacido en Amsterdam, pasaba por la casa al tiempo de los gritos.

Duraron algunos minutos, probablemente diez. Eran prolongados y fuertes, terribles y aflictivos. Fue uno de los que entraron a la casa. Corrobora los datos de los demás, con una sola excepción. Esta seguro que la voz aguda era de un hombre, de un francés. No pudo distinguir las palabras proferidas. Eran fuertes y precipitadas desiguales y dichas aparentemente con tanto miedo como cólera. La voz era áspera, no tan aguda como áspera. No puede llamarla una voz aguda. La voz gruesa dijo muy a menudo, sacré, diable, y una vez mon Dieu.

"Julio Mignaud, banquero, de la firma de Mignaud e Hijos, calle Delareine. Es el mayor de los Mignausted La señora L'Espanaye tenía algún dinero. Había abierto una cuenta con su casa en la primavera del año... (ocho años antes). Hacia frecuentes depósitos de sumas pequeñas. No había girado un solo cheque hasta tres días antes de su muerte, en que ella misma fue a pedir la cantidad de cuatro mil francos. Esta suma fue pagada en oro, y un dependiente la condujo hasta la calle Morgue.

"Adolfo Le Bon, dependiente de Mignaud é Hijos, depone, que en el día ese, hacia las doce, acompañó a la señora L'Espanaye hasta su domicilio, con los cuatro mil francos puestos en dos bolsitas. Cuando la puerta fue abierta, la Sta. L. apareció y tomó de sus manos una de las bolsitas, mientras que la vieja señora hacía lo mismo con la otra. Entonces se despidió y se fue. No vio a nadie en la calle, en ese momento. Es una calle cortada, muy solitaria.

"Guillermo Bird, sastre; depone que fue uno de los que entraron en la casa. Es inglés. Ha vivido en Paris dos años. Fue juno de los primeros en subir las escaleras. Oyó las voces en disputa. La gruesa voz era de un francés. Logro entender algunas palabras, pero no las puede recordar todas. Oyo distintamente, sacré y mon Dieu. Había un ruido en ese momento como si algunas personas estuvieran luchando, un ruido de pelea y de desorden, La voz aguda era muy fuerte, más fuerte que la gruesa. Esta seguro que no era la voz de un inglés. Parecía la de un alemán. Puede haber sido la voz de una mujer. No entiende alemán.

"Cuatro de los testigos nombrados más arriba, fueron vueltos a llamar, y depusieron que la puerta del cuarto en que fue encontrada la Sta. L. estaba cerrada por dentro cuando llegaron a ella. Todo se hallaba en perfecto silencio, ni murmullos ni ruidos de ninguna especie. Después que fue forzada la puerta, no se vio ninguna persona. Las ventanas del cuarto del fondo, como las del de enfrente, estaban cerradas y fuertemente sujetas por dentro. La puerta que conduce del cuarto de enfrente al corredor se encontraba cerrada, con la llave en el lado interno. Un cuartito, situado en el frente de la casa, en el último piso, al comenzar el corredor, fue hallado abierto con la puerta entornada. Esta pieza estaba llena de camas viejas, maletas y cosas por el estilo. Todo fue cuidadosamente reconocido y registrado. No hay una pulgada, un solo sitio de la casa, que no haya sido objeto de prolijas investigaciones. Deshollinadores fueron enviados a recorrer las chimeneas. La casa tenía cuatro piezas, con desvanes (mansardes).

Una trampa que da al techo estaba clavada y asegurada, no parece haber sido abierta desde hace años. El tiempo corrido entre el momento en que se escucharon las voces que disputaban, y la violenta abertura de la puerta del cuarto, ha sido diferentemente apreciado por los testigos. Algunos lo hacen tan pequeño como tres minutos, otros tan largo como cinco. La puerta fue abierta con dificultad.

"Alfonso García, rentista, depone que reside en la calle Morgue. Es español. Fue uno de los que entraron a la casa. No subió las escaleras. Es nervioso y tenía aprensión por las consecuencias si se agitaba. Oyó las voces en disputa. La voz gruesa era la de un francés. No pudo oír lo que dijeron. La voz aguda era de un inglés, está seguro de ello. No entiende el inglés, pero juzga por la entonación.

"Alberto Montani, confitero, depone que estaba entre los primeros que subieron las escaleras. Oyó las voces en cuestión. La voz gruesa era de un francés. Distinguió algunas palabras. El que hablaba parecía reconvenir. No pudo entender lo que decía la voz aguda. Hablaba muy ligero y desigualmente. Cree que era voz de ruso. Corrobora lo dicho por los demás. Es italiano. No ha conversado jamás con un ruso.

"Varios testigos, vueltos a llamar, declararon que las chimeneas de todos los cuartos del último piso son muy estrechas para permitir pasar un cuerpo humano. Por 'deshollinadores' quisieron decir los cepillos cilíndricos que emplean los limpiadores de chimeneas.

Estos cepillos fueron pasados de arriba a abajo en todos los caños de la casa. No hay en los fondos ningún pasaje por el que se pueda haber descendido mientras los vecinos subían las escaleras. El cuerpo de la señorita L'Espanaye estaba tan firmemente metido dentro de la chimenea, que no pudo ser sacado hasta que cuatro o cinco hombres unieron sus esfuerzos con ese objeto.

"Pablo Dumas, médico, depone que fue llamado para examinar los cuerpos, hacia la madrugada. Los dos estaban sobre una cama, en el cuarto que fue encontrada la señorita L'Espanaye.

"El cadáver de la joven presentaba muchas contusiones y escoriaciones. El hecho de haber sido introducido en la chimenea, explicaba suficientemente esos fenómenos. La garganta estaba muy desollada. Había varios arañazos profundos, justamente bajo la barba; como asimismo una serie de manchas lívidas que eran, a todas luces, la impresión de los dedos. La faz estaba horriblemente descolorida, y los ojos saltados. La lengua había sido tronchada por la mitad. Una ancha contusión fue descubierta sobre la boca del estómago, producida, aparentemente, por la presión de una rodilla.

En la opinión de M. Dumas, la señorita L'Espanaye ha sido ahogada por una ó varias personas desconocidas.

"El cuerpo de la madre se hallaba horriblemente mutilado. Todos los huesos de la pierna derecha estaban más o menos destrozados. La tibia izquierda, muy hendida, así como las costillas del mismo lado. Todo el cuerpo horriblemente contuso y descolorido. No es posible decir cuando han sido inferidas las lesiones. Una pesada maza de madera, o una ancha barra de hierro, una silla, cualquiera arma ancha, pesada y obtusa puede haber producido tales resultados, manejada por un hombre de gran fuerza. Ninguna mujer puede haber causado esas heridas con ninguna arma. La cabeza de la muerta, cuando fue vista por el testigo, estaba enteramente separada del cuerpo; y se hallaba también muy destrozada. La garganta ha sido cortada evidentemente con algún instrumento muy afilado, a todas luces con una navaja de barba.

"Alexandro Etienne, cirujano, fue llamado con el señor Dumas, para examinar los cuerpos, Corrobora el testimonio y las opiniones de su colega.

"Nada mas de importancia fue descubierto, aunque muchas otras personas fueron interrogadas. Un asesinato tan misterioso y tan extraño en sus circunstancias, no ha sido nunca cometido en París, si es verdad que ha habido asesinato en este caso. La Policía, enteramente a oscuras, es un incidente sin ejemplo. No hay ni la sombra de una huella".

La edición de la noche establecía que continuaba en el barrio San Roque la más grande excitación; que el teatro del crimen había sido examinado otra vez, y que los testigos habían sido interrogados de nuevo, pero todo esto sin éxito. Un post scriptum, sin embargo, anunciaba que Adolfo Le Bon había sido encarcelado, aunque nada aparecía en él, como sospechoso, fuera de los hechos ya detallados.

Dupin parecía singularmente interesado en el progreso de este asunto —al menos, juzgaba yo eso de su aspecto—, porque no hacía comentarios. Fue solamente después del anuncio de la prisión de Le Bon, que me pidió mi parecer, respecto a los asesinatos. Yo estaba acorde con todo Paris en considerarlos como un insoluble misterio. No veía medio por el que fuera posible seguir la pista a los asesinos.

—No debemos juzgar de los medios —dijo Dupin—, por esta apariencia de indagación. La Policía parisiense, tan alabada por su penetración, es astuta, pero nada más. No hay método en sus procedimientos, excepto el método del momento. Hace una vasta ostentación de medidas; y frecuentemente son tan bien adaptadas al objeto propuesto, que traen a la memoria a Mr. Jourdain pidiendo su robe de chambre, para oír mejor la música.

—Los resultados alcanzados por ellas, son frecuentemente sorprendentes, pero por la mayor parte, son efecto, de la simple diligencia y de la actividad. Cuando estas cualidades son infructuosas, sus planes se frustran —siguió diciendo.

—Vidocq, por ejemplo —agregó Dupin— era un buen conjeturador y un hombre perseverante. Pero faltándole instrucción, se engañaba continuamente por la demasiada intensidad de sus investigaciones.

—Perjudicaba su visión, contemplando el objeto de muy cerca. Podía ver, quizá, uno o dos puntos con sin igual claridad, pero procediendo así, necesariamente, no podía considerar el asunto como un todo. De manera que hay algo que puede llamarse ser demasiado profundo. La verdad no está siempre en un pozo. Los más importantes datos se hallan invariablemente en la superficie. La profundidad reside en los valles donde la buscamos, y no es sobre la cúspide de la montaña donde se la encuentra. Los modos y fuentes de esta clase de error, están muy bien retratados en la contemplación de los cuerpos celestes. Arrojar una ojeada sobre una estrella , contemplarla de lado, tornando hacia ella las porciones exteriores de la retina (más susceptibles que las interiores, a las débiles impresiones de la luz) es ver la estrella distintamente , es tener la mejor apreciación de su brillo, un brillo que disminuye justamente en proporción que la miramos más de lleno. Un gran número de rayos caen sobre el ojo en el último caso; pero en el primero, hay la más refinada aptitud para la percepción.

Añadió: "Por una exagerada profundidad hacemos perplejo y débil nuestro pensamiento; y es posible hasta hacer desaparecer a Venus misma, del cielo, por un examen demasiado sostenido, demasiado concentrado o demasiado directo. Así, en cuanto a estos asesinatos, hagamos algunas consideraciones para nosotros mismos, antes de formar una opinión respecto a ellos. Una indagación nos va a entretener. (Encontré este verbo muy extraño, aplicado de esta manera, pero no dije nada); y además, Le Bon me hizo una vez cierto servicio por el que le estoy agradecido. Iremos a ver el teatro del suceso con nuestros propios ojos. Conozco a G…, el prefecto de Policía, y no tendremos dificultad en obtener el permiso necesario".

Acordada la autorización, nos dirigimos en el acto a la calle Morgue. Era ésta uno de esos miserables pasajes que se hallan situados entre la calle Richelieu y la de Saint—Roch. Al oscurecer llegamos a ella porque el barrio está a una gran distancia de aquel en que residíamos. La casa fue inmediatamente encontrada; porque había aún muchísimas personas mirando los postigos cerrados, con una tonta curiosidad, desde la otra acera de la calle.

Era una casa como ordinariamente son las de París, con una entrada, en uno de cuyos lados había una garita con cristales, y vidrio movible en la ventana, indicando una *loge de concierge* (una portería). Antes de entrar, remontamos la calle, dimos vuelta por una alameda, y entonces, volviendo otra vez, pasamos por los fondos de la casa. Dupin, mientras, examinaba toda la vecindad, lo mismo que la casa, con una minuciosidad para la que no podía yo encontrar objeto.

Volviendo sobre nuestros pasos, llegamos de nuevo hasta el frente del edificio, llamamos, y habiendo mostrado nuestras credenciales, fuimos admitidos por los agentes de servicio. Subimos las escaleras y penetramos al cuarto donde había sido encontrado el cuerpo de la señorita L'Espanaye, y donde permanecían aún los dos cadáveres. El desorden del cuarto continuaba, como se acostumbra en tales casos. No vi nada que no hubiera sido constatado por la Gazette des Tribunaux. Dupin examinó todo, hasta los cuerpos de las víctimas. Después fuimos a los otros cuartos y al patio; un gendarme nos acompañaba por todas partes.

Aquel examen nos ocupó hasta la noche, en que nos fuimos. En el camino hasta casa, mi compañero se detuvo por un momento en la oficina de un diario. He dicho que los caprichos de mi amigo eran múltiples y, que yo los toleraba; para esta frase no hay ninguna equivalente en inglés.

Fue su humor abandonar toda conversación respecto al asesinato, hasta cerca de las doce del día siguiente. Entonces me preguntó, repentinamente, si no había observado algo de singular, en el teatro del asesinato.

Había no sé qué en su manera de dar énfasis a la palabra "singular" que me hizo estremecer, sin que comprendiera el motivo.

—No, nada de singular —dije—, nada más que lo que ambos hemos visto constatado en el diario.

—La Gazette —replicó él—, no ha penetrado, temo, el horror poco habitual del hecho. Pero desechemos las vanas opiniones de ese impreso. Me parece que este misterio es considerado insoluble por la misma razón que le haría ser mirado como fácilmente soluble, quiero decir, por el carácter exagerado de sus rasgos distintivos. La Policía está confundida por la aparente ausencia de motivo — no por el asesinato en sí mismo — sino por su atrocidad. Esta aturdida, además, por la aparente imposibilidad de conciliar las voces que disputaban, con los hechos de que no se encontró en los altos más que el cadáver de la señorita L'Espanaye, y que no había medios de salir sin que los vecinos que subían las escaleras, lo notaran. El extraño desorden del cuarto; el cuerpo embutida, con la cabeza para abajo, en la chimenea; la horrorosa mutilación del cuerpo de la vieja señora; estas consideraciones con las ya mencionadas y otras que no necesito detallar, han bastado para paralizar el poder, para derrotar completamente la alabada penetración de los agentes del gobierno. Han caído en el grande aunque común error de confundir lo no habitual con lo abstruso. Pero es en estas desviaciones del plano de lo ordinario, que la razón tantea su camino, aunque siempre, en la investigación de la verdad. En indagaciones como la que estamos haciendo es menester no preguntarse tanto "¿qué ha ocurrido?", como "¿Que ha ocurrido que no haya ocurrido antes?". En una palabra, la facilidad con que llegaré ó he llegado a la solución de este misterio, está en razón directa de su aparente insolubilidad a los ojos de la Policía. Contemplé fijamente a mi interlocutor, con mudo asombro.

Estoy esperando ahora —continuó él—, mirando hacia la puerta de nuestro cuarto. Estoy esperando una persona que aunque, quizá, no es el autor de esa carnicería, debe estar, en algún modo, complicado en su perpetración. Es probable que sea inocente de la parte más horrorosa de esos crímenes. Deseo no equivocarme en esta su posición, porque sobre ella he edificado mis esperanzas de descifrar por completo el enigma.

Espero al hombre aquí —en esta pieza— de un momento a otro. Es cierto que puede no venir; pero la probabilidad es que vendrá. Si viniera, será necesario detenerlo. Aquí hay pistolas; y ambos sabemos cómo se usan cuando llega la ocasión.

Tomé las pistolas, sabiendo apenas lo que hacía, creyendo a medias en mis oídos, mientras Dupin proseguía, casi en un soliloquio. He hablado ya de su aspecto abstraído en tales momentos. Sus pensamientos se dirigían a mí; pero su voz, aunque en manera alguna fuerte, tenía esa entonación que es comúnmente empleada cuando se habla a alguien desde una gran distancia. Sus ojos, sin expresión miraban solamente la pared.

—Que las voces oídas en disputa —dijo—, por los que subieron las escaleras, no eran de mujer, está plenamente probado por las declaraciones. Esto nos ahorra toda duda respecto a la cuestión de si la vieja señora puede haber muerto a la hija, y después haberse suicidado. Además, no hablo de esto, sino por amor al método; porque la fuerza de la Sra. L'Espanaye hubiera sido absolutamente insuficiente para la tarea de meter su hija dentro de la chimenea, de la manera como fue encontrada; y la naturaleza de los golpes inferidos a su persona, hacen enteramente imposible la idea de la propia destrucción. El asesinato, por consiguiente, ha sido cometido por un tercer conjunto de personas; y las voces de este tercer conjunto fueron las oídas en disputa. Déjeme Usted ahora llamar su atención —no sobre las declaraciones relativas a esas voces— sino sobre lo peculiar a ellas. Ha notado Usted algo peculiar en las declaraciones?

Hice notar que mientras todos los testigos concertaban en suponer la gruesa voz como la de un francés, había mucha contrariedad respecto a la aguda, o como la llamó un testigo, áspera.

—Esa es la evidencia misma —dijo Dupin—, pero no es la peculiaridad de la evidencia. Usted no ha observado nada distintivo. Sin embargo, hay algo que observar. Los testigos, como usted nota, están acordes respecto a la voz gruesa; en esto sus testimonios son unánimes. Pero sobre la aguda, la peculiaridad es, no que desacuerdan, sino que, cuando un italiano, un inglés, un español, un holandés y un francés, intentan describirla, cada uno habla de ella como de la de un extranjero.

"Cada uno está seguro que no era la voz de un compatriota. Cada uno la asemeja, no a la voz de un individuo de alguna nación cuya lengua le fuera familiar, sino al contrario. El francés, supone que era la voz de un español, 'habría entendido algunas palabras si hubiera conocido el castellano'. El holandés mantiene que era la de un francés, pero encontramos constatado que 'no entendiendo el francés, este testigo fue examinado por medio de un intérprete'. El inglés piensa que era la voz de un alemán y 'no entiende alemán'. El español' está seguro' que era la de un inglés, pero juzga 'por la entonación, únicamente, pues 'no conoce el inglés'. El italiano cree que era la voz de un ruso, pero 'no ha conversado jamás con un ruso'. Un segundo francés, difiere, además, con el primero, y es positivo para él, que la voz era de un italiano; pero no conociendo esa lengua, está, como el español, convencido por la entonación. ¡Cuan extraña y poco habitual debe haber sido realmente esta voz sobre la que puede haberse producido un testimonio como éste! —en cuyos tonos, extranjeros naturalizados de las cinco grandes divisiones de Europa, no han podido reconocer ninguno que les sea familiar—, ¡absolutamente familiar! Usted dirá que puede haber sido la voz de un asiático o de un africano. Ni los asiáticos ni los africanos abundan en París; pero sin rechazar la deducción, quiero llamar la atención de Usted simplemente sobre tres puntos.

"La voz es llamada por un testimonio 'áspera, más bien que aguda'. Es representada por otros, como 'rápida y desigual'. Ningunas palabras —ningunos sonidos parecidos a palabras— son mencionados como comprensibles por los testigos.

"No sé —continuó Dupin—, qué impresión puedo haber hecho, de esta manera, sobre el entendimiento de usted; pero no vacilo en decir que, deducciones legitimas hasta de esa porción del testimonio —la porción que respecta a las voces gruesa y aguda— son en sí mismas suficientes a engendrar una sospecha que puede dar dirección a los progresos en la investigación del misterio.

"Digo 'deducciones legítimas', pero mi pensamiento no está expresado por completo con esa frase. Quería decir que las deducciones eran los únicos medios propios, y que la sospecha procede inevitablemente de ellas, como el único resultado. Cuál es la sospecha, sin embargo, no puedo precisarlo todavía.

"Deseo sólo demostrar a usted que en cuanto a mí, era suficientemente eficaz para dar una forma definida, una cierta tendencia, a mis investigaciones en el teatro del crimen.

"Trasportémonos ahora, imaginativamente, a ese teatro. ¿Qué buscaremos primero en él? Los medios de salida empleados por los asesinos. No es demasiado decir que ninguno de nosotros cree en intervenciones sobrenaturales. La señora y señorita L'Espanaye no han sido destruidas por espíritus.

"El asesino es material y ha escapado materialmente. Ahora, ¿cómo? Afortunadamente no hay más que un modo de razonar sobre el punto, y este modo debe guiarnos a una conclusión definida. Examinemos, uno por uno, los medios posibles de salida. Es claro que los asesinos estaban en el cuarto, donde fue encontrada la señorita L'Espanaye, ó al menos en el cuarto contiguo, cuando los vecinos subieron las escaleras. Por consiguiente, es desde estas dos piezas que tenemos que buscar las salidas. La Policía ha puesto a descubierto los pisos, los techos, y la composición de las paredes en todas direcciones. Ninguna salida secreta ha podido escapar a su vigilancia. Pero, no confiando en sus ojos, he examinado las cosas con los míos propios.

"No había en realidad, salidas secretas. Las dos puertas que conducen de los cuartos al corredor, estaban perfectamente cerradas, con las llaves en el lado interior. Veamos las chimeneas. Aunque de la anchura ordinaria hasta ocho o diez pies, por arriba del atrio, no pueden permitir, en su extremidad, la salida de un gato grande.

"Estando constatada la imposibilidad de escaparse por los medios ya examinados, nos quedan sólo las ventanas. Por las del cuarto del frente, nadie puede haber huido sin ser visto por la multitud apiñada en la calle:

"Los asesinos, deben haber pasado, entonces, por las del cuarto de atrás. Ahora, traídos a esta conclusión, de una manera tan inequívoca, no tenemos derecho, como razonadores, para rechazarla en razón de su aparente imposibilidad. Nos queda que probar, solamente, que esas «aparentes imposibilidades», no lo son en realidad.

"Hay dos ventanas en el cuarto. Una de ellas no está obstruida con muebles y es perfectamente visible. La parte baja de la otra esta tapada por la cabecera del enorme lecho, que está pegado a ella. La primera fue encontrada fuertemente asegurada por dentro. Resistió a los más grandes esfuerzos de los que pretendieron levantarla. Un gran agujero había sido hecho en su marco con una barrena. Llegaba hasta el otro lado, y dentro de él, fue hallado un grueso clavo, metido hasta la cabeza, casi. Al examinar la otra ventana, un clavo idéntico fue visto, aparentemente metido de la misma manera; y un vigoroso esfuerzo para levantar este marco falló también. La Policía quedó convencida de que no se había efectuado ninguna escapada en esas direcciones. Y por consiguiente fue considerado inútil, retirar los clavos y abrir las ventanas.

"Mis propias indagaciones fueron un poco más especiales, y lo fueron por la razón que he dado hace un instante , porque de ahí se debían sacar las pruebas de que las imposibilidades aparentes no eran tales en realidad.

"Proseguí razonando así, a posteriori. Los asesinos han escapado por una de esas ventanas. Siendo esto así, no podían haber vuelto a asegurar los marcos por el interior, como fueron encontrados, consideración que por su evidencia, había limitado las diligencias de la Policía a ese solo barrio. Los marcos, sin embargo, fueron cerrados. Debían, pues, tener el poder de cerrarse por sí mismos. No se podía escapar a esta conclusión. Llegué hasta la ventana libre de muebles, quité el clavo con alguna dificultad, e intenté levantar el marco. Resistió a todos mis esfuerzos, como lo había esperado. Conocí entonces que debía existir un oculto resorte; y la corroboración de mi pensamiento, me convenció de que mis premisas eran reales, por más misteriosas que todavía me aparecieran algunas circunstancias relativas a los clavos. Una cuidadosa investigación me hizo encontrar bien pronto el escondido resorte. Lo apreté, y satisfecho de mi descubrimiento, me abstuve de levantar el marco.

"Entonces volví a colocar el clavo en su sitio y lo contemplé atentamente. Una persona al salir por la ventana podía haberla cerrado de nuevo, y el resorte hubiera calzado, pero el clavo no habría podido ser puesto en su lugar. La conclusión era clara y limitaba de nuevo el campo de mis pesquisas. Los asesinos debían haber escapado por la otra ventana. Suponiendo, entonces, que sobre cada marco había un resorte idéntico, como era probable, debía haber alguna diferencia entre los clavos, o al menos, entre los modos de su colocación. Habiendo subido al armazón del lecho, registré minuciosamente el segundo marco, por sobre la cabecera de la cama. Pasando mi mano por detrás de ella, encontré bien pronto y oprimí el resorte, que era, como había supuesto, igual a su vecino. Después lo miré. Era tan grueso como el otro, y aparentemente metido de la misma manera, hundido casi hasta la cabeza.

"Usted diría que yo estaba confundido; pero si usted piensa eso, es porque no ha comprendido la naturaleza de las inducciones. Para usar una frase de juego (sporting phrase), no había cometido todavía una sola falla. No había perdido la pista un solo instante. No había hendiduras en ningún estabón de la cadena. Había seguido el secreto hasta su último punto, y este punto era el clavo. Tenía, digo, toda la apariencia de su compañero de la otra ventana; pero este hecho era absolutamente nulo (por más concluyente que pareciera ser), en frente de esta consideración: que allí en ese punto, terminaba la huella conductora.

"Algún defecto —dije—, debe haber en el clavo. Lo toqué; y la cabeza, con casi un cuarto de pulgada de la espiga, se quedó entre mis dedos. El resto de la espiga estaba en el agujero hecho con la barrena, dentro del cual se había roto. La fractura era vieja (pues los bordes estaban incrustados de moho) y había sido causada aparentemente por un martillazo, que había sujetado, en la superficie del marco, la cabeza del clavo. Coloqué cuidadosamente la cabeza en el agujero de donde la había extraído, y la semblanza con un clavo entero, fue completa, la rajadura era invisible. Apretando el resorte, levanté poco a poco el marco, algunas pulgadas; la cabeza del clavo se levantó con él, permaneciendo firme en su lecho. Cerré la ventana, y el clavo volvió a aparecer como si estuviera entero.

"El enigma, hasta aquí, estaba descifrado. El asesino había escapado por la ventana que daba sobre el lecho. Cayendo por sí misma, después de su salida (o quizás cerrada a propósito), había sido asegurada por el resorte — y fue la retención de este resorte el que la Policía había equivocado con la del clavo, siendo así consideradas inútiles las investigaciones ulteriores.

"Seguía la cuestión de saber cómo había descendido. Sobre este punto había quedado satisfecho con el paseo que di con usted alrededor del edificio. Cerca de cinco pies y medio más abajo de la ventana, hay una cadena de pararrayos. Desde allí hubiera sido imposible para cualquiera el alcanzar sólo al alféizar.

"Observé, sin embargo, que los postigos del cuarto piso eran de esa clase especial llamados ferrades, por los carpinteros parisienses, una clase raramente empleada en nuestros días, pero que pueden verse a menudo en las viejas casas de Lyon y de Bordeaux. Son de la forma de una puerta ordinaria (de una batiente, no de dos) excepto en esto: en la mitad inferior están enrejados con alambre, ofreciendo así un excelente asidero para los manos. En el caso presente, estos postigos son de tres pies y medio de ancho.

"Cuando los vimos desde los fondos de la casa, estaban los dos entreabiertos, es decir, haciendo ángulo recto con la pared. Es probable que la Policía, lo mismo que yo, examinara la parte trasera de la casa; pero si es así, mirando esos ferrades en la línea de su anchura (como debe haberlo hecho), no percibió la gran anchura misma, ó en todo caso, no la tomó en la debida consideración.

"Estando convencida de que ninguna salida podía haberse efectuado por ese lado, debe haber hecho en él un examen muy ligero. Era claro para mí, sin embargo, que el postigo perteneciente a la ventana a que daba la cabecera del lecho podía, si se le abría enteramente a lo largo de la pared, alcanzar hasta dos pies de la cadena del pararrayos. Era también evidente, que por medio de un extraño grado de actividad y valor, se podía haber efectuado una entrada por la ventana, desde el pararrayos. Alcanzando a la distancia de dos pies y medio (supongo el postigo abierto en toda su extensión), un ladrón podía haber encontrado un firme asidero en el enrejado de que hablé antes. Abandonando su punto de apoyo, el pararrayos, asegurando sus pies contra la pared, y largándose intrépidamente desde allí, podía haber atraído el postigo hasta cerrarlo, y si imaginamos la ventana abierta en ese momento, podía hasta haber llegado al interior del cuarto.

"Quiero que usted recuerde especialmente que he hablado de un extraño grado de actividad, como requisito para el éxito en tan aventurada como difícil acción.

"Es mi designio mostrar a usted, primero, que es posible que la cosa se haya llevado a cabo; y segundo, y principalmente, deseo hacer comprender a usted el extraordinario, el sobrenatural carácter de la agilidad, con que debe haberse ejecutado la ascensión. Usted dirá sin duda, usando el lenguaje de la ley, que ´para aclarar un caso´ debía más bien evaluar en menos de su valor real, que insistir sobre la entera estima de la actividad requerida en este asunto. Esta puede ser la practica judicial, pero no es la costumbre de la razón. Mi único objeto es la verdad. Mi propósito inmediato es inducir a usted a que coloque en justa posición, esa extraordinaria agilidad de que acabo de hablar, con esa singular voz aguda (o áspera) desigual, sobre cuya nacionalidad no se han encontrado dos personas acordes, siquiera, y en cuya pronunciación no se ha descubierto una sola sílaba.

A estas palabras, una vaga é informe concepción del pensamiento de Dupin, atravesó mi inteligencia. Parecía estar sobre el límite de la comprensión, sin poder comprender — como los hombres que a veces se hallan en el borde de un recuerdo, sin poder recordar, sin embargo. Mi amigo prosiguió:

—Usted vera, dijo, que he conducido la cuestión, del modo de salida al modo de entrada. Era mi intención demostrar que ambas fueron efectuadas de la misma manera y por el mismo punto. Volvamos ahora al interior del cuarto. Examinemos atentamente sus circunstancias. Los cajones de la cómoda, se ha dicho, han sido saqueados, aunque muchos objetos de toilette permanecían todavía en ellos. La conclusión sacada de esto, es absurda. Es una simple conjetura —tonta, necia— y nada más. ¿Cómo podemos saber que los objetos encontrados en los cajones, no eran todos los contenidos en ellos?

La señora L'Espanaye y su hija hacían una vida excesivamente retirada, no veían a nadie, salían raras veces, no tenían para que cambiar de adornos a cada rato. Los que han sido hallados, eran, además, de tan buena calidad como los que podían poseer esas señoras. Si un ladrón hubiera llevado algunos ¿por qué no llevar los mejores, por qué no llevar todos? En una palabra, ¿porque abandonar cuatro mil francos en oro, para embarazarse con un atado de ropa? El oro fue abandonado. Casi toda la suma mencionada por el señor Mignaud, el banquero, fue recogida, en sacos sobre el pavimento. Deseo, por consiguiente, apartar de la inteligencia de usted la desatinada idea de motivo, engendrada en los hombres de la Policía por las declaraciones que hablan de dinero entregado en la puerta de la casa. Coincidencias diez veces tan notables como ésta (la entrega de dinero, y asesinato cometido dentro de los tres días, sobre la persona que lo recibió) vemos sucederse todos los días de nuestra vida, sin atraer ni momentáneamente nuestra atención. Las coincidencias en general, son grandes obstáculos en el camino de esa clase de pensadores, que han sido educados de tal manera, que no conocen sino la teoría de las probabilidades, esa teoría a la cual los más gloriosos objetos de las investigaciones humanas deben las más gloriosas ilustraciones. En el presente caso, si el oro hubiera desaparecido, el hecho de su entrega tres días antes, habría importado algo más que una coincidencia. Podía haber corroborado la idea de motivo. Pero bajo la circunstancia real del caso, si podemos suponer al oro el motivo de este crimen, debemos también imaginar al perpetrador tan vacilante como un idiota, para haber abandonado su oro y su motivo, todo junto.

"Guardando ahora firmemente en el cerebro, los puntos hacía que he llevado la atención de usted esa voz especial, esa extraña agilidad, y esa sorprendente ausencia de motivo, en un asesinato tan singularmente atroz como éste, examinemos el crimen en sí mismo.

"Aquí hay una mujer estrangulada por la fuerza de las manos, y metida en una chimenea, con la cabeza para abajo. Ordinariamente los asesinos no emplean medios semejantes para matar. Todavía menos, ocultan así los cadáveres.

"En la manera de introducir el cuerpo en la chimenea usted admitirá que hay algo excesivamente exagerado, algo irreconciliable con lo natural de las acciones humanas, hasta cuando suponemos a los autores, los más depravados de los hombres. Piense usted, además, cuan grande debe haber sido la fuerza del que metió el cuerpo en la chimenea tan violentamente, que muchas personas juntas bastaron apenas para sacarlo.

"Volvamos ahora hacia las otras pruebas de esa fuerza extraordinaria. En el suelo había espesos mechones —muy espesos mechones— de cabello humano. Habían sido arrancados de raíz. Usted sabe la gran fuerza que se necesita para arrancar así de la cabeza, solamente veinte ó treinta pelos juntos. Usted vio esos mechones, tan bien como yo. Sus raíces (horroroso espectáculo) estaban adheridas a fragmentos del cuero cabelludo, prueba segura del prodigioso poder empleado para desarraigar quizás medio millón de una sola vez. La garganta de la vieja señora, estaba no solamente cortada, sino que la cabeza se hallaba separada del cuerpo; el instrumento era una simple navaja. Deseo que considere usted también la brutal ferocidad de estos crímenes. De las magulladuras de la señora L'Espanaye, no hablo. El señor Dumas y su excelente colega el señor Etienne han declarado que eran infligidas por algún instrumento obtuso; y hasta ahí, esos caballeros no se han equivocado. El instrumento obtuso es claramente la piedra del pavimento del patio, sobre la que ha caído la víctima desde la ventana próxima al lecho. Esta idea, por más simple que pueda parecer ahora, ha escapado a la Policía por la misma razón que le escapó la anchura de los postigos, porque a causa de la presencia de los clavos, su percepción estaba herméticamente cerrada a la posibilidad de que las ventanas hubieran sido abiertas jamás.

"Si ahora, en adición a todas estas cosas, ha reflexionado usted sobre el raro desorden del cuarto, hemos ido tan lejos como para combinar las ideas de una agilidad sorprendente, una fuerza suprahumana, una ferocidad brutal, una carnicería sin motivo, una grotesquerie en horror, absolutamente ajena a la humanidad, y una voz extraña en tono a los oídos, de los hombres de muchas naciones, y privada de silabificación distinta ó inteligible. ¿Qué resulta, pues, de todo esto? ¿Qué impresión he hecho sobre su imaginación de usted?".

Cuando Dupin me hizo esta pregunta sentí como si una serpiente se deslizara sobre mi cuerpo.

—Un loco —dije—, ha sido el asesino, algún maníaco furioso escapado de una Maison de Santé de la vecindad.

— De algunos puntos de vista —replicó— la idea de usted es aceptable. Pero las voces de los locos, hasta en sus horribles paroxismos, no se parecen a esa voz especial; oída en los altos. Los locos son de alguna nación, y su lenguaje, por incoherentes que sean sus palabras, tiene siempre la coherencia de la silabificación. Además, el cabello de un loco no es como el que tengo en mis manos. Saqué estos cuatro o cinco pelos de entre los rígidos dedos de la Sra. L'Espanaye. Dígame usted su opinión ahora.

—Dupin —dije— completamente enervado, este pelo es de lo más extraño, éste no es pelo humano.

— No he asegurado que lo sea —dijo él—, pero antes de decidirnos sobre este punto, deseo que examine Usted el pequeño esbozo que he hecho aquí sobre este papel. Es un facsímile dibujado, de lo que ha sido descrito en una parte de las declaraciones como "negras magulladuras" y profundas impresiones de los dedos de una mano sobre la garganta de la señorita L'Espanaye, y en otra (por los Sres. Dumas y Etienne) como serie de lívidas manchas, evidentemente *señales de dedos*.

— Usted percibirá —continuó mi amigo— extendiendo el papel sobre la mesa delante de nosotros, que este dibujo da la idea de una firme y potente garra. No hay deslizamiento aparente. Cada dedo ha conservado —indudablemente hasta la muerte de la víctima— el horrible punto en que fue colocado desde el principio. Trate usted ahora de poner todos sus dedos al mismo tiempo, en las respectivas marcas que hay aquí hice el ensayo en vano.

—Evidentemente no es así como debemos sujetar a prueba este asunto —dijo Dupin—. El papel esta extendido sobre una superficie plana; pero la garganta humana es cilíndrica. Aquí hay un trozo de leña, cuya circunferencia es, poco más o menos, la de la garganta. Enrolle Usted el dibujo alrededor y hagamos el experimento de nuevo.

Lo hice; pero la dificultad fue todavía más obvia.

— Ésta —dije—, no es la huella de una mano humana.

— Lea usted ahora —replicó Dupin— este pasaje de Cuvier.

Era una descripción anatómica, minuciosa, del gran Orangutang leonado de las islas orientales. La gigantesca estatura, la prodigiosa fuerza y actividad, la ferocidad salvaje, y las propensiones imitativas de ese mamífero, son conocidas suficientemente de todo el mundo. Comprendí al fin el inmenso horror del asesinato.

La descripción de los dedos —dije—, cuando hubo concluido de leer, concuerda exactamente con este dibujo. No veo que otro animal, sino un Orangután, de la especie aquí mencionada, podía haber dejado huellas como las que usted ha trazado. Este mechón de pelo leonado es, además, idéntico en carácter al de la bestia descrita por Cuvier. Pero no puedo comprender de una manera clara, todas las circunstancias de este horroroso misterio. Dos voces fueron oídas en disputa, y una de ellas era incuestionablemente la voz de un francés.

—Cierto; y usted recordará una expresión atribuida, casi unánimemente, por los declarantes, a esa voz, la expresión Mon Dieu. Con relación a las circunstancias averiguadas, ha sido perfectamente caracterizada por uno de los testigos (Montani, el confitero) como una expresión de reconvención o reproche. Sobre esas dos palabras, he edificado principalmente mis esperanzas de una completa solución del asunto. Un francés tiene conocimiento íntimo del misterio. Es posible, a la verdad, es hasta más que probable, que sea inocente de toda participación en los sangrientos sucesos de que nos ocupamos. El Orangután, puede habérsele escapado. Puede haberlo seguido hasta el cuarto; pero por las terribles circunstancias que se produjeron puede ser que no haya vuelto a capturarlo. El mono esta libre todavía. No proseguiré estas conjeturas — pues no puedo llamarlas de otra manera— desde que las sombras de reflexión sobre que se basan, son apenas de la profundidad suficiente para ser apreciables a mi propio intelecto, y desde que no puedo pretender hacerlas inteligibles a nadie. Las llamaremos, pues, conjeturas; y hablaremos de ellas como si fuesen tales. Si el francés en cuestión, es, como supongo, inocente de esa atrocidad, este aviso, que dejé anoche cuando volvíamos a casa, en la oficina de Le Monde (un diario consagrado a los intereses marítimos, muy buscado por los marineros) le traerá hasta nuestra morada.

Me tendió un papel y leí:

CAPTURA.

"En el bosque de Boulogne, en la mañana del... corriente (la mañana en que se cometió el crimen) muy temprano, fue encontrado un gran Orangután leonado, de la especie de Borneo. El dueño de este animal (que se sabe ser un marinero, perteneciente a un buque maltés) puede recobrarlo después de probar satisfactoriamente su derecho, pagando algunos gastos ocasionados por la captura y mantención. Acudir a la calle... N.°...Faubourg Saint—Germain — tercer piso":

—¿Cómo ha sido posible —pregunté a Dupon—, q ue pueda Usted saber que el dueño es un marinero perteneciente a un navío maltés?

— No lo sé, dijo Dupin. No estoy seguro de ello. Aquí tengo, sin embargo, un pequeño trozo de cinta, que por su forma y por su grasienta apariencia, ha sido usado evidentemente para atar una de esas largas colas a que son tan aficionados los marineros. Además, este nudo es uno de los que pocos marineros saben hacer, y es peculiar a los malteses. Recogí esta cinta en lo bajo de la cadena del pararrayos. No puede haber pertenecido a ninguna de las asesinadas.

"Ahora, si después de todo, equivocado en mi inducción acerca de esta cinta (que el francés es un marinero perteneciente a un buque maltés), no he cometido ningún mal diciendo lo que he dicho en el aviso. Si me engaño, el francés supondrá simplemente que he sido engañado por algunas circunstancias que no querrá tomarse el trabajo de averiguar. Pero si tengo razón, hay un gran punto ganado.

"Sabedor, aunque inocente, del asesinato, el francés naturalmente vacilara sobre si responderá al aviso, sobre si reclamara el Orangután. Razonara así: 'Soy pobre; mi Orangután es de un gran valor para mis circunstancias, es una fortuna, ¿por qué iré a perderle por tontas aprensiones? Esta ahí, en mis manos, puede decirse. Ha sido encontrado en el bosque de Boulogne a una gran distancia del teatro de la carnicería.? Cómo podrá sospecharse jamás que una bestia sea la autora de esos asesinatos? La Policía está a oscuras, no ha podido hallar la más pequeña huella. Aunque encontrasen alguna vez el rastro del animal, les sería imposible probarme que sé algo del asesinato, o encontrarme delito por ese conocimiento. Sobre todo, se me conoce. El que ha hecho el aviso me designa como el poseedor del animal. No estoy seguro sobre la extensión de sus datos a este respecto. Si dejara de reclamar tan valiosa propiedad, a la que se sabe tengo derechos, no conseguiré sino hacer sospechoso al animal. No es prudente atraer la atención ni sobre mí mismo, ni sobre la bestia. Contestaré el aviso, obtendré el Orangután, y lo guardaré hasta que este asunto sea olvidado".

En este instante oímos pasos en la escalera.

—¡Esté usted pronto! —dijo Dupin— prepare las pistolas, pero ni las use ni las muestre hasta una señal mía.

La puerta de la calle había sido dejada abierta, y el visitante había entrado, sin llamar, y subido algunos peldaños. parecía vacilar. De repente, lo oímos que se volvía. Dupin corrió a la puerta, cuando oímos que subía de nuevo. Esta vez no vaciló; subió con decisión y llamó a la puerta de nuestro cuarto.

—Entre usted —dijo Dupin— con un tono alegre y tranquilo.

Entró un hombre. Era un marinero evidentemente, una alta, robusta y musculosa persona, con una expresión de salvaje atrevimiento, nada tranquilizador. Su rostro, muy quemado por el sol, tenía la mitad oculta por las patillas y el mustaccio. Llevaba consigo un formidable garrote de roble, pero parecía no tener más armas. Se inclinó torpemente y nos dio las buenas noches con un acento francés, que aunque recordaba algo el de los naturales de Neufehâtel, indicaba suficientemente un origen parisiense.

—Siéntese usted, amigo —dijo— Dupin. Supongo que ha venido Usted por el Orangután. Palabra de honor, casi envidio a usted, la posesión de ese animal; es notablemente hermoso, y sin duda, de un gran valor. ¿Qué edad cree Usted que tenga?

El marinero aspiró el aire, con el aspecto de un hombre relevado de alguna carga intolerable, y replicó con un tono tranquilo:

—No tengo cómo saberlo bien, pero no puede tener más de cuatro o cinco año. ¿Le tiene Usted aquí?

—¡Oh! no; no tenemos comodidad para guardarle. Esta en una caballeriza en la calle Dubourg, muy cerca de aquí. Le recobrará usted mañana. ¿Es decir que tiene usted cómo probar sus derechos?

— Ciertamente, señor.

—Sentiré separarme de él, a la verdad —dijo Dupin.

—No pretendo que usted se haya molestado inútilmente —dijo el hombre—. No lo he esperado. Estoy dispuesto a pagar un premio por el hallazgo del animal, un premio razonable, se entiende.

— Bien —replicó mi amigo—, es muy justo seguramente. ¡Déjeme usted pensar! ¿Qué me convendrá tener? ¡Ah!, le diré a usted… Mi premio será éste. Me dará usted todos los datos que posea acerca de los crímenes de la calle Morgue.

Dupin dijo estas últimas palabras, en un tono muy alto y con mucha tranquilidad. Con la misma serenidad, fue hasta la puerta, la cerró y guardó la llave en su bolsillo. Sacó en seguida una pistola de su pecho y sin la menor violencia, la puso sobre la mesa.

El rostro del marinero se coloreó como si hubiera estado luchando con una sofocación. Se enderezó sobre sus pies repentinamente y empuñó su garrote; pero un segundo después cayó en su asiento, temblando, y con la expresión de la muerte en su fisonomía. No habló ni una palabra. Le compadecía yo desde el fondo de mi corazón.

— Amigo mío —dijo Dupin, con voz bondadosa—: Usted se alarma sin necesidad. No tenemos ninguna intención dañada. Empeño a usted mi honor de caballero y de francés, de que no pretendemos hacer a usted ningún mal. Sé perfectamente bien que usted es inocente de las atrocidades de la calle Morgue. Eso no quiere decir, sin embargo, que niegue que usted está algo complicado en ellas. De lo que acabo de decir, usted puede comprender que he tenido medios de información sobre este asunto, que no se habría usted, imaginado jamás. La cuestión es ésta, ahora. Usted no ha hecho nada que debiera ser ocultado, nada, ciertamente, que le haga culpable. No se puede acusar a usted ni siquiera de robo, habiendo podido robar con impunidad. Usted no tiene nada que ocultar. No hay razón de hacerlo. Por otro lado, está usted compelido por los principios del honor a confesar todo lo que sabe. Un hombre se halla preso, acusado del crimen cuyo perpetrador puede ser indicado por usted.

El marinero había recobrado su presencia de ánimo, en gran parte, mientras que Dupin profería esas palabras, pero había desaparecido su aspecto de tranquilidad.

— ¡Que Dios me ayude! —dijo después de una breve pausa—. Voy a decir a usted todo lo que sé sobre este asunto, aunque no espero que usted crea en la mitad de lo que diga; sería un loco si lo hiciera. Sin embargo, soy inocente, y haré una sincera confesión aún quedaba morir en seguida.

Lo que nos narró, fue en sustancia lo siguiente. Había hecho últimamente un viaje al Archipiélago Indio. Unas cuantas personas se bajaron en Borneo, con objeto de hacer una excursión, por recreo, en el interior del país. Entre ellas, iba él. Junto con otro compañero habían capturado al Orangután. Habiendo muerto ese compañero, el animal llegó a ser de su exclusiva propiedad.

Después de grandes dificultades, ocasionadas por la intratable ferocidad del cautivo durante el viaje de regreso, consiguió por último alojarlo convenientemente en su propia residencia en Paris, donde para no atraer la desagradable curiosidad de los vecinos, le escondió con cuidado, durante algún tiempo, hasta que sanó de una herida en una mano, causada por una astilla de madera a bordo.

Su última intención era venderlo. Volviendo a su Casa, de una francachela de marineros, en la noche, más bien en la mañana del asesinato, encontró al animal en su propia alcoba, en la que había entrado violentamente, por un pequeño gabinete, en el cual, según se había creído, estaba sólidamente sujeto. Con una navaja de barba en la mano, y enteramente lleno de jabón el rostro, se había sentado frente a un espejo, y trataba de afeitarse, operación que había observado sin duda en su amo, espiándolo por la cerradura del gabinete en que estaba prisionero.

Aterrado a la vista de un arma tan peligrosa en la posesión de animal tan feroz y tan capaz de servirse de ella, no había sabido qué hacer en los primeros momentos. Le había reducido siempre, hasta en sus más salvajes cóleras, por medio de un látigo, y acudió a él.

Al ver el látigo, el Orangután, se arrojó de un salto a la puerta de la pieza, bajó las escaleras, y por una ventana, infortunadamente abierta, ganó la calle. El francés lo siguió con desesperación. El mono, todavía con la navaja en la mano, se paraba de cuando en cuando, para mirar para atrás y gesticular a su perseguidor, hasta que era casi alcanzado.

Entonces volvía a disparar. De esta manera continuó la caza, algún tiempo. Al pasar por una alameda, tras de la calle Morgue, la atención del fugitivo fue atraída por una luz que brillaba en la ventana de la habitación de la señora L'Espanaye, en el cuarto piso de su casa. Arrojándose sobre el edificio, percibió la cadena del pararrayos, trepó por ello con inconcebible agilidad, asió el postigo, que estaba extendido enteramente sobre la pared, y balanceándose en él, fue a caer directamente sobre la cabecera del lecho. En todo esto no tardó ni un minuto. El postigo fue abierto de nuevo, de una patada, por el Orangután, al entrar al cuarto.

El marinero, mientras, estaba regocijado y al mismo tiempo, perplejo. Tenía grandes esperanzas de volver a capturar al animal, pues casi no podía escapar de la trampa en que se había aventurado, excepto por la cadena del pararrayos, donde era fácil detenerlo. Por otro lado, había motivos de estar ansioso acerca de lo que podría hacer en la casa. Esta última reflexión hizo que se apresurara más aún en seguir al fugitivo. Una cadena de pararrayos es fácil camino, especialmente para un marinero; pero cuando llegó a la altura de la ventana, que quedaba lejos, a su izquierda, tuvo que detenerse; lo más que pudo hacer fue enderezarse hasta poder mirar en el interior del cuarto. Lo que vio entonces fue tan horroroso que faltó poco para que cayera. Fue entonces que se elevaron, en medio del silencio de la noche, los horribles gritos que sorprendieron en el sueño a los habitantes de la calle Morgue.

La señora L'Espanaye y su hija, vestidas con sus traje de dormir, habían estado ocupadas, aparentemente, en arreglar algunos papeles en el cofrecillo de hierro ya citado, y que había sido trasportado al medio del cuarto. Estaba abierto, y su contenido en el suelo.

Las víctimas deben haber estado sentadas dando la espalda a la ventana; y por el tiempo corrido entre la entrada del animal y los gritos, parece probable que no lo vieron inmediatamente. El ruido del postigo puede haber sido atribuido al viento. Cuando el marinero miró, el gigantesco cuadrúpedo había asido a la señora L'Espanaye por el cabello (que estaba suelto como si lo hubiera estado peinando), y agitaba la navaja cerca de su rostro, imitando los movimientos de un barbero. La hija estaba inmóvil; se había desmayado.

Los gritos y esfuerzos de la vieja señora (durante los cuales le fue arrancado el pelo de la cabeza) tuvieron por efecto cambiar en cólera las disposiciones probablemente pacíficas del Orangutan.

Con un rápido movimiento de su brazo formidable, le separó la cabeza del cuerpo, casi completamente. La vista de la sangre inflamó su ira hasta el frenesí. Rechinando los dientes, echando fuego por los ojos, se lanzó sobre el cuerpo de la joven, y hundiéndole sus terribles garras en la garganta, las mantuvo en ella hasta que expiró. Sus miradas extraviadas y salvajes cayeron en ese momento sobre la cabecera del lecho, donde vio el rostro de su amo, rígido por el horror. La furia del animal, que sin duda conservaba todavía el recuerdo del temido látigo, fue instantáneamente cambiada en miedo.

Sabiendo que merecía castigo, pareció deseoso de ocultar los sangrientos despojos, y saltaba en el cuarto en una agonía de agitación nerviosa, derribando y rompiendo los muebles, y arrancando las ropas y colchones del lecho. Asió primero el cuerpo de la hija y le metió entre la chimenea, como fue encontrado; después, el de la vieja señora, que arrojó en el acto de cabeza por la ventana.

Cuando el mono se aproximaba a la ventana con su mutilada carga, el marinero retrocedió espantado hacia la cadena del pararrayos, y deslizándose más bien que bajando por ella, se apresuró a llegar a su casa de una vez, temiendo las consecuencias de la carnicería, y abandonando, en su terror, toda solicitud acerca del destino del Orangután. Las palabras oídas por los vecinos al subir la escaleras, fueron las exclamaciones de horror del francés, mezcladas a la diabólica jerigonza de la bestia.

No tengo nada que añadir, casi. El Orangután debe haber escapado del cuarto, por la cadena del pararrayos, antes de que violentaran la puerta. Debe haber cerrado la ventana tras de sí. Fue posteriormente capturado por el propietario, quien obtuvo por él una fuerte suma en el Jardín des Plantes.

Le Bon fue inmediatamente puesto en libertad, después de nuestra narración (con algunos comentarios de Dupin) en el bureau del Prefecto de Policía. Este funcionario, aunque bien dispuesto hacia mi amigo, no podía ocultar del todo su mal humor al ver el aspecto que habían tomado los negocios, y se permitió un sarcasmo o dos, acerca de la conveniencia de que cada persona atendiera únicamente sus propias obligaciones.

—Déjele usted hablar —dijo— Dupin que no había creído necesario replicar. Déjele usted discurrir, eso aliviara su conciencia. Estoy satisfecho con haberlo derrotado en su propio terreno. Sin embargo, que no haya podido dar solución a este misterio, no quiere decir que él sea tan sorprendente como lo supone; pues, a la verdad, nuestro amigo el Prefecto, es demasiado ingenioso para ser profundo. Su saber no tiene base. Es todo cabeza y no tiene cuerpo, como los cuadros de la Diosa Laverna , o mejor, todo cabeza y paletas como un bacalao. Pero es un buen hombre a pesar de todo. Lo aprecio especialmente por un golpe maestro de mojigatería, merced al que ha alcanzado su repu reputación de ingeniosidad. Quiero hablar de su costumbre de negar lo que es y explicar lo que no es.

EL DIABLO EN EL CAMPANARIO

Todo el mundo sabe, de una manera general, que el lugar más hermoso del mundo es —o era, ¡ay!— la villa holandesa de Vondervotteimittiss. Sin embargo, como queda a alguna distancia de cualquiera de los caminos principales, en una situación en cierto modo extraordinaria, quizá muy pocos de mis lectores la hayan visitado. Para estos últimos convendrá que sea algo prolijo al respecto. Y ello es en verdad tanto más necesario cuanto que si me propongo hacer aquí una historia de los calamitosos sucesos que han ocurrido recientemente dentro de sus límites, lo hago con la esperanza de atraer la simpatía pública en favor de sus habitantes. Ninguno de quienes me conocen dudara de que el deber que me impongo será cumplido en la medida de mis posibilidades, con toda esa rígida imparcialidad, ese cauto examen de los hechos y esa diligente cita de autoridades que deben distinguir siempre a quien aspira al título de historiador.

Gracias a la ayuda conjunta de medallas, manuscritos e inscripciones estoy capacitado para decir, positivamente, que la villa de Vondervotteimittiss ha existido, desde su origen, en la misma exacta condición que aún hoy conserva. De la fecha de su origen, sin embargo, me temo que sólo hablaré con esa especie de indefinida precisión que los matemáticos se ven a veces obligados a tolerar en ciertas fórmulas algebraicas. La fecha, puedo decirlo, teniendo en cuenta su remota antigüedad, no ha de ser menor que cualquier cantidad determinable.

Con respecto a la etimología del nombre Vondervotteimittiss, me confieso, con pena, en la misma falta. Entre multitud de opiniones sobre este delicado punto —algunas agudas, algunas eruditas, algunas todo lo contrario— soy incapaz de elegir ninguna que pueda considerarse satisfactoria.

Quiza la idea de Grogswigg —que casi coincide con la de Kroutaplenttey— deba ser prudentemente preferida. Es la siguiente: Vondervotteimittiss —Vonder, lege Donder— Votteimittiss, quasi und Bleitziz —Bleitziz obsol: pro Blitzen. Esta etimología, a decir verdad, se halla confirmada por algunas huellas de fluido eléctrico manifiestas en lo alto del campanario del edificio de la Municipalidad. No deseo, sin embargo, pronunciarme en tema de semejante importancia, y debo remitir al lector deseoso de información a las Oratiunculae de Rebus Praeter—Veteris, de Dundergutz. Véase también, Blunderbuzzard, De Derivationibus, pags. 27 a 5.010, in folio, edición gótica, caracteres rojos y blancos, con reclamos y sin iniciales, donde pueden consultarse también las notas marginales autógrafas de Stuffundpuff y los comentarios de Gruntundguzzell.

No obstante la oscuridad que envuelve la fecha de la fundación de Vondervotteimittiss y la etimología de su nombre, no cabe duda, como dije antes, de que siempre existió como lo vemos actualmente. El hombre más viejo de la villa no recuerda la menor diferencia en el aspecto de cualquier parte de la misma, y, a decir verdad, la sola insinuación de semejante posibilidad es considerada un insulto. La aldea está situada en un valle perfectamente circular, de un cuarto de milla de circunferencia, aproximadamente, rodeado por encantadoras colinas cuyas cimas sus habitantes nunca osaron pasar. Lo justifican con la excelente razón de que no creen que haya absolutamente nada del otro lado.

En torno a la orilla del valle (que es muy uniforme y pavimentado de baldosas chatas) se extiende una hilera continua de sesenta casitas. De espaldas a las colinas, miran, claro está, al centro de la llanura que queda justo a sesenta yardas de la puerta de cada una. Cada casa tiene un jardinillo delante, con un sendero circular, un cuadrante solar y veinticuatro repollos. Los edificios mismos son tan exactamente parecidos que es imposible distinguir uno de otro. A causa de su gran antigüedad el estilo arquitectónico es algo extraño, pero no por ello menos notablemente pintoresco. Están construidos con pequeños ladrillos endurecidos a fuego, rojos, con los extremos negros, de manera que las paredes semejan un tablero de ajedrez de gran tamaño. Los gabletes miran al frente y hay cornisas, tan grandes como todo el resto de la casa, sobre los aleros y las puertas principales. Las ventanas son estrechas y profundas, con vidrios muy pequeños y grandes marcos. Los tejados están cubiertos de abundantes tejas de grandes bordes acanalados. El maderaje es todo de color oscuro, muy tallado, pero pobre en la variedad del diseño, pues desde tiempo inmemorial los tallistas de Vondervotteimittiss sólo han sabido tallar dos objetos: el reloj y el repollo. Pero lo hacen admirablemente bien y los prodigan con singular ingenio allí donde encuentran espacio para la gubia.

Las casas son tan semejantes por dentro como por fuera, y el moblaje responde a un solo modelo. Los pisos son de baldosas cuadradas, las sillas y mesas de madera negra con patas finas y retorcidas, adelgazadas en la punta. Las chimeneas son anchas y altas, y tienen no sólo relojes y repollos esculpidos en el frente, sino un verdadero reloj que hace un prodigioso tic—tac, en el centro de la repisa, y en cada extremo un florero con un repollo que sobresale a manera de batidor. Entre cada repollo y el reloj hay un hombrecillo de porcelana con una gran barriga, y en ella un agujero a través del cual se ve el cuadrante de un reloj.

Los hogares son amplios y profundos, con morillos de aspecto retorcido y agresivo. Allí arde constantemente el fuego sobre el cual pende un enorme pote lleno de repollo agrio y carne de cerdo, que una buena mujer de la casa vigila continuamente. Es una anciana pequeña y gruesa, de ojos azules y cara roja, y usa un gran bonete como un terrón de azúcar, adornado de cintas purpúreas y amarillas. El vestido es de una vasta mezcla de lana y algodón de color naranja, muy amplio por detrás y muy corto de talle, a decir verdad muy corto en otras partes, pues no baja de la mitad de la pierna. Las piernas son un poco gruesas, lo mismo que los tobillos, pero lleva un bonito par de calcetines verdes que se las cubren. Los zapatos, de cuero rosado, se atan con un lazo de cinta amarilla que se abre en forma de repollo. En la mano izquierda lleva un pequeño reloj holandés; en la derecha empuña un cucharón para el repollo agrio y el cerdo. Tiene a su lado un gordo gato mosqueado, con un reloj de juguete atado a la cola que "los muchachos" le han puesto por bromear.

En cuanto a los muchachos, están los tres en el jardín cuidando el cerdo. Tienen cada uno dos pies de altura. Usan sombrero de tres puntas, chaleco color púrpura que les llega hasta los muslos, calzones de piel de ante, calcetines rojos de lana, pesados zapatos con hebilla de plata y largos levitones con grandes botones de nácar. Cada uno de ellos tiene, además, una pipa en la boca y en la mano derecha un pequeño reloj protuberante. Una bocanada de humo y un vistazo, un vistazo y una bocanada de humo. El cerdo, que es corpulento y perezoso, se ocupa ya de recoger las hojas que caen de los repollos, ya de dar una coz al reloj dorado que los pillos le han atado también a la cola para ponerle tan elegante como al gato.

Justo delante de la puerta de entrada, en un sillón de alto respaldo y asiento de cuero, con patas retorcidas de puntas finas como las mesas, está sentado el viejo dueño de la casa en persona. Es un anciano pequeño e hinchado, de grandes ojos redondos y doble papada enorme. Sus ropas se parecen a las de los muchachos, y no necesito decir nada más al respecto. Toda la diferencia reside en que su pipa es un poco más grande que la de aquéllos y puede aspirar una bocanada mayor. Como ellos, usa reloj, pero lo lleva en el bolsillo. A decir verdad, tiene que cuidar algo más importante que un reloj, y he de explicar ahora de qué se trata. Se sienta con la pierna derecha sobre la rodilla izquierda, muestra un grave continente y mantiene, por lo menos, uno de sus ojos resueltamente clavado en cierto objeto notable que se halla en el centro de la llanura. Este objeto está situado en el campanario del edificio de la Municipalidad. Los miembros del Consejo Municipal son todos muy pequeños, redondos, grasos, inteligentes, con grandes ojos como platos y gordo doble mentón, y usan levitones mucho más largos y las hebillas de los zapatos mucho más grandes que los habitantes comunes de Vondervotteimittiss. Desde que vivo en la villa han tenido varias sesiones especiales y han adoptado estas tres importantes resoluciones:

"Que está mal cambiar la vieja y buena marcha de las cosas".

"Que no hay nada tolerable fuera de Vondervotteimittiss"; y

"Que seremos fieles a nuestros relojes y a nuestros repollos".

Sobre la sala de sesiones del Consejo se encuentra la torre, y en la torre el campanario, donde existe y ha existido, desde tiempos inmemoriales, el orgullo y maravilla del pueblo: el gran reloj de la villa de Vondervotteimittiss. Y a este objeto se dirige la mirada de los viejos señores sentados en los sillones con asiento de cuero. El gran reloj tiene siete cuadrantes, uno a cada lado de la torre, de modo que se lo puede ver fácilmente desde todos los ángulos. Sus cuadrantes son grandes y blancos, las agujas pesadas y negras. Hay un campanero cuya única obligación es cuidarlo; pero esta obligación es la más perfecta de las sinecuras, pues jamás se ha sabido hasta hoy que el reloj de Vondervotteimittiss haya necesitado nada de él. Hasta hace poco tiempo, la simple suposición de semejante cosa era considerada herética. Desde el más remoto período de la antigüedad al cual hacen referencia los archivos, la gran campana ha dado regularmente la hora. Y a decir verdad, lo mismo ocurría con todos los otros relojes grandes y chicos de la villa. Nunca hubo otro lugar semejante para saber la hora exacta. Cuando el gran badajo consideraba oportuno decir: «¡Las doce!», todos sus obedientes seguidores abrían la boca simultáneamente y respondían como un verdadero eco. En una palabra: los buenos burgueses eran aficionados a su repollo agrio, pero estaban orgullosos de sus relojes.

Todas las gentes que poseen sinecuras son más o menos respetadas, y como el campanero de Vondervotteimittiss tiene la más perfecta de las sinecuras, es el más perfectamente respetado de todos los hombres del mundo. Es el principal dignatario de la villa, y los mismos cerdos lo miran con un sentimiento de reverencia. Los faldones de su levita son mucho más largos; su pipa, las hebillas de sus zapatos, sus ojos y su barriga, mucho más, grandes que los de cualquier otro señor del pueblo; y, en cuanto a su papada, no sólo es doble, sino triple.

Acabo de pintar la feliz condición de Vondervotteimittiss. ¡Lástima que tan hermoso cuadro tuviera que sufrir un cambio!

Era un viejo dicho de los más prudentes habitantes que "nada bueno puede venir del otro lado de las colinas"; y en verdad parece que las palabras tuvieron algo de proféticas. Faltaban anteayer cinco minutos para mediodía cuando apareció un objeto de aspecto muy extraño en lo alto de la colina del este. Semejante suceso atrajo, por supuesto, la atención universal, y cada pequeño señor sentado en un sillón con asiento de cuero volvió uno de sus ojos con asombrada consternación hacia el fenómeno, mientras mantenía el otro en el reloj de la torre. En el momento en que faltaban sólo tres minutos para mediodía se advirtió que el singular objeto en cuestión era un joven muy diminuto con aire de extranjero. Descendía las colinas a gran velocidad, de modo que todos tuvieron pronto oportunidad de mirarlo bien. Era en verdad el personaje más precioso y más pequeño que jamás se hubiera visto en Vondervotteimittiss. Su rostro mostraba un oscuro color tabaco y tenía una larga nariz ganchuda, ojos como guisantes, una gran boca y una excelente hilera de dientes que parecía deseoso de mostrar sonriendo de oreja a oreja. Entre los bigotes y las patillas no quedaba nada del resto de su cara por ver. Llevaba la cabeza descubierta y el pelo cuidadosamente rizado con papillotes. Constituía su traje una levita de faldones puntiagudos, de uno de cuyos bolsillos colgaba la larga punta de un pañuelo blanco, pantalones de casimir negro, medias negras y escarpines de punta mocha con grandes lazos de cinta de satén negra.

Bajo un brazo llevaba un gran chapeau-de-bras y bajo el otro un violín casi cinco veces más grande que él. En la mano izquierda tenía una tabaquera de oro de la cual, mientras bajaba la colina haciendo cabriolas y toda clase de piruetas fantásticas, aspiraba incesantemente tabaco con el aire más satisfecho del mundo. ¡Santo Dios! ¡Qué espectáculo para los honestos burgueses de Vondervotteimittiss!

Hablando francamente el individuo tenía, a pesar de su sonrisa, un aire audaz y siniestro, y mientras corcoveaba derecho hacia la villa, el viejo aspecto de sus escarpines mochos despertó no pocas sospechas, y más de un burgués que lo miraba aquel día hubiera dado algo por atisbar debajo del pañuelo de algodón blanco que colgaba tan importunamente del bolsillo de su levita puntiaguda.

Pero lo que provocaba justa indignación era que el pícaro galancete, mientras daba aquí un paso de fandango, allí una vuelta, no parecía tener la más remota idea de eso que se llama guardar el compás.

Las buenas gentes del pueblo apenas habían tenido tiempo de abrir por completo los ojos cuando, faltando medio minuto para mediodía, el bribón se plantó de un salto en medio de ellos, hizo un chassez aquí, un balance allá y luego, después de una pirouette y de un pas—de—zephyr, subió como en un vuelo hasta el campanario del edificio de la Municipalidad, donde el campanero, estupefacto, fumaba con expresión de dignidad y espanto. Pero el pequeño personaje lo tomó de inmediato por la nariz, lo sacudió y lo empujó, le encajó el gran chapeau—de—bras en la cabeza, se lo hundió hasta la boca y entonces, enarbolando el violín, lo golpeó tanto y con tanta fuerza que entre el campanero tan gordo y el violín tan hueco se hubiera jurado que había un regimiento de tambores redoblando la retreta del diablo en lo alto del campanario de la torre de Vondervotteimittiss.

No se sabe qué acto desesperado de venganza hubiera provocado en los habitantes este ataque sin conciencia, de no ser por el importante hecho de que entonces faltaba sólo medio segundo para mediodía. La campana estaba a punto de sonar y era una cuestión de absoluta y suprema necesidad que todos pudieran mirar bien sus relojes. Parecía evidente, sin embargo, que justo en ese momento el individuo de la torre estaba haciendo con el reloj algo que no le correspondía.

Pero como empezaba a sonar, nadie tuvo tiempo de atender a sus maniobras, pues estaban todos entregados a contar las campanadas.

—¡Una! —dijo el reloj.

—¡Una! —repitió como un eco cada viejo y pequeño señor en cada sillón con asiento de cuero, en Vondervotteimittiss—.

—¡Uuna! —dijo también su reloj—.

¡Una! —dijo también el reloj de su mujer—.

—¡Una! —los relojes de los muchachos y los pequeños y dorados relojitos de juguete en las colas del gato y el cerdo.

—¡Dos! —continuó la gran campana.

—¡Tos! —repitieron todos los relojes.

—¡Tres! ¡Cuatro! ¡Cinco! ¡Seis! ¡Siete! ¡Ocho! ¡Nueve! ¡Diez! —dijo la campana.

—¡Dres! ¡Cuatro! ¡Cingo! ¡Seis! ¡Siete! ¡Ocho! ¡Nuefe! ¡Tiez! —respondieron los otros.

—¡Once! —dijo la grande.

—¡Once! —asintieron las pequeñas.

—¡Doce! —dijo la campana.

—¡Toce! —replicaron todos, perfectamente satisfechos, y dejando caer la voz.

—¡Y las toce son! —dijeron todos los viejos y pequeños señores, guardando sus relojes. Pero el gran reloj todavía no había terminado con ellos.

—¡Trece! —dijo.

—¡Trece! —boquearon los viejos y pequeños hombrecitos empalideciendo, dejando caer la pipa y bajando todos la pierna derecha de la rodilla izquierda.

—¡Der Teufel! —gimieron—. ¡Trece! ¡Trece! ¡Mein Gott, son las trece!

¿Para qué intentar la descripción de la terrible escena que siguió? Todo Vondervotteimittiss se sumió de inmediato en un lamentable estado de confusión.

—¿Qué le pasa a mi barriga? —gimieron todos los muchachos—. ¡Tengo hambre desde hace una hora!

—¿Qué le pasa a mi rebollo? —chillaron todas las mujeres—. ¡Ya debe estar deshecho a esta hora!

—¿Qué le pasa a mi pipa? —juraron los viejos y los pequeños señores—. ¡Truenos y centellas! —y la llenaron de nuevo con rabia y, reclinándose en los sillones, aspiraron con tanta rapidez y tanta furia que el valle entero se llenó inmediatamente de un humo impenetrable.

Entretanto los repollos se pusieron muy rojos y parecía como si el viejo Belcebú en persona se hubiese apoderado de todo lo que tuviera forma de reloj. Los relojes tallados en los muebles empezaron a bailar como embrujados, mientras los de las chimeneas apenas podían contenerse en su furia y se obstinaban en tal forma en dar las trece y en agitar y menear los péndulos, que eran realmente horribles de ver. Pero lo peor de todo es que ni los gatos ni los cerdos podían soportar más la conducta de los relojitos atados a sus colas, y lo demostraban disparando por todas partes, arañando y arremetiendo, gritando y chillando, aullando y berreando, arrojándose a las caras de las gentes, metiéndose debajo de las faldas y creando el más horrible estrépito y la más abominable confusión que una persona razonable pueda concebir. Y el pequeño y desvergonzado bribón de la torre hacía evidentemente todo lo posible para tornar más complicadas las cosas. De vez en cuando podía vérselo a través del humo. Estaba sentado en el campanario sobre el campanero, que yacía tirado de espaldas. El bellaco sujetaba con los dientes la cuerda de la campana y la sacudía continuamente con la cabeza, provocando tal estrépito que me zumban los oídos de sólo pensarlo. Sobre su regazo descansaba el gran violín, y lo rascaba sin ritmo ni compas con las dos manos, haciendo una gran parodia, ¡el badulaque! de Judy O'Flannagan y Paddy O'Rafferty.

Estando las cosas en esa lastimosa situación abandoné el lugar con disgusto, y ahora apelo a todos los amantes de la hora exacta y del buen repollo agrio. Marchemos en masa a la villa y restauremos el antiguo orden de cosas reinante en Vondervotteimittiss, expulsando de la torre al pequeño canalla.

BERENICE

La desdicha es muy variada. La desgracia cunde multiforme en la tierra. Desplegada por el ancho horizonte, como el arco iris, sus colores son tan variados como los de éste, a la vez tan distintos y tan íntimamente unidos. ¡Desplegada por el ancho horizonte como el arco iris! ¿Cómo es que de la belleza ha derivado un tipo de fealdad; de la alianza y la paz, un símil del dolor?

Igual que en la ética el mal es consecuencia del bien, en realidad de la alegría nace la tristeza. O la memoria de la dicha pasada es la angustia de hoy, o las agonías que son se originan en los éxtasis que pudieron haber sido. Mi nombre de pila es Egaeus; no diré mi apellido. Sin embargo, no hay en este país torres más venerables que las de mi sombría y lúgubre mansión. Nuestro linaje ha sido llamado raza de visionarios; y en muchos sorprendentes detalles, en el carácter de la mansión familiar, en los frescos del salón principal, en los tapices de las alcobas, en los relieves de algunos pilares de la sala de armas, pero sobre todo en la galería de cuadros antiguos, en el estilo de la biblioteca, y, por último, en la naturaleza muy peculiar de los libros, hay elementos suficientes para justificar esta creencia.

Los recuerdos de mis primeros años se relacionan con esta mansión y con sus libros, de los que ya no volveré a hablar. Allí murió mi madre. Allí nací yo. Pero es inútil decir que no había vivido antes, que el alma no conoce una existencia previa. ¿Lo niegas? No discutiremos este punto. Yo estoy convencido, pero no intento convencer. Sin embargo, hay un recuerdo de formas etéreas, de ojos espirituales y expresivos, de sonidos musicales y tristes, un recuerdo que no puedo marginar; una memoria como una sombra, vaga, variable, indefinida, vacilante; y como una sombra también por la imposibilidad de librarme de ella mientras brille la luz de mi razón.

En esa mansión nací yo. Al despertar de repente de la larga noche de lo que parecía, sin serlo, la no existencia, a regiones de hadas, a un palacio de imaginación, a los extraños dominios del pensamiento y de la erudición monásticos, no es extraño que mirase a mi alrededor con ojos asombrados y ardientes, que malgastara mi niñez entre libros y disipara mi juventud en ensueños; pero sí es extraño que pasaran los años y el apogeo de la madurez me encontrara viviendo aun en la mansión de mis antepasados; es asombrosa la parálisis que cayó sobre las fuentes de mi vida, asombrosa la inversión completa en el carácter de mis pensamientos más comunes. Las realidades del mundo terrestre me afectaron como visiones, sólo como visiones, mientras las extrañas ideas del mundo de los sueños, por el contrario, se tornaron no en materia de mi existencia cotidiana, sino realmente en mi cínica y total existencia.

Berenice y yo éramos primos y crecimos juntos en la mansión de nuestros antepasados. Pero crecimos de modo distinto: yo, enfermizo, envuelto en tristeza; ella, ágil, graciosa, llena de fuerza; suyos eran los paseos por la colina; míos, los estudios del claustro; yo, viviendo encerrado en mí mismo, entregado en cuerpo y alma a la intensa y penosa meditación; ella, vagando sin preocuparse de la vida, sin pensar en las sombras del camino ni en el silencioso vuelo de las horas de alas negras. ¡Berenice! —invoco su nombre—, ¡Berenice! Y ante este sonido se conmueven mil tumultuosos recuerdos de las grises ruinas. ¡Ah, acude vívida su imagen a mí, como en sus primeros días de alegría y de dicha! ¡Oh encantadora y fantástica belleza! ¡Oh sílfide entre los arbustos de Arnheim! ¡Oh, náyade entre sus fuentes! Y entonces..., entonces todo es misterio y terror, y una historia que no se debe contar. La enfermedad —una enfermedad mortal— cayó sobre ella como el simún, y, mientras yo la contemplaba, el espíritu del cambio la arrasó, penetrando en su mente, en sus costumbres y en su carácter, y de la forma más sutil y terrible llegó a alterar incluso su identidad. ¡Ay! La fuerza destructora iba y venía, y la víctima..., ¿dónde estaba? Yo no la conocía, o, al menos, ya no la reconocía como Berenice.

Entre la numerosa serie de enfermedades provocadas por aquella primera y fatal, que desencadenó una revolución tan horrible en el ser moral y físico de mi prima, hay que mencionar como la más angustiosa y obstinada una clase de epilepsia que con frecuencia terminaba en catalepsia, estado muy parecido a la extinción de la vida, del cual, en la mayoría de los casos, se despertaba de forma brusca y repentina. Mientras tanto, mi propia enfermedad —pues me han dicho que no debería darle otro nombre—, mi propia enfermedad, digo, crecía con extrema rapidez, asumiendo un carácter monomaníaco de una especie nueva y extraordinaria, que se hacía más fuerte cada hora que pasaba y, por fin, tuvo sobre mí un incomprensible ascendiente. Esta monomanía, si así tengo que llamarla, consistía en una morbosa irritabilidad de esas propiedades de la mente que la ciencia psicológica designa con la palabra atención. Es más que probable que no me explique; pero temo, en realidad, que no haya forma posible de trasmitir a la inteligencia del lector corriente una idea de esa nerviosa intensidad de interés con que en mi caso las facultades de meditación (por no hablar en términos técnicos) actuaban y se concentraban en la contemplación de los objetos más comunes del universo.

Reflexionar largas, infatigables horas con la atención fija en alguna nota trivial, en los márgenes de un libro o en su tipografía; estar absorto durante buena parte de un día de verano en una sombra extraña que caía oblicuamente sobre el tapiz o sobre la puerta; perderme toda una noche observando la tranquila llama de una lampara o los rescoldos del fuego; soñar días enteros con el perfume de una flor; repetir monótonamente una palabra común hasta que el sonido, gracias a la continua repetición, dejaba de suscitar en mi mente alguna idea; perder todo sentido del movimiento o de la existencia física, mediante una absoluta y obstinada quietud del cuerpo, mucho tiempo mantenida: éstas eran algunas de las extravagancias más comunes y menos perniciosas provocadas por un estado de las facultades mentales, en realidad no único, pero capaz de desafiar cualquier tipo de análisis o explicación.

Pero no se me entienda mal. La excesiva, intensa y morbosa atención, excitada así por objetos triviales en sí, no tiene que confundirse con la tendencia a la meditación, común en todos los hombres, y a la que se entregan de forma particular las personas de una imaginación inquieta. Tampoco era, como pudo suponerse al principio, una situación grave ni la exageración de esa tendencia, sino primaria y esencialmente distinta, diferente. En un caso, el soñador o el fanático, interesado por un objeto normalmente no trivial, lo pierde poco a poco de vista en un bosque de deducciones y sugerencias que surgen de él, hasta que, al final de una ensoñación llena muchas veces de voluptuosidad, el incitamentum o primera causa de sus meditaciones desaparece completamente y queda olvidado.

En mi caso, el objeto primario era invariablemente trivial, aunque adquiría, mediante mi visión perturbada, una importancia refleja e irreal. Pocas deducciones, si había alguna, surgían, y esas pocas volvían pertinazmente al objeto original como a su centro. Las meditaciones nunca eran agradables, y al final de la ensoñación, la primera causa, lejos de perderse de vista, había alcanzado ese interés sobrenaturalmente exagerado que constituía el rasgo primordial de la enfermedad. En una palabra, las facultades que más ejercía la mente en mi caso eran, como ya he dicho, las de la atención; mientras que en el caso del soñador son las de la especulación.

Mis libros, en esa época, si no servían realmente para aumentar el trastorno, compartían en gran medida, como se verá, por su carácter imaginativo e inconexo, las características peculiares del trastorno mismo. Puedo recordar, entre otros, el tratado del noble italiano Coelius Secundus Curio, De Amplitudine Beati Regni Dei (La grandeza del reino santo de Dios); la gran obra de San Agustín, De Civitate Dei (La ciudad de Dios), y la de Tertuliano, De Carne Christi (La carne de Cristo), cuya sentencia paradójica: Mortuus est Dei filius: credibile est quia ineptum est; et sepultus resurrexit: certum est quia impossibile est, ocupó durante muchas semanas de inútil y laboriosa investigación todo mi tiempo.

Así se verá que, arrancada, de su equilibrio sólo por cosas triviales, mi razón se parecía a ese peñasco marino del que nos habla Ptolomeo Hefestión, que resistía firme los ataques de la violencia humana y la furia más feroz de las aguas y de los vientos, pero temblaba a simple contacto de la flor llamada asfódelo. Y aunque para un observador desapercibido pudiera parecer fuera de toda duda que la alteración producida en la condición moral de Berenice por su desgraciada enfermedad me habría proporcionado muchos temas para el ejercicio de esa meditación intensa y anormal, cuya naturaleza me ha costado bastante explicar, sin embargo no era éste el caso. En los intervalos lúcidos de mi mal, la calamidad de Berenice me daba lastima, y, profundamente conmovido por la ruina total de su hermosa y dulce vida, no dejaba de meditar con frecuencia, amargamente, en los prodigiosos mecanismos por los que había llegado a producirse una revolución tan repentina y extraña. Pero estas reflexiones no compartían la idiosincrasia de mi enfermedad, y eran como las que se hubieran presentado, en circunstancias semejantes, al común de los mortales. Fiel a su propio carácter, mi trastorno se recreaba en los cambios de menor importancia, pero más llamativos, producidos en la constitución física de Berenice, en la extraña y espantosa deformación de su identidad personal.

En los días más brillantes de su belleza incomparable no la amé. En la extraña anomalía de mi existencia, mis sentimientos nunca venían del corazón, y mis pasiones siempre venían de la mente.

En los brumosos amaneceres, en las sombras entrelazadas del bosque al mediodía y en el silencio de mi biblioteca por la noche ella había flotado ante mis ojos, y yo la había visto, no como la Berenice viva y palpitante, sino como la Berenice de un sueño; no como una moradora de la tierra, sino como su abstracción; no como algo para admirar, sino para analizar; no como un objeto de amor, sino como tema de la más abstrusa aunque inconexa especulación. Y ahora, ahora temblaba en su presencia y palidecía cuando se acercaba; sin embargo, lamentando amargamente su decadencia y su ruina, recordé que me había amado mucho tiempo, y que, en un momento aciago, le hablé de matrimonio.

Y cuando, por fin, se acercaba la fecha de nuestro matrimonio, una tarde de invierno, en uno de esos días intempestivamente cálidos, tranquilos y brumosos, que constituyen la nodriza de la bella Alcíone estaba yo sentado (y creía encontrarme solo) en el gabinete interior de la biblioteca y, al levantar los ojos, vi a Berenice ante mí.

¿Fue mi imaginación excitada, la influencia de la atmósfera brumosa, la incierta luz crepuscular del aposento, los vestidos grises que envolvían su figura los que le dieron un contorno tan vacilante e indefinido? No sabría decirlo. Ella no dijo una palabra, y yo por nada del mundo hubiera podido pronunciar una sílaba. Un escalofrío helado cruzó mi cuerpo; me oprimió una sensación de insufrible ansiedad; una curiosidad devoradora invadió mi alma, y, reclinándome en la silla, me quedé un rato sin aliento, inmóvil, con mis ojos clavados en su persona. ¡Ay! Su delgadez era extrema, y ni la menor huella de su ser anterior se mostraba en una sola línea del contorno. Mi ardiente mirada cayó por fin sobre su rostro.

La frente era alta, muy pálida, y extrañamente serena; lo que en un tiempo fuera cabello negro azabache caía parcialmente sobre la frente y sombreaba las sienes hundidas con innumerables rizos de un color rubio reluciente, que contrastaban discordantes, por su matiz fantástico, con la melancolía de su rostro. Sus ojos no tenían brillo y parecían sin pupilas; y esquivé involuntariamente su mirada vidriosa para contemplar sus labios, finos y contraídos. Se entreabrieron; y en una sonrisa de expresión peculiar los dientes de la desconocida Berenice se revelaron lentamente a mis ojos.

¡Quiera Dios que nunca los hubiera visto o que, después de verlos, hubiera muerto!

El golpe de una puerta al cerrarse me distrajo, y, al levantar la vista, descubrí que mi prima había salido del aposento. Pero de los desordenados aposentos de mi cerebro, ¡ay!, no había salido ni se podía apartar el blanco y horrible espectro de los dientes. Ni una mota en su superficie, ni una sombra en el esmalte, ni una mella en sus bordes había en los dientes de esa sonrisa fugaz que no se grabara en mi memoria. Ahora los veía con más claridad que un momento antes. ¡Los dientes! ¡Los dientes! Estaban aquí, y allí, y en todas partes, visibles y palpables ante mí, largos, finos y excesivamente blancos, con los pálidos labios contrayéndose a su alrededor, como en el mismo instante en que habían empezado a crecer. Entonces llegó toda la furia de mi monomanía, y yo luché en vano contra su extraña e irresistible influencia. Entre los muchos objetos del mundo externo sólo pensaba en los dientes. Los anhelaba con un deseo frenético. Todos las demás preocupaciones y los demás intereses quedaron supeditados a esa contemplación. Ellos, ellos eran los únicos que estaban presentes a mi mirada mental, y en su insustituible individualidad llegaron a ser la esencia de mi vida intelectual. Los examiné bajo todos los aspectos. Los vi desde todas las perspectivas. Analicé sus características. Estudié sus peculiaridades. Me fijé en su conformación. Pensé en los cambios de su naturaleza. Me estremecí al atribuirles, en la imaginación, un poder sensible y consciente y, aun sin la ayuda de los labios, una capacidad de expresión moral. De Mademoiselle Sallé se ha dicho con razón que *tous ses pas étaient des sentiments*, y de Berenice yo creía seriamente que *toutes ses dents étaient des idées*. ¡*Des idées*! ¡Ah, este absurdo pensamiento me destruyó! ¡*Des idées*! ¡Ah, por eso los codiciaba tan desesperadamente! Sentí que sólo su posesión me podría devolver la paz, devolviéndome la razón.

Y la tarde cayó sobre mí; y vino la oscuridad, duró y se fue, y amaneció el nuevo día, y las brumas de una segunda noche se acumularon alrededor, y yo seguía inmóvil, sentado, en aquella habitación solitaria; y seguí sumido en la meditación, y el fantasma de los dientes mantenía su terrible dominio, como si, con una claridad viva y horrible, flotara entre las cambiantes luces y sombras de la habitación. Al fin irrumpió en mis sueños un grito de horror y consternación; y después, tras una pausa, el ruido de voces preocupadas, mezcladas con apagados gemidos de dolor y de pena. Me levanté de mi asiento y, abriendo las puertas de la biblioteca, vi en la antesala a una criada, deshecha en lágrimas, quien me dijo que Berenice ya no existía. Había sufrido un ataque de epilepsia por la mañana temprano, y ahora, al caer la noche, ya estaba preparada la tumba para recibir a su ocupante, y terminados los preparativos del entierro.

Me encontré sentado en la biblioteca, y de nuevo solo. Parecía que había despertado de un sueño confuso y excitante. Sabía que era medianoche y que desde la puesta del sol Berenice estaba enterrada. Pero no tenía una idea exacta, o por lo menos definida, de ese melancólico período intermedio. Sin embargo, el recuerdo de ese intervalo estaba lleno de horror, horror más horrible por ser vago, terror más terrible por ser ambiguo. Era una página espantosa en la historia de mi existencia, escrita con recuerdos siniestros, horrorosos, ininteligibles. Luché por descifrarlos, pero fue en vano; mientras tanto, como el espíritu de un sonido lejano, un agudo y penetrante grito de mujer parecía sonar en mis oídos. Yo había hecho algo. Pero, ¿qué era? Me hice la pregunta en voz alta y los susurrantes ecos de la habitación me contestaron: ¿Qué era?

En la mesa, a mi lado, brillaba una lampara y cerca de ella había una pequeña caja. No tenía un aspecto llamativo, y yo la había visto antes, pues pertenecía al médico de la familia. Pero, ¿cómo había llegado allí, a mi mesa y por qué me estremecí al fijarme en ella? No merecía la pena tener en cuenta estas cosas, y por fin mis ojos cayeron sobre las páginas abiertas de un libro y sobre una frase subrayada. Eran las extrañas pero sencillas palabras del poeta Ebn Zaiat: "Dicebant mihi sodales, si sepulchrum amicae visitarem, curas meas aliquantulum fore levatas". ¿Por qué, al leerlas, se me pusieron los pelos de punta y se me heló la sangre en las venas?

Sonó un suave golpe en la puerta de la biblioteca y, pálido como habitante de una tumba, un criado entró de puntillas. Había en sus ojos un espantoso terror y me habló con una voz quebrada, ronca y muy baja. ¿Qué dijo? Oí unas frases entrecortadas. Hablaba de un grito salvaje que había turbado el silencio de la noche, y de la servidumbre reunida para averiguar de dónde procedía, y su voz recobró un tono espeluznante, claro, cuando me habló, susurrando, de una tumba profanada, de un cadáver envuelto en la mortaja y desfigurado, pero que aún respiraba, aún palpitaba, ¡aún vivía!

Señaló mis ropas: estaban manchadas de barro y de sangre. No contesté nada; me tomó suavemente la mano: tenía huellas de uñas humanas. Dirigió mi atención a un objeto que había en la pared; lo miré durante unos minutos: era una pala. Con un grito corrí hacia la mesa y agarré la caja. Pero no pude abrirla, y por mi temblor se me escapó de las manos, y se cayó al suelo, y se rompió en pedazos; y entre éstos, entrechocando, rodaron unos instrumentos de cirugía dental, mezclados con treinta y dos diminutos objetos blancos, de marfil, que se desparramaron por el suelo.

LA CITA

¡Caballero misterioso, de aciago destino! ¡Exaltado por la brillantez de tu imaginación, ardido en las llamas de tu juventud! ¡Otra vez, en mi fantasía, vuelvo a contemplarte! De nuevo se alza ante mí tu figura... ¡No, no como eres ahora, en el frío valle, en la sombra!, sino como debiste de ser, derrochando una vida de magnífica meditación en aquella ciudad de confusas visiones, tu Venecia, Elíseo del mar, amada de las estrellas, cuyos amplios balcones de los palacios de Palladio contemplan con profundo y amargo conocimiento los secretos de sus silentes aguas. ¡Sí, lo repito: como debiste de ser! Sin duda hay otros mundos fuera de éste, otros pensamientos que los de la multitud, otras especulaciones que las del sofista. ¿Quién, entonces, podría poner en tela de juicio tu conducta? ¿Quién te reprocharía tus horas visionarias, o denunciaría tu modo de vivir como un despilfarro, cuando no era más que la sobreabundancia de tus inagotables energías?

Fue en Venecia, bajo la arcada cubierta que llaman el Ponte di Sospiri, donde encontré por tercera o cuarta vez a la persona de quien hablo. Las circunstancias de aquel encuentro acuden confusamente a mi recuerdo. Y, sin embargo, veo... ¡ah, cómo olvidar!... la profunda medianoche, el Puente de los Suspiros, la belleza femenina y el genio del romance que erraba por el angosto canal.

Venecia estaba extrañamente oscura. El gran reloj de la Piazza había dado la quinta hora de la noche italiana. La plaza del Campanile se mostraba silenciosa y vacía, mientras las luces del viejo Palacio Ducal se extinguían una tras otra. Volvía a casa desde la Piazzetta, siguiendo el Gran Canal.

Cuando mi góndola llegó ante la boca del canal de San Marcos, oí desde sus profundidades una voz de mujer, que exhalaba en la noche un alarido prolongado, histérico y terrible. Me incorporé sobresaltado, mientras el gondolero dejaba resbalar su único remo y lo perdía en la profunda oscuridad, sin que le fuera posible recobrarlo. Quedamos así a merced de la corriente, que en ese punto se mueve desde el canal mayor hacia el pequeño. Semejantes a un pesado Cóndor de negras alas nos deslizábamos blandamente en dirección al Puente de los Suspiros, cuando mil antorchas, llameando desde las ventanas y las escalinatas del Palacio Ducal, convirtieron instantáneamente aquella profunda oscuridad en un lívido día preternatural.

Escapando de los brazos de su madre, un niño acababa de caer desde una de las ventanas superiores del elevado edificio a las profundas y oscuras aguas del canal, que se habían cerrado silenciosas sobre su víctima. Aunque mi góndola era la única a la vista, muchos arriesgados nadadores se habían precipitado ya a la corriente y buscaban vanamente en su superficie el tesoro que, ¡ay!, sólo habría de encontrarse en el abismo. En las grandes losas de mármol negro que daban entrada al palacio, apenas a unos pocos peldaños sobre el agua, se veía una figura que nadie ha podido olvidar jamás después de contemplarla. Era la Marquesa Afrodita, la adoración de toda Venecia, la más alegre y hermosa de las mujeres —allí donde todas eran bellas—, la joven esposa del viejo e intrigante Mentoni y madre del hermoso niño, su primer y único vástago que, sumido en las profundidades del agua lóbrega, estaría recordando amargamente las dulces caricias de su madre y agotando su débil vida en los esfuerzos por llamarla.

La marquesa permanecía sola. Sus diminutos y plateados pies desnudos resplandecían en el negro espejo de mármol que pisaba. Su cabello, que conservaba a medias el peinado del baile, rodeaba entre una lluvia de diamantes su clásica cabeza, llena de bucles parecidos al jacinto joven. Una túnica alba como la nieve y semejante a la gasa parecía ser la única protección de sus delicadas formas; pero el aire estival de aquella medianoche era caliente, denso, estático, y aquella imagen estatuaria tampoco hacía el menor movimiento que alterara los pliegues de la vestidura como de vapor que la envolvía, tal como el pesado mármol envuelve la imagen de Niobe. Y, sin embargo, ¡cosa extraña!, sus grandes y brillantes ojos no miraban hacia abajo, en dirección a la tumba donde su mejor esperanza había sido sepultada, sino que aparecían como clavados en una dirección por completo diferente. La prisión de la Antigua República es, según creo, el edificio más majestuoso de Venecia; pero, ¿cómo podía aquella dama contemplarlo tan fijamente, mientras allí abajo se estaba ahogando su único hijo? Un negro, lúgubre nicho, estaba situado exactamente frente a la ventana del aposento de la marquesa. ¿Qué podía haber, pues, en sus sombras, en su arquitectura, en sus solemnes cornisas cubiertas de hiedra, que la dama no hubiera contemplado mil veces antes? ¡Oh, desatino! ¿Quién no recuerda que, en momentos como ése, la mirada, semejante a un. espejo trizado, multiplica las imágenes de su desolación y ve en innumerables lugares lejanos la pena más cercana?

Varios escalones más arriba que la Marquesa y dentro del arco de la Compuerta se veía a Mentoni, todavía con su traje de fiesta, semejante a un sátiro. Se ocupaba por momentos de rasguear las cuerdas de una guitarra y daba la impresión de que estaba molesto con la misma suerte, y mientras, de cuando en cuando, daba instrucciones para el salvamento de su hijo. Estupefacto y despavorido, no había podido moverme de la posición en que me colocara al escuchar el grito; seguía de pie y debí de presentar a ojos del agitado grupo una apariencia ominosa y espectral, mientras pasaba, pálido y rígido, en aquella fúnebre góndola.

Todos los esfuerzos parecían vanos. Los más decididos en la búsqueda empezaban a cansarse y se entregaban a una profunda tristeza. Poca esperanza quedaba ya de salvar al niño. Pero entonces, desde el interior de aquel oscuro nicho que he mencionado como parte integrante de la Prisión de la Antigua República —y que quedaba frente a las ventanas de la Marquesa—, una silueta embozada avanzó hasta las luces y, luego de hacer una pausa al borde del abismo líquido, se zambulló de cabeza en el canal. Un minuto después, al emerger llevando en sus brazos al niño que aún respiraba y alzarse en los peldaños de mármol del lado de la Marquesa, la empapada capa se soltó de sus hombros y, cayendo a sus pies, mostró a los estupefactos espectadores la graciosa figura de un hombre joven, cuyo nombre resonaba entonces en toda Europa.

Ni una palabra pronunció el salvador. Pero la Marquesa... ¡Ah, ya iba a recibir a su hijo! ¡Ya iba a estrechar en sus brazos el pequeño cuerpo y reanimarlo con sus caricias! Mas, ¡ay!, los brazos de otro lo alzaban, los brazos de otro se lo llevaban, lo introducían en el palacio. ¿Y la Marquesa?...

Sus labios, sus hermosos labios temblaban; las lágrimas se arracimaban en sus ojos, esos ojos que, como el Acanto de Plinio, eran "suaves y casi líquidos". Sí, las lágrimas se agolpaban en sus ojos, y de pronto todo el cuerpo de aquella mujer se estremeció con un temblor que le venía del alma...

¡Y la estatua recobró vida! Vi súbitamente cómo la palidez marmórea de sus facciones, el alentar de su seno y la pureza de sus blancos pies se anegaban en una incontenible marea carmesí. Y un leve temblor agitó su delicado cuerpo, como la brisa gentil de Nápoles agita los plateados lirios en el campo. ¿Por qué se sonrojaba la dama? No hay respuesta a tal pregunta. Verdad es que, al abandonar, con el apresuramiento y el terror de un corazón materno la intimidad de su boudoír, la marquesa había olvidado aprisionar sus menudos pies en chinelas y cubrir sus hombros venecianos con el manto que les correspondía... ¿Qué otra razón podía tener para sonrojarse así? ¿Y la mirada de esos ojos que imploraban desesperadamente? ¿Y el tumulto del agitado seno? ¿Y la convulsiva presión de aquella mano temblorosa que, en momentos en que Mentoni retornaba al palacio, se posó accidentalmente sobre la mano del desconocido? ¿Y qué razón podía haber para aquellas palabras en voz baja, en voz tan extrañamente baja, aquellas palabras sin sentido que la dama murmuró presurosamente en el instante de despedirlo?

—Has vencido —dijo, a menos que el murmullo del agua me engañara—. Has vencido... Una hora después de la salida del sol... ¡Así sea!

El tumulto se había apaciguado, murieron las luces en el interior del palacio y el desconocido, a quien yo, sin embargo, había reconocido, permanecía solo en la escalinata. Se estremeció con inconcebible agitación y sus ojos miraron en todas direcciones buscando una góndola. No podía menos de ofrecerle la mía, y la aceptó. Luego de obtener un remo en una compuerta, continuamos juntos hasta su residencia, mientras mi huésped recobraba rápidamente el dominio de sí mismo y se refería a nuestra superficial relación en términos de gran cordialidad.

Frente a ciertos temas, me gusta ser minucioso. La persona del desconocido —permitidme llamarlo así, ya que lo era todavía para el mundo entero—, la persona del desconocido constituye uno de esos temas. Su estatura era algo inferior a la mediana, aunque en momentos de intensa pasión su cuerpo crecía como para desmentir esa afirmación. La liviana y esbelta simetría de su figura antes anunciaba la vivaz actividad demostrada en el Puente de los Suspiros, que la hercúlea fuerza que, en ocasiones de mayor peligro, había desplegado sin aparente esfuerzo. Su boca y mentón eran los de una deidad; los ojos, singulares, ardientes, enormes, líquidos, de una tonalidad fluctuando entre el puro castaño y el más intenso y brillante azabache; una profusión de cabello negro y rizado, bajo el cual se destacaba una frente de no común anchura, que por momentos resplandecía como marfil iluminado; tales eran sus rasgos, tan clásicamente regulares que jamás he visto otros semejantes, salvo, quizás, en las imágenes del Emperador Cómodo. Y, sin embargo, su rostro era de esos que todo hombre ha visto en algún momento de su vida, pero que no ha vuelto a encontrar nunca más.

No tenía nada peculiar, ninguna expresión predominante que fijar en la memoria; un rostro visto e instantáneamente olvidado, pero olvidado con un vago y continuo deseo de recordarlo otra vez.

Y no porque el espíritu de cada rápida pasión no dejara de imprimir su propia y clara imagen en el espejo de aquel rostro; pero el espejo, al igual que todos los espejos, perdía todo vestigio de la pasión apenas desaparecía.

Al despedirnos la noche de aquella aventura me pidió, de una manera que me pareció urgente, que no dejara de visitarlo muy temprano por la mañana. Poco después de la salida del sol llegué a su Palazzo, uno de aquellos enormes edificios de sombría y fantástica pompa que se alzan sobre las aguas del Gran Canal, en la vecindad del Rialto. Fui conducido por una ancha escalinata de mosaico hasta un aposento cuyo incomparable esplendor irrumpía por las puertas abiertas, con lujo tal que me cegó y me confundió.

No ignoraba que mi conocido era rico. Los rumores circulantes se referían a sus bienes en términos que yo me había atrevido a calificar de ridículas exageraciones. Pero, cuando miré en torno, no pude creer que la riqueza de un europeo hubiese sido capaz de proporcionar la principesca magnificencia que ardía y brillaba en todas partes.

Aunque, como ya he dicho, ya había salido el sol, el aposento seguía profusamente iluminado. Juzgué por esta circunstancia, así como por la expresión de fatiga del rostro de mi amigo, que no se había acostado en toda la noche. Tanto la arquitectura como la ornamentación de la cámara tenían por finalidad evidente la de deslumbrar y confundir. Poca atención se había prestado a lo que técnicamente se denomina armonía, o a las características nacionales. La mirada erraba de objeto en objeto, sin detenerse en ninguno, fueran los grotesques de los pintores griegos, las esculturas de las mejores épocas italianas, o las pesadas tallas del rústico Egipto. Ricas colgaduras, en todos los ángulos del aposento, vibraban bajo los acentos de una suave y melancólica música cuyo origen era imposible adivinar. Los sentidos quedaban oprimidos por la mezcla de diversos perfumes que brotaban de extraños incensarios raramente labrados, junto con múltiples lenguas oscilantes y resplandecientes de fuegos violeta y esmeralda. Los rayos del sol que apenas asomaban caían sobre aquel conjunto a través de ventanas formadas por un solo cristal carmesí. Saltando de un lado a otro, en mil refracciones, desde las cortinas que bajaban de sus cornisas como cataratas de plata fundida, los rayos del astro rey se mezclaban por fin con la luz artificial y caían en masas vencidas y temblorosas sobre una alfombra tejida con riquísimo oro de Chile, que daba la impresión de líquido.

—¡Ja, ja, ja! —rio el señor de aquel palacio, ofreciéndome asiento y tendiéndose en una otomana—.

Bien veo —agregó al advertir que no alcanzaba a adaptarme inmediatamente a la holgura de un recibimiento tan singular—, bien veo que está usted asombrado de mi cámara, mis estatuas, mis pinturas, la originalidad de mi concepción en materia de arquitectura y tapicería...

¿Verdad que se siente como embriagado frente a mi magnificencia? Pero, perdóneme usted, querido señor —y aquí el tono de su voz descendió hasta tocar el espíritu mismo de la cordialidad—, perdóneme mi poco caritativa risa. ¡Parecía usted tan completamente asombrado! Por lo demás, ciertas cosas son a tal punto cómicas, que uno que reír o morirse. ¡Morirse de risa debe ser el más glorioso de todos los fines! Sir Thomas More..., ¡y qué hombre era sir Thomas More!..., murió riéndose, como usted sabe. En los Absurdos de Ravisius Textor hay una larga lista de personajes que terminaron de la misma magnífica manera. Y ha de saber usted —continuó, pensativo— que en Esparta (que se llama ahora Palaeochori), hacia el oeste de la ciudadela, entre un caos de ruinas apenas visibles, existe una especie de zócalo, en el cual todavía son legibles las letras:

$$\Lambda A \Sigma M$$

Indudablemente, forman parte de:

$$\Gamma E \Lambda A \Sigma M A.$$

Ahora bien, en Esparta se alzaban mil templos y altares dedicados a mil divinidades distintas. ¡Qué extraordinariamente raro que el altar de la Risa sea el único que ha sobrevivido a los demás! Pero en este momento —agregó, mientras su voz y su actitud variaban extrañamente— no tengo derecho de estar alegre a expensas de usted. Y no me extraña que se haya quedado estupefacto al entrar. Europa no es capaz de producir nada tan hermoso como mi pequeño gabinete real. El resto de las habitaciones no se le parecen para nada; son simples ultras de insipidez a la moda. Pero esto es mejor que la moda, ¿no le parece? Y, sin embargo, bastaría que vieran este aposento para que se iniciara la moda más furiosa... entre aquellos, claro está, que pudieran pagarla al precio de su entero patrimonio. Pero me he cuidado de semejante profanación.

Salvo una persona, es usted el único ser humano, fuera de mí y de mi valet, que ha sido admitido en los misterios de estos aposentos reales desde el día en que fueron adornados como puede verlo...

Me incliné en señal de agradecimiento, ya que aquel lujo sobrecogedor, los perfumes, la música y la inesperada excentricidad del tono y la actitud de mi huésped me impedían expresar con palabras lo que de otra manera hubieran constituido un elogio.

—Aquí —dijo él, levantándose y apoyándose en mi brazo, mientras íbamos de un lado a otro de la estancia—, aquí hay pinturas desde los griegos hasta Cimabue, y de Cimabue hasta la hora actual.

Muchas han sido escogidas, como puede usted ver, con muy poco respeto por las opiniones de los Entendidos. Y, sin embargo, constituyen una decoración adecuada para un aposento como éste. Hay asimismo algunos chefs d'oeuvres de grandes desconocidos... y aquí figuran dibujos inconclusos de hombres que fueron celebrados en su día y cuyos nombres han quedado reservados al silencio y a mí, gracias a la perspicacia de las academias. ¿Qué piensa usted —dijo, volviéndose bruscamente mientras hablaba— de esta Madonna della Pietà?

—¡Es la obra de Guido! —exclamé con todo el entusiasmo de mi espíritu, pues había estado contemplando intensamente su incomparable hermosura—. ¡Es la obra de Guido! ¿Cómo pudo usted obtenerla? ¡No cabe duda de que es en pintura lo que la Venus en escultura...!

—¡Ah! —dijo pensativamente—. Venus... ¿la hermosa Venus?... ¿La Venus de Médicis? ¿La de la pequeña cabeza y el resplandeciente cabello? Parte del brazo izquierdo —aquí su voz se tornó tan baja que me costó oírla— y todo el derecho han sido restaurados; pienso que en la coquetería de ese brazo derecho reside la quintaesencia de la afectación. ¡Para mí, la Venus de Canova! El mismo Apolo es una copia... no cabe la menor duda... ¡Oh, estúpido y ciego que soy, incapaz de alcanzar la tan mentada inspiración del Apolo! Perdóneme usted, pero no puedo evitar... ¡Téngame lástima!... Una preferencia por el Antínoo. ¿No fue Sócrates quien afirmó que el escultor encuentra su estatua en el bloque de mármol? En ese caso, Miguel Ángel no se mostró nada original en sus versos:

> "Non ha l'ottimo artista alcun concetto
> Che un marmo solo in se non circonscriva".

Se ha afirmado —o debería afirmarse— que en la actitud del verdadero gentleman cabe advertir siempre una diferencia con el comportamiento del hombre vulgar, sin que en el instante pueda precisarse en qué consiste. Suponiendo que dicha observación se aplicara con toda su fuerza a la conducta exterior de mi amigo, aquella memorable mañana sentí que correspondía referirla aún más a su temperamento moral y a su carácter. Para definir esa peculiaridad de espíritu que parecía apartarlo esencialmente del resto de los seres humanos, la llamaré un hábito de intenso y continuo pensamiento, que invadía incluso sus acciones más triviales, penetraba en sus momentos de gozo y se entrelazaba con sus estallidos de alegría, como los áspides que surgen de los ojos de las máscaras sonrientes en las cornisas de los templos de Persépolis.

No pude menos de observar, sin embargo, que, a pesar del tono alternado de liviandad y solemnidad que mi huésped adoptaba para referirse a cuestiones de menuda importancia, había en él una cierta vacilación, algo como un fervor nervioso en la acción y la palabra, una inquieta excitabilidad de conducta que en todo momento me pareció inexplicable y que a ratos llegó a alarmarme. Con frecuencia, deteniéndose a mitad de una frase cuyo comienzo había aparentemente olvidado, se quedaba escuchando con la más profunda atención, tal como si esperara la llegada de un visitante u oyera sonidos que sólo existían en su imaginación.

Ocurrió que, durante una de esas ensoñaciones o pausas de aparente abstracción, me puse a hojear la hermosa tragedia del poeta y humanista Poliziano, Orfeo —la primera tragedia italiana—, que había encontrado a mi alcance sobre una otomana. Al hacerlo, descubrí un pasaje subrayado con lápiz. Correspondía al final del tercer acto, y era un fragmento apasionadamente emocionante un pasaje que, aunque manchado de impurezas, no podría ser leído por hombre alguno sin despertar en él nuevos estremecimientos y hacer suspirar a las mujeres. Aquella página estaba borrosa de lágrimas recién vertidas y, en la parte en blanco del folio opuesto, leí los siguientes versos en inglés, escritos con una letra tan diferente de la muy singular de mi amigo, que al principio me costó darme cuenta de que era la misma:

Tú fuiste para mí, oh amor,
todo lo que mi espíritu anhelaba,
isla verde en el mar,
fuente y santuario,
con guirnaldas de frutas y de flores,
oh amor, que fueron mías.
¡Ah hermoso sueño, por hermoso efímero!
¡Ah estrellada Esperanza que surgiste
para pronto morir!
Una voz del Futuro me reclama:
—¡Adelante! ¡Adelante!—. Mas se cierne
sobre el Pasado (¡negro abismo!) mi alma
medrosa, inmóvil, muda.

¡Ay, ya no está conmigo
la luz de mi existencia!
"Ya nunca... nunca... nunca"
(así murmura el mar solemne
a las arenas de la playa),
ya nunca el árbol roto dará flores
ni el águila muriente alzara su vuelo.
Hoy mis días son vanos
y mis nocturnos sueños
andan allá donde tus ojos grises
miran, donde pisan tus plantas,
¡oh, en qué danzas etéreas, a la orilla
de itálicos arroyos!
¡Ay, en qué aciago día
por el mar te llevaron
robándote al Amor, para entregarte
a caducos blasones mancillados!
¡Robándote a mi amor, a nuestra tierra
donde lloran los sauces en la niebla!

Que aquellos versos hubieran sido escritos en inglés —idioma con el cual no creía familiarizado a mi huésped— me sorprendió poco. Demasiado sabía la extensión de sus conocimientos y el singular placer que experimentaba en ocultarlos a los demás. Pero el lugar donde estaba fechado el poema me causó, debo admitirlo, no poca confusión. La palabra original era Londres, y, aunque aparecía cuidadosamente tachada, podía, sin embargo, ser descifrada por un ojo escrutador. He dicho que me causó no poca confusión, pues bien recordaba una conversación anterior con mi amigo durante la cual le preguntara si alguna vez había conocido en Londres a la Marquesa de Mentoni (la cual residía en aquella capital antes de su matrimonio); si no me equivoco, su respuesta me dio a entender que jamás había pisado la metrópoli inglesa. Bien puedo mencionar de paso que muchas veces había oído decir (sin dar crédito a un rumor, al parecer, tan improbable) que el hombre de quien hablo era no sólo por su nacimiento, sino por su educación, inglés.

—Hay una pintura —dijo él, sin advertir que yo había estado leyendo la tragedia— que todavía no ha visto usted.

Y, apartando una colgadura, descubrió un retrato de tamaño natural de la Marquesa Afrodita. El arte humano no podía haber hecho más en el trazado de su belleza sobrehumana. La misma etérea figura que se alzaba ante mí la noche anterior en la escalinata del Palacio Ducal volvía a ofrecerse a mis ojos. Pero en la expresión de su rostro, que resplandecía sonriente, se insinuaba

—¡Incomprensible anomalía!, esa incierta macula de melancolía, que siempre será inseparable de la perfección de la hermosura. El brazo derecho de la marquesa aparecía doblado sobre el seno. Con el izquierdo mostraba, en la parte inferior del cuadro, un vaso de extraña factura. Un diminuto pie como de hada, apenas visible, parecía rozar la tierra; y, apenas discernible en la brillante atmósfera que parecía circundar y envolver su belleza, flotaba un par de alas de la más delicada concepción.

Mis ojos pasaron de la pintura a la figura de mi amigo, y las vigorosas palabras del Bussy d'Ambois de Chapman subieron instintivamente a mis labios: Esta erguido

Como una estatua romana. ¡Y así permanecerá hasta que la Muerte lo haya vuelto mármol!

—¡Vamos! —exclamó por fin, volviéndose hacia una mesa de plata maciza, ricamente esmaltada, sobre la cual aparecían algunas copas fantásticamente coloreadas, juntamente con dos grandes vasos etruscos, semejantes en su factura al extraordinario modelo que aparecía en la parte inferior del retrato, y llenos de lo que me pareció ser Johannisberger.

—¡Vamos! —repitió bruscamente—. Es muy temprano, pero lo mismo beberemos. Sí, ciertamente es temprano —continuó pensativo, en momentos en que un querubín descargaba su pesado martillo de oro, haciendo resonar la estancia con la primera hora posterior a la salida del sol—. ¡Oh, sí, es temprano! Pero, ¿qué importa? ¡Bebamos! ¡Brindemos como ofrenda a ese solemne sol que nuestras brillantes lámparas e incensarios se obstinan en someter!

Y, después de brindar conmigo, bebió sucesivamente varias copas de vino.

—Soñar —continuó, recobrando el tono de su inconexa conversación—, soñar ha constituido el fin de mi vida. Por eso he construido, como ve usted, este lugar para los sueños. ¿Podría haber creado uno mejor en pleno corazón de Venecia? Cierto que lo que se percibe es una mezcla de ornamentaciones arquitectónicas. La castidad jónica se ve ofendida por las formas antediluvianas, y las esfinges egipcias se tienden sobre alfombras de oro. Sin embargo, el efecto sólo resulta incongruente para un espíritu tímido. Las unidades, las convenciones de lugar y, sobre todo, de tiempo, son los espantajos que aterran a la humanidad y la apartan de la contemplación de las magnificencias. Yo mismo profesé en un tiempo ese rigor, pero semejante sublimación de la locura acabó por estragar mi alma. Lo que ahora me rodea es lo más adecuado a mi propósito. Como esos incensarios de arabescos, mi espíritu se retuerce en el fuego, y el delirio de esta escena me prepara a las visiones más exaltadas de esa tierra de sueños reales hacia dónde voy a partir enseguida.

Se detuvo bruscamente, dejó caer la cabeza sobre el pecho y pareció escuchar un sonido que mis oídos no percibían. Por fin, se enderezó, miró hacia arriba y prorrumpió en los versos del Obispo de Chichester:

¡Espérame allá! Yo iré a encontrarte En el profundo valle.

Un instante después, cediendo a la fuerza del vino, se dejó caer cuan largo era sobre una otomana. Se oyeron pasos presurosos en la escalera y resonaron pesados golpes en la puerta. Me disponía a impedir que volvieran a molestarnos cuando un paje de la casa de Mentoni irrumpió en el aposento y gritó, con palabras que la emoción ahogaba y volvía incoherentes:

—¡Mi señora... mi señora... envenenada... envenenada...! ¡Oh la hermosa... la hermosa Afrodita!

Estupefacto, me precipité a la otomana y traté de que el durmiente recobrara el uso de los sentidos.

Pero sus miembros estaban rígidos, lívidos los labios, y aquellos ojos brillantes aparecían ahora fijos para siempre por la muerte. Retrocedí tambaleándome hasta la mesa y mi mano cayó sobre una copa rota y ennegrecida. Y la conciencia de la entera, de la terrible verdad, se abrió paso como un rayo en mi alma.

MORELLA

Un sentimiento de profundo pero singularísimo afecto me inspiraba mi amiga Morella. Llegué a conocerla por casualidad hace muchos años, y desde nuestro primer encuentro mi alma ardió con fuego hasta entonces desconocido; pero el fuego no era de Eros, y amarga y torturadora para mi espíritu fue la convicción gradual de que en modo alguno podía definir su carácter insólito o regular su vaga intensidad. Sin embargo, nos conocimos y el Destino nos unió ante el altar, y nunca hablé de pasión, ni pensé en el amor. Ella, no obstante, huyó de la sociedad y, apegándose tan sólo a mí, me hizo feliz. Es una felicidad maravillarse, es una felicidad soñar.

La erudición de Morella era profunda. Tan cierto como que estoy vivo, sé que sus aptitudes no eran de índole común; el poder de su espíritu era gigantesco. Yo lo sentía y en muchos puntos fui su discípulo. Pronto descubrí, sin embargo, que quizá a causa de su educación en Presburgo exponía a mi consideración cantidad de esos escritos místicos que se juzgan habitualmente la escoria de la primitiva literatura alemana. Eran, no puedo imaginar por qué razón, objeto de su estudio favorito y constante, y, si con el tiempo llegaron a serlo para mí, ello debe atribuirse a la simple pero eficaz influencia del hábito y el ejemplo. En todo esto, si no me equivoco, mi razón poco participaba. Mis opiniones, a menos que me desconozca a mí mismo, en modo alguno estaban influidas por el ideal, ni era perceptible ningún matiz del misticismo de mis lecturas, a menos que me equivoque mucho, ni en mis actos ni en mis pensamientos. Convencido de ello, me abandoné sin reservas a la dirección de mi esposa y penetré con ánimo resuelto en el laberinto de sus estudios. Y entonces, entonces, cuando escudriñando paginas prohibidas sentía que un espíritu aborrecible se encendía dentro de mí, Morella posaba su fría mano sobre la mía y sacaba de las cenizas de una filosofía muerta algunas palabras hondas, singulares, cuyo extraño sentido se grababa en mi memoria. Y entonces, hora tras hora, me demoraba a su lado, sumido en la música de su voz, hasta que al fin su melodía se inficionaba de terror y una sombra caía sobre mi alma y yo palidecía y temblaba interiormente ante aquellas entonaciones sobrenaturales. Y así la Alegría se desvanecía súbitamente en el Horror y lo más hondo se convertía en lo más horrible, como el Hinnom se convirtió en la Gehenna.

Es innecesario explicar el carácter exacto de aquellas disquisiciones que, surgidas de los volúmenes que he mencionado, constituyeron durante tanto tiempo casi el único tema de conversación entre Morella y yo. Los entendidos en lo que puede designarse moral teológica lo comprenderán rápidamente, y los profanos, en todo caso, poco entenderán. El impetuoso panteísmo de Fichte, la palingenesia modificada de los pitagóricos y, sobre todo, las doctrinas de la Identidad preconizadas por Schelling, eran generalmente los puntos de discusión más llenos de belleza para la imaginativa Morella. Esta identidad denominada "personal" creo que ha sido definida exactamente por Locke como la permanencia del ser racional. Y puesto que por persona entendemos una esencia inteligente dotada de razón, y el pensar siempre va acompañado por una conciencia, ella es la que nos hace ser eso que llamamos "nosotros mismos", distinguiéndonos, en consecuencia, de los otros seres que piensan y confiriéndonos nuestra identidad personal. Pero el "principium individuationis", la noción de esa identidad que con la muerte se pierde o no para siempre, fue para mí, en todo tiempo, un tema de intenso interés, no tanto por la perturbadora y excitante índole de sus consecuencias, como por la insistencia y la agitación con que Morella los mencionaba.

Mas en verdad llegó el momento en que el misterio de la naturaleza de mi mujer me oprimió como un maleficio. Ya no podía soportar el contacto de sus dedos pálidos, ni el tono profundo de su palabra musical, ni el brillo de sus ojos melancólicos. Y ella lo sabía, pero no me lo reprochaba; parecía consciente de mi debilidad o de mi locura y, sonriendo, le daba el nombre de Destino. También parecía tener conciencia de la causa, para mí desconocida, del gradual desapego de mi actitud, pero no me insinuó ni me explicó su índole. Sin embargo, era mujer y languidecía evidentemente. Con el tiempo la mancha carmesí se fijó definitivamente en sus mejillas y las venas azules de su pálida frente se acentuaron; si por un momento me ablandaba la compasión, al siguiente encontraba el fulgor de sus ojos pensativos, y entonces mi alma se sentía enferma y experimentaba el vértigo de quien hunde la mirada en algún abismo lúgubre, insondable.

¿Diré entonces que anhelaba con ansia, con un deseo voraz, el momento de la muerte de Morella?

Así fue; más el frágil espíritu se aferró a su envoltura de arcilla durante muchos días, durante muchas semanas y meses de tedio, hasta que mis nervios torturados dominaron mi razón y me enfurecí por la demora, y con el corazón de un demonio maldije los días y las horas y los amargos momentos que parecían prolongarse, mientras su noble vida declinaba como las sombras en la agonía del día.

Pero, una tarde de otoño, cuando los vientos se aquietaban en el Cielo, Morella me llamó a su cabecera. Una espesa niebla cubría la tierra, y subía un cálido resplandor desde las aguas, y entre el rico follaje de octubre había caído del firmamento un arco iris.

—Éste es el día entre los días —dijo cuando me acerqué—, el día entre los días para vivir o para morir.

Es un hermoso día para los hijos de la tierra y de la vida... ¡ah, más hermoso para las hijas del cielo y de la muerte!

Besé su frente, y continuó:

—Me muero, y sin embargo viviré.

—¡Morella!

—Nunca existieron los días en que hubieras podido amarme; pero aquella a quien en vida aborreciste, será adorada por ti en la muerte.

—¡Morella!

—Repito que me muero. Pero hay dentro de mí una prenda de ese afecto —¡ah, cuan pequeño!— que sentiste por mí, por Morella. Y cuando mi espíritu parta, el hijo vivirá, tu hijo y el mío, el de Morella. Pero tus días serán días de dolor, ese dolor que es la más perdurable de las impresiones, como el ciprés es el más resistente de los árboles. Porque las horas de tu dicha han terminado, y la alegría no se cosecha dos veces en la vida, como las rosas de Pestum dos veces en el año. Ya no jugarás con el tiempo como el poeta de Teos, mas, ignorante del mirto y de la viña, llevaras encima, por toda la tierra, tu sudario, como el musulmán en la Meca.

—¡Morella! —exclamé—. ¡Morella! ¿Cómo lo sabes?

Pero volvió su cabeza sobre la almohada; un ligero estremecimiento recorrió sus miembros y murió; y no oí más su voz.

Sin embargo, como lo había predicho, su hija —a quien diera a luz al morir y que no respiró hasta que su madre dejó de alentar—, su hija, una niña, vivió. Y creció extrañamente en talla e inteligencia, y era de una semejanza perfecta con la desaparecida, y la amé con amor más perfecto del que hubiera creído posible sentir por ningún habitante de la tierra.

Pero antes de mucho se oscureció el cielo de este puro afecto, y la tristeza, el horror, la aflicción lo recorrieron con sus nubes. He dicho que la niña crecía extrañamente en talla e inteligencia. Extraño, en verdad, era el rápido crecimiento de su cuerpo, pero terribles, ah, terribles eran los tumultuosos pensamientos que se agolpaban en mí mientras observaba el desarrollo de su inteligencia. ¿Cómo no había de ser así si descubría diariamente en las ideas de la niña el poder del adulto y las aptitudes de la mujer; si las lecciones de la experiencia caían de los labios de la infancia; si yo encontraba a cada instante la sabiduría o las pasiones de la madurez centelleando en sus ojos profundos y pensativos? Cuando todo esto, digo, llegó a ser evidente para mis espantados sentidos, cuando ya no pude ocultarlo a mi alma ni apartarla de estas evidencias que la estremecían, ¿es de sorprenderse que sospechas de carácter terrible y perturbador se insinuaran en mi espíritu, o que mis pensamientos recayeran con horror en las insensatas historias y en las sobrecogedoras teorías de la difunta Morella? Arrebaté a la curiosidad del mundo un ser cuyo destino me obligaba a adorarlo, y en la rigurosa soledad de mi hogar vigilé con mortal ansiedad todo lo concerniente a la criatura amada.

Y a medida que pasaban los años y yo contemplaba día tras día su rostro puro, suave, elocuente, y vigilaba la maduración de sus formas, día tras día iba descubriendo nuevos puntos de semejanza entre la niña y su madre, la melancólica, la muerta. Y por instantes se espesaban esas sombras de parecido y su aspecto era más pleno, más definido, más perturbador y más espantosamente terrible. Pues que su sonrisa fuera como la de su madre, eso podía soportarlo, pero entonces me estremecía ante una identidad demasiado perfecta; que sus ojos fueran como los de Morella, eso podía sobrellevarlo, pero es que también se sumían con harta frecuencia en las profundidades de mi alma con la intención intensa, desconcertante, de los de Morella. Y en el contorno de la frente elevada, y en los rizos del sedoso cabello, y en los pálidos dedos que se hundían en él, en el tono triste, musical de su voz, y sobre todo —¡ah, sobre todo!— en las frases y expresiones de la muerta en labios de la amada, de la viviente, encontraba alimento para una idea voraz y horrible, para un gusano que no quería morir.

Así pasaron dos lustros de su vida, y mi hija seguía sin nombre sobre la tierra. "Hija mía" y "querida" eran los apelativos habituales dictados por un afecto paternal, y el rígido apartamiento de su vida excluía toda otra relación. El nombre de Morella había muerto con ella. De la madre nunca había hablado a la hija; era imposible hablar. A decir verdad, durante el breve período de su existencia esta última no había recibido impresiones del mundo exterior, salvo las que podían brindarle los estrechos límites de su retiro. Pero, al fin, la ceremonia del bautismo se presentó a mi espíritu, en su estado de nerviosidad e inquietud, como una afortunada liberación del terror de mi destino. Y, ante la pila bautismal, vacilé al elegir el nombre. Y muchos epítetos de la sabiduría y la belleza, de viejos y modernos tiempos, de mi tierra y de tierras extrañas, acudieron a mis labios, y muchos, muchos epítetos de la gracia, la dicha, la bondad. ¿Qué me impulsó entonces a agitar el recuerdo de la muerta? ¿Qué demonio me incitó a musitar aquel sonido cuyo simple recuerdo solía hacer afluir torrentes de sangre purpúrea de las sienes al corazón? ¿Qué espíritu maligno habló desde lo más recóndito de mi alma cuando, en aquella bóveda oscura, en el silencio de la noche, susurré al oído del santo varón el nombre de Morella? ¿Quién sino un espíritu maligno convulsionó las facciones de mi hija y las cubrió con el matiz de la muerte cuando, sobresaltada por esa palabra apenas perceptible, volvió sus ojos límpidos del suelo al firmamento y, cayendo de rodillas en las losas negras de nuestra cripta familiar, respondió "¡Aquí estoy!"?

Precisas, fríamente, tranquilamente precisas, cayeron estas simples palabras en mi oído y de allí, como plomo derretido, rodaron silbando a mi cerebro. ¡Los años, los años pueden pasar, pero el recuerdo de aquel momento, nunca! No ignoraba yo las flores y la viña, pero el acónito y el ciprés me cubrieron con su sombra noche y día. Y perdí toda noción de tiempo y espacio, y las estrellas de mí sino se apagaron en el cielo, y desde entonces la tierra se entenebreció y sus figuras pasaron a mi lado como sombras fugitivas, y entre ellas sólo veía una: Morella. Los vientos musitaban una sola palabra en mis oídos, y las ondas del mar murmuraban incesantes: ¡Morella! Pero ella murió, y con mis propias manos la llevé a la tumba; y lancé una larga y amarga carcajada al no hallar huellas de la primera Morella en el sepulcro donde deposité a la segunda.

EL REY PESTE

Los dioses soportan y les permiten
a los reyes las cosas que aborrecen
en los caminos sin vergüenzas.

FERREX Y PARREX, BUCKHURST

A las doce de cierta noche del mes de octubre y durante el caballeresco reinado de Eduardo III dos marineros pertenecientes a la tripulación del Free and Easy, goleta que traficaba entre Sluys y el Támesis, anclada entonces en ese río, quedaron muy sorprendidos al hallarse instalados en el local de una taberna de la parroquia de San Andrés, en Londres, taberna que enarbolaba por muestra la figura de un «Alegre Marinero».

El local, aunque de pésima construcción, renegrido por los humos, de techo bajo y conforme en todos los conceptos con el carácter general de los tugurios de aquella época, se adaptaba bastante bien a sus fines según juicio de los grotescos grupos que lo ocupaban dispersos aquí y allá.

De aquellos grupos, nuestros dos marineros constituían el más interesante, si no el más notable.

El que aparentaba más edad y a quien su compañero se dirigía con el característico apelativo de "Patas" era con mucho el más alto de los dos. Podría medir seis pies y medio y un habitual encorvamiento de su espalda parecía ser la consecuencia lógica de tan extraordinaria estatura.

El exceso de estatura estaba sin embargo más que compensado por deficiencias en otros conceptos. Era sumamente flaco y sus compañeros afirmaban que, borracho, podía servir de gallardete en el palo mayor, y que sobrio, no habría estado mal como botalón de bauprés. Estas chanzas y otras de la misma índole no habían provocado por lo visto jamás la menor reacción en los músculos faciales de la risa de nuestro marinero. Con sus pómulos salientes, su ancha nariz aguileña, su mentón deprimido, su mandíbula inferior caída y sus enormes ojos claros y protuberantes, la expresión de su fisonomía parecía reflejar una obstinada indiferencia por todas las cosas en general sin dejar por ello de mostrar un aire tan solemne y serio que resultaría inútil intentar imitarlo o describirlo.

En su apariencia exterior al menos el marinero más joven era, en todo, el envés de su camarada. Su estatura no pasaba de cuatro pies. Un par de piernas sólidas y arqueadas soportaba su rechoncha y pesada persona mientras los brazos cortos y robustos, terminados en unos puños extraordinarios, colgaban balanceándose a los lados como aletas de una tortuga marina. Unos ojillos de color indefinido centelleaban muy hundidos bajo las cejas. La nariz quedaba sepultada en la masa de carne que envolvía su cara redonda, llena y colorada, y su grueso labio superior descansaba sobre el inferior, aún más carnoso, con un aire de profunda satisfacción, harto aumentada por la costumbre que tenía su propietario de lamérselos de cuando en cuando. Miraba por supuesto a su altísimo camarada con un sentimiento entreverado de maravilla y burla; de cuando en cuando contemplaba su rostro en lo alto, como el rojizo sol poniente contempla los roquedales del Ben Nevis.

Varias y preñadas de incidentes habían sido las peregrinaciones de aquella divina pareja durante las primeras horas de la noche por las diferentes tabernas de las cercanías. Pero ni las mayores fortunas son eternas, y nuestros amigos se habían aventurado en este último local con los bolsillos vacíos.

En el preciso momento en que comienza esta historia, "Patas" y su compañero Hugh Tarpaulin, se hallaban cómodamente apoltronados sobre los codos en la gran mesa de roble del centro de la sala sosteniendo las mejillas con las manos. A través de una gran botella de cerveza, contemplaban las ominosas palabras: "No hay tiza" que para su indignación y asombro habían sido garrapateadas en la puerta con el mismísimo mineral cuya presencia pretendían negar. No es que pretendamos que el don de descifrar los caracteres escritos —facultad que en aquellos días estaba considerada por la comunidad como menos cabalística apenas que el arte de trazarlos— pudiera ser imputado en estricta justicia a los dos discípulos del mar. Pero lo cierto es que en aquellos rasgos había cierto retorcimiento y en el conjunto no sé qué indescriptible cabeceo que en opinión de ambos marineros presagiaban una larga singladura de mal tiempo y que les incitaron, según la metafórica expresión de "Patas", "a darle a las bombas, arriar todo el trapo y largarse viento en popa".

Habiendo consumido el resto de la cerveza y después de abotonarse apretadamente sus cortos jubones echaron a correr hacia la puerta. Aunque Tarpaulin rodó dos veces en la chimenea confundiéndola con la salida, terminaron por escabullirse felizmente y a las doce y media de la noche hallamos a nuestros héroes dispuestos a todo evento y bajando a la carrera por una sombría calleja rumbo a St. Andrew's Stair encarnizadamente perseguidos por la dueña del "Alegre Marinero".

Muchos años antes y después de la época en que sucede esta memorable historia, en toda Inglaterra, pero especialmente en la metrópoli, resonaba periódicamente el espantoso grito de "¡Peste!". La ciudad había quedado despoblada parcialmente y en los horribles parajes próximos al Támesis, entre pasajes y callejuelas sombrías, angostas y sucias, donde parecía haber nacido el Demonio de la Plaga, erraban tan sólo el miedo, el terror y la superstición.

Aquellos barrios estaban proscritos por real decreto y se prohibía bajo pena de muerte adentrarse en su lúgubre soledad. Sin embargo ni el decreto del monarca, ni las enormes barricadas levantadas a la entrada de las calles, ni siquiera la perspectiva de aquella muerte atroz que casi con absoluta seguridad aniquilaba al desgraciado que osara la aventura, impedían que las casas vacías y desamuebladas fueran saqueadas noche tras noche de toda clase de objetos por quienes buscaban hierro, bronce o plomo que pudieran reportar luego algún beneficio.

Era corriente cada vez que al llegar el invierno se abrían las barreras comprobar que las cerraduras, los cerrojos y las bodegas secretas habían servido de poco para proteger los ricos almacenes de vinos y licores que, teniendo en cuenta el riesgo y las dificultades del transporte, fueron dejados bajo tan insuficiente garantía por numerosos comerciantes con tiendas en la vecindad.

Pocos, sin embargo, entre aquellos aterrorizados ciudadanos, atribuían las rapiñas a la mano del hombre. Los Espíritus y los Duendes de la Peste, los Demonios de la Fiebre y los Dueños de la Plaga, eran para el vulgo los trasgos dañinos; se contaban a todas horas relatos tan escalofriantes que el conjunto entero de edificios prohibidos quedó a la larga envuelto en él. terror como en un sudario y los mismos ladrones espantados con frecuencia por el horror que sus propios saqueos habían creado, solían retroceder quedando el vasto círculo del barrio prohibido, abandonado a las tinieblas, al silencio, a la pestilencia y a la muerte.

Una de estas terroríficas barricadas que señalaban el comienzo de la región condenada por el edicto fue la que detuvo la vertiginosa carrera de "Patas" y del digno Hugh Tarpaulin. No había que pensar en retroceder ni podían perder un segundo, pues sus perseguidores les pisaban los talones.

Para unos auténticos lobos de mar como ellos trepar por aquella tosca armazón de maderas era una bagatela; y excitados por el doble motivo del ejercicio y del licor escalaron en un segundo la valla, saltaron dentro del recinto y animándose en su huida de borrachos con gritos y juramentos, no tardaron en perderse por aquellos parajes recónditos, fétidos e intrincados.

De no haber tenido trastornado su sentido moral, sus vacilantes pasos hubieran quedado paralizados por el horror de la situación. El aire era gélido y brumoso; entre la hierba alta y espesa que se les enroscaba a los tobillos yacían las piedras del pavimento desencajadas de sus alvéolos y desparramadas en bárbaro desorden. Las casas derruidas obstruían las calles. Los miasmas más fétidos y ponzoñosos flotaban por doquier; y con ayuda de esa débil luz que incluso a medianoche no deja nunca de emanar de toda atmósfera vaporosa y pestilencial era posible vislumbrar en los pasajes y en las callejuelas, o pudriéndose en las habitaciones sin ventanas, la carroña de algún saqueador nocturno detenido en sus rapiñas y fecharías por la mano de la peste.

Pero unas imágenes como aquellas, aquellas sensaciones o aquellos obstáculos no podían sin embargo detener la carrera de dos hombres valerosos por naturaleza y sobre todo en aquel momento en que, rebosantes de arrojo y de cerveza, hubieran penetrado tan en derechura como su tambaleante estado lo hubiese permitido en las mismísimas fauces de la Muerte. Adelante, siempre adelante se tambaleaba el lúgubre "Patas" haciendo resonar aquella solemne desolación con los ecos de sus aullidos semejantes al terrorífico grito de guerra de los indios; y adelante, siempre adelante rodaba el rechoncho Tarpaulin cogido al jubón de su más ágil compañero pero superando sus más enérgicos esfuerzos en materia de música vocal con mugidos in baso que brotaban del rincón más profundo de sus Estentóreos pulmones.

No cabía duda de que habían llegado ya a la ciudadela de la peste. A cada paso, a cada caída su camino se volvía más infecto y horrible, la ruta más angosta e intrincada. Enormes piedras y vigas se desplomaban, de cuando en cuando, de los podridos tejados mostrando con la violencia de sus tétricas caídas la enorme altura de las casas circundantes; y cuando para abrirse paso entre las frecuentes acumulaciones de basura tenían que apelar a enérgicos esfuerzos, no era raro que sus manos cayesen sobre un esqueleto o se hundieran en las carnes descompuestas de algún cadáver.

De repente, y cuando los marineros se tambaleaban frente a los umbrales de un gran edificio de aspecto lúgubre, un gran alarido más agudo que de ordinario brotó de la garganta del excitado "Patas" y fue contestado desde dentro por una rápida sucesión de chillidos salvajes y diabólicos que semejaban carcajadas.

Sin arredrarse por aquellos sonidos que dado su índole, lugar y momento hubieran helado la sangre en corazones menos excitados que los suyos, la pareja de borrachos se precipitó de cabeza contra la puerta abriéndola de par en par y entrando a trompicones en medio de una andanada de juramentos.

No es de suponer, sin embargo, que la escena que aquí se presentaba a los ojos del valiente "Patas" y digna de Tarpaulin, produjo a primera vista cualquier otro efecto sobre sus facultades iluminadas, más que una sensación abrumadora de estúpido asombro.

La habitación en la que se hallaron resultó ser la tienda de un empresario de pompas fúnebres; pero una trampilla abierta en un rincón del piso, junto a la entrada, permitía vislumbrar una larga bodega cuyas profundidades, como lo proclamó un ruido de botellas que se rompen, parecían estar bien surtidas. En el centro de la habitación se levantaba una mesa sobre la que había una enorme sopera de algo que parecía ponche. Botellas de vino y licores diversos, así como jarras, frascos y tazas de todas formas y clases estaban esparcidas profusamente sobre el tablero. Sentados en soportes de ataúdes se veía una tertulia de seis personas, que trataré de describir una por una.

Enfrente de la puerta y algo más elevado que sus compañeros estaba sentado un personaje que parecía presidir la mesa. Era tan alto como flaco y "Patas" quedó atónito al ver un ser más descarnado que él. Su rostro era tan amarillo como el azafrán pero ninguna de sus facciones, salvo un rasgo, estaban lo bastante marcadas como para merecer especial descripción. Ese rasgo notable consistía en una frente tan insólita y a tal punto alta, que más parecía bonete o corona de carne que cabeza natural. Su boca se hallaba fruncida y curvada en un pliegue de horrenda afabilidad y sus ojos, como los de las restantes personas sentadas a la mesa, brillaban con los vapores de la embriaguez.

Aquel gentleman iba vestido de pies a cabeza con un paño mortuorio de terciopelo negro ricamente bordado que caía al desgaire en torno a su cuerpo a la manera de una capa española. Su cabeza estaba profusamente cubierta de negros penachos como los que utilizan los caballos en las carrozas fúnebres, que él agitaba de un lado a otro con aire tan garboso como entendido; en la mano derecha sostenía un enorme fémur humano con el cual acababa de golpear a uno de los miembros de la compañía para que cantase. Frente a él y de espaldas a la puerta se encontraba una dama de apariencia no menos extraordinaria.

Aunque casi tan alta como el personaje descrito no tenía derecho a quejarse por una delgadez anormal. Al contrario, por las trazas se hallaba en el último grado de hidropesía y su cuerpo se parecía extraordinariamente a la enorme pipa de cerveza que, con la tapa hundida, habla cerca de ella en un rincón de la estancia. Su rostro era perfectamente redondo, rojo y lleno y ofrecía la misma particularidad, o más bien ausencia de particularidad, que mencioné antes en el caso del presidente, es decir, que tan solo un rasgo de su fisonomía requería una descripción especial.

El sagaz Tarpaulin observó enseguida que lo mismo podía decirse de todos los miembros de la reunión pues cada uno de ellos parecía poseer el monopolio de una determinada porción del rostro. En la dama en cuestión esa parte era la boca que, comenzando en la oreja derecha, se extendía como terrorífico abismo hasta la izquierda, al punto que los cortos pendientes que llevaba se le metían constantemente en la abertura. No obstante, ella se esforzaba por mantenerla cerrada y adoptar un aire digno. Vestía una mortaja recién planchada y almidonada que le subía hasta la barbilla cerrándose con un cuello plisado de muselina de batista.

A su derecha se hallaba sentada una diminuta damisela a quien la dama parecía proteger. Esta frágil y delicada criatura presentaba indicios evidentes de una tisis galopante a juzgar por el temblor de sus descarnados dedos, la lívida palidez de sus labios y la leve mancha hética que afloraba a su cutis terroso.

Pese a ello, un aire de extremado de distinción se difundía por toda su persona; lucía, con un aire tan gracioso como desenvuelto, un ancho y hermoso sudario del más fino linón de la India; sus cabellos colgaban en bucles sobre el cuello y una suave sonrisa jugueteaba en su boca; pero su nariz extremadamente larga, picuda, sinuosa, flexible y llena de barros, pendía más baja que su labio inferior y a pesar de la forma delicada con que de cuando en cuando la movía de un lado a otro con ayuda de la lengua, daba a su fisonomía una expresión ciertamente equívoca.

Frente a ella, a la izquierda de la dama hidrópica, se sentaba un viejecito rechoncho, achacoso, asmático y gotoso cuyas mejillas descansaban sobre sus hombros como dos enormes odres de vino de Oporto. Cruzado de brazos y con una pierna vendada puesta sobre la mesa parecía contemplarse a sí mismo imaginando que tenía derecho a alguna consideración especial.

Indudablemente le enorgullecía mucho cada pulgada de su persona, pero sentía especial deleite en atraer la atención sobre su llamativa levita, prenda que debía haberle costado no poco dinero y que le sentaba admirablemente: estaba hecha con una de esas fundas de seda curiosamente bordadas que en Inglaterra y en otros países sirven para cubrir los escudos de las fachadas de las casas cuando ha muerto algún miembro de la aristocracia.

A su lado, y a la derecha del presidente, se veía un caballero con largas calzas blancas y calzones de algodón. Toda su figura parecía estremecerse de la manera más ridícula como si sufriera un acceso de lo que Tarpaulin llamaba "los horrores". Su mentón recién afeitado se sujetaba fuertemente con una venda de muselina y sus brazos de igual modo atados por las muñecas le impedían servirse con demasiada libertad de los licores de la mesa, precaución que hacía necesaria en opinión de "Patas" el aspecto embotado y avinado de su fisonomía. De todas maneras las prodigiosas orejas de aquel personaje, que sin duda eran imposibles de aprisionar como el resto del cuerpo, se proyectaban en el espacio de la estancia y se estremecían como, en un espasmo al ruido de cada botella que se descorchaba.

Frente a él, sexto y último de la reunión, se hallaba un personaje de aspecto extrañamente rígido, atacado de parálisis, que debía sentirse, hablando en serio, sumamente incómodo dentro de sus vestiduras. En efecto, iba ataviado con un traje singularísimo: un hermoso y flamante ataúd de caoba.

El remate apretaba el cráneo del interesado como un casco extendiéndose sobre él a modo de capuchón y prestando a la faz entera un aire de indescriptible interés. A ambos lados del ataúd habían instalado escotaduras para los brazos teniendo en cuenta tanto la elegancia como la comodidad; pero semejante atuendo impedía a su propietario mantenerse erecto en la silla como sus compañeros y yacía reclinado contra su soporte en un ángulo de cuarenta y cinco grados, mientras un par de enormes ojos protuberantes giraban sus terribles globos blanquecinos hacia el techo como asombrados por su propia enormidad.

Ante cada uno de los presentes estaba la mitad de una calavera que servía de copa. Por encima de sus cabezas pendía un esqueleto atado por una pierna a una soga sujeta a una anilla del techo. La otra pierna, libre de semejante ligadura, se apartaba del cuerpo en ángulo recto, haciendo que aquella masa bamboleante bailara y entrechocara a cada ráfaga de viento que penetraba en la estancia. En el cráneo de tan horrenda osamenta había carbones encendidos que lanzaban sobre la escena una luz vacilante pero viva; en cuanto a los féretros y demás objetos propios de una empresa de pomas fúnebres habían sido apilados en torno de la habitación y contra las ventanas impidiendo que escapara a la calle el menor rayo de luz.

A la vista de tan extraordinaria reunión y de sus no menos extraordinarios atavíos nuestros dos marineros no se comportaron con todo el decoro que cabía esperar. Apoyándose contra la pared que tenía más próxima, "Patas" dejó caer su mandíbula inferior más de lo acostumbrado y abrió de par en par sus ojos, mientras Hugh Tarpaulin, agachándose hasta que su nariz quedó al nivel de la mesa y apoyando las palmas de las manos en sus rodillas, prorrumpió en un largo, fuerte y estrepitoso rugido que era una descomedida e intempestiva risotada.

Pese a lo cual, sin sentirse ofendido por tan grosera conducta, el alto presidente sonrió con afabilidad a los intrusos, inclinó ante ellos con digno respeto su cabeza adornada con el penacho de plumas y, levantándose, los tomó del brazo y los condujo a un asiento que otro de los asistentes había preparado entre tanto para que se acomodaran. "Patas" no ofreció la más leve resistencia y tomó asiento donde le indicaron, mientras el galante Hugh, trasladando su caballete funerario desde la cabecera de la mesa hasta un lugar cercano a la damisela tísica del sudario, se instaló a su lado lleno de alegría y, echándose al coleto una calavera llena de vino tinto, brindó por una amistad más íntima. Al oír tal presunción, el tieso caballero vestido con el ataúd pareció sumamente incomodado, y hubieran podido derivarse consecuencias desagradables de no mediar la intervención del presidente, quien luego de golpear en la mesa con su hueso reclamó la atención de los presentes con el discurso que sigue:

—En tan feliz ocasión es nuestro deber...

—¡Sujeta ese cabo! —interrumpió "Patas" con gran seriedad—. ¡Sujeta ese cabo te digo y sepamos quién diablos eres y qué demonios haces aquí, aparejados como todos los diablos del infierno y bebiéndoos el buen vino que guarda para el invierno mi excelente piloto Will Wimble, el enterrador!

Ante esta imperdonable muestra de descortesía todos los presentes se incorporaron a medias profiriendo una nueva serie de espantosos y demoníacos chillidos como los que antes atrajeron la atención de los marinos. Con todo, el presidente fue el primero en recobrar la serenidad y, volviéndose con aire digno hacia "Patas", replicó:

—Con mucho gusto satisfaremos tan razonable curiosidad de nuestros ilustres huéspedes a pesar de no haber sido invitados. Sabed que soy el monarca de estos dominios y que gobierno mi imperio absoluto bajo el título de "Rey Peste I".

"Esta sala que injuriosamente profanas suponiéndola tienda de Will Wimble, el enterrador, persona a quien no conocemos y cuyo plebeyo nombre no había ofendido hasta esta noche nuestros reales oídos... esta sala, digo, es la Sala del Trono de nuestro Palacio dedicada a los consejos de nuestro reino y a otras sagradas y excelsas finalidades.

"La noble dama que frente a mí se sienta es la ´Reina Peste´, nuestra Serenísima Consorte. Los otros augustos personajes que contemplan pertenecen a nuestra familia y llevan la marca de la sangre real bajo sus títulos respectivos de Su Gracia el Archiduque Pest—Ifero", "Su Gracia el Duque Pest—Ilencial", "Su Gracia el Duque Tem—Pestad" y "Su Alteza Serenísima la Archiduquesa Ana—Pesta".

"Por lo que concierne —prosiguió él— a vuestra pregunta sobre las razones de nuestra presencia en este consejo, podría dispensársenos el responder, ya que atañe a nuestro privado y exclusivo interés y tan sólo a él y, por tanto, nadie está autorizado a inmiscuirse en absoluto. Pero en consideración a esos derechos de que, como huéspedes y extranjeros, os podríais creer investidos, nos dignaremos explicaros que nos hallamos aquí esta noche, preparados por profundas búsquedas y exactas investigaciones para examinar, analizar y determinar exactamente ese espíritu indefinible, esas incomprensibles cualidades y la índole de los inestimables tesoros del paladar, es decir, los vinos, cervezas y licores de esta excelente Metrópoli, para proseguir no sólo nuestros designios, sino para acrecentar además el bienestar de ese sobrenatural soberano que reina sobre todos nosotros, cuyos dominios son ilimitados, y cuyo nombre es ´Muerte´".

—¡Cuyo nombre es Davy Jones! —gritó Tarpaulin, sirviendo a la dama que tenía a su lado un cráneo de licor y llenando otro para él.

—¡Profano bergante! —gritó el presidente volviendo ahora su atención hacia el indigno Hugh—.

¡Profano y execrable canalla! Hemos dicho que en consideración a esos derechos que ni por tu repugnante persona nos sentimos inclinados a violar, condescendíamos a dar respuesta a vuestras groseras e insensatas preguntas. Pero por tan sacrílega intrusión en nuestro concejo creemos nuestro deber condenarte y multarte, a ti y a tu compañero, a beber un galón con Melaza, que brindaréis a la prosperidad de nuestro reino, de un solo trago y de rodillas; acto seguido quedaréis libres de continuar vuestro camino o quedaros a compartir los privilegios de nuestra mesa conforme a vuestro gusto personal y respectivo.

—Sería cosa materialmente imposible —replicó entonces "Patas", a quien la arrogancia y la dignidad de "Rey Peste I" habían inspirado evidentemente cierto respeto, por lo cual se habían levantado para hablar sujetándose a la mesa—; sería imposible, majestad, que yo estibara en mi bodega la cuarta parte del licor que acabas de mencionar. Dejando de lado el cargamento que hemos subido a bordo esta mañana a modo de lastre y sin mencionar los diversos licores y cervezas embarcados por la tarde en diversos puertos, llevo en este momento un cargamento completo de cerveza adquirido y debidamente pagado en la taberna del "Alegre Marinero". Su Majestad tendrá, pues, a bien considerar que la buena voluntad reemplaza el hecho, pues no puedo ni quiero tragar una gota más..., y menos una gota de esa asquerosa agua de sentina que responde al nombre de ron con Melaza.

—¡Amarra eso! —interrumpió Tarpaulin no menos asombrado de la extensión del discurso de su compañero que de la índole de la negativa—. ¡Amarra eso, marinero de agua dulce! Y yo te digo, "Patas", que te dejes de charlatanería. Mi casco esta aún liviano, aunque confieso que tú te hundes un poco..., en cuanto a tu parte de cargamento, en vez de armar tanto jaleo ya encontraré estiba para él en mi propia cala; pero...

—Tal arreglo —interrumpió el presidente— está en total disconformidad con los términos del castigo o sentencia que es por naturaleza irrevocable e inapelable. Las condiciones que hemos impuesto deben ser cumplidas al pie de la letra sin un segundo de vacilación..., a falta de cuyo cumplimiento decretamos que ambos sean atados juntos por el cuello y los talones y debidamente ahogados por rebeldes en ese tonel de cerveza.

—¡Magnífica sentencia! ¡Justo y apropiado castigo! ¡Glorioso decreto! ¡Digna, meritoria y sacrosanta condena! —gritó al unísono la familia Peste. El rey frunció su alta frente en innumerables arrugas; el viejecillo gotoso resopló como un par de fuelles; la dama de la mortaja de linón balanceó su nariz de un lado para otro; el caballero de los calzones levantó las orejas; la dama del sudario abrió la boca como un pez agonizante mientras el individuo del ataúd pareció todavía más rígido y reviró los ojos.

—¡Uh, uh, uh! —cacareó Tarpaulin sin fijarse en la excitación general—. ¡Uh, uh, uh! ¡Uh, uh, uh! ¡Uh, uh, uh! Estaba yo diciendo, cuando Mr. Rey Peste me interrumpió, que una bagatela de dos o tres galones más o menos de ron con Melaza nada pueden hacer a un barco tan sólido como yo sin estar demasiado cargado; pero cuando se trata de beber a la salud del Diablo —a quien Dios perdone— y ponerme de rodillas ante ese espantajo de rey a quien conozco tan bien como a mí mismo, pobre pecador que soy..., sí, lo conozco porque se trata de Tim

Hurlygurly, el cómico de la legua..., pues bien, en ese caso ya no sé realmente qué pensar.

No le permitieron acabar tranquilamente su discurso. Al oír el nombre de Tim Hurlygurly la reunión entera saltó en sus asientos.

—¡Traición! —gritó su Majestad el Rey Peste I.

—¡Traición! —gritó el hombrecillo de la gota.

—¡Traición! —gritó la Archiduquesa Ana—Peste.

—¡Traición! —farfulló el caballero de las mandíbulas atadas.

—¡Traición! —exclamó el del ataúd.

—¡Traición, traición, traición a su Majestad! —aulló la dama de la bocaza—. Y cogiendo por los fondillos de los calzones al infortunado Tarpaulin en el momento en que se disponía a beber otra calavera de licor, lo alzó en el aire y lo dejó caer sin ceremonia alguna en la gran barrica repleta de su cerveza preferida. Empujado de un lado para otro y luego de flotar y hundirse varias veces como una manzana en una ponchera, terminó desapareciendo en el remolino de espuma que sus movimientos habían provocado ya en el efervescente licor.

Pero "Patas" no estaba dispuesto a resignarse ante la derrota de su compañero. Empujando al Rey Peste por la trampa abierta, el valiente marinero dejó caer con violencia la tapa sobre él con un juramento y corrió a grandes zancadas hacia el centro de la estancia. Arrancando el esqueleto colgado sobre la mesa, baló de él con tanta energía y buena voluntad que cuando los últimos resplandores se apagaban en la instancia alcanzó a saltar la tapa de los sesos del hombrecillo gotoso. Precipitándose luego con toda su fuerza contra la fatídica barrica llena de cerveza y de Hugh Tarpaulin, la volcó en un segundo. Brotó un verdadero diluvio de licor tan impetuoso, tan arrollador, tan terrible, que la habitación quedó inundada de pared a pared, la mesa volcada con cuanto estaba encima, los caballetes derribados patas arriba, la ponchera disparada hacia la chimenea..., y las damas con grandes ataques de nervios. Pilas de accesorios mortuorios flotaban aquí y allá. Jarros, picheles y garrafas se confundían en aquella escaramuza y las dama juanas entrechocaban desesperadamente con los botellones vacíos. El hombre de los horrores se ahogó allí mismo, el caballero paralítico salió flotando de su féretro... y el victorioso "Patas", tomando por el talle a la gruesa dama del sudario, se lanzó con ella a la calle y puso proa en derechura hacia el "Free and Easy" seguido, viento en popa, por el temible Hugh Tarpaulin quien, luego de estornudar tres o cuatro veces, jadeaba y resoplaba tras sus talones llevando consigo a la Arquiduquesa Ana—Peste.

LA CARTA ROBADA

Me hallaba en París en el otoño de 18... Una noche, después de una tarde ventosa, gozaba del doble placer de la meditación y de una pipa de espuma de mar, en compañía de mi amigo C. Auguste Dupin, en su pequeña biblioteca o gabinete de estudios del n.° 33, rue Dunot, au troisième, Faubourg Saint—Germain. Llevábamos más de una hora en profundo silencio, y cualquier observador casual nos hubiera creído exclusiva y profundamente dedicados a estudiar las onduladas capas de humo que llenaban la atmósfera de la sala. Por mi parte, me había entregado a la discusión mental de ciertos tópicos sobre los cuales habíamos departido al comienzo de la velada; me refiero al caso de la rue Morgue y al misterio del asesinato de Marie Rogêt. No dejé de pensar, pues, en una coincidencia, cuando vi abrirse la puerta para dejar paso a nuestro viejo conocido G..., el prefecto de la policía de París.

Lo recibimos cordialmente, pues en aquel hombre había tanto de despreciable como de divertido, y llevábamos varios años sin verlo. Como habíamos estado sentados en la oscuridad, Dupin se levantó para encender una lampara, pero volvió a su asiento sin hacerlo cuando G... nos hizo saber que venía a consultarnos, o, mejor dicho, a pedir la opinión de mi amigo sobre cierto asunto oficial que lo preocupaba grandemente.

—Si se trata de algo que requiere reflexión —observó Dupin, absteniéndose de dar fuego a la mecha— será mejor examinarlo en la oscuridad.

—He aquí una de sus ideas raras —dijo el prefecto, para quien todo lo que excedía su comprensión era "raro", por lo cual vivía rodeado de una verdadera legión de "rarezas".

—Muy cierto —repuso Dupin, entregando una pipa a nuestro visitante y ofreciéndole un confortable asiento.

—¿Y cuál es la dificultad? —pregunté—. Espero que no sea otro asesinato.

—¡Oh, no, nada de eso! Por cierto que es un asunto muy sencillo y no dudo de que podremos resolverlo perfectamente bien por nuestra cuenta; de todos modos pensé que a Dupin le gustaría conocer los detalles, puesto que es un caso muy raro.

—Sencillo y raro —dijo Dupin.

—Justamente. Pero tampoco es completamente eso. A decir verdad, todos estamos bastante confundidos, ya que la cosa es sencillísima y, sin embargo, nos deja perplejos.

—Quizá lo que los induce a error sea precisamente la sencillez del asunto —observó mi amigo.

—¡Qué absurdos dice usted! —repuso el prefecto, riendo a carcajadas.

—Quizá el misterio es un poco demasiado sencillo —dijo Dupin.

—¡Oh, Dios mío! ¿Cómo se le puede ocurrir semejante idea?

—Un poco demasiado evidente.

—¡Ja, ja! ¡Oh, oh! —reía el prefecto, divertido hasta mas no poder—. Dupin, usted acabara por hacerme morir de risa.

—Veamos, ¿de qué se trata? —pregunté.

—Pues bien, voy a decírselo —repuso el prefecto, aspirando profundamente una bocanada de humo e instalándose en un sillón—. Puedo explicarlo en pocas palabras, pero antes debo advertirles que el asunto exige el mayor secreto, pues si se supiera que lo he confiado a otras personas podría costarme mi actual posición.

—Hable usted —dije.

—O no hable —dijo Dupin.

—Está bien. He sido informado personalmente, por alguien que ocupa un altísimo puesto, de que cierto documento de la mayor importancia ha sido robado en las cámaras reales. Se sabe quién es la persona que lo ha robado, pues fue vista cuando se apoderaba de él. También se sabe que el documento continúa en su poder.

—¿Cómo se sabe eso? —preguntó Dupin.

—Se deduce claramente —repuso el prefecto— de la naturaleza del documento y de que no se hayan producido ciertas consecuencias que tendrían lugar inmediatamente después que aquél pasara a otras manos; vale decir, en caso de que fuera empleado en la forma en que el ladrón ha de pretender hacerlo al final.

—Sea un poco más explícito —dije.

—Pues bien, puedo afirmar que dicho papel da a su poseedor cierto poder en cierto lugar donde dicho poder es inmensamente valioso. El prefecto estaba encantado de su jerga diplomática.

—Pues sigo sin entender nada —dijo Dupin.

—¿No? Veamos: la presentación del documento a una tercera persona que no nombraremos pondría sobre el tapete el honor de un personaje de las más altas esferas y ello da al poseedor del documento un dominio sobre el ilustre personaje cuyo honor y tranquilidad se ven de tal modo amenazados.

—Pero ese dominio —interrumpí— dependerá de que el ladrón supiera que dicho personaje lo conoce como tal. ¿Y quién osaría...?

—El ladrón —dijo G...— es el ministro D..., que se atreve a todo, tanto en lo que es digno como lo que es indigno de un hombre. La forma en que cometió el robo es tan ingeniosa como audaz. El documento en cuestión —una carta, para ser francos fue Recibido por la persona robada mientras se hallaba a solas en el tocador real.

Mientras la leía, se vio repentinamente interrumpida por la entrada de la otra eminente persona, a la cual la primera deseaba ocultar especialmente la carta.

Después de una apresurada y vana tentativa de esconderla en un cajón, debió dejarla, abierta como estaba, sobre una mesa. Como el sobrescrito había quedado hacia arriba y no se veía el contenido, la carta podía pasar sin ser vista. Pero en ese momento aparece el ministro D... Sus ojos de lince perciben inmediatamente el papel, reconoce la escritura del sobrescrito, observa la confusión de la persona en cuestión y adivina su secreto. Luego de tratar algunos asuntos en la forma expeditiva que le es usual, extrae una carta parecida a la que nos ocupa, la abre, finge leerla y la coloca luego exactamente al lado de la otra. Vuelve entonces a departir sobre las cuestiones públicas durante un cuarto de hora. Se levanta, finalmente, y, al despedirse, toma la carta que no le pertenece. La persona robada ve la maniobra, pero no se atreve a llamarle la atención en presencia de la tercera, que no se mueve de su lado. El ministro se marcha, dejando sobre la mesa la otra carta sin importancia.

—Pues bien —dijo Dupin, dirigiéndose a mí—, ahí tiene usted lo que se requería para que el dominio del ladrón fuera completo: éste sabe que la persona robada lo conoce como el ladrón.

—En efecto —dijo el prefecto—, y el poder así obtenido ha sido usado en estos últimos meses para fines políticos, hasta un punto sumamente peligroso. La persona robada está cada vez más convencida de la necesidad de recobrar su carta. Pero, claro está, una cosa así no puede hacerse abiertamente. Por fin, arrastrada por la desesperación, dicha persona me ha encargado de la tarea.

—Para la cual —dijo Dupin, envuelto en un perfecto torbellino de humo— no podía haberse deseado, o siquiera imaginado, agente más sagaz.

—Me halaga usted —repuso el prefecto—, pero no es imposible que, en efecto, se tenga de mi tal opinión.

—Como hace usted notar —dije—, es evidente que la carta sigue en posesión del ministro, pues lo que le confiere su poder es dicha posesión y no su empleo.

Apenas empleada la carta, el poder cesaría.

Muy cierto —convino G...—. Mis pesquisas se basan en esa convicción. Lo primero que hice fue registrar cuidadosamente la mansión del ministro, aunque la mayor dificultad residía en evitar que llegara a enterarse. Se me ha prevenido que, por sobre todo, debo impedir que sospeche nuestras intenciones, lo cual sería muy peligroso.

—Pero usted tiene todas las facilidades para ese tipo de investigaciones —dije—. No es la primera vez que la policía parisiense las practica.

—¡Oh, naturalmente! Por eso no me preocupé demasiado. Las costumbres del ministro me daban, además, una gran ventaja. Con frecuencia pasa la noche fuera de su casa. Los sirvientes no son muchos y duermen alejados de los aposentos de su amo; como casi todos son napolitanos, es muy fácil inducirlos a beber copiosamente. Bien saben ustedes que poseo llaves con las cuales puedo abrir cualquier habitación de París. Durante estos tres meses no ha pasado una noche sin que me dedicara personalmente a registrar la casa de D... Mi honor está en juego y, para confiarles un gran secreto, la recompensa prometida es enorme. Por eso no abandoné la búsqueda hasta no tener seguridad completa de que el ladrón es más astuto que yo. Estoy seguro de haber mirado en cada rincón posible de la casa donde la carta podría haber sido escondida.

—¿No sería posible —pregunté— que si bien la carta se halla en posesión del ministro, como parece incuestionable, éste la haya escondido en otra parte que en su casa?

—Es muy poco probable —dijo Dupin—. El especial giro de los asuntos actuales en la corte, y especialmente de las intrigas en las cuales se halla envuelto D..., exigen que el documento esté a mano y que pueda ser exhibido en cualquier momento; esto último es tan importante como el hecho mismo de su posesión.

—¿Que el documento pueda ser exhibido? —pregunté.

—Si lo prefiere, que pueda ser destruido —dijo Dupin.

—Pues bien —convine—, el papel tiene entonces que estar en la casa. Supongo que podemos descartar toda idea de que el ministro lo lleve consigo.

—Por supuesto —dijo el prefecto—. He mandado detenerlo dos veces por falsos salteadores de caminos y he visto personalmente cómo le registraban.

—Pudo usted ahorrarse esa molestia —dijo Dupin—. Supongo que D... no es completamente loco y que ha debido prever esos falsos asaltos como una consecuencia lógica.

—No es completamente loco —dijo G...—, pero es un poeta, lo que en mi opinión viene a ser más o menos lo mismo.

—Cierto —dijo Dupin, después de aspirar una profunda bocanada de su pipa de espuma de mar—, aunque, por mi parte, me confieso culpable de algunas malas rimas.

—¿Por qué no nos da detalles de su requisición? —pregunté.

—Pues bien; como disponíamos del tiempo necesario, buscamos en todas partes.

Tengo una larga experiencia en estos casos. Revisé íntegramente la mansión, cuarto por cuarto, dedicando las noches de toda una semana a cada aposento.

Primero examiné el moblaje. Abrimos todos los cajones; supongo que no ignoran ustedes que, para un agente de policía bien adiestrado, no hay cajón secreto que pueda escapársele. En una búsqueda de esta especie, el hombre que deja sin ver un cajón secreto es un imbécil. ¡Son tan evidentes! En cada mueble hay una cierta masa, un cierto espacio que debe ser explicado. Para eso tenemos reglas muy precisas. No se nos escaparía ni la quincuagésima parte de una línea.

"Terminada la inspección de armarios pasamos a las sillas. Atravesamos los almohadones con esas largas y finas agujas que me han visto ustedes emplear. Levantamos las tablas de las mesas".

—¿Por qué?

—Con frecuencia, la persona que desea esconder algo levanta la tapa de una mesa o de un mueble similar, hace un orificio en cada una de las patas, esconde el objeto en cuestión y vuelve a poner la tabla en su sitio. Lo mismo suele hacerse en las cabeceras y postes de las camas.

—Pero, ¿no puede localizarse la cavidad por el sonido? —pregunté.

—De ninguna manera si, luego de haberse depositado el objeto, se lo rodea con una capa de algodón. Además, en este caso estábamos forzados a proceder sin hacer ruido.

—Pero es imposible que hayan ustedes revisado y desarmado todos los muebles donde pudo ser escondida la carta en la forma que menciona. Una carta puede ser reducida a un delgadísimo rollo, casi igual en volumen al de una aguja larga de tejer, y en esa forma se la puede insertar, por ejemplo, en el travesaño de una silla. ¿Supongo que no desarmaron todas las sillas?

—Por supuesto que no, pero hicimos algo mejor: examinamos los travesaños de todas las sillas de la casa y las junturas de todos los muebles con ayuda de un poderoso microscopio. Si hubiera habido la menor señal de un reciente cambio, no habríamos dejado de advertirlo instantáneamente. Un simple grano de polvo producido por un barreno nos hubiera saltado a los ojos como si fuera una manzana. La menor diferencia en la encoladura, la más mínima apertura en los ensamblajes, hubiera bastado para orientarnos.

—Supongo que miraron en los espejos, entre los marcos y el cristal, y que examinaron las camas y la ropa de la cama, así como los cortinados y alfombras.

—Naturalmente, y luego que hubimos revisado todo el moblaje en la misma forma minuciosa, pasamos a la casa misma. Dividimos su superficie en compartimentos que numeramos, a fin de que no se nos escapara ninguno; luego escrutamos cada pulgada cuadrada, incluyendo las dos casas adyacentes, siempre ayudados por el microscopio.

—¿Las dos casas adyacentes? —exclamé—. ¡Habrán tenido toda clase de dificultades!

—Sí. Pero la recompensa ofrecida es enorme.

—¿Incluían ustedes el terreno contiguo a las casas?

—Dicho terreno esta pavimentado con ladrillos. No nos dio demasiado trabajo comparativamente, pues examinamos el musgo entre los ladrillos y lo encontramos intacto.

—¿Miraron entre los papeles de D..., naturalmente, y en los libros de la biblioteca?

—Claro esta. Abrimos todos los paquetes, y no sólo examinamos cada libro, sino que lo hojeamos cuidadosamente, sin conformarnos con una mera sacudida, como suelen hacerlo nuestros oficiales de policía. Medimos asimismo el espesor de cada encuadernación, escrutándola luego de la manera más detallada con el microscopio. Si se hubiera insertado un papel en una de esas encuadernaciones, resultaría imposible que pasara inadvertido. Cinco o seis volúmenes que salían de manos del encuadernador fueron probados longitudinalmente con las agujas.

—¿Exploraron los pisos debajo de las alfombras?

—Sin duda. Levantamos todas las alfombras y examinamos las planchas con el microscopio.

—¿Y el papel de las paredes?

—Lo mismo.

—¿Miraron en los sótanos?

—Miramos.

—Pues entonces —declaré— se ha equivocado usted en sus cálculos y la carta no está en la casa del ministro.

—Me temo que tenga razón —dijo el prefecto—. Pues bien, Dupin, ¿qué me aconseja usted?

—Revisar de nuevo completamente la casa.

—¡Pero es inútil! —replicó G...—. Tan seguro estoy de que respiro como de que la carta no está en la casa.

—No tengo mejor consejo que darle —dijo Dupin—. Supongo que posee usted una descripción precisa de la carta.

—¡Oh, sí!

Luego de extraer una libreta, el prefecto procedió a leernos una minuciosa descripción del aspecto interior de la carta, y especialmente del exterior. Poco después de terminar su lectura se despidió de nosotros, desanimado como jamás lo había visto antes.

Un mes más tarde nos hizo otra visita y nos encontró ocupados casi en la misma forma que la primera vez. Tomó posesión de una pipa y un sillón y se puso a charlar de cosas triviales. Al cabo de un rato le dije:

—Veamos, G..., ¿qué pasó con la carta robada? Supongo que, por lo menos, se habrá convencido de que no es cosa fácil sobrepujar en astucia al ministro.

—¡El diablo se lo lleve! Volví a revisar su casa, como me lo había aconsejado Dupin, pero fue tiempo perdido. Ya lo sabía yo de antemano.

—¿A cuánto dijo usted que ascendía la recompensa ofrecida? —preguntó Dupin.

—Pues... a mucho dinero... muchísimo. No quiero decir exactamente cuánto, pero eso sí, afirmo que estaría dispuesto a firmar un cheque por cincuenta mil francos a cualquiera que me consiguiese esa carta. El asunto va adquiriendo día a día más importancia, y la recompensa ha sido recientemente doblada. Pero, aunque ofrecieran tres voces esa suma, no podría hacer más de lo que he hecho.

—Pues... la verdad... —dijo Dupin, arrastrando las palabras entre bocanadas de humo—, me parece a mí, G..., que usted no ha hecho... todo lo que podía hacerse.

¿No cree que... aún podría hacer algo más, eh?

—¿Cómo? ¿En qué sentido?

—Pues... puf... podría usted... puf, puf... pedir consejo en este asunto... puf, puf, puf... ¿Se acuerda de la historia que cuentan de Abernethy?

—No. ¡Al diablo con Abernethy!

—De acuerdo. ¡Al diablo, pero bienvenido! Érase una vez cierto avaro que tuvo la idea de obtener gratis el consejo médico de Abernethy. Aprovechó una reunión y una conversación corrientes para explicar un caso personal como si se tratara del de otra persona. "Supongamos que los síntomas del enfermo son tales y cuales —dijo—. Ahora bien, doctor:

¿qué le aconsejaría usted hacer?". "Lo que yo le aconsejaría —repuso Abernethy— es que consultara a un médico".

—¡Vamos! —exclamó el prefecto, bastante desconcertado—. Estoy plenamente dispuesto a pedir consejo y a pagar por él. De verdad, daría cincuenta mil francos a quienquiera me ayudara en este asunto.

—En ese caso —replicó Dupin, abriendo un cajón y sacando una libreta de cheques—, bien puede usted llenarme un cheque por la suma mencionada. Cuando lo haya firmado le entregaré la carta.

Me quedé estupefacto. En cuanto al prefecto, parecía fulminado. Durante algunos minutos fue incapaz de hablar y de moverse, mientras contemplaba a mi amigo con ojos que parecían salírsele de las órbitas y con la boca abierta. Recobrándose un tanto, tomó una pluma y, después de varias pausas y abstraídas contemplaciones, llenó y firmó un cheque por cincuenta mil francos, extendiéndolo por encima de la mesa a Dupin. Éste lo examinó cuidadosamente y lo guardo en su cartera; luego, abriendo un escritorio, sacó una carta y la entregó al prefecto.

Nuestro funcionario la tomó en una convulsión de alegría, la abrió con manos trémulas, lanzó una ojeada a su contenido y luego, lanzándose vacilante hacia la puerta, desapareció bruscamente del cuarto y de la casa, sin haber pronunciado una sílaba desde el momento en que Dupin le pidió que llenara el cheque.

Una vez que se hubo marchado, mi amigo consintió en darme algunas explicaciones.

—La policía parisiense es sumamente hábil a su manera —dijo—. Es perseverante, ingeniosa, astuta y muy versada en los conocimientos que sus deberes exigen.

Así, cuando G... nos explicó su manera de registrar la mansión de D..., tuve plena confianza en que había cumplido una investigación satisfactoria, hasta donde podía alcanzar.

—¿Hasta dónde podía alcanzar? —repetí.

—Sí —dijo Dupin—. Las medidas adoptadas no solamente eran las mejores en su género, sino que habían sido llevadas a la más absoluta perfección. Si la carta hubiera estado dentro del ámbito de su búsqueda, no cabe la menor duda de que los policías la hubieran encontrado.

Me eché a reír, pero Dupin parecía hablar muy en serio.

—Las medidas —continuó— eran excelentes en su género, y fueron bien ejecutadas; su defecto residía en que eran inaplicables al caso y al hombre en cuestión. Una cierta cantidad de recursos altamente ingeniosos constituyen para el prefecto una especie de lecho de Procusto, en el cual quiere meter a la fuerza sus designios.

Continuamente se equivoca por ser demasiado profundo o demasiado superficial para el caso, y más de un colegial razonaría mejor que él. Conocí a uno que tenía ocho años y cuyos triunfos en el juego de "par e impar" atraían la admiración general. El juego es muy sencillo y se juega con bolitas. Uno de los contendientes oculta en la mano cierta cantidad de bolitas y pregunta al otro: "¿Par o impar?". Si éste adivina correctamente, gana una bolita; si se equivoca, pierde una. El niño de quien hablo ganaba todas las bolitas de la escuela. Naturalmente, tenía un método de adivinación que consistía en la simple observación y en el cálculo de la astucia de sus adversarios. Supongamos que uno de éstos sea un perfecto tonto y que, levantando la mano cerrada, le pregunta: "¿Par o impar?". Nuestro colegial responde: "Impar", y pierde, pero a la segunda vez gana, por cuanto se ha dicho a sí mismo: "El tonto tenía pares la primera vez, y su astucia no va más allá de preparar impares para la segunda vez. Por lo tanto, diré impar.". Lo dice, y gana.

Ahora bien, si le toca jugar con un tonto ligeramente superior al anterior, razonara en la siguiente forma: "Este muchacho sabe que la primera vez elegí impar, y en la segunda se le ocurrirá como primer impulso pasar de par a impar, pero entonces un nuevo impulso le sugerirá que la variación es demasiado sencilla, y finalmente se decidirá a poner bolitas pares como la primera vez. Por lo tanto, diré pares.". Así lo hace, y gana. Ahora bien, esta manera de razonar del colegial, a quien sus camaradas llaman "afortunado", ¿en qué consiste si se la analiza con cuidado?

—Consiste —repuse— en la identificación del intelecto del razonador con el de su oponente.

—Exactamente —dijo Dupin—. Cuando pregunté al muchacho de qué manera lograba esa total identificación en la cual residían sus triunfos, me contestó: "Si quiero averiguar si alguien es inteligente, o estúpido, o bueno, o malo, y saber cuáles son sus pensamientos en ese momento, adapto lo más posible la expresión de mi cara a la de la suya, y luego espero hasta ver qué pensamientos o sentimientos surgen en mi mente o en mi corazón, coincidentes con la expresión de mi cara". Esta respuesta del colegial está en la base de toda la falsa profundidad atribuida a La Rochefoucauld, La Bruyère, Maquiavelo y Campanella.

—Si comprendo bien —dije— la identificación del intelecto del razonador con el de su oponente depende de la precisión con que se mida la inteligencia de este último.

—Depende de ello para sus resultados prácticos —replicó Dupin—, y el prefecto y sus cohortes fracasan con tanta frecuencia, primero por no lograr dicha identificación y segundo por medir mal —o, mejor dicho, por no medir— el intelecto con el cual se miden. Sólo tienen en cuenta sus propias ideas ingeniosas y, al buscar alguna cosa oculta, se fijan solamente en los métodos que ellos hubieran empleado para ocultarla. Tienen mucha razón en la medida en que su propio ingenio es fiel representante del de la masa; pero, cuando la astucia del malhechor posee un carácter distinto de la suya, aquél los derrota, como es natural. Esto ocurre siempre cuando se trata de una astucia superior a la suya y, muy frecuentemente, cuando está por debajo. Los policías no admiten variación de principio en sus investigaciones; a lo sumo, si se ven apurados por algún caso insólito, o movidos por una recompensa extraordinaria, extienden o exageran sus viejas modalidades rutinarias, pero sin tocar los principios. Por ejemplo, en este asunto de D..., ¿qué se ha hecho para modificar el principio de acción? ¿Qué son esas perforaciones, esos escrutinios con el microscopio, esa división de la superficie del edificio en pulgadas cuadradas numeradas? ¿Qué representan sino la aplicación exagerada del principio o la serie de principios que rigen una búsqueda, y que se basan a su vez en una serie de nociones sobre el ingenio humano, a las cuales se ha acostumbrado el prefecto en la prolongada rutina de su tarea? ¿No ha advertido que G... da por sentado que todo hombre esconde una carta, si no exactamente en un agujero practicado en la pata de una silla, por lo menos en algún agujero o rincón sugerido por la misma línea de pensamiento que inspira la idea de esconderla en un agujero hecho en la pata de una silla? Observe asimismo que esos escondrijos rebuscados sólo se utilizan en ocasiones ordinarias, y sólo serán elegidos por inteligencias igualmente ordinarias; vale decir que en todos los casos de ocultamiento cabe presumir, en primer término, que se lo ha efectuado dentro de esas líneas; por lo tanto, su descubrimiento no depende en absoluto de la perspicacia, sino del cuidado, la paciencia y la obstinación de los buscadores; y si el caso es de importancia (o la recompensa magnífica, lo cual equivale a la misma cosa a los ojos de los policías), las cualidades aludidas no fracasan jamás.

Comprenderá usted ahora lo que quiero decir cuando sostengo que si la carta robada hubiese estado escondida en cualquier parte dentro de los límites de la perquisición del prefecto (en otras palabras, si el principio rector de su ocultamiento hubiera estado comprendido dentro de los principios del prefecto) hubiera sido descubierta sin la más mínima duda. Pero nuestro funcionario ha sido mistificado por completo, y la remota fuente de su derrota yace en su suposición de que el ministro es un loco porque ha logrado renombre como poeta. Todos los locos son poetas en el pensamiento del prefecto, de donde cabe considerarlo culpable de no analizar la premisa por inferir de lo anterior que todos los poetas son locos.

—¿Pero se trata realmente del poeta? —pregunté—. Sé que D... tiene un hermano, y que ambos han logrado reputación en el campo de las letras. Creo que el ministro ha escrito una obra notable sobre el cálculo diferencial. Es un matemático y no un poeta.

—Se equivoca usted. Lo conozco bien, y sé que es ambas cosas. Como poeta y matemático es capaz de razonar bien, en tanto que como mero matemático hubiera sido capaz de hacerlo y habría quedado a merced del prefecto.

—Me sorprenden esas opiniones —dije—, que el consenso universal contradice.

Supongo que no pretende usted aniquilar nociones que tienen siglos de existencia sancionada. La razón matematica fue considerada siempre como la razón por excelencia.

—Il y a à parier —replicó Dupin, citando a Chamfort— que toute idée publique, toute convention reçue est une sottise, car elle a convenu au plus grand nombre. Lo que quiere decir: hay que apostar que toda idea pública, toda conversación aceptada, es una tontería, pues a convenido a la mayoría. Le aseguro que los matemáticos han sido los primeros en difundir el error popular al cual alude usted, y que no por difundido deja de ser un error. Con arte digno de mejor causa han introducido, por ejemplo, el término "análisis" en las operaciones algebraicas. Los franceses son los causantes de este engaño, pero si un término tiene alguna importancia, si las palabras derivan su valor de su aplicación, entonces concedo que "análisis" abarca "algebra", tanto como en latín ambitus implica "ambición"; religio, "religión", u homines honesti, la clase de las gentes honorables.

—Me temo que se malquiste usted con algunos de los algebristas de París. Pero continúe.

—Niego la validez y, por tanto, los resultados de una razón cultivada por cualquier procedimiento especial que no sea el lógico abstracto. Niego, en particular, la razón extraída del estudio matemático. Las matemáticas constituyen la ciencia de la forma y la cantidad; el razonamiento matemático es simplemente la lógica aplicada a la observación de la forma y la cantidad. El gran error está en suponer que incluso las verdades de lo que se denomina algebra pura constituyen verdades abstractas o generales. Y este error es tan enorme que me asombra se lo haya aceptado universalmente. Los axiomas matemáticos no son axiomas de validez general. Lo que es cierto de la relación (de la forma y la cantidad) resulta con frecuencia erróneo aplicado, por ejemplo, a la moral. En esta última ciencia suele no ser cierto que el todo sea igual a la suma de las partes. También en química este axioma no se cumple. En la consideración de los móviles falla igualmente, pues dos móviles de un valor dado no alcanzan necesariamente al sumarse un valor equivalente a la suma de sus valores. Hay muchas otras verdades matemáticas que sólo son tales dentro de los límites de la relación. Pero el matemático, llevado por el hábito, arguye, basándose en sus verdades finitas, como si tuvieran una aplicación general, cosa que por lo demás la gente acepta y cree. En su erudita Mitología, Bryant alude a una análoga fuente de error cuando señala que, "aunque no se cree en las fabulas paganas, solemos olvidarnos de ello y extraemos consecuencias como si fueran realidades existentes". Pero, para los algebristas, que son realmente paganos, las "fábulas paganas" constituyen materia de credulidad, y las inferencias que de ellas extraen no nacen de un descuido de la memoria sino de un inexplicable reblandecimiento mental. Para resumir: jamás he encontrado a un matemático en quien se pudiera confiar fuera de sus raíces y sus ecuaciones, o que no tuviera por artículo de fe que $x2+px$ es absoluta e incondicionalmente igual a q. Por vía de experimento, diga a uno de esos caballeros que, en su opinión, podrían darse casos en que $x2+px$ no fuera absolutamente igual a q; pero, una vez que le haya hecho comprender lo que quiere decir, sálgase de su camino lo antes posible, porque es seguro que tratara de golpearlo.

"Lo que busco indicar —agregó Dupin, mientras yo reía de sus últimas observaciones— es que, si el ministro hubiera sido sólo un matemático, el prefecto no se habría visto en la necesidad de extenderme este cheque. Pero sé que es tanto matemático como poeta, y mis medidas se han adaptado a sus capacidades, teniendo en cuenta las circunstancias que lo rodeaban. Sabía que es un cortesano y un audaz intrigante. Pensé que un hombre semejante no dejaría de estar al tanto de los métodos policiales ordinarios. Imposible que no anticipara (y los hechos lo han probado así) los falsos asaltos a que fue sometido. Reflexioné que igualmente habría previsto las investigaciones secretas en su casa. Sus frecuentes ausencias nocturnas, que el prefecto consideraba una excelente ayuda para su triunfo, me parecieron simplemente astucias destinadas a brindar oportunidades a la perquisición y convencer lo antes posible a la policía de que la carta no se hallaba en la casa, como G... terminó finalmente por creer. Me pareció asimismo que toda la serie de pensamientos que con algún trabajo acabo de exponerle y que se refieren al principio invariable de la acción policial en sus búsquedas de objetos ocultos, no podía dejar de ocurrírsele al ministro. Ello debía conducirlo inflexiblemente a desdeñar todos los escondrijos vulgares. Reflexioné que ese hombre no podía ser tan simple como para no comprender que el rincón más remoto e inaccesible de su morada estaría tan abierto como el más vulgar de los armarios a los ojos, las sondas, los barrenos y los microscopios del prefecto. Vi, por último, que D... terminaría necesariamente en la simplicidad, si es que no la adoptaba por una cuestión de gusto personal. Quizá recuerde usted con qué ganas rió el prefecto cuando, en nuestra primera entrevista, sugerí que acaso el misterio lo perturbaba por su absoluta evidencia.

—Me acuerdo muy bien —respondí—. Por un momento pensé que iban a darle convulsiones.

—El mundo material —continuó Dupin— abunda en estrictas analogías con el inmaterial, y ello tiñe de verdad el dogma retórico según el cual la metáfora o el símil sirven tanto para reforzar un argumento como para embellecer una descripción. El principio de la vis inertiæ, el ímpetu de lo inerte, por ejemplo, parece idéntico en la física y en la metafísica. Si en la primera es cierto que resulta más difícil poner en movimiento un cuerpo grande que uno pequeño, y que el impulso o cantidad de movimiento subsecuente se hallara en relación con la dificultad, no menos cierto es en metafísica que los intelectos de máxima capacidad, aunque más vigorosos, constantes y eficaces en sus avances que los de grado inferior, son más lentos en iniciar dicho avance y se muestran más embarazados y vacilantes en los primeros pasos. Otra cosa: ¿Ha observado usted alguna vez, entre las muestras de las tiendas, cuales atraen la atención en mayor grado?

—Jamás se me ocurrió pensarlo —dije.

—Hay un juego de adivinación —continuó Dupin— que se juega con un mapa. Uno de los participantes pide al otro que encuentre una palabra dada: el nombre de una ciudad, un río, un Estado o un imperio; en suma, cualquier palabra que figure en la abigarrada y complicada superficie del mapa. Por lo regular, un novato en el juego busca confundir a su oponente proponiéndole los nombres escritos con los caracteres más pequeños, mientras que el buen jugador escogerá aquellos que se extienden con grandes letras de una parte a otra del mapa. Estos últimos, al igual que las muestras y carteles excesivamente grandes, escapan a la atención a fuerza de ser evidentes, y en esto la desatención ocular resulta análoga al descuido que lleva al intelecto a no tomar en cuenta consideraciones excesivas y palpablemente evidentes. De todos modos, es éste un asunto que se halla por encima o por debajo del entendimiento del prefecto. Jamás se le ocurrió como probable o posible que el ministro hubiera dejado la carta delante de las narices del mundo entero, a fin de impedir mejor que una parte de ese mundo pudiera verla.

"Cuanto más pensaba en el audaz, decidido y característico ingenio de D..., en que el documento debía hallarse siempre a mano si pretendía servirse de él para sus fines, y en la absoluta seguridad proporcionada por el prefecto de que el documento no se hallaba oculto dentro de los límites de las búsquedas ordinarias de dicho funcionario, más seguro me sentía que, para esconder la carta, el ministro había acudido al más amplio y sagaz de los expedientes: el no ocultarla.

"Compenetrado de estas ideas, me puse un par de anteojos verdes, y una hermosa mañana acudí como por casualidad a la mansión ministerial. Hallé a D... en casa, bostezando, paseándose sin hacer nada y pretendiendo hallarse en el colmo del aburrimiento. Probablemente se trataba del más activo y enérgico de los seres vivientes, pero eso tan sólo cuando nadie lo ve.

"Para no ser menos, me quejé del mal estado de mi vista y de la necesidad de usar anteojos, bajo cuya protección pude observar cautelosa pero detalladamente el aposento, mientras en apariencia seguía con toda atención las palabras de mi huésped.

"Dediqué especial cuidado a una gran mesa—escritorio junto a la cual se sentaba D..., y en la que aparecían mezcladas algunas cartas y papeles, juntamente con un par de instrumentos musicales y unos pocos libros. Pero, después de un prolongado y atento escrutinio, no vi nada que procurara mis sospechas.

"Dando la vuelta al aposento, mis ojos cayeron por fin sobre un insignificante tarjetero de cartón recortado que colgaba, sujeto por una sucia cinta azul, de una pequeña perilla de bronce en mitad de la repisa de la chimenea. En este tarjetero, que estaba dividido en tres o cuatro compartimentos, vi cinco o seis tarjetas de visitantes y una sola carta. Esta última parecía muy arrugada y manchada. Estaba rota casi por la mitad, como si a una primera intención de destruirla por inútil hubiera sucedido otra. Ostentaba un gran sello negro, con el monograma de D... muy visible, y el sobrescrito, dirigido al mismo ministro revelaba una letra menuda y femenina. La carta había sido arrojada con descuido, casi se diría que desdeñosamente, en uno de los compartimentos superiores del tarjetero.

"Tan pronto hube visto dicha carta, me di cuenta de que era la que buscaba. Por cierto que su apariencia difería completamente de la minuciosa descripción que nos había leído el prefecto. En este caso el sello era grande y negro, con el monograma de D...; en el otro, era pequeño y rojo, con las armas ducales de la familia S... El sobrescrito de la presente carta mostraba una letra menuda y femenina, mientras que el otro, dirigido a cierta persona real, había sido trazado con caracteres firmes y decididos. Sólo el tamaño mostraba analogía. Pero, en cambio, lo radical de unas diferencias que resultaban excesivas; la suciedad, el papel arrugado y roto en parte, tan inconciliables con los verdaderos hábitos metódicos de D..., y tan sugestivos de la intención de engañar sobre el verdadero valor del documento, todo ello, digo sumado a la ubicación de la carta, insolentemente colocada bajo los ojos de cualquier visitante, y coincidente, por tanto, con las conclusiones a las que ya había arribado, corroboraron decididamente las sospechas de alguien que había ido allá con intenciones de sospechar.

"Prolongué lo más posible mi visita y, mientras discutía animadamente con el ministro acerca de un tema que jamás ha dejado de interesarle y apasionarlo, mantuve mi atención clavada en la carta. Confiaba así a mi memoria los detalles de su apariencia exterior y de su colocación en el tarjetero; pero terminé además por descubrir algo que disipó las últimas dudas que podía haber abrigado. Al mirar atentamente los bordes del papel, noté que estaban más ajados de lo necesario.

"Presentaban el aspecto típico de todo papel grueso que ha sido doblado y aplastado con una plegadera, y que luego es vuelto en sentido contrario, usando los mismos pliegues formados la primera vez. Este descubrimiento me bastó. Era evidente que la carta había sido dada vuelta como un guante, a fin de ponerle un nuevo sobrescrito y un nuevo sello. Me despedí del ministro y me marché en seguida, dejando sobre la mesa una tabaquera de oro.

"A la mañana siguiente volví en busca de la tabaquera, y reanudamos placenteramente la conversación del día anterior. Pero, mientras departíamos, se oyó justo debajo de las ventanas un disparo como de pistola, seguido por una serie de gritos espantosos y las voces de una multitud aterrorizada. D... corrió a una ventana, la abrió de par en par y miró hacia afuera. Por mi parte, me acerqué al tarjetero, saqué la carta, guardándola en el bolsillo, y la reemplacé por un facsímil (por lo menos en el aspecto exterior) que había preparado cuidadosamente en casa, imitando el monograma de D... con ayuda de un sello de miga de pan.

"La causa del alboroto callejero había sido la extravagante conducta de un hombre armado de un fusil, quien acababa de disparar el arma contra un grupo de mujeres y niños. se comprobó, sin embargo, que el arma no estaba cargada, y los presentes dejaron en libertad al individuo considerándolo borracho o loco. Apenas se hubo alejado, D... se apartó de la ventana, donde me le había reunido inmediatamente después de apoderarme de la carta. Momentos después me despedí de él. Por cierto que el pretendido lunático había sido pagado por mí".

—¿Pero qué intención tenía usted —pregunté— al reemplazar la carta por un facsímil? ¿No hubiera sido preferible apoderarse abiertamente de ella en su primera visita, y abandonar la casa?

—D... es un hombre resuelto a todo y lleno de coraje —repuso Dupin—. En su casa no faltan servidores devotos a su causa. Si me hubiera atrevido a lo que usted sugiere, jamás habría salido de allí con vida. El buen pueblo de París no hubiese oído hablar nunca más de mí. Pero, además, llevaba una segunda intención. Bien conoce usted mis preferencias políticas. En este asunto he actuado como partidario de la dama en cuestión. Durante dieciocho meses, el ministro la tuvo a su merced. Ahora es ella quien lo tiene a él, pues, ignorante de que la carta no se halla ya en su posesión, D... continuara presionando como si la tuviera. Esto lo llevara inevitablemente a la ruina política. Su caída, además, será tan precipitada como ridícula. Está muy bien hablar del fácil descenso del averno; pero, en materia de ascensiones, cabe decir lo que la Catalani decía del canto, o sea, que es mucho más fácil subir que bajar. En el presente caso no tengo simpatía —o, por lo menos, compasión— hacia el que baja. D... es el monstrum horrendum, el hombre de genio carente de principios. Confieso, sin embargo, que me gustaría conocer sus pensamientos cuando, al recibir el desafío de aquélla a quien el prefecto llama «cierta persona», se vea forzado a abrir la carta que le dejé en el tarjetero.

—¿Cómo? ¿Escribió usted algo en ella?

—¡Vamos, no me pareció bien dejar el interior en blanco!

Hubiera sido insultante. Cierta vez, en Viena, D... me jugó una mala pasada, y sin perder el buen humor le dije que no la olvidaría. De modo que, como no dudo de que sentira cierta curiosidad por saber quién se ha mostrado más ingenioso que él, pensé que era una lástima no dejarle un indicio. Como conoce muy bien mi letra, me limité a copiar en mitad de la página estas palabras:

...Un dessein si funeste, S'il n'est digne d'Atrée, est digne de Thyeste.

Que quiere decir: "Un designio tan funesto no era digno de Atreo, sino de Tieste".

Las hallara usted en el Atrée de Crébillon.

EL RETRATO OVAL

El castillo en el cual mi criado se le había ocurrido penetrar a la fuerza en vez de permitirme, malhadadamente herido como estaba, de pasar una noche al ras, era uno de esos edificios mezcla de grandeza y de melancolía que durante tanto tiempo levantaron sus altivas frentes en medio de los Apeninos, tanto en la realidad como en la imaginación de Mistress Radcliffe. Según toda apariencia, el castillo había sido recientemente abandonado, aunque temporariamente. Nos instalamos en una de las habitaciones más pequeñas y menos suntuosamente amuebladas. Estaba situada en una torre aislada del resto del edificio. Su decorado era rico, pero antiguo y sumamente deteriorado. Los muros estaban cubiertos de tapicerías y adornados con numerosos trofeos heráldicos de toda clase, y de ellos pendían un número verdaderamente prodigioso de pinturas modernas, ricas de estilo, encerradas en sendos marcos dorados, de gusto arabesco. Me produjeron profundo interés, y quizás mi incipiente delirio fue la causa, aquellos cuadros colgados no solamente en las paredes principales, sino también en una porción de rincones que la arquitectura caprichosa del castillo hacía inevitable; hice a Pedro cerrar los pesados postigos del salón, pues ya era hora avanzada, encender un gran candelabro de muchos brazos colocado al lado de mi cabecera, y abrir completamente las cortinas de negro terciopelo, guarnecidas de festones, que rodeaban el lecho. Lo quise así para poder, al menos, si no reconciliaba el sueño, distraerme alternativamente entre la contemplación de estas pinturas y la lectura de un pequeño volumen que había encontrado sobre la almohada y que trataba de su crítica y su análisis.

Leí largo tiempo; contemplé las pinturas religiosas devotamente; las horas huyeron, rápidas y silenciosas, y llegó la media noche. La posición del candelabro me molestaba, y extendiendo la mano con dificultad para no turbar el sueño de mi criado, lo coloqué de modo que arrojase la luz de lleno sobre el libro. Pero este movimiento produjo un efecto completamente inesperado. La luz de sus numerosas bujías dio de pleno en un nicho del salón que una de las columnas del lecho había hasta entonces cubierto con una sombra profunda. Vi envuelto en viva luz un cuadro que hasta entonces no advirtiera.

Era el retrato de una joven ya formada, casi mujer. Lo contemplé rápidamente y cerré los ojos. ¿Por qué? no me lo expliqué al principio; pero, en tanto que mis ojos permanecieron cerrados, analicé con rapidez el motivo que me los hacía cerrar. Era un movimiento involuntario para ganar tiempo y recapacitar, para asegurarme de que mi vista no me había engañado, para calmar y preparar mi espíritu a una contemplación más fría y más serena. Al cabo de algunos momentos, miré de nuevo el lienzo fijamente.

No era posible dudar, aun cuando lo hubiese querido; porque el primer rayo de luz al caer sobre el lienzo, había desvanecido el estupor delirante de que mis sentidos se hallaban poseídos, haciéndome volver repentinamente a la realidad de la vida.

El cuadro representaba, como ya he dicho, a una joven. se trataba sencillamente de un retrato de medio cuerpo, todo en este estilo, que se llama, en lenguaje técnico, estilo de viñeta; había en él mucho de la manera de pintar de Sully en sus cabezas favoritas. Los brazos, el seno y las puntas de sus radiantes cabellos, pendían en la sombra vaga, pero profunda, que servía de fondo a la imagen. El marco era oval, magníficamente dorado, y de un bello estilo morisco. Tal vez no fuese ni la ejecución de la obra, ni la excepcional belleza de su fisonomía lo que me impresionó tan repentina y profundamente. No podía creer que mi imaginación, al salir de su delirio, hubiese tomado la cabeza por la de una persona viva. Empero, los detalles del dibujo, el estilo de viñeta y el aspecto del marco, no me permitieron dudar ni un solo instante. Abismado en estas reflexiones, permanecí una hora entera con los ojos fijos en el retrato. Aquella inexplicable expresión de realidad y vida que al principio me hiciera estremecer, acabó por subyugarme. Lleno de terror y respeto, volví el candelabro a su primera posición, y habiendo así apartado de mi vista la causa de mi profunda agitación, me apoderé ansiosamente del volumen que contenía la historia y descripción de los cuadros. Busqué inmediatamente el número correspondiente al que marcaba el retrato oval, y leí la extraña y singular historia siguiente:

Era una joven de peregrina belleza, tan graciosa como amable, que en mala hora amó al pintor y, se desposó con él.

Él tenía un carácter apasionado, estudioso y austero, y había puesto en el arte sus amores; ella, joven, de rarísima belleza, todo luz y sonrisas, con la alegría de un cervatillo, amándolo todo, no odiando más que el arte, que era su rival, no temiendo más que la paleta, los pinceles y demás instrumentos importunos que le arrebataban el amor de su adorado. Terrible impresión causó a la dama oír al pintor hablar del deseo de retratarla. Mas era humilde y sumisa, y se sentó pacientemente, durante largas semanas, en la sombría y alta habitación de la torre, donde la luz se filtraba sobre el pálido lienzo solamente por el cielo raso.

El artista cifraba su gloria en su obra, que avanzaba de hora en hora, de día en día.

Y era un hombre vehemente, extraño, pensativo y que se perdía en mil ensueños; tanto que no veía que la luz que penetraba tan lúgubremente en esta torre aislada secaba la salud y los encantos de su mujer, que se consumía para todos excepto para él.

Ella no obstante, sonreía más y más, porque veía que el pintor, que disfrutaba de gran fama, experimentaba un vivo y ardiente placer en su tarea, y trabajaba noche y día para trasladar al lienzo la imagen de la que tanto amaba, la cual de día en día. Se tornaba más débil y desanimada. Y, en verdad, los que contemplaban el retrato, comentaban en voz baja su semejanza maravillosa, prueba palpable del genio del pintor, y del profundo amor que su modelo le inspiraba. Pero, al fin, cuando el trabajo tocaba a su término, no se permitió a nadie entrar en la torre; porque el pintor había llegado a enloquecer por el ardor con que tomaba su trabajo, y levantaba los ojos rara vez del lienzo, ni aun para mirar el rostro de su esposa. Y no podía ver que los colores que extendía sobre el lienzo iban borrándose de las mejillas de la que tenía sentada a su lado. Y cuando muchas semanas hubieron transcurrido, y no restaba por hacer más que una cosa muy pequeña, sólo dar un toque sobre la boca y otro sobre los ojos, el alma de la dama palpitó aún, como la llama de una lampara que esta próxima a extinguirse. y entonces el pintor dio los toques, y durante un instante quedó en éxtasis ante el trabajo que había ejecutado; pero un minuto después, estremeciéndose, palideció intensamente herido por el terror, y gritando con voz terrible:

"—¡En verdad esta es la vida misma!— Se volvió bruscamente para mirar a su bien amada, ... ¡estaba muerta!".

LA MÁSCARA DE LA MUERTE ROJA

La "Muerte Roja" había devastado largo tiempo la comarca. Jamás epidemia alguna habíase mostrado tan horrenda ni fatal. La sangre era su distintivo y su Avatar, el horror bermejo de la sangre. Producía agudos dolores, vértigos repentinos, y luego, abundante hemorragia de los poros, y la descomposición final. Las manchas escarlata en el cuerpo, y especialmente en el rostro de las víctimas, eran el entredicho fatal que las arrojaba lejos de la asistencia y simpatía de sus semejantes.

Y el ataque de la peste, su proceso y su terminación, era sólo cuestión de media hora. Pero el Príncipe Próspero era afortunado, intrépido y sagaz. Cuando sus dominios se encontraron despoblados por mitad, convocó a su presencia a un millar de alegres y vigorosos amigos entre los caballeros y damas de su corte, y se retiró con ellos a la reclusión más completa en una de sus almenadas abadías. Era ésta de amplia y magnífica estructura, creación de la propia augusta y excéntrica fantasía del monarca. La rodeaban fuertes y elevadas murallas, provistas de puertas de hierro. Una vez que entraron los cortesanos, se trajeron hornos y pesados martillos y quedaron soldados los cerrojos. Habíase resuelto no dejar medio de ingreso ni salida a los repentinos impulsos de frenesí o desesperación de los que se hallaban dentro. La abadía estaba ampliamente aprovisionada; y con tales precauciones los cortesanos podían desafiar el temor al contagio. El mundo exterior podía cuidar de sí mismo. Al mismo tiempo era locura apesadumbrarse o pensar en ello. El príncipe había previsto todas las formas de placer. Había bufones, trovadores, bailarines de ballet, músicos, vino y Belleza. Todo esto y la salvación se hallaban dentro. Fuera quedaba la "Muerte Roja."

Hacia la terminación del quinto o sexto mes de aislamiento, y mientras la peste arrasaba furiosamente afuera, el Príncipe Próspero entretenía a sus amigos con un baile de máscaras de inusitada magnificencia.

Era una escena voluptuosa, en verdad, esta mascarada. Pero, ante todo, dejadme describir los salones en que se realizaba. Eran siete cámaras, todo un departamento imperial. En muchos palacios, sin embargo, tales piezas forman una serie larga y recta mientras las puertas de dobleces se abren contra los muros a cada lado, de manera que la vista pueda abarcarlas en toda su extensión. Pero aquí todo era muy distinto, como podía esperarse de la afición del duque por lo bizarro. Las habitaciones estaban tan irregularmente dispuestas que la visual podía abrazar muy poco más de una al mismo tiempo. Se presentaba una curva aguda cada veinte o treinta yardas, y a cada curva, el aspecto era completamente diferente. A la derecha y a la izquierda, en el centro de los muros, una estrecha y elevada ventana Gótica, daba a un pasillo cerrado que seguía las revueltas del departamento. Estas ventanas eran de vidrios de colores en combinación con el tono dominante de la decoración de la cámara sobre la cual se abrían. La del extremo oeste, por ejemplo, estaba entapizada de azul; y de azul vívido eran los cristales de las ventanas. La segunda pieza estaba decorada y entapizada de púrpura, y aquí los cristales eran color de púrpura. La tercera cámara era verde, e igual color ostentaban las ventanas. La cuarta estaba amueblada y alumbrada en tono anaranjado; la quinta de blanco; la sexta de violado. La séptima habitación estaba severamente revestida de tapicerías de terciopelo negro que cubrían el techo y caían a lo largo de los muros en pesados pliegues sobre una alfombra de igual color e idéntico tejido. Pero, en esta cámara solamente, el color de las ventanas no correspondía al matiz de la decoración. Los cristales eran allí escarlata, de un tono vivo de sangre. Ahora bien; en ninguna de las siete habitaciones había lampara o candelabro alguno entre la profusión de adornos de oro esparcidos acá y allá o pendientes del techo. No se veía luz de ninguna clase que emanara de arañas o bujías dentro de las cámaras. Pero en los corredores que rodeaban la serie, se veía, delante de cada ventana, un pesado trípode sustentando un brasero de fuego que proyectaba sus rayos a través del coloreado cristal, iluminando alegremente la habitación y produciendo con sus reflejos multitud de graciosas y fantásticas apariciones. Mas hacia el lado del oeste, o sea en la cámara negra, el efecto del fuego que corría sobre las negras colgaduras, penetrando a través de los cristales teñidos de color de sangre, era extraordinariamente lúgubre, y daba tan sombrío aspecto a la figura de los que entraban, que muy pocos de la compañía eran suficientemente intrépidos para traspasar sus umbrales.

En esta pieza había también un gigantesco reloj de ébano que se erguía apoyado contra el muro occidental. Su péndulo oscilaba con triste y pausado movimiento; y cuando las manecillas habían recorrido todo el circuito de la esfera y la hora iba a sonar, venía desde las profundidades bronceadas del reloj un sonido alto y claro y extremadamente musical, en verdad, pero de entonación y énfasis tan peculiares que, a cada lapso de una hora, los músicos de la orquesta se veían obligados a detenerse instantáneamente en su ejecución para escuchar el sonido; y los bailarines cesaban en sus evoluciones; todo lo cual provocaba un breve desconcierto en la alegre compañía; pudiendo observarse que mientras los ecos del reloj vibraban todavía, los más jóvenes palidecían, y los de mayor edad y más serenos pasaban su mano por la frente como en medio de algún confuso ensueño o meditación. Mas apenas cesaba la vibración, ligeras carcajadas brotaban por todas partes en la asamblea; los músicos se miraban unos a otros y sonreían de su propia nerviosidad y locura, comprometiéndose mutuamente en voz queda a que la próxima campanada del reloj no les produciría emoción semejante; y luego, pasado el lapso de los sesenta minutos (que representan tres mil seiscientos segundos del Tiempo que vuela), se repetía el sonido del reloj, y se repetía igual desconcierto, el mismo temblor y meditación de una hora antes.

Pero, a pesar de todo, era aquélla una brillante y magnífica fiesta. La estética del duque era original.

Tenía un gusto refinado para la combinación de efectos y colores. Desdeñaba la decoración que sólo se gobierna por la moda. Sus ideas eran atrevidas y desordenadas y sus concepciones ostentaban bárbaro esplendor. Algunos le habrían calificado de loco. Sus admiradores, sin embargo, sabían que no era así; pero se hacía necesario oírle, verle, y palparle para estar seguros de que se encontraba en su juicio.

El príncipe había dirigido personalmente, en su mayor parte, la decoración fantástica de las siete cámaras, con motivo de su gran festival; y había decidido según su propia inspiración el carácter de la mascarada. A buen seguro que los disfraces eran extravagantes. Mucho brillo y relumbrón; mucho de agresivo y fantasmagórico; mucho de lo que de entonces acá se ha observado después en Hernani. Había figuras arabescas con miembros y accesorios extraños. Había fantasías delirantes como las creaciones de un loco. Había mucho de belleza, mucho de ingenio, mucho de bizarría, algo de terrorífico y no poco de lo que podía inspirar aversión. Acá y allá en las siete cámaras discurrían muchos desvaríos, en verdad; desvaríos que serpeaban entrando y saliendo, tomando el colorido de las habitaciones y haciendo pensar que la música descabellada de la orquesta era el eco de sus pasos. A poco, dio la hora el reloj de ébano colocado en el salón de terciopelo.

Y entonces todo quedó silencioso y en suspenso, y solamente se escuchaba la voz del reloj. Los desvaríos quedaron rígidos y helados en su inmovilidad. Mas pronto se desvanecieron los ecos de las campanadas, cuya duración había sido apenas de un instante; y una risa ligera, velada a medias, flotó tras ellos mientras se apagaban. Otra vez comienza la música, viven los desvaríos, y más risueños que nunca se deslizan por doquier, apropiándose los tintes de las ventanas coloreadas por los rayos que reflejan las trípodes. Pero ninguna de las máscaras se aventura hasta el séptimo salón hacia el occidente; porque la noche avanza; y una luz más bermeja penetra a través de los rojos cristales; y la negrura de los tétricos tapices causa pavor; y todo aquel que huella la negra alfombra de la cámara escucha resonar las campanadas del reloj de ébano con sordo estruendo y énfasis más solemne que el que perciben los oídos de los que se entregan a la alegría en habitaciones más lejanas.

Pero en los demás salones había densa muchedumbre y batía febrilmente el corazón de la vida.

Y el regocijo remolineaba sin cesar, hasta que al cabo brotó del reloj el son de medianoche. Y entonces se suspendió la música, como he dicho; se detuvieron las evoluciones de los bailarines y reinó como antes una medrosa paralización de la alegría. Esta vez eran doce las campanadas que debía dar el reloj; por esto aconteció quizás que, con mayor tiempo, brotaran más recuerdos en la imaginación de algunos pensativos concurrentes a la fiesta. Y quizás por esto aconteció también que, antes de que el eco de la duodécima campanada se hubiera hundido en el silencio, muchas personas advirtieran la presencia de un enmascarado que no había llamado hasta aquel momento la atención de los circunstantes. Y habiéndose extendido en un cuchicheo el rumor de su aparición, se levantó en toda la sociedad un expresivo zumbido o murmullo de sorpresa y desaprobación, primero, de terror; de horror, y de repulsión finalmente.

Podría suponerse que en una reunión de fantasmas como la que he descrito, ninguna aparición ordinaria tendría el poder de excitar tal sensación. En verdad, la libertad de esta mascarada nocturna parecía extraordinaria; pero el personaje en cuestión se mostraba más herodiano que el propio Herodes; y había traspasado los límites, casi indefinidos, del decoro del príncipe. Existen ciertas cuerdas que no pueden tocarse sin emoción siquiera sea en el corazón de los más empedernidos.

Aun respecto de aquellos completamente abandonados, para quienes la vida y la muerte son igualmente burlescas, hay ciertos temas en los cuales no es permitido bromear. Toda la compañía parecía profundamente convencida de que en el porte y disfraz del extranjero no existía ingenio ni oportunidad. La figura era alta y delgada, y estaba envuelta de arriba abajo en atavíos funerarios.

La máscara que ocultaba su semblante tenía tal semejanza con el aspecto de un cadáver, que el más minucioso escrutinio habría tenido dificultad en descubrir el fraude. Mas todo esto podía haberse aceptado, ya que no aprobado, por los locos invitados al sarao; pero el enmascarado había ido hasta asumir el tipo de la Muerte Roja. Sus vestiduras estaban manchadas de sangre; y el ancho rostro ostentaba en todas sus facciones las señales del horrible escarlata.

Cuando las miradas del Príncipe Próspero cayeron sobre este atroz fantasma, (que con lento y solemne movimiento, como para caracterizar mejor su papel, discurría acá y allá entre los concurrentes), se le vio convulso en el primer momento con un fuerte estremecimiento de terror o de repulsión; pero inmediatamente su faz enrojeció a impulsos de la rabia.

—¿Quién se atreve? —preguntó con voz enronquecida a los cortesanos que le rodeaban—; ¿quién se atreve a ofendernos con esta grotesca blasfemia? ¡Atrápenlo y desenmascárenlo! ¡Veamos a quién hemos de colgar mañana desde las almenas al levantarse el sol!

Se encontraba el Príncipe Próspero en la cámara azul, hacia el este, cuando profería estas palabras.

Su voz repercutió sonora y distintamente en las siete salas, pues el príncipe era hombre osado y vigoroso, y la música había callado a un movimiento de su mano.

Estaba en el salón azul con un grupo de pálidos cortesanos a su alrededor. Mientras pronunciaba aquellas palabras, hubo al principio un ligero movimiento del grupo hacia el intruso que se encontraba al alcance en aquel momento; y quien entonces, con firme y deliberado paso, se aproximó al que hablaba. Pero, debido al desconocido pavor que la insensata arrogancia del enmascarado había inspirado a toda la concurrencia, ninguno se atrevió a poner la mano sobre él; de modo que pudo acercarse sin obstáculos hasta una yarda de distancia de la persona del príncipe; y, mientras la vasta asamblea, movida como por un solo impulso, se recogía desde el centro hasta los muros de la habitación, se dirigió el enmascarado libremente, con el mismo paso solemne y mesurada que le distinguió desde el primer momento, del salón azul al púrpura; del púrpura al verde; del verde al anaranjado; de aquí al blanco; y siguió todavía al violado, sin que se hubiera hecho movimiento alguno para detenerle. Entonces el Príncipe Próspero, enloquecido por la rabia y la vergüenza de su momentánea cobardía, atravesó precipitadamente las seis cámaras sin que nadie le siguiera, a consecuencia del terror mortal que les había sobrecogido. Llevaba en alto una daga desenvainada, y habíase acercado impetuosamente hasta tres o cuatro pies de la figura que huía, cuando al llegar ésta al extremo de la cámara de terciopelo, se volvió repentinamente e hizo frente a su perseguidor. Se oyó un agudo grito; el puñal resbaló centelleando sobre la negra alfombra en la cual, un instante después, caía postrado de muerte el Príncipe Próspero. Entonces algunos de los asistentes a la fiesta, reuniendo el salvaje valor de la desesperación, se precipitaron a la cámara negra, y cogiendo al enmascarado, cuya alta figura continuaba erguida e inmóvil en la sombra del reloj de ébano, se sintieron poseídos de indecible horror al encontrar que los ornamentos de la tumba y la máscara de cadáver que sacudían con violenta rudeza, no estaban sostenidos por forma tangible alguna.

Y entonces se reconoció la presencia de la Muerte Roja. Había entrado de noche como un ladrón.

Y uno a uno se desplomaron en los salones regados de sangre los disipados cortesanos, muriendo todos en la postura desesperada de su caída. Y la vida del reloj de ébano terminó con la del último de la alegre partida. Y el fuego de los trípodes se extinguió. Y la Obscuridad y la Ruina y la Muerte Roja conservaron dominio ilimitado sobre todo el reino.

LA VERDAD SOBRE EL CASO DEL SEÑOR VALDEMAR

De ninguna manera me parece sorprendente que el extraordinario caso del señor Valdemar haya provocado tantas discusiones. Hubiera sido un milagro que ocurriera lo contrario, especialmente en tales circunstancias. Aunque todos los participantes deseábamos mantener el asunto alejado del público —al menos por el momento, o hasta que se nos ofrecieran nuevas oportunidades de investigación—, a pesar de nuestros esfuerzos no tardó en difundirse una versión tan espuria como exagerada que se convirtió en fuente de muchas desagradables tergiversaciones y, como es natural, de profunda incredulidad.

El momento ha llegado que yo dé a conocer los hechos —en la medida en que me es posible comprenderlos—. Aquí están sucintamente:

Durante los últimos años el estudio del Hipnotismo había atraído repetidamente mi atención.

Hace unos nueve meses, se me ocurrió súbitamente que en la serie de experimentos efectuados hasta ahora existía una omisión tan curiosa como inexplicable: jamás se había hipnotizado a nadie in articulo mortis. Quedaba por verse si, en primer lugar, un paciente en esas condiciones sería susceptible de influencia magnética; segundo, en caso de que lo fuera, si su estado aumentaría o disminuiría dicha susceptibilidad, y tercero, hasta qué punto, o por cuanto tiempo, el proceso hipnótico sería capaz de detener la intrusión de la Muerte. Quedaban por aclarar otros puntos, pero éstos eran los que más excitaban mi curiosidad, sobre todo el último, dada la inmensa importancia que podían tener sus consecuencias.

Pensando si entre mis relaciones habría algún sujeto que me permitiera verificar esos puntos, me acordé de mi amigo, el señor Ernest Valdemar, renombrado compilador de la Bibliotheca Forensica y autor (bajo el *nom de plume* de Issachar Marx) de las versiones polacas de Wallenstein y Gargantúa.

El señor Valdemar, residente desde 1839 en Harlem, Nueva York, es (o era) especialmente notable por su extraordinaria delgadez, tanto que sus extremidades inferiores se parecían mucho a las de John Randolph, y también por la blancura de sus patillas, en violento contraste con sus cabellos negros, lo cual llevaba a suponer con frecuencia que usaba peluca. Tenía un temperamento muy nervioso, que le convertía en buen sujeto para experiencias hipnóticas. Dos o tres veces le había adormecido sin gran trabajo, pero me decepcionó no alcanzar otros resultados que su especial constitución me había hecho prever. Su voluntad no quedaba nunca bajo mi entero dominio, y, por lo que respecta a la clarividencia, no se podía confiar en nada de lo que había conseguido con él. Atribuía yo aquellos fracasos al mal estado de salud de mi amigo. Unos meses antes de trabar relación con él, los médicos le habían declarado tuberculoso. El señor Valdemar acostumbraba referirse con toda calma a su próximo fin, como algo que no cabe ni evitar ni lamentar.

Cuando las ideas a que he aludido se me ocurrieron por primera vez, lo más natural fue que acudiese al señor Valdemar. Demasiado bien conocía la serena filosofía de mi amigo para temer algún escrúpulo de su parte; por lo demás, no tenía parientes en América que pudieran intervenir para oponerse. Le hablé francamente del asunto y, para mi sorpresa, noté que se interesaba vivamente. Digo para mi sorpresa, pues si bien hasta entonces se había prestado libremente a mis experimentos, jamás demostró el menor interés por lo que yo hacía. Su enfermedad era de las que permiten un cálculo preciso sobre el momento en que sobrevendrá la muerte. Convinimos, pues, en que me mandaría llamar veinticuatro horas antes del momento fijado por sus médicos para su fallecimiento.

Hace más de siete meses que recibí la siguiente nota, de puño y letra del señor Valdemar:

Estimado P...:
Ya puede usted venir. D... y F... coinciden en que no pasaré de mañana a medianoche, y me parece que han calculado el tiempo con mucha exactitud.

Valdemar.

Recibí esta correspondencia media hora después de escrito, y quince minutos más tarde estaba en el dormitorio del moribundo. No le había visto en los últimos diez días y me aterró la espantosa alteración que se había producido en tan breve intervalo. Su rostro tenía un color plomizo, no había el menor brillo en los ojos y, tan terrible era su delgadez, que la piel se había abierto en los pómulos. Expectoraba continuamente y el pulso era casi imperceptible. Conservaba no obstante una notable claridad mental, y cierta fuerza. Me habló con toda claridad, tomó algunos calmantes sin ayuda ajena y, en el momento de entrar en su habitación, le encontré escribiendo unas notas en una libreta. Se mantenía sentado en el lecho con ayuda de varias almohadas, y estaban a su lado los doctores D... y F...

Luego de estrechar la mano de Valdemar, llevé aparte a los médicos y les pedí que me explicaran detalladamente el estado del enfermo. Desde hacía dieciocho meses, el pulmón izquierdo se hallaba en un estado semi óseo o cartilaginoso, y, como es natural, no funcionaba en absoluto. En su porción superior el pulmón derecho aparecía parcialmente osificado, mientras la inferior era tan sólo una masa de tubérculos purulentos que se confundían unos con otros. Existían varias dilatadas perforaciones y en un punto se había producido una adherencia permanente a las costillas. Todos estos fenómenos del lóbulo derecho eran de fecha reciente; la osificación se había operado con insólita rapidez, ya que un mes antes no existían señales de la misma y la adherencia sólo había sido comprobable en los últimos tres días. Aparte de la tuberculosis los médicos sospechaban un aneurisma de la aorta, pero los síntomas de osificación volvían sumamente difícil un diagnóstico.

Ambos facultativos opinaban que el señor Valdemar moriría hacia la medianoche del día siguiente (un domingo). Eran ahora las siete de la tarde del sábado.

Al abandonar la cabecera del moribundo para conversar conmigo, los doctores D... y F... se habían despedido definitivamente de él. No era su intención volver a verle, pero, a mi pedido, convinieron en examinar al paciente a las diez de la noche del día siguiente.

Una vez que se fueron, hablé francamente con el señor Valdemar sobre su próximo fin, y me referí en detalle al experimento que le había propuesto. Nuevamente se mostró dispuesto, e incluso ansioso por llevarlo a cabo, y me pidió que comenzara de inmediato. Dos enfermeros, un hombre y una mujer, atendían al paciente, pero no me sentí autorizado a llevar a cabo una intervención de tal naturaleza frente a testigos de tan poca responsabilidad en caso de algún accidente repentino.

Aplacé, por tanto, el experimento hasta las ocho de la noche del día siguiente, cuando la llegada de un estudiante de medicina de mi conocimiento (el señor Theodore L...) me libró de toda preocupación. Mi intención inicial había sido la de esperar a los médicos, pero me vi obligado a proceder, primeramente por los urgentes pedidos del señor Valdemar y luego por mi propia convicción de que no había un minuto que perder, ya que con toda evidencia el fin se acercaba rápidamente.

El señor L.I. tuvo la amabilidad de acceder a mi pedido, así como de tomar nota de todo lo que ocurriera. Lo que voy a relatar ahora procede de sus apuntes, ya sea en forma condensada o copiando al pie de la letra.

Faltaban cinco minutos para las ocho cuando, después de tomar la mano de Valdemar, le pedí que manifestara con toda la claridad posible, en presencia de L.I., que estaba dispuesto a que yo le hipnotizara en el estado en que se encontraba.

Débil, pero distintamente, el enfermo respondió: "Sí, quiero ser hipnotizado", agregando de inmediato: "Me temo que sea demasiado tarde".

Mientras así decía, empecé a efectuar los pases que en las ocasiones anteriores habían sido más efectivos con él. Sentía indudablemente la influencia del primer movimiento lateral de mi mano por su frente, pero, aunque empleé todos mis poderes, me fue imposible lograr otros efectos hasta algunos minutos después de las diez, cuando llegaron los doctores D... y F..., tal como lo habían prometido. En pocas palabras les expliqué cuál era mi intención, y, como no opusieron inconveniente, considerando que el enfermo se hallaba ya en agonía, continué sin vacilar, cambiando, sin embargo, los pases laterales por otros verticales y concentrando mi mirada en el ojo derecho del sujeto.

A esta altura su pulso era imperceptible y respiraba entre estertores, a intervalos de medio minuto.

Esta situación se mantuvo sin variantes durante un cuarto de hora. Al expirar este período, sin embargo, un suspiro perfectamente natural, aunque muy profundo, escapó del pecho del moribundo, mientras cesaba la respiración estertorosa o, mejor dicho, dejaban de percibirse los estertores; en cuanto a los intervalos de la respiración, siguieron siendo los mismos. Las extremidades del paciente estaban heladas.

A las once menos cinco, advertí inequívocas señales de influencia hipnótica. La vidriosa mirada de los ojos fue reemplazada por esa expresión de intranquilo examen interior que jamás se ve sino en casos de hipnotismo, y sobre la cual no cabe engañarse. Mediante unos rápidos pases laterales hice palpitar los parpados, como al acercarse el sueño, y con unos pocos más los cerré por completo. No bastaba esto para satisfacerme, sin embargo, sino que continué vigorosamente mis manipulaciones, poniendo en ellas toda mi voluntad, hasta que hube logrado la completa rigidez de los miembros del durmiente, a quien previamente había colocado en la posición que me pareció más cómoda. Las piernas estaban completamente estiradas; los brazos reposaban en el lecho, a corta distancia de los flancos. La cabeza había sido ligeramente levantada.

Al dar esto por terminado era ya medianoche y pedí a los presentes que examinaran el estado del señor Valdemar. Luego de unas pocas verificaciones, admitieron que se encontraba en un estado insólitamente perfecto de trance hipnótico. La curiosidad de ambos médicos se había despertado en sumo grado. El doctor D... decidió pasar toda la noche a la cabecera del paciente, mientras el doctor F... se marchaba, con promesa de volver por la mañana temprano. L.I. y los enfermeros se quedaron.

Dejamos al señor Valdemar en completa tranquilidad hasta las tres de la madrugada, hora en que me acerqué y vi que seguía en el mismo estado que al marcharse el doctor F...; vale decir, yacía en la misma posición y su pulso era imperceptible. Respiraba sin esfuerzo, (aunque casi no se advertía su aliento, salvo que se aplicara un espejo a los labios). Los ojos estaban cerrados con naturalidad y las piernas tan rígidas y frías como si fueran de mármol. No obstante ello, la apariencia general distaba mucho de la de la muerte.

Al acercarme intenté un ligero esfuerzo para influir sobre el brazo derecho, a fin de que siguiera los movimientos del mío, que movía suavemente sobre su cuerpo. En esta clase de experimento jamás había logrado buen resultado con el señor Valdemar, pero ahora, para mi estupefacción, vi que su brazo, débil pero seguro, seguía todas las direcciones que le señalaba el mío. Me decidí entonces a intentar un breve dialogo.

—Valdemar..., ¿duerme usted? —pregunté.

No me contestó, pero noté que le temblaban los labios, por lo cual repetí varias veces la pregunta. A la tercera vez, todo su cuerpo se agitó con un ligero temblor; los parpados se levantaron lo bastante para mostrar una línea del blanco del ojo; se movieron lentamente los labios, mientras en un susurro apenas audible brotaban de ellos estas palabras:

—Sí... ahora duermo. ¡No me despierte! ¡Déjeme morir así!

Palpé los miembros, y los encontré tan rígidos como antes. Volví a interrogar al hipnotizado:

—¿Sigue sintiendo dolor en el pecho, señor Valdemar?

La respuesta tardó un momento y fue aún menos audible que la anterior:

—No sufro... Me estoy muriendo.

No me pareció aconsejable molestarle más por el momento, y no volví a hablarle hasta la llegada del doctor F..., que arribó poco antes de la salida del sol y se quedó absolutamente estupefacto al encontrar que el paciente se hallaba todavía vivo. Luego de tomarle el pulso y acercar un espejo a sus labios, me pidió que le hablara otra vez, a lo cual accedí.

—Señor Valdemar —dije—. ¿Sigue usted durmiendo?

Como la primera vez, pasaron unos minutos antes de lograr respuesta, y durante el intervalo el moribundo dio la impresión de estar juntando fuerzas para hablar. A la cuarta repetición de la pregunta, y con voz que la debilidad volvía casi inaudible, murmuró:

—Sí... Dormido... Muriéndome.

La opinión o, mejor, el deseo de los médicos era que no se arrancase al señor Valdemar de su actual estado de aparente tranquilidad hasta que la muerte sobreviniera, cosa que, según consenso general, sólo podía tardar algunos minutos. Decidí, sin embargo, hablarle una vez más, y me limité a repetir mi pregunta anterior.

Mientras lo hacía, un notable cambio se produjo en las facciones del hipnotizado. Los ojos se abrieron lentamente, aunque las pupilas habían girado hacia arriba; la piel adquirió una tonalidad cadavérica, más semejante al papel blanco que al pergamino, y los círculos hécticos, que hasta ese momento se destacaban fuertemente en el centro de cada mejilla, se apagaron bruscamente.

Empleo estas palabras porque lo instantáneo de su desaparición trajo a mi memoria la imagen de una bujía que se apaga de un soplo. Al mismo tiempo el labio superior se replegó, dejando al descubierto los dientes que antes cubría completamente, mientras la mandíbula inferior caía con un sacudimiento que todos oímos, dejando la boca abierta de par en par y revelando una lengua hinchada y ennegrecida. Supongo que todos los presentes estaban acostumbrados a los horrores de un lecho de muerte, pero la apariencia del señor Valdemar era tan espantosa en aquel instante, que se produjo un movimiento general de retroceso.

Comprendo que he llegado ahora a un punto de mi relato en el que el lector se sentirá movido a una absoluta incredulidad. Me veo, sin embargo, obligado a continuarlo.

El más imperceptible signo de vitalidad había cesado en el señor Valdemar; seguros de que estaba muerto lo confiábamos ya a los enfermeros, cuando nos fue dado observar un fuerte movimiento vibratorio de la lengua. La vibración se mantuvo aproximadamente durante un minuto. Al cesar, de aquellas abiertas e inmóviles mandíbulas brotó una voz que sería insensato pretender describir. Es verdad que existen dos o tres epítetos que cabría aplicarle parcialmente: puedo decir, por ejemplo, que su sonido era áspero y quebrado, así como hueco. Pero el todo es indescriptible, por la sencilla razón de que jamás un oído humano ha percibido resonancias semejantes. Dos características, sin embargo —según lo pensé en el momento y lo sigo pensando—, pueden ser señaladas como propias de aquel sonido y dar alguna idea de su calidad extraterrena. En primer término, la voz parecía llegar a nuestros oídos —por lo menos a los míos— desde larga distancia, o desde una caverna en la profundidad de la tierra. Segundo, me produjo la misma sensación (temo que me resultara imposible hacerme entender) que las materias gelatinosas y viscosas producen en el sentido del tacto.

He hablado al mismo tiempo de "sonido" y de "voz". Quiero decir que el sonido consistía en un silabeo clarísimo, de una claridad incluso asombrosa y aterradora. El señor Valdemar hablaba, y era evidente que estaba contestando a la interrogación formulada por mí unos minutos antes. Como se recordará, le había preguntado si seguía durmiendo. Y ahora escuché:

—Sí... No... Estuve durmiendo... y ahora... ahora... estoy muerto.

Ninguno de los presentes pretendió siquiera negar ni reprimir el inexpresable, estremecedor espanto que aquellas pocas palabras, así pronunciadas, tenían que producir. El señor L.I., (el estudiante), cayó desvanecido. Los enfermeros escaparon del aposento y fue imposible convencerlos de que volvieran. Por mi parte, no trataré de comunicar mis propias impresiones al lector. Durante una hora, silenciosos, sin pronunciar una palabra, nos esforzamos por reanimar al señor L.I. Cuando volvió en sí, pudimos dedicarnos a examinar el estado del señor Valdemar.

Seguía, en todo sentido, como lo he descrito antes, salvo que el espejo no proporcionaba ya pruebas de su respiración. Fue inútil que tratáramos de sangrarlo en el brazo. Debo agregar que éste no obedecía ya a mi voluntad. En vano me esforcé por hacerle seguir la dirección de mi mano. La única señal de la influencia hipnótica la constituía ahora el movimiento vibratorio de la lengua cada vez que volvía a hacer una pregunta al señor Valdemar. Se diría que trataba de contestar, pero que carecía ya de voluntad suficiente. Permanecía insensible a toda pregunta que le formulara cualquiera que no fuese yo, aunque me esforcé por poner a cada uno de los presentes en relación hipnótica con el paciente. Creo que con esto he señalado todo lo necesario para que se comprenda cual era la condición del hipnotizado en ese momento. Se llamó a nuevos enfermeros, y a las diez de la mañana abandoné la morada en compañía de ambos médicos y del señor L.I.

Volvimos por la tarde a ver al paciente. Su estado seguía siendo el mismo. Discutimos un rato sobre la conveniencia y posibilidad de despertarlo, pero poco nos costó llegar a la conclusión de que nada bueno se conseguiría con eso. Resultaba evidente que hasta ahora, la muerte (o eso que de costumbre se denomina muerte) había sido detenida por el proceso hipnótico. Parecía claro que, si despertábamos al señor Valdemar, lo único que lograríamos seria su inmediato o, por lo menos, su rápido fallecimiento.

Desde este momento hasta fines de la semana pasada —un intervalo de casi siete meses— continuamos acudiendo diariamente a casa del señor Valdemar, acompañados una y otra vez por médicos y otros amigos. Durante todo este tiempo el hipnotizado se mantuvo exactamente como lo he descrito. Los enfermeros le atendían continuamente.

Por fin, el viernes pasado resolvimos hacer el experimento de despertarlo, o tratar de despertarlo: (probablemente) el lamentable resultado del mismo es el que ha dado lugar a tanta discusión en los círculos privados y a una opinión pública que no puedo dejar de considerar como injustificada.

A efectos de librar del trance hipnótico al paciente, acudí a los pases habituales. De entrada resultaron infructuosos. La primera indicación de un retorno a la vida lo proporcionó el descenso parcial del iris. Como detalle notable se observó que este descenso de la pupila iba acompañado de un abundante flujo de icor amarillento, (procedente de debajo de los parpados), que despedía un olor penetrante y fétido.

Alguien me sugirió que tratara de influir sobre el brazo del paciente, como al comienzo. Lo intenté, sin resultado. Entonces el doctor F... expresó su deseo de que interrogara al paciente. Así lo hice, con las siguientes palabras:

—Señor Valdemar... ¿puede explicarnos lo que siente y lo que desea?

Instantáneamente reaparecieron los círculos hécticos en las mejillas; la lengua tembló, o, mejor dicho, rodó violentamente en la boca (aunque las mandíbulas y los labios siguieron rígidos como antes), y entonces resonó aquella horrenda voz que he tratado ya de describir:

—¡Por amor de Dios... pronto... pronto... hágame dormir... o despiérteme... pronto... despiérteme! ¡Le digo que estoy muerto!

Perdí por completo la serenidad y, durante un momento, me quedé sin saber qué hacer. Por fin, intenté calmar otra vez al paciente, pero al fracasar, debido a la total suspensión de la voluntad, cambié el procedimiento y luché con todas mis fuerzas para despertarlo. Pronto me di cuenta de que lo lograría, o, por lo menos, así me lo imaginé; y estoy seguro de que todos los asistentes se hallaban preparados para ver despertar al paciente.

Pero lo que realmente ocurrió fue algo para lo cual ningún ser humano podía estar preparado.

Mientras ejecutaba rápidamente los pases hipnóticos, entre los clamores de: "¡Muerto! ¡Muerto!", que literalmente explotaban desde la lengua y no desde los labios del sufriente, bruscamente todo su cuerpo, en el espacio de un minuto, o aún menos, se encogió, se deshizo... se pudrió entre mis manos. Sobre el lecho, ante todos los presentes, no quedó más que una masa casi líquida de repugnante, de abominable putrefacción.

TRES DOMINGOS POR SEMANA

¡Viejo empedernido, zamacuco, obstinado, mohoso, tozudo, emperrado y bárbaro! —dije cierta tarde, en mi fantasía, a mi tío abuelo Rumgudgeon, mientras lo amenazaba con el puño, en mi imaginación.

Sólo en la imaginación. Diré que, en verdad, había cierta discrepancia entre lo que yo decía y lo que no tenía el coraje de decir, entre lo que hacía y lo que no me faltaba gana de hacer.

Cuando abrí la puerta del salón la vieja marsopa habíase instalado con los pies sobre la chimenea, un vaso de Oporto en la zarpa, esforzándose violentamente por poner en práctica la cancioncilla:

Remplis ton verre vide![2]
Vide ton verre plein![3]

—Querido tío —dije, cerrando suavemente la puerta y aproximándome con la más blanda de mis sonrisas—, ha sido usted siempre tan amable y considerado manifestandome su benevolencia de tantas... de tantísimas maneras, que... que siento como si sólo fuera necesario sugerirle una vez más cierta insignificante cosilla, para tener la seguridad de su plena aprobación.

—¡Ejem! —dijo él—. ¡Veamos, muchacho... sigue!

—Estoy seguro, querido tío (¡condenado vagabundo!), de que usted no tiene intención de oponerse a mi casamiento con Kate. Ya sé que se trata de una broma... ¡Ja, ja! ¡Qué gracioso es usted a veces!

—¡Ja, ja, ja! —repitió él—. ¡Que te cuelguen... vaya si lo soy!

—¿No es cierto? ¡Bien sabía yo que bromeaba! Pues bien, tío, todo lo que Kate y yo deseamos ahora es que tenga usted la gentileza de aconsejarnos sobre... sobre la fecha... ya sabe usted, tío... En fin, ¿cuándo sería más conveniente para usted que se realice la... la boda?

—¡Vete de aquí, vagabundo! ¿Qué pretendes decir? ¡Espérate sentado!

—¡Ja, ja, ja! ¡Je, je, je! ¡Oh, magnífico! ¡Oh, qué broma extraordinaria! ¡Qué ingenio! Pero todo lo que quisiéramos, tío, es que nos indique exactamente la fecha.

—¡Ah! ¿Exactamente?

—Sí, tío. Es decir... siempre que le resulte agradable.

---

[2] Llena tu vaso vacío.
[3] Vacía tu vaso lleno.

—¿Y no sería lo mismo, Bobby, si lo dejáramos al azar... digamos, alguna fecha dentro de un año o cosa así, eh? ¿O tengo que fijarla exactamente?

—Por favor, tío... exactamente.

—Pues bien, Bobby, puesto que eres un excelente muchacho... y puesto que quieres una fecha exacta... te la diré.

—¡Mi querido tío!

—¡Silencio, caballerito! —exclamó, ahogando mi voz—. Sí, te la diré. Tendrás mi consentimiento... y la pecunia, no debemos olvidarnos de la pecunia... ¡Veamos! ¿Qué día fijaremos? ¿Hoy es domingo, verdad? Pues bien, te casaras exactamente... ¿me has oído?, exactamente cuando haya tres domingos en una semana. ¿Has entendido, caballerito? ¿Por qué te quedas boquiabierto? Te lo repito: tendrás a Kate (y tendrás la pecunia) cuando haya tres domingos en una semana, pero no hasta entonces, gran bribón… ¡no hasta entonces, aunque me maten! Ya me conoces, y sabes que soy hombre de palabra. ¡Y ahora vete!

Tras lo cual vació su vaso de Oporto, mientras yo escapaba desesperado del salón.

Mi tío abuelo Rumgudgeon era un "excelente anciano caballero inglés", pero, a diferencia del de la canción, tenía sus puntos débiles. Era un personaje diminuto, obeso, pomposo, apasionado y hemisférico, de roja nariz, gran cabezota, abundante faltriquera y elevado concepto de su persona.

Dueño del mejor corazón de este mundo, un especial espíritu de contradicción le había hecho ganar, entre aquellos que sólo lo conocían superficialmente, fama de tacaño. Como muchas personas excelentes, parecía dominado por el caprichoso deseo de gastar la paciencia, deseo que, a primera vista, hubiera podido confundirse con maldad. A cualquier pedido que le hacía, un rotundo "¡No!" era su respuesta inmediata; pero al final —muy al final— terminaba negándose a muy pocos pedidos.

Se defendía empecinadamente contra todo ataque que llevara a su faltriquera, pero terminaba dando sumas que estaban en proporción directa con la duración del sitio y el empecinamiento de la resistencia. En materia de caridad, nadie daba más con menos amabilidad.

Mi tío demostraba el más profundo de los desprecios por las bellas artes y, muy especialmente, por la literatura. Casimir Perier le había inspirado este último, con su petulante pregunta: A quoi un poète est—il bon? (¿Para qué sirve un poeta?), que mi tío repetía en todos los casos y con la más extraña de las pronunciaciones, considerándola el nec plus ultra del ingenio. Así, mi frecuentación de las Musas había provocado su profundo disgusto. Cierto día en que le solicité un nuevo ejemplar de Horacio, me aseguró que la traducción de Poeta nascitur non fit era: "A nasty poet for nothing fit" (Un repugnante poeta, incapaz de nada); naturalmente su versión me produjo grandísima cólera. El antagonismo de mi tío hacia "las humanidades" había ido en aumento en los últimos tiempos, a causa de una inclinación hacia lo que él consideraba ciencias naturales. Alguien lo había detenido en la calle confundiéndolo nada menos que con el Doctor Dubble L. Dee, conferenciante en física recreativa y otras fruslerías.

Esta confusión lo deslumbró, y, en la época de este relato —ya que en definitiva se está convirtiendo en un relato—, mi tío abuelo Rumgudgeon sólo se mostraba accesible y pacífico en todo aquello que coincidiera con el capricho científico que lo dominaba. En cuanto al resto, se reía desaforadamente de todo, y en materia política era tan obstinado como simple. Creía con Horsley, que "nada tiene el pueblo que ver con las leyes, aparte de obedecerlas".

Había yo pasado toda mi vida a su lado, pues mis padres, al morir, me llegaron a él como la más rica de las herencias. Creo que el viejo miserable me quería como a su propio hijo —y casi tanto como quería a Kate—, pero lo mismo me daba una vida de perros. Desde que cumplí un año hasta los cinco, me aplicó constantes y regulares azotainas. De los cinco a los quince, me amenazó a cada momento con enviarme a un Reformatorio. De los quince a los veinte, no pasó un día sin que me prometiera desheredarme hasta el último centavo. Cierto es que yo era una buena pieza, pero esto formaba parte de mi naturaleza y valía como un artículo de fe. En Kate, empero, tenía una amiga leal, y no lo ignoraba. Era una excelente muchacha, que me había prometido gentilmente ser mi esposa (con pecunia y todo), siempre que me las arreglara para obtener el consentimiento de mi tío abuelo Rumgudgeon. ¡Pobre niña! Tenía apenas quince años y, sin ese consentimiento, su escaso capital no le sería entregado hasta después de que cinco interminables veranos "arrastraran consigo su lenta duración". ¿Qué hacer, entonces? A los quince años, y aun a los veintiuno (pues yo había franqueado ya mi quinta olimpiada), cinco años de espera equivalen a quinientos. Inútilmente asediaba a mi tío con mis demandas. Había él encontrado una pièce de résistence (como dirían los señores Ude y Careme), que se adaptaba maravillosamente a su petulante fantasía. Job mismo se hubiera indignado al ver cómo aquel viejo gato jugaba con nosotros cual si fuésemos dos miserables ratoncillos. En lo profundo de su corazón nada deseaba con más ardor que nuestra unión. Desde el principio había estado de acuerdo. Y hubiera sido capaz de sacar diez mil libras de su propio bolsillo (pues la dote de Kate era de ella), de habérsele ocurrido alguna cosa que excusara nuestro natural deseo. Pero habíamos sido lo bastante imprudentes como para mencionar el tema por nuestra cuenta. No oponerse, bajo tales circunstancias, hubiera estado más allá de sus fuerzas.

He dicho ya que mi tío tenía sus puntos débiles, pero no debe entenderse por ello que aludo a su obstinación. Al contrario, ésta se contaba entre sus puntos fuertes, ciertamente no estaba entre sus debilidades. Cuando hablo de sus debilidades me refiero a una superstición de vieja solterona que lo dominaba. Se consideraba muy fuerte en sueños, portentos, y toda esa clases de tonterías.

Se mostraba asimismo muy puntilloso en pequeños detalles de honor y, a su manera, era hombre de palabra. Mas aún: estas cosas le constituían una verdadera obsesión. No tenía el menor escrúpulo en faltar al espíritu de sus promesas, pero la letra era para él cosa inviolable. Esta peculiaridad de su carácter, sumada al ingenio de Kate, nos permitió un día, poco después de mi entrevista con mi tío en el salón, sacarle una inesperada ventaja; pero ahora, después de haber agotado como los modernos bardos y oradores todo mi tiempo disponible en prolegómenos, resumiré lo sucedido en las pocas palabras que constituyen el meollo de la historia.

Ocurrió —pues así lo ordenaron los Hados— que entre los conocidos de mi prometida se contaban dos oficiales de la marina que acababan de volver a Inglaterra después de un año de ausencia. Concertado nuestro plan, mi prima, ambos caballeros y yo acudimos a visitar a mi tío Rumgudgeon en la tarde del domingo 10 de octubre, exactamente tres semanas después de la memorable decisión que tan cruelmente había desbaratado nuestras esperanzas. Durante la primera media hora la conversación tocó los temas ordinarios, pero luego logramos, de manera muy natural, darle el siguiente giro:

Capitán Pratt: —Pues bien, he estado un año ausente. Exactamente un año... ¡Veamos! ¡Pues, sí, hoy es diez de octubre! ¿Recuerda, Mr. Rumgudgeon, que vine a despedirme de usted hace exactamente un año? Dicho sea de paso, me parece una coincidencia bastante curiosa que nuestro amigo aquí presente, el Capitan Smitherton, haya estado también ausente un año... Exactamente un año, ¿no es así?

Smitherton: —En efecto, hoy hace un año justo. Recordará usted, Mr. Rumgudgeon, que vine aquel día en compañía del Capitán Pratt, a fin de despedirme de usted.

Tío: —Sí, sí... me acuerdo muy bien... ¡Ciertamente es muy raro! Ambos ausentes durante un año... Muy extraña coincidencia, por cierto. Lo que el Doctor Dubble L. Dee llamaría una extraordinaria concurrencia de sucesos. El Doctor Dub...

Kate: —(Interrumpiéndolo.) ¡Sí, papa, es muy extraño! Pero el Capitán Pratt y el Capitán Smitherton no siguieron la misma ruta, y eso significa una diferencia.

Tío: —¿Una diferencia, muchacha? ¡Al contrario! ¡La cosa es así muchísimo más notable! El Doctor Dubble L. Dee...

Kate: —¿Sabes, papa? El Capitán Pratt dio la vuelta al Cabo de Hornos, y el Capitán Smitherton al de Buena Esperanza.

Tío: —¡Pues bien! El uno fue hacia el este y el otro hacia el oeste, y los dos dieron la vuelta completa a la tierra. Dicho sea de paso, el Doctor Dubble L. Dee…

Yo: —(Presurosamente.) Capitán Pratt, ¿por qué no viene a pasar la velada de mañana con nosotros...? También usted, Smitherton. Nos contarán los detalles de sus viajes, haremos una partida de whist, y...

Pratt: —¡Vamos, querido muchacho! ¿Jugar al whist en domingo? Alguna otra noche, si quiere, pero...

Kate: —¡Oh, no, Robert no es tan impío como para proponer eso! Pero hoy es domingo, capitán.

Tío—: ¡Naturalmente!

Pratt—: Les pido disculpas a ambos, pero no puedo engañarme hasta ese punto. Sé que mañana es domingo porque...

Smitherton: —(Muy sorprendido.) ¿Qué están diciendo ustedes? ¿No fue ayer domingo?

Todos: —¡Ayer! ¡Vamos, usted bromea!

Tío: —¡Hoy es domingo! ¡Como si no lo supiera!

Pratt: —¡Oh, no! ¡Mañana es domingo!

Smitherton: —¡Se han vuelto ustedes locos! ¡Tan seguro estoy de que ayer era domingo, como de que estoy sentado en esta silla!

Kate: —(Dando un brinco.) ¡Ya sé..., ya sé! ¡Oh, papa, ésta es una sentencia contra ti, por... por lo que sabes! Ya veo lo que ocurre, y puedo explicarlo fácilmente. Es muy sencillo. El Capián Smitherton dice que ayer era domingo, y tiene razón. El primo Bobby, papa y yo decimos que hoy es domingo, y tenemos razón. El Capitán Pratt sostiene que mañana será domingo, y tiene razón.

El hecho es que todos estamos en lo cierto, y que hay tres domingos en una semana.

Smitherton: —(Tras una pausa.) Dicho sea entre nosotros, Pratt, Kate nos ha aventajado en astucia. ¡Qué tontos hemos sido! Mr. Rumgudgeon, la cuestión es la siguiente: como usted sabe, la tierra tiene una circunferencia de veinticuatro mil millas. El globo gira sobre su eje... da vueltas sobre el mismo... hace pasar esas veinticuatro mil millas de su circunferencia, yendo de oeste a este, exactamente en veinticuatro horas. ¿Me sigue usted, Mr. Rumgudgeon?

Tío: —Por supuesto... por supuesto. El Doctor Dub...

Smitherton.— (Tapando su voz.) Pues bien, señor: la velocidad de esta revolución es de mil millas por hora. Supongamos ahora que yo me traslado a mil millas al este de donde estamos. Como es natural, me anticipo a la salida del sol en una hora exacta con respecto a Londres. Veo salir el sol una hora antes que usted. Si avanzo otras mil millas en la misma dirección, me anticipo en dos horas, otras mil millas, y tendré tres horas de adelanto, y así sucesivamente hasta que, terminada la vuelta al globo, y otra vez en este mismo sitio después de viajar veinticuatro mil millas al este, me habré anticipado en veinticuatro horas a la salida del sol en Londres; vale decir que estaré adelantado en un día con respecto al tiempo de usted. ¿Claro, no es cierto?

Tío: —Pero Dubble L. Dee...

Smitherton: —(A gritos.) El Capitán Pratt, en cambio, una vez que hubo viajado mil millas al oeste de este punto, se encontró atrasado en una hora, y cuando terminó su recorrido de veinticuatro mil millas al oeste quedó atrasado en un día con respecto al tiempo de Londres. Vale decir que, para mí, ayer era domingo, como lo es hoy para usted y lo sera mañana para Pratt. Y, lo que es más, Mr. Rumgudgeon, los tres tenemos razón, pues ningún principio científico puede darnos ventaja al uno sobre los otros.

Tío: —¡Santo cielo! ¡Pues bien, Kate... pues bien, Bobby... como habéis dicho, ésta es una sentencia contra mí! Pero soy hombre de palabra... ¡No lo olvides! ¡Kate será tuya, muchacho (con pecunia y todo), cuando te parezca bien! ¡Atrapado, por Júpiter! ¡Tres domingos juntos! ¡Tendré que ir a preguntarle a Dubble L. Dee lo que opina de esto!

WILLIAM WILSON

"¿Qué decir de ella? ¿Qué decir de la torva CONCIENCIA, de ese espectro en mi camino?". (CHAMBERLAYNE, *Pharronida*)

Permítanme que, por el momento, me llame a mí mismo William Wilson. Esta blanca página no debe ser manchada con mi verdadero nombre. Demasiado ha sido ya objeto del escarnio, del horror, del odio de mi estirpe. Los vientos, indignados, ¿no han esparcido en las regiones más lejanas del globo su incomparable infamia? ¡Oh proscrito, oh tú, el más abandonado de los proscritos! ¿No estás muerto para la tierra? ¿No estás muerto para sus honras, sus flores, sus doradas ambiciones? Entre tus esperanzas y el cielo, ¿no aparece suspendida para siempre una densa, lúgubre, ilimitada nube?

No quisiera, aunque me fuese posible, registrar hoy la crónica de estos últimos años de inexpresable desdicha e imperdonable crimen. Esa época —estos años recientes— ha llegado bruscamente al colmo de la depravación, pero ahora sólo me interesa señalar el origen de esta última. Por lo regular, los hombres van cayendo gradualmente en la bajeza. En mi caso, la virtud se desprendió bruscamente de mí como si fuera un manto. De una perversidad relativamente trivial, pasé con pasos de gigante a enormidades más grandes que las de un Heliogábalo. Permítanme que les relate la ocasión, el acontecimiento que hizo posible esto. La muerte se acerca, y la sombra que la precede proyecta un influjo calmante sobre mi espíritu. Mientras atravieso el oscuro valle, anhelo la simpatía —casi iba a escribir la piedad— de mis semejantes. Me gustaría que creyeran que, en cierta medida, fui esclavo de circunstancias que excedían el dominio humano. Me gustaría que buscaran a favor mío, en los detalles que voy a dar, un pequeño oasis *de fatalidad* en ese desierto del error. Me gustaría que reconocieran —como no han de dejar de hacerlo— que si alguna vez existieron tentaciones parecidas, jamás un hombre fue tentado *así*, y jamás cayó *así*. ¿Será por eso que nunca ha sufrido en esta forma? Verdaderamente, ¿no habré vivido en un sueño? ¿No muero víctima del horror y el misterio de la más extraña de las visiones sublunares?

Desciendo de una raza cuyo temperamento imaginativo y fácilmente excitable la destacó en todo tiempo; desde la más tierna infancia di pruebas de haber heredado plenamente el carácter de la familia. A medida que avanzaba en años, esa modalidad se desarrolló aún más, llegando a ser por muchas razones causa de grave ansiedad para mis amigos y de perjuicios para mí. Crecí gobernándome por mi cuenta, entregado a los caprichos más extravagantes y víctima de las pasiones más incontrolables. Débiles, asaltados por defectos constitucionales análogos a los míos, poco pudieron hacer mis padres para contener las malas tendencias que me distinguían. Algunos menguados esfuerzos de su parte, mal dirigidos, terminaron en rotundos fracasos y, naturalmente, fueron triunfos para mí. Desde entonces mi voz fue ley en nuestra casa; a una edad en la que pocos niños han abandonado los andadores, quedé dueño de mi voluntad y me convertí de hecho en el amo de todas mis acciones.

Mis primeros recuerdos de la vida escolar se remontan a una vasta casa isabelina llena de recovecos, en un neblinoso pueblo de Inglaterra, donde se alzaban innumerables árboles gigantescos y nudosos, y donde todas las casas eran antiquísimas. Aquel venerable pueblo era como un lugar de ensueño, propio para la paz del espíritu. Ahora mismo, en mi fantasía, siento la refrescante atmósfera de sus avenidas en sombra, aspiro la fragancia de sus mil arbustos, y me estremezco nuevamente, con indefinible delicia, al oír la profunda y hueca voz de la campana de la iglesia quebrando hora tras hora con su hosco y repentino tañido el silencio de la fusca atmósfera, en la que el calado campanario gótico se sumía y reposaba.

Demorarme en los menudos recuerdos de la escuela y sus episodios me proporciona quizá el mayor placer que me es dado alcanzar en estos días. Anegado como estoy por la desgracia —¡ay, demasiado real!—, se me perdonará que busque alivio, aunque sea tan leve como efímero, en la complacencia de unos pocos detalles divagantes. Triviales y hasta ridículos, esos detalles asumen en mi imaginación una relativa importancia, pues se vinculan a un período y a un lugar en los cuales reconozco la presencia de los primeros ambiguos avisos del destino que más tarde habría de envolverme en sus sombras. Déjenme, entonces, recordar.

Como he dicho, la casa era antigua y de trazado irregular. Se alzaba en un vasto terreno, y un elevado y sólido muro de ladrillos, coronado por una capa de mortero y vidrios rotos, circundaba la propiedad. Esta muralla, semejante a la de una prisión, constituía el límite de nuestro dominio; más allá de él nuestras miradas sólo pasaban tres veces por semana: la primera, los sábados por la tarde, cuando se nos permitía realizar breves paseos en grupo, acompañados por dos preceptores, a través de los campos vecinos; y las otras dos los domingos, cuando concurríamos en la misma forma a los oficios matinales y vespertinos de la única iglesia del pueblo. El director de la escuela era también el pastor. ¡Con qué asombro y perplejidad lo contemplaba yo desde nuestros alejados bancos, cuando ascendía al pulpito con lento y solemne paso! Este hombre reverente, de rostro sereno y benigno, de vestiduras satinadas que ondulaban clericalmente, de peluca cuidadosamente empolvada, tan rígida y enorme... ¿podía ser el mismo que, poco antes, agrio el rostro, manchadas de rapé las ropas, administraba férula en mano las draconianas leyes de la escuela? ¡Oh inmensa paradoja, demasiado monstruosa para tener solución!

En un ángulo de la espesa pared rechinaba una puerta aún más espesa. Estaba remachada y asegurada con pasadores de hierro, y coronada de picas de hierro. ¡Qué sensaciones de profundo temor inspiraba! Jamás se abría, salvo para las tres salidas y retornos mencionados; por eso, en cada crujido de sus fortísimos goznes, encontrábamos la plenitud del misterio... un mundo de cosas para hacer solemnes observaciones, o para meditar profundamente.

El dilatado muro tenía una forma irregular, con muchos espaciosos recesos. Tres o cuatro de los más grandes constituían el campo de juegos. Su piso estaba nivelado y cubierto de fina grava. Me acuerdo de que no tenía árboles, ni bancos, ni nada parecido. Quedaba, claro está, en la parte posterior de la casa. En el frente había un pequeño cantero, donde crecían el boj y otros arbustos; pero a través de esta sagrada división sólo pasábamos en raras ocasiones, tales como el día del ingreso a la escuela o el de la partida, o quizá cuando nuestros padres o un amigo venían a buscarnos y partíamos alegremente a casa para pasar las vacaciones de Navidad o de verano.

¡Aquella casa! ¡Qué extraño era aquel viejo edificio! ¡Y para mí, qué palacio de encantamiento! Sus vueltas y revueltas no tenían fin, ni tampoco sus incomprensibles subdivisiones. En un momento dado era difícil saber con certeza en cuál de los dos pisos se estaba. Entre un cuarto y otro había siempre tres o cuatro escalones que subían o bajaban. Las alas laterales, además, eran innumerables —inconcebibles—, y volvían sobre sí mismas de tal manera que nuestras ideas más precisas con respecto a aquella casa no diferían mucho de las que abrigábamos sobre el infinito. Durante mis cinco años de residencia jamás pude establecer con precisión en qué remoto lugar se hallaban situados los pequeños dormitorios que correspondían a los dieciocho o veinte colegiales que seguíamos los cursos.

El aula era la habitación más grande de la casa y —no puedo dejar de pensarlo— del mundo entero. Era muy larga, angosta y lúgubremente baja, con ventanas de arco gótico y techo de roble. En un ángulo remoto, que nos inspiraba espanto, había una división cuadrada de unos ocho o diez pies, donde se hallaba el *sanctum* destinado a las oraciones de nuestro director, el reverendo doctor Bransby. Era una sólida estructura, de maciza puerta; antes de abrirla en ausencia del "dómine" hubiéramos preferido perecer voluntariamente por *la peine forte et dure*. En otros ángulos había dos recintos similares mucho menos reverenciados por cierto, pero que no dejaban de inspirarnos temor. Uno de ellos contenía la cátedra del preceptor "clásico", y el otro la correspondiente a "inglés y matemáticas". Dispersos en el salón, cruzándose y recruzándose en interminable irregularidad, veíanse innumerables bancos y pupitres, negros y viejos, carcomidos por el tiempo, cubiertos de libros harto hojeados, y tan llenos de cicatrices de iniciales, nombres completos, figuras grotescas y otros múltiples esfuerzos del cortaplumas, que habían llegado a perder lo poco que podía quedarles de su forma original en lejanos días. Un gran balde de agua aparecía en un extremo del salón, y en el otro había un reloj de formidables dimensiones.

Encerrado por las macizas paredes de tan venerable academia, pasé sin tedio ni disgusto los años del tercer lustro de mi vida. El fecundo cerebro de un niño no necesita de los sucesos del mundo exterior para ocuparlo o divertirlo; y la monotonía aparentemente lúgubre de la escuela estaba llena de excitaciones más intensas que las que mi juventud extrajo de la lujuria, o mi virilidad del crimen. Sin embargo debo creer que el comienzo de mi desarrollo mental salió ya de lo común y tuvo incluso mucho de exagerado. En general, los hombres de edad madura no guardan un recuerdo definido de los acontecimientos de la infancia. Todo es como una sombra gris, una remembranza débil e irregular, una evocación indistinta de pequeños placeres y fantasmagóricos dolores. Pero en mi caso no ocurre así. En la infancia debo de haber sentido con todas las energías de un hombre lo que ahora hallo estampado en mi memoria con imágenes tan vívidas, tan profundas y tan duraderas como los exergos de las medallas cartaginesas.

Y sin embargo, desde un punto de vista mundano, ¡qué poco había allí para recordar! Despertarse por la mañana, volver a la cama por la noche; los estudios, las recitaciones, las vacaciones periódicas, los paseos; el campo de juegos, con sus querellas, sus pasatiempos, sus intrigas... Todo eso, por obra de un hechizo mental totalmente olvidado más tarde, llegaba a contener un mundo de sensaciones, de apasionantes incidentes, un universo de variada emoción, lleno de las más apasionadas e incitantes excitaciones. *Oh, le bon temps, que ce siècle defer!*

El ardor, el entusiasmo y lo imperioso de mi naturaleza no tardaron en destacarme entre mis condiscípulos, y por una suave pero natural gradación fui ganando ascendencia sobre todos los que no me superaban demasiado en edad; sobre todos..., con una sola excepción. Se trataba de un alumno que, sin ser pariente mío, tenía mi mismo nombre y apellido; circunstancia poco notable, ya que, a pesar de mi ascendencia noble, mi apellido era uno de esos que, desde tiempos inmemoriales, parecen ser propiedad común de la multitud. En este relato me he designado a mí mismo como William Wilson —nombre ficticio, pero no muy distinto del verdadero—. Sólo mi tocayo, entre los que formaban, según la fraseología escolar, "nuestro grupo", osaba competir conmigo en los estudios, en los deportes y querellas del recreo, rehusando creer ciegamente mis afirmaciones y someterse a mi voluntad; en una palabra, pretendía oponerse a mi arbitrario dominio en todos los sentidos. Y si existe en la tierra un supremo e ilimitado despotismo, ése es el que ejerce un muchacho extraordinario sobre los espíritus de sus compañeros menos dotados.

La rebelión de Wilson constituía para mí una fuente de continuo embarazo; máxime cuando, a pesar de las bravatas que lanzaba en público acerca de él y de sus pretensiones, sentía que en el fondo le tenía miedo, y no podía dejar de pensar en la igualdad que tan fácilmente mantenía con respecto a mí, y que era prueba de su verdadera superioridad, ya que no ser superado me costaba una lucha perpetua. Empero, esta superioridad —incluso esta igualdad— sólo yo la reconocía; nuestros camaradas, por una inexplicable ceguera, no parecían sospecharla siquiera. La verdad es que su competencia, su oposición y, sobre todo, su impertinente y obstinada interferencia en mis propósitos eran tan hirientes como poco visibles. Wilson parecía tan exento de la ambición que espolea como de la apasionada energía que me permitía brillar. Se hubiera dicho que en su rivalidad había sólo el caprichoso deseo de contradecirme, asombrarme y mortificarme; aunque a veces yo no dejaba de observar —con una mezcla de asombro, humillación y resentimiento— que mi rival mezclaba en sus ofensas, sus insultos o sus oposiciones cierta inapropiada e intempestiva *afectuosidad*. Sólo alcanzaba a explicarme semejante conducta como el producto de una consumada suficiencia, que adoptaba el tono vulgar del patronazgo y la protección.

Quizá fuera este último rasgo en la conducta de Wilson, conjuntamente con la identidad de nuestros nombres y la mera coincidencia de haber ingresado en la escuela el mismo día, lo que dio origen a la convicción de que éramos hermanos, cosa que creían todos los alumnos de las clases superiores. Estos últimos no suelen informarse en detalle de las cuestiones concernientes a los alumnos menores. Ya he dicho, o debí decir, que Wilson no estaba emparentado ni en el grado más remoto con mi familia. Pero la verdad es que, *de haber sido* hermanos, hubiésemos sido gemelos, ya que después de salir de la academia del doctor Bransby supe por casualidad que mi tocayo había nacido el 19 de enero de 1813, y la coincidencia es bien notable, pues se trata precisamente del día de mi nacimiento.

Podrá parecer extraño que, a pesar de la continua inquietud que me ocasionaba la rivalidad de Wilson, y su intolerable espíritu de contradicción, me resultara imposible odiarlo. Es cierto que casi diariamente teníamos una querella, al fin de la cual, mientras me cedía públicamente la palma de la victoria, Wilson se las arreglaba de alguna manera para darme a entender que era él quien la había merecido; pero, no obstante eso, mi orgullo y una gran dignidad de su parte nos mantenía en lo que se da en llamar "buenas relaciones", a la vez que diversas coincidencias en nuestros carácteres actuaban para despertar en mí un sentimiento que quizá sólo nuestra posición impedía convertir en amistad. Me es muy difícil definir, e incluso describir, mis verdaderos sentimientos hacia Wilson. Constituían una mezcla heterogénea y abigarrada: algo de petulante animosidad que no llegaba al odio, algo de estima, aún más de respeto, mucho miedo y un mundo de inquieta curiosidad. Casi resulta superfluo agregar, para el moralista, que Wilson y yo éramos compañeros inseparables.

No hay duda que lo anómalo de esta relación encaminaba todos mis ataques (que eran muchos, francos o encubiertos) por las vías de la burla o de la broma pesada —que lastiman bajo la apariencia de una diversión— en vez de convertirlos en franca y abierta hostilidad. Pero mis esfuerzos en ese sentido no siempre resultaban fructuosos, por más hábilmente que maquinara mis planes, ya que mi tocayo tenía en su carácter mucho de esa modesta y tranquila austeridad que, mientras goza de lo afilado de sus propias bromas, no ofrece ningún talón de Aquiles y rechaza toda tentativa de que alguien se ría a costa suya. Sólo pude encontrarle un punto vulnerable que, proveniente de una peculiaridad de su persona y originado acaso en una enfermedad constitucional, hubiera sido relegado por cualquier otro antagonista menos exasperado que yo.

Mi rival tenía un defecto en los órganos vocales que le impedía alzar la voz más allá *de un susurro apenas perceptible.* Y yo no dejaba de aprovechar las míseras ventajas que aquel defecto me acordaba.

Las represalias de Wilson eran muy variadas, pero una de las formas de su malicia me perturbaba más allá de lo natural. Jamás podré saber cómo su sagacidad llegó a descubrir que una cosa tan insignificante me ofendía; el hecho es que, una vez descubierta, no dejo de insistir en ella. Siempre había yo experimentado aversión hacia mi poco elegante apellido y mi nombre tan común, que era casi plebeyo. Aquellos nombres eran veneno en mi oído, y cuando, el día de mi llegada, un segundo William Wilson ingresó en la academia, lo detesté por llevar ese nombre, y me sentí doblemente disgustado por el hecho de ostentarlo un desconocido que sería causa de una constante repetición, que estaría todo el tiempo en mi presencia y cuyas actividades en la vida ordinaria de la escuela serían con frecuencia confundidas con las mías, por culpa de aquella odiosa coincidencia.

Este sentimiento de ultraje así engendrado se fue acentuando con cada circunstancia que revelaba una semejanza, moral o física, entre mi rival y yo. En aquel tiempo no había descubierto el curioso hecho de que éramos de la misma edad, pero comprobé que teníamos la misma estatura, y que incluso nos parecíamos mucho en las facciones y el aspecto físico. También me amargaba que los alumnos de los cursos superiores estuvieran convencidos de que existía un parentesco entre ambos. En una palabra, nada podía perturbarme más (aunque lo disimulaba cuidadosamente) que cualquier alusión a una semejanza intelectual, personal o familiar entre Wilson y yo. Por cierto, nada me permitía suponer (salvo en lo referente a un parentesco) que estas similaridades fueran comentadas o tan sólo observadas por nuestros condiscípulos. Que *él* las observaba en todos sus aspectos, y con tanta claridad como yo, me resultaba evidente; pero sólo a su extraordinaria penetración cabía atribuir el descubrimiento de que esas circunstancias le brindaran un campo tan vasto de ataque.

Su réplica, que consistía en perfeccionar una imitación de mi persona, se cumplía tanto en palabras como en acciones, y Wilson desempeñaba admirablemente su papel. Copiar mi modo de vestir no le era difícil; mis actitudes y mi modo de moverme pasaron a ser suyos sin esfuerzo, y a pesar de su defecto constitucional, ni siquiera mi voz escapó a su imitación. Nunca trataba, claro está, de imitar mis acentos más fuertes, pero la tonalidad general de mi voz se repetía exactamente en la suya, y *su extraño susurro llegó a convertirse en el eco mismo de la mía.*

No me aventuraré a describir hasta qué punto este minucioso retrato (pues no cabía considerarlo una caricatura) llegó a exasperarme. Me quedaba el consuelo de ser el único que reparaba en esa imitación y no tener que soportar más que las sonrisas de complicidad y de misterioso sarcasmo de mi tocayo. Satisfecho de haber provocado en mí el penoso efecto que buscaba, parecía divertirse en secreto del aguijón que me había clavado, desdeñando sistemáticamente el aplauso general que sus astutas maniobras hubieran obtenido fácilmente. Durante muchos meses constituyó un enigma indescifrable para mí el que mis compañeros no advirtieran sus intenciones, comprobaran su cumplimiento y participaran de su mofa. Quizá la *gradación* de su copia no la hizo tan perceptible; o quizá debía mi seguridad a la maestría de aquel copista que, desdeñando lo literal (que es todo lo que los pobres de entendimiento ven en una pintura) sólo ofrecía el espíritu del original para que yo pudiera contemplarlo y atormentarme.

He aludido más de una vez al desagradable aire protector que asumía Wilson conmigo, y de sus frecuentes interferencias en los caminos de mi voluntad. Esta interferencia solía adoptar la desagradable forma de un consejo, antes insinuado que ofrecido abiertamente. Yo lo recibía con una repugnancia que los años fueron acentuando. Y, sin embargo, en este día ya tan lejano de aquéllos, séame dado declarar con toda justicia que no recuerdo ocasión alguna en que las sugestiones de mi rival me incitaran a los errores tan frecuentes en esa edad inexperta e inmadura; por lo menos su sentido moral, si no su talento y su sensatez, era mucho más agudo que el mío; y yo habría llegado a ser un hombre mejor y más feliz si hubiera rechazado con menos frecuencia aquellos consejos encerrados en susurros, y que en aquel entonces odiaba y despreciaba amargamente.

Así las cosas, acabé por impacientarme al máximo frente a esa desagradable vigilancia, y lo que consideraba intolerable arrogancia de su parte me fue ofendiendo más y más. He dicho ya que en los primeros años de nuestra vinculación de condiscípulos mis sentimientos hacia Wilson podrían haber derivado fácilmente a la amistad; pero en los últimos meses de mi residencia en la academia, si bien la impertinencia de su comportamiento había disminuido mucho, mis sentimientos se inclinaron, en proporción análoga, al más profundo odio. En cierta ocasión creo que Wilson lo advirtió, y desde entonces me evitó o fingió evitarme.

En esa misma época, si recuerdo bien, tuvimos un violento altercado, durante el cual Wilson perdió la calma en mayor medida que otras veces, actuando y hablando con una franqueza bastante insólita en su carácter. Descubrí en ese momento (o me pareció descubrir) en su acento, en su aire y en su apariencia general algo que empezó por sorprenderme, para llegar a interesarme luego profundamente, ya que traía a mi recuerdo borrosas visiones de la primera infancia; vehementes, confusos y tumultuosos recuerdos de un tiempo en el que la memoria aún no había nacido. Sólo puedo describir la sensación que me oprimía diciendo que me costó rechazar la certidumbre de que había estado vinculado con aquel ser en una época muy lejana, en un momento de un pasado infinitamente remoto. La ilusión, sin embargo, desvanecióse con la misma rapidez con que había surgido, y si la menciono es para precisar el día en que hablé por última vez en el colegio con mi extraño tocayo.

La enorme y vieja casa, con sus incontables subdivisiones, tenía varias grandes habitaciones contiguas, donde dormía la mayor parte de los estudiantes. Como era natural en un edificio tan torpemente concebido, había además cantidad de recintos menores que constituían las sobras de la estructura y que el ingenio económico del doctor Bransby había habilitado como dormitorios, aunque dado su tamaño sólo podían contener a un ocupante. Wilson poseía uno de esos pequeños cuartos.

Una noche, hacia el final de mi quinto año de estudios en la escuela, e inmediatamente después del altercado a que he aludido, me levanté cuando todos se hubieron dormido y, tomando una lámpara, me aventuré por infinitos pasadizos angostos en dirección al dormitorio de mi rival. Durante largo tiempo había estado planeando una de esas perversas bromas pesadas con las cuales fracasara hasta entonces. Me sentía dispuesto a llevarla de inmediato a la práctica, para que mi rival pudiera darse buena cuenta de toda mi malicia. Cuando llegué ante su dormitorio, dejé la lámpara en el suelo, cubriéndola con una pantalla, y entré silenciosamente. Luego de avanzar unos pasos, oí su sereno respirar. Seguro de que estaba durmiendo, volví a tomar la lámpara y me aproximé al lecho. Estaba éste rodeado de espesas cortinas, que en cumplimiento de mi plan aparté lenta y silenciosamente, hasta que los brillantes rayos cayeron sobre el durmiente, mientras mis ojos se fijaban en el mismo instante en su rostro. Lo miré, y sentí que mi cuerpo se helaba, que un embotamiento me envolvía. Palpitaba mi corazón, me temblaban las rodillas, mientras mi espíritu se sentía presa de un horror sin sentido pero intolerable. Jadeando, bajé la lámpara hasta aproximarla aún más a aquella cara. ¿Eran ésos... *ésos*, los rasgos de William Wilson? Bien veía que eran los suyos, pero me estremecía como víctima de la calentura al imaginar que no lo eran. Pero, entonces, ¿qué había en ellos para confundirme de esa manera? Lo miré, mientras mi cerebro giraba en multitud de incoherentes pensamientos. No era ése su aspecto... no, *así* no era él en las activas horas de vigilia. ¡El mismo nombre! ¡La misma figura! ¡El mismo día de ingreso a la academia! ¡Y su obstinada e incomprensible imitación de mi actitud, de mi voz, de mis costumbres, de mi aspecto! ¿Entraba verdaderamente dentro de los límites de la posibilidad humana *que esto que ahora veía* fuese meramente el resultado de su continua imitación sarcástica? Espantado y temblando cada vez más, apagué la lámpara, salí en silencio del dormitorio y escapé sin perder un momento de la vieja academia, a la que no habría de volver jamás.

Luego de un lapso de algunos meses que pasé en casa sumido en una total holgazanería, entré en el colegio de Eton. El breve intervalo había bastado para apagar mi recuerdo de los acontecimientos en la escuela del doctor Bransby, o por lo menos para cambiar la naturaleza de los sentimientos que aquellos sucesos me inspiraban. La verdad y la tragedia de aquel drama no existían ya. Ahora me era posible dudar del testimonio de mis sentidos; cada vez que recordaba el episodio me asombraba de los extremos a que puede llegar la credulidad humana, y sonreía al pensar en la extraordinaria imaginación que hereditariamente poseía. Este escepticismo estaba lejos de disminuir con el género de vida que empecé a llevar en Eton. El vórtice de irreflexiva locura en que inmediata y temerariamente me sumergí barrió con todo y no dejó más que la espuma de mis pasadas horas, devorando las impresiones sólidas o serias y dejando en el recuerdo tan sólo las trivialidades de mi existencia anterior.

No quiero, sin embargo, trazar aquí el derrotero de mi miserable libertinaje, que desafiaba las leyes y eludía la vigilancia del colegio. Tres años de locura se sucedieron sin ningún beneficio, arraigando en mí los vicios y aumentando, de un modo insólito, mi desarrollo corporal. Un día, después de una semana de estúpida disipación, invité a algunos de los estudiantes más disolutos a una orgía secreta en mis habitaciones. Nos reunimos estando ya la noche avanzada, pues nuestro libertinaje habría de prolongarse hasta la mañana. Corría libremente el vino y no faltaban otras seducciones todavía más peligrosas, al punto que la gris alborada apuntaba ya en el oriente cuando nuestras deliberantes extravagancias llegaban a su ápice. Excitado hasta la locura por las cartas y la embriaguez me disponía a proponer un brindis especialmente blasfematorio, cuando la puerta de mi aposento se entreabrió con violencia, a tiempo que resonaba ansiosamente la voz de uno de los criados. Insistía en que una persona me reclamaba con toda urgencia en el vestíbulo.

Profundamente excitado por el vino, la inesperada interrupción me alegró en vez de sorprenderme. Salí tambaleándome y en pocos pasos llegué al vestíbulo. No había luz en aquel estrecho lugar, y sólo la pálida claridad del alba alcanzaba a abrirse paso por la ventana semicircular. Al poner el pie en el umbral distinguí la figura de un joven de mi edad, vestido con una bata de casimir blanco, cortada conforme a la nueva moda e igual a la que llevaba yo puesta. La débil luz me permitió distinguir todo eso, pero no las facciones del visitante. Al verme, vino precipitadamente a mi encuentro y, tomándome del brazo con un gesto de petulante impaciencia, murmuró en mi oído estas palabras:

—¡William Wilson!

Mi embriaguez se disipó instantáneamente. Había algo en los modales del desconocido y en el temblor nervioso de su dedo levantado, suspenso entre la luz y mis ojos, que me colmó de indescriptible asombro; pero no fue esto lo que me conmovió con más violencia, sino la solemne admonición que contenían aquellas sibilantes palabras dichas en voz baja, y, por sobre todo, el carácter, el sonido, el *tono* de esas pocas, sencillas y familiares sílabas que había *susurrado,* y que me llegaban con mil turbulentos recuerdos de días pasados, golpeando mi alma con el choque de una batería galvánica. Antes de que pudiera recobrar el uso de mis sentidos, el visitante había desaparecido.

Aunque este episodio no dejó de afectar vivamente mi desordenada imaginación, bien pronto se disipó su efecto. Durante algunas semanas me ocupé en hacer toda clase de averiguaciones, o me envolví en una nube de morbosas conjeturas. No intenté negarme a mí mismo la identidad del singular personaje que se inmiscuía de tal manera en mis asuntos o me exacerbaba con sus insinuados consejos. ¿Quién era, qué era ese Wilson? ¿De dónde venía? ¿Qué propósitos abrigaba? Me fue imposible hallar respuesta a estas preguntas; sólo alcancé a averiguar que un súbito accidente acontecido en su familia lo había llevado a marcharse de la academia del doctor Bransby la misma tarde del día en que emprendí la fuga. Pero bastó poco tiempo para que dejara de pensar en todo esto, ya que mi atención estaba completamente absorbida por los proyectos de mi ingreso en Oxford. No tardé en trasladarme allá, y la irreflexiva vanidad de mis padres me proporcionó una pensión anual que me permitiría abandonarme al lujo que tanto ansiaba mi corazón y rivalizar en despilfarro con los más altivos herederos de los más ricos condados de Gran Bretaña.

Estimulado por estas posibilidades de fomentar mis vicios, mi temperamento se manifestó con redoblado ardor, y mancillé las más elementales reglas de decencia con la loca embriaguez de mis licencias.

Sería absurdo detenerme en el detalle de mis extravagancias. Baste decir que excedí todos los límites y que, dando nombre a multitud de nuevas locuras, agregué un copioso apéndice al largo catálogo de vicios usuales en aquella Universidad, la más disoluta de Europa.

Apenas podrá creerse, sin embargo, que por más que hubiera mancillado mi condición de gentilhombre, habría de llegar a familiarizarme con las innobles artes del jugador profesional, y que, convertido en adepto de tan despreciable ciencia, la practicaría como un medio para aumentar todavía más mis enormes rentas a expensas de mis camaradas de carácter más débil. No obstante, ésa es la verdad. Lo monstruoso de esta transgresión de todos los sentimientos caballerescos y honorables resultaba la principal, ya que no la única razón de la impunidad con que podía practicarla. ¿Quién, entre mis más depravados camaradas, no hubiera dudado del testimonio de sus sentidos antes de sospechar culpable de semejantes actos al alegre, al franco, al generoso William Wilson, el más noble y liberal compañero de Oxford, cuyas locuras, al decir de sus parásitos, no eran más que locuras de la juventud y la fantasía, cuyos errores sólo eran caprichos inimitables, cuyos vicios más negros no pasaban de ligeras y atrevidas extravagancias?

Llevaba ya dos años entregado con todo éxito a estas actividades cuando llegó a la Universidad un joven noble, un *parvenu* llamado Glendinning, a quien los rumores daban por más rico que Herodes Ático, sin que sus riquezas le hubieran costado más que a éste.

Pronto me di cuenta de que era un simple, y, naturalmente, lo consideré sujeto adecuado para ejercer sobre él mis habilidades. Logré hacerlo jugar conmigo varias veces y, procediendo como todos los tahúres, le permití ganar considerables sumas a fin de envolverlo más efectivamente en mis redes. Por fin, maduros mis planes, me encontré con él (decidido a que esta partida fuera decisiva) en las habitaciones de un camarada llamado Preston, que nos conocía íntimamente a ambos, aunque no abrigaba la más remota sospecha de mis intenciones. Para dar a todo esto un mejor color, me había arreglado para que fuéramos ocho o diez invitados, y me ingenié cuidadosamente a fin de que la invitación a jugar surgiera como por casualidad y que la misma víctima la propusiera. Para abreviar tema tan vil, no omití ninguna de las bajas finezas propias de estos lances, que se repiten de tal manera en todas las ocasiones similares que cabe maravillarse de que todavía existan personas tan tontas como para caer en la trampa.

Era ya muy entrada la noche cuando efectué por fin la maniobra que me dejó frente a Glendinning como único antagonista. El juego era mi favorito, el *écarté*. Interesados por el desarrollo de la partida, los invitados habían abandonado las cartas y se congregaban a nuestro alrededor. *El parvenu,* a quien había inducido con anterioridad a beber abundantemente, cortaba las cartas, barajaba o jugaba con una nerviosidad que su embriaguez sólo podía explicar en parte. Muy pronto se convirtió en deudor de una importante suma, y entonces, luego de beber un gran trago de oporto, hizo lo que yo esperaba fríamente: me propuso doblar las apuestas, que eran ya extravagantemente elevadas. Fingí resistirme, y sólo después que mis reiteradas negativas hubieron provocado en él algunas réplicas coléricas, que dieron a mi aquiescencia un carácter destemplado, acepté la propuesta. Como es natural, el resultado demostró hasta qué punto la presa había caído en mis redes; en menos de una hora su deuda se había cuadruplicado.

Desde hacía un momento, el rostro de Glendinning perdía la rubicundez que el vino le había prestado y me asombró advertir que se cubría de una palidez casi mortal. Si digo que me asombró se debe a que mis averiguaciones anteriores presentaban a mi adversario como inmensamente rico, y, aunque las sumas perdidas eran muy grandes, no podían preocuparlo seriamente y mucho menos perturbarlo en la forma en que lo estaba viendo. La primera idea que se me ocurrió fue que se trataba de los efectos de la bebida; buscando mantener mi reputación a ojos de los testigos presentes —y no por razones altruistas— me disponía a exigir perentoriamente la suspensión de la partida, cuando algunas frases que escuché a mi alrededor, así como una exclamación desesperada que profirió Glendinning, me dieron a entender que acababa de arruinarlo por completo, en circunstancias que lo llevaban a merecer la piedad de todos, y que deberían haberlo protegido hasta de las tentativas de un demonio.

Difícil es decir ahora cuál hubiera sido mi conducta en ese momento. La lamentable condición de mi adversario creaba una atmósfera de penoso embarazo. Hubo un profundo silencio, durante el cual sentí que me ardían las mejillas bajo las miradas de desprecio o de reproche que me lanzaban los menos pervertidos. Confieso incluso que, al producirse una súbita y extraordinaria interrupción, mi pecho se alivió por un breve instante de la intolerable ansiedad que lo oprimía. Las grandes y pesadas puertas de la estancia se abrieron de golpe y de par en par, con un ímpetu tan vigoroso y arrollador que bastó para apagar todas las bujías. La muriente luz nos permitió, sin embargo, ver entrar a un desconocido, un hombre de mi talla, completamente embozado en una capa. La oscuridad era ahora total, y solamente podíamos *sentir* que aquel hombre estaba entre nosotros. Antes de que nadie pudiera recobrarse del profundo asombro que semejante conducta le había producido, oímos la voz del intruso.

—Señores —dijo, con una voz tan baja como clara, con un inolvidable *susurro* que me estremeció hasta la médula de los huesos—. Señores, no me excusaré por mi conducta, ya que al obrar así no hago más que cumplir con un deber. Sin duda ignoran ustedes quién es la persona que acaba de ganar una gran suma de dinero a Lord Glendinning. He de proponerles, por tanto, una manera tan expeditiva como concluyente de cerciorarse al respecto: bastará con que examinen el forro de su puño izquierdo y los pequeños paquetes que encontrarán en los bolsillos de su bata bordada.

Mientras hablaba, el silencio era tan profundo que se hubiera oído caer una aguja en el suelo. Dichas esas palabras, partió tan bruscamente como había entrado. ¿Puedo describir... describiré mis sensaciones? ¿Debo decir que sentí todos los horrores del condenado? Poco tiempo me quedó para reflexionar. Varias manos me sujetaron rudamente, mientras se traían nuevas luces. Inmediatamente me registraron. En el forro de mi manga encontraron todas las figuras esenciales en el *écarté* y, en los bolsillos de mi bata, varios mazos de barajas idénticos a los que empleábamos en nuestras partidas, salvo que las mías eran lo que técnicamente se denomina *arrondées;* vale decir que las cartas ganadoras tienen las extremidades ligeramente convexas, mientras las cartas de menor valor son levemente convexas a los lados. En esa forma, el incauto que corta, como es normal, a lo largo del mazo, proporcionará invariablemente una carta ganadora a su antagonista, mientras el tahúr, que cortará también tomando el mazo por sus lados mayores, descubrirá una carta inferior.

Todo estallido de indignación ante semejante descubrimiento me hubiera afectado menos que el silencioso desprecio y la sarcástica compostura con que fue recibido.

—Señor Wilson —dijo nuestro anfitrión, inclinándose para levantar del suelo una lujosa capa de preciosas pieles—, esto es de su pertenencia. (Hacía frío y, al salir de mis habitaciones, me había echado la capa sobre mi bata, retirándola luego al llegar a la sala de juego.) Supongo que no vale la pena buscar aquí —agregó, mientras observaba los pliegues del abrigo con amarga sonrisa— otras pruebas de su habilidad. Ya hemos tenido bastantes. Descuento que reconocerá la necesidad de abandonar Oxford, y, de todas maneras, de salir inmediatamente de mi habitación.

Humillado, envilecido hasta el máximo como lo estaba en ese momento, es probable que hubiera respondido a tan amargo lenguaje con un arrebato de violencia, de no hallarse mi atención completamente concentrada en un hecho por completo extraordinario. La capa que me había puesto para acudir a la reunión era de pieles sumamente raras, a un punto tal que no hablaré de su precio. Su corte, además, nacía de mi invención personal, pues en cuestiones tan frívolas era de un refinamiento absurdo. Por eso, cuando Preston me alcanzó la que acababa de levantar del suelo cerca de la puerta del aposento, vi con asombro lindante en el terror que yo tenía mi propia capa colgada del brazo —donde la había dejado inconscientemente—, y que la que me ofrecía era absolutamente igual en todos y cada uno de sus detalles. El extraño personaje que me había desenmascarado estaba envuelto en una capa al entrar, y aparte de mí ningún otro invitado llevaba capa esa noche. Con lo que me quedaba de presencia de ánimo, tomé la que me ofrecía Preston y la puse sobre la mía sin que nadie se diera cuenta. Salí así de las habitaciones, desafiante el rostro, y a la mañana siguiente, antes del alba, empecé un presuroso viaje al continente, perdido en un abismo de espanto y de vergüenza.

Huía en vano. Mi aciago destino me persiguió, exultante, mostrándome que su misterioso dominio no había hecho más que empezar. Apenas hube llegado a París, tuve nuevas pruebas del odioso interés que Wilson mostraba en mis asuntos. Corrieron los años, sin que pudiera hallar alivio. ¡El miserable...! ¡Con qué inoportuna, con qué espectral solicitud se interpuso en Roma entre mí y mis ambiciones! También en Viena... en Berlín... en Moscú. A decir verdad, ¿dónde no tenía yo amargas razones para maldecirlo de todo corazón? Huí, al fin, de aquella inescrutable tiranía, aterrado como si se tratara de la peste; huí hasta los confines mismos de la tierra. *Y en vano*.

Una y otra vez, en la más secreta intimidad de mi espíritu, me formulé las preguntas: "¿Quién es? ¿De dónde viene? ¿Qué quiere?" Pero las respuestas no llegaban. Minuciosamente estudié las formas, los métodos, los rasgos dominantes de aquella impertinente vigilancia, pero incluso ahí encontré muy poco para fundar una conjetura cualquiera. Cabía advertir, sin embargo, que en las múltiples instancias en que se había cruzado en mi camino en los últimos tiempos, sólo lo había hecho para frustrar planes o malograr actos que, de cumplirse, hubieran culminado en una gran maldad. ¡Pobre justificación, sin embargo, para una autoridad asumida tan imperiosamente! ¡Pobre compensación para los derechos de un libre albedrío tan insultantemente estorbado!

Me había visto obligado a notar asimismo que, en ese largo período (durante el cual continuó con su capricho de mostrarse vestido exactamente como yo, lográndolo con milagrosa habilidad), mi atormentador consiguió que no pudiera ver jamás su rostro las muchas veces que se interpuso en el camino de mi voluntad. Cualquiera que fuese Wilson, *esto,* por lo menos, era el colmo de la afectación y la insensatez. ¿Cómo podía haber supuesto por un instante que en mi amonestador de Eton, en el desenmascarador de Oxford, en aquel que malogró mi ambición en Roma, mi venganza en París, mi apasionado amor en Nápoles, o lo que falsamente llamaba mi avaricia en Egipto, que en él, mi archienemigo y genio maligno, dejaría yo de reconocer al William Wilson de mis días escolares, al tocayo, al compañero, al rival, al odiado y temido rival de la escuela del doctor Bransby? ¡Imposible! Pero apresurémonos a llegar a la última escena del drama.

Hasta aquel momento yo me había sometido por completo a su imperiosa dominación. El sentimiento de reverencia con que habitualmente contemplaba el elevado carácter, el majestuoso saber y la ubicuidad y omnipotencia aparentes de Wilson, sumado al terror que ciertos rasgos de su naturaleza y su arrogancia me inspiraban, habían llegado a convencerme de mi total debilidad y desamparo, sugiriéndome una implícita, aunque amargamente resistida sumisión a su arbitraria voluntad. Pero en los últimos tiempos acabé entregándome por completo a la bebida, y su terrible influencia sobre mi temperamento hereditario me hizo impacientarme más y más frente a aquella vigilancia. Empecé a murmurar, a vacilar, a resistir. ¿Y era sólo la imaginación la que me inducía a creer que a medida que mi firmeza aumentaba, la de mi atormentador sufría una disminución proporcional? Sea como fuere, una ardiente esperanza empezó a aguijonearme y fomentó en mis más secretos pensamientos la firme y desesperada resolución de no tolerar por más tiempo aquella esclavitusted

Era en Roma, durante el carnaval del 18..., en un baile de máscaras que ofrecía en su *palazzo* el duque napolitano Di Broglio. Me había dejado arrastrar más que de costumbre por los excesos de la bebida, y la sofocante atmósfera de los atestados salones me irritaba sobremanera. Luchaba además por abrirme paso entre los invitados, cada vez más malhumorado, pues deseaba ansiosamente encontrar (no diré por qué indigna razón) a la alegre y bellísima esposa del anciano y caduco Di

Broglio. Con una confianza por completo desprovista de escrúpulos, me había hecho saber ella cuál sería su disfraz de aquella noche y, al percibirla a la distancia, me esforzaba por llegar a su lado. Pero en ese momento sentí que una mano se posaba ligeramente en mi hombro, y otra vez escuché al oído aquel profundo, inolvidable, maldito *susurro*.

Arrebatado por un incontenible frenesí de rabia, me volví violentamente hacia el que acababa de interrumpirme y lo aferré por el cuello. Tal como lo había imaginado, su disfraz era exactamente igual al mío: capa española de terciopelo azul y cinturón rojo, del cual pendía una espada. Una máscara de seda negra ocultaba por completo su rostro.

—¡Miserable! —grité con voz enronquecida por la rabia, mientras cada sílaba que pronunciaba parecía atizar mi furia—. ¡Miserable impostor! ¡Maldito villano! ¡No me perseguirás... no, no me perseguirás hasta la muerte! ¡Sígueme, o te atravieso de lado a lado aquí mismo!

Y me lancé fuera de la sala de baile, en dirección a una pequeña antecámara contigua, arrastrándolo conmigo.

Cuando estuvimos allí, lo rechacé con violencia. Trastrabilló, mientras yo cerraba la puerta con un juramento y le ordenaba ponerse en guardia. Vaciló apenas un instante; luego, con un ligero suspiro, desenvainó la espada sin decir palabra y se aprestó a defenderse.

El duelo fue breve. Yo me hallaba en un frenesí de excitación y sentía en mi brazo la energía y la fuerza de toda una muchedumbre. En pocos segundos lo fui llevando arrolladoramente hasta acorralarlo contra una pared, y allí, teniéndolo a mi merced, le hundí varias veces la espada en el pecho con brutal ferocidad.

En aquel momento alguien movió el pestillo de la puerta. Me apresuré a evitar una intrusión, volviendo inmediatamente hacia mi moribundo antagonista. ¿Pero qué lenguaje humano puede pintar *esa* estupefacción, *ese* horror que se posesionaron de mí frente al espectáculo que me esperaba? El breve instante en que había apartado mis ojos parecía haber bastado para producir un cambio material en la disposición de aquel ángulo del aposento. Donde antes no había nada, alzábase ahora un gran espejo (o por lo menos me pareció así en mi confusión). Y cuando avanzaba hacia él, en el colmo del espanto, mi propia imagen, pero cubierta de sangre y pálido el rostro, vino a mi encuentro tambaleándose.

Tal me había parecido, lo repito, pero me equivocaba. Era mi antagonista, era Wilson, quien se erguía ante mí agonizante. Su máscara y su capa yacían en el suelo, donde las había arrojado. No había una sola hebra en sus ropas, ni una línea en las definidas y singulares facciones de su rostro, que no fueran *las mías,* que no coincidieran en la más absoluta identidad.

Era Wilson. Pero ya no hablaba con un susurro, y hubiera podido creer que era yo mismo el que hablaba cuando dijo:

—Has vencido, y me entrego. Pero también tú estás muerto desde ahora... muerto para el mundo, para el cielo y para la esperanza. ¡En mí existías... y al matarme, ve en esta imagen, que es la tuya, cómo te has asesinado a ti mismo!

MANUSCRITO HALLADO EN UNA BOTELLA

Qui n'a plus qu'un moment à
vivre N'a plus rien à dissimuler.
(QUINAULT, *Atys)*

De mi país y mi familia poco tengo que decir. Un trato injusto y el andar de los años me arrancaron del uno y me alejaron de la otra. Mi patrimonio me permitió recibir una educación esmerada, y la tendencia contemplativa de mi espíritu me facultó para ordenar metódicamente las nociones que mis tempranos estudios habían acumulado. Las obras de los moralistas alemanes me proporcionaban un placer superior a cualquier otro; no porque admirara equivocadamente su elocuente locura, sino por la facilidad con que mis rígidos hábitos mentales me permitían descubrir sus falsedades. Con frecuencia se me ha reprochado la aridez de mi inteligencia, imputándome como un crimen una imaginación deficiente; el pirronismo de mis opiniones me ha dado fama en todo tiempo. En realidad temo que mi predilección por la filosofía física haya inficionado mi mente con un error muy frecuente en nuestra época: aludo a la costumbre de referir todo hecho, aun el menos susceptible de dicha referencia, a los principios de aquella disciplina. En general, no creo que nadie esté menos sujeto que yo a desviarse de los severos límites de la verdad, arrastrado por los *ignes fatui* de la superstición. Me ha parecido apropiado hacer este proemio, para que el increíble relato que he de hacer no sea considerado como el delirio de una imaginación desenfrenada, en vez de la experiencia positiva de una inteligencia para quien los ensueños de la fantasía son letra muerta y nulidad.

Después de varios años pasados en viajes por el extranjero, me embarqué en el año 18... en el puerto de Batavia, capital de la rica y populosa isla de Java, para hacer un crucero al archipiélago de las islas de la Sonda. Me hice a la mar en calidad de pasajero, sin otro motivo que una especie de inquietud nerviosa que me hostigaba como si fuera un demonio.

Nuestro excelente navío, de unas cuatrocientas toneladas, tenía remaches de cobre y había sido construido en Bombay con teca de Malabar. Llevaba una carga de algodón en rama y aceite procedente de las islas Laquevidas. También teníamos a bordo bonote, melaza, aceite de manteca, cocos y algunos cajones de opio. El arrumaje había sido mal hecho y, por lo tanto, el barco escoraba.

Iniciamos el viaje con muy poco viento a favor, y durante varios días permanecimos a lo largo de la costa oriental javanesa, sin otro incidente para amenguar la monotonía de nuestro derrotero que el encuentro ocasional con alguno de los pequeños *grabs* del archipiélago al cual nos encaminábamos.

Una tarde, mientras me hallaba apoyado en el coronamiento, observé hacia el noroeste una nube aislada de extraño aspecto. Era notable tanto por su color como por ser la primera que veíamos desde nuestra partida de Batavia. La observé continuamente hasta la puesta del sol, en que comenzó a expandirse rápidamente hacia el este y el oeste, cerniendo el horizonte con una angosta faja de vapor y dando la impresión de una dilatada playa baja. Pronto mi atención se vio requerida por la coloración rojo—oscuro que presentaba la luna y la extraña apariencia del mar. Operábase en éste una rápida transformación, y el agua parecía más transparente que de costumbre. Aunque me era posible distinguir muy bien el fondo, lancé la sonda y descubrí que había quince brazas. El aire se había vuelto intolerablemente cálido y se cargaba de exhalaciones en espiral semejantes a las que brotan del hierro al rojo. A medida que caía la noche cesó la más ligera brisa y hubiera sido imposible concebir calma más absoluta. La llama de una bujía colocada en la popa no oscilaba en lo más mínimo, y un cabello, sostenido entre dos dedos, colgaba sin que fuera posible advertir la menor vibración. Empero, como el capitán manifestara que no veía ninguna indicación de peligro pero que estábamos derivando hacia la costa, mandó arriar las velas y echar el ancla. No se apostó ningún vigía y la tripulación, formada principalmente por malayos, se tendió sobre el puente a descansar. En cuanto a mí, bajé a la cámara, apremiado por un penoso presentimiento de desgracia. Todas las apariencias me hacían ver la inminencia de un huracán. Transmití mis temores al capitán, pero no prestó atención a mis palabras y se marchó sin haberse dignado contestarme. Mi inquietud, sin embargo, no me dejaba dormir, y hacia media noche subí a cubierta. Cuando apoyaba el pie en el último peldaño de la escala de toldilla, me sorprendió un fuerte rumor semejante al zumbido que podría producir una rueda de molino girando rápidamente y, antes de que pudiera asegurarme de su significado, sentí que el barco vibraba. Un instante después un mar de espuma nos caía de través y, pasando sobre el puente, barría la cubierta de proa a popa.

La excesiva violencia de la ráfaga significó en gran medida la salvación del navío. Aunque totalmente sumergido, como todos sus mástiles habían volado por la borda, surgió lentamente a la superficie al cabo de un minuto y, vacilando unos instantes bajo la terrible presión de la tempestad, acabó por enderezarse.

Imposible me sería decir por qué milagro escapé a la destrucción. Aturdido por el choque del agua volvía en mí para encontrarme encajado entre el codaste y el gobernalle. Me puse de pie con gran dificultad y, mirando en torno presa de vértigo, se me ocurrió que habíamos chocado contra los arrecifes, tan terrible e inimaginable era el remolino que formaban las montañas de agua y espuma en que estábamos sumidos. Un momento después oí la voz de un viejo sueco que se había embarcado con nosotros en el momento en que el buque se hacía a la mar. Lo llamé con todas mis fuerzas y vino tambaleándose. No tardamos en descubrir que éramos los únicos supervivientes de la catástrofe. Todo lo que se hallaba en el puente había sido barrido por las olas; el capitán y los oficiales debían haber muerto mientras dormían, ya que los camarotes estaban completamente inundados. Sin ayuda, poco era lo que podíamos hacer, y nos sentimos paralizados por la idea de que no tardaríamos en zozobrar. Como se supondrá, el cable del ancla se había roto como un bramante al primer embate del huracán, ya que de no ser así nos habríamos hundido en un instante. Corríamos a espantosa velocidad, y las olas rompían sobre cubierta.

El maderamen de popa estaba muy destrozado y todo el navío presentaba gravísimas averías; empero, vimos con alborozo que las bombas no se habían atascado y que el lastre no parecía haberse desplazado. Ya la primera furia de la ráfaga estaba amainando y no corríamos mucho peligro por causa del viento; pero nos aterraba la idea de que cesara completamente, sabedores de que naufragaríamos en el agitado oleaje que seguiría de inmediato. Este legítimo temor no se vio, sin embargo, verificado. Durante cinco días y cinco noches — durante los cuales nos alimentamos con una pequeña cantidad de melaza de azúcar, trabajosamente obtenida en el castillo de proa—, el desmelenado navío corrió a una velocidad que desafiaba toda medida, impulsado por sucesivas ráfagas que, sin igualar la violencia de la primera, eran sin embargo más aterradoras que cualquier otra tempestad que hubiera visto antes. Con pequeñas variantes navegamos durante los primeros cuatro días hacia el sudeste y debimos de pasar cerca de la costa de Nueva Holanda. Al quinto día el tiempo se puso muy frío, aunque el viento había girado un punto hacia el norte. El sol se alzó con una coloración amarillenta y enfermiza y remontó unos pocos grados sobre el horizonte, sin irradiar una luz intensa. No se veían nubes y, sin embargo, el viento arreciaba más y más, soplando con furiosas ráfagas irregulares. Hacia mediodía —hasta donde podíamos calcular la hora— el sol nos llamó de nuevo la atención. No daba luz que mereciera propiamente tal nombre, sino un resplandor apagado y lúgubre, sin reflejos, como si todos sus rayos estuvieran polarizados. Poco antes de hundirse en el henchido mar, su fuego central se extinguió bruscamente, como si un poder inexplicable acabara de apagarlo. Sólo quedó un aro pálido y plateado, sumergiéndose en el insondable mar.

Esperamos en vano la llegada del sexto día; para mí ese día no ha llegado, y para el sueco no llegó jamás. Desde aquel momento quedamos envueltos en profundas tinieblas, al punto que no hubiéramos podido ver nada a veinte pasos del barco. La noche eterna continuó rodeándonos, ni siquiera amenguada por esa brillantez fosfórica del mar a la cual nos habíamos habituado en los trópicos. Observamos además que, si bien la tempestad continuaba con inflexible violencia, no se observaba ya el oleaje espumoso que nos envolvía antes. Alrededor de nosotros todo era horror, profunda oscuridad y un negro desierto de ébano. El espanto supersticioso ganaba poco a poco el espíritu del viejo sueco, y mi alma estaba envuelta en silencioso asombro. Descuidamos toda atención del barco, por considerarla ociosa, y nos aseguramos lo mejor posible en el tocón del palo de mesana, mirando amargamente hacia el inmenso océano. No teníamos manera de calcular el tiempo y era imposible deducir nuestra posición. Advertíamos, sin embargo, que llevábamos navegando hacia el sur una distancia mayor que la recorrida por cualquier navegante, y mucho nos asombró no encontrar los habituales obstáculos de hielo. Entre tanto, cada minuto amenazaba con ser el último de nuestras vidas, y olas grandes como montañas se precipitaban para aniquilarnos.

El oleaje sobrepasaba todo lo que yo había creído; sólo por milagro no zozobrábamos a cada instante. Mi compañero aludió a la ligereza de nuestro cargamento, recordándome las excelentes cualidades del barco. Yo no podía dejar de sentir la total inutilidad de la esperanza y me preparaba tristemente a una muerte que, en mi opinión, no podía ya demorarse más de una hora, puesto que a cada nudo que recorríamos el oleaje de aquel horrendo mar tenebroso se volvía más y más violento. Por momentos jadeábamos en procura de aire, remontados a una altura superior a la del albatros; y en otros nos mareaba la velocidad del descenso a un infierno líquido, donde el aire parecía estancado y ningún sonido turbaba el sueño del "kraken".

Nos hallábamos en la profundidad de uno de esos abismos, cuando un súbito clamor de mi compañero se alzó horriblemente en la noche. "¡Mire, mire!", me gritaba al oído. "¡Dios todopoderoso, mire, mire!".

Mientras hablaba, advertí un apagado resplandor rojizo que corría por los lados del enorme abismo donde nos habíamos hundido, arrojando una incierta lumbre sobre nuestra cubierta. Alzando los ojos, contemplé un espectáculo que me heló la sangre. A una espantosa elevación, inmediatamente por encima de nosotros, y al borde mismo de aquel precipicio líquido, se cernía un gigantesco navío, de quizá cuatro mil toneladas. Aunque en la cresta de una ola tan enorme que lo sobrepasaba cien veces en altura, sus medidas excedían las de cualquier barco de línea o de la Compañía de Indias Orientales. Su enorme casco era de un negro profundo y opaco, y no tenía ninguno de los mascarones o adornos propios de un navío. Por las abiertas portañolas asomaba una sola hilera de cañones de bronce, cuyas relucientes superficies reflejaban las luces de innumerables linternas de combate balanceándose en las jarcias. Pero lo que más me llenó de horror y estupefacción fue ver que el barco tenía todas las velas desplegadas en medio de aquel huracán ingobernable y aquel mar sobrenatural. Cuando lo vimos por primera vez sólo se distinguía su proa, mientras lentamente se alzaba sobre el tenebroso y horrible golfo de donde venía. Durante un segundo de inconcebible espanto se mantuvo inmóvil sobre el vertiginoso pináculo, como si estuviera contemplando su propia sublimidad. Luego tembló, vaciló... y lo vimos precipitarse sobre nosotros.

No sé qué repentino dominio de mí mismo ganó mi espíritu en aquel instante. Retrocediendo todo lo posible esperé sin temor la catástrofe que iba a aniquilarnos. Nuestro barco había renunciado ya a luchar y se estaba hundiendo de proa. El choque de la masa descendente lo alcanzó, pues, en su estructura ya medio sumergida, y como resultado inevitable me lanzó con violencia irresistible sobre el cordaje del nuevo buque.

En el momento en que caí, el barco viró de bordo, y supuse que la confusión reinante me había hecho pasar inadvertido a los ojos de la tripulación. Me abrí camino sin dificultad hasta la escotilla principal, que se hallaba parcialmente abierta, y no tardé en encontrar una oportunidad de esconderme en la cala. No podría explicar la razón de mi conducta. Quizá se debiera al sentimiento de temor que desde el primer momento me habían inspirado los tripulantes de aquel buque, No me atrevía a confiarme a individuos que, después de la rápida ojeada que había podido echarles, me producían tanta extrañeza como duda y aprensión. Me pareció mejor, pues, buscar un escondrijo en la cala. Pronto lo hallé removiendo una pequeña parte de la armazón movible, de manera de asegurarme un lugar adecuado entre las enormes cuadernas del navío.

Apenas había completado mi trabajo, cuando unos pasos en la cala me obligaron a hacer uso del mismo. Desde mi refugio vi venir a un hombre que se movía con pasos débiles e inseguros. No le vi la cara, pero pude observar su apariencia general. En toda su persona se notaban las huellas de una avanzada edad. Le temblaban las rodillas bajo el peso de los años y su cuerpo parecía agobiado por aquella carga. Hablaba consigo mismo, murmurando en voz baja y entrecortada unas palabras de un idioma que no pude comprender, y anduvo tanteando en un rincón entre una pila de singulares instrumentos y viejas cartas de navegación. En su actitud había una extraña mezcla del malhumor de la segunda infancia con la solemne dignidad de un dios. Por fin volvió a subir al puente y no lo vi más.

* * *

Un sentimiento para el cual no encuentro nombre se ha posesionado de mi alma; es una sensación que no admite análisis, frente a la cual las lecciones de tiempos pasados no me sirven y cuya clave me temo que no me será dada por el futuro. Para una mente constituida como la mía, esta última consideración es un tormento. Nunca, sé que nunca llegaré a conocer la naturaleza de mis concepciones. Y sin embargo no es de asombrarme que esas concepciones sean indefinidas, puesto que se originan en fuentes tan extraordinariamente nuevas. Un nuevo sentido, una nueva entidad se incorpora a mi alma.

Hace ya mucho que subí por primera vez al puente de este terrible navío y pienso que los rayos de mi destino se están concentrando en un foco. ¡Hombres incomprensibles! Envueltos en meditaciones cuya especie no alcanzo a adivinar, pasan a mi lado sin reparar en mí. Ocultarme es una completa locura, pues esa gente *no quiere ver.* Hace apenas un instante que pasé delante de los ojos del segundo; no hace mucho que me aventuré en el camarote privado del capitán y tomé de allí los materiales con que escribo esto y lo que antecede. De tiempo en tiempo seguiré redactando este diario. Cierto que puedo no encontrar oportunidad de darlo a conocer al mundo, pero no dejaré de intentarlo. En el último momento encerraré el manuscrito en una botella y lo arrojaré al mar.

Un incidente ocurrido me ha dado nuevos motivos de meditación. ¿Ocurren estas cosas por la operación de un azar ingobernado? Había subido a cubierta y estaba tendido, sin llamar la atención, en una pila de frenillos y viejas velas depositadas en el fondo de un bote. Mientras pensaba en la singularidad de mi destino iba pintarrajeando inadvertidamente con un pincel lleno de brea los bordes de un ala de trinquete que aparecía cuidadosamente doblada sobre un barril a mi lado. La vela está ahora tendida y los toques irreflexivos del pincel se despliegan formando la palabra "descubrimiento".

***

En este último tiempo he hecho muchas observaciones sobre la estructura del navío. Aunque bien armado, no me parece que se trate de un barco de guerra. Sus jarcias, construcción y equipo contradicen una suposición semejante. Puedo percibir fácilmente lo que el barco *no es;* me temo que no puedo decir lo que *es.* No sé cómo, pero al escrutar su extraño modelo y su tipo de mástiles, su enorme tamaño y su extraordinario velamen, su proa severamente sencilla y su anticuada popa, por momentos cruza por mi mente una sensación de cosas familiares; y con esa imprecisa sombra de recuerdo se mezcla siempre una inexplicable remembranza de antiguas crónicas extranjeras y de edades remotas.

Estuve mirando el maderamen del navío. Está construido con un material que desconozco. Hay en la madera algo extraño que me da la impresión de que no se aplica al propósito a que ha sido destinada. Aludo a su extrema *porosidad,* que no tiene nada que ver con los daños causados por los gusanos, lo cual es consecuencia de la navegación en estos mares, y con la podredumbre resultante de su edad. Parecerá quizá que esta observación es excesivamente curiosa, pero dicha madera tendría todas las carácterísticas del roble español, si el roble español fuera dilatado por medios artificiales.

Al leer la frase que antecede viene a mi recuerdo un extraño dicho de un viejo lobo de mar holandés: «Tan seguro es —afirmaba siempre que alguien ponía en duda su veracidad— como que hay un mar donde los barcos crecen como el cuerpo viviente de un marino.»

Hace unas horas me mostré lo bastante osado como para mezclarme con un grupo de tripulantes. No me prestaron la menor atención y, aunque me hallaba en medio de ellos, no dieron ninguna señal de haber reparado en mi presencia. Al igual que el primero que había visto en la cala, todos mostraban señales de una avanzada edad. Sus rodillas achacosas temblaban, sus hombros se doblaban de decrepitud, su piel arrugada temblaba bajo el viento; hablaban con voces bajas, trémulas, quebradas; en sus ojos brillaba el humor de la vejez y sus grises cabellos se agitaban terriblemente en la tempestad. Alrededor, en toda la cubierta, yacían esparcidos instrumentos matemáticos de la más extraña y anticuada construcción.

Mencioné hace algún tiempo que un ala del trinquete había sido izada. Desde ese momento, arrebatado por el viento el navío ha seguido su aterradora carrera hacia el sud, con todo el trapo desplegado desde la punta de los mástiles hasta los botalones inferiores, hundiendo a cada momento los penoles de las vergas del juanete en el más espantoso infierno de agua que imaginación humana alcance a concebir. Acabo de abandonar el puente, donde me es imposible mantenerme de pie aunque la tripulación no parece experimentar inconveniente alguno. Para mí es un milagro de milagros que nuestra enorme masa no sea tragada de una vez y para siempre. Seguramente estamos destinados a rondar continuamente al borde de la eternidad, sin precipitarnos por fin en el abismo. Pasamos a través de olas mil veces más gigantescas que las que he visto jamás, con la facilidad de una gaviota; las colosales aguas alzan sus cabezas sobre nosotros como demonios de la profundidad, pero son demonios limitados a simples amenazas y a quienes se les ha prohibido destruir. Me siento inclinado a atribuir esta continua sobrevivencia a la única causa natural que puede explicar semejante efecto. Supongo que el barco está sometido a la influencia de alguna poderosa corriente, o de una impetuosa resaca.

∗∗∗

He visto al capitán cara a cara, en su propia cabina; pero, como lo suponía, no me prestó la menor atención. Aunque para un observador casual nada hay en su apariencia que pueda parecer por encima o por debajo de lo humano, un sentimiento de incontenible reverencia y temor se mezcló al asombro con que lo contemplaba. Tiene casi mi estatura, es decir, cinco pies ocho pulgadas. Su cuerpo es proporcionado y sólido, sin ser especialmente robusto ni destacarse en nada. Mas la singularidad de su expresión, la intensa, la asombrosa, la estremecedora evidencia de una vejez tan grande, tan absoluta, dominó mi espíritu con una sensación, con un sentimiento inefable. Aunque poco arrugada, su frente parece soportar el sello de una miríada de años. Sus cabellos grises son crónicas del pasado, y sus ojos, aún más grises, son sibilas del futuro. El piso del camarote estaba cubierto de extraños infolios con broches de hierro, estropeados instrumentos científicos y viejísimas cartas de navegación fuera de uso. El capitán apoyaba la cabeza en las manos, mientras contemplaba con llameantes e inquietos ojos un papel que tomé por una comisión, y que en todo caso ostentaba la firma de un monarca. Murmuraba para sí mismo, como lo había hecho el primer marinero a quien vi en la cala, palabras confusas y malhumoradas en un idioma extranjero, y, aunque estaba a un paso de mí, su voz parecía llegar a mis oídos desde una milla.

El barco y todo lo que contiene está impregnado por el espíritu de la Vejez. La tripulación se desliza de aquí para allá, como los fantasmas de siglos sepultados; sus ojos reflejan un pensar ansioso e intranquilo; y cuando sus dedos se iluminan bajo el extraño resplandor de las linternas de combate, me siento como no me he sentido jamás, aunque durante toda mi vida me interesaron las antigüedades y me saturé con las sombras de rotas columnas en Baalbek, en Tadmor y en Persépolis, hasta que mi propia alma se convirtió en una ruina.

Al mirar en torno, me avergüenzo de mis anteriores aprensiones. Si temblé ante el huracán que nos ha perseguido hasta ahora, ¿cómo no quedar transido de horror frente al asalto de un viento y un océano para los cuales las palabras tornado y tempestad resultan triviales e ineficaces? En la vecindad inmediata del navío reina la tiniebla de la noche eterna y un caos de agua sin espuma; pero a una legua, a cada lado, alcanzan a verse a intervalos y borrosamente, gigantescas murallas de hielo que se alzan hasta el desolado cielo y que parecen las paredes del universo.

Tal como imaginaba, no hay duda de que el navío está en una corriente —si cabe dar semejante nombre a una marea que, aullando y clamando entre las paredes de blanco hielo, corre hacia el sud con la resonancia de un trueno y la velocidad de una catarata cayendo a pico.

Supongo que es absolutamente imposible concebir el horror de mis sensaciones; sin embargo, sobre mi desesperación predomina la curiosidad de penetrar en los misterios de estas horribles regiones, y me reconcilia con la más atroz apariencia de la muerte. Es evidente que nos precipitamos hacia algún apasionante descubrimiento, un secreto incomunicable cuyo conocimiento entraña la destrucción. Quizá esta corriente nos lleva hacia el polo Sur mismo. Preciso es confesar que una suposición tan desorbitada en apariencia tiene todas las probabilidades a su favor.

La tripulación recorre el puente con pasos inquietos y vacilantes; pero noto en sus fisonomías una expresión donde el ardor de la esperanza sobrepasa la apatía de la desesperación.

El viento sigue, entretanto, de popa, y como llevamos desplegadas todas las velas, hay momentos en que el barco se ve levantado sobre el mar. ¡Oh, horror de horrores! ¡El hielo acaba de abrirse a la derecha y a la izquierda, y estamos girando vertiginosamente, en inmensos círculos concéntricos, bordeando un gigantesco anfiteatro, cuyas paredes se pierden hacia arriba en la oscuridad y la distancia! ¡Pero poco tiempo me queda para pensar en mi destino! Los círculos se están reduciendo rápidamente..., nos precipitarnos en el torbellino... y entre el rugir, el aullar y el tronar del océano y la tempestad el barco se estremece... ¡oh, Dios..., y se hunde!...

EL GATO NEGRO

No espero ni pido que alguien crea en el extraño aunque simple relato que me dispongo a escribir. Loco estaría si lo esperara, cuando mis sentidos rechazan su propia evidencia. Pero no estoy loco y sé muy bien que esto no es un sueño. Mañana voy a morir y quisiera aliviar hoy mi alma. Mi propósito inmediato consiste en poner de manifiesto, simple, sucintamente y sin comentarios, una serie de episodios domésticos. Las consecuencias de esos episodios me han aterrorizado, me han torturado y, por fin, me han destruido. Pero no intentaré explicarlos. Si para mí han sido horribles, para otros resultarán menos espantosos que *baroques*. Más adelante, tal vez, aparecerá alguien cuya inteligencia reduzca mis fantasmas a lugares comunes; una inteligencia más serena, más lógica y mucho menos excitable que la mía, capaz de ver en las circunstancias que temerosamente describiré, una vulgar sucesión de causas y efectos naturales.

Desde la infancia me destaqué por la docilidad y bondad de mi carácter. La ternura que abrigaba mi corazón era tan grande que llegaba a convertirme en objeto de burla para mis compañeros. Me gustaban especialmente los animales, y mis padres me permitían tener una gran variedad. Pasaba a su lado la mayor parte del tiempo, y jamás me sentía más feliz que cuando les daba de comer y los acariciaba. Este rasgo de mi carácter creció conmigo y, cuando llegué a la virilidad, se convirtió en una de mis principales fuentes de placer. Aquellos que alguna vez han experimentado cariño hacia un perro fiel y sagaz no necesitan que me moleste en explicarles la naturaleza o la intensidad de la retribución que recibía. Hay algo en el generoso y abnegado amor de un animal que llega directamente al corazón de aquel que con frecuencia ha probado la falsa amistad y la frágil fidelidad del *hombre*.

Me casé joven y tuve la alegría de que mi esposa compartiera mis preferencias. Al observar mi gusto por los animales domésticos, no perdía oportunidad de procurarme los más agradables de entre ellos. Teníamos pájaros, peces de colores, un hermoso perro, conejos, un monito y *un gato*.

Este último era un animal de notable tamaño y hermosura, completamente negro y de una sagacidad asombrosa. Al referirse a su inteligencia, mi mujer, que en el fondo era no poco supersticiosa, aludía con frecuencia a la antigua creencia popular de que todos los gatos negros son brujas metamorfoseadas. No quiero decir que lo creyera seriamente, y sólo menciono la cosa porque acabo de recordarla.

Plutón —tal era el nombre del gato— se había convertido en mi favorito y mi camarada. Sólo yo le daba de comer y él me seguía por todas partes en casa. Me costaba mucho impedir que anduviera tras de mí en la calle.

Nuestra amistad duró así varios años, en el curso de los cuales (enrojezco al confesarlo) mi temperamento y mi carácter se alteraron radicalmente por culpa del demonio. Intemperancia. Día a día me fui volviendo más melancólico, irritable e indiferente hacia los sentimientos ajenos. Llegué, incluso, a hablar descomedidamente a mi mujer y terminé por infligirle violencias personales. Mis favoritos, claro está, sintieron igualmente el cambio de mi carácter. No sólo los descuidaba, sino que llegué a hacerles daño. Hacia *Plutón,* sin embargo, conservé suficiente consideración como para abstenerme de maltratarlo, cosa que hacía con los conejos, el mono y hasta el perro cuando, por casualidad o movidos por el afecto, se cruzaban en mi camino. Mi enfermedad, empero, se agravaba —pues, ¿qué enfermedad es comparable al alcohol?—, y finalmente el mismo *Plutón,* que ya estaba viejo y, por tanto, algo enojadizo, empezó a sufrir las consecuencias de mi mal humor.

Una noche en que volvía a casa completamente embriagado, después de una de mis correrías por la ciudad, me pareció que el gato evitaba mi presencia. Lo alcé en brazos, pero, asustado por mi violencia, me mordió ligeramente en la mano. Al punto se apoderó de mí una furia demoniaca y ya no supe lo que hacía. Fue como si la raíz de mi alma se separara de golpe de mi cuerpo; una maldad más que diabólica, alimentada por la ginebra, estremeció cada fibra de mi ser. Sacando del bolsillo del chaleco un cortaplumas, lo abrí mientras sujetaba al pobre animal por el pescuezo y, deliberadamente, le hice saltar un ojo. Enrojezco, me abraso, tiemblo mientras escribo tan condenable atrocidad.

Cuando la razón retornó con la mañana, cuando hube disipado en el sueño los vapores de la orgía nocturna, sentí que el horror se mezclaba con el remordimiento ante el crimen cometido; pero mi sentimiento era débil y ambiguo, no alcanzaba a interesar al alma. Una vez más me hundí en los excesos y muy pronto ahogué en vino los recuerdos de lo sucedido.

El gato, entretanto, mejoraba poco a poco. Cierto que la órbita donde faltaba el ojo presentaba un horrible aspecto, pero el animal no parecía sufrir ya. Se paseaba, como de costumbre, por la casa, aunque, como es de imaginar, huía aterrorizado al verme. Me quedaba aún bastante de mi antigua manera de ser para sentirme agraviado por la evidente antipatía de un animal que alguna vez me ha querido tanto. Pero ese sentimiento no tardó en ceder paso a la irritación. Y entonces, para mi caída final e irrevocable, se presentó el espíritu de la PERVERSIDAD. La filosofía no tiene en cuenta a este espíritu; y, sin embargo, tan seguro estoy de que mi alma existe como de que la perversidad es uno de los impulsos primordiales del corazón humano, una de las facultades primarias indivisibles, uno de esos sentimientos que dirigen el carácter del hombre. ¿Quién no se ha sorprendido a sí mismo cien veces en momentos en que cometía una acción tonta o malvada por la simple razón de que *no debía* cometerla? ¿No hay en nosotros una tendencia permanente, que enfrenta descaradamente al buen sentido, una tendencia a transgredir lo que constituye *la Ley* por el solo hecho de serlo? Este espíritu de perversidad se presentó, como he dicho, en mi caída final. Y el insondable anhelo que tenía mi alma de *vejarse a sí misma,* de violentar su propia naturaleza, de hacer mal por el mal mismo, me incitó a continuar y, finalmente, a consumar el suplicio que había infligido a la inocente bestia. Una mañana, obrando a sangre fría, le pasé un lazo por el pescuezo y lo ahorqué en la rama de un árbol; lo ahorqué mientras las lágrimas manaban de mis ojos y el más amargo remordimiento me apretaba el corazón; lo ahorqué *porque* recordaba que me había querido y *porque* estaba seguro de que no me había dado motivo para matarlo; lo *ahorqué porque* sabía que, al hacerlo, cometía un pecado, un pecado mortal que comprometería mi alma hasta llevarla —si ello fuera posible— más allá del alcance de la infinita misericordia del Dios más misericordioso y más terrible.

La noche de aquel mismo día en que cometí tan cruel acción me despertaron gritos de: "¡Incendio!". Las cortinas de mi cama eran una llama viva y toda la casa estaba ardiendo. Con gran dificultad pudimos escapar de la conflagración mi mujer, un sirviente y yo. Todo quedó destruido. Mis bienes terrenales se perdieron y desde ese momento tuve que resignarme a la desesperanza.

No incurriré en la debilidad de establecer una relación de causa y efecto entre el desastre y mi criminal acción. Pero estoy detallando una cadena de hechos y no quiero dejar ningún eslabón incompleto. Al día siguiente del incendio acudí a visitar las ruinas. Salvo una, las paredes se habían desplomado. La que quedaba en pie era un tabique divisorio de poco espesor, situado en el centro de la casa, y contra el cual se apoyaba antes la cabecera de mi lecho. El enlucido había quedado a salvo de la acción del fuego, cosa que atribuí a su reciente aplicación. Una densa muchedumbre habíase reunido frente a la pared y varias personas parecían examinar parte de la misma con gran atención y detalle. Las palabras "¡extraño!, ¡curioso!" y otras similares excitaron mi curiosidad. Al aproximarme vi que en la blanca superficie, grabada como un bajorrelieve, aparecía la imagen de un gigantesco *gato*. El contorno tenía una nitidez verdaderamente maravillosa. Había una soga alrededor del pescuezo del animal.

Al descubrir esta aparición —ya que no podía considerarla otra cosa— me sentí dominado por el asombro y el terror. Pero la reflexión vino luego en mi ayuda. Recordé que había ahorcado al gato en un jardín contiguo a la casa. Al producirse la alarma del incendio, la multitud había invadido inmediatamente el jardín: alguien debió de cortar la soga y tirar al gato en mi habitación por la ventana abierta. Sin duda, habían tratado de despertarme en esa forma. Probablemente la caída de las paredes comprimió a la víctima de mi crueldad contra el enlucido recién aplicado, cuya cal, junto con la acción de las llamas y el amoniaco del cadáver, produjo la imagen que acababa de ver.

Si bien en esta forma quedó satisfecha mi razón, ya que no mi conciencia, sobre el extraño episodio, lo ocurrido impresionó profundamente mi imaginación. Durante muchos meses no pude librarme del fantasma del gato, y en todo ese tiempo dominó mi espíritu un sentimiento informe que se parecía, sin serlo, al remordimiento. Llegué al punto de lamentar la pérdida del animal y buscar, en los viles antros que habitualmente frecuentaba, algún otro de la misma especie y apariencia que pudiera ocupar su lugar.

Una noche en que, borracho a medias, me hallaba en una taberna más que infame, reclamó mi atención algo negro posado sobre uno de los enormes toneles de ginebra que constituían el principal moblaje del lugar. Durante algunos minutos había estado mirando dicho tonel y me sorprendió no haber advertido antes la presencia de la mancha negra en lo alto. Me aproximé y la toqué con la mano. Era una gato negro muy grande, tan grande como *Plutón* y absolutamente igual a éste, salvo un detalle: *Plutón* no tenía el menor pelo blanco en el cuerpo, mientras este gato mostraba una vasta aunque indefinida mancha blanca que le cubría casi todo el pecho.

Al sentirse acariciado se enderezó prontamente, ronroneando con fuerza, se frotó contra mi mano y pareció encantado de mis atenciones. Acababa, pues, de encontrar el animal que precisamente andaba buscando. De inmediato, propuse su compra al tabernero, pero me contestó que el animal no era suyo y que jamás lo había visto antes ni sabía nada de él.

Continué acariciando al gato y, cuando me disponía a volver a casa, el animal pareció dispuesto a acompañarme. Le permití que lo hiciera, deteniéndome una y otra vez para inclinarme y acariciarlo. Cuando estuvo en casa, se acostumbró a ella de inmediato y se convirtió en el gran favorito de mi mujer.

Por mi parte, pronto sentí nacer en mí una antipatía hacia aquel animal. Era exactamente lo contrario de lo que había anticipado, pero —sin que pueda decir cómo ni por qué— su marcado cariño por mí me disgustaba y me fatigaba. Gradualmente, el sentimiento de disgusto y fatiga creció hasta alcanzar la amargura del odio. Evitaba encontrarme con el animal; un resto de vergüenza y el recuerdo de mi crueldad de antaño me vedaban maltratarlo. Durante algunas semanas me abstuve de pegarle o de hacerle víctima de cualquier violencia; pero gradualmente —muy gradualmente— llegué a mirarlo con inexpresable odio y a huir en silencio de su detestable presencia, como si fuera una emanación de la peste.

Lo que, sin duda, contribuyó a aumentar mi odio fue descubrir, a la mañana siguiente de haberlo traído a casa, que aquel gato, igual que *Plutón,* era tuerto. Esta circunstancia fue precisamente la que le hizo más grato a mi mujer, quien, como ya dije, poseía en alto grado esos sentimientos humanitarios que alguna vez habían sido mi rasgo distintivo y la fuente de mis placeres más simples y más puros.

El cariño del gato por mí parecía aumentar en el mismo grado que mi aversión. Seguía mis pasos con una pertinacia que me costaría hacer entender al lector. Dondequiera que me sentara venía a ovillarse bajo mi silla o saltaba a mis rodillas, prodigándome sus odiosas caricias. Si echaba a caminar, se metía entre mis pies, amenazando con hacerme caer, o bien clavaba sus largas y afiladas uñas en mis ropas, para poder trepar hasta mi pecho. En esos momentos, aunque ansiaba aniquilarlo de un solo golpe, me sentía paralizado por el recuerdo de mi primer crimen, pero sobre todo —quiero confesarlo ahora mismo— por un espantoso *temor* al animal.

Aquel temor no era precisamente miedo de un mal físico y, sin embargo, me sería imposible definirlo de otra manera. Me siento casi avergonzado de reconocer —sí, aún en esta celda de criminales me siento casi avergonzado de reconocer que el terror, el espanto que aquel animal me inspiraba, era intensificado por una de las más insensatas quimeras que sería dado concebir—. Más de una vez mi mujer me había llamado la atención sobre la forma de la mancha blanca de la cual ya he hablado, y que constituía la única diferencia entre el extraño animal y el que yo había matado. El lector recordará que esta mancha, aunque grande, me había parecido al principio de forma indefinida; pero gradualmente, de manera tan imperceptible que mi razón luchó durante largo tiempo por rechazarla como fantástica, la mancha fue asumiendo un contorno de rigurosa precisión. Representaba ahora algo que me estremezco al nombrar, y por ello odiaba, temía y hubiera querido librarme del monstruo *si hubiese sido capaz de atreverme;* representaba, digo, la imagen de una cosa atroz, siniestra..., ¡la imagen del PATÍBULO! ¡Oh lúgubre y terrible máquina del horror y del crimen, de la agonía y de la muerte!

Me sentí entonces más miserable que todas las miserias humanas. ¡Pensar que una *bestia,* cuyo semejante había yo destruido desdeñosamente, una *bestia* era capaz de producir tan insoportable angustia en un hombre creado a imagen y semejanza de Dios! ¡Ay, ni de día ni de noche pude ya gozar de la bendición del reposo! De día, aquella criatura no me dejaba un instante solo; de noche, despertaba hora a hora de los más horrorosos sueños, para sentir el ardiente aliento de *la cosa* en mi rostro y su terrible peso —pesadilla encarnada de la que no me era posible desprenderme— apoyado eternamente sobre *mi corazón.*

Bajo el agobio de tormentos semejantes, sucumbió en mí lo poco que me quedaba de bueno. Sólo los malos pensamientos disfrutaban ya de mi intimidad; los más tenebrosos, los más perversos pensamientos. La melancolía habitual de mi humor creció hasta convertirse en aborrecimiento de todo lo que me rodeaba y de la entera humanidad; y mi pobre mujer, que de nada se quejaba, llegó a ser la habitual y paciente víctima de los repentinos y frecuentes arrebatos de ciega cólera a que me abandonaba.

Cierto día, para cumplir una tarea doméstica, me acompañó al sótano de la vieja casa donde nuestra pobreza nos obligaba a vivir. El gato me siguió mientras bajaba la empinada escalera y estuvo a punto de tirarme cabeza abajo, lo cual me exasperó hasta la locura. Alzando un hacha y olvidando en mi rabia los pueriles temores que hasta entonces habían detenido mi mano, descargué un golpe que hubiera matado instantáneamente al animal de haberlo alcanzado. Pero la mano de mi mujer detuvo su trayectoria. Entonces, llevado por su intervención a una rabia más que demoniaca, me zafé de su abrazo y le hundí el hacha en la cabeza. Sin un solo quejido, cayó muerta a mis pies.

Cumplido este espantoso asesinato, me entregué al punto y con toda sangre fría a la tarea de ocultar el cadáver. Sabía que era imposible sacarlo de casa, tanto de día como de noche, sin correr el riesgo de que algún vecino me observara. Diversos proyectos cruzaron mi mente. Por un momento pensé en descuartizar el cuerpo y quemar los pedazos. Luego se me ocurrió cavar una tumba en el piso del sótano. Pensé también si no convenía arrojar el cuerpo al pozo del patio o meterlo en un cajón, como si se tratara de una mercadería común, y llamar a un mozo de cordel para que lo retirara de casa. Pero, al fin, di con lo que me pareció el mejor expediente y decidí emparedar el cadáver en el sótano, tal como se dice que los monjes de la Edad Media emparedaban a sus víctimas.

El sótano se adaptaba bien a este propósito. Sus muros eran de material poco resistente y estaban recién revocados con un mortero ordinario, que la humedad de la atmósfera no había dejado endurecer. Además, en una de las paredes se veía la saliencia de una falsa chimenea, la cual había sido rellenada y tratada de manera semejante al resto del sótano. Sin lugar a dudas, sería muy fácil sacar los ladrillos en esa parte, introducir el cadáver y tapar el agujero como antes, de manera que ninguna mirada pudiese descubrir algo sospechoso.

No me equivocaba en mis cálculos. Fácilmente saqué los ladrillos con ayuda de una palanca y, luego de colocar cuidadosamente el cuerpo contra la pared interna, lo mantuve en esa posición mientras aplicaba de nuevo la mampostería en su forma original. Después de procurarme argamasa, arena y cerda, preparé un enlucido que no se distinguía del anterior, y revoqué cuidadosamente el nuevo enladrillado. Concluida la tarea, me sentí seguro de que todo estaba bien. La pared no mostraba la menor señal de haber sido tocada. Había barrido hasta el menor fragmento de material suelto. Miré en torno, triunfante, y me dije: "Aquí, por lo menos, no he trabajado en vano".

Mi paso siguiente consistió en buscar a la bestia causante de tanta desgracia, pues al final me había decidido a matarla. Si en aquel momento el gato hubiera surgido ante mí, su destino habría quedado sellado, pero, por lo visto, el astuto animal, alarmado por la violencia de mi primer acceso de cólera, se cuidaba de aparecer mientras no cambiara mi humor. Imposible describir o imaginar el profundo, el maravilloso alivio que la ausencia de la detestada criatura trajo a mi pecho. No se presentó aquella noche, y así, por primera vez desde su llegada a la casa, pude dormir profunda y tranquilamente, sí, pude *dormir,* aun con el peso del crimen sobre mi alma.

Pasaron el segundo y el tercer día y mi atormentador no volvía. Una vez más respiré como un hombre libre. ¡Aterrado, el monstruo había huido de casa para siempre! ¡Ya no volvería a contemplarlo! Gozaba de una suprema felicidad, y la culpa de mi negra acción me preocupaba muy poco. Se practicaron algunas averiguaciones, a las que no me costó mucho responder. Incluso hubo una perquisición en la casa; pero, naturalmente, no se descubrió nada. Mi tranquilidad futura me parecía asegurada.

Al cuarto día del asesinato, un grupo de policías se presentó inesperadamente y procedió a una nueva y rigurosa inspección. Convencido de que mi escondrijo era impenetrable, no sentí la más leve inquietusted Los oficiales me pidieron que los acompañara en su examen. No dejaron hueco ni rincón sin revisar. Al final, por tercera o cuarta vez, bajaron al sótano. Los seguí sin que me temblara un solo músculo. Mi corazón latía tranquilamente, como el de aquel que duerme en la inocencia. Me paseé de un lado al otro del sótano. Había cruzado los brazos sobre el pecho y andaba tranquilamente de aquí para allá. Los policías estaban completamente satisfechos y se disponían a marcharse. La alegría de mi corazón era demasiado grande para reprimirla. Ardía en deseos de decirles, por lo menos, una palabra como prueba de triunfo y confirmar doblemente mi inocencia.

—Caballeros —dije, por fin, cuando el grupo subía la escalera—, me alegro mucho de haber disipado sus sospechas. Les deseo felicidad y un poco más de cortesía. Dicho sea de paso, caballeros, esta casa está muy bien construida... (En mi frenético deseo de decir alguna cosa con naturalidad, casi no me daba cuenta de mis palabras.) Repito que es una casa de *excelente* construcción. Estas paredes... ¿ya se marchan ustedes, caballeros?... tienen una gran solidez.

Y entonces, arrastrado por mis propias bravatas, golpeé fuertemente con el bastón que llevaba en la mano sobre la pared del enladrillado tras de la cual se hallaba el cadáver de la esposa de mi corazón.

¡Que Dios me proteja y me libre de las garras del archidemonio! Apenas había cesado el eco de mis golpes cuando una voz respondió desde dentro de la tumba. Un quejido, sordo y entrecortado al comienzo, semejante al sollozar de un niño, que luego creció rápidamente hasta convertirse en un largo, agudo y continuo alarido, anormal, como inhumano, un aullido, un clamor de lamentación, mitad de horror, mitad de triunfo, como sólo puede haber brotado en el infierno de la garganta de los condenados en su agonía y de los demonios exultantes en la condenación.

Hablar de lo que pensé en ese momento sería locura. Presa de vértigo, fui tambaleándome hasta la pared opuesta. Por un instante el grupo de hombres en la escalera quedó paralizado por el terror. Luego, una docena de robustos brazos atacaron la pared, que cayó de una pieza. El cadáver, ya muy corrompido y manchado de sangre coagulada, apareció de pie ante los ojos de los espectadores. Sobre su cabeza, con la roja boca abierta y el único ojo como de fuego, estaba agazapada la horrible bestia cuya astucia me había inducido al asesinato, y cuya voz delatora me entregaba al verdugo. ¡Había emparedado al monstruo en la tumba!

EL CORAZÓN DELATOR

¡Es cierto! Siempre he sido nervioso, muy nervioso, terriblemente nervioso. ¿Pero por qué afirman ustedes que estoy loco? La enfermedad había agudizado mis sentidos, en vez de destruirlos o embotarlos. Y mi oído era el más agudo de todos. Oía todo lo que puede oírse en la tierra y en el cielo. Muchas cosas oí en el infierno. ¿Cómo puedo estar loco, entonces? Escuchen... y observen con cuánta cordura, con cuánta tranquilidad les cuento mi historia.

Me es imposible decir cómo aquella idea me entró en la cabeza por primera vez; pero, una vez concebida, me acosó noche y día. Yo no perseguía ningún propósito. Ni tampoco estaba colérico. Quería mucho al viejo. Jamás me había hecho nada malo. Jamás me insultó. Su dinero no me interesaba. Me parece que fue su ojo. ¡Sí, eso fue! Tenía un ojo semejante al de un buitre... Un ojo celeste, y velado por una tela. Cada vez que lo clavaba en mí se me helaba la sangre. Y así, poco a poco, muy gradualmente, me fui decidiendo a matar al viejo y librarme de aquel ojo para siempre.

Presten atención ahora. Ustedes me toman por loco. Pero los locos no saben nada. En cambio... ¡si hubieran podido verme! ¡Si hubieran podido ver con qué habilidad procedí! ¡Con qué cuidado... con qué previsión... con qué disimulo me puse a la obra! Jamás fui más amable con el viejo que la semana antes de matarlo. Todas las noches, hacia las doce, hacía yo girar el picaporte de su puerta y la abría... ¡oh, tan suavemente! Y entonces, cuando la abertura era lo bastante grande para pasar la cabeza, levantaba una linterna sorda, cerrada, completamente cerrada, de manera que no se viera ninguna luz y tras ella pasaba la cabeza. ¡Oh, ustedes se hubieran reído al ver cuan astutamente pasaba la cabeza! La movía lentamente... muy, muy lentamente, a fin de no perturbar el sueño del viejo. Me llevaba una hora entera introducir completamente la cabeza por la abertura de la puerta, hasta verlo tendido en su cama. ¿Eh? ¿Es que un loco hubiera sido tan prudente como yo? Y entonces, cuando tenía la cabeza completamente dentro del cuarto, abría la linterna cautelosamente... ¡oh, tan cautelosamente! Sí, cautelosamente iba abriendo la linterna (pues crujían las bisagras), la iba abriendo lo suficiente para que un solo rayo de luz cayera sobre el ojo de buitre. Y esto lo hice durante siete largas noches... cada noche, a las doce... pero siempre encontré el ojo cerrado, y por eso me era imposible cumplir mi obra, porque no era el viejo quien me irritaba, sino el mal de ojo. Y por la mañana, apenas iniciado el día, entraba sin miedo en su habitación y le hablaba resueltamente, llamándole por su nombre con voz cordial y preguntándole cómo había pasado la noche. Ya ven ustedes que tendría que haber sido un viejo muy astuto para sospechar que todas las noches, justamente a las doce, iba yo a mirarle mientras dormía.

Al llegar la octava noche, procedí con mayor cautela que de costumbre al abrir la puerta. El minutero de un reloj se mueve con más rapidez de lo que se movía mi mano. Jamás, antes de aquella noche, había *sentido* el alcance de mis facultades, de mi sagacidad. Apenas lograba contener mi impresión de triunfo. ¡Pensar que estaba ahí, abriendo poco a poco la puerta, y que él ni siquiera soñaba con mis secretas intenciones o pensamientos! Me reí entre dientes ante esta idea, y quizá me *oyó,* porque le sentí moverse repentinamente en la cama, como si se sobresaltara. Ustedes pensarán que me eché hacia atrás... pero no. Su cuarto estaba tan negro como la pez, ya que el viejo cerraba completamente las persianas por miedo a los ladrones; yo sabía que le era imposible distinguir la abertura de la puerta, y seguí empujando suavemente, suavemente.

Había ya pasado la cabeza y me disponía a abrir la linterna, cuando mi pulgar resbaló en el cierre metálico y el viejo se enderezó en el lecho, gritando:

—¿Quién está ahí?

Permanecí inmóvil, sin decir palabra. Durante una hora entera no moví un solo músculo, y en todo ese tiempo no oí que volviera a tenderse en la cama. Seguía sentado, escuchando... tal como yo lo había hecho, noche tras noche, mientras escuchaba en la pared los taladros cuyo sonido anuncia la muerte.

Oí de pronto un leve quejido, y supe que era el quejido que nace del terror. No expresaba dolor o pena... ¡oh, no! Era el ahogado sonido que brota del fondo del alma cuando el espanto la sobrecoge. Bien conocía yo ese sonido. Muchas noches, justamente a las doce, cuando el mundo entero dormía, surgió de mi pecho, ahondando con su espantoso eco los terrores que me enloquecían. Repito que lo conocía bien. Comprendí lo que estaba sintiendo el viejo y le tuve lástima, aunque me reía en el fondo de mi corazón. Comprendí que había estado despierto desde el primer leve ruido, cuando se movió en la cama. Había tratado de decirse que aquel ruido no era nada, pero sin conseguirlo. Pensaba: «No es más que el viento en la chimenea... o un grillo que chirrió una sola vez.» Sí, había tratado de darse ánimo con esas suposiciones, pero todo era en vano. *Todo era en vano,* porque la Muerte se había aproximado a él, deslizándose furtiva y envolvía a su víctima. Y la fúnebre influencia de aquella sombra imperceptible era la que le movía a sentir —aunque no podía verla ni oírla—, a *sentir* la presencia de mi cabeza dentro de la habitación.

Después de haber esperado largo tiempo, con toda paciencia, sin oír que volviera a acostarse, resolví abrir una pequeña, una pequeñísima ranura en la linterna. Así lo hice — no pueden imaginarse ustedes con qué cuidado, con qué inmenso cuidado—, hasta que un fino rayo de luz, semejante al hilo de la araña, brotó de la ranura y cayó de lleno sobre el ojo de buitre.

Estaba abierto, abierto de par en par... y yo empecé a enfurecerme mientras le miraba. Le vi con toda claridad, de un azul apagado y con aquella horrible tela que me helaba hasta el tuétano. Pero no podía ver nada de la cara o del cuerpo del viejo, pues, como movido por un instinto, había orientado el haz de luz exactamente hacia el punto maldito.

¿No les he dicho ya que lo que toman erradamente por locura es sólo una excesiva agudeza de los sentidos? En aquel momento llegó a mis oídos un resonar apagado y presuroso, como el que podría hacer un reloj envuelto en algodón. Aquel sonido *también* me era familiar. Era el latir del corazón del viejo. Aumentó aún más mi furia, tal como el redoblar de un tambor estimula el coraje de un soldado.

Pero, incluso entonces, me contuve y seguí callado. Apenas sí respiraba. Sostenía la linterna de modo que no se moviera, tratando de mantener con toda la firmeza posible el haz de luz sobre el ojo. Entretanto, el infernal latir del corazón iba en aumento. Se hacía cada vez más rápido, cada vez más fuerte, momento a momento. El espanto del viejo tenía que ser terrible. ¡Cada vez más fuerte, más fuerte! ¿Me siguen ustedes con atención? Les he dicho que soy nervioso. Sí, lo soy. Y ahora, a medianoche, en el terrible silencio de aquella antigua casa, un resonar tan extraño como aquél me llenó de un horror incontrolable. Sin embargo, me contuve todavía algunos minutos y permanecí inmóvil. ¡Pero el latido crecía cada vez más fuerte, más fuerte! Me pareció que aquel corazón iba a estallar. Y una nueva ansiedad se apoderó de mí... ¡Algún vecino podía escuchar aquel sonido! ¡La hora del viejo había sonado! Lanzando un alarido, abrí del todo la linterna y me precipité en la habitación. El viejo clamó una vez... nada más que una vez. Me bastó un segundo para arrojarle al suelo y echarle encima el pesado colchón. Sonreí alegremente al ver lo fácil que me había resultado todo. Pero, durante varios minutos, el corazón siguió latiendo con un sonido ahogado. Claro que no me preocupaba, pues nadie podría escucharlo a través de las paredes. Cesó, por fin, de latir. El viejo había muerto.

Levanté el colchón y examiné el cadáver. Sí, estaba muerto, completamente muerto. Apoyé la mano sobre el corazón y la mantuve así largo tiempo. No se sentía el menor latido. El viejo estaba bien muerto. Su ojo no volvería a molestarme.

Si ustedes continúan tomándome por loco dejarán de hacerlo cuando les describa las astutas precauciones que adopté para esconder el cadáver. La noche avanzaba, mientras yo cumplía mi trabajo con rapidez, pero en silencio. Ante todo descuarticé el cadáver. Le corté la cabeza, brazos y piernas.

Levanté luego tres planchas del piso de la habitación y escondí los restos en el hueco. Volví a colocar los tablones con tanta habilidad que ningún ojo humano —ni siquiera el suyo— hubiera podido advertir la menor diferencia. No había nada que lavar... ninguna mancha... ningún rastro de sangre. Yo era demasiado precavido para eso. Una cuba había recogido todo... ¡ja, ja!

Cuando hube terminado mi tarea eran las cuatro de la madrugada, pero seguía tan oscuro como a medianoche. En momentos en que se oían las campanadas de la hora, golpearon a la puerta de la calle. Acudí a abrir con toda tranquilidad, pues ¿qué podía temer *ahora?*

Hallé a tres caballeros, que se presentaron muy civilmente como oficiales de policía. Durante la noche, un vecino había escuchado un alarido, por lo cual se sospechaba la posibilidad de algún atentado. Al recibir este informe en el puesto de policía, habían comisionado a los tres agentes para que registraran el lugar.

Sonreí, pues... ¿que tenía que temer? Di la bienvenida a los oficiales y les expliqué que yo había lanzado aquel grito durante una pesadilla. Les hice saber que el viejo se había ausentado a la campaña. Llevé a los visitantes a recorrer la casa y los invité a que revisaran, a que revisaran *bien.* Finalmente, acabé conduciéndolos a la habitación del muerto. Les mostré sus caudales intactos y cómo cada cosa se hallaba en su lugar. En el entusiasmo de mis confidencias traje sillas a la habitación y pedí a los tres caballeros que descansaran *allí* de su fatiga, mientras yo mismo, con la audacia de mi perfecto triunfo, colocaba mi silla en el exacto punto bajo el cual reposaba el cadáver de mi víctima.

Los oficiales se sentían satisfechos. Mis modales los habían convencido. Por mi parte, me hallaba perfectamente cómodo. Sentáronse y hablaron de cosas comunes, mientras yo les contestaba con animación.

Mas, al cabo de un rato, empecé a notar que me ponía pálido y deseé que se marcharan.

Me dolía la cabeza y creía percibir un zumbido en los oídos; pero los policías continuaban sentados y charlando. El zumbido se hizo más intenso; seguía resonando y era cada vez más intenso. Hablé en voz muy alta para librarme de esa sensación, pero continuaba lo mismo y se iba haciendo cada vez más clara... hasta que, al fin, me di cuenta de que aquel sonido no se producía *dentro* de mis oídos.

Sin duda, debí de ponerme muy pálido, pero seguí hablando con creciente soltura y levantando mucho la voz. Empero, el sonido aumentaba... ¿y qué podía yo? Era *un resonar apagado y presuroso..., un sonido como el que podría hacer un reloj envuelto en algodón*. Yo jadeaba, tratando de recobrar el aliento, y, sin embargo, los policías no habían oído nada. Hablé con mayor rapidez, con vehemencia, pero el sonido crecía continuamente. Me puse en pie y discutí sobre insignificancias en voz muy alta y con violentas gesticulaciones; pero el sonido crecía continuamente. ¿Por qué *no se iban?* Anduve de un lado a otro, a grandes pasos, como si las observaciones de aquellos hombres me enfurecieran; pero el sonido crecía continuamente. ¡Oh, Dios! ¿Qué podía *hacer yo?* Lancé espumarajos de rabia... maldije... juré... Balanceando la silla sobre la cual me había sentado, raspé con ella las tablas del piso, pero el sonido sobrepujaba todos los otros y crecía sin cesar. ¡Más alto... más alto... *más alto!* Y entretanto los hombres seguían charlando plácidamente y sonriendo. ¿Era posible que no oyeran? ¡Santo Dios! ¡No, no! ¡Claro que oían y que sospechaban! *¡Sabían... y* se estaban burlando de mi horror! ¡Sí, así lo pensé y así lo pienso hoy! ¡Pero cualquier cosa era preferible a aquella agonía! ¡Cualquier cosa sería más tolerable que aquel escarnio! ¡No podía soportar más tiempo sus sonrisas hipócritas! ¡Sentí que tenía que gritar o morir, y entonces... otra vez... escuchen... más fuerte... más fuerte... más fuerte... *más fuerte!*

—¡Basta ya de fingir, malvados! —aullé—. ¡Confieso que lo maté! ¡Levanten esos tablones! ¡Ahí... ahí! ¡Donde está latiendo su horrible corazón!

EL DEMONIO DE LA PERVERSIDAD

En la consideración de las facultades e impulsos de los *prima mobilia* del alma humana los frenólogos han olvidado una tendencia que, aunque evidentemente existe como un sentimiento radical, primitivo, irreductible, los moralistas que los precedieron también habían pasado por alto. Con la perfecta arrogancia de la razón, todos la hemos pasado por alto. Hemos permitido que su existencia escapara a nuestro conocimiento tan sólo por falta de creencia, de fe, sea fe en la Revelación o fe en la Cábala. Nunca se nos ha ocurrido pensar en ella, simplemente por su gratuidad. No creímos que esa tendencia tuviera necesidad de un impulso. No podíamos percibir su necesidad. No podíamos entender, es decir, aunque la noción de este *primum mobile* se hubiese introducido por sí misma, no podíamos entender de qué modo era capaz de actuar para mover las cosas humanas, ya temporales, ya eternas. No es posible negar que la frenología, y en gran medida toda la metafísica, han sido elaboradas *a priori*.

El metafísico y el lógico, más que el hombre que piensa o el que observa, se ponen a imaginar designios de Dios, a dictarle propósitos. Habiendo sondeado de esta manera, a gusto, las intenciones de Jehová, construyen sobre estas intenciones sus innumerables sistemas mentales. En materia de frenología, por ejemplo, hemos determinado, primero (por lo demás era bastante natural hacerlo), que entre los designios de la Divinidad se contaba el de que el hombre comiera. Asignamos, pues, a éste un órgano de la *alimentividad* para alimentarse, y este órgano es el acicate con el cual la Deidad fuerza al hombre, quieras que no, a comer. En segundo lugar, habiendo decidido que la voluntad de Dios quiere que el hombre propague la especie, descubrimos inmediatamente un órgano de la *amatividad*. Y lo mismo hicimos con la combatividad, la idealidad, la casualidad, la constructividad, en una palabra, con todos los órganos que representaran una tendencia, un sentimiento moral o una facultad del puro intelecto. Y en este ordenamiento de los principios de la acción humana, los spurzheimistas, con razón o sin ella, en parte o en su totalidad, no han hecho sino seguir en principio los pasos de sus predecesores, deduciendo y estableciendo cada cosa a partir del destino preconcebido del hombre y tomando como fundamento los propósitos de su Creador.

Hubiera sido más prudente, hubiera sido más seguro fundar nuestra clasificación (puesto que debemos hacerla) en lo que el hombre habitual u ocasionalmente hace, y en lo que siempre hace ocasionalmente, en cambio de fundarla en la hipótesis de lo que Dios pretende obligarle a hacer. Si no podemos comprender a Dios en sus obras visibles, ¿cómo lo comprenderíamos en los inconcebibles pensamientos que dan vida a sus obras? Si no podemos entenderlo en sus criaturas objetivas, ¿cómo hemos de comprenderlo en sus tendencias esenciales y en las fases de la creación?

La inducción *a posteriori* hubiera llevado a la frenología a admitir, como principio innato y primitivo de la acción humana, algo paradójico que podemos llamar *perversidad* a falta de un término más carácterístico. En el sentido que le doy es, en realidad, un *móvil* sin motivo, un motivo no motivado. Bajo sus incitaciones actuamos sin objeto comprensible, o, si esto se considera una contradicción en los términos, podemos llegar a modificar la proposición y decir que bajo sus incitaciones actuamos por la razón de que no deberíamos actuar. En teoría ninguna razón puede ser más irrazonable; pero, de hecho, no hay ninguna más fuerte. Para ciertos espíritus, en ciertas condiciones llega a ser absolutamente irresistible. Tan seguro como que respiro sé que en la seguridad de la equivocación o el error de una acción cualquiera reside con frecuencia la *fuerza* irresistible, la única que nos impele a su prosecución. Esta invencible tendencia a hacer el mal por el mal mismo no admitirá análisis o resolución en ulteriores elementos. Es un impulso radical, primitivo, elemental. Se dirá, lo sé, que cuando persistimos en nuestros actos porque sabemos que no deberíamos hacerlo, nuestra conducta no es sino una modificación de la que comúnmente provoca la *combatividad* de la frenología. Pero una mirada mostrará la falacia de esta idea. La *combatividad,* a la cual se refiere la frenología, tiene por esencia la necesidad de autodefensa. Es nuestra salvaguardia contra todo daño. Su principio concierne a nuestro bienestar, y así el deseo de estar bien es excitado al mismo tiempo que su desarrollo. Se sigue que el deseo de estar bien debe ser excitado al mismo tiempo por algún principio que será una simple modificación de la combatividad, pero en el caso de esto que llamamos perversidad el deseo de estar bien no sólo no se manifiesta, sino que existe un sentimiento fuertemente antagónico.

Si se apela al propio corazón, se hallará, después de todo, la mejor réplica a la sofistería que acaba de señalarse. Nadie que consulte con sinceridad su alma y la someta a todas las preguntas estará dispuesto a negar que esa tendencia es absolutamente radical. No es más incomprensible que carácterística. No hay hombre viviente a quien en algún período no lo haya atormentado, por ejemplo, un vehemente deseo de torturar a su interlocutor con circunloquios. El que habla advierte el desagrado que causa; tiene toda la intención de agradar; por lo demás, es breve, preciso y claro; el lenguaje más lacónico y más luminoso lucha por brotar de su boca; sólo con dificultad refrena su curso; teme y lamenta la cólera de aquel a quien se dirige; sin embargo, se le ocurre la idea de que puede engendrar esa cólera con ciertos incisos y ciertos paréntesis. Este solo pensamiento es suficiente. El impulso crece hasta el deseo, el deseo hasta el anhelo, el anhelo hasta un ansia incontrolable y el ansia (con gran pesar y mortificación del que habla y desafiando todas las consecuencias) es consentida.

Tenemos ante nosotros una tarea que debe ser cumplida velozmente. Sabemos que la demora será ruinosa. La crisis más importante de nuestra vida exige, a grandes voces, energía y acción inmediatas. Ardemos, nos consumimos de ansiedad por comenzar la tarea, y en la anticipación de su magnífico resultado nuestra alma se enardece. Debe, tiene que ser emprendida hoy y, sin embargo, la dejamos para mañana; y ¿por qué? No hay respuesta, salvo que sentimos esa actitud *perversa,* usando la palabra sin comprensión del principio. El día siguiente llega, y con él una ansiedad más impaciente por cumplir con nuestro deber, pero con este verdadero aumento de ansiedad llega también un indecible anhelo de postergación realmente espantosa por lo insondable. Este anhelo cobra fuerzas a medida que pasa el tiempo. La última hora para la acción está al alcance de nuestra mano. Nos estremece la violencia del conflicto interior, de lo definido con lo indefinido, de la sustancia con la sombra. Pero si la contienda ha llegado tan lejos, la sombra es la que vence, luchamos en vano. Suena la hora y doblan a muerto por nuestra felicidad. Al mismo tiempo es el canto del gallo para el fantasma que nos había atemorizado. Vuela, desaparece, somos libres. La antigua energía retorna. Trabajaremos *ahora.* ¡Ay, es *demasiado tarde!*

Estamos al borde de un precipicio. Miramos el abismo, sentimos malestar y vértigo. Nuestro primer impulso es retroceder ante el peligro. Inexplicablemente, nos quedamos. En lenta graduación, nuestro malestar y nuestro vértigo se confunden en una nube de sentimientos inefables. Por grados aún más imperceptibles esta nube cobra forma, como el vapor de la botella de donde surgió el genio en *Las mil y una noches.*

Pero en esa nube *nuestra* al borde del precipicio, adquiere consistencia una forma mucho más terrible que cualquier genio o demonio de leyenda, y, sin embargo, es sólo un pensamiento, aunque temible, de esos que hielan hasta la médula de los huesos con la feroz delicia de su horror. Es simplemente la idea de lo que serían nuestras sensaciones durante la veloz caída desde semejante altura. Y esta caída, esta fulminante aniquilación, por la simple razón de que implica la más espantosa y la más abominable entre las más espantosas y abominables imágenes de la muerte y el sufrimiento que jamás se hayan presentado a nuestra imaginación, por esta simple razón la deseamos con más fuerza. Y porque nuestra razón nos aparta violentamente del abismo, *por eso* nos acercamos a él con más ímpetu. No hay en la naturaleza pasión de una impaciencia tan demoniaca como la del que, estremecido al borde de un precipicio, piensa arrojarse en él. Aceptar por un instante cualquier atisbo de pensamiento significa la perdición inevitable, pues la reflexión no hace sino apremiarnos para que no lo hagamos, y justamente por eso, digo, no podemos hacerlo. Si no hay allí un brazo amigo que nos detenga, o si fallamos en el súbito esfuerzo de echarnos atrás, nos arrojamos, nos destruimos.

Examinemos estas acciones y otras similares: encontraremos que resultan sólo del espíritu *de perversidad*. Las perpetramos simplemente porque sentimos que *no deberíamos* hacerlo. Más acá o más allá de esto no hay principio inteligible, y podríamos en verdad considerar su perversidad como una instigación directa del demonio si no supiéramos que a veces actúa en fomento del bien.

He hablado tanto que en cierta medida puedo responder a vuestra pregunta, puedo explicaros por qué estoy aquí, puedo mostraros algo que tendrá por lo menos una débil apariencia de justificación de estos grillos y esta celda de condenado que ocupo. Si no hubiera sido tan prolijo, o no me hubierais comprendído, o, como la chusma, me hubierais considerado loco. Ahora advertiréis fácilmente que soy una de las innumerables víctimas del demonio de la perversidad.

Es imposible que acción alguna haya sido preparada con más perfecta deliberación. Semanas, meses enteros medité en los medios del asesinato. Rechacé mil planes porque su realización implicaba una *chance* de ser descubierto. Por fin, leyendo algunas memorias francesas, encontré el relato de una enfermedad casi fatal sobrevenida a madame Pilau por obra de una vela accidentalmente envenenada. La idea impresionó de inmediato mi imaginación. Sabía que mi víctima tenía la costumbre de leer en la cama. Sabía también que su habitación era pequeña y mal ventilada. Pero no necesito fatigaros con detalles impertinentes. No necesito describir los fáciles artificios mediante los cuales sustituí, en el candelero de su dormitorio, la vela que allí encontré por otra de mi fabricación. A la mañana siguiente lo hallaron muerto en su lecho, y el veredicto del *coroner* fue: «Muerto por la voluntad de Dios.»

Heredé su fortuna y todo anduvo bien durante varios años. Ni una sola vez cruzó por mi cerebro la idea de ser descubierto. Yo mismo hice desaparecer los restos de la bujía fatal. No dejé huella de una pista por la cual fuera posible acusarme o siquiera hacerme sospechoso del crimen. Es inconcebible el magnífico sentimiento de satisfacción que nacía en mi pecho cuando reflexionaba en mi absoluta seguridad. Durante un período muy largo me acostumbré a deleitarme en este sentimiento. Me proporcionaba un placer más real que las ventajas simplemente materiales derivadas de mi crimen. Pero le sucedió, por fin, una época en que el sentimiento agradable llegó, en gradación casi imperceptible, a convertirse en una idea obsesiva, torturante. Torturante por lo obsesiva. Apenas podía librarme de ella por momentos. Es harto común que nos fastidie el oído, o más bien la memoria, el machacón estribillo de una canción vulgar o algunos compases triviales de una ópera. El martirio no sería menor si la canción en sí misma fuera buena o el aria de ópera meritoria. Así es como, al fin, me descubría permanentemente pensando en mi seguridad y repitiendo en voz baja la frase: «Estoy a salvo».

Un día, mientras vagabundeaba por las calles, me sorprendí en el momento de murmurar, casi en voz alta, las palabras acostumbradas. En un acceso de petulancia les di esta nueva forma: «Estoy a salvo, estoy a salvo si no soy lo bastante tonto para confesar abiertamente.»

No bien pronuncié estas palabras, sentí que un frío de hielo penetraba hasta mi corazón. Tenía ya alguna experiencia de estos accesos de perversidad (cuya naturaleza he explicado no sin cierto esfuerzo) y recordaba que en ningún caso había resistido con éxito sus embates. Y ahora, la casual insinuación de que podía ser lo bastante tonto para confesar el asesinato del cual era culpable se enfrentaba conmigo como la verdadera sombra de mi asesinado y me llamaba a la muerte.

Al principio hice un esfuerzo para sacudir esta pesadilla de mi alma. Caminé vigorosamente, más rápido, cada vez más rápido, para terminar corriendo. Sentía un deseo enloquecedor de gritar con todas mis fuerzas. Cada ola sucesiva de mi pensamiento me abrumaba de terror, pues, ay, yo sabía bien, demasiado bien, que *pensar,* en mi situación, era estar perdido. Aceleré aún más el paso. Salté como un loco por las calles atestadas. Al fin, el populacho se alarmó y me persiguió. Sentí *entonces* la consumación de mi destino. Si hubiera podido arrancarme la lengua, lo habría hecho, pero una voz ruda resonó en mis oídos, una mano más ruda me aferró por el hombro. Me volví, abrí la boca para respirar. Por un momento experimenté todas las angustias del ahogo: estaba ciego, sordo, aturdido; y entonces algún demonio invisible —pensé— me golpeó con su ancha palma en la espalda. El secreto, largo tiempo prisionero, irrumpió de mi alma.

Dicen que hablé con una articulación clara, pero con marcado énfasis y apasionada prisa, como si temiera una interrupción antes de concluir las breves pero densas frases que me entregaban al verdugo y al infierno.

Después de relatar todo lo necesario para la plena acusación judicial, caí por tierra desmayado.

Pero, ¿para qué diré más? ¡Hoy tengo estas cadenas y estoy *aquí!* ¡Mañana estaré libre! *Pero, ¿dónde?*

EL ENTIERRO PREMATURO

Hay ciertos temas de interés absorbente, pero demasiado horribles para ser objeto de una obra de ficción. El mero escritor romántico debe evitarlos si no desea ofender o desagradar. Sólo se los usa con propiedad cuando lo severo y lo majestuoso de la verdad los santifican y los sostienen. Nos estremecemos con el más intenso de los «dolores agradables» ante los relatos del paso del Beresina, del terremoto de Lisboa, de la peste de Londres y de la matanza de San Bartolomé, o la asfixia de los ciento veintitrés prisioneros en el Pozo Negro de Calcuta. Pero en estos relatos lo excitante es el hecho, la realidad, la historia. Como invenciones nos inspirarían simple aversión.

He mencionado algunas de las más destacadas y augustas calamidades que registra la historia; pero en ellas el alcance, no menos que el carácter de la calamidad, es lo que con tanta vivacidad impresiona la imaginación. No necesito recordar al lector que, del largo y horripilante catálogo de miserias humanas, podría haber elegido muchos ejemplos individuales más llenos de sufrimiento esencial que cualquiera de estos vastos desastres generales. La verdadera desgracia, el infortunio por esencia, es particular, no difuso. ¡Agradezcamos a Dios misericordioso que los horribles extremos de agonía sean soportados por el hombre solo y nunca por el hombre en masa!

Ser enterrado vivo es, fuera de toda discusión, el más terrible de los extremos que jamás haya caído en suerte al simple mortal. Que ha caído con frecuencia, con mucha frecuencia, nadie capaz de pensar lo negará. Los límites que separan la Vida de la Muerte son, en el mejor de los casos, vagos e indefinidos. ¿Quién puede decir dónde termina una y dónde empieza la otra? Sabemos que hay enfermedades en las cuales se produce una cesación total de las funciones aparentes de la vida, y, sin embargo, esa cesación es una simple suspensión para darle su justo nombre. Hay tan sólo pausas temporarias en el incomprensible mecanismo. Transcurrido cierto período, algún misterioso principio oculto pone de nuevo en movimiento los mágicos piñones y las ruedas de hechicería. La cuerda de plata no estaba suelta para siempre, ni irreparablemente roto el vaso de oro. Pero, entretanto, ¿dónde se hallaba el alma?

Sin embargo, fuera de la inevitable conclusión *a priori* de que tales causas deben producir tales efectos, de que los bien conocidos casos de vida en suspenso deben provocar naturalmente, una y otra vez, prematuros entierros, fuera de esta consideración tenemos el testimonio directo de la experiencia médica y vulgar para probar que realmente un gran número de estas inhumaciones se lleva a cabo. Yo podría referir de inmediato, si fuera necesario, cien ejemplos bien probados. Uno de carácterísticas muy notables, y cuyas circunstancias quizá se conserven frescas todavía en la memoria de algunos de mis lectores, aconteció no hace mucho en la vecina ciudad de Baltimore, donde provocó una penosa, intensa y dilatada conmoción. La mujer de uno de los más respetables ciudadanos —abogado eminente y miembro del Consejo— fue atacada por una súbita e inexplicable enfermedad que burló el ingenio de sus médicos. Después de mucho padecer murió, o se supone que murió. Nadie sospechó, a decir verdad, ni había razón para sospechar, que no estaba realmente muerta. Presentaba todas las apariencias comunes de la muerte. El rostro tenía el habitual contorno contraído, sumido. Los labios mostraban la habitual palidez marmórea. Los ojos carecían de brillo. Faltaba el calor. Las pulsaciones habían cesado.

Durante tres días el cuerpo estuvo sin enterrar, y en ese tiempo adquirió una rigidez pétrea. El funeral, en suma, fue apresurado a causa del rápido avance de lo que se supuso era descomposición.

La señora fue depositada en la bóveda familiar, que permaneció cerrada durante los tres años siguientes. Al expirar este plazo fue abierta para la recepción de un sarcófago; mas, ¡ah!, ¡qué espantoso choque aguardaba al marido cuando abrió en persona la puerta! Al empujar los batientes, un objeto vestido de blanco cayó rechinando en sus brazos. Era el esqueleto de su mujer con la mortaja todavía puesta.

Una cuidadosa investigación brindó la evidencia de que había revivido dos días después de su sepultura; que su lucha dentro del ataúd había provocado la caída de éste desde un nicho o estante al suelo, y que al romperse el féretro pudo salir de él. Apareció vacía una lámpara que había quedado accidentalmente llena de aceite dentro de la tumba; quizá se hubiera agotado, sin embargo, por evaporación. En el peldaño superior de la escalera que descendía a la espantosa cámara había un gran fragmento del ataúd, con el cual, según las apariencias, la mujer había intentado llamar la atención golpeando la puerta de hierro. Mientras lo hacía, probablemente, se desmayó o quizá murió de puro terror, y al caer, la mortaja se enredó en alguna pieza de hierro que se proyectaba hacia adentro. Allí quedó y así se pudrió, erecta.

En el año 1810 hubo en Francia un caso de inhumación prematura, rodeado de circunstancias que justifican ampliamente el aserto de que la verdad es más extraña que la ficción. La heroína de la historia era mademoiselle Victorine Lafourcade, una joven de ilustre familia, rica y de gran belleza. Entre sus numerosos cortejantes se contaba Julien Bossuet, un pobre *littérateur o* periodista de París. Su talento y su afabilidad general lo habían señalado a la atención de la heredera, quien parecía haberse enamorado realmente de él, pero su orgullo de casta la decidió, por último, a rechazarlo y a casarse con un tal monsieur Renelle, banquero y diplomático de cierta distinción. Después del matrimonio, este caballero descuidó a su mujer y quizá llegó a maltratarla de hecho. Después de pasar juntos algunos años desdichados, ella murió; por lo menos, su estado semejaba tanto la muerte que engañó a todos quienes la vieron. Fue inhumada no en una bóveda, sino en una tumba común, en su aldea natal. Lleno de desesperación, y todavía inflamado por el recuerdo de su profundo cariño, el enamorado viaja de la capital a la remota provincia donde se encuentra la aldea, con el propósito romántico de desenterrar el cuerpo y apoderarse de sus exuberantes trenzas. Llega a la tumba. A medianoche desentierra el ataúd, lo destapa y, en el momento de desprender el cabello, lo detienen los ojos de la amada, que se abren. La mujer había sido enterrada viva. La vitalidad no había desaparecido del todo, y las caricias del enamorado la despertaron del letargo que fuera equivocadamente tomado por la muerte. El joven la llevó frenético a su alojamiento en la aldea. Empleó ciertos poderosos reconstituyentes aconsejados por no pocos conocimientos médicos. Al fin, ella revivió. Reconoció a su salvador. Permaneció con él hasta que, lenta y gradualmente, recobró toda su salusted Su corazón no era empedernido, y esta última lección de amor bastó para ablandarlo. Lo entregó a Bossuet.

No volvió más junto a su marido; ocultando su resurrección, huyó con su amante a América. Veinte años después, los dos regresaron a Francia, persuadidos de que el tiempo había cambiado tanto la apariencia de la señora que sus amigos no podrían reconocerla. Pero se equivocaron, pues al primer encuentro monsieur Renelle reconoció, efectivamente, a su mujer y la reclamó. Ella rechazó el reclamo y el tribunal la apoyó, resolviendo que las peculiares circunstancias, junto con el largo lapso transcurrido, habían abolido, no sólo desde el punto de vista de la equidad, sino legalmente la autoridad del marido. La *Revista de Cirugía* de Leipzig, publicación de gran autoridad y mérito, que algunos libreros americanos harían bien en traducir y editar, relata en uno de los últimos números un suceso muy penoso que presenta las carácterísticas en cuestión.

Un oficial de artillería, hombre de gigantesca estatura y robusta salud, fue derribado por un caballo indomable, recibiendo una contusión muy fuerte en la cabeza que en seguida le hizo perder el sentido. Tenía una ligera fractura de cráneo, pero sin peligro inmediato. La trepanación se realizó con éxito. Se le practicó una sangría y se adoptaron otros muchos métodos comunes de alivio. Pero cayó gradualmente en un sopor cada vez más grave y, por último, se le dio por muerto.

Hacía calor y lo enterraron con prisa indecorosa en uno de los cementerios públicos. Sus funerales se realizaron un día jueves. El domingo siguiente frecuentaban el cementerio, como de costumbre, numerosos visitantes cuando, alrededor de mediodía, se produjo un gran revuelo provocado por las palabras de un campesino que, habiéndose sentado en la tumba del oficial, sintió claramente una conmoción en la tierra, como si alguien estuviera luchando debajo. Al principio nadie prestó atención a las palabras del hombre, pero su evidente terror y la terca insistencia con que repetía su historia tuvieron, al fin, naturales efectos sobre la multitusted Algunos consiguieron de inmediato unas palas, y la tumba, vergonzosamente superficial, estuvo en pocos minutos tan abierta que dejó ver la cabeza de su ocupante. Daba la impresión de estar muerto, pero aparecía casi sentado dentro del ataúd, cuya tapa, en una furiosa lucha, había levantado parcialmente.

Fue llevado en seguida al hospital más cercano, donde se le declaró vivo, aunque en estado de asfixia. Después de algunas horas reaccionó, reconoció a sus amigos y, con frases entrecortadas, habló de sus angustias en el sepulcro.

A través de su relato resultó claro que la víctima debía haber conservado conciencia de la vida durante más de una hora después de la inhumación, hasta perder el sentido. La fosa había sido llenada descuidadamente con una tierra muy porosa, sin apisonarla, y así le llegó algo de aire. Oyó los pasos de la multitud sobre su cabeza y trató a su vez de hacerse oír. El tumulto en el interior de la tierra, dijo, fue lo que pareció despertarlo de un profundo sueño, pero apenas despierto comprendió el espantoso horror de su estado.

Este paciente, según se dice, iba mejorando y parecía encaminado hacia un restablecimiento definitivo, cuando sucumbió víctima del charlatanismo de la experimentación médica. Se le aplicó la batería galvánica y expiró de pronto en uno de esos paroxismos estáticos que en ocasiones produce.

La mención de la batería galvánica, sin embargo, me trae a la memoria un caso bien conocido y muy extraordinario, donde su acción brindó la manera de volver a la vida a un joven abogado de Londres que estuviera enterrado durante dos días. Esto ocurrió en 1831, y en el momento causó profunda sensación en todas partes donde fue tema de conversación.

El paciente, Mr. Edward Stapleton, había muerto aparentemente de fiebre tifus, acompañada de algunos síntomas anómalos que excitaron la curiosidad de sus médicos. Después de su aparente deceso, se solicitó a los amigos una autorización para un examen *post mortem,* pero éstos se negaron a permitirlo. Como sucede con frecuencia ante tales negativas, los médicos resolvieron desenterrar el cuerpo y disecarlo a gusto, en privado. Se hicieron fáciles arreglos con algunos de los numerosos ladrones de cadáveres que abundan en Londres, y la tercera noche después de la inhumación el supuesto cadáver fue desenterrado de una tumba de ocho pies de profundidad y depositado en la sala operatoria de un hospital privado.

Al practicarse una incisión de cierta longitud en el abdomen, el aspecto fresco e incorrupto del sujeto sugirió la conveniencia de aplicar la batería. Se hicieron sucesivos experimentos con los efectos acostumbrados, sin nada peculiar en ningún sentido, salvo, en una o dos ocasiones, una apariencia de vida mayor que la ordinaria en la acción convulsiva.

Era tarde. Estaba por amanecer y se juzgó oportuno, al fin, proceder de inmediato a la disección. Pero uno de los estudiantes tenía especiales deseos de probar una teoría propia e insistió en la aplicación de la batería a uno de los músculos pectorales. Después de practicar una tosca incisión, se estableció apresuradamente un contacto; entonces el paciente, con un movimiento rápido pero nada convulsivo, se levantó de la mesa, caminó hasta el centro del recinto, miró extrañado a su alrededor unos instantes y entonces... habló. Lo que dijo fue ininteligible, pero pronunció unas palabras; el silabeo era claro. Después de hablar, cayó pesadamente al suelo.

Por un momento todos quedaron paralizados de espanto, pero la urgencia del caso pronto les devolvió la presencia de ánimo. Se vio que Mr. Stapleton estaba vivo, aunque en síncope. Después de administrársele éter revivió y recobró rápidamente la salud, retornando a la sociedad de sus amigos, a quienes se ocultó, sin embargo, toda noticia de su resurrección hasta que ya no hubo peligro de una recaída. Es de imaginar la maravilla de aquéllos y su arrobado asombro.

La nota más espeluznante de este incidente se encuentra, sin embargo, en lo que afirma el mismo Mr. Stapleton. Declara que en ningún momento perdió todo el sentido, que de un modo oscuro y confuso percibía lo que le estaba ocurriendo desde el momento en que fuera declarado *muerto* por los médicos hasta aquel en que cayó desmayado sobre el piso del hospital. «Estoy vivo», fueron las palabras incomprensibles que, después de reconocer la sala de disección, había intentado en su apuro proferir.

Sería cosa fácil multiplicar historias como éstas, pero me abstengo porque, en realidad, no nos hacen falta para sentar el hecho de que se producen entierros prematuros. Al reflexionar en las muy raras veces en que, por la naturaleza del caso, tenemos la posibilidad de conocerlos, debemos de admitir que han de ocurrir *frecuentemente* sin que lo sepamos. En realidad, rara vez se ha removido con cierta extensión un cementerio, por cualquier motivo, sin que aparecieran esqueletos en posturas que insinúan la más horrible de las sospechas.

¡Horrible, sí, la sospecha, pero más horrible el destino! Puede asegurarse sin vacilación que *ningún* suceso se presta tan terriblemente como la inhumación antes de la muerte para llevar al colmo de la angustia física y mental. La intolerable opresión de los pulmones, las sofocantes emanaciones de la tierra húmeda, las vestiduras fúnebres que se adhieren, el rígido abrazo de la morada estrecha, la negrura de la noche absoluta, el silencio como un mar abrumador, la invisible pero palpable presencia del vencedor gusano, estas cosas, junto con los recuerdos del aire y la hierba que crecen arriba, la memoria de los amigos queridos que volarían a salvarnos si se enteraran de nuestro destino, y la conciencia de que *nunca* podrán enterarse de él, de que nuestra suerte desesperanzada es la de los muertos de verdad, estas consideraciones, digo, llevan al corazón aún palpitante a un grado de espantoso e intolerable horror, ante el cual la imaginación más audaz retrocede. No conocemos nada tan angustioso en la Tierra, no podemos pensar en nada tan horrible en los dominios del más profundo Infierno. Y por eso todos los relatos sobre este tópico tienen un interés profundo; interés que, sin embargo, en el sagrado espanto del tópico mismo, depende justa y específicamente de nuestra creencia en la *verdad* del asunto narrado. Lo que voy a contar ahora es mi propio conocimiento real, mí experiencia efectiva y personal.

Durante varios años sufrí accesos de ese singular trastorno que los médicos se han puesto de acuerdo en llamar catalepsia, a falta de un nombre más definitivo. Aunque tanto las causas inmediatas como las predisposiciones y aun el diagnóstico real de esta enfermedad siguen siendo misteriosos, su carácter evidente y manifiesto es de sobra conocido. Las variaciones parecen serlo especialmente de grado. A veces el paciente yace sólo un día, o un período aún más breve, en una especie de exagerado letargo. Está privado de conocimiento y aparentemente inmóvil, pero las pulsaciones del corazón aún se perciben débilmente, quedan algunas huellas de calor, una ligera coloración se demora en el centro de las mejillas y, aplicando un espejo a los labios, podemos descubrir una torpe, desigual y vacilante actividad de los pulmones. Otras veces el trance dura semanas y aun meses, mientras el examen más minucioso y las más rigurosas pruebas médicas no logran establecer ninguna distinción material entre el estado del paciente y lo que concebimos como muerte absoluta. Muy a menudo lo salvan del entierro prematuro sus amigos, que lo sabían ya atacado de catalepsia, y la consiguiente sospecha, pero sobre todo lo salva su apariencia incorrupta. La enfermedad avanza, por fortuna, gradualmente. Las primeras manifestaciones, aunque marcadas, son inequívocas. Los ataques son cada vez más carácterísticos y cada uno dura más que el anterior. En esto reside la seguridad principal en cuanto a la inhumación. El desdichado cuyo *primer* ataque tuviera el carácter grave que en ocasiones se presenta, sería casi inevitablemente depositado vivo en la tumba.

Mi caso difería en carácterísticas sin importancia de los mencionados en los libros de medicina. A veces, sin ninguna causa aparente, me sumía poco a poco en un estado de semisíncope, o casi desmayo, y ese estado, sin dolor, sin capacidad para moverme o para hablar o pensar, pero con una confusa conciencia letárgica de vida y de la presencia de aquellos que rodeaban mi lecho, duraba hasta que la crisis de la enfermedad me devolvía, de improviso, el perfecto conocimiento. Otras veces el acceso era rápido, fulminante. Me sentía enfermo, aterido, helado, con vértigo y, de pronto, caía postrado. Entonces todo estaba vacío semanas enteras, y negro, silencioso, y la nada se convertía en el universo. La total aniquilación no podía ser mayor. De estos últimos ataques despertaba, sin embargo, en una lenta gradación comparada con la instantaneidad del acceso. Así como amanece el día para el mendigo sin casa y sin amigos, para el que rueda por las calles en la larga y desolada noche de invierno, así, tan tardía, tan cansada, tan alegre volvía a mí la luz del Alma.

Pero, fuera de la tendencia al síncope, mi salud general parecía buena, y no hubiera advertido que sufría tal enfermedad a menos que una peculiaridad de mi *sueño* pudiera considerarse como provocada por ella. Al despertarme, nunca podía recobrar de inmediato la posesión de mis sentidos y permanecía siempre durante algunos minutos en un estado de extravío y perplejidad, pues las facultades mentales en general y la memoria en especial se hallaban en absoluta suspensión.

En todos mis padecimientos no había sufrimiento físico, sino una infinita angustia moral. Mi imaginación se tornó macabra. Hablaba «de gusanos, de tumbas, de epitafios». Me perdía en ensueños de muerte, y la idea del entierro prematuro poseía permanentemente mi espíritu. El horrible peligro al cual estaba expuesto me obsesionaba día y noche. Durante el primero, la tortura de la meditación era excesiva; durante la segunda, era suprema. Cuando las torvas tinieblas se extendían sobre la Tierra, entonces, presa de los más horrendos pensamientos, temblaba, temblaba como los trémulos penachos de la carroza fúnebre. Cuando mi naturaleza ya no podía soportar la vigilia, luchaba antes de consentir en dormirme, pues me estremecía pensando que, al despertar, podía encontrarme metido en una tumba. Y cuando, al fin, me hundía en el sueño, era sólo para precipitarme de pronto en un mundo de fantasmas sobre el cual se cernía con sus vastas, negras alas tenebrosas, la única, la sepulcral Idea.

De las innumerables imágenes lúgubres que me oprimían en sueños elijo para mi relato una visión solitaria. Soñé que había caído en trance cataléptico de duración y profundidad mayores que las habituales. De pronto una mano helada se posó en mi frente y una voz impaciente, farfullante, susurró en mi oído:« ¡Levántate! »

Me senté. La oscuridad era total. No podía ver la figura del que me había despertado. No podía traer a la memoria ni el período durante el cual había caído en trance, ni el lugar donde yacía ahora. Mientras permanecía inmóvil, intentando reunir mis pensamientos, la fría mano me aferró con fuerza de la muñeca, sacudiéndola con petulancia, mientras la voz farfullante decía de nuevo:

—¡Levántate! ¿No te ordené que te levantaras?

—Y tú—pregunté—, ¿quién eres?

—No tengo nombre en las regiones donde habito—replicó la voz, plañidera—. Fui un hombre y soy un demonio. Soy implacable, pero digno de lástima. Tú has de sentir que me estremezco. Me rechinan los dientes mientras hablo y, sin embargo, no es por el frío de la noche, de la noche sin fin. Pero este horror es insoportable. ¿Cómo puedes *tú* dormir tranquilo? No me dejan descansar los gritos de esas grandes agonías. Estos espectáculos son más de lo que puedo soportar. ¡Levántate! Ven conmigo a la noche exterior y deja que te muestre las tumbas. ¿No es éste un espectáculo de dolor? ¡Contempla!

Miré, y la figura invisible que seguía aferrándome la muñeca hizo abrir las tumbas de toda la humanidad, y de cada una salían las débiles irradiaciones fosfóricas de la putrefacción, de modo que pude ver en sus más recónditos escondrijos, y el espectáculo de los cuerpos amortajados en su triste y solemne sueño con el gusano. Pero, ¡ay!, los verdaderos durmientes eran menos, entre muchos millones, que aquellos que no dormían, y había una débil lucha, y había un triste desasosiego general, y de las profundidades de los innúmeros pozos salía el melancólico frotar de las vestiduras de los enterrados. Y entre aquellos que parecían reposar tranquilos vi gran número que había cambiado, en mayor o menor grado, la rígida e incómoda posición en que habían sido originariamente sepultos. Y la voz me dijo de nuevo, mientras yo miraba:

—¿No es, acaso, ¡ah!, no es, acaso, un lastimoso espectáculo?

Pero antes de que hallara palabras para replicarle, la figura dejó de aferrarme la muñeca, las luces fosforescentes se extinguieron y las tumbas se cerraron con súbita violencia, mientras de ellas brotaba un tumulto de gritos desesperados que repetían: «¿No es acaso, ¡oh Dios!, no es acaso un espectáculo lastimoso?»

Fantasías como ésta se presentaban por la noche y extendían su terrorífica influencia aun a mis horas de vigilia. Mis nervios se trastornaron y fui presa de perpetuo horror. Vacilaba en cabalgar, en caminar o practicar cualquier ejercicio que me apartara de casa. En realidad, ya no me atrevía a confiar en mí mismo fuera de la inmediata presencia de aquellos que conocían mi propensión a la catalepsia, por miedo de que, en uno de mis habituales ataques, me enterraran antes de que se determinara mi verdadero estado. Dudaba del cuidado, de la fidelidad de mis amigos más queridos. Me asustaba pensar que, en un trance más largo de lo acostumbrado, se convencieran de que no tenía remedio. Llegaba a temer que, como les causaba muchas molestias, quizá se alegraran de considerar cualquier ataque muy prolongado como excusa suficiente para librarse de mí definitivamente. En vano trataban de tranquilizarme con las más solemnes promesas. Les exigía, por los juramentos más sagrados, que en ninguna circunstancia me enterraran hasta que la descomposición material estuviera tan avanzada que impidiese toda conservación. Y aun entonces mis terrores mortales no atendían a ninguna razón, no aceptaba consuelo. Comencé una serie de laboriosas precauciones. Entre otras cosas mandé rehacer de tal manera la bóveda familiar, que era posible abrirla fácilmente desde el interior. La más ligera presión de una larga palanca que se extendía dentro de la cripta bastaba para abrir rápidamente los portales de hierro. También estaba prevista la libre admisión de aire y luz, y adecuados receptáculos para alimentos y agua, al alcance del ataúd preparado para recibirme. Este ataúd estaba forrado con un material cálido y suave y provisto de una tapa elaborada según el principio de la puerta de la bóveda, con el añadido de resortes ideados de tal modo que el más débil movimiento del cuerpo hubiera sido suficiente para soltarla. Además de todo esto, del techo de la tumba colgaba una gran campana cuya soga (estaba previsto) entraría por un agujero en el ataúd, siendo atada a una de las manos del cadáver. Mas, ¡ay!, ¿de qué sirve la vigilancia contra el Destino del hombre? ¡Ni siquiera esas bien urdidas seguridades bastaban para librar de las más extremadas angustias de la inhumación en vida a un infeliz destinado a ellas!

Llegó una época —como ya había ocurrido a menudo— en que me encontré a mí mismo emergiendo de una total inconsciencia a la primera sensación débil e indefinida de existencia. Lentamente, con gradación de tortuga, se acercaba el alba gris, pálida, del día psíquico. Un desasosiego aletargado. Una sensación apática de dolor sordo. Ninguna preocupación, ninguna esperanza, ningún esfuerzo. Después de un largo intervalo, un retintín en los oídos; luego, tras un lapso aún más largo, una sensación de hormigueo o comezón en las extremidades; luego, un período aparentemente eterno de placentera quietud, durante el cual las sensaciones que despiertan luchan por convertirse en pensamientos; luego, otra breve zambullida en la nada; luego, un súbito restablecimiento. Al fin, el ligero estremecerse de un párpado, e inmediatamente después, un choque eléctrico de terror, mortal e indefinido, que envía la sangre a torrentes de las sienes al corazón. Y entonces el primer esfuerzo positivo por pensar. Y entonces el primer intento de recordar. Y entonces un éxito parcial y evanescente. Y entonces la memoria ha recobrado tanto su dominio, que en cierta medida tengo conciencia de mi estado. Siento que no estoy despertando de un sueño ordinario. Recuerdo que he padecido de catalepsia. Y entonces, por fin, como si fuera la embestida de un océano, abruma mi alma estremecida el único peligro horrendo, la única idea espectral, siempre dominante.

Durante unos minutos, ya poseído por esta fantasía, permanecí inmóvil. ¿Y por qué? No podía reunir valor para moverme. No me atrevía a hacer el esfuerzo que había de tranquilizarme sobre mi destino, y, sin embargo, algo en el corazón me susurraba que *era seguro*. La desesperación —tal como ninguna otra desdicha produce—, sólo la desesperación me apremió, después de una larga duda, a levantar los pesados párpados. Los levanté.

Estaba oscuro, todo oscuro. Supe que el ataque había terminado. Supe que la crisis de mi trastorno había pasado ya. Supe que había recobrado el uso de mis facultades visuales, y, sin embargo, estaba oscuro, todo oscuro, con la intensa y total capacidad de la Noche que dura para siempre.

Intenté gritar, y mis labios y mi lengua reseca se movieron convulsivos, pero ninguna voz brotó de los cavernosos pulmones que, oprimidos como por el peso de una montaña, jadeaban y palpitaban con el corazón en cada inspiración laboriosa y difícil.

El movimiento de las mandíbulas en el esfuerzo por gritar me mostró que estaban atadas, como se hace habitualmente con los muertos. Sentí también que yacía sobre una sustancia áspera y que algo similar, a los costados, me estrechaba. Hasta ese momento no me había atrevido a mover ninguno de los miembros, pero entonces levanté violentamente los brazos que estaban estirados, con las muñecas cruzadas. Golpearon una sustancia sólida, leñosa, que se extendía sobre mi cuerpo a no más de seis pulgadas de mi cara. Ya no pude dudar de que reposaba al fin dentro de un ataúd.

Y entonces, en medio de mi infinita desgracia, vino dulcemente la Esperanza, como un querubín, pues pensé en mis precauciones. Me retorcí y ejecuté espasmódicos conatos para forzar la tapa; no se movía. Me palpé las muñecas en busca de la soga: no la encontré. Y así la Consoladora huyó para siempre y una desesperación aún más vehemente reinó triunfal, pues no podía menos de advertir la ausencia de las almohadillas que había preparado tan cuidadosamente, y entonces llegó de improviso a mis narices el fuerte y peculiar olor de la tierra húmeda. La conclusión era irresistible. No estaba en la bóveda.

Había caído en trance fuera de mi casa, entre extraños, dónde y cómo no podía recordarlo, y ellos me habían enterrado como a un perro, metido en un ataúd común claveteado, y arrojado a lo profundo, en lo profundo y para siempre, de alguna *tumba* ordinaria, anónima.

Cuando esta horrible convicción se abrió paso en las más íntimas estancias de mi alma, luché una vez más por gritar. Y este segundo intento tuvo éxito. Un largo, salvaje grito continuo, un alarido de agonía resonó en los ámbitos de la noche subterránea.

—Vamos, vamos, ¿qué es eso?—dijo una voz áspera, en respuesta.

—¿Qué diablos pasa ahora?—dijo un segundo.

—¡Fuera de ahí! —exclamó un tercero.

—¿Por qué aúlla de esa manera, como si fuese un gato montés?—dijo un cuarto.

Y entonces unos individuos muy rústicos me sujetaron y me sacudieron sin ceremonias.

No me despertaron de mi sueño, pues estaba bien despierto cuando grité, pero me devolvieron a la plena posesión de mi memoria.

Esta aventura ocurría cerca de Richmond, en Virginia. Acompañado de un amigo me había internado, en una expedición de caza, varias millas abajo a orillas del río James. Se acercaba la noche cuando nos sorprendió una tormenta. La cabina de una pequeña chalupa anclada en la corriente y cargada de tierra vegetal nos brindó el único abrigo disponible. Le sacamos el mayor provecho posible y pasamos la noche a bordo. Me dormí en una de las dos únicas literas; no hace falta describir las literas de una chalupa de sesenta o setenta toneladas.

La que yo ocupaba no tenía ropa de cama. Su ancho era de dieciocho pulgadas. La distancia entre el fondo y la cubierta era precisamente la misma. Me resultó dificilísimo introducirme en ella. Sin embargo dormí profundamente y toda mi visión, pues no era sueño ni pesadilla, surgió naturalmente de las circunstancias de mi posición, del giro habitual de mis pensamientos y de la dificultad, a la cual he aludido, de concentrar mis sentidos y especialmente de recobrar la memoria durante largo tiempo después de despertar de un sueño.

Los hombres que me sacudieron eran la tripulación de la chalupa y algunos jornaleros contratados para cargarla. De la carga misma procedía el olor a tierra. La venda alrededor de las mandíbulas era un pañuelo de seda con el cual me había atado la cabeza a falta de mi acostumbrado gorro de dormir. Las torturas sufridas fueron indudablemente iguales en aquel momento a las de la verdadera sepultura.

Eran espantosas, de un horror inconcebible; pero del Mal procede el Bien, porque su mismo exceso provocó en mi espíritu una inevitable reacción. Mi alma adquirió vigor, adquirió temple. Viajé al extranjero. Hice vigorosos ejercicios.

Respiré el aire libre del cielo. Pensé en otros temas que la muerte. Dejé a un lado mis libros de medicina. Quemé a *Buchan*. No leí más *Pensamientos nocturnos,* ni grandilocuencias sobre cementerios, ni cuentos de miedo *como éste.*

En poco tiempo me convertí en un hombre nuevo y viví una vida de hombre. Desde aquella noche memorable descarté para siempre mis aprensiones sepulcrales, y con ellas se desvanecieron los trastornos catalépticos, de los cuales fueran, quizá, menos consecuencia que causa.

Hay momentos en que, aun para el sereno ojo de la razón, el mundo de nuestra triste humanidad puede cobrar la apariencia del infierno, pero la imaginación del hombre no es Caratis para explorar con impunidad todas sus cavernas. ¡Ay!, la torva legión de los terrores sepulcrales no puede considerarse totalmente imaginaria, pero, como los Demonios en cuya compañía Afrasiab realizó su viaje por el Oxus, deben dormir o nos devorarán, debemos permitirles el sueño, o pereceremos.

LIGEIA

Y allí dentro está la voluntad que no muere. ¿Quién conoce los misterios de la voluntad y su fuerza? Pues Dios no es sino una gran voluntad que penetra las cosas todas por obra de su intensidad. El hambre no se doblega a los ángeles, ni cede por entero a la muerte, como no sea por la flaqueza de su débil voluntad.

(JOSEPH GLANVILL)

Juro por mi alma que no puedo recordar cómo, cuándo ni siquiera dónde conocí a Lady Ligeia. Largos años han transcurrido desde entonces y el sufrimiento ha debilitado mi memoria. O quizá no puedo rememorar *ahora* aquellas cosas porque, a decir verdad, el carácter de mi amada, su raro saber, su belleza singular y, sin embargo, plácida, y la penetrante y cautivadora elocuencia de su voz profunda y musical, se abrieron camino en mi corazón con pasos tan constantes, tan cautelosos, que me pasaron inadvertidos e ignorados.

No obstante, creo haberla conocido y visto, las más de las veces, en una vasta, ruinosa ciudad cerca del Rin. Seguramente le oí hablar de su familia. No cabe duda de que su estirpe era remota. ¡Ligeia, Ligeia! Sumido en estudios que, por su índole, pueden como ninguno amortiguar las impresiones del mundo exterior, sólo por esta dulce palabra, Ligeia, acude a los ojos de mi fantasía la imagen de aquella que ya no existe. Y ahora, mientras escribo, me asalta como un rayo el recuerdo de que *nunca supe* el apellido de quien fuera mi amiga y prometida, luego compañera de estudios y, por último, la esposa de mi corazón.

¿Fue por una amable orden de parte de mi Ligeia o para poner a prueba la fuerza de mi afecto, que me estaba vedado indagar sobre ese punto? ¿O fue más bien un capricho mío, una loca y romántica ofrenda en el altar de la devoción más apasionada? Sólo recuerdo confusamente el hecho. ¿Es de extrañarse que haya olvidado por completo las circunstancias que lo originaron o lo acompañaron? Y en verdad, si alguna vez ese espíritu al que llaman *Romance, si* alguna vez la pálida *Ashtophet* del Egipto idólatra, con sus alas tenebrosas, han presidido, como dicen, los matrimonios fatídicos, seguramente presidieron el mío.

Hay un punto muy caro en el cual, sin embargo, mi memoria no falla. Es la *persona* de Ligeia. Era de alta estatura, un poco delgada y, en sus últimos tiempos, casi descarnada. Sería vano intentar la descripción de su majestad, la tranquila soltura de su porte o la inconcebible ligereza y elasticidad de su paso. Entraba y salía como una sombra. Nunca advertía yo su aparición en mi cerrado gabinete de trabajo de no ser por la amada música de su voz dulce, profunda, cuando posaba su mano marmórea sobre mi hombro. Ninguna mujer igualó la belleza de su rostro. Era el esplendor de un sueño de opio, una visión aérea y arrebatadora, más extrañamente divina que las fantasías que revoloteaban en las almas adormecidas de las hijas de Delos. Sin embargo, sus facciones no tenían esa regularidad que falsamente nos han enseñado a adorar en las obras clásicas del paganismo. "No hay belleza exquisita —dice Bacon, lord Verulam, refiriéndose con justeza a todas las formas *y genera* de la hermosura— sin algo de *extraño* en las proporciones".

No obstante, aunque yo veía que las facciones de Ligeia no eran de una regularidad clásica, aunque sentía que su hermosura era, en verdad, "exquisita2 y percibía mucho de "extraño" en ella, en vano intenté descubrir la irregularidad y rastrear el origen de mi percepción de lo "extraño".

Examiné el contorno de su frente alta, pálida: era impecable —¡qué fría en verdad esta palabra aplicada a una majestad tan divina!— por la piel, que rivalizaba con el marfil más puro, por la imponente amplitud y la calma, la noble prominencia de las regiones superciliares; y luego los cabellos, como ala de cuervo, lustrosos, exuberantes y naturalmente rizados que demostraban toda la fuerza del epíteto homérico: "cabellera de jacinto". Miraba el delicado diseño de la nariz y sólo en los graciosos medallones de los hebreos he visto una perfección semejante. Tenía la misma superficie plena y suave, la misma tendencia casi imperceptible a ser aguileña, las mismas aletas armoniosamente curvas, que revelaban un espíritu libre. Contemplaba la dulce boca.

Allí estaba en verdad el triunfo de todas las cosas celestiales: la magnífica sinuosidad del breve labio superior, la suave, voluptuosa calma del inferior, los hoyuelos juguetones y el color expresivo; los dientes, que reflejaban con un brillo casi sorprendente los rayos de la luz bendita que caían sobre ellos en la más serena y plácida y, sin embargo, radiante, triunfal de todas las sonrisas. Analizaba la forma del mentón y también aquí encontraba la noble amplitud, la suavidad y la majestad, la plenitud y la espiritualidad de los griegos, el contorno que el dios Apolo reveló tan sólo en sueños a Cleomenes, el hijo del ateniense. Y entonces me asomaba a los grandes ojos de Ligeia.

Para los ojos no tenemos modelos en la remota antigüedad. Quizá fuera, también, que en los de mi amada yacía el secreto al cual alude lord Verulam. Eran, creo, más grandes que los ojos comunes de nuestra raza, más que los de las gacelas de la tribu del valle de Nourjahad. Pero sólo por instantes —en los momentos de intensa excitación— se hacía más notable esta peculiaridad de Ligeia. Y en tales ocasiones su belleza —quizá la veía así mi imaginación ferviente— era la de los seres que están por encima o fuera de la tierra, la belleza de la fabulosa hurí de los turcos. Los ojos eran del negro más brillante, velados por oscuras y largas pestañas. Las cejas, de diseño levemente irregular, eran del mismo color. Sin embargo, lo "extraño" que encontraba en sus ojos era independiente de su forma, del color, del brillo, y debía atribuirse, al cabo, a la *expresión*. ¡Ah, palabra sin sentido tras cuya vasta latitud de simple sonido se atrinchera nuestra ignorancia de lo espiritual! La expresión de los ojos de Ligeia... ¡Cuántas horas medité sobre ella! ¡Cuántas noches de verano luché por sondearla! ¿Qué era aquello, más profundo que el pozo de Demócrito que yacía en el fondo de las pupilas de mi amada? ¿Qué *era?* Me poseía la pasión de descubrirlo. ¡Aquellos ojos! ¡Aquellas grandes, aquellas brillantes, aquellas divinas pupilas! Llegaron a ser para mí las estrellas gemelas de Leda, y yo era para ellas el más fervoroso de los astrólogos.

No hay, entre las muchas anomalías incomprensibles de la ciencia psicológica, punto más atrayente, más excitante que el hecho —nunca, creo, mencionado por las escuelas— de que en nuestros intentos por traer a la memoria algo largo tiempo olvidado, con frecuencia llegamos a encontrarnos *al borde mismo* del recuerdo, sin poder, al fin, asirlo. Y así cuántas veces, en mi intenso examen de los ojos de Ligeia, sentí que me acercaba al conocimiento cabal de su expresión, me acercaba, aún no era mío, y al fin desaparecía por completo. Y (¡extraño, ah, el más extraño de los misterios!) encontraba en los objetos más comunes del universo un círculo de analogías con esa expresión.

Quiero decir que, después del período en que la belleza de Ligeia penetró en mi espíritu, donde moraba como en un altar, yo extraía de muchos objetos del mundo material un sentimiento semejante al que provocaban, dentro de mí, sus grandes y luminosas pupilas. Pero no por ello puedo definir mejor ese sentimiento, ni analizarlo, ni siquiera percibirlo con calma. Lo he reconocido a veces, repito, en una viña que crecía rápidamente, en la contemplación de una falena, de una mariposa, de una crisálida, de un veloz curso de agua. Lo he sentido en el océano, en la caída de un meteoro.

Lo he sentido en la mirada de gentes muy viejas. Y hay una o dos estrellas en el cielo (especialmente una, de sexta magnitud, doble y cambiante, que puede verse cerca de la gran estrella de Lira) que, miradas con el telescopio, me han inspirado el mismo sentimiento. Me ha colmado al escuchar ciertos sones de instrumentos de cuerda, y no pocas veces al leer pasajes de determinados libros. Entre innumerables ejemplos, recuerdo bien algo de un volumen de Joseph Glanvill que (quizá simplemente por lo insólito, ¿quién sabe?) nunca ha dejado de inspirarme ese sentimiento: "Y allí dentro está la voluntad que no muere. ¿Quién conoce los misterios de la voluntad y su fuerza? Pues Dios no es sino una gran voluntad que penetra las cosas todas por obra de su intensidad. El hombre no se doblega a los ángeles, ni cede por entero a la muerte, como no sea por la flaqueza de su débil voluntad".

Los años transcurridos y las reflexiones consiguientes me han permitido rastrear cierta remota conexión entre este pasaje del moralista inglés y un aspecto del carácter de Ligeia. La *intensidad* de pensamiento, de acción, de palabra, era posiblemente en ella un resultado, o por lo menos un índice, de esa gigantesca voluntad que durante nuestras largas relaciones no dejó de dar otras pruebas más numerosas y evidentes de su existencia. De todas las mujeres que jamás he conocido, la exteriormente tranquila, la siempre plácida Ligeia, era presa con más violencia que nadie de los tumultuosos buitres de la dura pasión. Y no podía yo medir esa pasión como no fuese por el milagroso dilatarse de los ojos que me deleitaban y aterraban al mismo tiempo, por la melodía casi mágica, la modulación, la claridad y la placidez de su voz tan profunda, y por la salvaje energía (doblemente efectiva por contraste con su manera de pronunciarlas) con que profería habitualmente sus extrañas palabras.

He hablado del saber de Ligeia: era inmenso, como nunca lo hallé en una mujer. Su conocimiento de las lenguas clásicas era profundo, y, en la medida de mis nociones sobre los modernos dialectos de Europa, nunca la descubrí en falta. A decir verdad, en cualquier tema de la alabada erudición académica, admirada simplemente por abstrusa, ¿descubrí *alguna vez* a Ligeia en falta? ¡De qué modo singular y penetrante este punto de la naturaleza de mi esposa atrajo, tan sólo en el último período, mi atención! Dije que sus conocimientos eran tales que jamás los hallé en otra mujer, pero, ¿dónde está el hombre que ha cruzado, y con éxito, *toda* la amplia extensión de las ciencias morales, físicas y metafísicas? No vi entonces lo que ahora advierto claramente: que las adquisiciones de Ligeia eran gigantescas, eran asombrosas; sin embargo tenía suficiente conciencia de su infinita superioridad para someterme con infantil confianza a su guía en el caótico mundo de la investigación metafísica, a la cual me entregué activamente durante los primeros años de nuestro matrimonio. ¡Con qué amplio sentimiento de triunfo, con qué vivo deleite, con qué etérea esperanza *sentía yo* —

cuando ella se entregaba conmigo a estudios poco frecuentes, poco conocidos— esa deliciosa perspectiva que se agrandaba en lenta gradación ante mí, por cuya larga y magnífica senda no hollada podía al fin alcanzar la meta de una sabiduría demasiado premiosa, demasiado divina para no ser prohibida!

¡Así, con qué punzante dolor habré visto, después de algunos años, emprender vuelo a mis bien fundadas esperanzas y desaparecer! Sin Ligeia era yo un niño a tientas en la oscuridad. Sólo su presencia, sus lecturas, podían arrojar vívida luz sobre los muchos misterios del trascendentalismo en los cuales vivíamos inmersos. Privadas del radiante brillo de sus ojos, esas páginas, leves y doradas, tornáronse más opacas que el plomo saturnino. Y aquellos ojos brillaron cada vez con menos frecuencia sobre las páginas que yo escrutaba. Ligeia cayó enferma. Los extraños ojos brillaron con un fulgor demasiado, demasiado magnífico; los pálidos dedos adquirieron la transparencia cerúlea de la tumba y las venas azules de su alta frente latieron impetuosamente en las alternativas de la más ligera emoción.

Vi que iba a morir y luché desesperadamente en espíritu con el torvo Azrael. Y las luchas de la apasionada esposa eran, para mi asombro, aún más enérgicas que las mías. Muchos rasgos de su adusto carácter me habían convencido de que para ella la muerte llegaría sin sus terrores; pero no fue así. Las palabras son impotentes para dar una idea de la fiera resistencia que opuso a la Sombra. Gemí de angustia ante el lamentable espectáculo. Yo hubiera querido calmar, hubiera querido razonar; pero en la intensidad de su salvaje deseo de vivir, vivir, *sólo* vivir, el consuelo y la razón eran el colmo de la locura.

Sin embargo, hasta el último momento, en las convulsiones más violentas de su espíritu indómito, no se conmovió la placidez exterior de su actitusted Su voz se tornó más suave; más profunda, pero yo no quería demorarme en el extraño significado de las palabras pronunciadas con calma. Mi mente vacilaba al escuchar fascinada una melodía sobrehumana, conjeturas y aspiraciones que la humanidad no había conocido hasta entonces.

De su amor no podía dudar, y me era fácil comprender que, en un pecho como el suyo, el amor no reinaba como una pasión ordinaria. Pero sólo en la muerte medí toda la fuerza de su afecto. Durante largas horas, reteniendo mi mano, desplegaba ante mí los excesos de un corazón cuya devoción más que apasionada llegaba a la idolatría. ¿Cómo había merecido yo la bendición de semejantes confesiones? ¿Cómo había merecido la condena de que mi amada me fuese arrebatada en el momento en que me las hacía? Pero no puedo soportar el extenderme sobre este punto. Sólo diré que en el abandono más que femenino de Ligeia al amor, ay, inmerecido, otorgado sin ser yo digno, reconocí el principio de su ansioso, de su ardiente deseo de vida, esa vida que huía ahora tan velozmente. Soy incapaz de describir, no tengo palabras para expresar esa ansia salvaje, esa anhelante vehemencia de vivir, *sólo* vivir.

La medianoche en que murió me llamó perentoriamente a su lado, pidiéndome que repitiera ciertos versos que había compuesto pocos días antes. La obedecí. Helos aquí:

¡Vedla! ¡Es noche de gala en los últimos años solitarios! La multitud de ángeles alados, con sus velos, en lágrimas bañados, son público de un teatro que contempla un drama de esperanzas y temores, mientras toca la orquesta, indefinida, la música sinfín de las esferas.

Imágenes del Dios que está en lo alto, allí los mimos gruñen y mascullan, corren aquí y allá; y los apremian vastas cosas informes que el escenario alteran de continuo, vertiendo de sus alas desplegadas, un invisible, largo Sufrimiento. ¡Este múltiple drama ya jamás, jamás será olvidado!

Con su Fantasma siempre perseguido por una multitud que no lo alcanza, en un círculo siempre de retorno al lugar primitivo, y mucho de Locura, y más Pecado, y más Horror —el alma de la intriga.

¡Ah, ved: entre los mimos en tumulto una forma reptante se insinúa! ¡Roja como la sangre se retuerce en la escena desnuda!

¡Se retuerce y retuerce! Ven tormentos los mimos son su presa, y sus fauces destilan sangre humana, y los ángeles lloran.

¡Apáganse las luces, todas, todas! Y sobre cada forma estremecida cae el telón, cortina funeraria, con fragor de tormenta. Y los ángeles pálidos y exangües, ya de pie, ya sin velos, manifiestan que el drama es el del "Hombre", y que es su héroe el Vencedor Gusano.

—¡Oh, Dios! —gritó casi Ligeia, incorporándose de un salto y tendiendo sus brazos al cielo con un movimiento espasmódico, al terminar yo estos versos—. ¡Oh Dios! ¡Oh, Padre Celestial! ¿Estas cosas ocurrirán irremisiblemente? ¿El Vencedor no será alguna vez vencido? ¿No somos una parte, una parcela de Ti? ¿Quién, quién conoce los misterios de la voluntad y su fuerza? El hambre no se doblega a los ángeles, *ni cede por entero a la muerte,* como no sea por la flaqueza de su débil voluntad.

Y entonces, como agotada por la emoción, dejó caer los blancos brazos y volvió solemnemente a su lecho de muerte. Y mientras lanzaba los últimos suspiros, mezclado con ellos brotó un suave murmullo de sus labios. Acerqué mi oído y distinguí de nuevo las palabras finales del pasaje de Glanvill: *"El hombre no se doblega a los ángeles, ni cede por entero a la muerte, como no sea por la flaqueza de su débil voluntad"*.

Murió; y yo, deshecho, pulverizado por el dolor, no pude soportar más la solitaria desolación de mi morada, y la sombría y ruinosa ciudad a orillas del Rin. No me faltaba lo que el mundo llama fortuna. Ligeia me había legado más, mucho más, de lo que por lo común cae en suerte a los mortales. Entonces, después de unos meses de vagabundeo tedioso, sin rumbo, adquirí y reparé en parte una abadía cuyo nombre no diré, en una de las más incultas y menos frecuentadas regiones de la hermosa Inglaterra. La sombría y triste vastedad del edificio, el aspecto casi salvaje del dominio, los numerosos recuerdos melancólicos y venerables vinculados con ambos, tenían mucho en común con los sentimientos de abandono total que me habían conducido a esa remota y huraña región del país. Sin embargo, aunque el exterior de la abadía, ruinoso, invadido de musgo, sufrió pocos cambios, me dediqué con infantil perversidad, y quizá con la débil esperanza de aliviar mis penas, a desplegar en su interior magnificencias más que reales. Siempre, aun en la infancia, había sentido gusto por esas extravagancias, y entonces volvieron como una compensación del dolor. ¡Ay, ahora sé cuánto de incipiente locura podía descubrirse en los suntuosos y fantásticos tapices, en las solemnes esculturas de Egipto, en las extrañas cornisas, en los moblajes, en los vesánicos diseños de las alfombras de oro recamado! Me había convertido en un esclavo preso en las redes del opio, y mis trabajos y mis planes cobraron el color de mis sueños. Pero no me detendré en el detalle de estos absurdos. Hablaré tan sólo de ese aposento por siempre maldito, donde en un momento de enajenación conduje al altar —como sucesora de la inolvidable Ligeia— a Lady Rowena Trevanion, de Tremaine, la de rubios cabellos y ojos azules.

No hay una sola partícula de la arquitectura y la decoración de aquella cámara nupcial que no se presente ahora ante mis ojos. ¿Dónde tenía el corazón la altiva familia de la novia para permitir, movida por su sed de oro, que una doncella, una hija tan querida, pasara el umbral de un aposento *tan* adornado? He dicho que recuerdo minuciosamente los detalles de la cámara —yo, que tristemente olvido cosas de profunda importancia— y, sin embargo, no había orden, no había armonía en aquel lujo fantástico, que se impusieran a mi memoria. La habitación estaba en una alta torrecilla de la abadía fortificada, era de forma pentagonal y de vastas dimensiones. Ocupaba todo el lado sur del pentágono la única ventana, un inmenso cristal de Venecia de una sola pieza y de matiz plomizo, de suerte que los rayos del sol o de la luna, al atravesarlo, caían con brillo horrible sobre los objetos. En lo alto de la inmensa ventana se extendía el entejado de una añosa vid que trepaba por los macizos muros de la torre. El techo, de sombrío roble, era altísimo, abovedado y decorosamente decorado con los motivos más extraños, más grotescos, de un estilo semigótico, semidruídico. Del centro mismo de esa melancólica bóveda colgaba, de una sola cadena de oro de largos eslabones, un inmenso incensario del mismo metal, en estilo sarraceno, con múltiples perforaciones dispuestas de tal manera que a través de ellas, como dotadas de la vitalidad de una serpiente, veíanse las contorsiones continuas de llamas multicolores.

Había algunas otomanas y candelabros de oro de forma oriental, y también el lecho, el lecho nupcial, de modelo indio, bajo, esculpido en ébano macizo, con baldaquino como una colgadura fúnebre. En cada uno de los ángulos del aposento había un gigantesco sarcófago de granito negro proveniente de las tumbas reales erigidas frente a Luxor, con sus antiguas tapas cubiertas de inmemoriales relieves. Pero en las colgaduras del aposento se hallaba, ay, la fantasía más importante. Los elevados muros, de gigantesca altura —al punto de ser desproporcionados—, estaban cubiertos de arriba abajo, en vastos pliegues, por una pesada y espesa tapicería, tapicería de un material semejante al de la alfombra del piso, la cubierta de las otomanas y el lecho de ébano, del baldaquino y de las suntuosas volutas de los cortinajes que velaban parcialmente la ventana.

Este material era el más rico tejido de oro, cubierto íntegramente, con intervalos irregulares, por arabescos en realce, de un pie de diámetro, de un negro azabache. Pero estas figuras sólo participaban de la condición de arabescos cuando se las miraba desde un determinado ángulo. Por un procedimiento hoy común, que puede en verdad rastrearse en períodos muy remotos de la antigüedad, cambiaban de aspecto. Para el que entraba en la habitación tenían la apariencia de simples monstruosidades; pero, al acercarse, esta apariencia desaparecía gradualmente y, paso a paso, a medida que el visitante cambiaba de posición en el recinto, se veía rodeado por una infinita serie de formas horribles pertenecientes a la superstición de los normandos o nacidas en los sueños culpables de los monjes. El efecto fantasmagórico era grandemente intensificado por la introducción artificial de una fuerte y continua corriente de aire detrás de los tapices, la cual daba una horrenda e inquietante animación al conjunto.

Entre esos muros, en esa cámara nupcial, pasé con Lady de Tremaine las impías horas del primer mes de nuestro matrimonio, y las pasé sin demasiada inquietused Que mi esposa temiera la índole hosca de mi carácter, que me huyera y me amara muy poco, no podía yo pasarlo por alto; pero me causaba más placer que otra cosa. Mi memoria volaba (¡ah, con qué intensa nostalgia!) hacia Ligeia, la amada, la augusta, la hermosa, la enterrada. Me embriagaba con los recuerdos de su pureza, de su sabiduría, de su naturaleza elevada, etérea, de su amor apasionado, idólatra.

Ahora mi espíritu ardía plena y libremente, con más intensidad que el suyo. En la excitación de mis sueños de opio (pues me hallaba habitualmente aherrojado por los grilletes de la droga) gritaba su nombre en el silencio de la noche, o durante el día, en los sombreados retiros de los valles, como si con esa salvaje vehemencia, con la solemne pasión, con el fuego devorador de mi deseo por la desaparecida, pudiera restituirla a la senda que había abandonado —ah, ¿*era posible* que fuese para siempre?— en la tierra.

Al comenzar el segundo mes de nuestro matrimonio, Lady Rowena cayó súbitamente enferma y se repuso lentamente. La fiebre que la consumía perturbaba sus noches, y en su inquieto semisueño hablaba de sonidos, de movimientos que se producían en la cámara de la torre, cuyo origen atribuí a los extravíos de su imaginación o quizá a la fantasmagórica influencia de la cámara misma. Llegó, al fin, la convalecencia y, por último, el restablecimiento total. Sin embargo, había transcurrido un breve período cuando un segundo trastorno más violento la arrojó a su lecho de dolor; y de este ataque, su constitución, que siempre fuera débil, nunca se repuso del todo. Su mal, desde entonces, tuvo un carácter alarmante y una recurrencia que lo era aún más, y desafiaba el conocimiento y los grandes esfuerzos de los médicos.

Con la intensificación de su mal crónico —el cual parecía haber invadido de tal modo su constitución que era imposible desarraigarlo por medios humanos—, no pude menos de observar un aumento similar en su irritabilidad nerviosa y en su excitabilidad para el miedo motivado por causas triviales. De nuevo hablaba, y ahora con más frecuencia e insistencia, de los sonidos, de los leves sonidos y de los movimientos insólitos en las colgaduras, a los cuales aludiera en un comienzo.

Una noche, próximo el fin de septiembre, impuso a mi atención este penoso tema con más insistencia que de costumbre. Acababa de despertar de un sueño inquieto, y yo había estado observando, con un sentimiento en parte de ansiedad, en parte de vago terror, los gestos de su semblante descarnado. Me senté junto a su lecho de ébano, en una de las otomanas de la India. Se incorporó a medias y habló, con un susurro ansioso, bajo, de los sonidos que *estaba oyendo* y yo no podía oír, de los movimientos que *estaba viendo* y yo no podía percibir. El viento corría velozmente detrás de los tapices y quise mostrarle (cosa en la cual, debo decirlo, no creía yo *del todo)* que aquellos suspiros casi inarticulados y aquellas levísimas variaciones de las figuras de la pared eran tan sólo los naturales efectos de la habitual corriente de aire. Pero la palidez mortal que se extendió por su rostro me probó que mis esfuerzos por tranquilizarla serían infructuosos.

Pareció desvanecerse y no había criados a quien recurrir. Recordé el lugar donde había un frasco de vino ligero que le habían prescrito los médicos, y crucé presuroso el aposento en su busca. Pero, al llegar bajo la luz del incensario, dos circunstancias de índole sorprendente llamaron mi atención. Sentí que un objeto palpable, aunque invisible, rozaba levemente mi persona, y vi que en la alfombra dorada, en el centro mismo del rico resplandor que arrojaba el incensario, había una sombra, una sombra leve, indefinida, de aspecto angélico, como cabe imaginar la sombra de una sombra. Pero yo estaba perturbado por la excitación de una inmoderada dosis de opio; poco caso hice a estas cosas y no las mencioné a Rowena.

Encontré el vino, crucé nuevamente la cámara y llené un vaso, que llevé a los labios de la desvanecida. Ya se había recobrado un tanto, sin embargo, y tomó el vaso en sus manos, mientras yo me dejaba caer en la otomana que tenía cerca, con los ojos fijos en su persona. Fue entonces cuando percibí claramente un paso suave en la alfombra, cerca del lecho, y un segundo después, mientras Rowena alzaba la copa de vino hasta sus labios, vi o quizá soñé que veía caer dentro del vaso, como surgida de un invisible surtidor en la atmósfera del aposento, tres o cuatro grandes gotas de fluido brillante, del color del rubí. Si yo lo vi, no ocurrió lo mismo con Rowena.

Bebió el vino sin vacilar y me abstuve de hablarle de una circunstancia que, según pensé, debía considerarse como sugestión de una imaginación excitada, cuya actividad mórbida aumentaban el terror de mi mujer, el opio y la hora.

Sin embargo, no pude dejar de percibir que, inmediatamente después de la caída de las gotas color rubí, se producía una rápida agravación en el mal de mi esposa, de suerte que la tercera noche las manos de sus doncellas la prepararon para la tumba, y la cuarta la pasé solo, con su cuerpo amortajado, en aquella fantástica cámara que la recibiera recién casada. Extrañas visiones engendradas por el opio revoloteaban como sombras delante de mí. Observé con ojos inquietos los sarcófagos en los ángulos de la habitación, las cambiantes figuras de los tapices, las contorsiones de las llamas multicolores en el incensario suspendido. Mis ojos cayeron entonces, mientras trataba de recordar las circunstancias de una noche anterior, en el lugar donde, bajo el resplandor del incensario, había visto las débiles huellas de la sombra.

Pero ya no estaba allí, y, respirando con más libertad, volví la mirada a la pálida y rígida figura tendida en el lecho. Entonces me asaltaron mil recuerdos de Ligeia, y cayó sobre mi corazón, con la turbulenta violencia de una marea, todo el indecible dolor con que había mirado su cuerpo amortajado. La noche avanzaba, y con el pecho lleno de amargos pensamientos, cuyo objeto era mi único, mi supremo amor, permanecí contemplando el cuerpo de Rowena.

Quizá fuera media noche, tal vez más temprano o más tarde, pues no tenía conciencia del tiempo, cuando un sollozo sofocado, suave, pero muy claro, me sacó bruscamente de mi ensueño. *Sentí* que venía del lecho de ébano, del lecho de muerte. Presté atención en una agonía de terror supersticioso, pero el sonido no se repitió. Esforcé la vista para descubrir algún movimiento del cadáver mas no advertí nada. Sin embargo, no podía haberme equivocado.

Había oído el ruido, aunque débil, y mi espíritu estaba despierto. Mantuve con decisión, con perseverancia, la atención clavada en el cuerpo. Transcurrieron algunos minutos sin que ninguna circunstancia arrojara luz sobre el misterio. Por fin, fue evidente que un color ligero, muy débil y apenas perceptible se difundía bajo las mejillas y a lo largo de las hundidas venas de los párpados. Con una especie de horror, de espanto indecible, que no tiene en el lenguaje humano expresión suficientemente enérgica, sentí que mi corazón dejaba de latir, que mis miembros se ponían rígidos. Sin embargo, el sentimiento del deber me devolvió la presencia de ánimo.

Ya no podía dudar de que nos habíamos apresurado en los preparativos, de que Rowena aún vivía. Era necesario hacer algo inmediatamente; pero la torre estaba muy apartada de las dependencias de la servidumbre, no había nadie cerca, yo no tenía modo de llamar en mi ayuda sin abandonar la habitación unos minutos, y no podía aventurarme a salir. Luché solo, pues, en mi intento de volver a la vida el espíritu aún vacilante. Pero, al cabo de un breve período, fue evidente la recaída, el color desapareció de los párpados y las mejillas, dejándolos más pálidos que el mármol; los labios estaban doblemente apretados y contraídos en la espectral expresión de la muerte; una viscosidad y un frío repulsivos cubrieron rápidamente la superficie del cuerpo, y la habitual rigidez cadavérica sobrevino de inmediato. Volví a desplomarme con un estremecimiento en el diván de donde me levantara tan bruscamente y de nuevo me entregué a mis apasionadas visiones de Ligeia.

Así transcurrió una hora cuando (¿era posible?) advertí por segunda vez un vago sonido procedente de la región del lecho. Presté atención en el colmo del horror. El sonido se repitió: era un suspiro. Precipitándome hacia el cadáver, vi —claramente— temblar los labios. Un minuto después se entreabrían, descubriendo una brillante línea de dientes nacarados.

La estupefacción luchaba ahora en mi pecho con el profundo espanto que hasta entonces reinara solo. Sentí que mi vista se oscurecía, que mi razón se extraviaba, y sólo por un violento esfuerzo logré al fin cobrar ánimos para ponerme a la tarea que mi deber me señalaba una vez más. Había ahora cierto color en la frente, en las mejillas y en la garganta; un calor perceptible invadía todo el cuerpo; hasta se sentía latir levemente el corazón. Mi esposa *vivía, y* con redoblado ardor me entregué a la tarea de resucitarla. Froté y friccioné las sienes y las manos, y utilicé todos los expedientes que la experiencia y no pocas lecturas médicas me aconsejaban. Pero en vano. De pronto, el color huyó, las pulsaciones cesaron, los labios recobraron la expresión de la muerte y, un instante después, el cuerpo todo adquiría el frío de hielo, el color lívido, la intensa rigidez; el aspecto consumido y todas las horrendas carácterísticas de quien ha sido, por muchos días, habitante de la tumba.

Y de nuevo me sumí en las visiones de Ligeia, y de nuevo (¿y quién ha de sorprenderse de que me estremezca al escribirlo?), *de nuevo* llegó a mis oídos un sollozo ahogado que venía de la zona del lecho de ébano. Mas, ¿a qué detallar el inenarrable horror de aquella noche? ¿A qué detenerme a relatar cómo, hasta acercarse el momento del alba gris, se repitió este horrible drama de resurrección; cómo cada espantosa recaída terminaba en una muerte más rígida y aparentemente más irremediable; cómo cada agonía cobraba el aspecto de una lucha con algún enemigo invisible, y cómo cada lucha era sucedida por no sé qué extraño cambio en el aspecto del cuerpo? Permitidme que me apresure a concluir.

La mayor parte de la espantosa noche había transcurrido, y la que estuviera muerta se movió de nuevo ahora con más fuerza que antes, aunque despertase de una disolución más horrenda y más irreparable. Yo había cesado hacía rato de luchar o de moverme, y permanecía rígido sentado en la otomana, presa indefensa de un torbellino de violentas emociones, de todas las cuales el pavor era quizá la menos terrible, la menos devoradora. El cadáver, repito, se movía, y ahora con más fuerza que antes. Los colores de la vida cubrieron con inusitada energía el semblante, los miembros se relajaron y, de no ser por los párpados aún apretados y por las vendas y paños que daban un aspecto sepulcral a la figura, podía haber soñado que Rowena había sacudido por completo las cadenas de la muerte.

Pero si entonces no acepté del todo esta idea, por lo menos pude salir de dudas cuando, levantándose del lecho, a tientas, con débiles pasos, con los ojos cerrados y la manera peculiar de quien se ha extraviado en un sueño, aquel ser amortajado avanzó osadamente, palpablemente, hasta el centro del aposento.

No temblé, no me moví, pues una multitud de ideas inexpresables vinculadas con el aire, la estatura, el porte de la figura cruzaron velozmente por mi cerebro, paralizándome, convirtiéndome en fría piedra. No me moví, pero contemplé la aparición. Reinaba un loco desorden en mis pensamientos, un tumulto incontenible. ¿Podía ser, realmente, Rowena viva la figura que tenía delante? ¿Podía ser realmente Rowena, Lady Rowena Trevanion de Tremaine, la de los cabellos rubios y los ojos azules? ¿Por qué, *por qué* lo dudaba? El vendaje ceñía la boca, pero ¿podía no ser la boca de Lady de Tremaine? Y las mejillas —con rosas como en la plenitud de su vida—, sí podían ser en verdad las hermosas mejillas de la viviente Lady de Tremaine. Y el mentón, con sus hoyuelos, como cuando estaba sana, ¿podía no ser el suyo? *Pero entonces, ¿había crecido ella durante su enfermedad?* ¿Qué inenarrable locura me invadió al pensarlo? De un salto llegué a sus pies. Estremeciéndose a mi contacto, dejó caer de la cabeza, sueltas, las horribles vendas que la envolvían, y entonces, en la atmósfera sacudida del aposento, se desplomó una enorme masa de cabellos desordenados: *¡eran más negros que las alas de cuervo de la medianoche!* Y lentamente se abrieron *los ojos* de la figura que estaba ante mí.

"¡En esto, por lo menos —grité—, nunca, nunca podré equivocarme! ¡Éstos son los grandes ojos, los ojos negros, los extraños ojos de mi perdido amor, los de Lady... los de LADY LIGEIA!".

LA CAÍDA DE LA CASA USHER

Son coeur est un luth suspendu; Sitôt qu'on le touche, il résonne.
(DE BÈRANGER)

Durante todo un día de otoño, triste, oscuro, silencioso, cuando las nubes se cernían bajas y pesadas en el cielo, crucé solo, a caballo, una región singularmente lúgubre del país; y, al fin, al acercarse las sombras de la noche, me encontré a la vista de la melancólica Casa Usher. No sé cómo fue, pero a la primera mirada que eché al edificio invadió mi espíritu un sentimiento de insoportable tristeza. Digo insoportable porque no lo atemperaba ninguno de esos sentimientos semiagradables por ser poéticos, con los cuales recibe el espíritu aun las más austeras imágenes naturales de lo desolado o lo terrible. Miré el escenario que tenía delante —la casa y el sencillo paisaje del dominio, las paredes desnudas, las ventanas como ojos vacíos, los ralos y siniestros juncos, y los escasos troncos de árboles agostados— con una fuerte depresión de ánimo únicamente comparable, como sensación terrena, al despertar del fumador de opio, la amarga caída en la existencia cotidiana, el horrible descorrerse del velo. Era una frialdad, un abatimiento, un malestar del corazón, una irremediable tristeza mental que ningún acicate de la imaginación podía desviar hacia forma alguna de lo sublime. ¿Qué era —me detuve a pensar—, qué era lo que así me desalentaba en la contemplación de la Casa Usher? Misterio insoluble; y yo no podía luchar con los sombríos pensamientos que se congregaban a mi alrededor mientras reflexionaba. Me vi obligado a incurrir en la insatisfactoria conclusión de que mientras *hay,* fuera de toda duda, combinaciones de simplísimos objetos naturales que tienen el poder de afectarnos así, el análisis de este poder se encuentra aún entre las consideraciones que están más allá de nuestro alcance.

Era posible, reflexioné, que una simple disposición diferente de los elementos de la escena, de los detalles del cuadro, fuera suficiente para modificar o quizá anular su poder de impresión dolorosa; y, procediendo de acuerdo con esta idea, empujé mi caballo a la escarpada orilla de un estanque negro y fantástico que extendía su brillo tranquilo junto a la mansión; pero con un estremecimiento aún más sobrecogedor que antes contemplé la imagen reflejada e invertida de los juncos grises, y los espectrales troncos, y las vacías ventanas como ojos.

En esa mansión de melancolía, sin embargo, proyectaba pasar algunas semanas. Su propietario, Roderick Usher, había sido uno de mis

211

alegres compañeros de adolescencia, pero muchos años habían transcurrido desde nuestro último encuentro. Sin embargo, acababa de recibir una carta en una región distinta del país —una carta suya—, la cual, por su tono exasperadamente apremiante, no admitía otra respuesta que la presencia personal. La escritura denotaba agitación nerviosa. El autor hablaba de una enfermedad física aguda, de un desorden mental que le oprimía y de un intenso deseo de verme por ser su mejor y, en realidad, su único amigo personal, con el propósito de lograr, gracias a la jovialidad de mi compañía, algún alivio a su mal. La manera en que se decía esto y mucho más, este pedido hecho de todo *corazón,* no me permitieron vacilar y, en consecuencia, obedecí de inmediato al que, no obstante, consideraba un requerimiento singularísimo. Aunque de muchachos habíamos sido camaradas íntimos en realidad poco sabía de mi amigo. Siempre se había mostrado excesivamente reservado. Yo sabía, sin embargo, que su antiquísima familia se había destacado desde tiempos inmemoriales por una peculiar sensibilidad de temperamento desplegada, a lo largo de muchos años, en numerosas y elevadas concepciones artísticas y manifestada, recientemente, en repetidas obras de caridad generosas, aunque discretas, así como en una apasionada devoción a las dificultades más que a las bellezas ortodoxas y fácilmente reconocibles de la ciencia musical. Conocía también el hecho notabilísimo de que la estirpe de los Usher, siempre venerable, no había producido, en ningún período, una rama duradera; en otras palabras, que toda la familia se limitaba a la línea de descendencia directa y siempre, con insignificantes y transitorias variaciones, había sido así. Esta ausencia, pensé, mientras revisaba mentalmente el perfecto acuerdo del carácter de la propiedad con el que distinguía a sus habitantes, reflexionando sobre la posible influencia que la primera, a lo largo de tantos siglos, podía haber ejercido sobre los segundos, esta ausencia, quizá, de ramas colaterales, y la consiguiente transmisión constante de padre a hijo, del patrimonio junto con el nombre, era la que, al fin, identificaba tanto a los dos, hasta el punto de fundir el título originario del dominio en el extraño y equívoco nombre de Casa Usher, nombre que parecía incluir, entre los campesinos que lo usaban, la familia y la mansión familiar.

He dicho que el solo efecto de mi experimento un tanto infantil —el de mirar en el estanque— había ahondado la primera y singular impresión. No cabe duda de que la conciencia del rápido crecimiento de mi superstición —pues, ¿por qué no he de darle este nombre?— servía especialmente para acelerar su crecimiento mismo. Tal es, lo sé de antiguo, la paradójica ley de todos los sentimientos que tienen como base el terror. Y debe de haber sido por esta sola razón que cuando de nuevo alcé los ojos hacia la casa desde su imagen en el estanque, surgió en mi mente una extraña fantasía, fantasía tan ridícula, en verdad, que sólo la menciono para mostrar la vívida fuerza de las sensaciones que me oprimían. Mi imaginación estaba excitada al punto de convencerme de que se cernía sobre toda la casa y el dominio una atmósfera propia de ambos y de su inmediata vecindad, una atmósfera sin afinidad con el aire del cielo, exhalada por los árboles marchitos, por los muros grises, por el estanque silencioso, un vapor pestilente y místico, opaco, pesado, apenas perceptible, de color plomizo.

Sacudiendo de mi espíritu esa que *tenía que ser* un sueño, examiné más de cerca el verdadero aspecto del edificio. Su rasgo dominante parecía ser una excesiva antigüedad. Grande era la decoloración producida por el tiempo. Menudos hongos se extendían por toda la superficie, suspendidos desde el alero en una fina y enmarañada tela de araña. Pero esto nada tenía que ver con ninguna forma de destrucción. No había caído parte alguna de la mampostería, y parecía haber una extraña incongruencia entre la perfecta adaptación de las partes y la disgregación de cada piedra. Esto me recordaba mucho la aparente integridad de ciertos maderajes que se han podrido largo tiempo en alguna cripta descuidada, sin que intervenga el soplo del aire exterior. Aparte de este indicio de ruina general la fábrica deba pocas señales de inestabilidad. Quizá el ojo de un observador minucioso hubiera podido descubrir una fisura apenas perceptible que, extendiéndose desde el tejado del edificio, en el frente, se abría camino pared abajo, en zig—zag, hasta perderse en las sombrías aguas del estanque.

Mientras observaba estas cosas cabalgué por una breve calzada hasta la casa. Un sirviente que aguardaba tomó mi caballo, y entré en la bóveda gótica del vestíbulo. Un criado de paso furtivo me condujo desde allí, en silencio, a través de varios pasadizos oscuros e intrincados, hacia el gabinete de su amo. Mucho de lo que encontré en el camino contribuyó, no sé cómo, a avivar los vagos sentimientos de los cuales he hablado ya. Mientras los objetos circundantes —los relieves de los cielorrasos, los oscuros tapices de las paredes, el ébano negro de los pisos y los fantasmagóricos trofeos heráldicos que rechinaban a mi paso— eran cosas a las cuales, a sus semejantes, estaba acostumbrado desde la infancia, mientras no cavilaba en reconocer lo familiar que era todo aquello, me asombraban por lo insólitas las fantasías que esas imágenes habituales provocaban en mí. En una de las escaleras encontré al médico de la familia. La expresión de su rostro, pensé, era una mezcla de baja astucia y de perplejidad. El criado abrió entonces una puerta y me dejó en presencia de su amo.

La habitación donde me hallaba era muy amplia y alta. Tenía ventanas largas, estrechas y puntiagudas, y a distancia tan grande del piso de roble negro, que resultaban absolutamente inaccesibles desde dentro. Débiles fulgores de luz carmesí se abrían paso a través de los cristales enrejados y servían para diferenciar suficientemente los principales objetos; los ojos, sin embargo, luchaban en vano para alcanzar los más remotos ángulos del aposento a los huecos del techo abovedado y esculpido. Oscuros tapices colgaban de las paredes. El moblaje general era profuso, incómodo, antiguo y destartalado. Había muchos libros e instrumentos musicales en desorden, que no lograban dar ninguna vitalidad a la escena. Sentí que respiraba una atmósfera de dolor. Un aire de dura, profunda e irremediable melancolía lo envolvía y penetraba todo.

A mi entrada, Usher se incorporó de un sofá donde estaba tendido cuan largo era y me recibió con calurosa vivacidad, que mucho tenía, pensé al principio, de cordialidad excesiva, del esfuerzo obligado del hombre de mundo *ennuyé*. Pero una mirada a su semblante me convenció de su perfecta sinceridad. Nos sentamos y, durante unos instantes, mientras no hablaba, lo observé con un sentimiento en parte de compasión, en parte de espanto. ¡Seguramente hombre alguno hasta entonces había cambiado tan terriblemente, en un período tan breve, como Roderick Usher! A duras penas pude llegar a admitir la identidad del ser exangüe que tenía ante mí, con el compañero de mi adolescencia. Sin embargo, el carácter de su rostro había sido siempre notable. La tez cadavérica; los ojos, grandes, líquidos, incomparablemente luminosos; los labios, un tanto finos y muy pálidos, pero de una curva extraordinariamente hermosa; la nariz, de delicado tipo hebreo, pero de ventanillas más abiertas de lo que es habitual en ellas; el mentón, finamente modelado, revelador, en su falta de prominencia, de una falta de energía moral; los cabellos, más suaves y más tenues que tela de araña: estos rasgos y el excesivo desarrollo de la región frontal constituían una fisonomía difícil de olvidar. Y ahora la simple exageración del carácter dominante de esas facciones y de su expresión habitual revelaban un cambio tan grande, que dudé de la persona con quien estaba hablando. La palidez espectral de la piel, el brillo milagroso de los ojos, por sobre todas las cosas me sobresaltaron y aun me aterraron. El sedoso cabello, además, había crecido al descuido y, como en su desordenada textura de telaraña flotaba más que caía alrededor del rostro, me era imposible, aun haciendo un esfuerzo, relacionar su enmarañada apariencia con idea alguna de simple humanidad.

En las maneras de mi amigo me sorprendió encontrar incoherencia, inconsistencia, y pronto descubrí que era motivada por una serie de débiles y fútiles intentos de vencer un azoramiento habitual, una excesiva agitación nerviosa. A decir verdad, ya estaba preparado para algo de esta naturaleza, no menos por su carta que por reminiscencias de ciertos rasgos juveniles y por las conclusiones deducidas de su peculiar conformación física y su temperamento. Sus gestos eran alternativamente vivaces y lentos. Su voz pasaba de una indecisión trémula (cuando su espíritu vital parecía en completa latencia) a esa especie de concisión enérgica, esa manera de hablar abrupta, pesada, lenta, hueca; a esa pronunciación gutural, densa, equilibrada, perfectamente modulada que puede observarse en el borracho perdido o en el opiómano incorregible durante los períodos de mayor excitación.

Así me habló del objeto de mi visita, de su vehemente deseo de verme y del solaz que aguardaba de mí. Abordó con cierta extensión lo que él consideraba la naturaleza de su enfermedad. Era, dijo, un mal constitucional y familiar, y desesperaba de hallarle remedio; una simple afección nerviosa, añadió de inmediato, que indudablemente pasaría pronto. Se manifestaba en una multitud de sensaciones anormales. Algunas de ellas, cuando las detalló, me interesaron y me desconcertaron, aunque sin duda tuvieron importancia los términos y el estilo general del relato. Padecía mucho de una acuidad mórbida de los sentidos; apenas soportaba los alimentos más insípidos; no podía vestir sino ropas de cierta textura; los perfumes de todas las flores le eran opresivos; aun la luz más débil torturaba sus ojos, y sólo pocos sonidos peculiares, y éstos de instrumentos de cuerda, no le inspiraban horror.

Vi que era un esclavo sometido a una suerte anormal de terror. «Moriré —dijo—, *tengo* que morir de esta deplorable locura. Así, así y no de otro modo me perderé. Temo los sucesos del futuro, no por sí mismos, sino por sus resultados. Me estremezco pensando en cualquier incidente, aun el más trivial, que pueda actuar sobre esta intolerable agitación. No aborrezco el peligro, como no sea por su efecto absoluto: el terror. En este desaliento, en esta lamentable condición, siento que tarde o temprano llegará el período en que deba abandonar vida y razón a un tiempo, en alguna lucha con el torvo fantasma: *el miedo.*»

Conocí además por intervalos, y a través de insinuaciones interrumpidas y ambiguas, otro rasgo singular de su condición mental.

Estaba dominado por ciertas impresiones supersticiosas relativas a la morada que ocupaba y de donde, durante muchos años, nunca se había aventurado a salir, supersticiones relativas a una influencia cuya supuesta energía fue descrita en términos demasiado sombríos para repetirlos aquí; influencia que algunas peculiaridades de la simple forma y material de la casa familiar habían ejercido sobre su espíritu, decía, a fuerza de soportarlas largo tiempo; efecto que el *aspecto físico* de los muros y las torrecillas grises y el oscuro estanque en el cual éstos se miraban había producido, a la larga, en la *moral* de su existencia.

Admitía, sin embargo, aunque con vacilación, que podía buscarse un origen más natural y más palpable a mucho de la peculiar melancolía que así lo afectaba: la cruel y prolongada enfermedad, la disolución evidentemente próxima de una hermana tiernamente querida, su única compañía durante muchos años, su último y solo pariente sobre la tierra. «Su muerte —decía con una amargura que nunca podré olvidar — hará de mí (de mí, el desesperado, el frágil) el último de la antigua raza de los Usher.» Mientras hablaba, Lady Madeline (que así se llamaba) pasó lentamente por un lugar apartado del aposento y, sin notar mi presencia, desapareció. La miré con extremado asombro, no desprovisto de temor, y sin embargo me es imposible explicar estos sentimientos. Una sensación de estupor me oprimió, mientras seguía con la mirada sus pasos que se alejaban. Cuando por fin una puerta se cerró tras ella, mis ojos buscaron instintiva y ansiosamente el semblante del hermano, pero éste había hundido la cara entre las manos y sólo pude percibir que una palidez mayor que la habitual se extendía en los dedos descarnados, por entre los cuales se filtraban apasionadas lágrimas.

La enfermedad de Lady Madeline había burlado durante mucho tiempo la ciencia de sus médicos. Una apatía permanente, un agotamiento gradual de su persona y frecuentes aunque transitorios accesos de carácter parcialmente cataléptico eran el diagnóstico insólito. Hasta entonces había soportado con firmeza la carga de su enfermedad, negándose a guardar cama; pero, al caer la tarde de mi llegada a la casa, sucumbió (como me lo dijo esa noche su hermano con inexpresable agitación) al poder aplastante del destructor, y supe que la breve visión que yo había tenido de su persona sería probablemente la última para mí, que nunca más vería a Lady Madeline, por lo menos en vida.

En los varios días posteriores, ni Usher ni yo mencionamos su nombre, y durante este período me entregué a vehementes esfuerzos para aliviar la melancolía de mi amigo. Pintábamos y leíamos juntos; o yo escuchaba, como en un sueño, las extrañas improvisaciones de su elocuente guitarra. Y así a medida que una intimidad cada vez más estrecha me introducía sin reserva en lo más recóndito de su alma, iba advirtiendo con amargura la futileza de todo intento de alegrar un espíritu cuya oscuridad, como una cualidad positiva, inherente, se derramaba sobre todos los objetos del universo físico y moral, en una incesante irradiación de tinieblas.

Siempre tendré presente el recuerdo de las muchas horas solemnes que pasé a solas con el amo de la Casa Usher. Sin embargo, fracasaría en todo intento de dar una idea sobre el exacto carácter de los estudios o las ocupaciones a los cuales me inducía o cuyo camino me mostraba. Una idealidad exaltada, enfermiza, arrojaba un fulgor sulfúreo sobre todas las cosas. Sus largos e improvisados cantos fúnebres resonarán eternamente en mis oídos. Entre otras cosas, conservo dolorosamente en la memoria cierta singular perversión y amplificación del extraño aire del último vals de Von Weber. De las pinturas que nutría su laboriosa imaginación y cuya vaguedad crecía a cada pincelada, vaguedad que me causaba un estremecimiento tanto más penetrante, cuanto que ignoraba su causa; de esas pinturas (tan vívidas que aún tengo sus imágenes ante mí) sería inútil mi intento de presentar algo más que la pequeña porción comprendída en los límites de las meras palabras escritas. Por su extremada simplicidad, por la desnudez de sus diseños, atraían la atención y la subyugaban. Si jamás un mortal pintó una idea, ese mortal fue Roderick Usher. Para mí al menos —en las circunstancias que entonces me rodeaban—, surgía de las puras abstracciones que el hipocondríaco lograba proyectar en la tela, una intensidad de intolerable espanto, cuya sombra nunca he sentido, ni siquiera en la contemplación de las fantasías de Fuseli, resplandecientes, por cierto, pero demasiado concretas.

Una de las fantasmagóricas concepciones de mi amigo, que no participaba con tanto rigor del espíritu de abstracción, puede ser vagamente esbozada, aunque de una manera indecisa, débil, en palabras. El pequeño cuadro representaba el interior de una bóveda o túnel inmensamente largo, rectangular, con paredes bajas, lisas, blancas, sin interrupción ni adorno alguno. Ciertos elementos accesorios del diseño servían para dar la idea de que esa excavación se hallaba a mucha profundidad bajo la superficie de la tierra. No se observaba ninguna saliencia en toda la vasta extensión, ni se discernía una antorcha o cualquier otra fuente artificial de luz; sin embargo, flotaba por todo el espacio una ola de intensos rayos que bañaban el conjunto con un esplendor inadecuado y espectral.

He hablado ya de ese estado mórbido del nervio auditivo que hacía intolerable al paciente toda música, con excepción de ciertos efectos de instrumentos de cuerda. Quizá los estrechos límites en los cuales se había confinado con la guitarra fueron los que originaron, en gran medida, el carácter fantástico de sus obras. Pero no es posible explicar de la misma manera la *fogosa facilidad* de sus *impromptus*. Debían de ser —y lo eran, tanto las notas como las palabras de sus extrañas fantasías (pues no pocas veces se acompañaba con improvisaciones verbales rimadas)—, debían de ser los resultados de ese intenso recogimiento y concentración mental a los cuales he aludido antes y que eran observables sólo en ciertos momentos de la más alta excitación mental. Recuerdo fácilmente las palabras de una de esas rapsodias. Quizá fue la que me impresionó con más fuerza cuando la dijo, porque en la corriente interna o mística de su sentido creí percibir, y por primera vez, una acabada conciencia por parte de Usher de que su encumbrada razón vacilaba sobre su trono. Los versos, que él tituló *El palacio encantado,* decían poco más o menos así:

I.

En el más verde de los valles
que habitan ángeles benéficos,
erguíase un palacio lleno
de majestad y hermosura.
¡Dominio del rey Pensamiento,
allí se alzaba!
Y nunca un serafín batió sus alas
sobre cosa tan bella.

II.

Amarillos pendones, sobre el techo
flotaban, áureos y gloriosos
(todo eso fue hace mucho,
en los más viejos tiempos);
y con la brisa que jugaba
en tan gozosos días,
por las almenas se expandía
una fragancia alada.

III.

Y los que erraban en el valle,
por dos ventanas luminosas

a los espíritus veían
danzar al ritmo de laudes,
en torno al trono donde
(¡porfirogénito!)
envuelto en merecida pompa,
se sentaba el señor del reino.

Y de rubíes y de perlas
era la puerta del palacio,
de donde como un río fluían,
fluían centelleando,
los Ecos, de gentil tarea:
la de cantar con altas voces
el genio y el ingenio
de su rey soberano.

Mas criaturas malignas invadieron,
vestidas de tristeza, aquel dominio.
(¡Ah, duelo y luto!
¡Nunca más nacerá otra alborada!)
Y en torno del palacio, la hermosura
que antaño florecía entre rubores,
es sólo una olvidada historia
sepulta en viejos tiempos.

Y los viajeros, desde valle,
por las ventanas ahora rojas,
ven vastas formas que se mueven
en fantasmales discordancias,
mientras, cual espectral torrente,
por la pálida puerta
sale una horrenda multitud que ríe...
pues la sonrisa ha muerto.

Recuerdo bien que las sugestiones nacidas de esta balada nos lanzaron a una corriente de pensamientos donde se manifestó una opinión de Usher que menciono, no por su novedad (pues otros hombres han pensado así), sino para explicar la obstinación con que la defendió. En líneas generales afirmaba la sensibilidad de todos los seres vegetales. Pero en su desordenada fantasía la idea había asumido un carácter más audaz e invadía, bajo ciertas condiciones, el reino de lo inorgánico. Me faltan palabras para expresar todo el alcance, o el vehemente *abandono* de su persuasión. La creencia, sin embargo, se vinculaba (como ya lo he insinuado) con las piedras grises de la casa de sus antepasados. Las condiciones de la sensibilidad habían sido satisfechas, imaginaba él, por el método de colocación de esas piedras, por el orden en que estaban dispuestas, así como por los numerosos *hongos* que las cubrían y los marchitos árboles circundantes, pero, sobre todo, por la prolongación inmodificada de este orden y su duplicación en las quietas aguas del estanque. Su evidencia —la evidencia de esa sensibilidad— podía comprobarse, dijo (y al oírlo me estremecí), en la gradual pero segura condensación de una atmósfera propia en torno a las aguas y a los muros. El resultado era discernible, añadió, en esa silenciosa, mas importuna y terrible influencia que durante siglos había modelado los destinos de la familia, haciendo de *él* eso que ahora estaba yo viendo, eso que él era. Tales opiniones no necesitan comentario, y no haré ninguno.

Nuestros libros —los libros que durante años constituyeran no pequeña parte de la existencia intelectual del enfermo— estaban, como puede suponerse, en estricto acuerdo con este carácter espectral. Estudiábamos juntos obras tales como el *Vever et Chartreuse*, de Gresset, el *Belfegor*, de Maquiavelo; *Del Cielo y del Infierno*, de Swedenborg; el *Viaje subterráneo de Nicolás Klim*, de Holberg; la *Quiromancia*, de Robert Flud, Jean d'Indaginé y De la Chambre; el *Viaje a la distancia azul*, de Tieck; y la *Ciudad del Sol*, de Campanella. Nuestro libro favorito era un pequeño volumen en octavo del *Directorium Inquisitorium*, del dominico Eymeric de Gironne, y había pasajes de Pomponius Mela sobre los viejos sátiros africanos y egibanos, con los cuales Usher soñaba horas enteras. Pero encontraba su principal deleite en la lectura cuidadosa de un rarísimo y curioso libro gótico en cuarto —el manual de una iglesia olvidada—, las *Vigiliæ Mortuorum Chorum Eclesiæ Maguntiæ*.

No podía dejar de pensar en el extraño ritual de esa obra y en su probable influencia sobre el hipocondríaco cuando una noche, tras informarme bruscamente de que Lady Madeline había dejado de existir, declaró su intención de preservar su cuerpo durante quince días (antes de su inhumación definitiva) en una de las numerosas criptas del edificio. El humano motivo que alegaba para justificar esta singular conducta no me dejó en libertad de discutir. El hermano había llegado a esta decisión (así me dijo) considerando el carácter insólito de la enfermedad de la difunta, ciertas importunas y ansiosas averiguaciones por parte de sus médicos, la remota y expuesta situación del cementerio familiar. No he de negar que, cuando evoqué el siniestro aspecto de la persona con quien me cruzara en la escalera el día de mi llegada a la casa, no tuve deseo de oponerme a lo que consideré una precaución inofensiva y en modo alguno extraña.

A pedido de Usher, lo ayudé personalmente en los preparativos de la sepultura temporaria. Ya en el ataúd, los dos solos llevamos el cuerpo a su lugar de descanso. La cripta donde lo depositamos (por tanto tiempo clausurada que las antorchas casi se apagaron en su atmósfera opresiva, dándonos poca oportunidad para examinarla) era pequeña, húmeda y desprovista de toda fuente de luz; estaba a gran profundidad, justamente bajo la parte de la casa que ocupaba mi dormitorio. Evidentemente había desempeñado, en remotos tiempos feudales, el siniestro oficio de mazmorra, y en los últimos tiempos el de depósito de pólvora o alguna otra sustancia combustible, pues una parte del piso y todo el interior del largo pasillo abovedado que nos llevara hasta allí estaban cuidadosamente revestidos de cobre. La puerta, de hierro macizo, tenía una protección semejante. Su inmenso peso, al moverse sobre los goznes, producía un chirrido agudo, insólito.

Una vez depositada la fúnebre carga sobre los caballetes, en aquella región de horror, retiramos parcialmente hacia un lado la tapa todavía suelta del ataúd, y miramos la cara de su ocupante. Un sorprendente parecido entre el hermano y la hermana fue lo primero que atrajo mi atención, y Usher, adivinando quizá mis pensamientos, murmuró algunas palabras, por las cuales supe que la muerta y él eran mellizos y que entre ambos habían existido siempre simpatías casi inexplicables. Nuestros ojos, sin embargo, no se detuvieron mucho en la muerta, porque no podíamos mirarla sin espanto. El mal que llevara a Lady Madeline a la tumba en la fuerza de la juventud había dejado, como es frecuente en todas las enfermedades de naturaleza estrictamente cataléptica, la ironía de un débil rubor en el pecho y la cara, y esa sonrisa suspicaz, lánguida, que es tan terrible en la muerte. Volvimos la tapa a su sitio, la atornillamos y, asegurada la puerta de hierro, emprendimos camino, con fatiga, hacia los aposentos apenas menos lúgubres de la parte superior de la casa.

Y entonces, transcurridos algunos días de amarga pena, sobrevino un cambio visible en las carácterísticas del desorden mental de mi amigo. Sus maneras habituales habían desaparecido. Descuidaba u olvidaba sus ocupaciones comunes. Erraba de aposento en aposento con paso presuroso, desigual, sin rumbo. La palidez de su semblante había adquirido, si era posible tal cosa, un tinte más espectral, pero la luminosidad de sus ojos había desaparecido por completo. El tono a veces ronco de su voz ya no se oía, y una vacilación trémula como en el colmo del terror, carácterizaba ahora su pronunciación. Por momentos, en verdad, pensé que algún secreto opresivo dominaba su mente agitada sin descanso, y que luchaba por conseguir valor suficiente para divulgarlo. Otras veces, en cambio, me veía obligado a reducirlo todo a las meras e inexplicables divagaciones de la locura, pues lo veía contemplar el vacío horas enteras, en actitud de profundísima atención, como si escuchara algún sonido imaginario. No es de extrañarse que su estado me aterrara, que me inficionara. Sentía que a mi alrededor, a pasos lentos pero seguros, se deslizaban las extrañas influencias de sus supersticiones fantásticas y contagiosas.

Al retirarme a mi dormitorio la noche del séptimo u octavo día después de que Lady Madeline fuera depositada en la mazmorra, y siendo ya muy tarde, experimenté de manera especial y con toda su fuerza esos sentimientos. El sueño *no* se acercaba a mi lecho y las horas pasaban y pasaban. Luché por racionalizar la nerviosidad que me dominaba. Traté de convencerme de que mucho, si no todo lo que sentía, era causado por la desconcertante influencia del lúgubre moblaje de la habitación, de los tapices oscuros y raídos que, atormentados por el soplo de una tempestad incipiente, se balanceaban espasmódicos de aquí para allá sobre los muros y crujían desagradablemente alrededor de los adornos del lecho. Pero mis esfuerzos eran infructuosos. Un temblor incontenible fue invadiendo gradualmente mi cuerpo, y al fin se instaló sobre mi propio corazón un íncubo, el peso de una alarma por completo inmotivada. Lo sacudí, jadeando, luchando, me incorporé sobre las almohadas y, mientras miraba ansiosamente en la intensa oscuridad del aposento, presté atención —ignoro por qué, salvo que me impulsó una fuerza instintiva— a ciertos sonidos ahogados, indefinidos, que llegaban en las pausas de la tormenta, con largos intervalos, no sé de dónde. Dominado por un intenso sentimiento de horror, inexplicable pero insoportable, me vestí aprisa (pues sabía que no iba a dormir más durante la noche) e intenté salir de la lamentable condición en que había caído, recorriendo rápidamente la habitación de un extremo al otro.

Había dado unas pocas vueltas, cuando un ligero paso en una escalera contigua atrajo mi atención. Reconocí entonces el paso de Usher. Un instante después llamaba con un toque suave a en la puerta y entraba con una lámpara. Su semblante tenía, como de costumbre, una palidez cadavérica, pero además había en sus ojos una especie de loca hilaridad, una *hysteria* evidentemente reprimida en toda su actitusted Su aire me espantó, pero todo era preferible a la soledad que había soportado tanto tiempo, y hasta acogí su presencia con alivio.

—¿No lo has visto? —dijo bruscamente, después de echar una mirada a su alrededor, en silencio—. ¿No lo has visto? Pues aguarda, lo verás —y diciendo esto protegió cuidadosamente la lámpara, se precipitó a una de las ventanas y la abrió de par en par a la tormenta.

La ráfaga entró con furia tan impetuosa que estuvo a punto de levantarnos del suelo. Era, en verdad, una noche tempestuosa, pero de una belleza severa, extrañamente singular en su terror y en su hermosura. Al parecer un torbellino desplegaba su fuerza en nuestra vecindad, pues había frecuentes y violentos cambios en la dirección del viento; y la excesiva densidad de las nubes (tan bajas que oprimían casi las torrecillas de la casa) no nos impedía advertir la viviente velocidad con que acudían de todos los puntos, mezclándose unas con otras sin alejarse. Digo que aun su excesiva densidad no nos impedía advertirlo, y sin embargo no nos llegaba ni un atisbo de la luna o de las estrellas, ni se veía el brillo de un relámpago. Pero las superficies inferiores de las grandes masas de agitado vapor, así como todos los objetos terrestres que nos rodeaban, resplandecían en la luz extranatural de una exhalación gaseosa, apenas luminosa y claramente visible, que se cernía sobre la casa y la amortajaba.

—¡No debes mirar, no mirarás eso! —dije, estremeciéndome, mientras con suave violencia apartaba a Usher de la ventana para conducirlo a un asiento—. Estos espectáculos, que te confunden, son simples fenómenos eléctricos nada extraños, o quizá tengan su horrible origen en el miasma corrupto del estanque. Cerremos esta ventana; el aire está frío y es peligroso para tu salusted Aquí tienes una de tus novelas favoritas. Yo leeré y me escucharás, y así pasaremos juntos esta noche terrible.

El antiguo volumen que había tomado era *Mad Trist,* de sir Launcelot Canning; pero lo había calificado de favorito de Usher más por triste broma que en serio, pues poco había en su prolijidad tosca, sin imaginación, que pudiera interesar a la elevada e ideal espiritualidad de mi amigo. Pero era el único libro que tenía a mano, y alimenté la vaga esperanza de que la excitación que en ese momento agitaba al hipocondríaco pudiera hallar alivio (pues la historia de los trastornos mentales está llena de anomalías semejantes) aun en la exageración de la locura que yo iba a leerle. De haber juzgado, a decir verdad, por la extraña y tensa vivacidad con que escuchaba o parecía escuchar las palabras de la historia, me hubiera felicitado por el éxito de mi idea.

Había llegado a esa parte bien conocida de la historia en que Ethelred, el héroe del *Trist,* después de sus vanos intentos de introducirse por las buenas en la morada del eremita, procede a entrar por la fuerza. Aquí, se recordará, las palabras del relator son las siguientes:

"Y Ethelred, que era por naturaleza un corazón valeroso, y fortalecido, además, gracias al poder del vino que había bebido, no aguardó el momento de parlamentar con el eremita, quien, en realidad, era de índole obstinada y maligna; mas sintiendo la lluvia sobre sus hombros, y temiendo el estallido de la tempestad, alzó resueltamente su maza y a golpes abrió un rápido camino en las tablas de la puerta para su mano con guantelete, y, tirando con fuerza hacia sí, rajó, rompió, lo destrozó todo en tal forma que el ruido de la madera seca y hueca retumbó en el bosque y lo llenó de alarma".

Al terminar esta frase me sobresalté y por un momento me detuve, pues me pareció (aunque en seguida concluí que mi excitada imaginación me había engañado), me pareció que, de alguna remotísima parte de la mansión, llegaba confusamente a mis oídos algo que podía ser, por su exacta similitud, el eco (aunque sofocado y sordo, por cierto) del mismo ruido de rotura, de destrozo que sir Launcelot había descrito con tanto detalle. Fue, sin duda alguna, la coincidencia lo que atrajo mi atención pues entre el crujir de los bastidores de las ventanas y los mezclados ruidos habituales de la tormenta creciente, el sonido en sí mismo nada tenía, a buen seguro, que pudiera interesarme o distraerme. Continué el relato:

"Pero el buen campeón Ethelred pasó la puerta y quedó muy furioso y sorprendido al no percibir señales del maligno eremita y encontrar, en cambio, un dragón prodigioso, cubierto de escamas, con lengua de fuego, sentado en guardia delante de un palacio de oro con piso de plata, y del muro colgaba un escudo de bronce reluciente con esta leyenda:

Quien entre aquí, conquistador será;
Quien mate al dragón, el escudo ganará.

"Y Ethelred levantó su maza y golpeó la cabeza del dragón, que cayó a sus pies y lanzó su apestado aliento con un rugido tan hórrido y bronco y además tan penetrante que Ethelred se tapó de buena gana los oídos con las manos para no escuchar el horrible ruido, tal como jamás se había oído hasta entonces".

Aquí me detuve otra vez bruscamente, y ahora con un sentimiento de violento asombro, pues no podía dudar de que en esta oportunidad había escuchado realmente (aunque me resultaba imposible decir de qué dirección procedía) un grito insólito, un sonido chirriante, sofocado y aparentemente lejano, pero áspero, prolongado, la exacta réplica de lo que mi imaginación atribuyera al extranatural alarido del dragón, tal como lo describía el novelista. Oprimido, como por cierto lo estaba desde la segunda y más extraordinaria coincidencia, por mil sensaciones contradictorias, en las cuales predominaban el asombro y un extremado terror, conservé, sin embargo, suficiente presencia de ánimo para no excitar con ninguna observación la sensibilidad nerviosa de mi compañero. No era nada seguro que hubiese advertido los sonidos en cuestión, aunque se había producido durante los últimos minutos una evidente y extraña alteración en su apariencia. Desde su posición frente a mí había hecho girar gradualmente su silla, de modo que estaba sentado mirando hacia la puerta de la habitación, y así sólo en parte podía ver yo sus facciones, aunque percibía sus labios temblorosos, como si murmuraran algo inaudible. Tenía la cabeza caída sobre el pecho, pero supe que no estaba dormido por los ojos muy abiertos, fijos, que vi al echarle una mirada de perfil. El movimiento del cuerpo contradecía también esta idea, pues se mecía de un lado a otro con un balanceo suave, pero constante y uniforme. Luego de advertir rápidamente todo esto, proseguí el relato de sir Launcelot, que decía así:

"Y entonces el campeón, después de escapar a la terrible furia del dragón, se acordó del escudo de bronce y del encantamiento roto, apartó el cuerpo muerto de su camino y avanzó valerosamente sobre el argentado pavimento del castillo hasta donde colgaba del muro el escudo, el cual, entonces, no esperó su llegada, sino que cayó a sus pies sobre el piso de plata con grandísimo y terrible fragor".

Apenas habían salido de mis labios estas palabras, cuando —como si realmente un escudo de bronce, en ese momento, hubiera caído con todo su peso sobre un pavimento de plata— percibí un eco claro, profundo, metálico y resonante, aunque en apariencia sofocado. Incapaz de dominar mis nervios, me puse en pie de un salto, pero el acompasado movimiento de Usher no se interrumpió. Me precipité al sillón donde estaba sentado. Sus ojos miraban fijos hacia adelante y dominaba su persona una rigidez pétrea. Pero, cuando posé mi mano sobre su hombro, un fuerte estremecimiento recorrió su cuerpo; una sonrisa malsana tembló en sus labios, y vi que hablaba con un murmullo bajo, apresurado, ininteligible, como si no advirtiera mi presencia. Inclinándome sobre él, muy cerca, bebí, por fin, el horrible significado de sus palabras:

—¿No lo oyes? Sí, yo lo oigo y lo *he* oído. Mucho, mucho, mucho tiempo... muchos minutos, muchas horas, muchos días lo he oído, pero no me atrevía... ¡Ah, compadéceme, mísero de mí, desventurado! ¡No me atrevía... no me *atrevía* a hablar! *¡La encerramos viva en la tumba!* ¿No dije que mis sentidos eran agudos? *Ahora* te digo que oí sus primeros movimientos, débiles, en el fondo del ataúd. Los oí hace muchos, muchos días, y no me atreví, *¡no me atrevía hablar!* ¡Y ahora, esta noche, Ethelred, ja, ja! ¡La puerta rota del eremita, y el grito de muerte del dragón, y el estruendo del escudo! ... ¡Di, mejor, el ruido del ataúd al rajarse, y el chirriar de los férreos goznes de su prisión, y sus luchas dentro de la cripta, por el pasillo abovedado, revestido de cobre! ¡Oh! ¿A dónde huiré? ¿No estará aquí pronto? ¿No se precipita a reprocharme mi prisa? ¿No he oído sus pasos en la escalera? ¿No distingo el pesado y horrible latido de su corazón? ¡INSENSATO! —y aquí, furioso, de un salto, se puso de pie y gritó estas palabras, como si en ese esfuerzo entregara su alma—: ¡INSENSATO! ¡TE DIGO QUE ESTÁ DEL OTRO LADO DE LA PUERTA!

Como si la sobrehumana energía de su voz tuviera la fuerza de un sortilegio, los enormes y antiguos batientes que Usher señalaba abrieron lentamente, en ese momento, sus pesadas mandíbulas de ébano. Era obra de la violenta ráfaga, pero allí, del otro lado de la puerta, ESTABA la alta y amortajada figura de Lady Madeline Usher. Había sangre en sus ropas blancas, y huellas de acerba lucha en cada parte de su descarnada persona. Por un momento permaneció temblorosa, tambaleándose en el umbral; luego, con un lamento sofocado, cayó pesadamente hacia adentro, sobre el cuerpo de su hermano, y en su violenta agonía final lo arrastró al suelo, muerto, víctima de los terrores que había anticipado.

De aquel aposento, de aquella mansión huí aterrado. Afuera seguía la tormenta en toda su ira cuando me encontré cruzando la vieja avenida. De pronto surgió en el sendero una luz extraña y me volví para ver de dónde podía salir fulgor tan insólito, pues la vasta casa y sus sombras quedaban solas a mis espaldas. El resplandor venía de la luna llena, roja como la sangre, que brillaba ahora a través de aquella fisura casi imperceptible dibujada en zig— zag desde el tejado del edificio hasta la base. Mientras la contemplaba, la fisura se ensanchó rápidamente, pasó un furioso soplo del torbellino, todo el disco del satélite irrumpió de pronto ante mis ojos y mi espíritu vaciló al ver desmoronarse los poderosos muros, y hubo un largo y tumultuoso clamor como la voz de mil torrentes, y a mis pies el profundo y corrompido estanque se cerró sombrío, silencioso, sobre los restos de la Casa Usher.

SILENCIO

Escúchame —dijo el Demonio, apoyando la mano en mi cabeza—. La región de que hablo es una lúgubre región en Libia, a orillas del río Zaire. Y allá no hay ni calma ni silencio.

Las aguas del río están teñidas de un matiz azafranado y enfermizo, y no fluyen hacia el mar, sino que palpitan por siempre bajo el ojo purpúreo del sol, con un movimiento tumultuoso y convulsivo. A lo largo de muchas millas, a ambos lados del legamoso lecho del río, se tiende un pálido desierto de gigantescos nenúfares. Suspiran entre sí en esa soledad y tienden hacia el cielo sus largos y pálidos cuellos, mientras inclinan a un lado y otro sus cabezas sempiternas. Y un rumor indistinto se levanta de ellos, como el correr del agua subterránea. Y suspiran entre sí.

Pero su reino tiene un límite, el límite de la oscura, horrible, majestuosa floresta. Allí, como las olas en las Hébridas, la maleza se agita continuamente. Pero ningún viento surca el cielo. Y los altos árboles primitivos oscilan eternamente de un lado a otro con un potente resonar. Y de sus altas copas se filtran, gota a gota, rocíos eternos. Y en sus raíces se retuercen, en un inquieto sueño, extrañas flores venenosas. Y en lo alto, con un agudo sonido susurrante, las nubes grises corren por siempre hacia el oeste, hasta rodar en cataratas sobre las ígneas paredes del horizonte. Pero ningún viento surca el cielo. Y en las orillas del río Zaire no hay ni calma ni silencio.

Era de noche y llovía, y al caer era lluvia, pero después de caída era sangre. Y yo estaba en la marisma entre los altos nenúfares, y la lluvia caía en mi cabeza, y los nenúfares suspiraban entre sí en la solemnidad de su desolación.

Y de improviso levantóse la luna a través de la fina niebla espectral y su color era carmesí. Y mis ojos se posaron en una enorme roca gris que se alzaba a la orilla del río, iluminada por la luz de la luna. Y la roca era gris, y espectral, y alta; y la roca era gris. En su faz había caracteres grabados en la piedra, y yo anduve por la marisma de nenúfares hasta acercarme a la orilla, para leer los caracteres en la piedra. Pero no pude descifrarlos. Y me volvía a la marisma cuando la luna brilló con un rojo más intenso, y al volverme y mirar otra vez hacia la roca y los caracteres vi que los caracteres decían DESOLACIÓN.

Y miré hacia arriba y en lo alto de la roca había un hombre, y me oculté entre los nenúfares para observar lo que hacía aquel hombre. Y el hombre era alto y majestuoso y estaba cubierto desde los hombros a los pies con la toga de la antigua Roma. Y su silueta era indistinta, pero sus facciones eran las facciones de una deidad, porque el palio de la noche, y la luna, y la niebla, y el rocío, habían dejado al descubierto las facciones de su cara. Y su frente era alta y pensativa, y sus ojos brillaban de preocupación; y en las escasas arrugas de sus mejillas leí las fábulas de la tristeza, del cansancio, del disgusto de la humanidad, y el anhelo de estar solo.

Y el hombre se sentó en la roca, apoyó la cabeza en la mano y contempló la desolación. Miró los inquietos matorrales, y los altos árboles primitivos, y más arriba el susurrante cielo, y la luna carmesí. Y yo me mantuve al abrigo de los nenúfares, observando las acciones de aquel hombre. Y el hombre tembló en la soledad, pero la noche transcurría, y él continuaba sentado en la roca.

Y el hombre distrajo su atención del cielo y miró hacia el melancólico río Zaire y las amarillas, siniestras aguas y las pálidas legiones de nenúfares. Y el hombre escuchó los suspiros de los nenúfares y el murmullo que nacía de ellos. Y yo me mantenía oculto y observaba las acciones de aquel hombre. Y el hombre tembló en la soledad; pero la noche transcurría y él continuaba sentado en la roca.

Entonces me sumí en las profundidades de la marisma, vadeando a través de la soledad de los nenúfares, y llamé a los hipopótamos que moran entre los pantanos en las profundidades de la marisma. Y los hipopótamos oyeron mi llamada y vinieron con los behemot al pie de la roca y rugieron sonora y terriblemente bajo la luna. Y yo me mantenía oculto y observaba las acciones de aquel hombre. Y el hombre tembló en la soledad; pero la noche transcurría y él continuaba sentado en la roca.

Entonces maldije los elementos con la maldición del tumulto, y una espantosa tempestad se congregó en el cielo, donde antes no había viento. Y el cielo se tornó lívido con la violencia de la tempestad, y la lluvia azotó la cabeza del hombre, y las aguas del río se desbordaron, y el río atormentado se cubría de espuma, y los nenúfares alzaban clamores, y la floresta se desmoronaba ante el viento, y rodaba el trueno, y caía el rayo, y la roca vacilaba en sus cimientos. Y yo me mantenía oculto y observaba las acciones de aquel hombre. Y el hombre tembló en la soledad; pero la noche transcurría y él continuaba sentado.

Entonces me encolericé y maldije, con la maldición del *silencio,* el río y los nenúfares y el viento y la floresta y el cielo y el trueno y los suspiros de los nenúfares. Y quedaron malditos y *se callaron.* Y la luna cesó de trepar hacia el cielo, y el trueno murió, y el rayo no tuvo ya luz, y las nubes se suspendieron inmóviles, y las aguas bajaron a su nivel y se estacionaron, y los árboles dejaron de balancearse, y los nenúfares ya no suspiraron y no se oyó más el murmullo que nacía de ellos, ni la menor sombra de sonido en todo el vasto desierto ilimitado. Y miré los carácteres de la roca, y habían cambiado; y los carácteres decían: SILENCIO.

Y mis ojos cayeron sobre el rostro de aquel hombre, y su rostro estaba pálido. Y bruscamente alzó la cabeza, que apoyaba en la mano y, poniéndose de pie en la roca, escuchó. Pero no se oía ninguna voz en todo el vasto desierto ilimitado, y los carácteres sobre la roca decían: SILENCIO. Y el hombre se estremeció y, desviando el rostro, huyó a toda carrera, al punto que cesé de verlo.

Pues bien, hay muy hermosos relatos en los libros de los Magos, en los melancólicos libros de los Magos, encuadernados en hierro. Allí, digo, hay admirables historias del cielo y de la tierra, y del potente mar, y de los Genios que gobiernan el mar, y la tierra, y el majestuoso cielo. También había mucho saber en las palabras que pronunciaban las Sibilas, y santas, santas cosas fueron oídas antaño por las sombrías hojas que temblaban en torno a Dodona. Pero, tan cierto como que Alá vive, digo que la fábula que me contó el Demonio, que se sentaba a mi lado a la sombra de la tumba, es la más asombrosa de todas. Y cuando el Demonio concluyó su historia, se dejó caer, en la cavidad de la tumba y rió. Y yo no pude reírme con él, y me maldijo porque no reía. Y el lince que eternamente mora en la tumba salió de ella y se tendió a los pies del Demonio, y lo miró fijamente a la cara.

LA INCOMPARABLE AVENTURA DE UN TAL HANS PFAALL

Con el corazón lleno de furiosas fantasías
De las que soy el amo
Con una lanza ardiente y un caballo de aire,
Errando voy por el desierto.

LA CANCIÓN DE TOMÁS EL LOCO

Según los informes que llegan de Rotterdam, esta ciudad parece hallarse en alto grado de excitación intelectual. Han ocurrido allí fenómenos tan inesperados, tan novedosos, tan diferentes de las opiniones ordinarias, que no cabe duda de que a esta altura toda Europa debe estar revolucionada, la física conmovida, y la razón y la astronomía dándose de puñadas.

Parece ser que el día... de... (ignoro la fecha exacta), una vasta multitud se había reunido, por razones que no se mencionan, en la gran plaza de la Bolsa de la muy ordenada ciudad de Rotterdam. La temperatura era excesivamente tibia para la estación y apenas se movía una hoja; la multitud no perdía su buen humor por el hecho de recibir algún amistoso chaparrón de cuando en cuando, proveniente de las enormes nubes blancas profusamente suspendidas en la bóveda azul del firmamento. Hacia mediodía, sin embargo, se advirtió una notable agitación entre los presentes; restalló el parloteo de diez mil lenguas; un segundo más tarde, diez mil caras estaban vueltas hacia el cielo, diez mil pipas caían simultáneamente de la comisura de diez mil bocas, y un grito sólo comparable al rugido del Niágara resonaba larga, poderosa y furiosamente a través de la ciudad y los alrededores de Rotterdam.

No tardó en descubrirse la razón de este alboroto. Por detrás de la enorme masa de una de las nubes perfectamente delineadas que ya hemos mencionado, viose surgir con toda claridad, en un espacio abierto de cielo azul, una sustancia extraña, heterogénea pero aparentemente sólida, de forma tan singular, de composición tan caprichosa, que escapaba por completo a la comprensión, aunque no a la admiración de la muchedumbre de robustos burgueses que desde abajo la contemplaban boquiabiertos. ¿Qué podía ser? En nombre de todos los diablos de Rotterdam, ¿qué pronosticaba aquella aparición? Nadie lo sabía; nadie podía imaginarlo; nadie, ni siquiera el burgomaestre, Mynheer Superbus

Von Underduk, tenía la menor clave para desenredar el misterio. Así, pues, ya que no cabía hacer nada más razonable, todos ellos volvieron a colocarse cuidadosamente la pipa a un lado de la boca y, mientras mantenían los ojos fijamente clavados en el fenómeno, fumaron, descansaron, se contonearon como ánades, gruñendo significativamente, y luego volvieron a contonearse, gruñeron, descansaron y, finalmente... fumaron otra vez.

Entretanto el objeto de tanta curiosidad y tanto humo descendía más y más hacia aquella excelente ciudad. Pocos minutos después se encontraba lo bastante próximo para que se lo distinguiera claramente. Parecía ser... ¡Sí, indudablemente *era* una especie de globo! Pero un globo como jamás se había visto antes en Rotterdam. Pues, permítaseme preguntar, ¿se ha visto alguna vez un globo íntegramente fabricado con periódicos sucios? No en Holanda, por cierto; y, sin embargo, bajo las mismísimas narices del pueblo —o, mejor dicho, a cierta distancia *sobre* sus narices— veíase el globo en cuestión, como lo sé por los mejores testimonios, compuesto del aludido material que a nadie se le hubiera ocurrido jamás para semejante propósito. Aquello constituía un egregio insulto al buen sentido de los burgueses de Rotterdam.

Con respecto a la forma del raro fenómeno, todavía era más reprensible, pues consistía nada menos que en un enorme gorro de cascabeles al revés. Y esta similitud se vio notablemente aumentada cuando, al observarlo más de cerca, la muchedumbre descubrió una gran borla o campanilla colgando de su punta y, en el borde superior o base del cono, un círculo de pequeños instrumentos que semejaban cascabeles y que tintineaban continuamente haciendo oír la tonada de *Betty Martin*. Pero aún había algo peor. Colgando de cintas azules en la extremidad de esta fantástica máquina, veíase, a modo de navecilla, un enorme sombrero de castor parduzco, de ala extraordinariamente ancha y de copa hemisférica, con cinta negra y hebilla de plata. No deja de ser notable que muchos ciudadanos de Rotterdam juraran haber visto con anterioridad dicho sombrero, y que la entera muchedumbre pareciera contemplarlo familiarmente, mientras la señora Grettel Pfaall, al distinguirlo, profería una exclamación de jubilosa sorpresa, declarando que el sombrero era idéntico al de su honrado marido en persona.

Ahora bien, esta circunstancia merecía tenerse en cuenta, pues Pfaall, en unión de tres camaradas, había desaparecido de Rotterdam cinco años atrás de manera tan súbita como inexplicable, y hasta la fecha de esta narración todas las tentativas por encontrarlos habían fracasado. Es verdad que se descubrieron algunos huesos que parecían humanos, mezclados con un montón de restos de raro aspecto, en un lugar muy retirado al este de la ciudad; y algunos llegaron al punto de imaginar que en aquel sitio había tenido lugar un horrible asesinato, del que Hans Pfaall y sus amigos habían sido seguramente las víctimas. Pero no nos alejemos de nuestro tema.

El globo (pues ya no cabía duda de que lo era) hallábase a unos cien pies del suelo, permitiendo a la muchedumbre contemplar con bastante detalle la persona de su ocupante. Por cierto que se trataba de un ser sumamente singular. No debía de tener más de dos pies de estatura, pero, aun siendo tan pequeño, no hubiera podido mantenerse en equilibrio en una navecilla tan precaria, de no ser por un aro que le llegaba a la altura del pecho y se hallaba sujeto al cordaje del globo. El cuerpo del hombrecillo era excesivamente ancho, dando a toda su persona un aire de redondez singularmente absurdo. Sus pies, claro está, resultaban invisibles. Las manos eran enormemente anchas. Tenía cabello gris, recogido atrás en una coleta. La nariz era prodigiosamente larga, ganchuda y rubicunda; los ojos, grandes, brillantes y agudos; aunque arrugados por la edad, el mentón y las mejillas eran generosos, gordezuelos y dobles, pero en ninguna parte de su cabeza se alcanzaba a descubrir la menor señal de orejas. Este extraño y diminuto caballero vestía un amplio capote de raso celeste y calzones muy ajustados haciendo juego, sujetos con hebillas de plata en las rodillas. Su chaqueta era de un tejido amarillo brillante; un gorro de tafetán blanco le caía garbosamente a un lado de la cabeza. Y, para completar su atavío, un pañuelo rojo sangre envolvía su garganta, volcándose sobre el pecho en un elegante lazo de extraordinarias dimensiones.

Habiendo bajado, como ya dije, a unos cien pies del suelo, el anciano y menudo caballero se vio acometido por un intenso temblor, y no pareció nada dispuesto a continuar su descenso a *terra firma*. Arrojando con gran dificultad una cantidad de arena contenida en una bolsa de tela que extrajo penosamente, logró mantener estacionario el globo. Procedió entonces, con gran agitación y prisa, a extraer de un bolsillo de su capote una respetable cartera de tafilete. La sopesó con desconfianza, mientras la miraba lleno de sorpresa, pues su peso parecía dejarlo estupefacto. Finalmente la abrió y, sacando de ella una enorme carta atada con una cinta roja, que ostentaba un sello de cera del mismo color, la dejó caer exactamente a los pies del burgomaestre, Mynheer Superbus Von Underduk.

Su Excelencia se inclinó para recogerla. Pero el aeronauta, siempre muy agitado y sin que nada más lo detuviera por lo visto en Rotterdam, procedió a efectuar activamente los preparativos de partida, y, como para ello era necesario soltar parte del lastre a fin de ganar altura, dejó caer media docena de sacos de arena sin preocuparse de vaciar su contenido, y todos ellos cayeron infortunadamente sobre las espaldas del burgomaestre, arrojándolo al suelo no menos de media docena de veces, a la vista de todos los habitantes de Rotterdam. No debe suponerse, empero, que el gran Underduk dejó pasar impunemente esta impertinencia del diminuto caballero. Se afirma, por el contrario, que en el curso de su media docena de caídas, emitió no menos de media docena de furiosas bocanadas de humo de la pipa, a la cual se mantuvo aferrado con todas sus fuerzas y a la cual está dispuesto a seguir aferrado (Dios mediante) hasta el día de su fallecimiento.

En el ínterin el globo remontó como una alondra y, alejándose sobre la ciudad, terminó por perderse serenamente detrás de una nube similar a aquella de la cual había emergido tan divinamente, borrándose para las miradas de los buenos ciudadanos de Rotterdam. La atención se concentró, por lo tanto, en la carta, cuyo descenso y consecuencias habían resultado tan subversivas para la persona y la dignidad de su excelencia Von Underduk. Este funcionario no había descuidado en medio de sus movimientos giratorios la importante tarea de apoderarse de la carta, la cual, luego de atenta inspección, resultó haber caído en las manos más apropiadas, por cuanto hallábase dirigida al mismo burgomaestre y al profesor Rubadub, en sus calidades oficiales de presidente y vicepresidente del Colegio de Astronomía de Rotterdam. Los susodichos dignatarios no tardaron en abrirla y hallaron que contenía la siguiente extraordinaria e importantísima comunicación:

"A sus Excelencias Von Underduk y Rubadub, Presidente y Vicepresidente del Colegio de Astrónomos del Estado, en la ciudad de Rotterdam.

Vuestras Excelencias han de acordarse quizá de un humilde artesano llamado Hans Pfaall, de profesión remendón de fuelles, quien, junto con otras tres personas, desapareció de Rotterdam hace aproximadamente cinco años, de una manera que debió considerarse entonces como inexplicable. Empero, si place a vuestras Excelencias, yo, autor de esta comunicación, soy el aludido Hans Pfaall en persona. Mis conciudadanos saben bien que durante cuarenta años residí en la pequeña casa de ladrillos emplazada al comienzo de la callejuela denominada *Sauerkraut,* donde vivía en la época de mi desaparición. Mis antepasados residieron igualmente en ella durante tiempos inmemoriales, siguiendo como yo la respetable y por cierto lucrativa profesión de remendón de fuelles; pues, a decir verdad, hasta estos últimos años, en que las gentes han perdido la cabeza con la política, ningún honesto ciudadano de Rotterdam podía desear o merecer un oficio mejor que el mío. El crédito era amplio, jamás faltaba trabajo y no había carencia ni de dinero ni de buena voluntad. Pero, como estaba diciendo, no tardamos en sentir los efectos de la libertad, los grandes discursos, el radicalismo y demás cosas por el estilo. Personas que habían sido los mejores clientes del mundo ya no tenían un momento libre para pensar en nosotros. Todo su tiempo se les iba en lecturas acerca de las revoluciones, para mantenerse al día en las cuestiones intelectuales y el espíritu de la época. Si había que avivar un fuego, bastaba un periódico viejo para apantallarlo, y, a medida que el gobierno se iba debilitando, no dudo de que el cuero y el hierro adquirían durabilidad proporcional, pues en poco tiempo no hubo en todo Rotterdam un par de fuelles que necesitaran una costura o los servicios de un martillo.

"Imposible soportar semejante estado de cosas. No tardé en verme pobre como una rata; como tenía mujer e hijos que alimentar, mis cargas se hicieron intolerables, y pasaba hora tras hora reflexionando sobre el método más conveniente para quitarme la vida. Los acreedores, entretanto, me dejaban poco tiempo de ocio. Mi casa estaba literalmente asediada de la mañana a la noche. Tres de ellos, en particular, me fastidiaban insoportablemente, montando guardia ante mi puerta y amenazándome con la justicia. Juré que de los tres me vengaría de la manera más terrible, si alguna vez tenía la suerte de que cayeran en mis manos; y creo que tan sólo el placer que me daba pensar en mi venganza me impidió llevar a la práctica mi plan de suicidio y hacerme saltar la tapa de los sesos con un trabuco. Me pareció que lo mejor era disimular mi cólera y engañar a los tres acreedores con promesas y bellas palabras, hasta que un vuelco del destino me diera oportunidad de cumplir mi venganza.

Un día, después de escaparme sin ser visto por ellos, y sintiéndome más abatido que de costumbre, pasé largo tiempo errando por sombrías callejuelas, sin objeto alguno, hasta que la casualidad me hizo tropezar con el puesto de un librero. Viendo una silla destinada a uso de los clientes, me dejé caer en ella y, sin saber por qué, abrí el primer volumen que se hallaba al alcance de mi mano. Resultó ser un folleto que contenía un breve tratado de astronomía especulativa, escrito por el profesor Encke, de Berlín, o por un francés de nombre parecido. Tenía yo algunas nociones superficiales sobre el tema y me fui absorbiendo más y más en el contenido del libro, leyéndolo dos veces seguidas antes de darme cuenta de lo que sucedía alrededor mío. Como empezaba a oscurecer, encaminé mis pasos a casa. Pero el tratado (unido a un descubrimiento de neumática que un primo mío de Nantes me había comunicado recientemente con gran secreto) había producido en mí una impresión indeleble y, a medida que recorría las oscuras calles, daban vueltas en mi memoria los extraños y a veces incomprensibles razonamientos del autor.

Algunos pasajes habían impresionado extraordinariamente mi imaginación. Cuanto más meditaba, más intenso se hacía el interés que habían despertado en mí. Lo limitado de mi educación en general, y más especialmente de los temas vinculados con la filosofía natural, lejos de hacerme desconfiar de mi capacidad para comprender lo que había leído, o inducirme a poner en duda las vagas nociones que había extraído de mi lectura, sirvió tan sólo de nuevo estímulo a la imaginación, y fui lo bastante vano, o quizá lo bastante razonable para preguntarme si aquellas torpes ideas, propias de una mente mal regulada, no poseerían en realidad la fuerza, la realidad y todas las propiedades inherentes al instinto o a la intuición.

Era ya tarde cuando llegué a casa, y me acosté en seguida. Mi mente, sin embargo, estaba demasiado excitada para poder dormir, y pasé toda la noche sumido en meditaciones. Levantándome muy temprano al otro día, volví al puesto del librero y gasté el poco dinero que tenía en la compra de algunos volúmenes sobre mecánica y astronomía práctica. Una vez que hube regresado felizmente a casa con ellos, consagré todos mis momentos libres a su estudio y pronto hice progresos tales en dichas ciencias, que me parecieron suficientes para llevar a la práctica cierto designio que el diablo o mi genio protector me habían inspirado.» A lo largo de este período me esforcé todo lo posible con conciliarme la benevolencia de los tres acreedores que tantos disgustos me habían dado. Lo conseguí finalmente, en parte con la venta de mis muebles, que sirvió para cubrir la mitad de mi deuda, y, en parte, con la promesa de pagar el saldo apenas se realizara un proyecto que, según les dije, tenía en vista, y para el cual solicitaba su ayuda. Como se trataba de hombres ignorantes, no me costó mucho conseguir que se unieran a mis propósitos.

Así dispuesto todo, logré, con ayuda de mi mujer y actuando con el mayor secreto y precaución, vender todos los bienes que me quedaban, y pedir prestadas pequeñas sumas, con diversos pretextos y sin preocuparme (lo confieso avergonzado) por la forma en que las devolvería; pude reunir así una cantidad bastante considerable de dinero en efectivo. Comencé entonces a comprar, de tiempo en tiempo, piezas de una excelente batista, de doce yardas cada una, hilo de bramante, barniz de caucho, un canasto de mimbre grande y profundo, hecho a medida, y varios otros artículos requeridos para la construcción y aparejamiento de un globo de extraordinarias dimensiones. Di instrucciones a mi mujer para que lo confeccionara lo antes posible, explicándole la forma en que debía proceder. Entretanto tejí el bramante hasta formar una red de dimensiones suficientes, le agregué un aro y el cordaje necesario, y adquirí numerosos instrumentos y materiales para hacer experimentos en las regiones más altas de la atmósfera. Me las arreglé luego para llevar de noche, a un lugar distante al este de Rotterdam, cinco cascos forrados de hierro, con capacidad para unos cincuenta galones cada uno, y otro aún más grande, seis tubos de estaño de tres pulgadas de diámetro y diez pies de largo, de forma especial; una cantidad de *cierta sustancia metálica, o semimetálica,* que no nombraré, y una docena de damajuanas de *un ácido sumamente común.* El gas producido por estas sustancias no ha sido logrado por nadie más que yo, o, por lo menos, no ha sido nunca aplicado a propósitos similares. Sólo puedo decir aquí que es *uno de los constituyentes del ázoe,* tanto tiempo considerado como irreductible, y que tiene una densidad 37,4 veces *menor que la del hidrógeno.* Es insípido, pero no inodoro; en estado puro arde con una llama verdosa, y su efecto es instantáneamente letal para la vida animal. No tendría inconvenientes en revelar este secreto si no fuera que pertenece (como ya he insinuado) a un habitante de Nantes, en Francia, que me lo comunicó reservadamente. La misma persona, por completo ajena a mis intenciones, me dio a conocer un método para fabricar globos mediante la membrana de cierto animal, que no deja pasar la menor partícula del gas encerrado en ella. Descubrí, sin embargo, que dicho tejido resultaría sumamente caro, y llegué a creer que la batista, con una capa de barniz de caucho, serviría tan bien como aquél. Menciono esta circunstancia porque me parece probable que la persona en cuestión intente un vuelo en un globo equipado con el nuevo gas y el aludido material, y no quiero privarlo del honor de su muy singular invención.

Me ocupé secretamente de cavar agujeros en las partes donde pensaba colocar cada uno de los cascos más pequeños durante la inflación del globo; los agujeros constituían un círculo de veinticinco pies de diámetro. En el centro, lugar destinado al casco más grande, cavé asimismo otro pozo. En cada uno de los agujeros menores deposité un bote que contenía cincuenta libras de pólvora de cañón, y en el más grande un barril de ciento cincuenta libras. Conecté debidamente los botes y el barril con ayuda de contactos, y, luego de colocar en uno de los botes el extremo de una mecha de unos cuatro pies de largo, rellené el agujero y puse el casco encima, cuidando que el otro extremo de la mecha sobresaliera apenas una pulgada del suelo y resultara casi invisible detrás del casco. Rellené luego los restantes agujeros y sobre cada uno coloqué los barriles correspondientes.

Fuera de los artículos enumerados, llevé secretamente al depósito uno de los aparatos perfeccionados de Grimm, para la condensación del aire atmosférico. Descubrí, sin embargo, que esta máquina requería diversas transformaciones antes de que se adaptara a las finalidades a que pensaba destinarla. Pero, con mucho trabajo e inflexible perseverancia, logré finalmente completar felizmente todos mis preparativos. Muy pronto el globo estuvo terminado. Contendría más de cuarenta mil pies cúbicos de gas y podría remontarse fácilmente con todos mis implementos, y, si maniobraba hábilmente, con ciento setenta y cinco libras de lastre. Le había aplicado tres capas de barniz, encontrando que la batista tenía todas las cualidades de la seda, siendo tan resistente como ésta y mucho menos cara. »Una vez todo listo, logré que mi mujer jurara guardar el secreto de todas mis acciones desde el día en que había visitado por primera vez el puesto de libros. Prometiéndole volver tan pronto como las circunstancias lo permitieran, le di el poco dinero que me había quedado y me despedí de ella. No me preocupaba su suerte, pues era lo que la gente califica de mujer fuera de lo común, capaz de arreglárselas en el mundo sin mi ayuda. Creo, además, que siempre me consideró como un holgazán, como un simple complemento, sólo capaz de fabricar castillos en el aire, y que no dejaba de alegrarla verse libre de mí. Era noche oscura cuando le dije adiós, y, llevando conmigo, como *aides de camp,* a los tres acreedores que tanto me habían hecho sufrir, transportamos el globo, con la barquilla y los aparejos, al depósito de que he hablado, eligiendo para ello un camino retirado.

Encontramos todo perfectamente dispuesto y, de inmediato, me puse a trabajar.

Era el primero de abril. La noche, como he dicho, estaba oscura; no se veía una sola estrella y una llovizna que caía a intervalos nos molestaba muchísimo. Pero lo que más ansiedad me inspiraba era el globo, el cual, a pesar de su espesa capa de barniz, comenzaba a pesar demasiado a causa de la humedad; podía ocurrir asimismo que la pólvora se estropeara. Estimulé, pues, a mis tres acreedores para que trabajaran diligentemente, ocupándolos en amontonar hielo en torno al casco central y en remover el ácido contenido en los otros. No cesaban de importunarme con preguntas sobre lo que pensaba hacer con todos aquellos aparatos y se mostraban sumamente disgustados por el extenuante trabajo a que los sometía. No alcanzaban a darse cuenta, según afirmaban, de las ventajas resultantes de calarse hasta los huesos nada más que para tomar parte en aquellos horribles conjuros. Empecé a intranquilizarme y seguí trabajando con todas mis fuerzas, porque creo verdaderamente que aquellos imbéciles estaban convencidos de que había pactado con el diablo, y que lo que estaba haciendo no tenía nada de bueno. Y mucho temía por eso que me abandonaran. Pude convencerlos, sin embargo, mediante promesas de pago completo, tan pronto hubiera dado término al asunto que tenía entre manos. Como es natural, interpretaron a su modo mis palabras, imaginándose, sin duda, que de todas maneras yo terminaría por obtener una gran cantidad de dinero en efectivo, y con tal de que les pagara lo que les debía, más una pequeña cantidad suplementaria por los servicios prestados, estoy seguro de que poco se preocupaban de cuanto ocurriera luego a mi alma o a mi cuerpo. »Después de cuatro horas y media consideré que el globo estaba suficientemente inflado. Até entonces la barquilla, instalando en ella todos mis instrumentos: un telescopio, un barómetro con importantes modificaciones, un termómetro, un electrómetro, una brújula, un compás, un cronómetro, una campana, una bocina, etc.; como también un globo de cristal, cuidadosamente obturado, y el aparato condensador; algo de cal viva, una barra de cera para sellos, una gran cantidad de agua y muchas provisiones, tales como *pemmican,* que posee mucho valor nutritivo en poco volumen. Metí asimismo en la barquilla una pareja de palomas y un gato.

Se acercaba el amanecer y consideré que había llegado el momento de partir. Dejando caer un cigarro encendido como por casualidad, aproveché el momento de agacharme a recogerlo para encender secretamente el trozo de mecha que, como ya he dicho, sobresalía ligeramente del borde inferior de uno de los cascos menores. La maniobra no fue advertida por ninguno de los tres acreedores; entonces, saltando a la barquilla, corté la única soga que me ataba a la tierra y tuve el gusto de ver que el globo remontaba vuelo con extraordinaria rapidez, arrastrando sin el menor esfuerzo ciento setenta y cinco libras de lastre, del cual habría podido llevar mucho más. En el momento de abandonar la tierra el barómetro marcaba treinta pulgadas y el termómetro centígrado acusaba diecinueve grados.

Apenas había alcanzado una altura de cincuenta yardas cuando, rugiendo y serpenteando tras de mí de la manera más horrorosa, se alzó un huracán de fuego, cascajo, maderas ardiendo, metal incandescente y miembros humanos destrozados que me llenó de espanto y me hizo caer en el fondo de la barquilla, temblando de terror. Me daba cuenta de que había exagerado la carga de la mina y que todavía me faltaba sufrir las consecuencias mayores de su voladura. En efecto, menos de un segundo después sentí que toda la sangre del cuerpo se me acumulaba en las sienes, y en ese momento una conmoción que jamás olvidaré reventó en la noche y pareció rajar de lado a lado el firmamento. Cuando más tarde tuve tiempo para reflexionar no dejé de atribuir la extremada violencia de la explosión, por lo que a mí respecta, a su verdadera causa, o sea, a hallarme situado inmediatamente encima de donde se había producido, en la línea de su máxima fuerza. Pero en aquel momento sólo pensé en salvar la vida. El globo empezó por caer, luego se dilató furiosamente y se puso a girar como un torbellino con vertiginosa rapidez, y finalmente, balanceándose y sacudiéndose como un borracho, me lanzó por encima del borde de la barquilla y me dejó colgando, a una espantosa altura, cabeza abajo y con el rostro mirando hacia afuera, suspendido de una fina cuerda que accidentalmente colgaba de un agujero cerca del fondo de la barquilla de mimbre, y en el cual, al caer, mi pie izquierdo quedó enganchado de la manera más providencial.

Sería imposible, completamente imposible, formarse una idea adecuada del horror de mi situación. Traté de respirar, jadeando, mientras un estremecimiento comparable al de un acceso de calentura recorría mi cuerpo. Sentí que los ojos se me salían de las órbitas, una náusea horrorosa me envolvió, y acabé por perder completamente el sentido.

No podría decir cuánto tiempo permanecí en este estado. Debió de ser mucho, sin embargo, pues cuando recobré parcialmente el sentimiento de la existencia advertí que estaba amaneciendo y que el globo volaba a prodigiosa altura sobre un océano absolutamente desierto, sin la menor señal de tierra en cualquiera de los límites del vasto horizonte. Empero, mis sensaciones al volver del desmayo no eran tan angustiosas como cabía suponer. Había mucho de locura en el tranquilo examen que me puse a hacer de mi situación. Levanté las manos a la altura de los ojos, preguntándome asombrado cuál podía ser la causa de que tuviera tan hinchadas las venas y tan horriblemente negras las uñas. Examiné luego cuidadosamente mi cabeza, sacudiéndola repetidas veces, hasta que me convencí de que no la tenía del tamaño del globo como había sospechado por un momento. Tanteé después los bolsillos de mis calzones y, al notar que me faltaban unas tabletas y un palillero, traté de explicarme su desaparición, y al no conseguirlo me sentí inexpresablemente preocupado. Me pareció notar entonces una gran molestia en el tobillo izquierdo y una vaga conciencia de mi situación comenzó a dibujarse en mi mente. Pero, por extraño que parezca, no me asombré ni me horroricé. Si alguna emoción sentí fue una traviesa satisfacción ante la astucia que iba a desplegar para librarme de aquella posición en que me hallaba, y en ningún momento puse en duda que lo lograría sin inconvenientes.

Pasé varios minutos sumido en profunda meditación. Me acuerdo muy bien de que apretaba los labios, apoyaba un dedo en la nariz y hacía todas las gesticulaciones propias de los hombres que, cómodamente instalados en sus sillones, reflexionan sobre cuestiones importantes e intrincadas. Luego de haber concentrado suficientemente mis ideas, procedí con gran cuidado y atención a ponerme las manos a la espalda y a soltar la gran hebilla de hierro del cinturón de mis pantalones. Dicha hebilla tenía tres dientes que, por hallarse herrumbrados, giraban dificultosamente en su eje. Después de bastante trabajo conseguí colocarlos en ángulo recto con el plano de la hebilla y noté satisfecho que permanecían firmes en esa posición. Teniendo entre los dientes dicho instrumento, me puse a desatar el nudo de mi corbata. Debí descansar varias veces antes de conseguirlo, pero finalmente lo logré. Até entonces la hebilla a una de las puntas de la corbata y me sujeté el otro extremo a la cintura para más seguridad. Enderezándome luego con un prodigioso despliegue de energía muscular, logré en la primera tentativa lanzar la hebilla de manera que cayese en la barquilla; tal como lo había anticipado, se enganchó en el borde circular de la cesta de mimbre.

Mi cuerpo se encontraba ahora inclinado hacia el lado de la barquilla en un ángulo de unos cuarenta y cinco grados, pero no debe entenderse por esto que me hallara sólo a cuarenta y cinco grados por debajo de la vertical. Lejos de ello, seguía casi paralelo al plano del horizonte, pues mi cambio de posición había determinado que la barquilla se desplazara a su vez hacia afuera, creándome una situación extremadamente peligrosa. Debe tenerse en cuenta, sin embargo, que si al caer hubiera quedado con la cara vuelta hacia el globo y no hacia afuera como estaba, o bien si la cuerda de la cual me hallaba suspendido hubiese colgado del borde superior de la barquilla y no de un agujero cerca del fondo, en cualquiera de los dos casos me hubiera sido imposible llevar a cabo lo que acababa de hacer, y las revelaciones que siguen se hubieran perdido para la posteridad. Razones no me faltaban, pues, para sentirme agradecido, aunque, a decir verdad, estaba aún demasiado aturdido para sentir gran cosa, y seguí colgado durante un cuarto de hora, por lo menos, de aquella extraordinaria manera, sin hacer ningún nuevo esfuerzo y en un tranquilo estado de estúpido goce. Pero esto no tardó en cesar y se vio reemplazado por el horror, la angustia y la sensación de total abandono y desastre. Lo que ocurría era que la sangre acumulada en los vasos de mi cabeza y garganta, que hasta entonces me había exaltado delirantemente, empezaba a retirarse a sus canales naturales, y que la lucidez que ahora se agregaba a mi conciencia del peligro sólo servía para privarme de la entereza y el coraje necesarios para enfrentarlo. Por suerte, esta debilidad no duró mucho. El espíritu de la desesperación acudió a tiempo para rescatarme, y mientras gritaba y luchaba como un desesperado me enderecé convulsivamente hasta alcanzar con una mano el tan ansiado borde y, aferrándome a él con todas mis fuerzas, conseguí pasar mi cuerpo por encima y caer de cabeza y temblando en la barquilla.

Pasó algún tiempo antes de que me recobrara lo suficiente para ocuparme del manejo del globo. Después de examinarlo atentamente, descubrí con gran alivio que no había sufrido el menor daño. Los instrumentos estaban a salvo y no se había perdido ni el lastre ni las provisiones. Por lo demás, los había asegurado tan bien en sus respectivos lugares, que hubiese sido imposible que se estropearan. Miré mi reloj y vi que eran las seis de la mañana. Ascendíamos rápidamente y el barómetro indicaba una altitud de tres millas y tres cuartos. En el océano, inmediatamente por debajo de mí, aparecía un pequeño objeto negro de forma ligeramente oblonga, que tendría el tamaño de una pieza de dominó, y que en todo sentido se le parecía mucho. Asesté hacia él mi telescopio y no tardé en ver claramente que se trataba de un navío de guerra británico de noventa y cuatro cañones que orzaba con rumbo al oeste—sudoeste, cabeceando duramente. Fuera de este barco sólo se veía el océano, el cielo y el sol que acababa de levantarse.

Ya es tiempo de que explique a Vuestras Excelencias el objeto de mi viaje. Vuestras Excelencias recordarán que ciertas penosas circunstancias en Rotterdam me habían arrastrado finalmente a la decisión de suicidarme. La vida no me disgustaba por sí misma sino a causa de las insoportables angustias derivadas de mi situación. En esta disposición de ánimo, deseoso de vivir y a la vez cansado de la vida, el tratado adquirido en la librería, junto con el oportuno descubrimiento de mi primo de Nantes, abrieron una ventana a mi imaginación. Finalmente me decidí. Resolví partir, pero seguir viviendo; abandonar este mundo, pero continuar existiendo... En suma, para dejar de lado los enigmas: resolví, pasara lo que pasara, abrirme camino *hasta la luna.* Y para que no se me suponga más loco de lo que realmente soy, procederé a detallar lo mejor posible las consideraciones que me indujeron a creer que un designio semejante, aunque lleno de dificultades y de peligros, no estaba más allá de lo posible para un espíritu osado.

El primer problema a tener en cuenta era la distancia de la tierra a la luna. El intervalo medio entre los *centros* de ambos planetas equivale a 59,9643 veces el radio ecuatorial de la tierra; vale decir unas 237.000 millas. Digo el intervalo medio, pero debe tenerse en cuenta que como la órbita de la luna está constituida por una elipse cuya excentricidad no baja de 0,05484 del semieje mayor de la elipse, y el centro de la tierra se halla situado en su foco, si me era posible de alguna manera llegar a la luna en su perigeo, la distancia mencionada más arriba se vería disminuida. Dejando por ahora de lado esa posibilidad, de todas maneras había que deducir de las 237.000 millas el radio de la tierra, o sea, 4.000, y el de la luna, 1.080, es decir un total de 5.080, con lo cual, en circunstancias ordinarias, quedarían por franquear 231.920 millas.

Me dije que esta distancia no era tan extraordinaria. Viajando por tierra, se la ha recorrido varias veces a un promedio de setenta millas por hora, y cabe prever que se alcanzarán velocidades muy superiores. Pero incluso así no me llevaría más de ciento sesenta y un días alcanzar la superficie de la luna. Varios detalles, empero, me inducían a creer que mi promedio de velocidad sobrepasaría probablemente en mucho el de sesenta millas horarias, y, como dichas consideraciones me impresionaron profundamente, no dejaré de mencionarlas en detalle más adelante.

El siguiente punto a considerar era mucho más importante. Conforme a las indicaciones del barómetro, se observa que a una altura de 1.000 pies sobre el nivel del mar hemos dejado abajo una trigésima parte de la masa atmosférica total; que a los 10.600 pies hemos subido a un tercio de la misma; que a los 18.000 pies, que es aproximadamente la elevación del Cotopaxi, sobrepasamos la mitad de la masa material —o, por lo menos, *ponderable*— del aire que corresponde a nuestro globo. Se calcula asimismo que a una altitud que no exceda la centésima parte del diámetro terrestre —vale decir, que no exceda de ochenta millas—, el enrarecimiento del aire sería tan excesivo que la vida animal no podría resistirlo, y, además, que los instrumentos más sensibles de que disponemos para asegurarnos de la presencia de la atmósfera resultarían inadecuados a esa altura.

No dejé de reparar, sin embargo, en que estos últimos cálculos se fundan por entero en nuestro conocimiento experimental de las propiedades del aire y de las leyes mecánicas que regulan su dilatación y su compresión en lo que cabe llamar, hablando comparativamente, la *vecindad inmediata* de la tierra; y que al mismo tiempo se da por sentado que la vida animal es esencialmente *incapaz de modificación* a cualquier distancia inalcanzable desde la superficie. Ahora bien, partiendo de tales datos, todos estos razonamientos tienen que ser simplemente analógicos. La mayor altura jamás alcanzada por el hombre es de 25.000 pies en la expedición aeronáutica de Gay—Lussac y Biot. Se trata de una altura moderada, aun si se la compara con las ochenta millas en cuestión, y no pude dejar de pensar que la cosa se prestaba a la duda y a las más amplias especulaciones.

De hecho, al ascender a cualquier altitud dada, la cantidad de aire ponderable sobrepasada *al seguir ascendiendo* no se halla en proporción con la altura adicional alcanzada (como puede deducirse claramente de lo ya dicho), sino en una proporción decreciente constante. Resulta claro, pues, que por más alto que ascendamos no podemos, literalmente hablando, llegar a un límite más allá del cual *no haya* atmósfera. Mi opinión era que *debía* existir, aunque pudiera ser que se hallara en un estado de infinita rarefacción.

Por otra parte, sabía que no faltaban argumentos para probar la existencia de un límite real y definido de la atmósfera más allá del cual no habría absolutamente nada de aire. Pero una circunstancia descuidada por los sostenedores de dicha teoría me pareció, si no capaz de refutarla por entero, digna, al menos, de ser considerada seriamente. Al comparar los intervalos entre las sucesivas llegadas del cometa de Encke a su perihelio, y después de tener debidamente en cuenta todas las perturbaciones ocasionadas por la atracción de los planetas, parece ser que los períodos están disminuyendo gradualmente; vale decir que el eje mayor de la elipse trazado por el cometa se está acortando en un lento pero regular proceso de reducción. Ahora bien, esto debería suceder así si suponemos que el cometa experimenta una resistencia por parte de un *medio etéreo excesivamente rarefacto* que ocupa la zona de su órbita, ya que semejante medio, al retardar la velocidad del cometa, debe aumentar su fuerza centrípeta debilitando la centrífuga. En otras palabras, la atracción del sol estaría alcanzando cada vez más intensidad y el cometa iría aproximándose a él a cada revolución. No parece haber otra manera de explicar la variación aludida.

Hay más: Se observa que el diámetro real de la nebulosidad del cometa se contrae rápidamente al acercarse al sol y se dilata con igual rapidez al alejarse hacia su afelio. ¿No me hallaba justificado al suponer, con Valz, que esta aparente condensación de volumen se origina por la compresión del aludido medio etéreo, y que se va densificando proporcionalmente a su proximidad al sol? El fenómeno que afecta la forma lenticular y que se denomina luz zodiacal era también un asunto digno de atención. Esta radiación tan visible en los trópicos, y que no puede confundirse con ningún resplandor meteórico, se extiende oblicuamente desde el horizonte, siguiendo, por lo general, la dirección del ecuador solar. Tuve la impresión de que provenía de una atmósfera enrarecida que se dilataba a partir del sol, por lo menos hasta más allá de la órbita de Venus, y en mi opinión a muchísima mayor distancia. No podía creer que este medio ambiente se limitara a la zona de la elipse del cometa o a la vecindad inmediata del sol. Fácil era, por el contrario, imaginarla ocupando la entera región de nuestro sistema planetario, condensada en lo que llamamos atmósfera en los planetas, y quizá modificada en algunos de ellos por razones puramente geológicas; vale decir, modificada o alterada en sus proporciones (o su naturaleza esencial) por materias volatilizadas emanantes de dichos planetas.

Una vez adoptado este punto de vista, ya no vacilé. Descontando que hallaría a mi paso una atmósfera *esencialmente* análoga a la de la superficie de la tierra, pensé que con ayuda del muy ingenioso aparato de Grimm sería posible condensarla en cantidad suficiente para las necesidades de la respiración. Esto eliminaría el obstáculo principal de un viaje a la luna. Había gastado dinero y mucho trabajo en adaptar el instrumento al fin requerido, y tenía plena confianza en su aplicación si me era dado cumplir el viaje dentro de cualquier período razonable. Y esto me trae a la cuestión de la *velocidad* con que podría efectuarlo.

Verdad es que los globos, en la primera etapa de sus ascensiones, se remontaban a velocidad relativamente moderada. Ahora bien, la fuerza de elevación reside por completo en el peso superior del aire atmosférico comparado con el del gas del globo; cuando el aeróstato adquiere mayor altura y, por consiguiente, arriba a capas atmosféricas cuya densidad disminuye rápidamente, no parece probable ni razonable que la velocidad original vaya acelerándose. Pero, por otra parte, no tenía noticias de que en ninguna ascensión conocida se hubiese advertido una *disminución* en la velocidad absoluta del ascenso; sin embargo, tal hubiera debido ser el caso, aunque más no fuera por el escape del gas en globos de construcción defectuosa, aislados con una simple capa de barniz. Me pareció, pues, que las consecuencias de dicho escape de gas debían ser suficientes para contrabalancear el efecto de la aceleración lograda por la mayor distancia del globo al centro de gravedad. Consideré que, si hallaba a mi paso el medio ambiente que había imaginado, y si éste resultaba esencialmente lo que denominamos aire atmosférico, no se produciría mayor diferencia en la fuerza ascendente por causa de su extremado enrarecimiento, ya que el gas de mi globo no sólo se hallaría sujeto al mismo enrarecimiento (con cuyo objeto le permitiría que escapara en cantidad suficiente para evitar una explosión), sino que, *siendo lo que era,* continuaría mostrándose específicamente más liviano que cualquier compuesto de nitrógeno y oxígeno. Había, pues, una posibilidad —y muy grande— *de que en* ningún *momento de mi ascenso alcanzara un punto donde los pesos unidos de mi inmenso globo, el gas inconcebiblemente ligero que lo llenaba, la barquilla y su contenido lograran igualar el peso de la masa atmosférica desplazada por el aeróstato;* y fácilmente se comprenderá que sólo el caso contrario hubiera podido detener mi ascensión. Mas aun en este caso era posible aligerar el globo de casi trescientas libras arrojando el lastre y otros pesos. Entretanto, la fuerza de gravedad seguiría disminuyendo continuamente en proporción al cuadrado de las distancias; y así, con una velocidad prodigiosamente acelerada, llegaría, por fin, a esas alejadas regiones donde la fuerza de atracción de la tierra sería superada por la de la luna.

Había otra dificultad que me producía alguna inquietusted Se ha observado que en las ascensiones en globo a alturas considerables, aparte de la dificultad respiratoria, se producen fenómenos sumamente penosos en todo el organismo, acompañados frecuentemente de hemorragias de nariz y otros síntomas alarmantes, que se van agudizando a medida que aumenta la altura35. No dejaba de preocuparme este aspecto. ¿No podía ocurrir que dichos síntomas continuaran en aumento hasta provocar la muerte? Pero llegué a la conclusión de que no. Su origen debía buscarse en la progresiva disminución de la presión atmosférica *usual* sobre la superficie del cuerpo y la consiguiente dilatación de los vasos sanguíneos superficiales; no se trataba de una desorganización capital del sistema orgánico, como en el caso de la dificultad respiratoria, donde la densidad atmosférica resulta *químicamente insuficiente* para la debida renovación de la sangre en un ventrículo del corazón. A menos que faltara esta renovación, no veía razón alguna para que la vida no pudiera mantenerse, incluso en el *vacío;* pues la expansión y compresión del pecho, llamadas vulgarmente respiración, son acciones puramente musculares, y causa, no efecto, de la respiración. En una palabra, supuse que así como el cuerpo llegaría a habituarse a la falta de presión atmosférica, del mismo modo las sensaciones dolorosas irían disminuyendo; para soportarlas mientras duraran confiaba en la férrea resistencia de mi constitución.

Así, aunque no todas, he detallado algunas de las consideraciones que me indujeron a proyectar un viaje a la luna. Procederé ahora, si así place a vuestras Excelencias, a comunicaros los resultados de una tentativa cuya concepción parece tan audaz, y que en todo caso no tiene paralelo en los anales de la humanidad.

Habiendo alcanzado la altitud antes mencionada —vale decir, tres millas y tres cuartos— arrojé por la barquilla una cantidad de plumas, descubriendo que aun ascendía con suficiente velocidad, por lo cual no era necesario privarme de lastre. Me alegré de esto, pues deseaba guardar conmigo todo el peso posible, por la sencilla razón de que no tenía ninguna seguridad sobre la fuerza de atracción o la densidad atmosférica de la luna. Hasta ese momento no sentía molestias físicas, respiraba con entera libertad y no me dolía la cabeza. El gato descansaba tranquilamente sobre mi chaqueta, que me había quitado, y contemplaba las palomas con un aire de *nonchalance.* En cuanto a éstas, atadas por una pata para que no volaran, ocupábanse activamente de picotear los granos de arroz que les había echado en el fondo de la barquilla.

A las seis y veinte el barómetro acusó una altitud de 26.400 pies, o sea casi cinco millas. El panorama parecía ilimitado. En realidad, resultaba fácil calcular, con ayuda de la trigonometría esférica, el ámbito terrestre que mis ojos alcanzaban. La superficie convexa de un segmento de esfera es a la superficie total de la esfera lo que el senoverso del segmento al diámetro de la esfera. Ahora bien, en este caso, el senoverso —vale decir el *espesor* del segmento por debajo de mí— era aproximadamente igual a mi elevación, o a la elevación del punto de vista sobre la superficie. «De cinco a ocho millas» expresaría, pues, la proporción del área terrestre que se ofrecía a mis miradas. En otras palabras, estaba contemplando una decimosextava parte de la superficie total del globo. El mar aparecía sereno como un espejo, aunque el telescopio me permitió advertir que se hallaba sumamente encrespado. Ya no se veía el navío, que al parecer había derivado hacia el este. Empecé a sentir fuertes dolores de cabeza a intervalos, especialmente en la región de los oídos, aunque seguía respirando con bastante libertad. El gato y las palomas no parecían sentir molestias.

A las siete menos veinte el globo entró en una región de densas nubes, que me ocasionaron serias dificultades, dañando mi aparato condensador y empapándome hasta los huesos; fue éste, por cierto, un singular *rencontre,* pues jamás había creído posible que semejante nube estuviera a tal altura. Me pareció conveniente soltar dos pedazos de cinco libras de lastre, conservando un peso de ciento sesenta y cinco libras. Gracias a esto no tardé en sobrevolar la zona de las nubes, y al punto percibí que mi velocidad ascensional había aumentado considerablemente. Pocos segundos después de salir de la nube, un relámpago vivísimo la recorrió de extremo a extremo, incendiándola en toda su extensión como si se tratara de una masa de carbón ardiente. Esto ocurría, como se sabe, a plena luz del día. Imposible imaginar la sublimidad que hubiese asumido el mismo fenómeno en caso de producirse en las tinieblas de la noche. Sólo el infierno hubiera podido proporcionar una imagen adecuada. Tal como lo vi, el espectáculo hizo que el cabello se me erizara mientras miraba los abiertos abismos, dejando descender la imaginación para que vagara por las extrañas galerías abovedadas, los encendidos golfos y los rojos y espantosos precipicios de aquel terrible e insondable incendio. Me había salvado por muy poco. Si el globo hubiese permanecido un momento más dentro de la nube, es decir, si la humedad de la misma no me hubiera decidido a soltar lastre, probablemente no hubiera escapado a la destrucción. Esta clase de peligros, aunque poco se piensa en ellos, son quizá los mayores que deben afrontar los globos. Pero ahora me encontraba a una altitud demasiado grande como para que el riesgo volviera a presentarse.

Subíamos rápidamente, y a las siete en punto el barómetro indicó nueve millas y media. Empecé a experimentar una gran dificultad respiratoria. La cabeza me dolía muchísimo y, al sentir algo húmedo en las mejillas, descubrí que era sangre que me salía en cantidad por los oídos. Mis ojos me preocuparon también mucho. Al pasarme la mano por ellos me pareció que me sobresalían de las órbitas; veía como distorsionados los objetos que contenía el globo, y a éste mismo. Los síntomas excedían lo que había supuesto y me produjeron alguna alarma. En este momento, obrando con la mayor imprudencia e insensatez, arrojé tres piezas de cinco libras de lastre. La velocidad acelerada del ascenso me llevó demasiado rápidamente y sin la gradación necesaria a una capa altamente enrarecida de la atmósfera, y estuvo a punto de ser fatal para mi expedición y para mí mismo. Súbitamente me sentí presa de un espasmo que duro más de cinco minutos, y aun después de haber cedido en cierta medida, seguí respirando a largos intervalos, jadeando de la manera más penosa, mientras sangraba copiosamente por la nariz y los oídos, y hasta ligeramente por los ojos. Las palomas parecían sufrir mucho y luchaban por escapar, mientras el gato maullaba desesperadamente y, con la lengua afuera, movíase tambaleando de un lado a otro de la barquilla, como si estuviera envenenado. Demasiado tarde descubrí la imprudencia que había cometido al soltar el lastre. Supuse que moriría en pocos minutos. Los sufrimientos físicos que experimentaba contribuían además a incapacitarme casi por completo para hacer el menor esfuerzo en procura de salvación. Poca capacidad de reflexión me quedaba, y la violencia del dolor de cabeza parecía crecer por instantes. Me di cuenta de que los sentidos no tardarían en abandonarme, y ya había aferrado una de las sogas correspondientes a la válvula de escape, con la idea de intentar el descenso, cuando el recuerdo de la broma que les había jugado a mis tres acreedores, y sus posibles consecuencias para mí, me detuvieron por el momento. Me dejé caer en el fondo de la barquilla, luchando por recuperar mis facultades. Lo conseguí hasta el punto de pensar en la conveniencia de sangrarme. Como no tenía lanceta, me vi precisado a arreglármelas de la mejor manera posible, cosa que al final logré cortándome una vena del brazo izquierdo con mi cortaplumas.

Apenas había empezado a correr la sangre cuando noté un sensible alivio. Luego de perder aproximadamente el contenido de media jofaina de dimensiones ordinarias, la mayoría de los síntomas más alarmantes desaparecieron por completo. De todos modos no me pareció prudente enderezarme en seguida, sino que, después de atarme el brazo lo mejor que pude, seguí descansando un cuarto de hora. Pasado este plazo me levanté, sintiéndome tan libre de dolores como lo había estado en la primera parte de la ascensión. No obstante seguía teniendo grandísimas dificultades para respirar, y comprendí que pronto habría llegado el momento de utilizar mi condensador. En el ínterin miré a la gata, que había vuelto a instalarse cómodamente sobre mi chaqueta, y descubrí con infinita sorpresa que había aprovechado la oportunidad de mi indisposición para dar a luz tres gatitos. Esto constituía un aumento completamente inesperado en el número de pasajeros del globo, pero no me desagradó que hubiera ocurrido; me proporcionaba la oportunidad de poner a prueba la verdad de una conjetura que, más que cualquier otra, me había impulsado a efectuar la ascensión. Había imaginado que la resistencia *habitual* a la presión atmosférica en la superficie de la tierra era la causa de los sufrimientos por los que pasa toda vida a cierta distancia de esa superficie. Si los gatitos mostraban síntomas equivalentes a los de la madre, debería considerar como fracasada mi teoría, pero si no era así, entendería el hecho como una vigorosa confirmación de aquella idea.

A las ocho de la mañana había alcanzado una altitud de diecisiete millas sobre el nivel del mar. Así, pues, era evidente que mi velocidad ascensional no sólo iba en aumento, sino que dicho aumento hubiera sido verificable aunque no hubiese tirado el lastre como lo había hecho. Los dolores de cabeza y de oídos volvieron a intervalos y con mucha violencia, y por momentos seguí sangrando por la nariz; pero, en general, sufría mucho menos de lo que podía esperarse. Mi respiración, empero, se volvía más y más difícil, y cada inspiración determinaba un desagradable movimiento espasmódico del pecho. Desempaqué, pues, el aparato condensador y lo alisté para su uso inmediato.

A esta altura de mi ascensión el panorama que ofrecía la tierra era magnífico. Hacia el oeste, el norte y el sur, hasta donde alcanzaban mis ojos, se extendía la superficie ilimitada de un océano en aparente calma, que por momentos iba adquiriendo una tonalidad más y más azul. A grandísima distancia hacia el este, aunque discernibles con toda claridad, veíanse las Islas Británicas, la costa atlántica de Francia y España, con una pequeña porción de la parte septentrional del continente africano. Era imposible advertir la menor señal de edificios aislados, y las más orgullosas ciudades de la humanidad se habían borrado completamente de la faz de la tierra.

Lo que más me asombró del aspecto de las cosas de abajo fue la aparente concavidad de la superficie del globo. Bastante irreflexivamente había esperado contemplar su verdadera *convexidad* a medida que subiera, pero no tardé en explicarme aquella contradicción. Una línea tirada perpendicularmente desde mi posición a la tierra hubiera formado la perpendicular de un triángulo rectángulo, cuya base se hubiera extendido desde el ángulo recto hasta el horizonte, y la hipotenusa desde el horizonte hasta mi posición. Pero mi lectura era poco o nada en comparación con la perspectiva que abarcaba. En otras palabras, la base y la hipotenusa del supuesto triángulo hubieran sido en este caso tan largas, comparadas con la perpendicular, que las dos primeras hubieran podido considerarse casi paralelas. De esta manera el horizonte del aeronauta aparece siempre como si estuviera al *nivel de la barquilla*. Pero, como el punto situado inmediatamente debajo de él le parece estar —y está— a gran distancia, da también la impresión de hallarse a gran distancia por debajo del horizonte. De ahí la aparente concavidad, que habrá de mantenerse hasta que la elevación alcance una proporción tan grande con el panorama, que el aparente paralelismo de la base y la hipotenusa desaparezca.

A esta altura las palomas parecían sufrir mucho. Me decidí, pues, a ponerlas en libertad. Desaté primero una, bonitamente moteada de gris, y la posé sobre el borde de la barquilla. Se mostró muy inquieta; miraba ansiosamente a todas partes, agitando las alas y arrullando suavemente, pero no pude persuadirla de que se soltara del borde. Por fin la agarré, arrojándola a unas seis yardas del globo. Pero, contra lo que esperaba, no mostró ningún deseo de descender, sino que luchó con todas sus fuerzas por volver, mientras lanzaba fuertes y penetrantes chillidos. Logró por fin alcanzar su posición anterior, mas apenas lo había hecho cuando apoyó la cabeza en el pecho y cayó muerta en la barquilla.

La otra fue más afortunada, pues para impedir que siguiera el ejemplo de su compañera y regresara al globo, la tiré hacia abajo con todas mis fuerzas, y tuve el placer de verla continuar su descenso con gran rapidez, haciendo uso de sus alas de la manera más natural. Muy pronto se perdió de vista, y no dudo de que llegó sana y salva a casa. La gata, que parecía haberse recobrado muy bien de su trance, procedió a comerse con gran apetito la paloma muerta, y se durmió luego satisfechísima. Sus gatitos parecían sumamente vivaces y no mostraban la menor señal de malestar.

A las ocho y cuarto, como me era ya imposible inspirar aire sin los más intolerables dolores, procedí a ajustar a la barquilla la instalación correspondiente al condensador. Dicho aparato requiere algunas explicaciones, y Vuestras Excelencias deberán tener presente que mi finalidad, en primer término, consistía en aislarme y aislar completamente la barquilla de la atmósfera altamente enrarecida en la cual me encontraba, a fin de introducir en el interior de mi compartimento, y por medio de mi condensador, una cantidad de la referida atmósfera suficientemente condensada para poder respirarla. Con esta finalidad en vista, había preparado una envoltura o saco muy fuerte, perfectamente impermeable y flexible. Toda la barquilla quedaba contenida dentro de este saco. Vale decir que, luego de tenderlo por debajo del fondo de la cesta de mimbre y hacerlo subir por los lados, lo extendí a lo largo de las cuerdas hasta el borde superior o aro al cual estaba atada la red del globo. Una vez levantado el saco, cerrando por completo todos los lados y el fondo, había que asegurar su abertura o boca, pasando la tela sobre el aro de la red o, en otras palabras, entre la red y el aro. Pero si la red quedaba separada del aro para permitir dicho paso, ¿cómo se sostendría entretanto la barquilla? Pues bien, la red no estaba atada de manera fija al aro, sino sujeta a éste mediante una serie de presillas o lazos. Por tanto, sólo había que desatar unos cuantos de estos lazos por vez, dejando la barquilla suspendida de los restantes. Insertada así una porción de tela que constituía la parte superior del saco, volví a ajustar los lazos, ya no al aro, pues ello hubiera sido imposible desde el momento que ahora intervenía la tela, sino a una serie de grandes botones asegurados en la tela misma, a unos tres pies por debajo de la abertura del saco; los intervalos entre los botones correspondían a los intervalos entre los lazos. Hecho esto, aflojé otra cantidad de lazos del aro, introduje una nueva porción de la tela y los lazos sueltos fueron a su vez conectados con sus botones correspondientes. De esta manera pude insertar toda la parte superior del saco entre la red y el aro. Como es natural, este último cayó entonces dentro de la barquilla, mientras el peso de ésta quedaba sostenido tan sólo por la fuerza de los botones.

A primera vista este dispositivo podría parecer inadecuado, pero no era así, pues los botones eran fortísimos y estaban tan cerca uno del otro que sólo les tocaba soportar individualmente un pequeño peso. Aunque la barquilla y su contenido hubiesen sido tres veces más pesados, no me habría sentido intranquilo.

Procedí luego a levantar otra vez el aro por dentro de la envoltura de goma elástica y lo inserté casi a su altura anterior por medio de tres soportes muy livianos preparados al efecto. Hice esto, como se comprenderá, a fin de mantener distendido el saco en su terminación, de modo que la parte inferior de la red conservara su posición normal. Sólo me faltaba ahora cerrar la abertura del saco, y lo hice rápidamente, juntando los pliegues de la tela y retorciéndolos apretadamente desde dentro por medio de una especie de *tourniquet* fijo.

A los lados de este envoltorio ajustado a la barquilla había tres cristales espesos pero muy transparentes, por los cuales podía ver sin la menor dificultad en todas las direcciones horizontales. En la parte del saco que constituía el fondo había una cuarta ventanilla del mismo género, que correspondía a una pequeña abertura en el piso de la barquilla. Esto me permitía ver hacia abajo, pero, en cambio, no había podido ajustar un dispositivo similar en la parte superior, dada la forma en que se cerraba el saco y las arrugas que formaba, por lo cual no podía esperar ver los objetos situados en el cenit. De todas maneras la cosa no tenía importancia, pues aún en el caso de haber colocado una mirilla en lo alto, el globo mismo me hubiera impedido hacer uso de ella.

A un pie por debajo de una de las mirillas laterales había un orificio circular, de tres pulgadas de diámetro, en el cual había fijado una rosca de bronce. A esta rosca se atornillaba el largo tubo del condensador, cuyo cuerpo principal se encontraba, naturalmente, dentro de la cámara de caucho. Por medio del vacío practicado en la máquina, dicho tubo absorbía una cierta cantidad de atmósfera circundante y la introducía en estado de condensación en la cámara de caucho, donde se mezclaba con el aire enrarecido ya existente. Una vez que la operación se había repetido varias veces, la cámara quedaba llena de aire respirable. Pero, como en un espacio tan reducido no podía tardar en viciarse a causa de su continuo contacto con los pulmones, se lo expulsaba con ayuda de una pequeña válvula situada en el fondo de la barquilla; el aire más denso se proyectaba de inmediato a la enrarecida atmósfera exterior. Para evitar el inconveniente de que se produjera un vacío total en la cámara, esta purificación no se cumplía de una vez, sino progresivamente; para ello la válvula se abría unos pocos segundos y volvía a cerrarse, hasta que uno o dos impulsos de la bomba del condensador reemplazaban el volumen de la atmósfera desalojada. Por vía de experimento instalé a la gata y sus gatitos en una pequeña cesta que suspendí fuera de la barquilla por medio de un sostén en el fondo de ésta, al lado de la válvula de escape, que me servía para alimentarlos toda vez que fuera necesario. Esta instalación, que dejé terminada antes de cerrar la abertura de la cámara, me dio algún trabajo, pues debí emplear una de las perchas que he mencionado, a la cual até un gancho. Tan pronto un aire más denso ocupó la cámara, el aro y las pértigas dejaron de ser necesarias, pues la expansión de aquella atmósfera encerrada distendía fuertemente las paredes de caucho.

Cuando hube terminado estos arreglos y llenado la cámara como acabo de explicar, eran las nueve menos diez. Todo el tiempo que pasé así ocupado sufría una terrible opresión respiratoria, y me arrepentí amargamente de la negligencia o, mejor, de la temeridad que me había hecho dejar para último momento una cuestión tan importante. Mas apenas estuvo terminada, comencé a cosechar los beneficios de mi invención. Volví a respirar libre y fácilmente. Me alegró asimismo descubrir que los violentos dolores que me habían atormentado hasta ese momento se mitigaban casi completamente. Todo lo que me quedaba era una leve jaqueca, acompañada de una sensación de plenitud o hinchazón en las muñecas, los tobillos y la garganta. Parecía, pues, evidente que gran parte de las molestias derivadas de la falta de presión atmosférica habían desaparecido tal como lo esperara, y que muchos de los dolores padecidos en las últimas horas debían atribuirse a los efectos de una respiración deficiente.

A las nueve menos veinte, es decir, muy poco antes de cerrar la abertura de la cámara, el mercurio llegó a su límite y dejó de funcionar el barómetro, que, como ya he dicho, era especialmente largo. Indicaba en ese momento una altitud de 132.000 pies, o sea veinticinco millas, vale decir que me era dado contemplar una superficie terrestre no menor de la trescientas veinteava parte de su área total. A las nueve perdí de vista las tierras al este, no sin antes advertir que el globo derivaba rápidamente hacia el nor—noroeste. El océano por debajo de mí conservaba su aparente concavidad, aunque mi visión se veía estorbada con frecuencia por las masas *de* nubes que flotaban de un lado a otro.

A las nueve y media hice el experimento de arrojar un puñado de plumas por la válvula. No flotaron como había esperado, sino que cayeron verticalmente como una bala y en masa, a extraordinaria velocidad, perdiéndose de vista en un segundo. Al principio no supe qué pensar de tan extraordinario fenómeno, pues no podía creer que mi velocidad ascensional hubiera alcanzado una aceleración repentina tan prodigiosa. Pero no tardó en ocurrírseme que la atmósfera se hallaba ahora demasiado rarificada para sostener una mera pluma, y que, por lo tanto, caían a toda velocidad; lo que me había sorprendido eran las velocidades unidas de su descenso y mi elevación.

A las diez hallé que no tenía que ocuparme mayormente de nada. Todo marchaba bien y estaba convencido de que el globo subía con una rapidez creciente, aunque ya no tenía instrumentos para asegurarme de su progresión. No sentía dolores ni molestias de ninguna clase, y estaba de mejor humor que en ningún momento desde mi partida de Rotterdam; me ocupé, pues, de observar los diversos instrumentos y de regenerar la atmósfera de la cámara. Decidí repetirlo cada cuarenta minutos, más para mantener mi buen estado físico que porque la renovación fuese absolutamente necesaria. Entretanto no pude impedirme anticipar el futuro. Mi fantasía corría a gusto por las fantásticas y quiméricas regiones lunares. Sintiéndose por una vez libre de cadenas, la imaginación erraba entre las cambiantes maravillas de una tierra sombría e inestable. Había de pronto vetustas y antiquísimas florestas, vertiginosos precipicios y cataratas que se precipitaban con estruendo en abismos sin fondo. Llegaba luego a las calmas soledades del mediodía, donde jamás soplaba una brisa, donde vastas praderas de amapolas y esbeltas flores semejantes a lirios se extendían a la distancia, silenciosas e inmóviles por siempre. Y luego recorría otra lejana región, donde había un lago oscuro y vago, limitado por nubes. Pero no sólo estas fantasías se posesionaban de mi mente. Horrores de naturaleza mucho más torva y espantosa hacían su aparición en mi pensamiento, estremeciendo lo más hondo de mi alma con la mera suposición de su posibilidad. Pero no permitía que esto durara demasiado tiempo, pensando sensatamente que los peligros reales y palpables de mi viaje eran suficientes para concentrar por entero mi atención.

A las cinco de la tarde, mientras me ocupaba de regenerar la atmósfera de la cámara, aproveché la oportunidad para observar a la gata y sus gatitos a través de la válvula. Me pareció que la gata volvía a sufrir mucho, y no vacilé en atribuirlo a la dificultad que experimentaba para respirar; en cuanto a mi experimento con los gatitos, tuvo un resultado sumamente extraño. Como es natural, había esperado que mostraran algún malestar, aunque en grado menor que su madre, y ello hubiese bastado para confirmar mi opinión sobre la resistencia habitual a la presión atmosférica. No estaba preparado para descubrir, al examinarlos atentamente, que gozaban de una excelente salud y que respiraban con toda soltura y perfecta regularidad, sin dar la menor señal de sufrimiento. No me quedó otra explicación posible que ir aún más allá de mi teoría y suponer que la atmósfera altamente rarificada que los envolvía no era quizá (como había dado por sentado) químicamente suficiente para la vida animal, y que una persona nacida en ese medio podría acaso inhalarla sin el menor inconveniente, mientras que al descender a los estratos más densos, en las proximidades de la tierra, soportaría torturas de naturaleza similar a las que yo acababa de padecer. Nunca he dejado de lamentar que un torpe accidente me privara en ese momento de mi pequeña familia de gatos, impidiéndome adelantar en el conocimiento del problema en cuestión. Al pasar la mano por la válvula, con un tazón de agua para la gata, se me enganchó la manga de la camisa en el lazo que sostenía la pequeña cesta y lo desprendió instantáneamente del botón donde estaba tomado. Si la cesta se hubiera desvanecido en el aire, no habría dejado de verla con mayor rapidez. No creo que haya pasado más de un décimo de segundo entre el instante en que se soltó y su desaparición. Mis buenos deseos la siguieron hasta tierra, pero, naturalmente, no tenía la menor esperanza de que la gata o sus hijos vivieran para contar lo que les había ocurrido.

A las seis, noté que una gran porción del sector visible de la tierra se hallaba envuelta en espesa oscuridad, que siguió avanzando con gran rapidez hasta que, a las siete menos cinco, toda la superficie a la vista quedó cubierta por las tinieblas de la noche. Pero pasó mucho tiempo hasta que los rayos del sol poniente dejaron de iluminar el globo, y esta circunstancia, aunque claramente prevista, no dejó de producirme gran placer. Era evidente que por la mañana contemplaría el astro rey muchas horas antes que los ciudadanos de Rotterdam, a pesar de que se hallaban situados mucho más al este y que así, día tras día, en proporción a la altura alcanzada, gozaría más y más tiempo de la luz solar. Me decidí por entonces a llevar un diario de viaje, registrando la crónica diaria de veinticuatro horas continuas, es decir, sin tomar en consideración el intervalo de oscuridad.

A las diez, sintiendo sueño, resolví acostarme por el resto de la noche; pero entonces se me presentó una dificultad que, por más obvia que parezca, había escapado a mi atención hasta el momento de que hablo. Si me ponía a dormir, como pensaba, ¿cómo regenerar entretanto la atmósfera de la cámara? Imposible respirar en ella por más de una hora, y, aunque este término pudiera extenderse a una hora y cuarto, se seguirían las más desastrosas consecuencias. La consideración de este dilema me preocupó seriamente, y apenas se me creerá si digo que, después de todos los peligros que había enfrentado, el asunto me pareció tan grave como para renunciar a toda esperanza de llevar a buen fin mi designio y decidirme a iniciar el descenso.

Mi vacilación, empero, fue sólo momentánea. Reflexioné que el hombre es esclavo de la costumbre y que en la rutina de su existencia hay muchas cosas que se consideran *esenciales,* y que lo son tan sólo porque se han convertido en hábitos. Cierto que no podía pasarme sin dormir; pero fácilmente me acostumbraría, sin inconveniente alguno, a despertar de hora en hora en el curso de mi descanso. Sólo se requerirían cinco minutos como máximo para renovar por completo la atmósfera de la cámara, y la única dificultad consistía en hallar un método que me permitiera despertar cada vez en el momento requerido.

Confieso que esta cuestión me resultó sumamente difícil. Conocía, por supuesto, la historia del estudiante que, para evitar quedarse dormido sobre el libro, tenía en la mano una bola de cobre, cuya caída en un recipiente del mismo metal colocado en el suelo provocaba un estrépito suficiente para despertarlo si se dejaba vencer por la modorra. Pero mi caso era muy distinto y no me permitía acudir a ningún expediente parecido; no se trataba de mantenerme despierto, sino de despertar a intervalos regulares. Al final di con un medio que, por simple que fuera, me pareció en aquel momento de tanta importancia como la invención del telescopio, la máquina de vapor o la imprenta.

Necesario es señalar en primer término que, a la altura alcanzada, el globo continuaba su ascensión vertical de la manera más serena, y que la barquilla lo acompañaba con una estabilidad tan perfecta que hubiera resultado imposible registrar en ella la más leve oscilación. Esta circunstancia me favoreció grandemente para la ejecución de mi proyecto. La provisión de agua se hallaba contenida en cuñetes de cinco galones cada uno, atados firmemente en el interior de la barquilla. Solté uno de ellos y, tomando dos sogas, las até a través del borde de mimbre de la barquilla, paralelamente y a un pie de distancia entre sí, para que formaran una especie de soporte sobre el cual puse el cuñete y lo fijé en posición horizontal.

A unas ocho pulgadas por debajo de las cuerdas, y a cuatro pies del fondo de la barquilla, instalé otro soporte, pero éste de madera fina, utilizando el único trozo que llevaba a bordo. Coloqué sobre él, justamente debajo de uno de los extremos del cuñete, un pequeño pichel de barro. Practiqué luego un agujero en el extremo correspondiente del cuñete, al que adapté un tapón cónico de madera blanda. Empecé a ajustar y a aflojar el tapón hasta que, luego de algunas pruebas, conseguí el punto necesario para que el agua, rezumando del orificio y cayendo en el pichel de abajo, lo llenara hasta el borde en sesenta minutos. Esto último pude calcularlo fácilmente, observando hasta dónde se llenaba el recipiente en un período dado.

Hecho esto, lo que queda por decir es obvio. Instalé mi cama en el piso de la barquilla, de modo tal que mi cabeza quedaba exactamente bajo la boca del pichel. Al cumplirse una hora, el pichel se llenaba por completo, y al empezar a volcarse lo hacía por la boca, situada ligeramente más abajo que el borde. Ni que decir que el agua, cayendo desde una altura de cuatro pies, me daba en la cara y me despertaba instantáneamente del más profundo sueño.

Eran ya las once cuando completé mis preparativos y me acosté en seguida, lleno de confianza en la eficacia de mi invento. No me defraudó, por cierto. Puntualmente fui despertado cada sesenta minutos por mi fiel cronómetro, y en cada oportunidad no olvidé vaciar el pichel en la boca del cuñete, a la vez que me ocupaba del condensador. Estas interrupciones regulares en mi sueño me causaron menos molestias de las que había previsto, y cuando me levanté al día siguiente eran ya las siete y el sol se hallaba a varios grados sobre la línea del horizonte.

3 de abril.— *El* globo había alcanzado una inmensa altitud y la convexidad de la tierra podía verse con toda claridad. Por debajo de mí, en el océano, había un grupo de pequeñas manchas negras, indudablemente islas. Por encima, el cielo era de un negro azabache y se veían brillar las estrellas; esto ocurría desde el primer día de vuelo. Muy lejos, hacia el norte, percibí una línea muy fina, blanca y sumamente brillante, en el borde mismo del horizonte, y no vacilé en suponer que se trataba del borde austral de los hielos del mar polar. Mi curiosidad se avivó, pues confiaba en avanzar más hacia el norte, y quizá en un momento dado quedara colocado justamente sobre el polo. Lamenté que mi grandísima elevación impidiera en este caso hacer observaciones detalladas; pero de todas maneras cabía cerciorarse de muchas cosas.

Nada de extraordinario ocurrió durante el día. Los instrumentos funcionaron perfectamente y el globo continuó su ascenso sin que se notara la menor vibración. Hacía mucho frío, que me obligó a ponerme un abrigado gabán. Cuando la oscuridad cubrió la tierra me acosté, aunque la luz del sol siguió brillando largas horas en mi vecindad inmediata. El reloj de agua se mostró puntual y dormí hasta la mañana siguiente, con las interrupciones periódicas ya señaladas.

4 de abril.— Me levanté lleno de salud y buen ánimo y quedé asombrado al ver el extraño cambio que se había producido en el aspecto del océano. En vez del azul profundo que mostraba el día anterior, era ahora de un blanco grisáceo y de un brillo insoportable. La convexidad del océano era tan marcada, que la masa de agua más distante parecía estar cayendo bruscamente en el abismo del horizonte; por un momento me quedé escuchando si se percibían los ecos de aquella inmensa catarata. Las islas no eran ya visibles; no podría decir si habían quedado por debajo del horizonte, hacia el sur, o si la creciente elevación impedía distinguirlas. Me inclinaba, sin embargo, a esta última hipótesis. El borde de hielo al norte se divisaba cada vez con mayor claridad. El frío disminuyó sensiblemente. No ocurrió nada de importancia y pasé el día leyendo, pues había tenido la precaución de proveerme de libros.

5 de abril.— Asistí al singular fenómeno de la salida del sol, mientras casi toda la superficie visible de la tierra seguía envuelta en tinieblas. Pero luego la luz se extendió sobre la superficie y otra vez distinguí la línea del hielo hacia el norte. Se veía muy claramente y su coloración era mucho más oscura que la de las aguas oceánicas. No cabía dudar de que me estaba aproximando a gran velocidad. Me pareció distinguir nuevamente una línea de tierra hacia el este y también otra al oeste, pero sin seguridad. Tiempo moderado. Nada importante sucedió durante el día. Me acosté temprano.

6 de abril.— Tuve la sorpresa de descubrir el borde de hielo a una distancia bastante moderada, mientras un inmenso campo helado se extendía hasta el horizonte. Era evidente que si el globo mantenía su rumbo actual, no tardaría en situarse sobre el océano polar ártico, y daba casi por descontado que podría distinguir el polo. Durante todo el día continuamos aproximándonos a la zona del hielo. Al anochecer, los límites de mi horizonte se ampliaron súbitamente, lo cual se debía, sin duda, a la forma esferoidal achatada de la tierra, y a mi llegada a la parte más chata en las vecindades del círculo ártico. Cuando la oscuridad terminó de envolverme me acosté lleno de ansiedad, temeroso de pasar por encima de lo que tanto deseaba observar sin que fuera posible hacerlo.

7 de abril.— Me levanté temprano y con gran alegría pude observar finalmente el Polo Norte, pues no podía dudar de que lo era. Estaba allí, justamente debajo del aeróstato; pero, ¡ay!, la altitud alcanzada por éste era tan enorme que nada podía distinguirse en detalle. A juzgar por la progresión de las cifras indicadoras de las distintas altitudes en los diferentes períodos desde las seis a. m. del dos de abril hasta las nueve menos veinte a. m. del mismo día (hora en la cual el barómetro llegó a su límite), podía inferirse que en este momento, a las cuatro de la mañana del siete de abril, el globo había alcanzado una altitud no *menor* de 7.254 millas sobre el nivel del mar. Esta elevación puede parecer inmensa, pero el cálculo sobre el cual la había basado era probablemente muy inferior a la verdad. Sea como fuere, en ese instante me era dado contemplar la totalidad del diámetro mayor de la tierra; todo el hemisferio norte se extendía por debajo de mí como una carta en proyección ortográfica, el gran círculo del ecuador constituía el límite de mi horizonte. Empero, Vuestras Excelencias pueden fácilmente imaginar que las regiones hasta hoy inexploradas que se extienden más allá del círculo polar ártico, si bien se hallaban situadas debajo del globo y, por tanto, sin la menor deformación, eran demasiado pequeñas relativamente y estaban a una distancia demasiado enorme del punto de vista como para que mi examen alcanzara una gran precisión.

Lo que pude ver, empero, fue tan singular como excitante. Al norte del enorme borde de hielos ya mencionado, y que de manera general puede ser calificado como el límite de los descubrimientos humanos en esas regiones, continúa extendiéndose una capa de hielo ininterrumpída (o poco menos). En su primera parte, la superficie es muy llana, hasta terminar en una planicie total y, finalmente, *en una concavidad* que llega hasta el mismo polo, formando un centro circular claramente definido, cuyo diámetro aparente subtendía con respecto al globo un ángulo de unos sesenta y cinco segundos, y cuya coloración sombría, de intensidad variable, era más oscura que cualquier otro punto del hemisferio visible, llegando en partes a la negrura más absoluta. Fuera de esto, poco alcanzaba a divisarse. Hacia mediodía, el centro circular había disminuido en circunferencia, y a las siete p. m. lo perdí de vista, pues el globo sobrepasó el borde occidental del hielo y flotó rápidamente en dirección del ecuador.

8 de abril.— Note una sensible disminución en el diámetro aparente de la tierra, aparte de una alteración en su color y su apariencia general. Toda el área visible participaba en grados diferentes de una coloración amarillo pálido, que en ciertas partes llegaba a tener una brillantez que hacía daño a la vista. Mi radio visual se veía, además, considerablemente estorbado, pues la densa atmósfera contigua a la tierra estaba cargada de nubes, entre cuyas masas sólo alcanzaba a divisar aquí y allá jirones de la tierra. Estas dificultades para la visión directa me habían venido molestando más o menos durante las últimas cuarenta y ocho horas, pero mi enorme altitud actual hacía que las masas de nubes se juntaran, por así decirlo, y el obstáculo se volvía más y más palpable en proporción a mi ascenso. Pude notar fácilmente, empero, que el globo sobrevolaba la serie de los grandes lagos de Norteamérica, y que seguía un curso hacia el sur que pronto me aproximaría a los trópicos. Esta circunstancia no dejó de llenarme de satisfacción y la saludé como un augurio favorable de mi triunfo final. Por cierto que la dirección seguida hasta ahora me había inquietado mucho, pues era evidente que si se mantenía por más tiempo no me daría posibilidad alguna de llegar a la luna, cuya órbita se halla inclinada con respecto a la eclíptica en un ángulo de tan sólo 5° 8' 48". Por más raro que parezca, sólo en los últimos días empecé a comprender el gran error que había cometido al no tomar como punto de partida desde la tierra algún lugar *en el plano de la elipse lunar.*

9 de abril.— El diámetro terrestre apareció hoy grandemente disminuido, y el color de la superficie adquiría de hora en hora un matiz más amarillento. El globo mantuvo su rumbo al sur y llegó a las nueve p. m. al borde septentrional del golfo de México.

10 de abril.— Hacia las cinco de la mañana fui bruscamente despertado por un estrépito, semejante a un terrible crujido, que no alcancé a explicarme. Duró muy poco, pero me bastó oírlo para comprender que no se parecía a nada que hubiera escuchado previamente en la tierra. Inútil decir que me alarmé muchísimo, atribuyendo aquel ruido a la explosión del globo. Examiné atentamente los instrumentos sin descubrir nada anormal. Pasé gran parte del día meditando sobre un hecho tan extraordinario, pero no me fue posible arribar a ninguna explicación. Me acosté insatisfecho, en un estado de gran ansiedad y agitación.

11 de abril.— Descubrí una sorprendente disminución en el diámetro aparente de la tierra y un considerable aumento, observable por primera vez, del de la luna, que alcanzaría su plenitud pocos días más tarde. A esta altura se requería una prolongada y extenuante labor para condensar suficiente aire atmosférico respirable en la cámara.

12 de abril.— Una singular alteración se produjo en la dirección del globo, y, aunque la había anticipado en todos sus detalles, me causó la más grande de las alegrías. Habiendo alcanzado, en su rumbo anterior, el paralelo veinte de latitud sur, el globo cambió súbitamente de dirección, volviéndose en ángulo agudo hacia el este, y así continuó durante el día, manteniéndose muy cerca *del plano exacto de la elipse lunar.* Merece señalarse que, como consecuencia de este cambio de ruta, se produjo una perceptible oscilación de la barquilla, la cual se mantuvo con mayor o menor intensidad durante muchas horas.

13 de abril.— Volví a alarmarme seriamente por la repetición del violento ruido crujiente que tanto me había aterrorizado el día 10. Pensé mucho en esto, sin alcanzar una conclusión satisfactoria. El diámetro aparente de la tierra decreció muchísimo y subtendía desde el globo un ángulo de poco más de veinticinco grados. No se veía la luna, por hallarse casi en mi cenit. Seguimos en el plano de la elipse, pero avanzando muy poco hacia el este.

14 de abril.— Rapidísimo decrecimiento del diámetro de la tierra. Hoy me sentí fuertemente impresionado por la idea de que el globo recorrería la línea de los ápsides hacia el punto del perineo; en otras palabras, que seguía la ruta directa que lo llevaría inmediatamente a la luna en aquella parte de su órbita más cercana a la tierra. La luna misma se hallaba inmediatamente sobre mí y, por lo tanto, oculta a mis ojos. Tuve que trabajar dura y continuamente para condensar la atmósfera.

15 de abril.— Ni siquiera los perfiles de los continentes y los mares podían trazarse ya con claridad en la superficie de la tierra. Hacia las doce escuché por tercera vez el horroroso sonido que tanto me había asombrado. Pero ahora continuaba cada vez con más intensidad. Por fin, mientras estupefacto y aterrado aguardaba de segundo en segundo no sé qué espantoso aniquilamiento, la barquilla vibró violentamente y una masa gigantesca e inflamada de un material que no pude distinguir pasó con un fragor de cien mil truenos a poca distancia del globo.

Cuando mi temor y mi estupefacción se hubieron disipado un tanto, poco me costó imaginar que se trataba de algún enorme fragmento volcánico proyectado desde aquel mundo al cual me acercaba rápidamente; con toda probabilidad era una de esas extrañas masas que suelen recogerse en la tierra y que a falta de mejor explicación se denominan meteoritos.

16 de abril.— Mirando hacia arriba lo mejor posible, es decir, por todas las ventanillas alternativamente, contemplé con grandísima alegría una pequeña parte del disco de la luna que sobresalía por todas partes de la enorme circunferencia de mi globo. Una intensa agitación se posesionó de mí, pues pocas dudas me quedaban de que pronto llegaría al término de mi peligroso viaje. El trabajo ocasionado por el condensador había alcanzado un punto máximo y casi no me concedía un momento de descanso. A esta altura no podía pensar en dormir. Me sentía muy enfermo, y todo mi cuerpo temblaba a causa del agotamiento. Era imposible que una naturaleza humana pudiese soportar por mucho más tiempo un sufrimiento tan grande. Durante el brevísimo intervalo de oscuridad, un meteorito pasó nuevamente cerca del globo, y la frecuencia de estos fenómenos me causó no poca aprensión.

17 de abril.— Esta mañana hizo época en mi viaje. Se recordará que el 13 la tierra subtendía un ángulo de veinticinco grados. El 14, el ángulo disminuyó mucho; el 15 se observó un descenso aún más notable, y al acostarme, la noche del 16, verifiqué que el ángulo no pasaba de los siete grados y quince minutos. ¡Cuál habrá sido entonces mi asombro al despertar de un breve y penoso sueño, en la mañana de este día, y descubrir que la superficie por debajo de mí había *aumentado* súbita y asombrosamente de volumen, al punto de que su diámetro aparente subtendía un ángulo no menor de treinta y nueve grados! Me quedé como fulminado. Ninguna palabra podría expresar el infinito, el absoluto horror y estupefacción que me poseyeron y me abrumaron. Sentí que me temblaban las rodillas, que me castañeteaban los dientes, mientras se me erizaba el cabello. ¡Entonces... el globo había reventado! Fue la primera idea que corrió por mi mente. ¡El globo había reventado... y estábamos cayendo, cayendo, con la más impetuosa e incalculable velocidad! ¡A juzgar por la inmensa distancia tan rápidamente recorrida, no pasarían más de diez minutos antes de llegar a la superficie del orbe y hundirme en la destrucción!

Pero, a la larga, la reflexión vino en mi auxilio. Me serené, reflexioné y empecé a dudar. Aquello era imposible. De ninguna manera podía haber descendido a semejante velocidad. Además, si bien me estaba acercando a la superficie situada por debajo, no cabía duda de que la velocidad del descenso era infinitamente menor de la que había imaginado.

Esta consideración sirvió para calmar la perturbación de mis facultades y logré finalmente enfrentar el fenómeno desde un punto de vista racional. Comprendí que el asombro me había privado en gran medida de mis sentidos, pues no había sido capaz de apreciar la enorme diferencia entre aquella superficie situada por debajo de mí y la de la madre tierra. Esta última se hallaba ahora sobre mi cabeza, completamente oculta por el globo, mientras la luna —la luna en toda su gloria— se tendía debajo de mí y a mis pies.

El estupor y la sorpresa que me había producido aquel extraordinario cambio de situaciones fueron quizá lo menos explicable de mi aventura, pues el *bouleversement* en cuestión no sólo era tan natural como inevitable, sino que lo había previsto mucho antes, sabiendo que debería producirse cuando llegara al punto exacto del viaje donde la atracción del planeta fuera superada por la atracción del satélite —o, más precisamente, cuando la gravitación del globo hacia la tierra fuese menos poderosa que su gravitación hacia la luna—. Ocurrió, sin duda, que desperté de un profundo sueño con todos los sentidos embotados, viéndome frente a un fenómeno que, si bien previsto, no lo estaba en ese momento mismo. En cuanto a mi cambio de posición, debió producirse de manera tan gradual como serena; de haber estado despierto en el momento en que tuvo lugar, es dudoso que me hubiera dado cuenta por alguna señal *interna,* vale decir por alguna irregularidad o trastorno de mi persona o de mis instrumentos.

Resulta casi inútil decir que, apenas hube comprendido la verdad y superado el terror que había absorbido todas las facultades de mi espíritu, concentré por completo mi atención en la apariencia física de la luna. Se extendía por debajo de mí como un mapa y, aunque comprendí que se hallaba aún a considerable distancia, los detalles de su superficie se me ofrecían con una claridad tan asombrosa como inexplicable. La ausencia total de océanos o mares e incluso de lagos y ríos me pareció a primera vista el rasgo más extraordinario de sus carácterísticas geológicas. Y, sin embargo, por raro que parezca, advertí vastas regiones llanas de carácter decididamente aluvial, si bien la mayor parte del hemisferio se hallaba cubierto de innumerables montañas volcánicas de forma cónica que daban una impresión de protuberancias artificiales antes que naturales. La más alta no pasaba de tres millas y tres cuartos, pero un mapa de los distritos volcánicos de los Campos Flegreos proporcionaría a vuestras Excelencias una idea más clara de aquella superficie general que cualquier descripción insuficiente intentada aquí. La mayoría de aquellos volcanes estaban en erupción y me dieron a entender terriblemente su furia y su potencia con los repetidos truenos de los mal llamados meteoritos, que subían en línea recta hasta el globo con una frecuencia más y más aterradora.

18 de abril.— Comprobé hoy un enorme aumento de la masa lunar, y la velocidad evidentemente acelerada de mi descenso comenzó a llenarme de alarma. Se recordará que en las primeras etapas de mis especulaciones sobre la posibilidad de llegar a la luna, había contado en mis cálculos con la existencia de una atmósfera alrededor de ésta, cuya densidad fuera proporcionada a la masa del planeta; todo ello a pesar de las numerosas teorías contrarias, y cabe agregar, de la incredulidad general sobre la existencia de una atmósfera lunar. Pero además de lo que ya he indicado a propósito del cometa de Encke y la luz zodiacal, mi opinión se había visto vigorizada por ciertas observaciones de Mr. Schroeter, de Lilienthal. Este sabio observó la luna de dos días y medio, poco después de ponerse el sol, antes de que la parte oscurecida se hiciera visible, y continuó observándola hasta que fue perceptible. Los dos cuernos parecían afilarse en una ligera prolongación y mostraban su extremo débilmente iluminado por los rayos del sol antes de que cualquier parte del hemisferio en sombras fuera visible. Poco después, todo el borde sombrío se aclaró. Esta prolongación de los cuernos más allá del semicírculo debía provenir, según pensé, de la refracción de los rayos solares por la atmósfera de la luna. Calculé también que la altura de la atmósfera (capaz de refractar en el hemisferio en sombras suficiente luz para producir un crepúsculo más luminoso que la luz reflejada por la tierra cuando la luna se halla a unos 32° de su conjunción) era de 1.356 pies; de acuerdo con ello, supuse que la altura máxima capaz de refractar los rayos solares debía ser de 5.376 pies.

Mis ideas sobre este tópico se habían visto asimismo confirmadas por un pasaje del volumen ochenta y dos de las *Actas Filosóficas,* donde se afirma que durante una ocultación de los satélites de Júpiter por la luna, el tercero desapareció después de haber sido indiscernible durante uno o dos segundos, y que el cuarto dejó de ser visible cerca del limbo.

Está de más decir que confiaba plenamente en la resistencia o, mejor dicho, en el sostén de una atmósfera cuya densidad había supuesto, a fin de llegar sano y salvo a la luna. Si al fin y al cabo me había equivocado, no podía esperar otra cosa que terminar mi aventura haciéndome mil pedazos contra la rugosa superficie del satélite. No me faltaban razones para sentirme aterrorizado. La distancia que me separaba de la luna era comparativamente insignificante, en tanto que el trabajo que me daba el condensador no había disminuido en absoluto y no advertía la menor indicación de que el enrarecimiento del aire comenzara a disminuir.

19 de abril.— Esta mañana, para mi gran alegría, cuando la superficie de la luna estaba aterradoramente cerca y mis temores llegaban a su colmo noté, a las nueve, que la bomba del condensador daba señales evidentes de una alteración en la atmósfera. A las diez, tenía ya razones para creer que la densidad había aumentado considerablemente. A las once, poco trabajo se requería en el aparato, y a las doce, después de vacilar un rato, me atreví a soltar el torniquete y, notando que nada desagradable ocurría, abrí finalmente la cámara de goma y la arrollé a los lados de la barquilla.

Como cabía esperar, un violento dolor de cabeza acompañado de espasmos fue la inmediata consecuencia de tan precipitado y peligroso experimento. Pero aquellos trastornos y la dificultad para respirar no eran tan grandes como para hacer peligrar mi vida, y decidí soportarlos lo mejor posible, en la seguridad de que desaparecerían apenas llegáramos a las capas inferiores más densas. Empero nuestra aproximación a la luna continuaba a una enorme velocidad, y pronto me di cuenta, con alarma, de que si bien no me había engañado al suponer una atmósfera de densidad proporcionada a la masa del satélite, me había equivocado al creer que dicha densidad, aun la más próxima a la superficie, sería capaz de sostener el gran peso de la barquilla del aeróstato. *Así debería haber sido* y en grado igual que en la superficie terrestre, suponiendo la pesantez de los cuerpos en razón de la condensación atmosférica en cada planeta. Pero *no era así,* sin embargo, como bien se veía por mi precipitada caída; y el porqué de ello sólo puede explicarse con referencia a las posibles perturbaciones geológicas a las cuales ya me he referido.

Sea como fuere, estaba muy cerca del planeta, bajando a una velocidad terrible. No perdí un instante, pues, en tirar por la borda el lastre, luego los cuñetes de agua, el aparato condensador y la cámara de caucho, y por fin todo lo que contenía la barquilla. Pero de nada me sirvió. Continuaba descendiendo a una terrible velocidad y me hallaba apenas a media milla del suelo. Como último recurso, y después de arrojar mi chaqueta, sombrero y botas, acabé cortando la barquilla misma, que era sumamente pesada; y así, colgado con ambas manos de la red tuve apenas tiempo de observar que toda la región hasta donde alcanzaban mis miradas estaba densamente poblada de pequeñas construcciones, antes de caer de cabeza en el corazón de una fantástica ciudad, en el centro de una enorme multitud de pequeños y feísimos seres que, en vez de preocuparse en lo más mínimo por auxiliarme, se quedaron como un montón de idiotas, sonriendo de la manera más ridícula y mirando de reojo al globo y a mí mismo. Alejándome desdeñosamente de ellos, alcé los ojos al cielo para contemplar la tierra que tan poco antes había abandonado, acaso para siempre, y la vi como un enorme y sombrío escudo de bronce, de dos grados de diámetro, inmóvil en el cielo y guarnecida en uno de sus bordes con una medialuna del oro más brillante. Imposible descubrir la más leve señal de continentes o mares; el globo aparecía lleno de manchas variables, y se advertían, como si fuesen fajas, las zonas tropicales y ecuatoriales.

Así, con permiso de vuestras Excelencias, luego de una serie de grandes angustias, peligros jamás oídos y escapatorias sin paralelo, llegué por fin sano y salvo, a los diecinueve días de mi partida de Rotterdam, al fin del más extraordinario de los viajes, y el más memorable jamás cumplido, comprendído o imaginado por ningún habitante de la tierra. Pero mis aventuras están aún por relatar. Y bien imaginarán vuestras Excelencias que, después de una residencia de cinco años en un planeta no sólo muy interesante por sus carácterísticas propias, sino doblemente interesante por su íntima conexión, en calidad de satélite, con el mundo habitado por el hombre, me hallo en posesión de conocimientos destinados confidencialmente al Colegio de Astrónomos del Estado, y harto más importante que los detalles, por maravillosos que sean, del viaje tan felizmente concluido.

He aquí, en una palabra, la cuestión. Tengo muchas, muchísimas cosas que daría a conocer con el mayor gusto; mucho que decir del clima del planeta, de sus maravillosas alternancias de calor y frío, de la ardiente y despiadada luz solar que dura una quincena, y la frigidez más que polar que domina en la siguiente; del constante traspaso de humedad, por destilación semejante a la que se practica al vacío, desde el punto situado debajo del sol al punto más alejado del mismo; de una zona variable de agua corriente; de las gentes en sí; de sus maneras, costumbres e instituciones políticas; de su peculiar constitución física; de su fealdad, de su falta de orejas, apéndices inútiles en una atmósfera a tal punto modificada; de su consiguiente ignorancia del uso y las propiedades del lenguaje; de sus ingeniosos medios de intercomunicación, que lo reemplazan; de la incomprensible conexión entre cada individuo de la luna con algún individuo de la tierra, conexión análoga y sometida a la de las esferas del planeta y el satélite, y por medio de la cual la vida y los destinos de los habitantes del uno están entretejidos con la vida y los destinos de los habitantes del otro; y, por sobre todo, con permiso de

Vuestras Excelencias, de los negros y horrendos misterios existentes en las regiones exteriores de la luna, regiones que, debido a la casi milagrosa concordancia de la rotación del satélite sobre su eje con su revolución sideral en torno a la tierra, jamás han sido expuestas, y nunca lo serán si Dios quiere, al escrutinio de los telescopios humanos. Todo esto y más, mucho más, me sería grato detallar. Pero, para ser breve, debo recibir mi recompensa. Ansío volver a mi familia y a mi hogar, y, como precio de la luz que está en mi mano arrojar sobre importantísimas ramas de la ciencia física y metafísica, me permito solicitar, por intermedio de vuestra honorable corporación, que me sea perdonado el crimen que cometí al partir de Rotterdam, o sea la muerte de mis acreedores. Tal es el motivo de esta comunicación. Su portador, un habitante de la luna a quien he persuadido y adiestrado para que sea mi mensajero en la tierra, esperará la decisión que plazca a vuestras excelencias, y retornará trayéndome el perdón solicitado, si es posible obtenerlo.

Tengo el honor de saludar respetuosamente a Vuestras Excelencias. Vuestro humilde servidor,

Hans Pfaall".

Se afirma que, al concluir la lectura de este extraordinario documento, el profesor Rubadub dejó caer al suelo su pipa, en el colmo de la sorpresa, mientras Mynheer Superbus Von Underduk, luego de quitarse los anteojos, limpiarlos y ponérselos en el bolsillo, olvidaba su dignidad al punto de girar tres veces sobre sus talones, en una quintaesencia de asombro y admiración. No cabía la menor duda: el perdón sería acordado. Así lo decidió redondamente el profesor Rubadub, y así lo pensó finalmente el ilustre Von Underduk, mientras tomaba del brazo a su colega y, sin decir palabra, se lo llevaba a su casa para deliberar sobre las medidas que convendría adoptar. Ya en la puerta de la casa del burgomaestre, el profesor se atrevió a decir que, como el mensajero había considerado prudente desaparecer —asustado mortalmente, sin duda, por la salvaje apariencia de los burgueses de Rotterdam—, de muy poco serviría el perdón, ya que sólo un selenita se atrevería a intentar un viaje semejante. El burgomaestre convino en la verdad de esta observación, y el asunto quedó finiquitado. Pero no pasó lo mismo con los rumores y las conjeturas. Una vez publicada, la carta dio origen a toda clase de murmuraciones y pareceres. Algunos que se pasaban de listos quedaron en ridículo al afirmar que aquello era una superchería. Pero entre gentes así, todo lo que excede el nivel de su comprensión es siempre una superchería. Por mi parte no alcanzo a imaginar en qué se fundaban para sostener semejante acusación. Veamos lo que decían:

Primero: Que ciertos bromistas de Rotterdam tenían especial antipatía a ciertos burgomaestres y astrónomos.

Segundo: Que un enano de extraño aspecto, de profesión malabarista, a quien le faltaban las orejas por haberle sido cortadas en castigo de algún delito, había desaparecido de su casa, en la vecina ciudad de Brujas.

Tercero: Que los periódicos que forraban por completo el pequeño globo eran periódicos holandeses y, por tanto, no podían proceder de la luna. Eran papeles sucios, sumamente sucios, y Gluck, el impresor, hubiera jurado por la Biblia que habían sido impresos en Rotterdam.

Cuarto: Que el muy malvado borracho de Hans Pfaall en persona, y los tres holgazanes que llama sus acreedores, habían sido vistos no hace más de dos o tres días en una taberna de los suburbios, al regresar con dinero en los bolsillos de un viaje de ultramar.

Finalmente: Que existía una opinión general, o que debería serlo, según la cual el Colegio de Astrónomos de la ciudad de Rotterdam, al igual que todos los otros colegios parecidos del mundo —para no mencionar a los colegios y astrónomos en general—, no era ni mejor, ni más grande, ni más sabio de lo que hubiera debido ser.

NOTA.— Estrictamente hablando, poca similitud existe entre la bagatela que antecede y la celebrada *Historia de la Luna*, de Mr. Locke; pero, como ambas consisten en supercherías (aunque una lo es en broma y la otra seriamente), y ambas burlas se refieren a la luna (tratando de parecer plausibles mediante detalles científicos), el autor de Hans *Pfaall* cree conveniente decir, en su defensa, que su *jeu d'esprit* se publicó en el *Southern Literary Messenger* tres semanas antes del de Mr. Locke en el *New York Sun*. Imaginando un parecido que quizá no existe, algunos periódicos de Nueva York cotejaron *Hans Pfaall* con la *Historia de la Luna*, a fin de verificar si el autor de un texto lo era también del otro.

Puesto que la *Historia de la Luna* engañó a muchas más personas de las que voluntariamente lo admitirían, puede resultar entretenido mostrar cómo nadie debió aceptar el engaño, señalando esos detalles del relato que hubieran bastado para establecer su verdadero carácter. Por muy rica que fuera la imaginación desplegada en esta ingeniosa ficción, le falta la fuerza que le hubiera dado una atención más escrupulosa a los hechos y a las analogías generales. Que el público se haya dejado engañar, aunque sólo fuera por un momento, sólo prueba la crasa ignorancia que existe en materia de temas astronómicos.

La distancia de la tierra a la luna es, en cifras redondas, de 240.000 millas. Si queremos asegurarnos de cuánto podrá un telescopio acercar aparentemente el satélite o cualquier otro objeto, bastará dividir la distancia por el poder magnificador o, más exactamente, el poder de penetración en el espacio de las lentes. Mr. Locke imagina que el poder de sus lentes es de 42.000. Si dividimos por esta cifra las 240.000 millas de la distancia a la luna, tenemos cinco millas y cinco séptimos como distancia aparente. Pero a esta distancia sería imposible ver a ningún animal, y mucho menos los mínimos detalles señalados en el relato. Mr. Locke afirma que sir John Herschel llegó a ver flores (la *Papaver rheas*, etc.), y que distinguió el color y la forma de los ojos de los pajarillos. Pero antes, empero, él mismo hace notar que el telescopio no permitirá apreciar objetos cuyo diámetro fuera menor de dieciocho pulgadas; pero aun esto excede las posibilidades de su supuesta lente. Observaremos de paso que dicho prodigioso telescopio habría sido fundido en la cristalería de los señores Hartley y Grant, en Dumbarton; pero he aquí que dicho establecimiento había cerrado sus puertas varios años antes de la publicación de la burla.

En la página 13 (edición en folleto), y hablando de un «fleco velludo» sobre los ojos de una especie de bisonte, el autor dice: «La aguda mente del Dr. Herschel percibió inmediatamente que se trataba de un medio providencial para proteger los ojos del animal contra las enormes variaciones de luz y tinieblas que afectan periódicamente a todos los habitantes de nuestro lado de la luna». Esta observación no puede considerarse como muy «aguda». Los habitantes de nuestra cara de la luna no conocen la oscuridad, por lo cual tampoco sufren las «variaciones» mencionadas. En ausencia del sol, gozan de una luz procedente de la tierra equivalente a la de trece lunas llenas

La topografía utilizada en el relato, si bien se declara que concuerda con la *Carta Lunar* de Blunt, difiere por completo de ésta y de las cartas restantes, e incluso se contradice a veces groseramente. La rosa de los vientos aparece también en inextricable confusión, pues el autor parece ignorar que en un mapa lunar aquélla no concuerda con los cuadrantes terrestres; vale decir, que el este se halla a la izquierda, etc.

Engañado quizá por nombres tan vagos como *Mare Nubium, Mare Tranquillitatis, Mare Fœcunditatis,* etc., dados por los astrónomos a las regiones en sombra, Mr. Locke ha entrado en detalles acerca de océanos y grandes masas de agua en la luna, siendo que si hay un punto en el que concuerdan todos los astrónomos, es que en el satélite no hay la menor presencia de agua. Al examinar el límite entre luz y sombra (en la luna creciente), allí donde cruza alguna de esas regiones en sombra, la línea divisoria se muestra quebrada e irregular, lo cual no ocurriría si aquellas zonas estuvieran llenas de agua.

La descripción de las alas del hombre—murciélago (pág. 21) es copia literal de la explicación dada por Peter Wilkins sobre las alas de sus isleños voladores. Debería haber bastado este simple detalle para provocar sospechas.

En la página 23 leemos: "¡Qué prodigiosa influencia debe de haber ejercido nuestro globo, trece veces más grande, sobre el satélite, cuando era un embrión en el seno del tiempo, el sujeto pasivo de la afinidad química!".

Esto es muy bello; pero cabe observar que un astrónomo no hubiera formulado jamás semejante observación, sobre todo, a un periódico científico, ya que la tierra no es trece sino cuarenta y nueve veces más grande que la luna. Una objeción similar puede hacerse a las últimas páginas, donde, a modo de introducción a ciertos descubrimientos sobre Saturno, el corresponsal procede a dar informes sobre dicho planeta dignos de un colegial: ¡y esto al *Edinburgh Journal of Science!*.

Pero, sobre todo, hay un punto que debió mostrar que se trataba de una ficción. Imaginamos la posibilidad de contemplar animales en la superficie de la luna; ¿qué es lo que llamaría primero la atención de un observador terrestre? ¿Su forma, tamaño y demás peculiaridades, o su notable *posición!* Parecerían estar caminando con las patas para arriba y la cabeza abajo, a modo de moscas en el techo. El *verdadero* observador hubiese proferido una instantánea exclamación de sorpresa (por más preparado que estuviera por sus conocimientos previos) ante la singularidad de esa posición, mientras que el observador ficticio no menciona siquiera la cosa, sino que habla de haber visto todo el cuerpo de dichas criaturas, cuando puede demostrarse que sólo le era dado ver el diámetro de sus cabezas.

Para concluir, cabe hacer notar que el tamaño, y especialmente las facultades de los hombres—murciélagos (por ejemplo, su habilidad para volar en una atmósfera tan enrarecida, si es que hay atmósfera en la luna), así como el resto de las fantasías concernientes a la vida animal y vegetal, discrepan generalmente con todos los razonamientos analógicos sobre dichos temas, y que en estos casos la analogía suele llevar a demostraciones concluyentes. Apenas es necesario agregar que todas las sugestiones atribuidas a Brewster y a Herschel a comienzos del relato, sobre «una transfusión de luz artificial a través del objeto focal de la visión», etc., etc., pertenecen a esa especie de literatura florida que cabe muy bien bajo la denominación de galimatías.

Existe un límite real y muy definido para el descubrimiento óptico entre las estrellas, un límite que se comprende con sólo enunciarlo. Si todo lo requerido fuese la fundición de grandes lentes, el ingenio humano llegaría a proporcionar todo lo que se le pidiera, y tendríamos lentes de cualquier tamaño. Pero desdichadamente, a medida que las lentes aumentan de tamaño, y, por tanto, de poder penetrador, va disminuyendo la luz del objeto contemplado, por difusión de sus rayos. Y contra este inconveniente el ingenio humano no puede inventar remedio alguno, pues un objeto es contemplado gracias a la luz que de él emana, sea directa o reflejada. Así, la única luz «artificial» que podría servir a Mr. Locke sería aquella que se proyectara, no sobre el «objeto focal de la visión», sino sobre el objeto mismo a contemplar: en este caso, *sobre la luna*. Se ha calculado fácilmente que cuando la luz procedente de una estrella se difunde hasta ser tan débil como la luz natural procedente de la totalidad de las estrellas, en una noche clara y sin luna, en ese caso la estrella deja de ser visible para todo fin práctico.

El telescopio del conde de Ross, recientemente construido en Inglaterra, tiene un *speculum* cuya superficie reflejante es de 4.071 pulgadas cuadradas; el telescopio de Herschel sólo tenía uno de 1.811. El tubo metálico del telescopio Ross mide seis pies de diámetro, en los bordes presenta un espesor de cinco pulgadas y media, y de cinco en el centro. Pesa tres toneladas y su largo focal es de 50 pies.

Hace poco leí un librito singular y bastante ingenioso, cuyo título es el siguiente:

L'Homme dans la lune, ou le Voyage chimerique fait au Monde de la Lune, nouuellement decouuert par Dominique Gonzales, Advanturier Espagnol, autrement dit le Courier Volant. Mis en notre langue par J. B. D. A. Paris, chez François Piot, pres la Fontaine de Saint Benoist. Et chez J. Goignart, au premier pilier de la grand'salle du Palais, proche les Consultations, MDCXLVII 176 páginas.

El autor afirma haber traducido el texto inglés de un tal Mr. D'Avisson (¿Davidson?), aunque en sus declaraciones reina la más grande ambigüedad: «J'en ai eu —dice— l'original de monsieur D'Avisson, medecin des mieux versez qui soient aujourd' huy dans la conoissance des Belles Lettres, et surtout de la Philosophie Naturelle. Je lui ai cette obligation entre les autres, de m'auoír non seulement mis en main ce Livre en anglois, mais encore le Manuscrit du Sieur Thomas

<u>D'Anan, gentilhomme Eccosois,</u> recommandable pour sa vertu sur la version duquel j'advoue que j'ay tiré le plan de la mienne.»

Después de algunas aventuras insignificantes, a la manera de Gil Blas, que ocupan las primeras treinta páginas, el autor relata que, hallándose enfermo durante un viaje por mar, la tripulación lo abandonó, junto con su doméstico negro, en la isla de Santa Helena. A fin de aumentar las probabilidades de conseguir alimento, ambos se separan y viven lo más lejos posible el uno del otro. Esto los induce a amaestrar pájaros, a fin de valerse de ellos como de palomas mensajeras. Poco a poco les enseñan a llevar paquetes, cuyo peso va aumentando gradualmente. Por fin se les ocurre unir las fuerzas de gran número de pájaros, a fin de que transporten por el aire al autor. Fabrican a tal efecto una máquina de la cual se da una detalladísima descripción, completada con un aguafuerte. Vemos en él al señor González, con gola rizada y gran peluca, sentado en algo que se parece muchísimo a un palo de escoba, del que tira una multitud de cisnes silvestres *(ganzas)* atados por la cola a la máquina.

El suceso más importante del relato del autor depende de un hecho que el lector ignorará hasta llegar al fin del volumen. Los gansos, tan familiares ya, no eran habitantes de Santa Helena, sino de la luna. Desde remotas edades, tenían la costumbre de emigrar anualmente a alguna región de la tierra. Como es natural, meses más tarde volvían a su hogar y, en una ocasión en que el autor requería sus servicios para un breve viaje, se vio inesperadamente arrebatado por los aires, llegando en muy breve tiempo al satélite.

Una vez allí, y entre otras cosas, el autor descubre que los selenitas son muy felices, que carecen de leyes, que mueren sin dolor, que miden entre diez y treinta pies de alto, que viven cinco mil años, que tienen un emperador llamado Irdonozur, y que pueden saltar a setenta pies de altura, tras lo cual, por quedar libres de la influencia de la gravedad, pueden volar con ayuda de abanicos.

No puedo dejar de dar aquí una muestra de la filosofía general del volumen.

"Debo deciros —declara el señor González— cómo era el lugar donde me hallaba. Las nubes aparecían bajo mis pies o, si preferís, se tendían entre mí y la tierra. En cuanto a las estrellas, *como en este lugar no existe la noche, tenían siempre la misma apariencia: no brillante, como de costumbre, sino pálidas y muy parecidas a la luna por las mañanas.* Pero sólo se veían unas pocas, aunque eran diez veces más grandes —hasta donde pude juzgar— de lo que parecen a los terrestres.

La luna, a la cual le faltaban dos días para quedar llena, era de un inmenso tamaño.

No debo dejar de decir que las estrellas sólo aparecían del lado del globo vuelto hacia la luna, y que, cuanto más cerca estaban, más grandes eran. Debo informaros asimismo que, aunque hiciera tiempo bueno o malo, *siempre me hallé exactamente entre la luna y la tierra.* Estaba convencido de ello por dos razones: primero, mis pájaros volaban siempre en línea recta, y segundo, toda vez que se detenían a descansar, *éramos arrastrados insensiblemente alrededor del globo terrestre.* Pues yo admito la opinión de Copérnico, quien mantiene que la tierra jamás deja de girar *del este al oeste,* no sobre los polos del Equinoccio, llamados vulgarmente polos del mundo, sino sobre los del Zodíaco, cosa de la cual me propongo hablar con más detalle cuando tenga tiempo de refrescar mi memoria con la astrología que estudié en Salamanca en mi juventud, y que desde entonces he olvidado".

A pesar de los errores señalados en itálicas, el libro no deja de merecer cierta atención, por cuanto proporciona un ingenuo ejemplo de las nociones astronómicas corrientes en su tiempo. Una de ellas suponía que el "poder de gravitación" sólo se extendía muy poco sobre la superficie terrestre, y por eso vemos a nuestro viajero «arrastrado insensiblemente alrededor del globo», etc.

Ha habido otros «viajes a la luna», pero ninguno con más méritos que el que acabo de mencionar. El de Bergerac es absolutamente insensato. En el tercer volumen de *la American Quarterly Review* puede leerse una crítica minuciosa de una cierta «expedición» de esta clase, crítica en la cual es difícil decir si el autor denuncia la estupidez del libro o su propia y absurda ignorancia de la astronomía. He olvidado el título de la obra, pero los medios para hacer el viaje son de una concepción todavía más lamentable que los gansos de nuestro amigo el señor González.

Cierto aventurero, al excavar la tierra, descubre cierto metal que sufre fuertemente la atracción de la luna; fabrica inmediatamente una caja del mismo que, una vez libre de sus ataduras terrestres, lo arrebata por los aires y lo lleva directamente hasta el satélite. *El Vuelo de Thomas O'Rourke* es un *jeu d'esprit* no del todo despreciable, y ha sido traducido al alemán. Thomas, el héroe, era en la realidad el guardabosque de un par irlandés cuyas excentricidades dieron origen al cuento. El «vuelo» se efectúa a lomo de águila, desde Hungry Hill, una altísima montaña en la extremidad de Bantry Bay.

En estas diversas publicaciones la finalidad es siempre satírica, pues el tema consiste en la descripción de las costumbres lunares y su comparación con las nuestras. En ninguna de ellas se hace el menor esfuerzo para que el viaje en sí resulte plausible. Los autores parecen en cada caso totalmente ignorantes de la astronomía. En *Hans Pfaall*, la originalidad del designio consiste en intentar cierta *verosimilitud*, mediante la aplicación de principios científicos (hasta donde la caprichosa naturaleza del tema lo permite) a un verdadero viaje entre la tierra y la luna.

VON KEMPELEN Y SU DESCUBRIMIENTO

Después del minucioso y detallado artículo de Arago, por no decir nada del resumen en el *Silliman's Journal,* conjuntamente con la prolija declaración del teniente Maury, que acaba de publicarse, no se supondrá que, al presentar unas pocas observaciones a vuelapluma sobre el descubrimiento de Von Kempelen, pretendo considerar el tema desde un punto de vista *científico.* Tan sólo deseo decir unas palabras sobre Von Kempelen mismo (a quien tuve el honor de conocer hace unos años, si bien superficialmente), ya que todo lo que a él se refiere tiene en estos momentos gran interés; y, en segundo término, considerar de manera general y especulativa *los resultados* de su descubrimiento.

No sería inútil, sin embargo, preceder estas rápidas observaciones con la más enfática negación de algo que parecería una opinión generalizada (recogida, como es usual en estos casos, de los periódicos), o sea que el descubrimiento, tan asombroso como incuestionable, carece *de precedentes.*

Consultando el *Diario de Sir Humphrey Davy* (Cottle and Munroe, Londres, 150 págs.) se verá, en las páginas 53 y 82, que este ilustre químico no sólo había concebido la idea en cuestión, sino que *avanzó considerablemente, por la vía experimental, en el mismo análisis* tan triunfalmente llevado a su término por Von Kempelen, quien, a pesar de no hacer la menor alusión a dicho *Diario,* le debe (lo digo sin vacilar, y puedo probarlo en caso necesario) la primera noción, por lo menos, de su propia empresa. Aunque ligeramente técnico, no puedo dejar de citar dos pasajes del *Diario* que contienen una de las ecuaciones de Sir Humphrey.

[Dado que carecemos de los signos algebraicos necesarios, y el *Diario* puede consultarse en la biblioteca del Ateneo, omitimos aquí una pequeña parte del manuscrito de Mr. Poe.—ED.]

El párrafo del *Courier and Enquirer,* que tanto circula actualmente en la prensa, y que se propone reivindicar la invención a favor de un tal Mr. Kissam, de Brunswick, Maine, me da la impresión de ser apócrifo por varias razones, aunque no hay nada imposible ni muy improbable en la declaración. No necesito entrar en detalles. Mi opinión sobre el párrafo se funda principalmente en su *modo.* No se lo *siente* como cierto. Las personas que describen hechos, pocas veces son tan minuciosas como Mr. Kissam con respecto a fechas y localizaciones precisas. Además, si Mr. Kissam efectuó realmente el descubrimiento que sostiene en la época indicada —hace casi ocho años—, ¿cómo es posible que no tomara *instantáneamente* medidas para cosechar los inmensos beneficios que para sí mismo, si no para la humanidad, el más patán de los hombres hubiera sabido que podían derivarse del descubrimiento? Me resulta increíble que un hombre sensato haya podido descubrir lo que afirma Mr. Kissam y procedido, sin embargo, tan puerilmente —o tan tontamente— como éste *admite* haber procedido. Dicho sea de paso: ¿quién es Mr. Kissam? Todo el pasaje del *Courier and Enquirer,* ¿no será una superchería destinada solamente a "hablar por hablar"? Confesemos que tiene un aire de burla muy marcado. En mi humilde opinión, poco puede confiarse en él; y si no supiera muy bien por experiencia cuan fácilmente se dejan embarcar los hombres de ciencia en cuestiones que exceden sus especialidades, me quedaría asombradísimo al ver a un químico tan eminente como el profesor Draper discutiendo con toda seriedad las pretensiones de Mr. Kissam sobre el descubrimiento.

Pero volvamos al *Diario* de Sir Humphrey Davy. Este folleto no estaba destinado al público, aun después del fallecimiento del autor, como cualquier persona conocedora del oficio literario puede comprobar con un sucinto análisis del estilo. En la página 1, por ejemplo, hacia el medio, leemos lo siguiente acerca de las investigaciones de Davy sobre el protóxido de ázoe: "En menos de medio minuto, continuando la respiración, disminuyeron gradualmente y *fueron* sucedidas por análoga a una suave presión en todos los músculos". Que la *respiración* no había "disminuido", no sólo resulta claro del contexto siguiente, sino del uso del plural "fueron". No hay duda de que la frase quería decir: "En menos de medio minuto, continuando la respiración, (dichas sensaciones) disminuyeron gradualmente y fueron sucedidas por (una sensación) análoga a una suave presión en todos los músculos".

Otros cien ejemplos parecidos demuestran que el manuscrito tan desconsideradamente publicado no era más que un cuaderno de apuntes destinado tan sólo a los ojos del autor; pero bastará la lectura del folleto para convencer a toda persona razonante de que lo que sugiero es verdad. Sir Humphrey Davy era el hombre menos indicado para comprometerse en materia científica. No sólo le disgustaba extraordinariamente todo charlatanismo, sino que tenía un temor casi mórbido a *aparecer* empírico; es decir, que por más convencido que estuviera de haber encontrado el buen camino sobre el tema en cuestión, jamás hubiera hablado de él hasta no tener todo listo para una demostración práctica concluyente. Estoy convencido de que sus últimos momentos hubieran sido muy amargos de haber sospechado que sus deseos de que el *Diario* (lleno de especulaciones inmaduras) fuese quemado no habrían de cumplirse, como, al parecer, ocurrió. Digo «sus deseos», pues no creo que pueda dudarse de que entre los diversos papeles que habrían de ser quemados figuraba también esta libreta de apuntes. Si escapó de las llamas para buena o mala suerte, aún está por verse. Que los pasajes citados más arriba, juntamente con los otros aludidos, dieron a Von Kempelen *la noción* de su descubrimiento, es cosa que no discuto; pero repito que está por verse si este trascendental descubrimiento (trascendental bajo cualquier circunstancia) servirá o perjudicará a la larga a la humanidad. Que Von Kempelen y sus amigos más íntimos recogerán una rica cosecha sería locura dudarlo. Y no se mostrarán tan poco inteligentes como para no comprar cantidad de propiedades y de tierras, vale decir para *realizar* bienes de valor *intrínseco*.

En la breve explicación proporcionada por Von Kempelen, que apareció en el *Home Journal,* y que ha sido reproducida cantidad de veces desde entonces, el traductor ha cometido varios errores al verter el original alemán, que, según afirma, proviene de un reciente número del *Schnellpost* de Presburg. No hay duda de que *Viele* ha sido mal interpretado, como ocurre frecuentemente, y que lo que el traductor vierte como «tristezas» es probablemente *leiden,* que, traducido correctamente como «sufrimientos», daría un carácter por completo diferente al texto; de todos modos, mucho de esto no pasa de ser una conjetura mía.

Von Kempelen está muy lejos de ser un "misántropo", por lo menos en apariencia y al margen de lo que pueda verdaderamente ser. Me vinculé con él de manera fortuita, y apenas tengo derecho de afirmar que lo conozco; pero haber visto y hablado a un hombre de tan prodigiosa notoriedad como la que ha alcanzado o alcanzará dentro de pocos días no es poca cosa en los tiempos que corren.

El *Literary World* habla de él con gran seguridad, afirmando que nació en Presburg (engañado quizá por el artículo de *The Home Journal),* pero me agrada poder afirmar positivamente —pues lo sé por él mismo— que es nativo de Utica, en el Estado de Nueva York, aunque, según creo, sus padres eran originarios de Presburg. La familia está emparentada de alguna manera con Mäelzel, célebre por su autómata jugador de ajedrez. [Si no nos equivocamos, el nombre del *inventor* del autómata era Kempelen, Von Kempelen, o algo parecido. ED.]

Físicamente es un hombre robusto, de baja estatura, con grandes y prominentes ojos azules, cabello y patillas de un rubio arenoso, boca grande, pero agradable; hermosos dientes, y, según creo, nariz aguileña. Tiene un pie defectuoso. Se expresa francamente, y en su actitud general hay mucho de bonhomía. Tomado en conjunto, su aspecto, su lenguaje y sus actos son lo menos parecido a los de «misántropo» que jamás se haya visto. Hace seis años nos encontramos en el hotel Earl, en Providence, Rhode Island, y calculo que en total conversé con él unas tres o cuatro horas. Sus temas principales eran los del día, y ninguna de sus palabras me llevó a sospechar sus aptitudes científicas. Dejó el hotel antes que yo, a fin de trasladarse a Nueva York, y de allí a Bremen. Su gran descubrimiento se dio a conocer primeramente en esta ciudad, o, mejor dicho, fue allí donde primeramente se sospechó lo que había descubierto. He aquí lo que sé del ya inmortal Von Kempelen, pero me ha parecido que estos pocos detalles interesarían al público.

Poca duda puede caber de que la mayoría de los maravillosos rumores que corren sobre este asunto son puras invenciones, dignas de tanto crédito como la historia de la lámpara de Aladino, y, sin embargo, en un caso como éste, como en el de los descubrimientos de California, es evidente que la verdad *puede* ser más extraña que la ficción. La siguiente anécdota, por lo menos, está tan bien confirmada que podemos creer implícitamente en ella.

Von Kempelen careció siempre de recursos durante su residencia en Bremen; muchas veces, según era sabido, se vio obligado a apelar a recursos extremos a fin de conseguir míseras sumas de dinero. Cuando se produjo la sensacional falsificación en la casa Gutsmuth & Co., las sospechas recayeron sobre él, por cuanto había comprado una propiedad importante en la calle Gasperitch, y al ser interrogado sobre la forma en que se había procurado el dinero para la compra, no dio jamás una explicación. Finalmente lo arrestaron; pero, como no se le pudo comprobar nada definitivo, fue puesto en libertad. La policía seguía, no obstante, vigilándolo de cerca y descubrió que con frecuencia abandonaba su casa, siguiendo siempre el mismo camino, hasta burlar invariablemente a sus seguidores en las vecindades de ese laberinto de estrechos y sinuosos pasajes conocido por el ostentoso nombre de "Dondergat". Por fin, después de mucha perseverancia, lo encontraron en la buhardilla de una vieja casa de siete pisos, en una callejuela llamada Flatzplatz, y al irrumpir bruscamente en la habitación vieron a Von Kempelen entregado, según se imaginaron, a sus maniobras de falsificación. Mostróse de tal manera agitado que los policías no tuvieron la menor duda de que era culpable. Luego de colocarle las esposas, revisaron la habitación o, mejor dicho, las habitaciones, pues parece que ocupaba toda la *mansarde*.

Contigua a la buhardilla donde lo habían atrapado había una cámara de diez pies por ocho, equipada con algunos aparatos químicos cuya naturaleza no ha sido aún precisada. En un rincón de la cámara aparecía un pequeño horno donde ardía un intenso fuego; sobre éste se hallaba una especie de doble crisol, es decir, dos crisoles comunicados por un tubo. Uno de éstos aparecía lleno de *plomo* en fusión, que no alcanzaba a la abertura del tubo, situada cerca del borde. El otro crisol contenía cierto líquido que, al entrar los policías, se evaporaba a gran velocidad. Afirmaron éstos que, al verse acorralado, Von Kempelen aferró los crisoles con ambas manos (que tenía enguantadas, sabiéndose más tarde que los guantes eran de amianto) y arrojó su contenido al piso de baldosas. Fue entonces cuando lo esposaron, y antes de requisar las habitaciones examinaron sus ropas, sin encontrar nada extraordinario, salvo un paquete en el bolsillo de la chaqueta, el cual, según se verificó más tarde, contenía una mezcla de antimonio y *una sustancia desconocida* en proporciones casi iguales. Hasta ahora todos los esfuerzos por analizar la mencionada sustancia han fracasado, pero no cabe duda de que se terminará por averiguar su composición

Saliendo de la cámara con su prisionero, los policías pasaron por una especie de antecámara donde no se encontró nada de importancia, y entraron en el dormitorio del químico. Inspeccionaron allí cajones y estantes, sin hallar más que algunos papeles, así como una cantidad de monedas legítimas de plata y oro. Por fin, mirando debajo de la cama descubrieron *un gran baúl ordinario de fibras, sin bisagras, cierre ni cerradura,* cuya tapa había sido descuidadamente puesta a través de la parte principal. Al tratar de extraer el baúl de debajo de la cama, los tres policías, todos ellos robustos, descubrieron que sus fuerzas reunidas no eran capaces de "moverlo ni una sola pulgada". Después de mucho asombrarse, uno de ellos se metió debajo de la cama y, mirando dentro del baúl, exclamó:

—¡Con razón no podíamos moverlo! ¡Está lleno hasta el borde de pedazos de bronce viejo!

Luego de poner los pies en la pared para contar con un buen punto de apoyo, y de empujar con todas sus fuerzas mientras sus compañeros lo ayudaban, el policía logró al fin con mucha dificultad que el baúl resbalara hasta asomar fuera de la cama, permitiendo el examen de su contenido. El supuesto bronce que lo llenaba consistía en trozos pequeños y regulares, cuyo tamaño iba desde el de un guisante hasta el de un dólar; todos los trozos eran de forma irregular, más o menos chatos, y en conjunto daban la impresión "del plomo cuando se lo arroja al suelo en estado de fusión y se lo deja enfriar así".

Pues bien, ninguno de los oficiales de policía sospechó en aquel momento que dicho metal podía ser otra cosa que bronce. La idea de que fuera oro no les entró en la cabeza, naturalmente; ¿cómo podría haber sido de otra manera? Y bien cabe suponer su estupefacción cuando al día siguiente se supo en todo Bremen que aquel "montón de bronce" tan desdeñosamente transportado a la comisaría, sin que nadie se tomara la molestia de echarse al bolsillo un solo pedazo, no solamente era oro, oro de verdad, sino un oro mucho más puro que el que se emplea para acuñar moneda; oro absolutamente puro, virgen, sin la más insignificante aleación.

No necesito extenderme en detalles sobre la confesión de Von Kempelen y su excarcelación, pues son bien conocidas por el público. Nadie que se halle en su sano juicio puede dudar ya de que ha realizado, en espíritu y de hecho, si no al pie de la letra, la vieja quimera de la piedra filosofal. Las opiniones de Arago merecen, ni que decirlo, la mayor consideración; pero Arago no es infalible, y lo que dice del *bismuto* en su informe a la Academia debe ser tomado *cum grano salis*. La sencilla verdad es que, hasta este momento, todos los análisis han fracasado, y que mientras Von Kempelen no nos proporcione la clave del enigma que él mismo ha hecho público lo más probable es que la cosa siga durante años *in statu quo*. Todo lo que honestamente cabe considerar como sabido es que el oro puro puede fabricarse a voluntad y muy fácilmente, partiendo del plomo combinado con ciertas sustancias cuyas clase y proporciones son desconocidas.

Abundan las conjeturas, como es natural, sobre los resultados inmediatos y mediatos de este descubrimiento —el cual no dejará de ser relacionado por las personas reflexivas con el creciente interés que existe en general por el oro luego de los últimos episodios en California—. Y esto nos lleva a otra cosa: lo excesivamente *inoportuno* del hallazgo de Von Kempelen. Si muchos se abstuvieron de aventurarse en California temerosos de que el oro perdiera de tal modo el valor por la cantidad de minas descubiertas, y que ir a buscarlo tan lejos no proporcionara beneficio, ¿qué impresión producirá *ahora* en la mente de los que se disponen a emigrar, y especialmente en aquellos que ya se encuentran en las regiones auríferas, el anuncio del asombroso descubrimiento de Von Kempelen? Pues este descubrimiento hará que, fuera de su valor intrínseco para los fines de la metalurgia, el oro no valga (ya que es imposible suponer que Von Kempelen pueda guardar mucho tiempo su secreto) más de lo que vale el plomo y muchísimo menos que la plata. Muy difícil es, por cierto, especular anticipadamente sobre las consecuencias del descubrimiento; pero hay algo que puede afirmarse, y es que, si el anuncio del mismo se hubiese hecho seis meses atrás, hubiera tenido consecuencias muy graves para las colonias californianas.

En Europa, hasta ahora, sus resultados más notables han consistido en un aumento del dos por ciento en el precio del plomo y casi veinticinco por ciento en el de la plata.

LA ESFINGE

Durante el espantoso reinado del cólera en Nueva York acepté la invitación de un pariente a pasar quince días en el retiro de su confortable *cottage,* a orillas del Hudson. Teníamos allí todos los habituales medios de diversión veraniegos; y vagabundeando por los bosques con nuestros cuadernos de diseño, navegando, pescando, bañándonos, con la música y los libros hubiéramos pasado bastante bien el tiempo, de no ser por las temibles noticias que nos llegaban todas las mañanas de la populosa ciudad. No transcurría un día sin que nos trajeran nuevas de la muerte de algún conocido. Por lo tanto, como la mortalidad aumentaba, aprendimos a esperar diariamente la pérdida de algún amigo. Al fin temblábamos ante la cercanía de cada mensajero. El mismo aire del sur nos parecía impregnado de muerte. Este paralizante pensamiento se apoderó de mi alma toda. No podía hablar, ni pensar, ni soñar en nada. Mi huésped era de temperamento menos excitable y, aunque su ánimo estaba muy deprimido, se esforzaba por confortar el mío. En ningún momento lo imaginario afectaba su intelecto, bien nutrido de filosofía. Estaba suficientemente vivo para los terrores concretos, pero sus sombras no lo atemorizaban.

Sus intentos por sacarme del estado de anormal melancolía en que me hallaba sumido fueron frustrados en gran medida por ciertos volúmenes que yo había encontrado en su biblioteca. Por su índole, tenían fuerza suficiente para hacer germinar cualquier simiente de superstición hereditaria que se hallara latente en mi pecho. Había estado leyendo estos libros sin que él lo supiese, y, por lo tanto, le resultaba imposible explicarse a veces las violentas impresiones que habían hecho en mi fantasía.

Uno de mis tópicos favoritos era la creencia popular en presagios, creencia que en esa época de mi vida yo estaba seriamente dispuesto a defender. Teníamos largas y animadas discusiones sobre este punto, en las que él sostenía la absoluta falta de fundamento de la fe en tales cosas, y yo replicaba que un sentimiento popular nacido con absoluta espontaneidad —es decir, sin aparentes huellas de sugestión— tiene en sí mismo inequívocos elementos de verdad y es digno de mucho respeto.

El hecho es que, poco después de mi llegada a la casa, me ocurrió un incidente tan absolutamente inexplicable y que tenía en sí tanto de ominoso, que bien se me podía excusar si lo consideraba como un presagio. Me aterró y al mismo tiempo me dejó tan confundido y tan perplejo, que transcurrieron varios días antes de que me resolviera a comunicar la circunstancia a mi amigo.

Casi al final de un día de calor abrumador, estaba yo sentado con un libro en la mano delante de una ventana abierta desde la cual dominaba, a través de la larga perspectiva formada por las orillas del río, la vista de una distante colina cuya ladera más cercana había sido despojada por un desmoronamiento de la mayor parte de sus árboles. Mis pensamientos habían errado largo tiempo desde el volumen que tenía delante, a la tristeza y desolación de la vecina ciudad. Levantando los ojos de la página, cayeron éstos en la desnuda ladera de la colina y en un objeto, en una especie de monstruo viviente de horrible conformación, que rápidamente se abrió camino desde la cima hasta el pie, desapareciendo por fin en el espeso bosque inferior. Al principio, cuando esta criatura apareció ante la vista, dudé de mi razón o, por lo menos, de la evidencia de mis sentidos, y transcurrieron algunos minutos antes de lograr convencerme de que no estaba loco ni soñaba. Sin embargo, cuando describa el monstruo (que vi claramente y vigilé durante todo el período de su marcha), para mis lectores, lo temo, será más difícil aceptar estas cosas de lo que lo fue para mí.

Considerando el tamaño del animal en comparación con el diámetro de los grandes árboles junto a los cuales pasara —los pocos gigantes del bosque que habían escapado a la furia del desmoronamiento—, concluí que era mucho más grande que cualquier paquebote existente. Digo paquebote porque la forma del monstruo lo sugería; el casco de uno de nuestros barcos de guerra de setenta y cuatro cañones podría dar una idea muy aceptable de sus líneas generales. La boca del animal estaba situada en el extremo de una trompa de unos sesenta o setenta pies de largo, casi tan gruesa como el cuerpo de un elefante común. Cerca de la raíz de esta trompa había una inmensa cantidad de negro pelo hirsuto, más del que hubieran podido proporcionar las pieles de veinte búfalos; y brotando de este pelo hacia abajo y lateralmente surgían dos colmillos brillantes, parecidos a los del jabalí, pero de dimensiones infinitamente mayores. Hacia adelante, paralelo a la trompa y a cada lado de ella, se extendía una gigantesca asta de treinta o cuarenta pies de largo, aparentemente de puro cristal y en forma de perfecto prisma, que reflejaba de manera magnífica los rayos del sol poniente. El tronco tenía forma de cuña con la cúspide hacia tierra. De él salían dos pares de alas, cada una de casi cien yardas de largo, un par situado sobre el otro y todas espesamente cubiertas de escamas metálicas; cada escama medía aparentemente diez o doce pies de diámetro. Observé que las hileras superior e inferior de alas estaban unidas por una fuerte cadena. Pero la principal peculiaridad de aquella cosa horrible era la figura de una *calavera* que cubría casi toda la superficie de su pecho, y estaba diestramente trazada en blanco brillante sobre el fondo oscuro del cuerpo, como si la hubiera dibujado cuidadosamente un artista. Mientras miraba aquel animal terrible, y especialmente su pecho, con una sensación de espanto, de pavor, con un sentimiento de inminente calamidad que ningún esfuerzo de mi razón pudo sofocar, advertí que las enormes mandíbulas en el extremo de la trompa se separaban de improviso y brotaba de ellas un sonido tan fuerte y tan fúnebre que me sacudió los nervios como si doblaran a muerto; y, mientras el monstruo desaparecía al pie de la colina, caí de golpe, desmayado, en el suelo.

Al recobrarme, mi primer impulso fue, por supuesto, informar a mi amigo de lo que había visto y oído; y apenas puedo explicar qué sentimiento de repugnancia me lo impidió.

Por fin, una tarde, tres o cuatro días después de lo ocurrido, estábamos juntos en el aposento donde había visto la aparición, yo ocupando el mismo asiento junto a la misma ventana y él tendido en un sofá al alcance de la mano. La asociación del lugar y la hora me impulsaron a referirle el fenómeno. Me escuchó hasta el final; al principio rió cordialmente y luego adoptó un continente excesivamente grave, como si sobre mi locura no cupiese ninguna duda. En ese momento tuve otra clara visión del monstruo, hacia el cual, con un grito de absoluto terror, dirigí su atención. Miró ansiosamente, pero afirmó que no veía nada, aunque yo le señalé con detalle el camino de la bestia mientras descendía por la desnuda ladera de la colina.

Entonces me alarmé muchísimo, pues consideré la visión, o como un presagio de mi muerte, o, peor aún, como anuncio de un ataque de locura. Me eché violentamente hacia atrás y durante unos instantes hundí la cara en las manos. Cuando me destapé los ojos, la aparición ya no era visible.

Mi huésped, sin embargo, había recobrado en cierto modo la calma de su continente y me interrogaba con minucia sobre la conformación de la bestia. Cuando le hube dado cabal satisfacción sobre este punto, suspiró profundamente, como aliviado de alguna carga intolerable, y siguió conversando con una calma que me pareció cruel sobre varios puntos de filosofía que habían constituido hasta entonces el tema de discusión entre nosotros. Recuerdo que insistió muy especialmente (entre otras cosas) en la idea de que la principal fuente de error de todas las investigaciones humanas se encontraba en el riesgo que corría la inteligencia de menospreciar o sobrestimar la importancia de un objeto por el cálculo errado de su cercanía.

—Para estimar adecuadamente —decía— la influencia ejercida a la larga sobre la humanidad por la amplia difusión de la democracia, la distancia de la época en la cual tal difusión puede posiblemente realizarse no dejaría de constituir un punto digno de ser tenido en cuenta. Sin embargo, ¿puede usted mencionarme algún autor que, tratando del gobierno, haya considerado merecedora de discusión esta particular rama del asunto?

Aquí se detuvo un momento, se acercó a una biblioteca y sacó una de las comunes sinopsis de historia natural. Pidiéndome que intercambiáramos nuestros asientos para poder distinguir mejor los menudos carácteres del volumen, se sentó en mi sillón junto a la ventana y, abriendo el libro, prosiguió su discurso en el mismo tono que antes.

—De no ser por su extraordinaria minucia —dijo— en la descripción del monstruo quizá no hubiera tenido nunca la posibilidad de mostrarle de qué se trata. En primer lugar, permítame que le lea una sencilla descripción del género *Sphinx,* de la familia *Crepuscularia,* del orden *Lepidóptera,* de la clase *Insecta o* insectos. La descripción dice lo siguiente: «Cuatro alas membranosas cubiertas de pequeñas escamas coloreadas, de apariencia metálica; boca en forma de trompa enrollada, formada por una prolongación de las quijadas, sobre cuyos lados se encuentran rudimentos de mandíbulas y palpos vellosos; las alas inferiores unidas a las superiores por un pelo rígido; antenas en forma de garrote alargado, prismático; abdomen en punta. La *Esfinge Calavera* ha ocasionado gran terror en el vulgo, en otros tiempos, por una especie de grito melancólico que profiere y por la insignia de muerte que lleva en el corselete.»

Aquí cerró el libro y se reclinó en el asiento, adoptando la misma posición que yo ocupara en el momento de contemplar «el monstruo».

—¡Ah, aquí está! —exclamó entonces—. Vuelve a subir la ladera de la colina, y es una criatura de apariencia muy notable, lo admito. De todos modos, no es tan grande ni está tan lejos como usted lo imaginaba; pues el hecho es que, mientras sube retorciéndose por este hilo que alguna araña ha tejido a lo largo del marco de la ventana, considero que debe de tener la decimosexta parte de un pulgada de longitud, y que a esa misma distancia, aproximadamente, se encuentra de mis pupilas.

EL ÁNGEL DE LO SINGULAR

UNA EXTRAVAGANCIA

Era una fría tarde de noviembre. Acababa de dar fin a un almuerzo más copioso que de costumbre, en el cual la indigesta trufa constituía una parte apreciable, y me encontraba solo en el comedor, con los pies apoyados en el guardafuegos, junto a una mesita que había arrimado al hogar y en la cual había diversas botellas de vino y *liqueur.* Por la mañana había estado leyendo el *Leónidas,* de Glover; la *Epigoniada,* de Wilkie; el *Peregrinaje,* de Lamartine; la *Columbiada,* de Barlow; la *Sicilia,* de Tuckermann, y las *Curiosidades,* de Griswold; confesaré, por tanto, que me sentía un tanto estúpido. Me esforzaba por despabilarme con ayuda de frecuentes tragos de Laffitte, pero como no me daba resultado, empecé a hojear desesperadamente un periódico cualquiera. Después de recorrer cuidadosamente la columna de "casas de alquiler", la de "perros perdidos" y las dos de "esposas y aprendices desaparecidos", ataqué resueltamente el editorial, leyéndolo del principio al fin sin entender una sola sílaba; pensando entonces que quizá estuviera escrito en chino, volví a leerlo del fin al principio, pero los resultados no fueron más satisfactorios. Me disponía a arrojar disgustado

Este infolio de cuatro páginas, feliz obra que ni siquiera los poetas critican, cuando mi atención se despertó a la vista del siguiente párrafo:

"Los caminos de la muerte son numerosos y extraños. Un periódico londinense se ocupa del singular fallecimiento de un individuo. Jugaba éste a "soplar el dardo", juego que consiste en clavar en un blanco una larga aguja que sobresale de una pelota de lana, todo lo cual se arroja soplándolo con una cerbatana. La víctima colocó la aguja en el extremo del tubo que no correspondía y, al aspirar con violencia para juntar aire, la aguja se le metió por la garganta, llegando a los pulmones y ocasionándole la muerte en pocos días".

Al leer esto, me puse furioso sin saber exactamente por qué.

—Este artículo —exclamé— es una despreciable mentira, un triste engaño, la hez de las invenciones de un escritorzuelo de a un penique la línea, de un pobre cronista de aventuras en el país de Cucaña. Individuos tales, sabedores de la extravagante credulidad de nuestra época, aplican su ingenio a fabricar imposibilidades probables... accidentes extraños, como ellos los denominan. Pero una inteligencia reflexiva ("como la mía", pensé entre paréntesis apoyándome el índice en la nariz), un entendimiento contemplativo como el que poseo, advierte de inmediato que el maravilloso incremento que han tenido recientemente dichos "accidentes extraños" es en sí el más extraño de los accidentes. Por mi parte, estoy dispuesto a no creer de ahora en adelante nada que tenga alguna apariencia "singular".

—¡Tio mío, qué estúpido es usted, verdaderamente! —pronunció una de las más notables voces que jamás haya escuchado.

En el primer momento creí que me zumbaban los oídos (como suele suceder cuando se está muy borracho), pero pensándolo mejor me pareció que aquel sonido se asemejaba al que sale de un barril vacío si se lo golpea con un garrote; y hubiera terminado por creerlo de no haber sido porque el sonido contenía silabas y palabras. Por lo general, no soy muy nervioso, y los pocos vasos de Laffitte que había saboreado sirvieron para darme aún más coraje, por lo cual alcé los ojos con toda calma y los pasee por la habitación en busca del intruso. No vi a nadie.

—¡Humf! —continuó la voz, mientras seguía yo mirando—. ¡Debe de estar más borracho que un cerdo, si no me ve sentado a su lado!

Esto me indujo a mirar inmediatamente delante de mis narices y, en efecto, sentado en la parte opuesta de la mesa vi a un estrambótico personaje del que, sin embargo, trataré de dar alguna descripción. Tenía por cuerpo un barril de vino, o una pipa de ron, o algo por el estilo que le daba un perfecto aire a lo Falstaff. A modo de extremidades inferiores tenía dos cuñetes que parecían servirle de piernas. De la parte superior del cuerpo le salían, a guisa de brazos, dos largas botellas cuyos cuellos formaban las manos. La cabeza de aquel monstruo estaba formada por una especie de cantimplora como las que se usan en Hesse y que parecen grandes tabaqueras con un agujero en mitad de la tapa. Esta cantimplora (que tenía un embudo en lo alto, a modo de gorro echado sobre los ojos) se hallaba colocada sobre aquel tonel, de modo que el agujero miraba hacia mí; y por dicho agujero, que parecía fruncirse en un mohín propio de una solterona ceremoniosa, el monstruo emitía ciertos sonidos retumbantes y ciertos gruñidos que, por lo visto, respondían a su idea de un lenguaje inteligible.

—Digo —repitió— que debe de estar más borracho que un cerdo para no verme sentado a su lado. Y digo también que debe ser más estúpido que un ganso para no creer lo que está impreso en el diario. Es la ferdad... toda la ferdad... cada palabra.

—¿Quién es usted, si puede saberse? —pregunté con mucha dignidad, aunque un tanto perplejo—. ¿Cómo ha entrado en mi casa? ¿Y qué significan sus palabras?

—Cómo he entrado aquí no es asunto suyo —replicó la figura—; en cuanto a mis palabras, yo hablo de lo que me da la gana; y he fenido aquí brecisamente para que sepa quién soy.

—Usted no es más que un vagabundo borracho —dije—. Voy a llamar para que mi lacayo lo eche a puntapiés a la calle.

—¡Ja, ja! —rió el individuo—. ¡Ju, ju, ju! ¡Imposible que haga eso!

—¿Imposible? —pregunté—. ¿Qué quiere decir?

—Toque la gambanilla —me desafió, esbozando una risita socarrona con su extraña y condenada boca.

Al oír esto me esforcé por enderezarme, a fin de llevar a ejecución mi amenaza, pero entonces el miserable se inclinó con toda deliberación sobre la mesa y me dio en mitad del cráneo con el cuello de una de las largas botellas, haciéndome caer otra vez en el sillón del cual acababa de incorporarme. Me quedé profundamente estupefacto y por un instante no supe qué hacer. Entretanto, él seguía con su chachara.

—¿Ha visto? Es mejor que se quede quieto. Y ahora sabrá quién soy. ¡Míreme! ¡Fea! Yo soy el *Ángel de lo Singular.*

—¡Vaya si es singular! —me aventuré a replicar—. Pero siempre he vivido bajo la impresión de que un ángel tenía alas.

—¡Alas! —gritó, furibundo—. ¿Y bara qué quiero las alas? ¿Me doma usted por un bollo?

—¡Oh» no, ciertamente! —me apresuré a decir muy alarmado—. ¡No, no tiene usted nada de pollo!

—Pueno, entonces quédese sentado y bórlese pien, o le begaré de nuevo con el baño. El bollo tiene alas, y el púho tiene alas, y el duende tiene alas, y el gran tiablo tiene alas. El ángel no tiene alas, y yo soy el *Ángel de lo Singular.*

—¿Y qué se trae usted conmigo? ¿Se puede saber...?

—¡Qué me draigo! —profirió aquella cosa—. ¡Bues... qué berfecto maleducado tebe ser usted para breguntarle a un ángel qué se drae!

Aquel lenguaje era más de lo que podía soportar, incluso de un ángel; por lo cual, reuniendo mi coraje, me apoderé de un salero que había a mi alcance y lo arrojé a la cabeza del intruso. O bien lo evitó o mi puntería era deficiente, pues todo lo que conseguí fue la demolición del cristal que protegía la esfera del reloj sobre la chimenea. En cuanto al ángel, me dio a conocer su opinión sobre mi ataque en forma de dos o tres nuevos golpes en la cabeza. Como es natural, esto me redujo inmediatamente a la obediencia, y me avergüenza confesar que sea por el dolor o la vergüenza que sentía, me saltaron las lágrimas de los ojos.

—¡Tíos mío! —exclamó el ángel, aparentemente muy sosegado por mi desesperación—. ¡Tios mío, este hombre está muy borracho o muy triste! Usted no tebe beber tanto... usted tebe echar agua al fino. ¡Vamos beba esto... así, berfecto! ¡Y no llore más, famos!

Y, con estas palabras, el *Ángel de lo Singular* llenó mi vaso (que contenía un tercio de oporto) con su fluido incoloro que dejó salir de una de las botellas—manos. Noté que las botellas tenían etiquetas y que en las mismas se leía: "Kirschenwasser".

La amabilidad del ángel me ablandó grandemente y, ayudado por el agua con la cual diluyó varias veces mi oporto, recobré bastante serenidad como para escuchar su extraordinarísimo discurso. No pretendo repetir aquí todo lo que me dijo, pero deduje de sus palabras que era el genio que presidía sobre los *contretemps* de la humanidad, y que su misión consistía en provocar los *accidentes singulares* que asombraban continuamente a los escépticos. Una o dos veces, al aventurarme a expresar mi completa incredulidad sobre sus pretensiones, se puso muy furioso, hasta que, por fin, estimé prudente callarme la boca y dejarlo que hablara a gusto. Así lo hizo, pues, extensamente, mientras yo descansaba con los ojos cerrados en mi sofá y me divertía mordisqueando pasas de uva y tirando los cabos en todas direcciones. Poco a poco el ángel pareció entender que mi conducta era desdeñosa para con él. Levantóse, poseído de terrible furia, se caló el embudo hasta los ojos, prorrumpió en un largo juramento, seguido de una amenaza que no pude comprender exactamente y, por fin, me hizo una gran reverencia y se marchó, deseándome en el lenguaje del arzobispo en *Gil Blas*, *beaucoup de bonheur et un peu plus de bon sens*.

Su partida fue un gran alivio para mí. Los *poquísimos* vasos de Laffitte que había bebido me producían una cierta modorra, por lo cual decidí dormir quince o veinte minutos, como acostumbraba siempre después de comer. A las seis tenía una cita importante, a la cual no debía faltar bajo ningún pretexto. La póliza de seguro de mi casa había expirado el día anterior, pero como surgieran algunas discusiones, quedó decidido que los directores de la compañía me recibirían a las seis para fijar los términos de la renovación. Mirando el reloj de la chimenea (pues me sentía demasiado adormecido para sacar mi reloj del bolsillo) comprobé con placer que aún contaba con veinticinco minutos. Eran las cinco y media; fácilmente llegaría a la compañía de seguros en cinco minutos, y como mis siestas habituales no pasaban jamás de veinticinco, me sentí perfectamente tranquilo y me acomodé para descansar.

Al despertar, muy satisfecho, miré nuevamente el reloj y estuve a punto de empezar a creer en accidentes extraños cuando descubrí que en vez de mi sueño ordinario de quince o veinte minutos sólo había dormido tres, ya que eran las seis menos veintisiete. Volví a dormirme, y al despertar comprobé con estupefacción que *todavía* eran las seis menos veintisiete. Corrí a examinar el reloj, descubriendo que estaba parado. Mi reloj de bolsillo no tardó en informarme que eran las siete y media y, por consiguiente, demasiado tarde para la cita.

—No será nada —me dije—. Mañana por la mañana me presentaré en la oficina y me excusaré. Pero, entretanto, ¿qué le ha ocurrido al reloj?

Al examinarlo descubrí que uno de los cabos del racimo de pasas que había estado desparramando a capirotazos durante el discurso del Ángel de lo Singular había aprovechado la rotura del cristal para alojarse —de manera bastante singular— en el orificio de la llave, de modo que su extremo, al sobresalir de la esfera, había detenido el movimiento del minutero.

—¡Ah, ya veo! —exclamé—. La cosa es clarísima. Un accidente muy natural, como los que ocurren a veces.

Dejé de preocuparme del asunto y a la hora habitual me fui a la cama. Luego de colocar una bujía en una mesilla de lectura a la cabecera, y de intentar la lectura de algunas páginas de la *Omnipresencia de la Deidad,* me quedé infortunadamente dormido en menos de veinte segundos, dejando la vela encendida.

Mis sueños se vieron aterradoramente perturbados por visiones del Ángel de lo Singular. Me pareció que se agazapaba a los pies del lecho, apartando las cortinas, y que con las huecas y detestables resonancias de una pipa de ron me amenazaba con su más terrible venganza por el desdén con que lo había tratado. Concluyó una larga arenga quitándose su gorro—embudo, insertándomelo en el gaznate e inundándome con un océano de Kirschenwasser, que manaba a torrentes de una de las largas botellas que le servían de brazos. Mi agonía se hizo, por fin, insoportable y desperté a tiempo para percibir que una rata se había apoderado de la bujía encendida en la mesilla, pero *no* a tiempo de impedirle que se metiera con ella en su cueva. Muy pronto asaltó mis narices un olor tan fuerte como sofocante; me di cuenta de que la casa se había incendiado, y pocos minutos más tarde las llamas surgieron violentamente, tanto, que en un período increíblemente corto el entero edificio fue presa del fuego.

Toda salida de mis habitaciones había quedado cortada, salvo una ventana. La multitud reunida abajo no tardó en procurarme una larga escala. Descendía por ella rápidamente sano y salvo cuando a un enorme cerdo (en cuya redonda barriga, así como en todo su aire y fisonomía, había algo que me recordaba al Ángel de lo Singular) se le ocurrió interrumpír el tranquilo sueño de que gozaba en un charco de barro y descubrir que le agradaría rascarse el lomo, no encontrando mejor lugar para hacerlo que el ofrecido por el pie de la escala. Un segundo después caía yo desde lo alto, con la mala fortuna de quebrarme un brazo.

Aquel accidente, junto con la pérdida de mi seguro y la más grave del cabello (totalmente consumido por el fuego), predispuso mi espíritu a las cosas serias, por lo cual me decidí finalmente a casarme.

Había una viuda rica, desconsolada por la pérdida de su séptimo marido, y ofrecí el bálsamo de mis promesas a las heridas de su espíritu. Llena de vacilaciones, cedió a mis ruegos. Arrodilléme a sus pies, envuelto en gratitud y adoración. Sonrojóse, mientras sus larguísimas trenzas se mezclaban por un momento con los cabellos que el arte de Grandjean me había proporcionado temporariamente. No sé cómo se enredaron nuestros cabellos pero así ocurrió. Levánteme con una reluciente calva y sin peluca, mientras ella ahogándose con cabellos ajenos, cedía a la cólera y al desdén. Así terminaron mis esperanzas sobre aquella viuda por culpa de un accidente por cierto imprevisible, pero que la serie natural de los sucesos había provocado.

Sin desesperar, empero, emprendí el asedio de un corazón menos implacable. Los hados me fueron propicios durante un breve período, pero un incidente trivial volvió a interponerse. Al encontrarme con mi novia en una avenida frecuentada por toda la *élite* de la ciudad, me preparaba a saludarla con una de mis más respetuosas reverencias, cuando una partícula de alguna materia se me alojó en el ojo, dejándome completamente ciego por un momento. Antes de que pudiera recobrar la vista, la dama de mi amor había desaparecido, irreparablemente ofendida por lo que consideraba descortesía al dejarla pasar a mi lado sin saludarla. Mientras permanecía desconcertado por lo repentino de este accidente (que podía haberle ocurrido, por lo demás, a cualquier mortal), se me acercó el Ángel de lo Singular, ofreciéndome su ayuda con una gentileza que no tenía razones para esperar. Examinó mi congestionado ojo con gran delicadeza y habilidad, informándome que me había caído en él una gota, y —sea lo que fuere aquella «gota»— me la extrajo y me procuró alivio.

Pensé entonces que ya era tiempo de morir, puesto que la mala fortuna había decidido perseguirme, y, en consecuencia, me encaminé al río más cercano. Una vez allí me despojé de mis ropas (dado que bien podemos morir como hemos venido al mundo) y me tiré de cabeza a la corriente, teniendo por único testigo de mi destino a un cuervo solitario, el cual, dejándose llevar por la tentación de comer maíz mojado en aguardiente, se había separado de sus compañeros. Tan pronto me hube tirado al agua, el pájaro resolvió echar a volar llevándose la parte más indispensable de mi vestimenta. Aplacé, por tanto, mis designios suicidas, y luego de introducir las piernas en las mangas de mi chaqueta, me lancé en persecución del villano con toda la celeridad que el caso reclamaba y que las circunstancias permitían. Mas mi cruel destino me acompañaba, como siempre. Mientras corría a toda velocidad, la nariz en alto y sólo preocupado por seguir en su vuelo al ladrón de mi propiedad, percibí de pronto que mis pies ya no tocaban *terra firma:* acababa de caer a un precipicio, y me hubiera hecho mil pedazos en el fondo, de no tener la buena fortuna de atrapar la cuerda de un globo que pasaba por ahí.

Tan pronto recobré suficientemente los sentidos como para darme cuenta de la terrible situación en que me hallaba (o, mejor, de la cual colgaba), ejercité todas las fuerzas de mis pulmones para llevar dicha terrible situación a conocimiento del aeronauta. Pero en vano grité largo tiempo. O aquel estúpido no me oía, o aquel miserable no quería oír. Entretanto el globo ganaba altura rápidamente, mientras mis fuerzas decrecían con no menor rapidez. Me disponía a resignarme a mi destino y caer silenciosamente al mar, cuando cobré ánimos al oír una profunda voz en lo alto, que parecía estar canturreando un aire de ópera. Mirando hacia arriba, reconocí al Ángel de lo Singular. Con los brazos cruzados, se inclinaba sobre el borde de la barquilla; tenía una pipa en la boca y, mientras exhalaba tranquilamente el humo, parecía muy satisfecho de sí mismo y del universo. En cuanto a mí, estaba demasiado exhausto para hablar, por lo cual me limité a mirarlo con aire implorante.

Durante largo rato no dijo nada, aunque me contemplaba cara a cara. Por fin, pasándose la pipa al otro lado de la boca, condescendió a hablar.

—¿Quién es usted y qué diablos hace aquí? —preguntó.

A esta demostración de desfachatez, crueldad y afectación sólo pude responder con una sola palabra: "¡Socorro!".

—¡Socorro! —repitió el malvado—. ¡Nada te eso! Ahí fa la potella... ¡Arréglese usted solo, y que el tiablo se lo lleve!

Con estas palabras, dejó caer una pesada botella de Kirschenwasser que, dándome exactamente en mitad del cráneo, me produjo la impresión de que mis sesos acababan de volar. Dominado por esta idea me disponía a soltar la cuerda y rendir mi alma con resignación, cuando fui detenido por un grito del ángel, quien me mandaba que no me soltara.

—¡Déngase con fuerza! —gritó—. ¡Y no se abresure! ¿Quiere que le dire la otra potella... o brefiere bortarse bien y ser más sensato?

Al oír esto me apresuré a mover dos veces la cabeza, la primera negativamente, para indicar que por el momento no deseaba recibir la otra botella, y la segunda afirmativamente, a fin de que el ángel supiera que me portaría bien y que sería más sensato. Gracias a ello logré que se dulcificara un tanto.

—Entonces... ¿cree por fin? —inquirió—. ¿Cree por fin en la bosipilidad de lo extraño? Asentí nuevamente con la cabeza.

—¿Y cree en mí, el Ángel de lo Singular? Asentí otra vez.

—¿Y reconoce que usted es un borracho berdido y un estúbido? Una vez más dije que sí.

—Bues, pien, bonga la mano terecha en el polsillo izquierdo te los bantalones, en señal de su entera sumisión al Ángel de lo Singular. Por razones obvias me era absolutamente imposible cumplir su pedido. En primer lugar, tenía el brazo izquierdo fracturado por la caída de la escala y, si soltaba la mano derecha de la soga, no podría sostenerme un solo instante con la otra. En segundo término, no disponía de pantalones hasta que encontrara al cuervo. Me vi, pues, precisado, con gran sentimiento, a sacudir negativamente la cabeza, queriendo indicar con ello al ángel que en aquel instante me era imposible acceder a su muy razonable demanda. Pero, apenas había terminado de moverla, cuando...

—¡Fáyase al tiablo, entonces! —rugió el Ángel de lo Singular.

Y al pronunciar dichas palabras dio una cuchillada a la soga que me sostenía, y como esto ocurría precisamente sobre mi casa (la cual, en el curso de mis peregrinaciones, había sido hábilmente reconstruida), terminé cayendo de cabeza en la ancha chimenea y aterricé en el hogar del comedor.

Al recobrar los sentidos —pues la caída me había aturdido terriblemente— descubrí que eran las cuatro de la mañana.

Estaba tendido allí donde había caído del globo. Tenía la cabeza metida en las cenizas del extinguido fuego, mientras mis pies reposaban en las ruinas de una mesita volcada, entre los restos de una variada comida, junto con los cuales había un periódico, algunos vasos y botellas rotos y un jarro vacío de Kirschenwasser de Schiedam. Tal fue la venganza del Ángel de lo Singular.

EL HOMBRE QUE SE GASTÓ

Un relato de la reciente campaña contra los cocos y los kickapoos

Pleurez, pleurez, mes yeux,
et fondez vous en eau! La moitié de ma
vie a mis l'autre au tombeau.

(CORNEILLE)

No recuerdo ahora dónde o cuándo vi por primera vez a aquel apuesto militar, el brigadier general honorario John A. B. C. Smith. Sin duda, *alguien* me presentó a él en alguna ceremonia pública, ¡naturalmente!, presidida por alguna persona muy importante, ¡claro está!, en un sitio o en otro, ¡por supuesto!, aunque me haya olvidado inexplicablemente de su nombre. Debo decir que esperé aquella presentación en un estado de nervios que me impidió formarme una idea bien definida del lugar y del tiempo. Soy constitucionalmente nervioso; es un defecto de familia, y no lo puedo impedir. La menor apariencia de misterio, la cosa más ínfima que no alcance a comprender, bastan para sumirme de inmediato en un estado de lamentable agitación.

Había por así decir algo notable —sí, *notable,* aunque el término es muy débil para expresar plenamente lo que quisiera dar a entender— en la apariencia de aquel personaje. Tenía probablemente seis pies de estatura y un aspecto muy imponente. Se notaba en él un *air distingué* que hablaba de una refinada cultura y hacía suponer una alta cuna. Sobre este tema —el de la apariencia personal de Smith— siento una especie de melancólica satisfacción en ser minucioso. Su cabello hubiera hecho honor a un Bruto; ondulábase de la manera más extraordinaria, y tenía un brillo incomparable. Era de un negro azabache, y este color —o, mejor dicho, este no—color— era asimismo el de sus inimaginables patillas.

Ya habrán advertido que no puedo hablar sin entusiasmo de estas últimas; no es decir demasiado si afirmo que eran el más hermoso par de patillas existentes bajo el sol. Flanqueaban, y a veces hasta cubrían en parte la más perfecta boca imaginable, donde lucían los dientes más regulares y más blancos que concebirse puedan. En cada ocasión apropiada nacía de aquella boca una voz sumamente clara, melodiosa y bien timbrada. Con respecto a los ojos, Smith estaba igualmente muy bien dotado. Cada uno de los suyos valía por un par de órganos oculares ordinarios. Muy grandes y brillantes, tenían pupilas de un color castaño profundo, y una que otra vez se advertía en ellos esa ligera e interesante oblicuidad que da tanta fuerza a la expresión.

El torso del general era sin duda alguna el más hermoso que haya visto jamás. En vano se hubiera querido encontrar alguna falla en sus maravillosas proporciones. Tan rara peculiaridad ponía de manifiesto, muy ventajosamente, unos hombros que hubieran provocado el rubor de la humillación en el Apolo de mármol. Me apasionaban los hombros, y puedo decir que jamás había visto perfección semejante. Los brazos estaban igualmente bien modelados, y los miembros inferiores no les iban en zaga en cuanto a perfección. Eran realmente el *nec plus ultra* de las piernas hermosas. Todo conocedor de la materia reconocía que aquellas piernas eran notables. Ni demasiado carnosas, ni demasiado flacas; ni rudeza ni fragilidad. Imposible imaginar una curva más graciosa que la del *os femoris;* ni siquiera faltaba la suave prominencia de la parte posterior de la *fibula,* que contribuye a la conformación de una pantorrilla debidamente proporcionada. Hubiera pedido a los dioses que a mi amigo y talentoso escultor Chiponchipino le fuera dado contemplar las piernas del brigadier general honorario John A. B. C. Smith.

Empero, aunque los hombres tan apuestos no abundan tanto como las razones o las zarzamoras, me resultaba imposible creer que lo *notable* a que he aludido, ese extraño *je ne sais quoi* que envolvía a mi reciente conocido, procediera tan sólo de la acabada perfección de sus dones corporales. Quizá emanara de su *actitud,* pero tampoco en esto puedo ser demasiado afirmativo. Había un estiramiento, por no decir rigidez, en su actitud, un grado de precisión mesurada y, si se me permite decirlo así, rectangular, en todos sus movimientos, que en una persona más pequeña hubiera parecido lamentable afectación o pomposidad, pero que en un caballero de las dimensiones del general no podía atribuirse más que a reserva, a *hauteur* y, en una palabra, al loable sentido de lo que corresponde a la dignidad de las proporciones colosales.

El excelente amigo que me presentó al general Smith me dijo al oído algunas frases elogiosas sobre el militar. Era un hombre notable, muy notable, y en realidad uno de los *más* notables de la época. Gozaba de especial favor ante las damas, sobre todo por su alta reputación de hombre valeroso.

—En ese terreno es insuperable. No hay nadie más temerario que él. Un verdadero paladín, sin la menor duda —dijo mi amigo con un susurro, llenándome de excitación por el misterio que había en su voz.

—Sí, un paladín completo, a no dudarlo. Y lo demostró, a fe mía, durante la última y terrible lucha en los pantanos del sud, contra los indios cocos y los kickapoos. (Aquí mi amigo abrió mucho los ojos.) ¡Dios me asista! ¡Cuánta sangre, pólvora... todo lo imaginable! *¡Prodigios* de valor! Supongo que ha oído usted hablar de él... Probablemente no ignora que es el hombre que...

—¡Vaya, vaya! ¿Cómo está usted? ¿Cómo le va? ¡Cuánto me alegro de encontrarlo! — lo interrumpió en ese momento el general en persona, tomando del brazo a mi amigo e inclinándose rígida pero profundamente cuando le fui presentado.

Pensé en aquel momento (y lo sigo pensando) que jamás había escuchado una voz tan clara y resonante, ni contemplado semejante dentadura. Pero debo reconocer que lamenté que nos hubiera interrumpído justamente cuando, después de los murmullos y las insinuaciones que anteceden, me sentía interesadísimo por el héroe de la campaña contra los cocos y los kickapoos.

Empero, la deliciosa y brillante conversación del brigadier general honorario John A. B. C. Smith no tardó en disipar completamente mi disgusto. Como nuestro amigo se marchó casi de inmediato, sostuvimos un largo *tête—à—tête*, y no sólo quedé muy complacido sino que aprendí muchas cosas. Jamás he oído a un narrador más fluido, ni a un hombre más informado. Con loable modestia, sin embargo, se abstuvo de tocar el tema que más me apasionaba —aludo a las misteriosas circunstancias referentes a la guerra contra los cocos—, y por mi parte, una delicadeza que considero oportuna me vedó mencionar la cuestión, pese a que me sentía tentadísimo de hacerlo.

Noté asimismo que el valeroso militar prefería los tópicos de interés filosófico y que se complacía especialmente en comentar el rápido progreso de las invenciones mecánicas. Cualquiera fuera el rumbo de nuestro diálogo, volvía invariablemente a ocuparse del asunto.

—No hay nada comparable a esto —decía—. Somos un pueblo admirable y vivimos en una edad maravillosa. ¡Paracaídas y ferrocarriles... trampas perfeccionadas y fusiles de gatillo! Nuestros barcos a vapor recorren todos los mares, y el globo de Nassau se dispone a efectuar viajes regulares (a sólo veinticinco libras el pasaje) entre Londres y Timboctú. ¿Quién puede prever la inmensa influencia sobre la vida social, las artes, el comercio, la literatura, que habrán de tener los grandes principios del electromagnetismo? ¡Y le aseguro a usted que no es todo! El progreso de las invenciones no conoce fin. Las más admirables, las más ingeniosas... y permítame usted agregar, Mr... Mr.

Thompson, según creo, permítame agregar, digo, que los dispositivos mecánicos más *útiles,* los más verdaderamente *útiles...* surgen día a día como hongos, si es que puedo expresarme así o, más figurativamente, como... sí, como saltamontes... como saltamontes, Mr. Thompson... en torno de nosotros... ¡ja, ja!... en torno de nosotros.

Mi nombre no es Thompson; pero de más está decir que me separé del general Smith con multiplicado interés por su persona, imbuido de una altísima opinión sobre sus dotes de conversador y una profunda convicción de los valiosos privilegios que gozamos por vivir en esta época de invenciones mecánicas. Mi curiosidad, sin embargo, no había quedado completamente satisfecha, y resolví de inmediato hacer averiguaciones entre mis amistades sobre el brigadier general honorario y sobre los tremendos sucesos *quorum pars magna fuit* durante la campaña de los cocos y de los kickapoos.

La primera oportunidad que se me presentó y que *(horresco referens)* no tuve el menor escrúpulo en aprovechar, aconteció en la iglesia del reverendo doctor Drummummupp, donde un domingo, a la hora del sermón, me encontré no solamente instalado en uno de los bancos, sino al lado de mi muy meritoria y comunicativa amiga Miss Tabitha T. Apenas la descubrí, me congratulé por el buen cariz que tomaban mis asuntos, y no me faltaba razón, ya que si alguien sabía alguna cosa sobre el brigadier general honorario John A. B. C. Smith, esa persona era Mis Tabitha T. Nos telegrafiamos unas cuantas señales y empezamos *sotto voce* un animado *tête—à—tête.*

—¿Smith? —dijo ella, en respuesta a mi ansiosa pregunta—. ¿Querrá usted decir el general A. B. C.? ¡Dios me asista, hubiera jurado que estaba al tanto de todo! ¡Un episodio tan horrible! ¡Ah, esos kickapoos, qué monstruos sanguinarios! Sí, luchó como un héroe... prodigios de valor... renombre inmortal. ¡Smith! ¡Brigadier general honorario John A. B. C.! Vamos, bien sabe usted que se trata del hombre que...

—¡El hombre —gritó el doctor Drummummupp con todas sus fuerzas, y con un puñetazo que estuvo a punto de romper el pulpito—, que ha nacido de mujer, sólo vivirá poco tiempo; así como crece, así es cortado como una flor!

Me apresuré a correrme al extremo del banco, advirtiendo por las miradas que me echaba el predicador que la cólera, poco menos que fatal para el pulpito, provenía de los murmullos entre la dama y yo. No había nada que hacerle; me sometí, pues, resignadamente, y escuché envuelto en el martirio de un silencio digno el resto de aquel importantísimo discurso.

A la noche siguiente acudí algo tarde al teatro Rantipole, donde estaba seguro de satisfacer inmediatamente mi curiosidad mediante el simple expediente de entrar al palco de aquellas exquisitas muestras de afabilidad y omnisciencia, las señoritas Arabella y Miranda Cognoscenti. El notable trágico Climax representaba a Yago ante un público numeroso, y me costó algún trabajo hacerme entender, máxime cuando nuestro palco estaba casi suspendido sobre la escena.

—¡Smith! —dijo Miss Arabella, que por fin comprendió mi pregunta—. ¡Smith! ¿El general John A. B. C.?

—¡Smith! —coreó pensativamente Miranda—. ¡Dios me bendiga! ¿Vio usted alguna vez un hombre de mejor estampa?

—Jamás, amiga mía; pero, por favor, dígame usted...

—¿Y una gracia tan inimitable?

—Nunca, bajo palabra de honor. Pero quisiera saber...

—¿O un sentido tan profundo de la escena?

—¡Señorita!

—¿O una apreciación más delicada de las verdaderas bellezas de Shakespeare? ¡Mire usted qué piernas!

—¡Oh, qué demonios! —dije, y me volví otra vez hacia su hermana.

—¡Smith! —repitió ella—. ¿No será el general John A. B. C.? ¡Ah, qué horrible fue aquello! ¿No es cierto? ¡Y qué miserables los cocos... de un salvajismo...! Afortunadamente vivimos en una época de tantas invenciones... ¡Smith, oh, sí, un gran hombre! ¡Temerario hasta el límite! ¡Renombre inmortal! ¡Prodigios de coraje! *¡Nunca oí nada parecido!* (Esto fue dicho a gritos.) ¡Dios me asista! Ya sabe usted, es el hombre que...

...ni la mandragora
ni todos lo elixires somníferos del mundo
Te proporcionarán jamás ese dulce sueño
De que gozaste ayer!

Climax aulló casi en mi oído y agitando el puño delante de mi cara en una forma que *no pude* ni *quise* tolerar. Me separé inmediatamente de las señoritas Cognoscenti, pasé entre bastidores y, al aparecer aquel pillo, le di una paliza que espero recordará hasta el día de su muerte.

Durante la *soirée* en casa de una encantadora viuda, Mrs. Kathleen O'Trump, me sentí seguro de que no volvería a sufrir una decepción. Apenas nos habíamos sentado a la mesa de juego, teniendo a mi bonita huéspeda *vis—à—vis,* le hice las preguntas cuya respuesta se había convertido en algo tan esencial para mi tranquilidad de espíritu.

—¡Smith! —dijo mi amiga—. ¿Supongo que alude usted al general John A. B. C.? ¡Qué terrible episodio! ¿Oros, dijo usted? ¡Ah, esos kickapoos, qué miserables! Por favor, Mr. Tattle, estamos jugando al *whist...* De todas maneras ésta es la época de las invenciones... ciertamente es la *época par excellence...* ¿habla usted francés? ¡Sí, un héroe, y de una temeridad increíble! ¿No tiene usted corazones, Mr. Tattle? ¡Imposible! ¡Sí, un renombre inmortal... prodigios de valor! ¿Qué nunca había oído hablar de él? ¡Cómo! ¡Si se trata del hombre que...!

—¿Hombrequet? ¿El *capitán* Hombrequet? —interrumpió desde lejos y a gritos una invitada—. ¿Está usted hablando del capitán Hombrequet y del duelo? ¡Oh, quiero escuchar lo que dicen! ¡Por favor, Mrs. O'Trump... siga usted, le suplico que siga contando!

Y así lo hizo Mrs. O'Trump, emprendiendo una narración sobre un cierto capitán Hombrequet, a quien habían ahorcado o muerto a tiros, o que por lo menos lo merecía. ¡Palabra! Y como Mrs. O'Trump continuaba indefinidamente... acabé por marcharme. Aquella noche me sería imposible escuchar nada referente al brigadier general honorario John A. B. C. Smith.

Me consolé, sin embargo, pensando que tanta mala suerte no podía durar siempre, y me decidí audazmente a procurarme informaciones en los salones de fiesta de aquel hechicero angelillo, la graciosa Mrs. Pirouette.

—¡Smith! —exclamó ésta mientras dábamos vueltas y vueltas en un *pas de zéphyr*— ¿*Se* refiere usted al general John A. B. C.? ¡Ah, qué terrible esa historia de los cocos! ¿No es cierto? ¡Qué gentes tan horribles son los indios! ¡Ponga la punta de los pies hacia afuera! ¿No le da vergüenza? Un hombre valerosísimo, el pobre... Pero vivimos en una época de maravillosas invenciones... ¡Dios mío, me falta el aliento! ¡Sí, un coraje temerario! ¡Prodigios de valor! *¿Que nunca oyó usted hablar de él?* ¡Imposible! ¡Tengo que sentarme y hacérselo saber! ¡Si justamente Smith es el hombre que...!

—¡Manfredo! —gritó Miss Sabihonda, en momentos en que yo llevaba a Mrs. Pirouette hacia un sofá—. ¿Cómo sé puede decir semejante cosa? ¡Le aseguro que se trata de Man—*fredo* y no de Man—*frido!*

Y como Miss Sabihonda me tomara por testigo de la manera más perentoria, me vi precisado, quisiera o no, a terciar en la solución de una disputa referente al título de cierto drama poético de Lord Byron. Y aunque afirmé de inmediato que el verdadero título era Man—*frido*, y de ninguna manera Man—*fredo,* apenas me volví en busca de Mrs. Pirouette descubrí que se había perdido de vista, por lo cual me marché de su casa envuelto en la más amarga animosidad contra la entera raza de las sabihondas.

Las cosas se estaban poniendo muy serias, y resolví visitar sin pérdida de tiempo a mi amigo íntimo Mr. Theodore Sinivate, pues estaba seguro de obtener de él alguna información precisa.

—¡Smith! —exclamó, con su peculiar manera de arrastrar las palabras—. ¿No se tratará del general John A. B. C.? Triste asunto ese de los kickapoos, ¿no es cierto? Una temeridad extraordinaria... ¡una lástima verdaderamente! ¡Qué época, qué maravillosos inventos! ¡Prodigios de valor! Dicho sea de paso, ¿no oyó hablar usted del capitán Hombrequet?

—¡Que se vaya al diablo el capitán Hombrequet! —repuse—. Por favor, siga con su relato.

—¡Ejem! Pues bien... es exactamente *la même cho—o—ose,* como decimos en Francia. ¿Smith, eh? ¿El brigadier general John A. B. C.? Vea usted... —y aquí Mr. Sinivate creyó oportuno ponerse un dedo contra la nariz—. ¿No pretenderá insinuar, verdadera y conscientemente, que no sabe nada de la historia de Smith? Porque usted habla de Smith, supongo, de John A. B. C., ¿eh? Pues, estimado amigo, se trata del hombre...

—*Señor* Sinivate —imploré—. ¿Se trata del hombre de la máscara de hierro?

—¡Nooo! —repuso, con aire de entendido—. Ni tampoco del hombre de la luna. Consideré que esta réplica constituía un punzante y claro insulto, y abandoné de inmediato la casa, lleno de cólera y dispuesto a exigir a mi amigo Mr. Sinivate una pronta explicación por tan poco caballeresca conducta y tanta mala educación.

Pero, en el ínterin, no estaba dispuesto a renunciar a las informaciones que deseaba. Me quedaba todavía un recurso. Lo mejor sería ir a la fuente misma. Visitaría inmediatamente al general, pidiéndole con palabras explícitas una solución de tan abominable misterio. Aquí al menos, no habría posibilidad de error. Sería llano, positivo, perentorio, tan conciso como Tácito o Montesquieu.

Llegué muy temprano a casa del general, que se estaba vistiendo, pero como insistí en que se trataba de algo urgente, un viejo mucamo negro me hizo pasar al dormitorio, y se quedó allí para servir a su amo. Como es natural, al entrar en la habitación miré en torno buscando a su ocupante, pero no lo distinguí. Había un bulto muy grande y muy raro contra mis pies, y, como no estaba yo del mejor de los humores, le di un puntapié para quitarlo del camino.

—¡Ejem... ejem... no me parece una conducta muy correcta, que digamos! —dijo el bulto con una vocecilla tan débil como curiosa, algo entre chirrido y silbido.

Grité de terror y huí diagonalmente hasta refugiarme en el rincón más alejado del dormitorio.

—¡Mi estimado amigo! —volvió a silbar el bulto—. ¿Qué... qué... qué cosa le sucede? ¡Hasta creería que no me reconoce usted!

¿Qué *podía* yo contestar a eso? Tambaleándome, me dejé caer en un sillón y, con la boca abierta y los ojos fuera de las órbitas, esperé la solución de aquel enigma.

—No deja de ser raro que no me haya reconocido, ¿verdad? —insistió la indescriptible cosa, que, según alcancé a ver, estaba efectuando en el suelo unos movimientos inexplicables, bastante parecidos a los de ponerse una media. Pero sólo se veía una pierna.

—No deja de ser raro que no me haya reconocido, ¿verdad? ¡Pompeyo, tráeme esa pierna!

Pompeyo se acercó al bulto y le alcanzó una notable pierna artificial, con su media ya puesta, que el bulto se aplicó en un segundo, tras lo cual vi que se enderezaba.

—Y aquella batalla fue harto sangrienta —continuó diciendo la cosa, como si monologara—. Pero no hay que meterse a pelear contra los cocos y los kickapoos y creer que se va a salir de allí con un mero rasguño. Pompeyo, haz el favor de darme ese brazo. Thomas —agregó, volviéndose a mí— es el mejor fabricante de piernas postizas; pero si alguna vez necesitara usted un brazo, querido amigo, permítame que le recomiende a Bishop.

Y a todo esto Pompeyo le atornillaba un brazo.

—Aquella lucha fue una cosa terrible, puedo asegurárselo. Vamos, perillán, colócame los hombros y el pecho. Pettit fabrica los mejores hombros, pero si quiere usted un pecho vaya a Ducrow.

—¡Un pecho! —exclamé.

—¡Pompeyo! ¿Terminarás de ponerme la peluca? Que lo esculpen a uno no tiene nada de agradable, pero a fin de cuentas siempre es posible procurarse un peluquín tan bueno como éste en De L'Orme.

—¡Peluquín!

—¡Vamos, negro, mis dientes! Para una *buena* dentadura, le aconsejo ir en seguida a Parmly. Cuesta caro, pero hacen trabajos excelentes. En cuanto a mí, me tragué no pocos de mis dientes cuando uno de los indios cocos me machacaba con la culata del rifle.

—¡Culata del rifle! ¡Lo machacaba! ¿Pero qué ven mis ojos?

—¡Oh, ahora que lo menciona... trae aquí ese ojo Pompeyo, y atorníllalo pronto! Esos kickapoos no son nada lerdos para dejarlo a uno tuerto. Pero el doctor Williams es un hombre de talento, y no puede imaginarse lo bien que veo con los ojos que fabrica.

Comencé entonces a percibir con toda claridad que el objeto erguido ante mí era nada menos que mi reciente conocido, el brigadier general honorario John A. B. C. Smith. Debo reconocer que las manipulaciones de Pompeyo habían transformado por completo la apariencia de aquel hombre. Pero su voz me seguía dejando perplejo, aunque el misterio no tardó en disiparse como los otros.

—¡Pompeyo, condenado negro —chirrió el general—, estaría por creer que vas a dejarme salir sin mi paladar!

Murmurando una excusa el negro se acercó a su amo, le abrió la boca con el aire entendido de un *jockey* y le ajustó en el interior un aparato de singular aspecto, haciéndolo con grandísima destreza, aunque por mi parte no alcancé a ver nada. El cambio en la expresión del general fue tan instantáneo como sorprendente. Cuando habló de nuevo, su voz había recobrado aquella rica tonalidad y potencia que me habían llamado la atención en nuestra primera entrevista.

—¡Malditos sean esos perros! —dijo con una articulación tan clara que me sobresalté—. ¡Malditos sean! No sólo me hundieron el paladar, sino que se tomaron el trabajo de cortarme por lo menos siete octavos de lengua. Pero, afortunadamente, tenemos a Bonfanti, que es inigualable en toda América cuando se trata de artículos de esta especie. Se lo recomiendo a usted con toda confianza —agregó el general, inclinándose— y le aseguro que mucho me complace poder hacerlo.

Agradecí su gentileza lo mejor posible y me despedí de inmediato, perfectamente enterado de la verdad y sin el menor resto de aquel misterio que tanto me había perturbado. Era evidente. Era clarísimo. El brigadier general honorario John A. B. C. Smith era el hombre... *que se gastó.*

TÚ ERES EL HOMBRE

Yo haré el papel de Edipo en el enigma de Rattleborough. Explicaré a ustedes —como solamente yo puedo hacerlo— el secreto mecanismo que produjo el milagro de Rattleborough, el único, el verdadero, el admitido, el indiscutible, el indisputable milagro que acabó definitivamente con la infidelidad de los rattleburguenses y devolvió a la ortodoxia de los abuelos a todos los pecadores que se habían atrevido a mostrarse escépticos.

Este suceso —que lamentaría mucho exponer en un tono de inadecuada ligereza— tuvo lugar durante el verano de 18... Mr. Barnabas Shuttleworthy, uno de los vecinos más ricos y respetables del pueblo, había desaparecido días atrás bajo circunstancias que llevaban a sospechar las más funestas consecuencias. Había salido de Rattleborough un sábado muy temprano, a caballo, con la manifiesta intención de trasladarse a la ciudad de ..., a unas quince millas, y volver aquella misma noche. Empero, dos horas después su caballo volvió sin él y sin los sacos que al partir llevaba en la montura. El animal estaba herido y cubierto de barro. Aquellas circunstancias, como es natural, alarmaron mucho a los amigos del desaparecido; y cuando el domingo por la mañana se supo que no había vuelto, el pueblo se levantó en masa para ir a buscar su cadáver.

El primero y más enérgico organizador de esta búsqueda era un amigo íntimo de Mr. Shuttleworthy, llamado Mr. Charles Goodfellow, o, como todo el mundo le decía, "Charley Goodfellow" o "el Viejo Charley Goodfellow". Ahora bien, si se trata de una maravillosa coincidencia o si el nombre tiene un efecto imperceptible sobre el carácter, es cosa que no he podido verificar jamás; pero existe el hecho incuestionable de que jamás ha existido un hombre llamado Charles que no fuera un individuo recto, varonil, honesto, bondadoso y franco, dueño de una voz profunda y clara, agradable de escuchar, y unos ojos que miran a la cara, como diciendo: "Tengo la conciencia tranquila, no temo a nadie, y jamás sería capaz de una acción mezquina". Y así ocurre que todos los generosos, negligentes "actores de carácter" se llaman con toda seguridad Charles.

Pues bien, aunque sólo llevaba unos seis meses en Rattleborough y nadie tenía noticias sobre él antes de que llegara para instalarse entre nosotros, el "Viejo Charley Goodfellow" no había hallado la menor dificultad para hacerse amigo de toda la gente respetable del pueblo. Ni un solo vecino hubiera dudado un momento de su palabra, y, en cuanto a las damas, hacían cuanto estaba en su poder para congraciarse con él.

Y esto provenía del hecho de llamarse Charles y de ser, por tanto, dueño de uno de esos rostros sinceros que proverbialmente constituyen «la mejor carta de recomendación».

He dicho ya que Mr. Shuttleworthy era uno de los hombres más respetables y, sin duda, el más rico de Rattleborough, y que el "Viejo Charley Goodfellow" había intimado con él al punto de que parecía su hermano. Ambos caballeros eran vecinos, y aunque Mr. Shuttleworthy visitaba rara vez, si es que lo hizo alguna, al "Viejo Charley", y jamás se supo que comiera en su casa, ello no impedía que ambos amigos estuvieran muchísimo juntos como ya lo he dicho; en efecto, el "Viejo Charley" no dejaba pasar un día sin entrar tres o cuatro veces a ver cómo estaba su vecino, y muchas veces se quedaba a tomar el desayuno o el té, y casi siempre a cenar. En estas últimas ocasiones hubiera sido difícil saber cuánta cantidad de vino se tomaban los dos camaradas de una sola vez. La bebida favorita del Viejo Charley era el Château Margaux, y a Mr. Shuttleworthy parecía agradarle ver cómo su amigo se tomaba botella tras botella. Tanto es así que un día, cuando el vino había despertado el ingenio de ambos, aquél dijo a su compañero, dándole una palmada en la espalda:

—Te diré una cosa Viejo Charley, y es que eres el mejor compañero que haya encontrado desde que nací. Y, puesto que te gusta tanto beber de ese vino, que me cuelguen si no voy a regalarte un gran cajón de Château Margaux. ¡Que me cuelguen —repitió Mr. Shuttleworthy, que tenía la mala costumbre de decir juramentos, aunque no pasaba de algunos bastante inofensivos— si esta misma tarde no mando pedir a la ciudad un doble cajón del mejor vino que tengan y te lo regalo! ¡Vaya si lo haré! No digas ni una palabra: te repito que lo haré y se acabó. De modo que ponte al acecho...; ya te llegara uno de estos días, justamente cuando menos lo esperes.

Menciono este ejemplo de generosidad por parte de Mr. Shuttleworthy a fin de mostrar a ustedes lo muy íntimos que eran aquellos dos amigos.

Pues bien, el domingo de mañana, cuando no quedó duda alguna de que a Mr. Shuttleworthy le había sucedido algo grave, jamás vi a nadie tan preocupado como el Viejo Charley Goodfellow.

Cuando oyó por primera vez que el caballo había vuelto a casa sin su amo, sin los sacos de la montura y cubierto de sangre de resultas de un pistoletazo que había atravesado el pecho del pobre animal sin llegar a matarlo; cuando oyó todo eso, se puso tan pálido como si el desaparecido hubiese sido su padre o su hermano, mientras temblaba convulsivamente como si lo hubiese atacado una fiebre palúdica.

Al principio pareció demasiado abatido por el dolor como para tomar ninguna iniciativa o decidir algún plan de acción; durante largo rato se esforzó por disuadir a los restantes amigos de Mr. Shuttleworthy de que tomaran medidas, —pensando que era preferible esperar—, una semana o dos, y aun un mes o dos, hasta ver si no se producía alguna novedad o si el mismo desaparecido no se presentaba explicando sus razones por haber abandonado en esa forma a su caballo. Pienso que ustedes habran observado frecuentemente esta tendencia a contemporizar o a diferir en gentes que se hallan bajo la acción de un dolor muy intenso. Sus facultades mentales parecen entorpecidas, y experimentan una especie de horror hacia toda acción; nada les parece preferible a quedarse inmóviles en su cama y «acunar su propia pena», como les gusta decir a las señoras de edad; en otras palabras, rumiar sus dificultades.

Las gentes de Rattleborough tenían en tan alta estima la sensatez y la discreción del "Viejo Charley", que la mayor parte se manifestó dispuesta a seguir sus consejos y no efectuar investigaciones «hasta que hubiera alguna novedad», según lo expresaba el honesto caballero. Y estoy convencido de que esta decisión hubiera sido unánime de no mediar la muy sospechosa interferencia del sobrino de Mr. Shuttleworthy, joven de hábitos sumamente disipados y de pésima reputación.

Este sobrino, llamado Pennifeather, no quiso atender razones ni "quedarse tranquilo", sino que insistió en salir inmediatamente en busca "del cadáver del asesinado". Tal fue la expresión que empleó, y Mr. Goodfellow no dejó de hacer notar en esa ocasión que "era una frase extraña, por no decir más". Semejante observación en boca del Viejo Charley provocó gran efecto en la multitud, y se oyó a uno del grupo preguntar de manera muy vehemente "cómo era posible que el joven Pennifeather estuviera tan bien enterado de las circunstancias relativas a la desaparición de su acaudalado tío como para sentirse autorizado a afirmar, clara e inequívocamente, que su tío había sido asesinado". Siguieron a esto picantes réplicas y controversias entre varios de los presentes, y especialmente entre el "Viejo Charley" y Mr. Pennifeather, lo que no provocó ninguna sorpresa, pues bien era sabida la animosidad existente entre ambos desde hacía varios meses. Las cosas habían alcanzado a tal punto que Mr. Pennifeather llegó en una ocasión a derribar de un golpe al amigo de su tío, acusándolo de algunos excesos cometidos por aquél en casa de su pariente, donde se alojaba el joven. Se afirmaba que, en esta ocasión, el "Viejo Charley" se había conducido con ejemplar moderación y cristiana caridad. Incorporándose, sacudió sus ropas y no hizo la menor tentativa de devolver el golpe recibido, limitándose a murmurar unas palabras sobre sus propósitos de "vengarse sumariamente en la primera oportunidad", reacción muy natural y justificable de su cólera, que no tenía ningún sentido especial y que, sin duda, había olvidado casi inmediatamente.

Como quiera que fuesen aquellos incidentes (que no se relacionan con lo que estamos narrando), los pobladores de Rattleborough terminaron dejándose persuadir por Mr. Pennifeather, y decidieron dispersarse en las regiones adyacentes en busca del Mr. Shuttleworthy. Tal fue la primera intención, pues parecía lo más natural que las gentes se dispersaran en distintos grupos que explorarían de la manera más minuciosa las regiones circunvecinas. Sin embargo, no sé por qué ingenioso razonamiento que he olvidado, el "Viejo Charley" acabó convenciendo a la asamblea de que este plan no era el más conveniente. Al decir que los convenció exceptúo a Mr. Pennifeather; pero el hecho es que al final se decidió efectuar una búsqueda cuidadosa a cargo de todos los vecinos en masse; naturalmente, el "Viejo Charley" tomó la dirección.

Por lo que a esto último respecta, no hay duda de que el jefe era el más capacitado, pues todo el mundo sabía que el "Viejo Charley" tenía ojos de lince; empero, aunque los llevó a toda clase de rincones apartados, por senderos que nadie había sospechado jamás que existieran en la región, y aunque la búsqueda continuó incesantemente noche y día durante más de una semana, fue imposible hallar la menor huella de Mr. Shuttleworthy. Cuando digo la menor huella no debe entendérseme literalmente, pues no dejaron de encontrarse algunas huellas. Las señales de las herraduras del caballo (que eran de un tipo especial) fueron seguidas hasta un lugar situado a tres millas al este del pueblo, sobre el camino real a la ciudad. Aquí las huellas se desviaban por un atajo que atravesaba un bosque y volvía a salir al camino real, abreviando en media milla el recorrido regular. Al seguir las pisadas por este sendero, el grupo llegó finalmente hasta un charco de agua estancada oculto a medias por las zarzas a la derecha del sendero; en este punto se interrumpían las marcas de herraduras. Advirtió, sin embargo, que en el lugar había habido una lucha, y las señales indicaban que un cuerpo grande y pesado había sido arrastrado desde el sendero al charco. Se procedió a dragar cuidadosamente este último, pero ninguna tentativa dio resultado. Se disponían los presentes a volverse, desesperando de conocer la verdad, cuando la Providencia sugirió a Mr. Goodfellow la idea de desaguar completamente el charco. El proyecto fue recibido con hurras y el "Viejo Charley" muy elogiado por su sagacidad e inteligencia. Como muchos vecinos traían palas, dada la eventualidad de desenterrar un cadáver, el desagüe pudo efectuarse rápida y eficazmente.

Tan pronto quedó visible el fondo se vio en el centro del lecho de barro un chaleco de terciopelo de seda negra que casi todos los presentes reconocieron como de propiedad de Mr. Pennifeather.

El chaleco estaba desgarrado y manchado de sangre. Varias personas de la asamblea recordaban claramente que el joven lo llevaba puesto la mañana de la partida de Mr. Shuttleworthy, mientras otros se manifestaban dispuestos a afirmar bajo juramento que Mr. Pennifeather no había usado dicha prenda en ningún momento posterior a aquel día. Y no se encontró a nadie que afirmara haber visto al joven vistiendo el chaleco en cualquier momento subsiguiente a la desaparición de Mr. Shuttleworthy.

Todo esto creaba una situación sumamente seria para el Mr. Pennifeather, y como confirmación de las sospechas desatadas contra él notaron que se ponía terriblemente pálido y que no era capaz de pronunciar una palabra cuando se lo urgió a que se explicara. Ante esto, los pocos amigos cuya disoluta manera de vivir le habían dejado lo abandonaron instantáneamente y se mostraron todavía más enérgicos que sus antiguos y reconocidos enemigos al demandar su arresto inmediato.

Empero, la magnanimidad de Mr. Goodfellow brilló entonces, por contraste, con su más alto resplandor. Hizo una cálida y elogiosa defensa de Mr. Pennifeather, durante la cual aludió más de una vez a su propio y sincero perdón por el insulto que aquel disipado joven, "heredero del excelente Mr. Shuttleworthy", le había inferido en un arrebato de pasión.

"Lo perdonaba —agregó desde lo más profundo de su corazón, en cuanto a él (Mr. Goodfellow), lejos de llevar a su extremo las sospechosas circunstancias que desgraciadamente existían contra Mr. Pennifeather, haría (Mr. Goodfellow) todo cuanto estuviera en su poder y emplearía la escasa elocuencia de que era capaz para... para suavizar, en la medida en que pudiera hacerlo en paz con su conciencia, los peores aspectos que presentaba aquel extraordinario y enigmático asunto".

Mr. Goodfellow continuó durante una larga media hora en este tono, que hacía gran honor tanto a su inteligencia como a su corazón; pero las gentes de corazón generoso pocas veces son capaces de observaciones sensatas; incurren en toda clase de errores, contratiempos y despropósitos en el entusiasmo de su celo por servir a un amigo; y así, con las mejores intenciones de este mundo, le hacen muchísimo daño en lugar de favorecerlo.

Así ocurrió en el presente caso con la elocuencia del "Viejo Charley", pues, aunque se esforzaba por ayudar al sospechoso, sucedió, no sé bien cómo, que cada sílaba que pronunciaba, con la deliberada o inconsciente intención de no exagerar la buena opinión del público sobre el orador, tuvo el efecto de acentuar las sospechas ya latentes sobre la persona cuya causa defendía y exasperar contra él la furia de la multitud.

Uno de los errores más inexplicables cometidos por el orador fue su alusión al sospechoso como "el heredero del excelente Mr. Shuttleworthy". Ninguno de los presentes había pensado antes en eso. Recordaban solamente ciertas amenazas proferidas un año atrás por el tío en el sentido de desheredar a su sobrino (que era su único pariente), y daban por seguro que éste había sido, en efecto, desheredado; tan simples eran los vecinos de Rattlesborough. Pero las observaciones del "Viejo Charley" los hicieron pensar en el asunto y advirtieron la posibilidad de que aquellas amenazas no hubieran pasado de tales. Sin transición, pues, surgió la pregunta natural de cui bono?, que sirvió aún más que el chaleco para atribuir tan horrible crimen al joven Pennifeather.

Aquí, a fin de no ser mal entendido, permítaseme una digresión para hacer notar que esta brevísima y sencilla frase latina es invariablemente mal traducida y mal concebida. "Cui bono" en todas las novelas de misterio y en otras —por ejemplo, las de Mrs. Gore (autora de Cecil) dama que cita en todas las lenguas, desde el caldeo al chickasaw, ayudada sistemáticamente en su erudición por Mr. Beckford—, en todas esas novelas, repito, desde las de Bulwer y Dickens hasta las de Turnapenny y Ainsworth, las dos palabritas latinas cui bono son traducidas: "¿Con qué fin?", o (como si fuera quo bono): "¿Con qué ventaja?". Empero, su verdadero sentido es: "¿para beneficio de quién?".

Cui, de quién; bono, ¿es para beneficio? La frase es puramente legal y se aplica precisamente en casos como el que nos ocupa, donde la probabilidad de que alguien haya cometido un delito depende del beneficio que recaiga sobre el mismo como consecuencia del delito. Ahora bien, en este caso, la pregunta cui bono implicaba directamente a Mr. Pennifeather. Luego de testar en su favor, su tío lo había amenazado con desheredarlo. Pero la amenaza no había sido llevada a efecto; el testamento original, según se supo, no presentaba alteración. En caso contrario, el único motivo presumible para el crimen habría sido el muy ordinario de la venganza; pero aún éste podía rebatirse por la esperanza de todo desheredado de volver a ganar la confianza de su pariente. No habiéndose modificado el testamento, mientras la amenaza seguía suspendida sobre la cabeza del sobrino, todos vieron en ello el más manifiesto motivo para tan horrible crimen, y tal fue la sagaz conclusión de los meritorios ciudadanos de Rattlesborough.

Mr. Pennifeather, pues, fue arrestado allí mismo y la multitud, luego de buscar otro poco, se volvió al pueblo llevándolo bien custodiado. En el camino, ademas, ocurrió otra cosa tendente a confirmar las sospechas existentes. Mr. Goodfellow, cuyo celo lo hacía adelantarse siempre al grueso del grupo, corrió unos pasos, se agachó y levantó un objeto que había en el pasto. Luego de examinarlo rápidamente, se notó que intentaba esconderlo en el bolsillo de la chaqueta, pero los otros se lo impidieron, viéndose que el objeto hallado era una navaja española que una docena de personas reconocieron inmediatamente como de propiedad de Mr. Pennifeather. Lo que es más, sus iniciales aparecían grabadas en el puño. La hoja de la navaja estaba abierta y ensangrentada.

Ya no podía quedar duda sobre la culpabilidad del sobrino del muerto, y, apenas llegados a Rattlesborough, fue entregado al juez para su interrogatorio.

Su situación adquirió entonces un cariz aún más desagradable. Cuando le preguntaron dónde había estado la mañana de la desaparición de Mr. Shuttleworthy, tuvo la descarada audacia de admitir que aquel día había salido con su rifle a cazar ciervos en las inmediaciones del charco donde se había encontrado, gracias a la sagacidad de Mr. Goodfellow, su chaleco ensangrentado.

El "Viejo Charley" se levantó entonces y, con lágrimas en los ojos, pidió permiso para declarar.

Dijo que un profundo sentido del deber para con su Hacedor y sus semejantes no le permitían continuar en silencio por más tiempo. Hasta ahora, el más sincero afecto hacia el joven inculpado (no obstante la forma en que se había conducido con él, Mr. Goodfellow) lo había movido a imaginar cuanta hipótesis le sugería la imaginación, a fin de explicar todo lo sospechoso de esas circunstancias tan incriminatorias para Mr. Pennifeather; pero dichas circunstancias eran ya demasiado convincentes, demasiado condenatorias. No podía vacilar, diría lo que sabía, aunque su corazón (el de Mr. Goodfellow) le estallara de dolor al hacerlo. Procedió entonces a declarar que, la tarde anterior a la partida de Mr. Shuttleworthy, este venerable caballero había dicho a su sobrino (y él, Mr. Goodfellow, lo había oído) que el motivo que lo llevaba a viajar al día siguiente por la mañana era hacer un depósito de una cuantiosa suma de dinero en el "Banco de los Granjeros y Mecánicos" de la ciudad; agregó que en el curso de la conversación, Mr. Shuttleworthy había manifestado redondamente a su sobrino la irrevocable determinación de anular su testamento y desheredarlo hasta el último centavo. Y, tras de ello, el testigo pidió solemnemente al inculpado que declarara si lo que acababa de decir era o no la más escrupulosa de las verdades. Para la estupefacción de los presentes, Mr. Pennifeather admitió francamente que lo dicho era la verdad.

El magistrado consideró entonces pertinente enviar a dos oficiales de policía para que efectuaran una perquisición en el aposento que el joven ocupaba en casa de su tío. Los policías no tardaron en volver trayendo consigo la bien conocida cartera de cuero bermejo, con aplicaciones de metal, que el anciano desaparecido llevara consigo durante años. Faltaba su valioso contenido y vanamente se esforzó el magistrado por obtener del inculpado una confesión sobre el destino del dinero o el lugar donde se hallaba escondido. Mr. Pennifeather se obstinó en afirmar que no sabía nada de todo aquello. Por otra parte, los policías descubrieron entre el elástico y el colchón de la cama una camisa y un pañuelo para el cuello, con el monograma del acusado, espantosamente manchados con la sangre de la víctima.

A esta altura de la encuesta se hizo saber que el caballo del asesinado acababa de morir a consecuencia de la herida que recibiera. Mr. Goodfellow propuso entonces que se procediera a efectuar la autopsia del animal, a fin de descubrir, si era posible, la bala. Así se hizo; y como para que la culpabilidad del acusado quedara demostrada de manera definitiva, Mr. Goodfellow, luego de larga búsqueda dentro del pecho del caballo, terminó por localizar y extraer una bala de gran tamaño que, hechas las pruebas correspondientes, resultó corresponder exactamente al calibre del rifle de Mr. Pennifeather, que era mayor que el de cualquier otro vecino del pueblo o sus inmediaciones. Para confirmar aún mas la cuestión se descubrió que la bala tenía una señal o reborde en angulo recto con la sutura habitual; no tardó en verificarse que dicha señal coincidía con la existente en los moldes para fundir balas que, según confesión del acusado, le pertenecían.

Apenas probado esto, el magistrado a cargo de la encuesta rehusó escuchar nuevos testimonios y ordenó de inmediato que el prisionero fuera juzgado por asesinato, negándose resueltamente a dejarlo en libertad bajo fianza, a pesar de que Mr. Goodfellow protestó calurosamente contra esta severidad, y ofreció salir como fiador por cualquier suma que se pidiera. Esta generosidad por parte del "Viejo Charley" se hallaba muy de acuerdo con su amable y caballeresca conducta a lo largo de toda su permanencia en Rattleborough. En este caso, el excelente caballero se dejaba llevar de tal manera por la excesiva fogosidad de su simpatía, que al ofrecerse como fiador de su joven amigo parecía olvidar que no poseía un centavo en el mundo entero.

Los resultados de la decisión pueden imaginarse fácilmente. Acompañado por el odio y la execración de todo Rattleborough, Mr. Pennifeather fue juzgado en el tribunal de Causas Criminales; la cadena de pruebas circunstanciales (reforzada por algunos hechos condenatorios adicionales, que la sensible conciencia de Mr. Goodfellow le prohibió mantener secretos) fue considerada tan sólida y concluyente, que el jurado no se molestó en abandonar sus asientos para pronunciar el inmediato veredicto de Culpable de Asesinato en Primer Grado. Momentos después el miserable era condenado a muerte y conducido nuevamente a la cárcel del condado para esperar la inexorable venganza de la Ley.

En el ínterin, la noble conducta del "Viejo Charley Goodfellow" había duplicado la estima que le profesaban los honestos ciudadanos del pueblo. Su popularidad era diez veces mayor que antes, y, como consecuencia natural de la hospitalidad que recibía en todas partes, se vio forzado a modificar un tanto los hábitos parsimoniosos que su pobreza le impusiera hasta entonces; empezó con frecuencia a ofrecer pequeñas reuniones en su casa, donde la alegría y el buen humor reinaban supremos —enfriados momentáneamente, claro está, por el recuerdo ocasional del prematuro y melancólico destino que aguardaba al sobrino del íntimo amigo de tan generoso huésped.

Un bello día, este magnífico caballero tuvo la agradable sorpresa de recibir la siguiente carta:

Mr. Charles Goodfellow, Esq., Rattleborough.

Estimado señor:

De conformidad con un pedido transmitido a nuestra firma, hace dos meses, por nuestro estimado cliente Mr. Barnabas Shuttleworthy, tenemos el honor de remitirle a su domicilio un doble cajón de Château Margaux, marca antílope, sello violeta. Cajón numerado y marcado como se indica al pie.

Saludamos a usted muy atentamente,

HOGGS, FROGS, BOGS & CO.

Ciudad de..., 21 de junio 18...

P. S.—El cajón le llegara al día siguiente del recibo de esta carta. Agregamos nuestros saludos a Mr. Shuttleworthy.

H.,F.,B.&CO.

Chal. Mar. A. N° 1, 6 doc. bot. (1/2 gruesa).

A decir verdad, desde la muerte de Mr. Shuttleworthy, Mr. Goodfellow había perdido toda esperanza de recibir alguna vez el prometido Château Margaux, por lo cual le pareció que recibirlo ahora representaba una especial merced de la Providencia. Como es natural, se llenó de regocijo, y en la exuberancia de su alegría invitó a un numeroso grupo de amigos a un petit souper para la noche siguiente, dispuesto a hacerles probar parte del regalo del buen Mr. Shuttleworthy. Por cierto que no dijo nada acerca del "buen Mr. Shuttleworthy" cuando expidió las invitaciones. Después de pensarlo mucho, decidió proceder así. Que yo sepa, a nadie mencionó que hubiera recibido un regalo de Château Margaux. Limitóse a invitar a sus amigos a que compartieran con él un vino de excelente calidad y fino aroma que había encargado dos meses atras y que recibiría al día siguiente.

Muchas veces me he sentido perplejo pensando por qué el "Viejo Charley" decidió no decir a nadie que aquel vino era un obsequio de su viejo amigo, pero me fue imposible comprender sus razones para callar, aunque sin duda debía tenerlas, y excelentes.

Llegó el día siguiente, y con él una numerosa y distinguida asistencia se hizo presente en casa de Mr. Goodfellow. Puede decirse que la mitad del pueblo estaba allí —y yo entre ellos— pero, para gran irritación del huésped, el Château Margaux no apareció hasta última hora, cuando la suntuosa cena ofrecida por el "Viejo Charley" había sido ampliamente saboreada por los huéspedes. Llegó, empero, y por cierto que era un cajón enormemente grande; entonces, como la asamblea se hallaba de muy buen humor, se decidió por unanimidad que se colocaría sobre la mesa y que se extraería inmediatamente su contenido.

Dicho y hecho. Por mi parte, di una mano, y en menos de un segundo teníamos el cajón sobre la mesa, en medio de las botellas y vasos, gran parte de los cuales se rompieron en la confusión.

El "Viejo Charley", que estaba completamente borracho y tenía el rostro empurpurado, se sentó con aire de burlona dignidad en la cabecera, golpeando furiosamente sobre la mesa con un vaso, mientras reclamaba orden y silencio "durante la ceremonia del desentierro del tesoro".

Luego de algunas vociferaciones, se logró restablecer el orden y, como suele suceder en tales casos, se produjo un profundo y extraño silencio. Habiéndoseme pedido que levantara la tapa, acepté, como es natural, "con infinito placer". Inserté un formón, pero apenas hube dado unos martillazos, la tapa del cajón se alzó bruscamente y, en el mismo instante, surgió del interior, enfrentando al huésped, el magullado, sangriento y putrefacto cadáver de Mr. Shuttleworthy. Por un instante contempló fija y dolorosamente, con sus ojos sin brillo y ya sin forma, el rostro de Mr. Goodfellow. Entonces, lenta pero claramente, se oyó que decía estas palabras: "¡Tú eres el hombre!". Y cayendo sobre el borde del cajón, como satisfecho de lo que había dicho, quedó con los brazos colgando sobre la mesa.

La escena que siguió excede toda descripción. La carrera hacia las puertas y ventanas fue espantosa, y muchos de los hombres más robustos se desmayaron allí mismo de puro horror. Pero, después del primer clamoroso arrebato de miedo, todos los ojos se clavaron en Mr. Goodfellow. Aunque viva mil años, jamás olvidaré la más que mortal agonía reflejada en la horrorosa expresión de su cara, espectralmente pálida después de haberse mostrado tan rubicunda de vino y de triunfo.

Durante varios minutos permaneció inmóvil como una estatua de mármol; sus ojos, absolutamente privados de expresión, parecían vueltos hacia adentro y perdidos en el espectáculo de su propia alma asesina. Por fin la vida surgió otra vez, proyectada hacia el mundo exterior; se levantó de un salto, cayó pesadamente con la cabeza y los hombros sobre la mesa, en contacto con el cadáver, mientras de sus labios brotaba rápida y vehemente la detallada confesión del espantoso crimen por el cual Mr. Pennifeather se encontraba encarcelado y esperando la muerte.

Lo que contó fue, en resumen, lo siguiente: Había seguido a su víctima hasta las vecindades del charco, hirió allí al caballo de un pistoletazo y mató a Mr. Shuttleworthy a golpes de culata. Luego de apoderarse de la cartera de la víctima, supuso que el caballo había muerto y lo arrastró con gran trabajo hasta las zarzas contiguas al charco. Cargó el cadáver de su víctima sobre su propio caballo y lo llevó a un lugar donde hacerlo desaparecer, situado a mucha distancia a través de los bosques.

El chaleco, la navaja, la cartera y la bala habían sido colocados por él mismo donde fueron hallados, a fin de vengarse de Mr. Pennifeather. También se las arregló para dejar en su cuarto el pañuelo y la camisa manchados de sangre.

Hacia el final del espeluznante relato, las palabras del miserable asesino se hicieron sordas y entrecortadas. Cuando hubo terminado, se enderezó, se alejó tambaleante de la mesa, hasta caer... muerto.

Aunque eficientes, los medios mediante los cuales pudo lograrse esta oportuna confusión fueron bien sencillos. La exagerada franqueza y bonhomía de Mr. Goodfellow me había disgustado desde el principio, despertando mis sospechas. Me hallaba presente cuando Mr. Pennifeather lo golpeó, y la diabólica expresión de su rostro, por más pasajera que fuese, me dio la seguridad de que no dejaría de cumplir al pie de la letra su promesa de vengarse. Me hallaba, pues, preparado para apreciar las maniobras del "Viejo Charley" de una manera muy diferente de la de los buenos vecinos de Rattleborough. Vi de inmediato que todos los descubrimientos incriminatorios nacían directa o indirectamente de él. Pero lo que me abrió completamente los ojos fue el episodio de la bala hallada por Mr. Goodfellow en el cuerpo del caballo. Aunque los vecinos lo habían olvidado, yo no dejé de recordar que el caballo presentaba un orificio por donde había penetrado el proyectil, y otro por donde había salido. Si se encontraba una bala en el cuerpo, tenía que haber sido depositada allí por la misma persona que decía haberla encontrado. La camisa y el pañuelo ensangrentados confirmaron la idea sugerida por el hallazgo de la bala; en efecto, el examen de la sangre demostró que se trataba solamente de vino tinto. Pensando en esas cosas, y también en el rumboso cambio de vida de Mr. Goodfellow, mis sospechas se hicieron cada vez más fuertes, y no eran menos intensas por ser el único que las abrigaba.

En el ínterin, me ocupé privadamente de buscar el cadáver de Mr. Shuttleworthy; tenía mis buenas razones para hacerlo en zonas completamente opuestas a aquellas hacia las cuales Mr. Goodfellow había dirigido a los vecinos. El resultado fue que, algunos días más tarde, llegué a un antiguo pozo seco, cuya boca estaba casi enteramente cubierta de zarzas; y allí, en el fondo, hallé lo que buscaba.

Ocurrió que yo había escuchado el dialogo entre los dos amigos, cuando Mr. Goodfellow se las arregló para inducir a su anfitrión a que le regalara un cajón de Château Margaux. Basándome en este hecho, decidí obrar en consecuencia. Procurandome un trozo muy fuerte de barba de ballena, lo introduje por la garganta del cadáver y metí a éste en un viejo cajón de vino, teniendo cuidado de doblarlo en forma tal que la barba de ballena se doblara junto con él. De esta manera tuve que apretar fuertemente la tapa para mantenerla ajustada mientras la clavaba; y, como es natural, tenía la seguridad de que, tan pronto los clavos fueran extraídos, la tapa se levantaría, y tras ella el cuerpo.

Arreglado así el cajón, lo marqué y numeré como se ha dicho; luego de escribir una supuesta carta de los vinateros que surtían a Mr. Shuttleworthy, di instrucciones a mi criado para que llevara el cajón en una carretilla hasta la puerta de Mr. Goodfellow, a una señal que yo le haría. En cuanto a las palabras que pensaba hacer pronunciar al cadáver, confiaba suficientemente en mis habilidades de ventrílocuo, y por lo que respecta a su efecto, confiaba en la conciencia del miserable asesino.

Creo que no me queda nada por explicar. Mr. Pennifeather fue puesto inmediatamente en libertad, heredó la fortuna de su tío y, aprovechando la lección de la experiencia, inició desde aquel día una nueva y dichosa vida.

UN CUENTO DE LAS MONTAÑAS ESCABROSAS

Durante el otoño del año 1827, mientras residía cerca de Charlottesville, Virginia, trabé relación por casualidad con Mr. Augustus Bedloe. Este joven caballero era notable en todo sentido y despertó en mí un interés y una curiosidad profundos. Me resultaba imposible comprenderlo tanto en lo físico como en lo moral. De su familia no pude obtener informes satisfactorios. Nunca averigüé de dónde venía. Aun en su edad —si bien lo califico de joven caballero— había algo que me desconcertaba no poco. Seguramente parecía joven, y se complacía en hablar de su juventud; más había momentos en que no me hubiera costado mucho atribuirle cien años de edad. Pero nada más peculiar que su apariencia física. Era singularmente alto y delgado, muy encorvado. Tenía miembros excesivamente largos y descarnados, la frente ancha y alta, la tez absolutamente exangüe, la boca grande y flexible, y los dientes más desparejados, aunque sanos, que jamás he visto en una cabeza humana. La expresión de su sonrisa, sin embargo, en modo alguno resultaba desagradable, como podía suponerse; pero era absolutamente invariable. Tenía una profunda melancolía, una tristeza uniforme, constante. Sus ojos eran de tamaño anormal, grandes y redondos, como los del gato. También las pupilas con cualquier aumento o disminución de luz sufrían una contracción o una dilatación como la que se observa en la especie felina. En momentos de excitación le brillaban los ojos hasta un punto casi inconcebible; parecían emitir rayos luminosos, no de una luz reflejada, sino intrínseca, como una bujía, como el sol; pero por lo general tenía un aspecto tan apagado, tan velado y opaco, que evocaban los ojos de un cadáver largo tiempo enterrado.

Estas características físicas parecían causarle mucha molestia y continuamente aludía a ellas en un tono en parte explicativo, en parte de disculpa, que la primera vez me impresionó penosamente.

Pronto, sin embargo, me acostumbré a él y mi incomodidad se desvaneció. Parecía proponerse más bien insinuar, sin afirmarlo de modo directo, que su aspecto físico no había sido siempre el de ahora, que una larga serie de ataques neurálgicos lo habían reducido de una belleza mayor de la común a eso que ahora yo contemplaba. Hacía mucho tiempo que le atendía un médico llamado Templeton, un viejo caballero de unos setenta años, a quien conociera en Saratoga y cuyos cuidados le habían proporcionado, o por lo menos así lo pensaba, gran alivio. El resultado fue que Bedloe, hombre rico, había hecho un arreglo con el Dr. Templeton, por el cual este último, mediante un generoso pago anual, consintió en consagrar su tiempo y su experiencia médica al cuidado exclusivo del enfermo.

El Doctor Templeton había viajado mucho en sus tiempos juveniles, y en París se convirtió, en gran medida, a las doctrinas de Mesmer. Por medio de curas magnéticas había logrado aliviar los agudos dolores de su paciente, que, movido por este éxito, sentía cierto grado natural de confianza en las opiniones en las cuales se fundaba el tratamiento. El Doctor, sin embargo, como todos los fanáticos, había luchado encarnizadamente por convertir a su discípulo, y al fin consiguió inducirlo a que se sometiera a numerosos experimentos. Con la frecuente repetición de éstos logró un resultado que en los últimos tiempos se ha vulgarizado hasta el punto de llamar poco o nada la atención, pero que en el período al cual me refiero era apenas conocido en América. Quiero decir que entre el Doctor Templeton y Bedloe se había establecido poco a poco una cercanía muy definida y muy intensa, una relación magnética. No estoy en condiciones de asegurar, sin embargo, que este afinidad se extendiera más allá de los límites del simple poder de provocar sueño; pero el poder en sí mismo había alcanzado gran intensidad. El primer intento de producir somnolencia magnética fue un absoluto fracaso para el mesmerista. El quinto o el sexto tuvieron un éxito parcial, conseguido después de largo y continuado esfuerzo. Sólo en el duodécimo el triunfo fue completo. Después de éste la voluntad del paciente sucumbió rápidamente a la del médico, de modo que, cuando los conocí, el sueño se producía casi de inmediato por la simple voluntad del operador, aun cuando el enfermo no estuviera enterado de su presencia. Sólo ahora, en el año 1843, cuando se comprueban diariamente miles de milagros similares, me atrevo a referir esta aparente imposibilidad como un hecho tan cierto como probado.

El temperamento de Bedloe era sensitivo, excitable y exaltado en el más alto grado. Su imaginación se mostraba singularmente vigorosa y creadora, y sin duda sacaba fuerzas adicionales del uso habitual de la morfina, que ingería en gran cantidad y sin la cual le hubiera resultado imposible vivir. Era su costumbre tomar una dosis muy grande todas las mañanas inmediatamente después del desayuno, o más bien después de una taza de café cargado, pues no comía nada antes de mediodía, y luego salía, solo o acompañado por un perro, en un largo paseo por la cadena de salvajes y sombrías colinas que se alzan hacia el suroeste de Charlottesville y son honradas con el título de Montañas Escabrosas.

Un día oscuro, caliente, neblinoso de fines de noviembre, durante el extraño interregno de las estaciones que en Norteamérica se llama

Verano Indio, Mr. Bedloe partió, como de costumbre, hacia las colinas. Transcurrió el día, y no volvió.

A eso de las ocho de la noche, ya seriamente alarmados por su prolongada ausencia, estábamos a punto de salir en su busca, cuando apareció de improviso, en un estado no peor que el habitual, pero más exaltado que de costumbre. Su relato de la expedición y de los acontecimientos que lo habían detenido fue en verdad singular.

—Recordaran ustedes —dijo— que eran alrededor de las nueve de la mañana cuando salí de Charlottesville. De inmediato dirigí mis pasos hacia las montañas y, a eso de las diez, entré en una garganta completamente nueva para mí. Seguí los recodos de este paso con gran interés. El paisaje que se veía por doquiera, aunque apenas digno de ser llamado imponente, presentaba un indescriptible y para mí delicioso aspecto de lúgubre desolación. La soledad parecía absolutamente virgen. No pude menos de pensar que aquel verde césped y aquellas rocas grises nunca habían sido holladas hasta entonces por pies humanos. Tan absoluto era su apartamiento y en realidad tan inaccesible, salvo por una serie de accidentes, la entrada del barranco, que no es nada imposible que yo haya sido el primer aventurero, el primerísimo y único aventurero que penetró en sus reconditeces.

La espesa y peculiar niebla o humo que caracteriza al Verano Indio y que ahora flota, pesada, sobre todos los objetos, servía sin duda para ahondar la vaga impresión que esos objetos creaban.

Tan densa era esta agradable bruma, que en ningún momento pude ver a más de doce yardas en el sendero que tenía delante. Este sendero era sumamente sinuoso y, como no se podía ver el sol, pronto perdí toda idea de la dirección en que andaba. Entre tanto la morfina obró su efecto acostumbrado: el de dotar a todo el mundo exterior de intenso interés. En el temblor de una hoja, en el matiz de una brizna de hierba, en la forma de un trébol, en el zumbido de una abeja, en el brillo de una gota de rocío, en el soplo del viento, en los suaves olores que salían del bosque había todo un universo de sugestión, una alegre y abigarrada serie de ideas fragmentarias desordenadas.

Absorto, caminé durante varias horas, durante las cuales la niebla se espesó a mi alrededor hasta tal punto que al fin me vi obligado a buscar a tientas el camino. Y entonces una indescriptible inquietud se adueñó de mí, una especie de vacilación nerviosa, de temblor. Temí caminar, no fuera a precipitarme en algún abismo. Recordaba, además, extrañas historias sobre esas Montañas Escabrosas, sobre una raza extraña y fiera de hombres que ocupaban sus bosquecillos y sus cavernas. Mil fantasías vagas me oprimieron y desconcertaron, fantasías más angustiantes por ser vagas. De improviso detuvo mi atención el fuerte redoble de un tambor.

Mi asombro fue por supuesto extremado. Un tambor en esas colinas era algo desconocido. No podía sorprenderme más el sonido de la trompeta del Arcángel. Pero entonces surgió una fuente de interés y de perplejidad aún más sorprendente. Se oyó un extraño son de cascabel o campanilla, como de un manojo de grandes llaves, y al instante pasó como una exhalación, lanzando un alarido, un hombre semidesnudo de rostro atezado. Pasó tan cerca que sentí su aliento caliente en la cara.

Llevaba en una mano un instrumento compuesto por un conjunto de aros de acero, y los sacudía vigorosamente al correr. Apenas había desaparecido en la niebla cuando, jadeando tras él, con la boca abierta y los ojos centelleantes, se precipitó una enorme bestia. No podía equivocarme acerca de su naturaleza. Era una hiena.

La vista de este monstruo, en vez de aumentar mis terrores los alivió, pues ahora estaba seguro de que soñaba, e intenté despertarme. Di unos pasos hacia adelante con audacia, con vivacidad.

Me froté los ojos. Grité. Me pellizqué los brazos. Un pequeño manantial se presentó ante mi vista y entonces, deteniéndome, me mojé las manos, la cabeza y el cuello. Esto pareció disipar las sensaciones equívocas que hasta entonces me perturbaran. Me enderecé, como lo pensaba, convertido en un hombre nuevo y proseguí tranquilo y satisfecho mi desconocido camino.

Al fin, extenuado por el ejercicio y por cierta opresiva cerrazón de la atmósfera, me senté bajo un árbol. En ese momento llegó un pálido resplandor de sol y la sombra de las hojas del árbol cayó débil pero definida sobre la hierba. Pasmado, contemplé esta sombra durante varios minutos. Su forma me dejó estupefacto. Miré hacia arriba. El árbol era una palmera.

Entonces me levanté apresuradamente y en un estado de terrible agitación, pues la suposición de que estaba soñando ya no me servía. Vi, comprendí que era perfectamente dueño de mis sentidos, y estos sentidos brindaban a mi alma un mundo de sensaciones nuevas y singulares. El calor se tornó de pronto intolerable. La brisa estaba cargada de un extraño olor. Un murmullo bajo, continuo, como el que surge de un río crecido pero que corre suavemente, llegó a mis oídos, mezclado con el susurro peculiar de múltiples voces humanas.

Mientras escuchaba en el colmo de un asombro que no necesito describir, una fuerte y breve ráfaga de viento disipó la niebla oprimente como por obra de magia.

Me encontré al pie de una alta montaña y mirando una vasta llanura por la cual serpeaba un majestuoso río. A orillas de este río había una ciudad de apariencia oriental, como las que conocemos por las Mil y una Noches, pero más singular aún que las allí descritas. Desde mi posición, a un nivel mucho más alto que el de la ciudad, podía percibir cada rincón y escondrijo como si estuviera delineado en un mapa. Las calles parecían innumerables y se cruzaban irregularmente en todas direcciones, pero eran más bien pasadizos sinuosos que calles, y bullían de habitantes.

Las casas eran extrañamente pintorescas. A cada lado había profusión de balcones, galerías, torrecillas, templetes y minaretes fantásticamente tallados. Abundaban los bazares, y había un despliegue de ricas mercancías en infinita variedad y abundancia: sedas, muselinas, la cuchillería más deslumbrante, las joyas y gemas más espléndidas. Además de estas cosas se veían por todas partes estandartes y palanquines, literas con majestuosas damas rigurosamente veladas, elefantes con gualdrapas suntuosas, ídolos grotescamente tallados, tambores, pendones, gongos, lanzas, mazas doradas y argentinas. Y en medio de la multitud, el clamor, el enredo, la confusión general, en medio del millón de hombres blancos y amarillos con turbantes y túnicas y barbas caudalosas, vagaba una innumerable cantidad de toros sagrados, mientras vastas legiones de asquerosos monos también sagrados trepaban, parloteando y chillando, a las cornisas de las mezquitas, o se colgaban de los minaretes y de las torrecillas. De las hormigueantes calles bajaban a las orillas del río innumerables escaleras que llegaban a los baños, mientras el río mismo parecía abrirse paso con dificultad a través de las grandes flotas de navíos muy cargados que se amontonaban a lo largo y a lo ancho de su superficie. Mas allá de los límites de la ciudad se levantaban, en múltiples grupos majestuosos, la palmera y el cocotero, y otros gigantescos y misteriosos arboles añosos, y aquí y allá podía verse un arrozal, alguna choza campesina con techo de paja, un aljibe, un templo perdido, un campamento gitano, o una solitaria y graciosa doncella encaminándose, con un cántaro sobre la cabeza, hacia las orillas del magnífico río.

Ustedes dirán ahora, por supuesto, que yo soñaba; pero no es así. Lo que vi, lo que oí, lo que sentí, lo que pensé, nada tenía de la inequívoca idiosincrasia del sueño. Todo poseía una consistencia rigurosa y propia. Al principio, dudando de estar realmente despierto, inicié una serie de pruebas que pronto me convencieron de que, en efecto, lo estaba. Cuando uno sueña y en el sueño sospecha que sueña, la sospecha nunca deja de confirmarse y el durmiente se despierta de inmediato. Por eso Novalis no se equivoca al decir que "estamos próximos a despertar cuando soñamos que soñamos". Si hubiera tenido esta visión tal como la describo, sin sospechar que era un sueño, entonces podía haber sido un sueño; pero habiéndose producido así, y siendo, como lo fue, objeto de sospechas y de pruebas, me veo obligado a clasificarla entre otros fenómenos.

—En esto no estoy seguro de que se equivoque —observó el Doctor Templeton—, pero continúe. Usted se levantó y descendió a la ciudad.

—Me levanté —continuó Bedloe mirando al Doctor con un aire de profundo asombro—, me levanté como usted dice y descendí a la ciudad. En el camino encontré una inmensa multitud que atestaba las calles y se dirigía en la misma dirección, dando muestras en todos sus actos de la más intensa excitación. De pronto, y por algún impulso inconcebible, experimenté un fuerte interés personal en lo que estaba sucediendo. Sentía que debía desempeñar un importante papel, sin saber exactamente cuál. La multitud que me rodeaba, sin embargo, me inspiró un profundo sentimiento de animosidad.

Me aparté bruscamente, deprisa, por un sendero tortuoso, llegué a la ciudad y entré. Todo era allí tumulto, contienda. Un pequeño grupo de hombres vestidos con ropas semiindias, semieuropeas, y comandado por caballeros de uniforme en parte británico, combatían en desventaja con la bullente chusma de las callejuelas. Me uní a la parte más débil, con las armas de un oficial caído, y luché no sé contra quién, con la nerviosa ferocidad de la desesperación. Pronto fuimos vencidos por el número y buscamos refugio en una especie de quiosco. Allí nos atrincheramos y por un momento estuvimos seguros. Desde una aspillera cerca del pináculo del quiosco vi una vasta multitud, en furiosa agitación, rodeando y asaltando un alegre palacio que dominaba el río. Entonces, desde una ventana superior de ese palacio bajó un personaje, de aspecto afeminado, valiéndose de una cuerda hecha con los turbantes de sus sirvientes. Cerca había un bote, en el cual huyó a la orilla opuesta del río.

Y entonces un nuevo propósito se apoderó de mi espíritu. Dije unas pocas palabras apresuradas pero enérgicas a mis compañeros y, logrando ganar a algunos para mi causa, hice una frenética salida desde el quiosco. Nos precipitamos entre la multitud que lo rodeaba. Al principio ésta se retiró a nuestro paso. Volvió a unirse, luchó enloquecida, se retiró de nuevo. Entretanto nos habíamos alejado del quiosco y nos extraviamos y confundimos en las estrechas calles de casas altas, salientes, en cuyas profundidades el sol nunca había podido brillar. La canalla presionó impetuosa contra nosotros, acosándonos con sus lanzas y abrumándonos a flechazos. Las flechas eran muy curiosas, algo parecidas al sinuoso cris malayo. Imitaban el cuerpo de una serpiente ondulada y eran largas y negras, con púa envenenada. Una de ellas me hirió en la sien derecha. Me tambaleé y caí. Una instantánea y espantosa nausea me invadió. Me debatí, jadeando, hasta morir.

—No puede usted insistir ahora —dije, sonriendo— en que toda su aventura no fue un sueño. No se dispondrá a sostener que está muerto, ¿verdad?

Al decir estas palabras esperaba de parte de Bedloe alguna vivaz salida a modo de réplica; pero, para asombro mío, vaciló, tembló, se puso terriblemente pálido y permaneció silencioso. Miré a Templeton. Estaba rígido y erecto en su silla, daba diente con diente y los ojos se le salían de las órbitas.

—¡Continúe! —dijo por fin con voz ronca.

—Durante varios minutos —prosiguió Bedloe— mi único sentimiento, mi única sensación fue de oscuridad, de nada, junto con la conciencia de la muerte. Por fin mi alma pareció sufrir un violento y repentino choque, como de electricidad. Con él apareció la sensación de elasticidad y de luz. Sentí la luz, no la vi. Por un instante me pareció que me levantaba del suelo. Pero no tenía presencia corpórea, ni visible, ni audible, ni palpable. La multitud se había marchado. El tumulto había cesado. La ciudad se hallaba en relativo reposo. Abajo yacía mi cadáver con la flecha en la sien, la cabeza enormemente hinchada y desfigurada. Pero todas estas cosas las sentí, no las vi.

Nada me interesaba. El mismo cadáver era como si no fuese cosa mía. Voluntad no tenía ninguna, pero algo parecía impulsarme a moverme y me deslicé flotando fuera de la ciudad, volviendo a recorrer el sendero sinuoso por el cual había entrado. Cuando llegué al punto del barranco en las montañas donde encontrara la hiena, experimenté de nuevo un choque como de batería galvánica; las sensaciones de peso, de voluntad, de sustancia volvieron. Recobré mi ser original y dirigí ansioso mis pasos hacia casa, pero el pasado no había perdido la vivacidad de lo real, y ni siquiera ahora, ni siquiera por un instante, puedo obligar a mi entendimiento a considerarlo como un sueño.

—No lo era —dijo Templeton con un aire de profunda solemnidad— y sin embargo sería difícil decir de qué otra manera podría llamárselo. Supongamos tan sólo que el alma del hombre actual está al borde de algunos estupendos descubrimientos psíquicos. Contentémonos con esta suposición.

En cuanto al resto, tengo alguna explicación que dar. He aquí una acuarela que debería haberle mostrado antes, pero no lo hice porque hasta ahora me lo impidió un inexplicable sentimiento de horror.

Miramos la figura que presentaba. Nada le vi de extraordinario, pero su efecto sobre Bedloe fue prodigioso. Casi se desmayó al verlo. Y sin embargo era tan sólo un retrato, una miniatura de milagrosa exactitud, por cierto, un retrato de sus notables facciones. Por lo menos esto fue lo que pensé al mirarlo.

—Advertirán ustedes —dijo Templeton— la fecha de este retrato. Aquí esta, apenas visible, en este ángulo: 1780. En ese año fue hecho el retrato. Pertenece a un amigo muerto, a Mr. Oldeb, de quien fui muy íntimo en Calcuta, durante la administración de Warren Hastings. Entonces tenía yo sólo veinte años. La primera vez que lo vi, Mr. Bedloe, en Saratoga, la milagrosa semejanza existente entre usted y la pintura fue lo que me indujo a hablarle, a buscar su amistad y a llegar a un arreglo por el cual me convertí en su compañero constante. Al hacer esto me urgía en parte, y quizás principalmente, el dolido recuerdo del muerto, pero también, en parte, una curiosidad con respecto a usted, incómoda y no desprovista de horror.

En los detalles de su visión entre las colinas ha descrito usted con la más minuciosa exactitud la ciudad india de Benarés, sobre el Río Sagrado. Los tumultos, el combate, la matanza fueron los sucesos reales de la insurrección de Cheyte Sing que ocurrió en 1780, cuando la vida de Hastings corrió inminente peligro. El hombre que escapaba por la cuerda de turbantes era el mismo Cheyte Sing. El destacamento del quiosco estaba formado por cipayos y oficiales británicos, comandados por Hastings. Yo formaba parte de ese destacamento e hice todo lo posible para impedir la temeraria y fatal salida del oficial que cayó, en las atestadas callejuelas, herido por la flecha envenenada de un bengalí. Aquel oficial era mi amigo más querido. Era Oldeb. Lo verán ustedes en estos manuscritos (aquí sacó un cuaderno de notas donde había varias páginas que parecían recién escritas); en el mismo momento en que usted imaginaba esas cosas entre las colinas, yo estaba entregado a la tarea de detallarlas sobre el papel, aquí, en casa.

Aproximadamente una semana después de esta conversación, en el periódico de Charlottesville aparecieron los siguientes párrafos:

Tenemos el penoso deber de anunciar la muerte de Mr. AUGUSTUS BEDLO, caballero cuyas amables costumbres y numerosas virtudes le habían ganado el afecto de los ciudadanos de Charlottesville.

Mr. B. había padecido durante varios años neuralgias que con frecuencia amenazaron con un fin fatal; pero ésta no puede ser considerada sino la causa mediata de su deceso. La causa próxima es especialmente singular. En una excursión a las Montañas Escabrosas, hace unos días, Mr. B. tomó un poco de frío y contrajo fiebre acompañada por gran aflujo de sangre a la cabeza. Para aliviar esto, el Dr. Templeton recurrió a la sangría local, por medio de sanguijuelas aplicadas a las sienes.

En un período terriblemente breve el paciente murió, viéndose entonces que en el recipiente de las sanguijuelas se había introducido por casualidad una de las vermiculares venenosas que de vez en cuando se encuentran en las charcas vecinas. Ésta se adhirió a una pequeña arteria de la sien derecha. Su gran semejanza con la sanguijuela medicinal fue causa de que se advirtiera demasiado tarde el error.»

N. B. La sanguijuela venenosa de Charlottesville siempre puede distinguirse de la medicinal por su color negro y especialmente por sus movimientos reptantes o vermiculares, que tienen una semejanza muy estrecha con los de la víbora.

Estaba hablando con el director del diario en cuestión sobre este notable accidente, cuando se me ocurrió preguntar por qué el nombre del difunto figuraba como Bedlo.

—Supongo —dije— que tienen ustedes autoridad suficiente para escribirlo así, pero siempre imaginé que el nombre se escribía con una e al final.

—¿Autoridad? No —replicó—. Es un simple error tipográfico. El nombre es Bedloe, con una e, y en mi vida he sabido que se escribiera de otro modo.

—Entonces —dije entre dientes mientras me alejaba—, entonces realmente ha sucedido que una verdad es más extraña que cualquier ficción, pues Bedlo, sin la e, ¿qué es sino Oldeb, a la inversa? Y este hombre me dice que es un error tipográfico.

UNA MALAVENTURA

Señora, ¿qué coyuntura os ha afligido así?
Comus

Era una tarde serena y silenciosa cuando eché a andar por la excelente ciudad de Edina. Terribles eran la confusión y el movimiento en las calles. Los hombres hablaban. Las mujeres gritaban. Los niños se atragantaban. Los cerdos silbaban. Los carros resonaban. Los toros bramaban. Las vacas mugían. Los caballos relinchaban. Los gatos maullaban. Los perros bailaban. ¡Bailaban!

¿Era posible? ¡Bailaban! ¡Ay, pensé yo, mis tiempos de baile han pasado! Siempre es así. ¡Qué legión de melancólicos recuerdos despertara siempre en la mente del genio y en la contemplación imaginativa, especialmente la del genio condenado a la incesante, eterna, continua y, como cabría decir, continuada... sí, continuada y continuamente, amarga, angustiosa, perturbadora, y, si se me permite la expresión, la muy perturbadora influencia del sereno, divino, celestial, exaltador, elevador y purificador efecto de lo que cabe denominar la más envidiable, la más verdaderamente envidiable, ¡sí, la más benignamente hermosa!, la más deliciosamente etérea y, por así decirlo, la más bonita (si puedo usar una expresión tan audaz) de las cosas de este mundo! (¡Perdóname, gentil lector!), pero me dejo arrastrar por mis sentimientos. En ese estado de ánimo, repito, ¡qué legión de recuerdos se remueven al menor impulso! ¡Los perros bailaban! ¡Y yo no podía bailar! ¡Retozaban... y yo sollozaba! ¡Brincaban... y yo gemía! ¡Conmovedoras circunstancias, que no dejaran de evocar en el recuerdo del lector clásico aquel exquisito pasaje sobre la justeza de las cosas que aparece al comienzo del tercer volumen de la admirable y venerable novela china Yo—Ke—Sé!

En mi solitario paseo por la ciudad me acompañaban dos humildes pero fieles amigos: Diana, mi perra de lanas, la más gentil de las criaturas... Un gran mechón le caía sobre un ojo y llevaba una cinta azul con un lazo a la moda en el cuello. Diana no medía más de cinco pulgadas de alto, pero su cabeza era algo más grande que el cuerpo, y su cola, que le habían cortado demasiado al ras, daba un aire de inocencia ofendida a aquel interesante animal y le ganaba las simpatías generales.

Y Pompeyo, mi negro. ¡Dulce Pompeyo! ¿Te olvidaré alguna vez? Iba yo del brazo de Pompeyo. Tenía tres pies de estatura (me gusta ser precisa) y entre setenta y ochenta años de edad. Tenía las piernas corvas y era corpulento. Su boca no podía considerarse pequeña, ni cortas sus orejas. Pero sus dientes eran como perlas, y deliciosamente puro el blanco de sus grandes ojos. La naturaleza no le había otorgado cuello, colocando sus tobillos (como es frecuente en dicha raza) hacia la mitad de la parte superior de los pies. Vestía con notable sencillez. Sus únicas ropas consistían en una faja de nueve pulgadas y un gaban casi nuevo, que había pertenecido anteriormente al apuesto, majestuoso e ilustre Dr. Moneypenny. Era un excelente gaban. Estaba bien cortado. Estaba bien cosido. El gaban era casi nuevo. Pompeyo lo sostenía con ambas manos para que no juntara polvo.

Había tres personas en nuestro grupo y dos de ellas han sido ya motivo de comentario. Queda la tercera… y esa persona era yo misma. Soy la Signora Psyche Zenobia. No soy Suky Snobbs. Mi aspecto es imponente. En la memorable ocasión de que hablo, me hallaba ataviada con un traje de satén carmesí, que tenía un mantelet arabigo de color celeste. Y el vestido tenía guarnición de agraffas verdes, y los siete volantes del aurícula, anaranjados. Constituía yo así el tercer miembro del grupo. Estaba la perrita de aguas. Estaba Pompeyo. Estaba yo. Éramos tres. Así es como se dice que en el comienzo sólo había tres Furias: Melaza, Mema y Hiede: la Meditación, la Memoria y el Violín.

Apoyándome en el brazo del apuesto Pompeyo, y seguida a respetuosa distancia por Diana, recorrí una de las populosas y muy agradables calles de la ya desierta Edina. Repentinamente se alzó ante mi vista una iglesia, una catedral gótica: vasta, venerable, con un alto campanario que subía a los cielos. ¿Qué locura se posesionó de mí? ¿Por qué me precipité hacia mi destino? Me sentí dominada por el incontrolable deseo de escalar el vertiginoso pináculo y contemplar desde allí la inmensa extensión de la ciudad. La puerta de la catedral se mostraba incitantemente abierta. Mi destino prevaleció. Entré bajo la ominosa arcada. ¿Dónde estaba en ese momento mi ángel guardián, si en verdad tales ángeles existen? ¡Sí! ¡Angustioso monosílabo! ¡Qué mundo de misterio, y oscuro sentido, y duda, e incertidumbre envuelto en esas dos letras! ¡Entré bajo la ominosa arcada! Entré y, sin que mis aurículas anaranjadas sufrieran el menor daño, pasé el portal y emergí en el vestíbulo, tal como se afirma que el inmenso río Alfredo pasaba ileso y sin mojarse por debajo del mar.

Creí que la escalera no terminaría jamás. Girando y subiendo, girando y subiendo, girando y subiendo, llegó un momento en que no pude dejar de sospechar, al igual que el sagaz Pompeyo, en cuyo robusto brazo me apoyaba con toda la confianza de los afectos tempranos…; sí, no pude dejar de sospechar que el extremo de aquella escalera en espiral había sido suprimido accidentalmente o a propósito. Me detuve para recobrar el aliento; y en ese instante ocurrió un accidente tan importante desde un punto de vista y asimismo metafísico, que no puedo dejar de mencionarlo. Me pareció... aunque en realidad estaba segura... ¡no podía engañarme, no!... que Diana, cuyos movimientos había yo observado ansiosamente... y repito que no podía engañarme..., que Diana había olido una rata. Llamé inmediatamente la atención de Pompeyo sobre el hecho y estuvo de acuerdo conmigo.

No quedaba, pues, ningún lugar a dudas. La rata había sido olida... por Diana. ¡Cielos! ¿Olvidaré jamás la intensa excitación de aquel momento? ¡La rata... estaba allí... estaba en alguna parte! ¡Y Diana la había olido! Mientras que yo... no. Así también se dice que el iris de Prusia tiene para ciertas personas un perfume tan dulce como penetrante, mientras que para otras es completamente inodoro.

La escalera había sido franqueada y sólo quedaban dos o tres peldaños entre nosotros y la cumbre.

Seguimos subiendo, hasta que sólo faltaba un peldaño. ¡Un peldaño, un solo pequeño peldaño!

Pero de un pequeño peldaño en la gran escalera de la vida humana, ¡qué vasta suma de felicidad o miseria depende! Pensé en mí misma, luego en Pompeyo, y luego en el misterioso e inexplicable destino que nos rodeaba. ¡Pensé en Pompeyo... ay, pensé en el amor! Pensé en los muchos pasos en falso que había dado y que volvería a dar. Resolví ser más cauta, más reservada. Solté el brazo de Pompeyo y, sin su ayuda, ascendí el peldaño faltante y gané el campanario. Mi perrita de aguas me siguió de inmediato. Sólo Pompeyo había quedado atrás. Me acerqué al nacimiento de la escalera y lo animé a que subiera. Tendió hacia mí la mano, pero infortunadamente se vio obligado a soltar el gaban que hasta entonces había sostenido firmemente. ¿Jamás cesaran los dioses su persecución? Caído está el gabán y uno de los pies de Pompeyo se enreda en el largo faldón que arrastra en la escalera. La consecuencia era inevitable: Pompeyo se tambaleó y cayó.

Cayó hacia adelante y su maldita cabeza me golpeó en medio del... del pecho, precipitándome boca abajo, conjuntamente con él, sobre el duro, sucio y detestable piso del campanario. Pero mi venganza fue segura, repentina y completa. Aferrándolo furiosamente con ambas manos por la lanuda cabellera, le arranqué gran cantidad de negro, matoso y rizado elemento, que arrojé lejos de la mí con todas las señales del desdén. Cayó entre las cuerdas del campanario y allí permaneció.

Pompeyo se levantó sin decir palabra. Pero me miró lamentablemente con sus grandes ojos y... suspiró. ¡Oh, dioses... ese suspiro! ¡Cómo se hundió en mi corazón! ¡Y el cabello... la lana! De haber podido recogerla la hubiese bañado con mis lágrimas en prueba de arrepentimiento. Pero, ¡ay!, se hallaba lejos de mi alcance. Y, mientras se balanceaba entre el cordaje de la campana, me pareció que estaba viva. Me pareció que se estremecía de indignación. Así es como el epicentro Flos Aeris, de Java, produce una hermosa flor cuando se la arranca de raíz. Los nativos la cuelgan del techo con una soga y gozan durante años de su fragancia.

Nuestra querella había terminado y buscamos una abertura por la cual contemplar la ciudad de Edina. No había ninguna ventana. La única luz admitida en aquella lúgubre cámara procedía de una abertura cuadrada, de un pie de diámetro, situada a unos siete pies de alto. Empero, ¿qué no emprenderá la energía del verdadero genio? Resolví encaramarme hasta el agujero. Gran cantidad de ruedas, engranajes y otras maquinarias de aire cabalístico aparecían junto al orificio, y a través del mismo pasaba un vástago de hierro procedente de la maquinaria. Entre los engranajes y la pared quedaba apenas espacio para mi cuerpo; pero estaba enérgicamente decidida a perseverar.

Llamé a Pompeyo.

—¿Ves ese orificio, Pompeyo? Quiero mirar a través de él. Te pondrás exactamente debajo... así.

Ahora, Pompeyo, estira una mano y déjame poner el pie en ella... así. Ahora la otra, Pompeyo, y en esta forma me treparé a tus hombros.

Hizo todo lo que le mandaba, y descubrí que, al enderezarme, podía pasar fácilmente la cabeza y el cuello por la abertura. El panorama era sublime. Nada podía ser más magnífico. Apenas si me detuve un instante para ordenar a Diana que se portara bien y asegurar a Pompeyo que sería considerada y que pesaría lo menos posible sobre sus hombros. Le dije que sería sumamente tierna para sus sentimientos... ossí tendre que biftec, tan tierna como un filete. Y, luego de cumplir así con mi fiel amigo, me entregué con gran vivacidad y entusiasmo a gozar de la escena que tan gentilmente se desplegaba ante mis ojos.

Empero, no me demoraré en este tema. No describiré la ciudad de Edimburgo. Todo el mundo ha ido a la ciudad de Edimburgo. Todo el mundo ha ido a Edimburgo, la clásica Edina. Me limitaré a los trascendentales detalles de mi lamentable aventura personal. Después de haber satisfecho en alguna medida mi curiosidad sobre la extensión, topografía y apariencia general de la ciudad, me quedó tiempo para observar la iglesia donde me hallaba y la delicada arquitectura del campanario.

Noté que la abertura por la cual había sacado la cabeza era un orificio en la esfera de un gigantesco reloj y que, visto desde la calle, debía parecer el que se usa en los viejos relojes franceses para darles cuerda. Sin duda, su verdadero objeto era permitir que el encargado del reloj sacara por allí el brazo y ajustara las agujas desde adentro. Noté asimismo con sorpresa el inmenso tamaño de dichas agujas, la mayor de las cuales no tendría menos de diez pies de largo y ocho o nueve pulgadas de ancho en su parte más cercana a mí. Parecían de un acero muy sólido, y sumamente afiladas. Luego de reparar en dichos detalles y otros más, dirigí nuevamente la mirada hacia el glorioso panorama que se extendía allá abajo, y pronto quedé absorta en contemplación.

Minutos más tarde me arrancó del mismo la voz de Pompeyo, declarando que no podía sostenerme más y pidiéndome que tuviera la gentileza de bajar. Esto me pareció poco razonable y así se lo dije mediante un discurso de cierta duración. Me contestó con una evidente tergiversación de mis ideas al respecto. Me enojé en consecuencia y le dije lisa y llanamente que era un estúpido, que había cometido una ignorancia del elenco, que sus nociones eran meros insomnios del jueves y que sus palabras apenas valían más que una mona verbosa. Con esto pareció convencido y reanudé mi contemplación.

Habría pasado media hora de este altercado, cuando, absorta como me hallaba en el celestial escenario ofrecido a mis ojos, me sobresaltó la sensación de algo sumamente frío que se posaba suavemente en mi nuca. Inútil decir que me sentí sobremanera alarmada. Sabía que Pompeyo se hallaba bajo mis pies y que Diana seguía sentada sobre las patas traseras en un rincón del campanario, de acuerdo con mis instrucciones explícitas. ¿Qué podía entonces ser? ¡Ay, no tardé en descubrirlo! Girando suavemente a un lado la cabeza, percibí para mi extremo horror que el enorme, resplandeciente, cimitarresco minutero del reloj había descendido en el curso de su revolución horaria hasta posarse en mi cuello. Comprendí que no debía perder un segundo. Me eché hacia atrás... pero era demasiado tarde. Imposible pasar la cabeza por la boca de aquella terrible trampa en la que había caído tan desprevenidamente, y que se hacía más y más angosta con una rapidez demasiado horrenda para ser concebida. La agonía de aquellos instantes no puede imaginarse. Alcé las manos, luchando con todas mis fuerzas para levantar aquella pesadísima barra de hierro. Hubiera sido lo mismo tratar de alzar la catedral. Mas, más y más bajaba, cada vez más cerca, más cerca. Grité para que Pompeyo me auxiliara, pero me contestó que había herido sus sentimientos al llamarlo "un ignorante verboso". Clamé el nombre de Diana, que sólo me contestó "bow—bow—bow", agregando que "le había mandado que no se saliera del rincón". No tenía, pues, que esperar socorro de mis compañeros.

Entretanto la pesada y terrífica Guadaña del Tiempo (pues ahora descubría el valor literal de la clásica frase) no se había detenido ni parecía dispuesta a hacerlo. Continuaba bajando más y más.

Había ya hundido su filoso borde en mi cuello, penetrando más de una pulgada, y mis sensaciones se tornaron indistintas y confusas. En un momento dado me creí en Filadelfia, con el majestuoso Dr. Moneypenny, y en otro me vi en el estudio de Mr. Blackwood, recibiendo sus impagables instrucciones. Y luego me invadió el dulce recuerdo de tiempos pasados y mejores, y pensé en la época feliz, cuando el mundo no era un desierto, ni Pompeyo tan cruel.

El tic—tac de la maquina me divertía. Digo que me divertía, pues mis sensaciones bordeaban ahora la perfecta felicidad, y las más triviales circunstancias me proporcionaban vivo placer. El eterno tic—tac, tic—tac, tic—tac del reloj era la más melodiosa de las músicas en mis oídos y llegaba a recordarme las graciosas arengas y sermones del Dr. Morphine. Y luego estaban los grandes números en la esfera del reloj... ¡Cuan inteligentes, cuan intelectuales parecían! Muy pronto empezaron a bailar una Mazurca y me pareció que el número V era quien lo hacía más a mi gusto.

No cabía duda de que era una dama bien educada. Nada de fanfarronería, nada de indelicado en sus movimientos. Hacía la pirueta admirablemente, girando como un torbellino sobre su eje. Me esforcé por alcanzarle una silla, pues parecía fatigada por el esfuerzo... y sólo entonces recobré la conciencia de mi lamentable situación. ¡Oh, cuan lamentable! La aguja se había introducido dos pulgadas más en mi cuello. Nació en mí una sensación de dolor exquisito. Rogué que la muerte llegara y en la agonía de aquel momento no pude impedirme repetir aquellos admirables versos del poeta Miguel de Cervantes:

Vanny Buren, tan escondida
Query no te senty venny
Pork and pleasure delly morry
Nommy, torny, darry, widdy!

Pero ya un nuevo horror se presentaba, capaz de conmover los nervios más templados. A causa de la cruel presión de la máquina, mis ojos se estaban saliendo de las órbitas. Mientras pensaba cómo podría arreglármelas sin su ayuda, uno de ellos saltó de mi cabeza y, rodando por el empinado frente del campanario, se alojó en un caño de desagüe que corría por el alero del edificio. La pérdida del ojo no fue tan terrible como el insolente aire de independencia y desprecio con que me siguió mirando cuando estuvo fuera. Allí estaba, en la canaleta, debajo de mis narices, y los aires que se daba hubieran sido ridículos de no resultar repugnantes.

Jamás se vieron guiñadas y bizqueos semejantes. Esta conducta por parte de mi ojo en la canaleta no sólo era irritante por su manifiesta insolencia y vergonzosa ingratitud, sino que resultaba sumamente incómoda a causa de la simpatía siempre existente entre los dos ojos de la cara, por más alejados que se hallen uno del otro. Me veía, pues, obligada a guiñar y bizquear, me gustara o no, en exacta correspondencia con aquel objeto depravado que yacía debajo de mis narices. Pero pronto me alivió la caída de mi otro ojo, el cual siguió la dirección del primero (probablemente se habían puesto de acuerdo), y ambos desaparecieron por la canaleta, con gran alegría de mi parte.

La aguja del reloj se hallaba ahora cuatro pulgadas y media dentro de mi cuello y sólo quedaba por cortar un pedacito de piel. Mis sensaciones eran las de una perfecta felicidad, pues comprendía que en pocos minutos a lo sumo me vería libre de tan desagradable situación. Y no me vi defraudada en mi expectativa. Exactamente a las cinco y veinticinco de la tarde el pesado minutero avanzó lo suficiente en su terrible revolución para dividir el trocito de cuello faltante. No lamenté ver que mi cabeza, causa de tantas preocupaciones, terminaba por separarse completamente del cuerpo.

Primero rodó por el frente del campanario, se detuvo unos segundos en el caño de desagüe y, finalmente, se precipitó al medio de la calle.

Confieso honestamente que mis sentimientos eran ahora de lo más singulares; aún más, misteriosos, desconcertantes e incomprensibles. Mis sentidos estaban aquí y allá en el mismo momento. Con la cabeza imaginaba en un momento dado que yo, la cabeza, era la verdadera Signora Psyche Zenobia; pero enseguida me convencía de que yo, el cuerpo, era la persona antedicha. Para aclarar mis ideas al respecto tanteé en mi bolsillo buscando mi cajita de rapé, pero al encontrarla y tratar de llevarme una pizca de su grato contenido a la parte habitual de mi persona, advertí inmediatamente la falta de la misma y arrojé la caja a mi cabeza, la cual tomó un polvo con gran satisfacción y me dirigió una sonrisa de reconocimiento. Poco más tarde, se puso a hablarme, pero como me faltaban los oídos escuché muy mal lo que me decía. Alcancé a comprender lo suficiente, sin embargo, para darme cuenta de que la cabeza estaba sumamente extrañada de que yo deseara seguir viviendo bajo tales circunstancias. En sus frases finales citó las nobles palabras de Ariosto, comparándome así con el héroe que, en el calor del combate, no se daba cuenta de que ya estaba muerto y seguía luchando con inextinguible valor.

Il pover hommy che non sera corty
Andaba combattendo y erry morty,

Ya nada me impedía descender de mi elevación, y así lo hice. Jamás he podido saber qué vio de particular Pompeyo en mi apariencia. Abrió la boca de oreja a oreja y cerró los ojos como si quisiera partir nueces con los parpados. Finalmente, arrojando su gaban, dio un salto hasta la escalera y desapareció. Vociferé tras del villano aquellas vehementes palabras de Demóstenes:

Andrew O'Phlegethon, qué pálido que estás,

y me volví hacia la muy querida de mi corazón, la del único ojo a la vista, la peludísima Diana.

¡Ay! ¿Qué horrible visión me esperaba? ¿Vi realmente a una rata que se volvía a su cueva? ¿Y eran estos huesos los del desdichado angelillo, cruelmente devorado por el monstruo? ¡Oh dioses!

¡Qué contemplo! ¿Es ése el espíritu, la sombra, el fantasma de mi amada perrita, que diviso allí sentado en el rincón con melancólica gracia? ¡Escuchad, pues habla y, cielos... habla en el alemán de Schiller!:

Unt stubby duk, so stubby dun
Duk she! Duk she!
¡Ay! ¡Cuan verdaderas sus palabras!
Y si he muerto, al menos he muerto
Por ti... por ti.

¡Dulce criatura! ¡También ella se ha sacrificado por mí! Sin perra, sin negro, sin cabeza, ¿qué queda ahora de la infeliz Signora Psyche Zenobia? ¡Ay, nada! He terminado.

BON—BON

Quand un bon vin meuble mon estomac
Je suis plus savant que Balzac,
Plus sage que Pibrac;
Mon seul bras faisant l'attaque
De la nation Cossaque
La mettroit au sac;
De Charon je passerois le lac
En dormant dans son bac;
J'irois au fier Eac,
Sans que mon coeur fit tic ni tac,
Présenter du tabac.

French Vaudeville

No creo que ninguno de los parroquianos que, durante el reino de... frecuentaban el pequeño café en el *cul—de—sac* Le Febre, en Rúan, esté dispuesto a negar que Pierre Bon—Bon era un restaurateur de notable capacidad. Me parece todavía más difícil negar que Pierre Bon—Bon era igualmente bien versado en la filosofía de su tiempo. Sus pâtés de foies eran intachables, pero, ¿qué pluma podría hacer justicia a sus ensayos sur la Nature, a sus pensamientos sur l'âme, a sus observaciones sur l'esprit? Si sus omelettes, si sus fricandeaux eran inestimables, ¿qué literato de la época no hubiera dado el doble por una idée de Bon—Bon que por la despreciable suma de todas las idées de los savants?

Bon—Bon había explorado bibliotecas que para otros hombres eran inexploradas; había leído más de lo que otros podían llegar a concebir como lectura, había comprendido más de lo que otros hubieran imaginado posible comprender; y si bien no faltaban en la época de su florecimiento algunos escritores de Rúan para quienes "su dicta no evidenciaba ni la pureza de la Academia, ni la profundidad del Liceo", y a pesar, nótese bien, de que sus doctrinas no eran comprendidas de manera muy general, no se sigue empero de ello que fuesen difíciles de comprender. Pienso que su propia evidencia hacía que muchas personas las tomaran por abstrusas. Kant mismo —pero no llevemos las cosas más allá— debe principalmente su metafísica a Bon—Bon. Este no era platónico ni, hablando en rigor, aristotélico; tampoco, a semejanza de Leibniz, malgastaba preciosas horas que podían emplearse mejor inventando una fricassée o, facili gradu, analizando una sensación, en frívolas tentativas de reconciliar todo lo que hay de inconciliable en las discusiones éticas. ¡Oh no!

Bon—Bon era jónico. Bon—Bon era igualmente itálico. Razonaba a priori. Razonaba a posteriori. Sus ideas eran innatas... o de otra manera. Creía en Jorge de Trebizonda. Creía en Bessarion. Bon—Bon era, enfáticamente... Bon—Bonista.

He hablado del filósofo en su calidad de restaurateur. No quisiera, empero, que alguno de mis amigos vaya a imaginarse que, al cumplir sus hereditarios deberes en esta última profesión, nuestro héroe dejaba de estimar su dignidad y su importancia. ¡Lejos de ello! Hubiera sido imposible decir cuál de las dos ramas de su trabajo le inspiraba mayor orgullo. Opinaba que las facultades intelectuales estaban íntimamente vinculadas con la capacidad estomacal. Incluso no creo que estuviera muy en desacuerdo con los chinos, para quienes el alma reside en el estómago. Pensaba que, como quiera que fuese, los griegos tenían razón al emplear la misma palabra para la mente y el diafragma. No pretendo insinuar con esto una acusación de glotonería, o cualquier otra imputación grave en perjuicio del metafísico. Si Pierre Bon—Bon tenía sus debilidades —¿y qué gran hombre no las tiene por miles?—, eran debilidades de menor cuantía, faltas que, en otras personas, suelen considerarse con frecuencia a la luz de las virtudes. Con respecto a una de estas debilidades, ni siquiera la mencionaría en este relato si no fuera por su notable prominencia, el extremo alto relievo con que asoma en el plano de sus características generales. Hela aquí: jamás perdía la oportunidad de hacer un trato.

No digo que fuera avaricioso... nada de eso. Para la satisfacción del filósofo, no era necesario que el trato fuese ventajoso para él. Con tal que se hiciera el convenio —de cualquier género, término o circunstancia— se veía por muchos días una triunfante sonrisa en su rostro y un guiñar de ojos llenos de malicia que daba pruebas de su sagacidad.

Un humor tan peculiar como el que acabo de describir hubiera llamado la atención en cualquier época, sin que tuviera nada de maravilloso. Pero en los tiempos de mi relato, si esta peculiaridad no hubiese llamado la atención, habría sido ciertamente motivo de maravilla. Pronto se llegó a afirmar que, en todas las ocasiones de este género, la sonrisa de Bon—Bon era muy diferente de la franca sonrisa irónica con la cual reía de sus propias bromas, o recibía a un conocido. Corrieron rumores de naturaleza inquietante; se repetían historias sobre tratos peligrosos, concertados en un segundo y lamentados con más tiempo; y se citaban ejemplos de inexplicables facultades, vagos deseos e inclinaciones anormales, que el autor de todos los males suele implantar en los hombres para satisfacer sus propósitos.

El filósofo tenía otras debilidades, pero apenas merecen que hablemos de ellas en detalle. Por ejemplo, es sabido que pocos hombres de extraordinaria profundidad de espíritu dejan de sentirse inclinados a la bebida. Si esta inclinación es causa o más bien prueba de esa profundidad, es cosa más fácil de decir que de demostrar. Hasta donde puedo saberlo, Bon—Bon no consideraba que aquello mereciera una investigación detallada, y tampoco yo lo creo. Empero, al ceder a una propensión tan clásica, no debe suponerse que el restaurateur perdía de vista esa intuitiva discriminación que carácterizaba al mismo tiempo sus ensayos y sus tortillas. Cuando se encerraba a beber, el vino de Borgoña tenía su honra, y había momentos destinados al Côte du Rhone. Para él, el Sauternes era al Medoc lo que Catulo a Homero. Podía jugar con un silogismo al probar el St. Peray, desenredar una discusión frente al Clos de Vougeôt y trastornar una teoría en un torrente de Chambertin. Bueno hubiera sido que un análogo sentido del decoro lo hubiese detenido en la frívola tendencia a que he aludido más arriba, pero no era así. Por el contrario, dicho trait del filosófico Bon—Bon llegó a adquirir a la larga una extraña intensidad, un misticismo, como si estuviera profundamente teñido por la diablerie de sus estudios germánicos favoritos.

Entrar en el pequeño café del cul—de—sac Le Pebre, en la época de nuestro relato, era entrar en el sanctum de un hombre de genio. Bon—Bon era un hombre de genio. No había un solo sous—cuisinier en Rúan que no afirmara que Bon—Bon era un hombre de genio. Hasta su gato lo sabía, y se cuidaba mucho de atusarse la cola en su presencia. Su gran perro de aguas estaba al tanto del hecho y, cuando su amo se le acercaba, traducía su propia inferioridad conduciéndose admirablemente y bajando las orejas y las mandíbulas de manera bastante meritoria en un perro. Sin duda, empero, mucho de este respeto habitual podía atribuirse a la apariencia del metafísico. Un aire distinguido se impone, preciso es decirlo, hasta a los animales; y mucho había en el aire del restaurateur que podía impresionar la imaginación de los cuadrúpedos. Siempre se advierte una majestad singular en la atmósfera que rodea a los pequeños grandes —si se me permite tan equívoca expresión— que la mera corpulencia física no es capaz de crear por su sola cuenta. Por eso, aunque Bon—Bon tenía apenas tres pies de estatura y su cabeza era minúscula, nadie podía contemplar la rotundidad de su vientre sin experimentar una sensación de magnificencia que llegaba a lo sublime.

En su tamaño, tanto hombres como perros veían un arquetipo de sus capacidades, y en su inmensidad, el recinto adecuado para su alma inmortal.

En este punto podría —si ello me complaciera— extenderme en cuestiones de atuendo y otras características exteriores de nuestro metafísico. Podría insinuar que llevaba el cabello corto, cuidadosamente peinado sobre la frente y coronado por un gorro cónico de franela con borlas; que su chaquetón verde no se adaptaba a la moda reinante entre los restaurateurs ordinarios; que sus mangas eran algo más amplias de lo que permitía la costumbre; que los puños no estaban doblados, como ocurría en aquel bárbaro período, con el mismo material y color de la prenda, sino adornados de manera más fantasiosa, con el abigarrado terciopelo de Génova; que sus pantuflas eran de un púrpura brillante, curiosamente afiligranado, y que se las hubiera creído fabricadas en el Japón de no ser por su exquisita terminación en punta y la brillante coloración de sus bordados y costuras; que sus calzones eran de esa tela amarilla semejante al satén, que se denomina aimable; que su capa celeste, que por la forma semejaba una bata, ricamente ornamentada con dibujos carmesíes, flotaba gentilmente sobre los hombros como la niebla de la mañana... y que este tout ensemble fue el que dio origen a la notable frase de Benevenuta, la Improvisatrice de Florencia, al afirmar "que era difícil decir si Pierre Bon—Bon era realmente un ave del paraíso, o más bien un paraíso de perfecciones". Podría, como he dicho, explayarme sobre todos estos puntos si ello me complaciera, pero me abstengo; los detalles meramente personales pueden ser dejados a los novelistas históricos, pues se hallan por debajo de la dignidad moral de la realidad.

He dicho que "entrar en el café del cul—de—sac Le Pebre era entrar en el sanctum de un hombre de genio"; pero sólo otro hombre de genio hubiera podido estimar debidamente los méritos del sanctum. Una muestra, consistente en un gran libro, se balanceaba sobre la entrada. De un lado del volumen aparecía una botella; del otro, un pâté. En el lomo se leía con grandes letras: Oeuvres de Bon—Bon. Así, delicadamente, se daban a entender las dos ocupaciones del propietario.

Al pisar el umbral, se presentaba a la vista todo el interior del local. El café consistía tan sólo en un largo y bajo salón, de construcción muy antigua. En un ángulo se veía el lecho del metafísico.

Varias cortinas y un dosel a la griega le daban un aire a la vez clásico y confortable. En el ángulo diagonal opuesto aparecían en familiar comunidad los implementos correspondientes a la cocina y a la biblioteca. Un plato lleno de polémicas descansaba pacíficamente sobre el aparador. Mas allá había una hornada de las últimas éticas, y en otra parte una tetera de mélanges en duodécimo.

Libros de moral alemana aparecían como carne y uña con las parrillas, y un tenedor para tostadas descansaba al lado de Eusebius, mientras Platón se reclinaba a su gusto en la sartén, y manuscritos contemporáneos se arrinconaban junto al asador.

En otros sentidos, el café de Bon—Bon difería muy poco de cualquiera de los restaurants de la época. Una gran chimenea abría sus fauces frente a la puerta. A la derecha, un armario abierto desplegaba un formidable conjunto de botellas.

Allí mismo, cierta vez a eso de medianoche, durante el riguroso invierno de..., Pierre Bon—Bon, después de escuchar un rato los comentarios de los vecinos sobre su singular propensión, y echarlos finalmente a todos de su casa, corrió el cerrojo con un juramento y se instaló, malhumorado, en un confortable sillón de cuero junto a un buen fuego de leña.

Era una de esas espantosas noches que sólo se dan una o dos veces cada siglo. Nevaba copiosamente y la casa temblaba hasta los cimientos bajo las ráfagas del viento que, entrando por las grietas de la pared, corriendo impetuosas por la chimenea, agitaban terriblemente las cortinas del lecho del filósofo y desorganizaban sus fuentes de pâté y sus papeles. El pesado volumen que colgaba fuera, expuesto a la furia de la tempestad, crujía ominosamente, produciendo un sonido quejumbroso con sus puntales de roble macizo.

He dicho que el filósofo se instaló malhumorado en su lugar habitual junto al fuego. Varias circunstancias enigmáticas ocurridas a lo largo del día habían perturbado la serenidad de sus meditaciones. Al preparar unos oeufs à la Princesse, le había resultado desdichadamente una omelette à la Reine; el descubrimiento de un principio ético se malogró por haberse volcado un guiso, y, finalmente —aunque no en último lugar—, se le había frustrado uno de esos admirables tratos que en todo momento le encantaba llevar a feliz término. Empero, a la irritación de su espíritu nacida de tan inexplicable contrariedad no dejaba de mezclarse algo de esa ansiedad nerviosa que la furia de una noche tempestuosa se presta de tal manera a provocar.

Luego de silbar a su gran perro de aguas negro para que se instalara más cerca de él, y de ubicarse intranquilo en su sillón, Bon—Bon no pudo dejar de recorrer con ojos inquietos y cautelosos esos lejanos rincones del aposento cuyas densas sombras sólo parcialmente alcanzaba a disipar el rojo fuego de la chimenea. Luego de completar un escrutinio cuya exacta finalidad ni siquiera él era capaz de comprender, acercó a su asiento una mesita llena de libros y papeles y no tardó en absorberse en la tarea de corregir un voluminoso manuscrito, cuya publicación era inminente.

Llevaba así ocupado algunos minutos, cuando...

—No tengo ningún apuro, Monsieur Bon—Bon —murmuró una voz quejumbrosa en la estancia.

—¡Demonio! —exclamó nuestro héroe, enderezándose de un salto, derribando la mesa a un lado y mirando estupefacto en torno.

—Exactísimo —repuso tranquilamente la voz.

—¡Exactísimo! ¿Qué es exactísimo? ¿Y cómo ha entrado usted aquí? —vociferó el metafísico, mientras sus ojos se posaban en algo que yacía tendido cuan largo era sobre la cama.

—Le estaba diciendo —continuó el intruso, sin molestarse por las preguntas— que no tengo la menor prisa, que el negocio que con su permiso me trae aquí no es urgente... y que, en resumen, puedo muy bien esperar a que haya terminado con su exposición.

—¡Mi exposición! ¿Y cómo sabe usted... cómo puede saber que estaba escribiendo una exposición?

¡Gran Dios...!

—¡Sh...! —susurró el personaje, con un sonido sibilante; y se levantó presurosamente del lecho, dio un paso hacia nuestro héroe, mientras una lampara de hierro que colgaba sobre él se balanceaba convulsivamente ante su cercanía.

El asombro del filósofo no le impidió observar en detalle el atuendo y la apariencia del desconocido.

Su silueta, extraordinariamente delgada y muy por encima de la estatura común, podía apreciarse gracias al raído traje negro que la ceñía, y cuyo corte correspondía al estilo del siglo anterior. No cabía duda de que aquellas ropas habían estado destinadas a una persona mucho más pequeña que su actual poseedor. Los tobillos y muñecas se mostraban al descubierto en una extensión de varias pulgadas. En los zapatos, empero, un par de brillantísimas hebillas parecía dar un mentís a la extrema pobreza manifiesta en el resto del atavío. Llevaba la cabeza cubierta y era completamente calvo, aunque del occipucio le colgaba una cola de considerable extensión. Un par de anteojos verdes, con cristales a los lados, protegía sus ojos de la luz y al mismo tiempo impedían que Bon—Bon pudiera verificar de qué color y conformación eran. No se notaba por ninguna parte la presencia de una camisa, pero una corbata blanca, muy sucia, aparecía cuidadosamente anudada en la garganta, y las puntas, colgando gravemente, daban la impresión (que me atrevo a decir no era intencional) de que se trataba de un eclesiástico. Por cierto que muchos otros detalles, tanto de su atuendo como de sus modales, contribuían a robustecer esa impresión. Sobre la oreja izquierda, a la manera de los pasantes modernos, llevaba un instrumento semejante al stylus de los antiguos.

En el bolsillo superior de la chaqueta se podía ver claramente un librito negro con broches de acero. Este libro estaba colocado de manera tal que, accidentalmente o no, permitía leer las palabras Rituel Catholique en letras blancas sobre el lomo. La fisonomía del personaje era atractivamente saturnina y de una palidez cadavérica. La frente, muy alta, aparecía densamente marcada por las arrugas de la contemplación. Las comisuras de la boca caían hacia abajo, con una expresión de humildad por completo servil. Tenía asimismo una manera de juntar las manos, mientras avanzaba hacia nuestro héroe, un modo de suspirar y una apariencia general de tan completa santidad, que impresionaba de la manera más simpática. Toda sombra de cólera se borró del rostro del metafísico una vez que hubo completado satisfactoriamente el escrutinio de su visitante; estrechándole cordialmente la mano, lo condujo a un sillón.

Sería un error radical atribuir este instantáneo cambio de humor del filósofo a cualquiera de las razones que podían haber influido en su ánimo. Hasta donde pude alcanzar a conocer su carácter, Pierre Bon—Bon era el hombre menos capaz de dejarse llevar por las apariencias exteriores, aunque fueran de lo más plausibles. Imposible, además, que un observador tan sagaz de los hombres y las cosas no hubiera advertido instantáneamente el verdadero carácter del personaje que así se abría paso en su hospitalidad. Por no decir más, la conformación de los pies del visitante era suficientemente notable, mantenía apenas en la cabeza un sombrero exageradamente alto, se notaba una trémula vibración en la parte posterior de sus calzones y la vibración del faldón de su chaqueta era cosa harto visible. Júzguese, pues, con qué satisfacción se encontraba nuestro héroe en la repentina compañía de una persona hacia la cual había experimentado en todo tiempo el más incondicional de los respetos. Demasiado diplomático era, sin embargo, para que se le escapara la menor señal de que sospechaba la verdad. No era su intención demostrar que se daba perfecta cuenta del alto honor que tan inesperadamente gozaba, sino que se proponía inducir a su huésped a que, en el curso de una conversación, le permitiera elucidar ciertas importantes ideas éticas, las cuales, una vez incluidas en su próxima publicación, esclarecerían a la humanidad, inmortalizando de paso a su autor, y bien puedo agregar que la avanzada edad del visitante, así como su conocido dominio de la ciencia moral, permitían suponer que no dejaría de estar al tanto de dichas ideas.

Movido por tan elevadas miras, nuestro héroe invitó a sentarse al caballero visitante, mientras echaba nuevos leños al fuego y colocaba sobre la mesa, devuelta a su primitiva posición, algunas botellas de Mousseux. Completadas rápidamente estas operaciones, puso su sillón vis—à—vis con el de su compañero y esperó a que este último iniciara la conversación. Pero los planes, aun los más hábilmente elaborados, suelen verse frustrados en la aplicación, y el restaurateur quedó estupefacto ante las primeras palabras de su visitante.

—Veo que me conoce usted, Bon—Bon —dijo—. ¡Ja, ja, ja! ¡Je, je, je! ¡Ji, ji, ji! ¡Jo, jo, jo! ¡Ju, ju, ju!

Y el diablo, renunciando bruscamente a la santidad de su apariencia, abrió en toda su capacidad una boca de oreja a oreja, como para mostrar una dentadura mellada pero terriblemente puntiaguda, y, mientras echaba la cabeza hacia atrás, rio larga y sonoramente, con maldad, con un resonar estentóreo, mientras el perro negro, agazapado, se agregaba al clamoreo, y el gato, huyendo a la carrera, se erizaba y maullaba desde el rincón más alejado del aposento.

Pero nada de esto fue imitado por el filósofo; era un hombre de mundo y no rio como el perro ni traicionó su temblor con maullidos como el gato. Preciso es confesar que estaba algo asombrado al ver que las blancas letras que formaban las palabras Rituel Catholique sobre el libro que sobresalía del bolsillo de su huésped se transformaban instantáneamente en color y en sentido, y que en lugar del título original brillaban con rojo resplandor las palabras Registre des Condamnés. Esta sorprendente circunstancia dio a la respuesta de Bon—Bon un tono un tanto confuso que, de lo contrario, creemos, no hubiera tenido.

—Pues bien, señor —dijo el filósofo—. Pues bien, señor... para hablar sinceramente... creo que usted es... palabra de honor... que es el di... quiero decir que, según me parece, tengo una vaga... muy vaga idea del alto honor que...

—¡Oh, ah! ¡Sí, perfectamente! —interrumpió su Majestad—. ¡No diga usted más! ¡Ya me doy cuenta!

Y, quitándose los anteojos verdes, limpió cuidadosamente los cristales con la manga de su chaqueta y los guardó en el bolsillo.

Si Bon—Bon se había asombrado por el incidente del libro, su asombro creció enormemente ante el espectáculo que se presentó ante él.

Al levantar los ojos, lleno de curiosidad por conocer el color de los de su huésped, se encontró con que no eran negros, como había imaginado; ni grises, como podía haberlo imaginado; ni castaños o azules, ni amarillos o rojos, ni purpúreos o blancos, ni verdes... ni de ningún otro color de los cielos, de la tierra o de las aguas. En resumen, no solamente Bon—Bon vio claramente que su Majestad no tenía ojos de ninguna especie, sino que le resultó imposible descubrir la menor señal de que hubieran existido en otro momento; pues el espacio donde debían hallarse era tan sólo —me veo obligado a decirlo— una lisa superficie de carne.

No entraba en la naturaleza del metafísico abstenerse de hacer algunas averiguaciones sobre las fuentes de tan extraño fenómeno, y la respuesta de su Majestad fue tan pronta como digna y satisfactoria.

—¡Ojos! ¡Mi querido Bon—Bon... ojos! ¿Dijo usted ojos? ¡Oh, ah! ¡Ya veo! Supongo que las ridículas imágenes que circulan sobre mí le han dado una falsa idea de mi apariencia personal... ¡Ojos!

Los ojos, Pierre Bon—Bon, están muy bien en su lugar adecuado... Dirá usted que dicho lugar es la cabeza. De acuerdo, si se trata de la cabeza de un gusano. Igualmente para usted, dichos órganos son indispensables... Pero ya lo convenceré de que mi visión es más penetrante que la suya. Hay un gato en ese rincón... un bonito gato... ¿lo ve usted? Mírelo con cuidado. Pues bien, Bon—Bon, ¿alcanza usted a contemplar los pensamientos... he dicho los pensamientos... las ideas, las reflexiones... que nacen en el pericráneo de ese gato? ¡Ahí tiene... no los ve usted! Pues el gato está pensando que admiramos el largo de su cola y la profundidad de su mente. Acaba de llegar a la conclusión de que soy un distinguido eclesiástico, y que usted es el más superficial de los metafísicos. Ya ve, pues, que no tengo nada de ciego; pero, para uno de mi profesión, los ojos a que usted alude serían únicamente una molestia y estarían en constante peligro de ser arrancados por una horquilla de tostar o un agitador de brea. Para usted, lo admito, esos aparatos ópticos resultan indispensables. Esfuércese por emplearlos bien, Bon—Bon; por mi parte, mi visión es el alma.

Tras esto el visitante se sirvió vino y, luego de llenar otro vaso para Bon—Bon, lo invitó a beberlo sin escrúpulos y a sentirse perfectamente en su casa.

—Un libro muy sagaz el suyo, Pierre —continuó su Majestad, dándole una palmada de connivencia en la espalda, una vez que nuestro amigo hubo vaciado su vaso en cumplimiento del pedido de su visitante—. Un libro muy sagaz, palabra de honor. Un libro como los que a mí me gustan... Pienso, sin embargo, que su presentación del tema podría mejorarse, y muchas de sus nociones me recuerdan a Aristóteles. Este filósofo fue uno de mis conocidos más íntimos. Lo quería muchísimo por su terrible malhumor, así como por la increíble facilidad que tenía para equivocarse. En todo lo que escribió sólo hay una verdad sólida, y se la sugerí yo a fuerza de tenerle lastima al verlo tan absurdo. Supongo, Pierre Bon—Bon, que sabe usted muy bien a qué divina verdad moral aludo.

—No podría decir que...

—¿De veras? Pues bien, fui yo quien dijo a Aristóteles que, al estornudar, el hombre expelía las ideas superfluas por la nariz.

—Lo cual... ¡hic!... es absolutamente cierto —dijo el metafísico, mientras se servía otro gran vaso de Mousseux y ofrecía su tabaquera de rapé al visitante.

—Tuvimos también a Platón —continuó su Majestad, declinando modestamente la invitación a tomar rapé y el cumplido que entrañaba—. Tuvimos a Platón, por quien en un tiempo sentí el afecto que se guarda a los amigos. ¿Conoció usted a Platón, Bon—Bon? ¡Ah, es verdad, le pido mil perdones!

Pues bien, un día me lo encontré en Atenas, en el Partenón. Me dijo que estaba preocupadísimo buscando una idea. Le hice escribir que o νους εςτιν (εστιν) αυλος5. Me dijo que lo haría y se volvió a casa, mientras yo seguía viaje a las pirámides. Pero mi conciencia me remordía por haber pronunciado una verdad, aunque fuera para ayudar a un amigo, y, volviéndome rápidamente a Atenas, llegué junto a la silla del filósofo cuando se disponía a escribir el ʽαυλος.ʼ.

Dando un capirotazo a la lambda, la hice volverse cabeza abajo. Por eso la frase dice ahora: ʽνουσ (νους) εστιν αυγος, y constituye, como usted sabe, la doctrina fundamental de su metafísica.

—¿Estuvo usted en Roma? —preguntó el restaurateur mientras terminaba su segunda botella de Mousseux y extraía del armario una amplia provisión de Chambertin.

—Sólo una vez, Monsieur Bon—Bon, sólo una vez. Hubo un tiempo —dijo el diablo como si recitara un pasaje de un libro— en que la anarquía reinó durante cinco años, en los cuales la república, privada de todos sus funcionarios, no tuvo otra magistratura que los tribunos del pueblo, y éstos carecían de toda investidura legal que los capacitara para las funciones ejecutivas. En ese momento, Monsieur Bon—Bon... y sólo en ese momento estuve en Roma... y, por tanto, carezco de relaciones terrenas con su filosofía.

—¿Y qué piensa usted... qué piensa usted... ¡hic!... de Epicuro?

—¿Qué pienso de quién? —preguntó el diablo estupefacto—. No pretenderá usted encontrar ningún error en Epicuro, espero. ¿Qué pienso de Epicuro? ¿Habla usted de mí, caballero? ¡Epicuro soy yo! Soy el mismo filósofo que escribió cada uno de los trescientos tratados que tanto celebraba Diógenes Laercio.

—¡Miente usted! —dijo el metafísico, a quien el vino se le había subido un tanto a la cabeza.

—¡Muy bien! ¡Muy bien, señor mío! ¡Ciertamente muy bien! —dijo su Majestad, al parecer sumamente halagado.

—¡Miente usted! —repitió el restaurateur, dogmaticamente—. ¡Miente... ¡hic!... usted!

—¡Pues bien, sea como usted quiera! —dijo el diablo pacíficamente, y Bon—Bon, después de vencer a su Majestad en la controversia, consideró de su deber concluir una segunda botella de Chambertin.

—Como iba diciendo —continuó el visitante—, y como hacía notar hace un momento, en ese libro suyo, Monsieur Bon—Bon, hay algunas nociones demasiado outrées. ¿Qué pretende usted, por ejemplo, con todo ese camelo del alma? ¿Puede usted decirme, caballero, qué es el alma?

—El... ¡hic!... alma —repitió el metafísico, remitiéndose a su manuscrito— es indudablemente...

—¡No, señor!

—Indudablemente...

—¡No, señor!

—Indudablemente...

—¡No, señor!

—Evidentemente...

—¡No, señor!

— Incontrovertiblemente...

—¡No, señor!

—¡Hic!

—¡No, señor!

—E incuestionablemente, el...

—¡No, señor, el alma no es eso!

(Aquí el filósofo, con aire furibundo, aprovechó la ocasión para dar instantáneo fin a la tercera botella de Chambertin.)

—Pues entonces... ¡hic!... Diga usted, señor: ¿qué es?

—No es ni esto ni aquello, Monsieur Bon—Bon —repuso pensativo su Majestad—. He probado... quiero decir he conocido algunas almas muy malas, y algunas otras excelentes.

Al decir esto se relamió, pero, como apoyara involuntariamente la mano en el volumen que llevaba en el bolsillo, se vio atacado por una violenta serie de estornudos.

—Conocí el alma de Cratino —continuó—. Era pasable... La de Aristófanes, chispeante. ¿Platón?

Exquisito... No su Platón, sino el poeta cómico; su Platón hubiera hecho vomitar a Cerbero...¡puah! Veamos... tuvimos a Nevio, Andrónico, Plauto y Terencio. Luego Lucilio, Catulo, Nasón y Quinto Flaco... ¡Querido Quintón! Así lo apodaba yo mientras cantaba un seculare para divertirme, y yo lo tostaba suspendido de un tridente... ¡tan divertido! Pero a esos romanos les falta sabor. Un griego gordo vale por una docena de ellos, aparte de que se conserva, cosa que no puede decirse de un Quirite. Probemos su Sauternes.

A esta altura, Bon—Bon había decidido mantenerse fiel al nil admirari, y se apresuró a bajar las botellas en cuestión. Notaba, empero, un extraño sonido, como si alguien estuviera meneando el rabo. Pero el filósofo prefirió no darse por enterado de tan indecorosa conducta de su Majestad; se limitó a dar un puntapié al perro y ordenarle que se estuviera quieto. El visitante continuó entonces:

—Descubrí que Horacio tenía un sabor muy parecido al de Aristóteles... y ya sabe usted que me agrada la variedad. Imposible diferenciar a Terencio de Menandro. Para mi asombro, Nasón era Nicandro disfrazado. Virgilio tenía un tonillo nasal como el de Teócrito. Marcial me hizo recordar muchísimo a Arquíloco, y Tito Livio era sin duda alguna Polibio.

—¡Hic! —observó aquí Bon—Bon, mientras su Majestad proseguía.

—Empero, si algún penchant tengo, Monsieur Bon—Bon... si algún penchant tengo, es el de la filosofía. Permítame decirle, sin embargo, que no cualquier demo... que no cualquier caballero sabe cómo elegir a un filósofo. Los de estatura elevada no son buenos, y los mejores, si no se los descascara bien, tienden a ser un tanto amargos a causa de la hiel.

—¡Si no se los descascara...!

—Quiero decir, si no se los saca de su cuerpo.

—¿Y qué pensaría usted de un... ¡hic!... médico?

—¡Ni los mencione, por favor! ¡Puah, puah! —y su Majestad eructó violentamente—. Solamente probé uno... ese canalla de Hipócrates... ¡Olía a asafétida!... ¡Puah, puah! Pesqué un terrible resfrío, lavándolo en la Estigia... y a pesar de todo me contagió el cólera morbo.

—¡Qué... hic... qué miserable! —exclamó Bon—Bon—. ¡Qué aborto... hic... de una caja de píldoras!

Y el filósofo vertió una lagrima.

—Después de todo —continuó el visitante—, si un demo... si un caballero ha de vivir, necesita desplegar suficiente habilidad. Entre nosotros, un rostro rechoncho indica diplomacia.

—¿Cómo es eso?

—Pues bien, a veces nos vemos bastante apretados en materia de provisiones. Tiene usted que saber que, en un clima tan bochornoso como el nuestro, resulta imposible mantener vivo a un espíritu por mas de dos o tres horas, y, luego de muerto, a menos de encurtirlo inmediatamente (y un espíritu encurtido no es sabroso), se pone a... a oler, ¿comprende usted? La putrefacción es de temer siempre que nos envían las almas en la forma habitual.

—¡Hic! ¡Hic! ¡Gran Dios! ¿Y cómo se las arreglan?

En este momento la lampara de hierro empezó a oscilar con redoblada violencia y el diablo saltó a medias de su asiento; pero luego, con un contenido suspiro, recobró la compostura, limitándose a decir en voz baja a nuestro héroe:

—Le ruego una cosa, Pierre Bon—Bon: que no profiera juramentos.

El filósofo se zampó otro vaso, a fin de denotar su plena comprensión y aquiescencia, y el visitante continuó:

—Pues bien, nos arreglamos de diversas maneras. La mayoría de nosotros se muere de hambre; algunos transigen con el encurtido; por mi parte, compro mis espíritus vivient corpore, pues he descubierto que así se conservan muy bien.

—¿Pero el cuerpo...hic...el cuerpo?

—¡El cuerpo, el cuerpo! ¿Y qué, el cuerpo? ¡Oh, ah, ya veo! Pues bien, señor mío, el cuerpo no se ve afectado para nada por la transacción. He efectuado innumerables adquisiciones de esta especie en mis tiempos, y los interesados jamás experimentaron el menor inconveniente. Vayan como ejemplo Caín y Nemrod, Nerón, Calígula, Dionisio y Pisístrato... aparte de otros mil, que jamás sospecharon lo que era tener un alma en los últimos tiempos de sus vidas. Empero, señor mío, esos hombres eran el adorno de la sociedad. ¿Y no tenemos a A... a quien conoce usted tan bien como yo? ¿No se halla en posesión de todas sus facultades mentales y corporales? ¿Quién escribe un epigrama más punzante que él? ¿Quién razona con más ingenio? ¿Quién...? ¡Pero, basta! Tengo este convenio en el bolsillo.

Así diciendo, extrajo una cartera de cuero rojo y sacó de ella cantidad de papeles. Bon—Bon alcanzó a ver parte de algunos nombres en diversos documentos: Maquiav... Maza... Robesp... y las palabras

Calígula, George, Elizabeth. Su Majestad eligió una angosta tira de pergamino y procedió a leer las siguientes palabras:

«A cambio de ciertos dones intelectuales que es innecesario especificar, y a cambio, además, de mil luises de oro, yo, de un año y un mes de edad, cedo por la presente al portador de este convenio todos mis derechos, títulos y pertenencias de esa sombra llamada mi alma. (Firmado) A...».

(Y aquí su Majestad leyó un nombre que no me creo justificado a indicar de una manera mas inequívoca.)

—Era un individuo muy astuto —resumió—, pero, como usted, Monsieur Bon—Bon, se equivocaba acerca del alma. ¡El alma... una sombra! ¡Ja, ja, ja! ¡Je, je je! ¡Ju, ju, ju! ¡Imagínese una sombra fricassée!

—¡Imagínese... hic... una sombra fricassée! —repitió nuestro héroe, cuyas facultades se estaban iluminando grandemente ante la profundidad del discurso de su Majestad.

—¡Imagínese... hic... una sombra fricassée! —repitió—. ¡Que me cuelguen... hic... hic...! ¡Y si yo hubiera sido tan... hic... tan estúpido! ¡Mi alma señor... hic!

—¿Su alma, Monsieur Bon—Bon?

—¡Sí, señor! ¡Hic! Mi alma es...

—¿Qué, señor mío?

—¡No es ninguna sombra, que me cuelguen!

—¿Quiere usted decir...?

—Sí, señor. Mi alma es... hic... ¡sí, señor!

—¿No pretende usted afirmar que...?

—Mi alma est... hic... especialmente calificada para... hic... para un...

—¿Un qué, señor mío?

—Un estofado.

—¡Ah!

—Un souflée.

—¡Eh!

—Un fricassée.

—¿De veras?

—Ragout y fricandeau... ¡Veamos un poco, mi buen amigo! ¡Se la dejaré a usted... hic... haremos un trato! —y el filósofo palmeó a su Majestad en la espalda.

—Semejante cosa es imposible —dijo este último calmosamente, mientras se levantaba de su asiento.

El metafísico se quedó mirándolo.

—Tengo suficiente provisión por el momento —dijo su Majestad.

—¡Hic! ¿Cómo?

—Y, en cambio, carezco de fondos disponibles.

—¿Qué?

—Además, no está nada bien de mi parte que...

—¡Caballero!

—...que me aproveche...

—¡Hic!

—...de su triste y poco caballeresca situación en este momento.

Y con esto, el visitante saludó y se retiró —sin que pueda decirse exactamente de qué manera—.

Pero en un bien pensado esfuerzo por arrojar una botella al "villano" rompió la fina cadena que colgaba del techo, y el metafísico quedó postrado por el golpe de la lampara al caer.

CONVERSACIÓN CON UNA MOMIA

El symposium de la noche anterior había sido un tanto excesivo para mis nervios. Me dolía horriblemente la cabeza y me dominaba una invencible modorra. Por ello, en vez de pasar la velada fuera de casa como me lo había propuesto, se me ocurrió que lo más sensato era comer un bocado e irme inmediatamente a la cama.

Hablo, claro está, de una cena liviana. Nada me gusta tanto como las tostadas con queso y cerveza. Mas de una libra por vez, sin embargo, no es muy aconsejable en ciertos casos. En cambio, no hay ninguna oposición que hacer a dos libras. Y, para ser franco, entre dos y tres no hay más que una unidad de diferencia. Puede ser que esa noche haya llegado a cuatro. Mi mujer sostiene que comí cinco, aunque con seguridad confundió dos cosas muy diferentes. Estoy dispuesto a admitir la cantidad abstracta de cinco; pero, en concreto, se refiere a las botellas de cerveza que las tostadas de queso requieren imprescindiblemente a modo de condimento.

Habiendo así dado fin a una cena frugal, me puse mi gorro de dormir con intención de no quitármelo hasta las doce del día siguiente, apoyé la cabeza en la almohada y, ayudado por una conciencia sin reproches, me sumí en profundo sueño.

Mas, ¿cuándo se vieron cumplidas las esperanzas humanas? Apenas había completado mi tercer ronquido cuando la campanilla de la puerta se puso a sonar furiosamente, seguida de unos golpes de llamador que me despertaron al instante. Un minuto después, mientras estaba frotándome los ojos, entró mi mujer con una carta que me arrojó a la cara y que procedía de mi viejo amigo el doctor Ponnonner. Decía así:

Deje usted cualquier cosa, querido amigo, apenas reciba esta carta. Venga y agréguese a nuestro regocijo. Por fin, después de perseverantes gestiones, he obtenido el consentimiento de los directores del Museo para proceder al examen de la momia. Ya sabe a cual me refiero. Tengo permiso para quitarle las vendas y abrirla si así me parece. Sólo unos pocos amigos estarán presentes... y usted, naturalmente. La momia se halla en mi casa y empezaremos a desatarla a las once de la noche.

Su amigo, Ponnonner.

Cuando llegué a la firma, me pareció que ya estaba todo lo despierto que puede estarlo un hombre.

Salté de la cama como en éxtasis, derribando cuanto encontraba a mi paso; me vestí con maravillosa rapidez y corrí a todo lo que daba a casa del doctor.

Encontré allí a un grupo de personas llenas de ansiedad. Me habían estado esperando con impaciencia. La momia estaba instalada sobre la mesa del comedor, y apenas hube entrado comenzó el examen.

Aquella momia era una de las dos traídas pocos años antes por el capitán Arthur Sabretash, primo de Ponnonner, de una tumba cerca de Eleithias, en las montañas líbicas, a considerable distancia de Tebas, sobre el Nilo. En aquella región, aunque las grutas son menos magníficas que las tebanas, presentan mayor interés pues proporcionan muchísimos datos sobre la vida privada de los egipcios.

La cámara de donde había sido extraída nuestra momia era riquísima en esta clase de datos; sus paredes aparecían íntegramente cubiertas de frescos y bajorrelieves, mientras que las estatuas, vasos y mosaicos de finísimo diseño indicaban la fortuna del difunto.

El tesoro había sido depositado en el museo en la misma condición en que lo encontrara el capitán Sabretash, vale decir que nadie había tocado el ataúd. Durante ocho años había quedado allí sometido tan sólo a las miradas exteriores del público. Teníamos ahora, pues, la momia intacta a nuestra disposición; y aquellos que saben cuan raramente llegan a nuestras playas antigüedades no robadas, comprenderán que no nos faltaban razones para congratularnos de nuestra buena fortuna.

Cuando me acerqué a la mesa, vi una gran caja de casi siete pies de largo, unos tres de ancho y dos y medio de profundidad. Era oblonga, pero no en forma de ataúd. Supusimos al comienzo que había sido construida con madera (platanus), pero al cortar un trozo vimos que se trataba de cartón o, mejor dicho, de papier mâché compuesto de papiro. Aparecía densamente ornada de pinturas que representaban escenas funerarias y otros temas de duelo; entre ellos, y ocupando todas las posiciones, se veían grupos de carácteres jeroglíficos que sin duda contenían el nombre del difunto.

Por fortuna, Mr. Gliddon era de la partida, y no tuvo dificultad en traducir los signos —simplemente fonéticos— y decirnos que componían la palabra Allamistakeo.

Nos costó algún trabajo abrir la caja sin estropearla, pero luego de hacerlo dimos con una segunda, en forma de ataúd, mucho menor que la primera, aunque en todo sentido parecida. El hueco entre las dos había sido rellenado con resina, por lo cual los colores de la caja interna estaban algo borrados.

Al abrirla —cosa que no nos dio ningún trabajo— llegamos a una tercera caja, también en forma de ataúd, idéntica a la segunda, salvo que era de cedro y emitía aún el peculiar aroma de esa madera.

No había intervalo entre la segunda y la tercera caja, que estaban sumamente ajustadas. Abierta esta última, hallamos y extrajimos el cuerpo. Habíamos supuesto que, como de costumbre, estaría envuelto en vendas o fajas de lino; pero, en su lugar, hallamos una especie de estuche de papiro cubierto de una capa de yeso toscamente dorada y pintada. Las pinturas representaban temas correspondientes a los varios deberes del alma y su presentación ante diferentes deidades, todo ello acompañado de numerosas figuras humanas idénticas, que probablemente pretendían ser retratos de la persona difunta. Extendida de la cabeza a los pies aparecía una inscripción en forma de columna, trazada en jeroglíficos fonéticos, la cual repetía el nombre y títulos del muerto, y los nombres y títulos de sus parientes.

En el cuello de la momia, que emergía de aquel estuche, había un collar de cuentas cilíndricas de vidrio y de diversos colores, dispuestas de modo que formaban imágenes de dioses, el escarabajo sagrado y el globo alado. La cintura estaba ceñida por un cinturón o collar parecido.

Arrancando el papiro, descubrimos que la carne se hallaba perfectamente conservada y que no despedía el menor olor. Era de coloración rojiza. La piel aparecía muy seca, lisa y brillante.

Dientes y cabello se hallaban en buen estado. Los ojos (según nos pareció) habían sido extraídos y reemplazados por otros de vidrio, muy hermosos y de extraordinario parecido a los naturales, salvo que miraban de una manera demasiado fija. Los dedos y las uñas habían sido brillantemente dorados.

Mr. Gliddon era de opinión que, dada la rojez de la epidermis, el embalsamamiento debía haberse efectuado con betún; pero, al raspar la superficie con un instrumento de acero y arrojar al fuego el polvo así obtenido, percibimos el perfume del alcanfor y de otras gomas aromáticas.

Revisamos cuidadosamente el cadáver, buscando las habituales aberturas por las cuales se extraían las entrañas, pero, con gran sorpresa, no las descubrimos. Ninguno de nosotros sabía en aquel momento que con frecuencia suelen encontrarse momias que no han sido vaciadas. Por lo regular se acostumbraba extraer el cerebro por las fosas nasales y los intestinos por una incisión del costado; el cuerpo era luego afeitado, lavado y puesto en salmuera, donde permanecía varias semanas, hasta el momento del embalsamamiento propiamente dicho.

Como no encontrábamos la menor señal de una abertura, el doctor Ponnonner preparaba ya sus instrumentos de disección, cuando hice notar que eran más de las dos de la mañana. Se decidió entonces postergar el examen interno hasta la noche siguiente, y estábamos a punto de separarnos, cuando alguien sugirió hacer una o dos experiencias con la pila voltaica.

Si la aplicación de electricidad a una momia cuya antigüedad se remontaba por lo menos a tres o cuatro mil años no era demasiado sensata, resultaba en cambio lo bastante original como para que todos aprobáramos la idea. Un décimo en serio y nueve décimos en broma, preparamos una batería en el consultorio del doctor y trasladamos allí a nuestro egipcio.

Nos costó muchísimo trabajo poner en descubierto una porción del músculo temporal, que parecía menos rígidamente pétrea que otras partes del cuerpo; pero, tal como habíamos anticipado, el músculo no dio la menor muestra de sensibilidad galvánica cuando establecimos el contacto. Esta primera prueba nos pareció decisiva y, riéndonos de nuestra insensatez, nos despedíamos hasta la siguiente sesión, cuando mis ojos cayeron casualmente sobre los de la momia y quedaron clavados por la estupefacción. Me había bastado una mirada para darme cuenta de que aquellos ojos, que suponíamos de vidrio y que nos habían llamado la atención por cierta extraña fijeza, se hallaban ahora tan cubiertos por los parpados que sólo una pequeña porción de la túnica albugínea era visible.

Lanzando un grito, llamé la atención de todos sobre el fenómeno, que no podía ser puesto en discusión.

No diré que me sentí alarmado, pues en mi caso la palabra no resultaría exacta. Es probable sin embargo que, de no mediar la cerveza, me hubiera sentido algo nervioso. En cuanto al resto de los asistentes, no trataron de disimular el espanto que se apoderó de ellos. Daba lastima contemplar al doctor Ponnonner. Mr. Gliddon, gracias a un procedimiento inexplicable, había conseguido hacerse invisible. En cuanto a Mr. Silk Buckingham, no creo que tendrá la audacia de negar que se había metido a gatas debajo de la mesa.

Pasado el primer momento de estupefacción, resolvimos de común acuerdo proseguir la experiencia.

Dirigimos nuestros esfuerzos hacia el dedo gordo del pie derecho. Practicamos una incisión en la zona exterior del os sesamoideum pollicis pedis, llegando hasta la raíz del músculo abductor.

Luego de reajustar la batería, aplicamos la corriente a los nervios al descubierto. Entonces, con un movimiento extraordinariamente lleno de vida, la momia levantó la rodilla derecha hasta ponerla casi en contacto con el abdomen y, estirando la pierna con inconcebible fuerza, descargó contra el doctor Ponnonner un golpe que tuvo por efecto hacer salir a dicho caballero como una flecha disparada por una catapulta, proyectándolo por una ventana a la calle.

Corrimos en masa a recoger los destrozados restos de la víctima, pero tuvimos la alegría de encontrarla, en la escalera, subiendo a toda velocidad, abrasado de fervor científico, y más que nunca convencido de que debíamos proseguir el experimento sin desfallecer.

Siguiendo su consejo, decidimos practicar una profunda incisión en la punta de la nariz, que el doctor sujetó en persona con gran vigor, estableciendo un fortísimo contacto con los alambres de la pila.

Moral y físicamente, figurativa y literalmente, el efecto producido fue eléctrico. En primer lugar, el cadáver abrió los ojos y los guiñó repetidamente largo rato, como hace Mr. Barnes en su pantomima; en segundo, estornudó; en tercero, se sentó; en cuarto, agitó violentamente el puño en la cara del doctor Ponnonner; en quinto, volviéndose a los señores Gliddon y Buckingham, les dirigió en perfecto egipcio el siguiente discurso:

—Debo decir, caballeros, que estoy tan sorprendido como mortificado por la conducta de ustedes.

Nada mejor podía esperarse del doctor Ponnonner. Es un pobre estúpido que no sabe nada de nada. Lo compadezco y lo perdono. Pero usted, Mr. Gliddon... y usted, Silk... que han viajado y trabajado en Egipto, al punto que podría decirse que ambos han nacido en nuestra madre tierra...Ustedes, que han residido entre nosotros hasta hablar el egipcio con la misma perfección que su lengua propia... Ustedes, a quienes había considerado siempre como los leales amigos de las momias... ¡ah, en verdad esperaba una conducta más caballeresca de parte de los dos! ¿Qué debo pensar al verlos contemplar impasibles la forma en que se me trata? ¿Qué debo pensar al descubrir que permiten que tres o cuatro fulanos me arranquen de mi ataúd y me desnuden en este maldito clima helado? ¿Y cómo debo interpretar, para decirlo de una vez, que hayan permitido y ayudado a ese miserable canalla, el doctor Ponnonner, a que me tirara de la nariz?

Nadie dudara, presumo, de que, dadas las circunstancias y el antedicho discurso, corrimos todos hacia la puerta, nos pusimos histéricos, o nos desmayamos cuan largos éramos. Cabía esperar una de las tres cosas. Cada una de esas líneas de conducta hubiera podido ser muy plausiblemente adoptada. Y doy mi palabra de que no alcanzo a explicarme cómo y por qué no seguimos ninguna de ellas. Quiza haya que buscar la verdadera razón en el espíritu de nuestro tiempo, que se guía por la ley de los contrarios y la acepta habitualmente como solución de cualquier cosa por vía de paradoja e imposibilidad. Puede ser, asimismo, que el aire tan natural y corriente de la momia privara a sus palabras de todo efecto aterrador. De todos modos, los hechos son como los he contado, y ninguno de nosotros demostró espanto especial, ni pareció considerar que lo que sucedía fuese algo fuera de lo normal.

Por mi parte me sentía convencido de que todo estaba en orden, y me limité a correrme a un costado, lejos del alcance de los puños del egipcio. El doctor Ponnonner se metió las manos en los bolsillos del pantalón, miró con fijeza a la momia y se puso extraordinariamente rojo. Mr. Gliddon se acarició las patillas y se ajustó el cuello. Mr. Buckingham bajó la cabeza y se metió el dedo pulgar derecho en el ángulo izquierdo de la boca.

El egipcio lo miró severamente durante largo rato, tras lo cual hizo un gesto despectivo y le dijo:

—¿Por qué no me contesta, Mr. Buckingham? ¿Ha oído o no lo que acabo de preguntarle? ¡Sáquese ese dedo de la boca!

Mr. Buckingham se sobresaltó ligeramente, quitóse el pulgar derecho del lado izquierdo de la boca y, por vía de compensación, insertó el pulgar izquierdo en el ángulo derecho de la abertura antes mencionada.

Al no recibir respuesta de Mr. B., la momia se volvió malhumorada a Mr. Gliddon y, con tono perentorio, le preguntó qué diablos pretendíamos todos.

Mr. Gliddon le contestó detalladamente en idioma fonético; y si no fuera por la carencia de carácteres jeroglíficos en las imprentas norteamericanas, me hubiese encantado reproducir aquí su excelentísimo discurso en la forma original.

Aprovecharé la ocasión para hacer notar que la conversación con la momia se desarrolló en egipcio antiguo; tanto yo como los otros miembros no eruditos del grupo contamos con los señores Gliddon y Buckingham como intérpretes. Estos caballeros hablaban la lengua materna de la momia con inimitable fluidez y gracia; pero no pude dejar de observar que (a causa, sin duda, de la introducción de imágenes modernas, vale decir absolutamente novedosas para el egipcio) ambos eruditos se veían obligados en ocasiones a emplear formas concretas para explicar determinadas cosas. Mr. Gliddon, por ejemplo, no pudo hacer comprender en cierto momento al egipcio la palabra «política» hasta que no hubo dibujado en la pared, con un carbón, un diminuto caballero de nariz llena de verrugas, con los codos rotos, subido a una tribuna, la pierna izquierda echada hacia atrás, el brazo derecho tendido hacia adelante, cerrado el puño y los ojos vueltos hacia el cielo, mientras la boca se abría en un ángulo de noventa grados. Del mismo modo, Mr. Buckingham no consiguió hacerle entender la noción absolutamente moderna de whig hasta que el doctor Ponnonner le sugirió el medio adecuado; nuestro amigo se puso sumamente pálido, pero consintió en quitarse la peluca.

Se comprenderá fácilmente que el discurso de Mr. Gliddon versó principalmente sobre los grandes beneficios que el desempaquetamiento y destripamiento de las momias había proporcionado a la ciencia, aprovechando esto para excusarnos de todos los inconvenientes que pudiéramos haber causado en especial a la momia llamada Allamistakeo; concluyó sugiriendo finamente (pues apenas era una insinuación) que, una vez explicadas estas cosas, muy bien podíamos continuar con el examen proyectado. Al oír esto, el doctor Ponnonner se puso a preparar sus instrumentos.

Pero parece ser que Allamistakeo tenía ciertos escrúpulos de conciencia —cuya naturaleza no pude llegar a comprender— con respecto a la sugestión del orador. Se mostró, sin embargo, satisfecho de las excusas ofrecidas y, bajándose de la mesa, estrechó las manos de todos los presentes.

Terminada esta ceremonia, nos ocupamos inmediatamente de reparar los daños que el bisturí había ocasionado en nuestro sujeto. Le cosimos la herida de la frente, le vendamos el pie y le aplicamos una pulgada cuadrada de esparadrapo negro en la punta de la nariz.

Notó entonces que el conde (tal parecía ser el título de Allamistakeo) temblaba ligeramente, sin duda a causa del frío. El doctor se trasladó al punto a su guardarropa, volviendo con una magnífica chaqueta negra, admirablemente cortada por Jennings; un par de pantalones de tartán celeste con trabillas, una camisa de guinga color rosa, un chaleco de brocado, un abrigo corto blanco, un bastón con puño, un sombrero sin alas, botas de charol, guantes de cabritilla de color paja, un monóculo, un par de patillas y una corbata del modelo en cascada. Dada la disparidad de tamaño entre el conde y el doctor (que se hallaban en proporción de dos a uno), tuvimos alguna dificultad para disponer aquellas prendas en la persona del egipcio; pero, una vez vestido, hubiera podido decirse que lo estaba de verdad. Mr. Gliddon le dio entonces el brazo y lo llevó hasta un confortable sillón junto al fuego, mientras el doctor llamaba y pedía cigarros y vino.

La conversación no tardó en animarse. Como es natural, nos sentíamos muy curiosos ante el hecho bastante notable de que Allamistakeo siguiera todavía vivo.

—Hubiera pensado —expresó Mr. Buckingham— que estaba usted muerto desde hacía mucho.

—¡Cómo! —replicó el conde, profundamente sorprendido—. ¡Si apenas he pasado los setecientos años!

Mi padre vivió mil y no estaba en absoluto chocho cuando murió.

Siguieron a esto una serie de preguntas y cálculos, tras de los cuales fue evidente que la antigüedad de la momia había sido muy groseramente estimada. Hacía cinco mil cincuenta años, con algunos meses, que le habían depositado en las catacumbas de Eleithias.

—Mi observación, empero —continuó Mr. Buckingham—, no se refería a la edad de usted en el momento de su entierro (ya que no tengo inconveniente en reconocer que es usted un hombre joven), sino a la inmensidad de tiempo que llevaba, según su propio testimonio, envuelto en betún.

—¿En qué? —dijo el conde.

—En betún —persistió Mr. B.

—¡Ah, sí, creo entender! El betún podía servir, en efecto; pero en mi tiempo se empleaba casi exclusivamente el bicloruro de mercurio.

—Lo que nos resulta particularmente difícil de comprender —dijo el doctor Ponnonner— es cómo, después de morir y ser enterrado en Egipto hace cinco mil años, se encuentra usted hoy lleno de vida y con aire tan saludable.

—Si hubiese estado muerto, como dice usted —replicó el conde—, lo más probable es que continuara estándolo; pero veo que se hallan ustedes en la infancia del galvanismo y no son capaces de llevar a cabo lo que en nuestros antiguos tiempos era practica corriente. Por mi parte, caí en estado de catalepsia y mis mejores amigos consideraron que estaba muerto o que debía estarlo; me embalsamaron, pues, inmediatamente, pero... supongo que están ustedes al tanto del principio fundamental del embalsamamiento.

—¡De ninguna manera!

—¡Ah, ya veo! ¡Triste ignorancia, en verdad! Pues bien, no entraré en detalles, pero debo decir que en Egipto el embalsamamiento propiamente dicho consistía en la suspensión indefinida de todas las funciones animales sometidas al proceso. Empleo el término "animal" en su sentido más amplio, incluyendo no sólo el ser físico, sino el moral y el vital. Repito que el principio básico consistía entre nosotros en suspender y mantener latentes todas las funciones animales sometidas al proceso de embalsamamiento. O sea, que, en resumen, cualquiera fuese la condición en que se encontraba el sujeto en el momento de ser embalsamado, así continuaba por siempre. Pues bien, como afortunadamente soy de la sangre del Escarabajo, fui embalsamado vivo, tal como me ven ustedes ahora.

—¡La sangre del Escarabajo! —exclamó el doctor Ponnonner.

—Sí. El Escarabajo era el emblema, las "armas" de una distinguidísima familia patricia muy poco numerosa. Ser «de la sangre del Escarabajo» significa sencillamente pertenecer a dicha familia cuyo emblema era el Escarabajo. Hablo figurativamente.

—Pero, ¿qué tiene eso que ver con que esté usted vivo?

—Pues bien, la costumbre general en Egipto consiste en extraer el cerebro y las entrañas del cadáver antes de embalsamarlo; tan sólo la raza de los Escarabajos se eximía de esa práctica. De no haber sido yo un Escarabajo, me hubiera quedado sin cerebro y sin entrañas; no resulta cómodo vivir sin ellos.

—Ya veo —dijo Mr. Buckingham—, y presumo que todas las momias que nos han llegado enteras son de la raza del Escarabajo.

—Sin la menor duda.

—Yo había pensado —dijo tímidamente Mr. Gliddon— que el Escarabajo era uno de los dioses egipcios.

—¿Uno de los qué egipcios? —gritó la momia, poniéndose de pie.

—Uno de los dioses —repitió el erudito.

—Mr. Gliddon, estoy estupefacto al oírle hablar de esa manera —dijo el conde, volviendo a sentarse—.

Ninguna nación de este mundo ha reconocido nunca más de un dios. El Escarabajo, el Ibis etc., eran para nosotros los símbolos (como seres semejantes lo fueron para otros), los intermediarios a través de los cuales adorábamos a un Creador demasiado augusto para dirigirnos a él directamente.

Hubo una pausa. La conversación fue reanudada por el doctor Ponnonner.

—A juzgar por lo que nos ha explicado usted —dijo—, no sería improbable que en las catacumbas próximas al Nilo haya otras momias de la raza de los Escarabajos e igualmente vivas.

—Sin la menor duda —replicó el conde—. Todos los Escarabajos embalsamados vivos por accidente siguen estando vivos. Incluso algunos de aquéllos, embalsamados expresamente, pueden haber sido olvidados por sus ejecutores testamentarios y, sin duda, continúan en sus tumbas.

—¿Sería usted tan amable de explicarnos —pregunté— qué entiende por embalsamar "expresamente"?

—Con mucho gusto —repuso la momia, luego de mirarme atentamente a través del monóculo, pues era la primera vez que me atrevía a hacerle una pregunta directa.

—Con mucho gusto —repitió—. La duración usual de la vida humana en mi tiempo era de unos ochocientos años. Pocos hombres morían, a menos de sobrevenirles algún accidente extraordinario, antes de los seiscientos; pero la cifra anterior era considerada como el término natural. Luego de descubierto el principio del embalsamamiento, tal como lo he explicado antes, nuestros filósofos pensaron que sería posible satisfacer una muy laudable curiosidad, y a la vez contribuir grandemente a los intereses de la ciencia, si ese término natural era vivido en varias etapas. En el caso de la historia, sobre todo, la experiencia había demostrado que algo así resultaba indispensable. Un historiador, por ejemplo, llegado a la edad de quinientos años, escribía un libro con muchísimo celo, y luego se hacía embalsamar cuidadosamente, dejando instrucciones a sus albaceas pro tempore, para que lo resucitaran transcurrido un cierto período —digamos quinientos o seiscientos años—. Al reanudar su vida, el sabio descubría invariablemente que su gran obra se había convertido en una especie de libreta de notas reunidas al azar, algo así como una palestra literaria de todas las conjeturas antagónicas, los enigmas y las pendencias personales de un ejército de exasperados comentadores.

Aquellas conjeturas, etc., que recibían el nombre de notas o enmiendas, habían tapado, deformado y agobiado de tal manera el texto, que el autor se veía precisado a encender una linterna para buscar su propio libro. Una vez descubierto, no compensaba nunca el trabajo de haberlo buscado.

Luego de escribirlo íntegramente de nuevo, el historiador consideraba su deber ponerse a corregir de inmediato, con su conocimiento y experiencias personales, las tradiciones corrientes sobre la época en que había vivido anteriormente. Y así, ese proceso de nueva redacción y de rectificación personal, cumplido de tiempo en tiempo por diversos sabios, impedía que nuestra historia se convirtiera en una pura fabula.

—Perdóneme usted —dijo en este punto el doctor Ponnonner, apoyando suavemente la mano sobre el brazo del egipcio—. Perdóneme usted, señor, pero... ¿puedo interrumpirlo un instante?

—Ciertamente, señor —replicó el conde.

—Tan sólo una pregunta —continuó el doctor—. Mencionó usted las correcciones personales del

historiador a las tradiciones referentes a su propio tiempo. Dígame usted: ¿qué proporción de dichas tradiciones eran verdaderas?

—Pues bien, señor mío, los historiadores descubrían que las tales tradiciones se encontraban absolutamente a la par de las historias mismas antes de ser reescritas; vale decir que en ellas no había jamás, y bajo ninguna circunstancia, la menor palabra que no fuera total y radicalmente falsa.

—De todas maneras —insistió el doctor—, puesto que sabemos que han pasado por lo menos cinco mil años desde su entierro, doy por descontado que las historias de aquel período, si no las tradiciones, eran suficientemente explícitas sobre el tema de mayor interés universal, o sea la Creación, que, como bien sabe usted, se produjo hace tan sólo diez siglos.

—¡Caballero! —exclamó el conde Allamistakeo.

El doctor repitió sus palabras, pero sólo logró que el egipcio las comprendiera después de muchas explicaciones adicionales. Entonces, no sin vacilar, dijo este último:

—Confieso que las ideas que acaba de sugerirme me resultan completamente nuevas. En mis tiempos jamás supe que alguien abrigara la singular fantasía de que el universo (o este mundo, si lo profiere) hubiera tenido jamás un principio. Sólo recuerdo que una vez —una vez tan sólo— escuché de un hombre de grandes conocimientos cierta remota insinuación acerca del origen de la raza humana, y esa misma persona empleó la palabra Adán (o sea tierra roja) que acaba de emplear usted. Pero él lo hizo en un sentido muy amplio, refiriéndose a la generación espontánea de cinco vastas hordas humanas salidas del limo (como nacen miles de otros organismos inferiores), y que surgieron simultáneamente en cinco partes distintas y casi iguales del globo.

Al oír esto nos miramos, encogiéndonos de hombros, y uno o dos se llevaron un dedo a la sien con aire significativo. Entonces Mr. Silk Buckingham, luego de echar una ojeada al occipucio y a la coronilla de Allamistakeo, habló como sigue:

—La larga duración de la vida en sus tiempos, así como la costumbre ocasional de pasarla en distintas etapas según nos ha explicado usted, debe haber contribuido profundamente al desarrollo y a la acumulación general del saber. Presumo, pues, que la marcada inferioridad de los egipcios antiguos en materias científicas, si se los compara con los modernos, y más especialmente con los yanquis, nace de la mayor dureza del cráneo egipcio.

—Debo confesar nuevamente —repuso el conde con mucha gentileza— que me cuesta un tanto

comprenderle. ¿A qué materias científicas se refiere, por favor?

Uniendo nuestras voces, le dimos entonces toda clase de detalles sobre las teorías frenológicas y las maravillas del magnetismo animal.

Luego de escucharnos hasta el fin, el conde se puso a narrarnos algunas anécdotas que demostraron claramente cómo los prototipos de Gall y de Spurzheim habían florecido en Egipto en tiempos tan remotos como para que su recuerdo se hubiese perdido; así como que los procedimientos de Mesmer eran despreciables triquiñuelas comparados con los verdaderos milagros de los sabios de Tebas, capaces de crear piojos y muchos otros seres similares.

Pregunté al conde si su pueblo sabía calcular los eclipses. Sonrió un tanto desdeñosamente y me contestó que sí.

Esto me desconcertó algo, pero seguí haciéndole preguntas sobre sus conocimientos astronómicos hasta que uno de los presentes, que hasta entonces no había abierto la boca, me susurró al oído que para esa clase de informaciones haría mejor en consultar a Ptolomeo (sin explicarme quién era), así como a un tal Plutarco, en su De facie lunoe.

Interrogué entonces a la momia acerca de espejos ustorios y lentes, y de manera general sobre la fabricación del vidrio; pero, apenas había formulado mis preguntas, cuando el contertulio silencioso me apretó suavemente el codo, pidiéndome en nombre de Dios que echara un vistazo a Diodoro de Sicilia. En cuanto al conde, se limitó a preguntarme, a modo de respuesta, si los modernos poseíamos microscopios que nos permitieran tallar camafeos en el estilo de los egipcios. Mientras pensaba cómo responder a esta pregunta, el pequeño doctor Ponnonner se puso en descubierto de la manera más extraordinaria.

—¡Vaya usted a ver nuestra arquitectura! —exclamó, con enorme indignación por parte de los dos egiptólogos, quienes lo pellizcaban fuertemente sin conseguir que se callara.

—¡Vaya a ver la fuente del Bowling Green, de Nueva York! —gritaba entusiasmado—. ¡O, si le resulta demasiado difícil de contemplar, eche una ojeada al Capitolio de Washington!

Y nuestro excelente y diminuto médico siguió detallando minuciosamente las proporciones del edificio del Capitolio. Explicó que tan sólo el pórtico se hallaba adornado con no menos de veinticuatro columnas, las cuales tenían cinco pies de diámetro y estaban situadas a diez pies una de otra.

El conde dijo que lamentaba no recordar en ese momento las dimensiones exactas de cualquiera de los principales edificios de la ciudad de Aznac, cuyos cimientos habían sido puestos en la noche de los tiempos, pero cuyas ruinas seguían aún en pie en la época de su entierro, en un desierto al oeste de Tebas. Recordaba empero (ya que de pórtico se trataba) que uno de ellos, perteneciente a un palacio secundario en un suburbio llamado Karnak, tenía ciento cuarenta y cuatro columnas de treinta y siete pies de circunferencia, colocadas a veinticinco pies una de otra. A este pórtico se llegaba desde el Nilo por una avenida de dos millas de largo, compuesta por esfinges, estatuas y obeliscos, de veinte, sesenta y cien pies de altura. El palacio, hasta donde alcanzaba a recordar, tenía dos millas de largo, y su circuito total debía alcanzar las siete millas. Las paredes estaban ricamente pintadas con jeroglíficos en el interior y exterior. El conde no pretendía afirmar que dentro del área del palacio hubieran podido construirse unos cincuenta o sesenta Capitolios como el del doctor, pero, aun sin estar completamente seguro, pensaba que, con algún esfuerzo, se hubieran podido meter doscientos o trescientos. Claro que, después de todo, el palacio de Karnak era bastante insignificante. De todas maneras el conde no podía negarse conscientemente a admitir el ingenio, la magnificencia y la superioridad de la fuente del Bowling Green, tal como la había descrito el doctor. Se veía forzado a reconocer que en Egipto jamás se había visto una cosa semejante.

Pregunté entonces al conde qué opinaba de nuestros ferrocarriles, contestó que no opinaba nada en especial. Los ferrocarriles eran un tanto débiles, mal concebidos y torpemente realizados. Por supuesto que no se los podía comparar con las enormes calzadas, perfectamente lisas, directas y con vías de hierro, sobre las cuales los egipcios transportaban templos enteros y sólidos obeliscos de ciento cincuenta pies de altura.

Aludí a nuestras gigantescas fuerzas mecánicas.

Convino en que algo sabíamos de esas cosas, pero me preguntó cómo me las habría arreglado para colocar las impostas de los dinteles, aun en un templo tan pequeño como el de Karnak.

Decidí no escuchar esta pregunta, y quise saber si tenía alguna idea sobre los pozos artesianos. El conde se limitó a levantar las cejas, mientras Mr. Gliddon me guiñaba con violencia el ojo y me decía en voz baja que los ingenieros encargados de las perforaciones en el Gran Oasis acababan de descubrir uno hacía muy poco.

Mencioné entonces nuestro acero, pero el egipcio levantó desdeñosamente la nariz y me preguntó si nuestro acero habría podido ejecutar los profundos relieves que se ven en los obeliscos y que se ejecutaban con la sola ayuda de instrumentos de cobre.

Esto nos desconcertó tanto que juzgamos prudente trasladar la ofensiva al campo metafísico.

Mandamos buscar un ejemplar de un libro llamado The Dial, y le leímos en alta voz uno o dos capítulos acerca de algo no muy claro, pero que los bostonianos denominaban el Gran Movimiento del Progreso.

El conde se limitó a decir que los Grandes Movimientos eran cosas tristemente vulgares en sus días; en cuanto al Progreso, en cierta época había sido una verdadera calamidad, pero nunca llegó a progresar.

Hablamos entonces de la belleza e importancia de la democracia, y tuvimos gran trabajo para hacer entender debidamente al conde las ventajas de que gozábamos viviendo allí donde existía el sufragio ad libitum, y no había ningún rey.

Nos escuchó muy interesado y, en realidad, me dio la impresión de que se divertía muchísimo.

Cuando hubimos terminado, nos hizo saber que, mucho tiempo atrás, había ocurrido entre ellos algo parecido. Trece provincias egipcias decidieron ser libres y dar un magnífico ejemplo al resto de la humanidad. Sus sabios se reunieron y confeccionaron la más ingeniosa constitución que pueda concebirse. Durante un tiempo se las arreglaron notablemente bien, sólo que su tendencia a la fanfarronería era prodigiosa. La cosa terminó, empero, el día en que los quince Estados, a quienes se agregaron otros quince o veinte, se consolidaron creando el más odioso e insoportable despotismo que jamás se haya visto en la superficie de la tierra.

Pregunté el nombre del tirano usurpador.

El conde creía recordar que se llamaba Populacho.

No sabiendo qué decir a esto, alcé mi voz para deplorar la ignorancia de los egipcios sobre el vapor.

El conde me miró lleno de asombro, pero no dijo nada. En cambio el contertulio silencioso me dio fuertemente en las costillas con el codo, diciéndome que bastante había hecho ya el ridículo, y preguntándome si realmente era tan tonto como para no saber que la moderna máquina de vapor deriva de la invención de Hero, pasando por Salomón de Caus.

Nos hallábamos en grave peligro de ser derrotados. Pero, entonces, para nuestra buena suerte, el doctor Ponnonner acudió a socorrernos e inquirió si el pueblo egipcio pretendía rivalizar seriamente con los modernos en la importantísima cuestión del vestido.

El conde, al oír esto, miró las trabillas de sus pantalones y, tomando luego uno de los faldones de su chaqueta, se lo acercó a los ojos durante largo rato. Por fin lo dejó caer, mientras su boca se iba extendiendo gradualmente de oreja a oreja; pero no recuerdo que dijese nada a manera de contestación.

Recobramos así nuestro ánimo, y el doctor, acercándose con gran dignidad a la momia, le pidió que declarara francamente, por su honor de caballero, si alguna vez los egipcios habían sido capaces de comprender la fabricación de las pastillas de Ponnonner o de las píldoras de Brandeth.

Esperamos ansiosamente una respuesta, pero en vano. La respuesta no llegaba. El egipcio se sonrojó y bajó la cabeza. Jamás se vio triunfo más completo; jamás una derrota fue sobrellevada con tan poca gracia. Realmente me resultaba insoportable el espectáculo de la mortificación de la pobre momia. Busqué mi sombrero, me incliné secamente y salí.

Al llegar a casa vi que eran las cuatro pasadas, y me metí inmediatamente en cama. Son ahora las diez de la mañana. Desde las siete estoy levantado, redactando esta crónica para beneficio de mi familia y de la humanidad. A la primera no volveré a verla. Mi mujer es una arpía. Diré la verdad: estoy amargamente cansado de esta vida y del siglo XIX en general. Me siento convencido de que todo va mal. Además tengo gran ansiedad por saber quién será Presidente en 2045. Por eso, tan pronto me haya afeitado y bebido una taza de café, volveré a casa de Ponnonner y me haré embalsamar por un par de cientos de años.

TRES DOMINGOS POR SEMANA

¡Viejo empedernido, zamacuco, obstinado, mohoso, tozudo, emperrado y bárbaro! —dije cierta tarde, en mi fantasía, a mi tío abuelo Rumgudgeon, mientras lo amenazaba con el puño, en mi imaginación.

Sólo en la imaginación. Diré que, en verdad, había cierta discrepancia entre lo que yo decía y lo que no tenía el coraje de decir, entre lo que hacía y lo que no me faltaba gana de hacer.

Cuando abrí la puerta del salón la vieja marsopa habíase instalado con los pies sobre la chimenea, un vaso de Oporto en la zarpa, esforzándose violentamente por poner en práctica la cancioncilla:

Remplis ton verre vide!

Vide ton verre plein!

—Querido tío —dije, cerrando suavemente la puerta y aproximándome con la más blanda de mis sonrisas—, ha sido usted siempre tan amable y considerado manifestándome su benevolencia de tantas... de tantísimas maneras, que... que siento como si sólo fuera necesario sugerirle una vez más cierta insignificante cosilla, para tener la seguridad de su plena aprobación.

—¡Ejem! —dijo él—. ¡Veamos, muchacho... sigue!

—Estoy seguro, querido tío (¡condenado vagabundo!), de que usted no tiene intención de oponerse a mi casamiento con Kate. Ya sé que se trata de una broma... ¡Ja, ja! ¡Qué gracioso es usted a veces!

—¡Ja, ja, ja! —repitió él—. ¡Que te cuelguen... vaya si lo soy!

—¿No es cierto? ¡Bien sabía yo que bromeaba! Pues bien, tío, todo lo que Kate y yo deseamos ahora es que tenga usted la gentileza de aconsejarnos sobre... sobre la fecha... ya sabe usted, tío... En fin, ¿cuándo sería más conveniente para usted que se realice la... la boda?

—¡Vete de aquí, vagabundo! ¿Qué pretendes decir? ¡Espérate sentado!

—¡Ja, ja, ja! ¡Je, je, je! ¡Oh, magnífico! ¡Oh, qué broma extraordinaria! ¡Qué ingenio! Pero todo lo que quisiéramos, tío, es que nos indique exactamente la fecha.

—¡Ah! ¿Exactamente?

—Sí, tío. Es decir... siempre que le resulte agradable.

—¿Y no sería lo mismo, Bobby, si lo dejáramos al azar... digamos, alguna fecha dentro de un año o cosa así, eh? ¿O tengo que fijarla exactamente?

—Por favor, tío... exactamente.

—Pues bien, Bobby, puesto que eres un excelente muchacho... y puesto que quieres una fecha exacta... te la diré.

—¡Mi querido tío!

—¡Silencio, caballerito! —exclamó, ahogando mi voz—. Sí, te la diré. Tendrás mi consentimiento... y la pecunia, no debemos olvidarnos de la pecunia... ¡Veamos! ¿Qué día fijaremos? ¿Hoy es domingo, verdad? Pues bien, te casaras exactamente... ¿me has oído?, exactamente cuando haya tres domingos en una semana. ¿Has entendido, caballerito? ¿Por qué te quedas boquiabierto? Te lo repito: tendrás a Kate (y tendrás la pecunia) cuando haya tres domingos en una semana, pero no hasta entonces, gran bribón… ¡no hasta entonces, aunque me maten! Ya me conoces, y sabes que soy hombre de palabra. ¡Y ahora vete!

Tras lo cual vació su vaso de Oporto, mientras yo escapaba desesperado del salón.

Mi tío abuelo Rumgudgeon era un «excelente anciano caballero inglés», pero, a diferencia del de la canción, tenía sus puntos débiles. Era un personaje diminuto, obeso, pomposo, apasionado y hemisférico, de roja nariz, gran cabezota, abundante faltriquera y elevado concepto de su persona.

Dueño del mejor corazón de este mundo, un especial espíritu de contradicción le había hecho ganar, entre aquellos que sólo lo conocían superficialmente, fama de tacaño. Como muchas personas excelentes, parecía dominado por el caprichoso deseo de gastar la paciencia, deseo que, a primera vista, hubiera podido confundirse con maldad. A cualquier pedido que le hacía, un rotundo "¡No!", era su respuesta inmediata; pero al final —muy al final— terminaba negándose a muy pocos pedidos.

Se defendía empecinadamente contra todo ataque que llevara a su faltriquera, pero terminaba dando sumas que estaban en proporción directa con la duración del sitio y el empecinamiento de la resistencia. En materia de caridad, nadie daba más con menos amabilidad.

Mi tío demostraba el más profundo de los desprecios por las bellas artes y, muy especialmente, por la literatura. Casimir Perier le había inspirado este último, con su petulante pregunta: A quoi un poète est—il bon?, que mi tío repetía en todos los casos y con la más extraña de las pronunciaciones, considerándola el nec plus ultra del ingenio. Así, mi frecuentación de las Musas había provocado su profundo disgusto. Cierto día en que le solicité un nuevo ejemplar de Horacio, me aseguró que la traducción de Poeta nascitur non fit era: "A nasty poet for nothing fit" (Un repugnante poeta, incapaz de nada); naturalmente su versión me produjo grandísima cólera. El antagonismo de mi tío hacia «las humanidades» había ido en aumento en los últimos tiempos, a causa de una inclinación hacia lo que él consideraba ciencias naturales. Alguien lo había detenido en la calle confundiéndolo nada menos que con el Doctor Dubble L. Dee, conferenciante en física recreativa y otras fruslerías.

Esta confusión lo deslumbró, y, en la época de este relato —ya que en definitiva se está convirtiendo en un relato—, mi tío abuelo Rumgudgeon sólo se mostraba accesible y pacífico en todo aquello que coincidiera con el capricho científico que lo dominaba. En cuanto al resto, se reía desaforadamente de todo, y en materia política era tan obstinado como simple. Creía con Horsley, que "nada tiene el pueblo que ver con las leyes, aparte de obedecerlas".

Había yo pasado toda mi vida a su lado, pues mis padres, al morir, me llegaron a él como la más rica de las herencias. Creo que el viejo miserable me quería como a su propio hijo —y casi tanto como quería a Kate—, pero lo mismo me daba una vida de perros. Desde que cumplí un año hasta los cinco, me aplicó constantes y regulares azotainas. De los cinco a los quince, me amenazó a cada momento con enviarme a un Reformatorio. De los quince a los veinte, no pasó un día sin que me prometiera desheredarme hasta el último centavo. Cierto es que yo era una buena pieza, pero esto formaba parte de mi naturaleza y valía como un artículo de fe. En Kate, empero, tenía una amiga leal, y no lo ignoraba. Era una excelente muchacha, que me había prometido gentilmente ser mi esposa (con pecunia y todo), siempre que me las arreglara para obtener el consentimiento de mi tío abuelo Rumgudgeon. ¡Pobre niña! Tenía apenas quince años y, sin ese consentimiento, su escaso capital no le sería entregado hasta después de que cinco interminables veranos «arrastraran consigo su lenta duración». ¿Qué hacer, entonces? A los quince años, y aun a los veintiuno (pues yo había franqueado ya mi quinta olimpiada), cinco años de espera equivalen a quinientos. Inútilmente asediaba a mi tío con mis demandas. Había él encontrado una pièce de résistence (como dirían los señores Ude y Careme), que se adaptaba maravillosamente a su petulante fantasía. Job mismo se hubiera indignado al ver cómo aquel viejo gato jugaba con nosotros cual si fuéramos dos miserables ratoncillos. En lo profundo de su corazón nada deseaba con más ardor que nuestra unión. Desde el principio había estado de acuerdo. Y hubiera sido capaz de sacar diez mil libras de su propio bolsillo (pues la dote de Kate era de ella), de habérsele ocurrido alguna cosa que excusara nuestro natural deseo. Pero habíamos sido lo bastante imprudentes como para mencionar el tema por nuestra cuenta.

No oponerse, bajo tales circunstancias, hubiera estado más allá de sus fuerzas.

He dicho ya que mi tío tenía sus puntos débiles, pero no debe entenderse por ello que aludo a su obstinación. Al contrario, ésta se contaba entre sus puntos fuertes: assurément ce n'était pas son faible. Cuando hablo de sus debilidades me refiero a una superstición de vieja solterona que lo dominaba. Se consideraba muy fuerte en sueños, portentos, et id genus omne de galimatías.

Se mostraba asimismo muy puntilloso en pequeños detalles de honor y, a su manera, era hombre de palabra. Mas aún: estas cosas le constituían una verdadera obsesión. No tenía el menor escrúpulo en faltar al espíritu de sus promesas, pero la letra era para él cosa inviolable. Esta peculiaridad de su carácter, sumada al ingenio de Kate, nos permitió un día, poco después de mi entrevista con mi tío en el salón, sacarle una inesperada ventaja; pero ahora, después de haber agotado como los modernos bardos y oradores todo mi tiempo disponible en prolegómenos, resumiré lo sucedido en las pocas palabras que constituyen el meollo de la historia.

Ocurrió —pues así lo ordenaron los Hados— que entre los conocidos de mi prometida se contaban dos oficiales de la marina que acababan de volver a Inglaterra después de un año de ausencia. Concertado nuestro plan, mi prima, ambos caballeros y yo acudimos a visitar a mi tío Rumgudgeon en la tarde del domingo 10 de octubre, exactamente tres semanas después de la memorable decisión que tan cruelmente había desbaratado nuestras esperanzas. Durante la primera media hora la conversación tocó los temas ordinarios, pero luego logramos, de manera muy natural, darle el siguiente giro:

Capitán Pratt.— Pues bien, he estado un año ausente. Exactamente un año... ¡Veamos! ¡Pues, sí, hoy es diez de octubre! ¿Recuerda, Mr. Rumgudgeon, que vine a despedirme de usted hace exactamente un año? Dicho sea de paso, me parece una coincidencia bastante curiosa que nuestro amigo aquí presente, el Capitán Smitherton, haya estado también ausente un año... Exactamente un año, ¿no es así?

Smitherton.— En efecto, hoy hace un año justo. Recordara usted, Mr. Rumgudgeon, que vine aquel día en compañía del Capitán Pratt, a fin de despedirme de usted.

Tío.— Sí, sí... me acuerdo muy bien... ¡Ciertamente es muy raro! Ambos ausentes durante un año...

Muy extraña coincidencia, por cierto. Lo que el Doctor Dubble L. Dee llamaría una extraordinaria concurrencia de sucesos. El Doctor Dub...

Kate.— (Interrumpiéndolo.) ¡Sí, papa, es muy extraño! Pero el Capitán Pratt y el Capitán Smitherton no siguieron la misma ruta, y eso significa una diferencia.

Tío.— ¿Una diferencia, muchacha? ¡Al contrario! ¡La cosa es así muchísimo más notable! El Doctor Dubble L. Dee...

Kate.— ¿Sabes, papa? El Capitán Pratt dio la vuelta al Cabo de Hornos, y el Capitán Smitherton al de Buena Esperanza.

Tío.— ¡Pues bien! El uno fue hacia el este y el otro hacia el oeste, y los dos dieron la vuelta completa a la tierra. Dicho sea de paso, el Doctor Dubble L. Dee...

Yo.— (Presurosamente.) Capitán Pratt, ¿por qué no viene a pasar la velada de mañana con nosotros...?

También usted, Smitherton. Nos contaran los detalles de sus viajes, haremos una partida de whist, y...

Pratt.— ¡Vamos, querido muchacho! ¿Jugar al whist en domingo? Alguna otra noche, si quiere, pero...

Kate.— ¡Oh, no, Robert no es tan impío como para proponer eso! Pero hoy es domingo, capitán.

Tío.— ¡Naturalmente!

Pratt.—Les pido disculpas a ambos, pero no puedo engañarme hasta ese punto. Sé que mañana es domingo porque...

Smitherton.— (Muy sorprendido.) ¿Qué están diciendo ustedes? ¿No fue ayer domingo?

Todos.— ¡Ayer! ¡Vamos, usted bromea!

Tío.— ¡Hoy es domingo! ¡Como si no lo supiera!

Pratt.— ¡Oh, no! ¡Mañana es domingo!

Smitherton.— ¡Se han vuelto ustedes locos! ¡Tan seguro estoy de que ayer era domingo, como de que estoy sentado en esta silla!

Kate.— (Dando un brinco.) ¡Ya sé..., ya sé! ¡Oh, papa, ésta es una sentencia contra ti, por... por lo que sabes! Ya veo lo que ocurre, y puedo explicarlo fácilmente. Es muy sencillo. El Capitán Smitherton dice que ayer era domingo, y tiene razón. El primo Bobby, papa y yo decimos que hoy es domingo, y tenemos razón. El Capitán Pratt sostiene que mañana será domingo, y tiene razón.

El hecho es que todos estamos en lo cierto, y que hay tres domingos en una semana.

Smitherton.— (Tras una pausa.) Dicho sea entre nosotros, Pratt, Kate nos ha aventajado en astucia.

¡Qué tontos hemos sido! Mr. Rumgudgeon, la cuestión es la siguiente: como usted sabe, la tierra tiene una circunferencia de veinticuatro mil millas. El globo gira sobre su eje... da vueltas sobre el mismo... hace pasar esas veinticuatro mil millas de su circunferencia, yendo de oeste a este, exactamente en veinticuatro horas. ¿Me sigue usted, Mr. Rumgudgeon?

Tío.— Por supuesto... por supuesto. El Doctor Dub...

Smitherton.— (Tapando su voz.) Pues bien, señor: la velocidad de esta revolución es de mil millas por hora. Supongamos ahora que yo me traslado a mil millas al este de donde estamos. Como es natural, me anticipo a la salida del sol en una hora exacta con respecto a Londres. Veo salir el sol una hora antes que usted. Si avanzo otras mil millas en la misma dirección, me anticipo en dos horas, otras mil millas, y tendré tres horas de adelanto, y así sucesivamente hasta que, terminada la vuelta al globo, y otra vez en este mismo sitio después de viajar veinticuatro mil millas al este, me habré anticipado en veinticuatro horas a la salida del sol en Londres; vale decir que estaré adelantado en un día con respecto al tiempo de usted. ¿Claro, no es cierto?

Tío.— Pero Dubble L. Dee...

Smitherton.— (A gritos.) El Capitan Pratt, en cambio, una vez que hubo viajado mil millas al oeste de este punto, se encontró atrasado en una hora, y cuando terminó su recorrido de veinticuatro mil millas al oeste quedó atrasado en un día con respecto al tiempo de Londres. Vale decir que, para mí, ayer era domingo, como lo es hoy para usted y lo será mañana para Pratt. Y, lo que es más, Mr. Rumgudgeon, los tres tenemos razón, pues ningún principio científico puede darnos ventaja al uno sobre los otros.

Tío.— ¡Santo cielo! ¡Pues bien, Kate... pues bien, Bobby... como habéis dicho, ésta es una sentencia contra mí! Pero soy hombre de palabra... ¡no lo olvidéis! ¡Kate será tuya, muchacho (con pecunia y todo), cuando te parezca bien! ¡Atrapado, por Júpiter! ¡Tres domingos juntos! ¡Tendré que ir a preguntarle a Dubble L. Dee lo que opina de esto!

9 798892 671149